Clemens Murath

Der Libanese

EIN FRANK-BOSMAN-ROMAN

WILHELM HEYNE VERLAG
MÜNCHEN

MIX
Papier aus verantwortungsvollen Quellen
FSC® C083411

Penguin Random House Verlagsgruppe FSC® N001967

2. Auflage

in der Penguin Random House Verlagsgruppe GmbH,
Neumarkter Straße 28, 81673 München
Redaktion: Lars Zwickies
Lektorat: Markus Naegele
Umschlaggestaltung: Johannes Wiebel, punchdesign, München
Umschlagillustration: Erik Weiss
Hersteller: Udo Brenner
Satz: Satzwerk Huber, Germering
Druck und Bindung: CPI books GmbH, Leck
Printed in Germany

ISBN: 978-3-453-27283-5

1

Frank Bosman hockt auf dem Beifahrersitz des schrottigen VW Passat und schaut rüber zum Eingang des Dreamland, eines Erotikcenters auf der Potsdamer Straße. Die Sonne brennt weiß am wolkenlosen Himmel. Es ist Ende Juli in Berlin und eine Affenhitze hier in der Karre, die vom Band lief, als Klimaanlagen noch zur Sonderausstattung gehörten. Schweiß sammelt sich zwischen Bosmans Schulterblättern und rinnt ihm den Rücken runter, der nass am Kunstleder des Sitzes klebt. Er drückt ein Mintkaugummi aus der Packung, seine Art, mit der Anspannung umzugehen. Früher hat er vor riskanten Einsätzen immer einen Speedball gepoppt. Es war nie verkehrt, auf demselben Level zu operieren wie die Leute, hinter denen man her war. Aber das macht er schon lange nicht mehr. Heute müssen Kaugummis reichen.

Er schaut zu Jackie rüber, der neben ihm hinter dem Steuer sitzt, das Fenster runtergekurbelt, den Arm auf den Türrahmen gelegt. Ein feuchter Film glitzert auf den Tattoos, die sich aus dem Saum seines schwarzen T-Shirts runter bis zum Handgelenk schlängeln. Irgendwelche Drachen und arabische Kalligrafien, die Mut und Ehre und so was bedeuten, hat Jackie ihm mal erklärt. Jetzt hat er den Wagen in der zweiten Reihe geparkt und die Warnblinkleuchte eingeschaltet, aber kein Blaulicht. Hinter ihnen staut sich der Verkehr. Wütendes Hupen, schimpfende Radfahrer.

Es ist die Hitze, denkt Bosman, *die macht alle verrückt.* Wenn die Autofahrer hier Knarren hätten wie in Amerika, würde es jeden Tag Tote geben, davon ist er überzeugt. Und wenn die Fahrradfahrer Maschinengewehre hätten, würden auf jeder Kreuzung durchlöcherte Autos rumstehen, mit zerschossenen Scheiben und Blutspuren auf dem Fahrersitz. Ein Motor heult auf, ein Audi TT schießt knapp vorbei, der Typ am Steuer zeigt ihnen den Finger. Jackie haut auf seine Hupe.

Arschloch.

Bosman weiß, Jamel »Jackie« Quasim ist leicht entflammbar. Aber das nimmt er in Kauf, denn er kriegt etwas dafür: Kontakte. Als Jackie sich bei der Polizei beworben hatte, war nicht so ganz sicher, ob man ihm über den Weg trauen konnte. Und das lag nicht nur an seinen Tattoos. Er kannte einfach zu viele Jungs aus den Clans, manche noch vom Schulhof. Persönliche Beziehungen, die auf gewachsenem Vertrauen beruhten. Bosman hat Jackie aus genau diesem Grund ins Team geholt. Mit ihm hatte er jemanden, der ihm die Tür zu der geschlossenen Welt arabischer Großfamilien öffnete. Er dreht sich in seinem ausgeleierten Sitz nach hinten um und sagt zu der jungen Frau, die neben Schuster sitzt: »Wer ist noch im Laden?«

»Nur Hakim und Danny. Und Karo, die sauber macht.«

Die Frau hat vor einer halben Stunde die 110 gewählt, sich als Pam vorgestellt und gesagt, dass sie Tarik Aziz gesehen hat, wie er mit den Yilmez-Brüdern ins Dreamland gekommen ist.

Aziz – der Mann, hinter dem sie her sind.

Die Familie Aziz gehört zu den großen Clans in der Stadt, die den Markt unter sich aufgeteilt haben: Schutzgelderpressung, Prostitution, Drogenhandel. Doch in letzter Zeit kommt Bewegung in die Sache. Die Kosovo-Albaner machen sich breit. Bosman und seine Kollegen wissen, dass das Ganze auf einen Krieg hinausläuft. Vor zwei Tagen gab es dann den ersten Toten … und zwei Zeuginnen.

Der Tote: Rodan Ekrem, ein Neffe von Shatira Ekrem, der schon als kleiner Junge alle Fragezeichen aus seiner Sprache gestrichen hatte.

Die Zeuginnen: zwei junge Frauen. Sie standen vor dem Matrix, einem Club am Warschauer Platz, und wollten rein, als Aziz mit ein paar Leuten rauskam.

»Erst hab ich gar nicht kapiert, was da los war«, sagte die eine Zeugin, die Denise hieß und ein kleines Skorpion-Tattoo am Hals trug. Ihre Freundin Yvette sagte: »Die hatten irgendwie den Megazoff, wie sie halt so drauf sind, die Kanaken, immer gleich aufm Baum.«

Sie saßen bei Bosman im Büro im zweiten Stock des LKA am Tempelhofer Damm, einem gesichtslosen Zweckbau. Die Fenster standen auf Kipp, und der Verkehrslärm rauschte herein. Bosman ignorierte Yvettes Kommentar und sagte: »Habt ihr gehört, worüber sie gestritten haben?«

»Nee, die haben doch arabisch gequatscht.«

Bosman wusste, dass das nicht stimmen konnte, denn Rodan Ekrem sprach Albanisch.

»Okay«, sagte er zu den beiden Mädchen und zog die Tastatur seines Computers rüber, um das Protokoll aufzunehmen. »Was habt ihr denn nun genau gesehen?«

»Der eine«, sagte Yvette, »der, der Streit mit dem Araber hatte? Der lag auf einmal auf dem Boden, und Scheiße, Mann, überall Blut auf seinem weißen Hemd, voll krass.«

Denise nickte.

Der Araber, erzählte sie, hatte dem anderen Mann mit einem einzigen Schnitt die Kehle geöffnet, sein Messer am Hosenbein des Sterbenden abgewischt, zusammengeklappt und eingesteckt.

Dann hatte er ihm ins Gesicht gespuckt – *Mann, ins Gesicht!* – und war mit seinen beiden Kumpels in aller Ruhe gegangen. Die Türsteher hatten die Leute des Opfers in Schach gehalten und zu den Mädchen gesagt: »Verpisst euch.« Das war ein Fehler, denn es hatte sie geärgert, weil sie oft im Matrix waren und sich jetzt schlecht behandelt fühlten. So redete man nicht mit Stammkunden, die dort viel Geld ausgaben, oder?

»Nee«, sagte Bosman, »ganz und gar nicht.«

Dann zeigte er ihnen verschiedene Fotos aus der Straftäterdatei, und sie erkannten den Typen wieder, der Rodan Ekrem abgestochen hatte: Der Araber war libanesischer Kurde und hieß Tarik Aziz.

Jackpot.

»Lasst uns reingehen und das Arschloch festnageln«, sagt Schuster und klaubt eine Kippe aus der zerknitterten Schachtel. Er braucht den Nikotinflash, kurz bevor es losgeht. Das war schon immer so, seit sie sich kennen. Schuster ist ein paar Jahre älter, Anfang fünfzig, und ein paar Zentimeter kürzer als Frank. Um die Hüfte herum hat er in letzter Zeit ein wenig angesetzt. Bosman ist sich nicht sicher, ob er die tausend Meter noch im Zeitlimit schafft. Aber es wäre ein Fehler, ihn zu unterschätzen. Er hat mit eigenen Augen gesehen, wie Schuster drei Typen fertiggemacht hat, letztes Jahr, als sie im Anker Billard gespielt haben. Er kann sich nicht mehr genau daran erinnern, worüber der Streit entbrannt war. Woran er sich aber erinnern kann, sind die Sekunden, nachdem einer der Typen Schuster sein Bier ins Gesicht geschüttet hatte. So schnell konnte man gar nicht gucken, wie Schuster die Sache beendete.

Jackies Finger mit den goldenen Ringen klappern auf dem Lenkrad. »Lasst uns reingehen. Ich hab echt keinen Bock mehr, hier noch weiter rumzugrillen.«

Aber der Laden ist groß, und sie haben keine Ahnung, wo genau Tarik sich aufhält. Bosman dreht sich wieder zu Pam um, die nervös auf dem langen Nagel ihres kleinen Fingers herumkaut: »Wo ist das Büro?«

»Hinten rechts zwischen den Regalen mit den Videos. Kriege ich jetzt die fünftausend?«

Schuster grinst. »Wenn wir ihn schnappen, ja.«

»Und wenn nicht?«

»Dann hast du Pech gehabt.«

»Wieso habe ich Pech gehabt, wenn ihr es versaut?«

»Also los«, sagt Bosman, und sie steigen aus. Jackie klappt den Kofferraum auf und holt drei Splitterschutzwesten raus. Schuster schnipst seine Kippe weg, beugt sich vor und wickelt eine Remington Pumpgun aus einer karierten Decke. Seine bevorzugte Waffe, wenn es darum geht, sich Respekt zu verschaffen. Bosman schaut rüber zum Eingang des Dreamland, wo ein paar Jungs in Hoodies und Schlabberhosen rumstehen, während er die Gurte seiner Weste zuzieht.

Keiner von Aziz' Leuten in Sicht.

Bosman kennt die meisten von ihnen, persönlich oder von den Fotos, die sie im Büro auf einen Stammbaum des Clans an der Wand getackert haben. Ganz oben steht Baba, 1974 vor dem Bürgerkrieg aus dem Libanon geflohen, ein Mann der ersten Stunde. Mittlerweile können sie ein paar Hundert Leute mobilisieren. Chief Executive ist Arslan, Babas ältester Sohn. Sie nennen ihn so, weil er den Laden wie ein CEO führt, kühl berechnend und auf maximale Effizienz bedacht. Anders als sein jüngerer Bruder Tarik, der eine entsicherte Handgranate ist.

Sie gehen quer über die Straße zum Eingang des Erotikcenters. Bosman schiebt den roten Vorhang beiseite und tritt ein, hinter ihm Jackie und Schuster mit seiner riesigen Wumme in der Hand. Ein paar Kunden blättern in Pornomagazinen. Der Typ an der

Kasse schaut auf. Bosman erkennt ihn sofort: Achmed Yilmez. Ernsthaftes Gewichtsproblem, gegelte Haare über dem Undercut, Kinnbart und kleine dunkle Augen.

»Wo ist Aziz?«

»Wer?«

Schuster repetiert seine Remington. Jetzt liegt eine Magnum-Ladung im Lauf, eine deutliche Ansage. Doch Yilmez bleibt cool. Er weiß natürlich, dass der Bulle ihn hier nicht abknallen wird. Sie sind ja schließlich nicht in Mossul. Also greift er in aller Ruhe nach seiner Packung Marlboro Light, die neben der Kasse liegt. Sein goldenes Armbändchen klirrt ein wenig, als er eine Kippe rausschüttelt und sagt: »Er ist nicht da, ich schwör's dir.«

Bosman sieht die geschlossene Tür zwischen den Verkaufsregalen, da, wo laut Pam das Büro ist. Er geht auf die Tür zu, während er seine Waffe zieht und entsichert. Entsetzte Blicke und Getuschel, als die Kunden im Laden der Reihe nach mitkriegen, dass hier Leute mit Knarren rumrennen. Handys werden gezückt, doch Bosman nimmt das nur aus dem Augenwinkel wahr. Seine Konzentration ist auf die Tür vor ihm gerichtet, die Jackie jetzt vorsichtig öffnet. Sie führt in einen dunklen Gang. Rotlicht sickert aus den Leuchtstoffröhren. Rechts geht eine kleine Küche ab, schwarz gekachelt, gelbe Schränke, blubbernde Kaffeemaschine, wie sie in der Vor-Espresso-Zeit üblich war. Dumpfe Bässe wummern von oben, wo die Liveshow läuft. Über dem Beat liegt eine Kakofonie aus geilem Stöhnen, das aus den Videokabinen durch die dünnen Trennwände dringt, als vorne die Tür zum Büro aufgeht und ein Typ rauskommt. Kleiner Kopf, Schultern wie Hulk, Augen wie ein Haifisch.

Dann fallen die Schüsse.

Bosman spürt die Einschläge der Kugeln auf seiner Schutzweste und wird durch die Wucht der Geschosse zurückgeschleudert. *Eine Maschinenpistole,* denkt er noch. Das haut einem die Luft aus der Lunge. Schuster feuert seine Pumpgun und repetiert, während Putz aus dem Türrahmen auf den Hulk niederrieselt, der sich zusammengekauert an die Wand presst.

Bosmans Ohren klingeln, sein Puls rast. Durch einen Schleier sieht er Jackie, der auf dem Boden liegt, wo er sich windet und schreit. Schuster ist bei ihm, Bosman mit zwei Sätzen in dem Büro am Ende des Ganges. Seine Augen scannen den Raum über Kimme und Korn der Waffe, die er auf Ellbogenlänge vor dem Körper führt. Fokus und Waffe immer deckungsgleich. Der Körper folgt dem Blick und *bang...!* Er feuert auf den Blitz, der seine Augen trifft und ihn blendet. Als der stechende Schmerz nachlässt und Schemen wieder Konturen bekommen, erkennt Bosman, dass es nur die Reflexion des hellen Sonnenlichts auf einem Spiegel war, der zwischen Papierstapeln, Kopiergerät und Zigarettenschachteln auf dem Schreibtisch liegt. Daneben ein aufgerissenes Päckchen mit braunen Kristallen, *Brown Sugar*. Außerdem eine Waage und eine offene Kasse.

Wir haben sie bei einem Heroindeal überrascht, fegt es Bosman durch den Kopf, *deswegen haben sie gleich geschossen. Sie hatten keine Zeit mehr, den Stoff wegzupacken. Doch wie kommt das helle Sonnenlicht in dieses Rattenloch?*

Durch die Tür.

Sie führt hinten aus dem Büro raus in den Hof. Warum sie offen steht, ist klar: Tarik Aziz und Merhan Yilmez sprinten raus auf die Straße. Merhan hält die Maschinenpistole in der Hand. Ein schwarzer BMW 740e bremst sportlich vor der Einfahrt, tiefergelegt mit extrabreiten Schlappen. Achmed Yilmez sitzt am Steuer. Merhan und Tarik reißen die Türen auf und werfen sich hinten rein in den Wagen.

Achmed gibt Gas, als Bosman hechelnd auf die Straße gerannt kommt, Puls von mindestens hundertdreißig, viel zu hoch. Er hebt seine Waffe, atmet aus und schießt. Der rechte Hinterreifen platzt.

Der 740er schlingert, Gegenverkehr hupt, der Wagen bricht aus und prallt gegen einen SUV. Airbags explodieren, Tarik Aziz und Merhan Yilmez springen raus. Sein Bruder Achmed kämpft mit der verzogenen Tür, die nicht aufgeht. Der Fahrer des SUV steigt fluchend aus und glotzt Bosman dämlich an, während die Nutten, die hier die Straße säumen, in Deckung gehen. Bosman sprintet hinter den Flüchtenden her, hält inne, als er freies Schussfeld hat und schreit: »Stehen bleiben, Polizei!«

In diesem Moment läuft eine junge Frau scheinbar aus dem Nichts genau in die Schusslinie.

FUCK!

Sie stößt fast mit Tarik Aziz zusammen, der um die Ecke wischt. Merhan Yilmez bleibt stehen und rudert mit den Armen, um die Frau nicht über den Haufen zu rennen und selber das Gleichgewicht zu verlieren.

Bosman schreit: »Waffe runter, oder ich schieße!«

Merhan dreht sich langsam um. Sein Brustkorb pumpt, Schweiß glänzt in seinem Gesicht, spöttischer Blick, scharf rasierter Kinnbart, Tattoos auf den nackten, muskulösen Oberarmen, die Maschinenpistole locker in der Hand.

Der Lauf zeigt nach unten.

Er sagt: »Isch weiß, wo deine Familie wohnt, du Opfer.«

Und Bosman feuert.

2

»Du hast ihn einfach so erschossen?«

»Nein, ich habe ihn nicht *einfach so* erschossen«, sagt Bosman, »er hatte es drauf angelegt.«

Er sitzt neben Britta auf dem Sofa im Wohnzimmer und dreht einen Tumbler mit Whiskey in der Hand. Vor ein paar Stunden noch hat er neben Merhan Yilmez gehockt, der in einer riesigen Blutlache auf dem Pflaster lag. Zwei Einschläge im Herzen, knapp nebeneinander, beide eine glatte Zehn auf dem Schießstand. Neben ihm seine Maschinenpistole. Um sie herum entsetzte Passanten mit Smartphones in den Händen. Bosman wusste, dass er in wenigen Stunden für hohe Klickzahlen auf YouTube und anderen Kanälen sorgen würde. Er las auch schon die Headlines: »Der Shooter ist zurück.«

Er betrachtet den kleinen Elefanten aus poliertem Mahagoniholz, der auf dem Sideboard neben der Glotze steht. Sie haben ihn vor zwei Jahren in Kenia gekauft, als sie da im Urlaub waren, nur zu zweit. Sophie konnten sie für vierzehn Tage bei Brittas Schwester Helen abladen, die mit Harry in einer Villa aus den Dreißigerjahren in Kleinmachnow wohnt. Sophie fand das cool, denn Harry hatte sie mit auf ein Filmset genommen. Danach wollte sie Schauspielerin werden, so wie ihre Tante Helen. Mittlerweile will sie allerdings lieber was mit Greenpeace machen – was genau, bleibt ihr Geheimnis.

»Hat er auf dich gezielt?«, fragt Britta.

Bosman schaut sie an. »Was?«

»Hat er, ich meine, hat er seine Pistole auf dich gerichtet?«

»Seine Pistole? Das war eine gottverdammte Uzi!«

Die ihm einen Strauß Kugeln in seine Splitterschutzweste gerotzt hat, direkt über dem Herzen. Bosman merkt, wie die Wut in ihm aufsteigt. Fast hätte das Arschloch ihn abgeknallt, und jetzt soll er sich hier rechtfertigen?

»Warum hast du nicht auf seine Beine gezielt?«, fragt Britta.

Bosman steht auf und schaut durch das offene Fenster raus in die schwüle Gewitternacht, die ihm genauso wenig Trost spendet wie seine eigene Frau. Warum sagt sie ihm nicht, dass er alles richtig gemacht hat? Dass Merhan Yilmez ein Arschloch war, ein Mörder, ein Mädchenschänder und Drogenhändler, der es nicht besser verdient hat. Warum nimmt sie ihn nicht in Schutz? Stattdessen fragt sie, warum er nicht *auf seine Beine gezielt* hat.

Mann, wie im Kino!

»Das ist kein Film, Schatz«, sagt Bosman, »das ist eine Mann-gegen-Mann-Situation, du oder er. Einen erwischt es.«

Er schaut seine Frau an, sieht den stillen Zweifel in ihrem Gesicht und weiß, dass sie recht hat.

Mit allem.

Während er draußen neben Yilmez hockte, hatte Schuster abgeräumt, die Hälfte des Heroins und den Großteil der Tageskasse in zwei Asservatentüten verschwinden lassen und sich in die Seitentaschen seiner Cargo-Hose gestopft, bevor die Kollegen von der Kripo aufschlugen, zusammen mit dem jungen Rettungsarzt, der Jackies Kreislauf stabilisierte und ihn sofort in den OP des Bundeswehrkrankenhauses fuhr, wo die Ärzte vergeblich versuchten, sein rechtes Auge zu retten. Schuster war die ganze Zeit bei Jackie geblieben, hatte mit dessen Freundin Aalisha telefoniert und auf sie gewartet, damit sie nicht alleine vor Jackie stehen musste, wenn er aus dem OP gerollt kam. Es war schon fast acht, als Schuster bei Siggi vorfuhr, der die kleinen Einheiten eines Garagenhofes aus den Fünfzigerjahren als Lagerräume vermietet.

Sie haben die Nummer fünf.

Zwischen lauter muffigen Möbeln, die sie hier zur Tarnung stapeln, steht der alte Bishop-Safe, den sie vor ein paar Jahren bei einem Trödler gekauft haben, auf dem Flohmarkt hinter der Arena. Hier bunkern sie ihre Rücklagen, wie Bosman es nennt, und all die beschlagnahmten Drogen: Koks, Trips, Meth, Dope, Ketamin und was sonst noch alles auf der Straße im Umlauf ist. Sie können alle Bedürfnisse befriedigen. Dafür kriegen sie Informationen, ihre wichtigste Waffe im Kampf gegen das organisierte Verbrechen.

Als Bosman am nächsten Morgen auf dem Sofa aufwacht, denkt er als Erstes an die junge Frau, die gestern in die Schussbahn gelaufen ist, Anfang zwanzig, Ripped Jeans und T-Shirt. Sie war plötzlich verschwunden. An die Farbe des T-Shirts kann er sich nicht erinnern, dafür an die langen weißblonden Haare und die hellen Augen. Und an den Blick, der sich ihm eingebrannt hat, in dem Moment, in dem er feuerte.

Sie hatte ihn direkt angeschaut.

Draußen geht die Sonne auf. Milchiges Licht sickert durch die Vorhänge, die ersten Vögel zwitschern. Auf dem Couchtisch steht eine halb leere Whiskeyflasche neben Erdnusskrümeln. Bosman schwingt die Beine vom Sofa und steht etwas benommen auf. Er schlurft ins Bad, pinkelt im Stehen und wundert sich, dass er nicht von der Schießerei im Dreamland geträumt hat. Immerhin wurde sein Partner schwer verletzt, er hat einen Menschen getötet, und wenn er ehrlich ist, kann er nicht mal behaupten, dass es Notwehr war.

Macht es ihm gar nichts aus?

Bosman schüttelt seinen Schwanz ab und stellt befriedigt fest, dass es ihm in der Tat nichts ausmacht und dass er es wieder tun würde, genau so. Er hat alles richtig gemacht. Leute wie Yilmez oder Aziz stellen da draußen auf der Straße die Regeln auf, und er hat sich lediglich daran gehalten. Es war eine Eins-zu-eins-Situation, auch wenn Britta und andere Schlaumeier das infrage stellen wollen. Es spielt keine Rolle, dass der Lauf der Maschinenpistole nicht auf ihn gerichtet war.

Hätte er etwa so lange warten sollen?

Eine halbe Stunde später kommt er frisch geduscht und halbwegs renoviert in die Küche, wo Britta an der Espressomaschine herumhantiert, eine Pavoni mit langem Hebelarm. Sieht schick aus, ist aber umständlich zu bedienen und produziert auch keine vernünftige Crema. Bosman hätte lieber einen Vollautomaten gekauft, bei dem man nur einmal auf den Knopf drücken muss. Er hasst dieses ganze Hipster-Kaffee-Rumgetue, aber Britta hatte sich nun mal in eine Pavoni verguckt, und am Ende war es ihm auch ziemlich egal, jedenfalls kein Anlass für Grundsatzdiskussionen.

Heute Morgen trägt sie einen eleganten Blazer über der hellen Bluse und der engen Jeans, klassische Stiefeletten von Prada, die Haare hochgesteckt, so wie Bosman es mag, dezent geschminkt – bereit für einen neuen Tag am Service Point der Dresdner Bank, wo sie Kunden betreut, deren Anlagerendite höher ist als ihr Jahreseinkommen.

Sie lächelt ihn an und sagt: »Alles gut?«

»Alles gut«, erwidert Bosman und lächelt zurück.

Einen Moment lang steht eine verlegene Stille zwischen ihnen wie eine bösartige Schwiegermutter. Britta presst einen Espresso in die Tasse. Sie beugt dabei den Oberkörper leicht vor und sagt: »Tut mir leid wegen gestern Abend.«

Tatsächlich wäre das vor zehn Jahren kaum passiert, denkt Bosman, *aber Schwamm drüber.* Es macht keinen Sinn, zurückzuschauen und zu bejammern, was einmal war. Man hat mit dem zu leben, was gerade ist.

»Schon gut«, sagt er und nimmt die Tasse in Empfang, die Britta ihm reicht.

»Es muss furchtbar für dich gewesen sein. Tut mir echt leid, ich hatte einen scheiß Tag …«

»Schon gut«, sagt Bosman und rührt den Zucker in seinem Espresso um. Britta küsst ihn auf die Wange und fragt: »Kriegst du jetzt Ärger?«

Bosman zuckt mit den Schultern. »Keine Ahnung.«

Klar kriegt er Ärger, einen ganzen Arsch voll Ärger, wenn es dumm läuft. Er genießt die schwere bittere Süße des Kaffees, der ihn von innen wärmt und allmählich auf Touren bringt, als Sophie in die Küche kommt. Schwarze Jeans, schwarzes Shirt, Augen dunkel geschminkt und provokant lässig. *Gott sei Dank lackiert sie sich wenigstens nicht auch noch die Nägel schwarz,* denkt Bosman und stellt die Tasse ab. Als er Britta kennenlernte, war Sophie gerade mal sechs Jahre alt und ein stilles Mädchen. Jetzt ist sie sechzehn. Letzte Woche musste sie zum Schulleiter, weil sie Gras auf dem Schulhof geraucht hatte, mit Tom, Nils, Hanna und wie sie alle heißen. Britta hatte sich fürchterlich aufgeregt. Als Bosman ihr sagte, dass das jetzt so schlimm auch nicht sei und ganz normal in dem Alter, da hatte sie sich noch mehr aufgeregt und gesagt, Sophie sei ja nicht *seine* Tochter, da könne er leicht daherreden. Das war verletzend, aber Bosman vermutete, dass sie vor allem eifersüchtig auf ihn war, weil er deutlich besser mit Sophie klarkommt als sie selber. Mutter und Tochter haben ständig Zoff miteinander.

»Was war gestern los?«, fragt Sophie und zieht den Kühlschrank auf, um ihre Sojamilch rauszuholen.

Bosman zögert, dann sagt er: »Ich hab jemanden erschossen.«

»Echt? Was hat er getan?«

»Er hat einen Kollegen schwer verletzt, und sein Kumpel hat einem die Kehle aufgeschlitzt.«

Sophie sagt: »Boah, ist ja krass.«

»Ich sag's dir nur, damit du Bescheid weißt. Es wird in den Nachrichten kommen, und alle möglichen Leute werden alles Mögliche sagen. Hör einfach nicht hin. Ist alles Bullshit, okay?«

»Ist okay«, sagt Sophie. »Ich weiß, was du meinst. Es war doch sicher eine Mann-gegen-Mann-Situation, du oder er, oder?«

Bosman schaut sie überrascht an. Donnerwetter. Das Mädchen hat mehr Klarblick als all die anderen Klugscheißer, weiß sofort, wo der Hammer hängt. Er spürt, wie es ihm warm den Rücken hochkriecht.

3

»Stell dir vor«, sagt Nikki zu ihrer Freundin Laura, »er hat ihn einfach so über den Haufen geballert.«

Sie sitzen in der Morgensonne vor dem Veganz und trinken Caffè Latte Soja zwischen all den anderen jungen Menschen, die ihre MacBooks schon aufgeschlagen haben, um ihre wie auch immer gearteten Projekte zu befördern.

»Ich dachte, er hat erst gerufen: ›Waffe runter, oder ich schieße‹«, sagt Laura.

»Ja, und dann hat er ihn über den Haufen geschossen. Direkt vor meinen Augen.«

Es schwingt ein Anflug von Faszination in der Stimme mit, was Laura nicht entgeht. »Klingt, als ob du das irgendwie gut findest.«

»Ich? Quatsch«, sagt Nikki, »das war voll der Horror. Ich meine, hey, der Typ stand keinen Meter neben mir.«

»Dann hätte es dich ja auch treffen können.«

»Absolut.«

Nikki zieht eine American Spirit aus der Packung und steckt sie sich an. Sie ist ziemlich durcheinander, konnte die ganze Nacht nicht schlafen. Immer wieder hat sie mit halb geöffneten Augen auf *replay* gedrückt. Der Bulle, der den Araber abknallt. Es macht sie irgendwie an.

Was sie zutiefst beunruhigt.

Wie kann es sein, dass ein Killer sie ankickt? Okay, sie hat gleich heute Morgen auf *Spiegel Online* gelesen, dass es sich bei dem Opfer um einen Gangster handelt, einen, der Frauen prostituiert und einen Kollegen des Bullen schwer verletzt hat. Das macht es leichter, den Bullen als einen Mann zu sehen, der für Recht und Ordnung sorgt, wie die Sheriffs in den Westernfilmen, die sie als Kind mit ihrem Vater Bert gesehen hat. Da war ihr auch jedes Mal ein warmes Gefühl tiefer Befriedigung durch den Körper geströmt, wenn der Sheriff den *bad guy* in einem dramatischen Gefecht erschossen hatte. In diesem Fall hier aber konnte von einem Gefecht keine Rede sein. Wenn sie ehrlich ist, muss Nikki sich eingestehen, dass es eigentlich keinen Grund gab, den Araber zu erschießen. Immerhin hatte er seine Waffe nicht auf den Bullen gerichtet.

»Das war glatter Mord«, sagt sie, »eine regelrechte Exekution.«

»Nee, oder? Ist ja wohl der Hammer.«

»Es war irgendwie irreal.«

»Wenn der Typ Deutscher gewesen wäre, hätte der Bulle vermutlich nicht gleich geschossen«, sagt Laura und schlürft ihren Caffè Latte. »Genau wie in Amerika, echt krass, wie es immer gegen die Minderheiten geht.«

Ja, denkt Nikki, *diese Platte habe ich von meinen Eltern auch oft vorgespielt bekommen.* Tatsächlich wurde sie zu Hause und in der Schule so oft rauf und runter genudelt, bis sich die Rillen gleichsam in ihren Cortex gefräst hatten wie letzte Gewissheiten.

Doch irgendwann kamen die Zweifel.

Als eine Million Flüchtlinge aus den zerbombten Ländern über das Meer und die Balkanroute hier einfielen, hatten Nikkis Eltern Bert und Lisa zusammen mit anderen Leuten in der Waldorfschule Mitte ein »Welcome Center« errichtet, die Turnhalle geräumt und das Holzspielzeug aus dem Keller gekramt. Nikki und Laura waren von den Bildern im Fernsehen tief beeindruckt, von der warmen Welle der Hilfsbereitschaft, die die Welt in Staunen versetzte. Zum ersten Mal spürten sie so etwas wie Stolz auf ihr Land. Sie malten Willkommensplakate: »Es gibt keine illegalen Menschen« und »Jeder Flüchtling ist ein Geschenk«.

Alle fühlten sich gut, bis die Flüchtlinge anfingen, aufeinander loszugehen, weil die eine Gruppe der anderen vorwarf, den Propheten beleidigt zu haben. Von einem Gespräch am runden Tisch, das Bert initiieren wollte, hielten sie nichts, wofür er wiederum vollstes Verständnis hatte. Man muss Geduld mit Kulturen haben, die es gewohnt sind, Konflikte mit roher Gewalt auszutragen, sagte er, denn sie hatten nie die Chance, etwas anderes zu lernen. Man muss ihnen helfen, sagte Bert, sich emanzipatorisch zu entwickeln. Nur so können wir eine bessere Welt bauen.

Die Größe der Aufgabe erfüllte die Herzen im Plenum der Waldorfschule mit Tatendrang. Als einige der Frauen dann von den Asylanten als Schlampen beschimpft wurden, kippte die Stimmung. Doch im Plenum war man sich einig, dass es sich um vereinzelte Übeltäter handelte, denen man klarmachen müsse, dass es so nicht geht. Es wurde ein Kontaktteam bestimmt, das unter Führung von Bert den interkulturellen Diskurs mit den Gästen pflegen und sie für unterschiedliche Auffassungen sensibilisieren sollte, insbesondere die Frauen- und die Schwulenfrage betreffend, die bei diesen Leuten ja nicht ganz unproblematisch war.

Soweit Nikki weiß, ist nie etwas daraus geworden. Die Turnhalle war auch nach ein paar Monaten wieder frei, sodass ihre Mutter die Eurythmie-Kurse und ihre Energiearbeit endlich fortsetzen konnte. Am Ende waren alle irgendwie froh, dass der Einbruch der Wirklichkeit nur von kurzer Dauer war. Auch wenn die Welt um sie herum in Flammen stand.

»Du musst gegen den Bullen aussagen«, sagt Laura. »Hörst du? Du bist eine wichtige Augenzeugin.«

Nikki wendet den Blick von dem Typen auf dem Elektroroller ab, der seinen Helm hinten in der Box verstaut, sich die Haare nach hinten streicht und seine Sonnenbrille aufsetzt.

»Ja, wahrscheinlich«, sagt sie.

Die Wahrheit ist, dass sie keinerlei Lust verspürt, den Bullen hinzuhängen. Die Wahrheit ist, sie würde lieber einen Cocktail mit ihm trinken gehen oder zwei, und das, obwohl er glatt ihr Vater sein könnte.

Der Typ ist cool.

4

Bosman kommt durch die Glastür in seine Abteilung, wo die Kollegen Spalier stehen und applaudieren. Schuster ganz vorneweg. Neben ihm steht Kollege Weihrauch vor der Chartliste an der Pinnwand, den Wanst in die Hose gestopft, roter Schlips auf schlammgrünem Hemd. Er geht voll in seiner Rolle als Impresario auf.

»Gewinner der Tür des Monats ist …«, verkündet er, »Team Bosman!«

Cheers und Bravos, Knöchel, die auf Tische schlagen, vereinzelt zustimmende Pfiffe. Der Tür-des-Monats-Award geht an das Team, das im vergangenen Monat am geilsten eine Tür eingetreten hat.

Heute ist der erste August.

Bosman und Schuster stehen vor der Chartliste, auf der sie nun Platz eins belegen. Da Jackie im Krankenhaus liegt, hat Jojo seine Stelle eingenommen und die Haare wie Jackie hochgegelt, Victory-Zeichen mit den Fingern, ein Grinsen, so breit wie der Kühlergrill eines Chevrolet Impala. Jojo ist der Einzige, der das nachmachen kann. Jojo kann jede Visage nachmachen. Er ist der Spaßvogel der Abteilung. Alle drei haben die Arme umeinander gelegt, *flash*, ein Foto.

Auf Jackie!

Weihrauch geht salbungsvoll auf sie zu und sagt: »Hiermit verleihe ich die monatliche Auszeichnung für die konsequenteste Durchsetzung der Exekutive.«

Unter munterem Beifall überreicht er einen Zehn-Zoll-Zimmermannsnagel, den Bosman für sein Team in Empfang nimmt und triumphierend hochhält. Ein durchaus ambivalenter Preis, denn wer am Ende des Jahres die meisten Nägel hat, ist der Champion und lädt alle in den Anker ein, *open end*, so die Regel. Team Bosman musste mehr als einmal zu Siggi in die Garage fahren und den Safe öffnen, um die Kosten dieser Bacchanalien zu bestreiten. Wenn sie so weitermachen, sind sie dieses Jahr auch wieder dran.

Nachdem sich die Stimmung etwas beruhigt hat, kommt Nina Gerns auf Bosman zu und sagt: »Hey, Shooter, der Boss will dich sprechen.« Und zu Schuster: »Dich auch.«

Sie hat dunkle, kurz geschnittene Haare. Intelligente, fast schwarze Augen mit einem tigerfarbigen Sprenkel in der rechten Iris. Austrainierter Körper. Lizenzierter Krav-Maga-Instructor, Level drei, eine wandelnde Waffe. Sie ist die einzige Frau im Team, und es gibt wohl keinen, der sie nicht gerne mal im Bett hätte. Aber Nina hält es streng mit der Trennung von Privatleben und Job. Nicht mal Jackie kann bei ihr landen, und wenn einer weiß, wie man Ladys klarmacht, dann ist es Jackie.

Als Nina vor drei Jahren dazustieß, ging Bosman ihr aus dem Weg und sie ihm auch. Sie spürte, dass sie hier in Gefahr geraten könnte, ihre Privatleben-Job-Regel zu brechen, und auch Bosman hatte wenig Lust auf eine Affäre im Büro. Aber sie wussten vom ersten Moment an, dass es irgendwann passieren würde. Und es passierte auch, im Morgengrauen auf der Damentoilette im Anker, während im Gastraum die Tür des Monats gefeiert wurde. Es war das einzige Mal. Sie haben nie wieder darüber gesprochen. Bosman mag sie und schätzt ihre berufliche Kompetenz. Ihm imponiert es, mit welcher Sicherheit sie sich in diesem Machohaufen bewegt. Sie ist ein Spürhund, leitet die Abteilung 3, die daran arbeitet, das Finanzimperium des Aziz-Clans und anderer Mafiagruppen zu durchdringen, die Geldflüsse zu identifizieren und aufzudecken, wie sie ihr schmutziges Geld waschen.

»Lass den Shooter-Scheiß«, sagt Bosman zu Nina. »Weißt du, was Emrah will?«

»Euch in den Arsch treten, was sonst? Er ist ziemlich sauer.«

Emrah Tahin steht hinter dem Schreibtisch in seinem Büro. Er schaut Bosman und Schuster an, Hände in den Hosentaschen, die schwarzen Haare akkurat geschnitten, das olivfarbene Gesicht glatt rasiert und wie immer mit einem Hauch Paco Rabanne. Er ist der Einzige in der ganzen Abteilung, der elegant geschnittene Anzüge und taillierte Hemden trägt.

Bosman hält ihn für einen Karrieristen, dessen einzige Überzeugung darin besteht, keine zu haben. Tatsächlich ist es in einer sich schnell verändernden Welt nicht unklug, sich den ständig wechselnden Rahmenbedingungen anzupassen. Nur wer sich anpasst, überlebt. Das weiß man, seit Darwin um die Welt segelte. Da sind feste Überzeugungen eher ein Hindernis und Ausdruck halsstarriger Prinzipienreiterei. Emrah ist von der geschmeidigen Sorte. Der Mann will ganz nach oben. Da kann er keine Skandale gebrauchen, für die er im Zweifel den Kopf hinhalten muss.

Andererseits, denkt Bosman, *ist es für jemanden mit Migrationshintergrund besonders schwierig, sich bis in eine Führungsposition hochzuarbeiten.* Emrah musste unterwegs eine Menge Scheiße fressen. Klar, dass er besonders vorsichtig ist.

Emrah wirft die aktuelle *Bild*-Zeitung auf den Tisch: ein Foto von Merhan Yilmez' Leiche und Bosman, der neben ihm kniet. Headline: »Der Shooter ist zurück.«

Bosman stöhnt genervt auf.

»Der härteste Cop Berlins«, ätzt Emrah. »Was soll der Scheiß?«

»Frag die Leute, die das geschrieben haben«, sagt Bosman.

»Achmed Yilmez behauptet, du hättest seinen Bruder *exekutiert.*«

»Ach, tatsächlich?«

Emrah setzt sich, schiebt den Bürostuhl mit den Füßen ein Stückchen nach hinten, um Platz für seine langen Beine zu machen, die er übereinanderschlägt. »Du hast um zehn einen Termin drüben bei der Inneren. Gibt es irgendwas, was ich wissen sollte?«

»Nee.«

»Kann sein, dass sie auch Fragen zu der anderen Sache haben.«

Bosman schaut ihn fragend an.

»Yilmez' Anwalt hat schwere Vorwürfe gegen euch erhoben. Er prüft eine Korruptionsanklage.«

Schuster zieht belustigt die Augenbrauen hoch. »Wie meinen?«

»Yilmez hat einen Deal mit der Staatsanwaltschaft gemacht. Umfassendes Geständnis gegen Strafmilderung. Er hat eidesstattlich erklärt, dass sie ein Kilo Heroin vor Ort hatten und in der Kasse die Tageseinnahmen der Dealer lagen. Mindestens 20 000 Euro.«

Die Aussage hängt einen Moment lang im Raum.

»Und?«, sagt Bosman.

»In der Asservatenkammer befinden sich aber nur 9 875 Euro und 133,5 Gramm Heroin. Da frage nicht nur ich mich, wo der Rest geblieben ist.«

»Du glaubst einem Arsch wie Yilmez?«, fragt Schuster.

»Es ist uninteressant, was ich glaube«, antwortet Emrah und holt sein Smartphone aus der Tasche. »Interessanter ist, was die interne Ermittlung *davon* hält.«

Er schiebt seinen Daumen über das Display und hält den beiden den kleinen Bildschirm unter die Nase.

Shit.

Bosman schließt die Augen, als er sieht, wie Schuster in Richtung der Kamera greift, das Gesicht vollmondartig rund im Weitwinkel. Seine Hand im Latexhandschuh packt die Kamera, und dann wird es schwarz.

Emrah sieht Schuster an. »Kannst du mir mal verraten, was du da machst?«

»Ich hänge die Kamera ab«, sagt Schuster ungerührt.

»Und warum, bitte schön?«

»Reine Vorsichtsmaßnahme.«

»Das musst du mir erklären.«

»Ganz einfach«, sagt Schuster. »Wir mussten sicherstellen, dass die Kamera keine Bilder über ein Netzwerk an externe Computer sendet, zum Beispiel zu den Aziz-Leuten, die ihre Läden überwachen.«

»Und deshalb reißt du das Ding ab?«

»Klar.«

Emrah lehnt sich in seinen Stuhl zurück und sieht Schuster an. »Weißt du was? Wenn ich mal einen Pressesprecher brauche, komme ich auf dich zurück.«

Schuster grinst. »Reden wir drüber, wenn's so weit ist.«

Bosman weiß, Emrah ist kein Idiot, der Schuster den Schwachsinn abkauft. Aber er kann nichts beweisen. Alles, was er hat, ist die Aussage eines Gangsters. Außerdem – würde er so weit gehen, seine besten Leute zu feuern, die seit Jahren gegen die Clans ermitteln und ein unbezahlbares Netzwerk an Informanten aufgebaut haben?

Wohl kaum.

Er braucht sie für seinen eigenen Erfolg. Also muss er zähneknirschend akzeptieren, dass seine Leute ihre eigenen Methoden haben. Und er muss darauf achten, dass er bestimmte Dinge nicht erfährt, um im Zweifel alles abstreiten zu können. Also lässt er die Sache damit auf sich beruhen.

Es sind nur ein paar Schritte von Bosmans Büro rüber zum LKA 3 am Columbiadamm im ehemaligen Südflügel des Tempelhofer Flughafens. Der Blick des wachhabenden Beamten hinter dem Glas des Empfangstresens hellt sich merklich auf, als Bosman ihm erklärt, wer er ist.

»Egal, wie das da oben ausgeht«, sagt er, »wir sind hier alle froh über jeden Kanaken, der von der Straße verschwindet.«

Dann erklärt er, dass Bosman in Zimmer 304 befragt werden soll, dritter Stock neben dem Rauschgiftdezernat. Bosman bedankt sich und nimmt die Treppe nach oben, aus Prinzip. Gut für die Fitness, so muss er sich im Gym fünfzehn Minuten weniger quälen. Als er Zimmer 304 erreicht, anklopft und die Tür öffnet, schaut er auf eine rosa Rüschenbluse über einem üppigen Busen, während ihn dunkle Augen tadelnd über den Rand einer Lesebrille hinweg mustern. Kollege Eckert ist noch in einer Besprechung, sagt die Sekretärin, er möge doch bitte draußen einen Moment Platz nehmen.

Bosman nimmt draußen Platz.

Auf einem Stuhl mit Chrombeinen und oranger Sitzschale neben einem halben Dutzend anderer Stühle, die alle leer sind. Er ärgert sich. Wird hier wie ein Schuljunge auf die Wartebank gesetzt.

Ob das Taktik ist?

Kurz darauf geht ein paar Büros weiter den Gang runter eine Tür auf, und ein ziemlich fertiger Typ kommt raus. Fettiges Haar hängt ihm ins gut geschnittene Gesicht, auf dem feuchter Schweiß glitzert, der nichts mit den sommerlichen Temperaturen zu tun hat.

»Hey Skinny«, sagt Bosman überrascht. »Was machst du denn hier?«

Skinny schaut erschrocken rüber. Er ist offensichtlich nicht froh, Bosman hier zu sehen. Skinny schlingt die Arme um seinen mageren Körper, die Ärmel der Armeejacke sind viel zu lang. Er friert und ist aufgekratzt, als hätte er sich mit dem Arsch in ein Wespennest gesetzt. Bosman sieht, dass er dringend seinen Schuss braucht, um wieder einigermaßen zu funktionieren. Er weiß, dass Skinny seine Sozialwohnung in der Forsterstraße am Görlitzer Park ein paar Dealern aus Ghana zur Verfügung stellt, die da ihr Gras in kleine Fünf-Gramm-Tütchen und das Heroin in Kügelchen verpacken, die sie dann im Park gleich nebenan verticken. Dafür kriegt Skinny seinen Stoff umsonst, ein fairer Deal, wie er findet.

»Deine Kollegen haben mich mit zwei Gramm erwischt«, beschwert sich Skinny. »Ich dachte, ihr hättet die Null-Toleranz-Zone wieder aufgehoben, ihr müsst das mal klarer kommunizieren.«

Tatsächlich schwenkt der Senat in der Wahl seiner Mittel immer wieder zwischen zwei Strategien hin und her, die beide nicht funktionieren: Mal zieht die Polizei sich aus dem Görlitzer Park zurück und lässt die Dinge einfach laufen, mal erklärt der Innensenator ihn zum Kriminalitätsschwerpunkt und zur Null-Toleranz-Zone. Was gar nichts bringt, weil die Dealer sich einfach weiter in die umliegenden Straßen verteilen und es gar nicht genug Zellen gibt, um alle einzusperren. Leute wie Skinny, die die aktuelle Wetterlage nicht mitkriegen, haben dann natürlich ein Problem.

Sie hatten die Dealer im Görlitzer Park wochenlang observiert und über V-Männer Kontakt aufgenommen. Dutzende beschlagnahmte Handys wurden ausgewertet. Am Ende hatten sie eine ziemlich gute Vorstellung davon, wie das hier ablief, wer mit wem zusammenarbeitete. Sie folgten ein paar schwarzen Jungs aus Ghana in die Parterrewohnung von Skinny und fanden heraus, dass sie dort ihr Zwischenlager hatten. Aber das interessierte Bosman nicht. Ihn interessierte, von wem sie ihren Stoff bezogen. Er wollte an die fetten Säue. Skinny zu befragen, ergab keinen großen Sinn. Er war meist stoned und hatte keine Ahnung, was um ihn herum so lief. Die schwarzen Jungs in ihren Hoodies und

Markenturnschuhen würden einen Teufel tun und einem Junkie ihre Quelle verraten. Sie nutzten seine Ressourcen, das war alles.

Also hängte sich Bosman an Diallo ran, den mit der größten Klappe. Diallo führte ihn zu einem Mann, der Bobo hieß, aber auch noch ein paar andere Namen hatte. In Hessen wurde er von der Ausländerbehörde als Hakim Nasar aus Eritrea geführt, bis er eines Tages nicht mehr in seinem Flüchtlingsheim auftauchte und sein Glück in Berlin versuchte, wo er zu Boubacar »Bobo« Faruki wurde.

Bosman hängte sich an Bobo.

Bobo führte ihn zu Tarik Aziz.

Die beiden trafen sich in einem Café am Kotti, doch was sie da zu bereden hatten, kriegten die Bullen, die gegenüber in einem Auto saßen und Fotos machten, nicht mit. Sie hatten keine Genehmigung zum Lauschangriff bekommen, weil der zuständige Richter im Urlaub war und ein illegaler Mitschnitt vor Gericht nicht verwertbar ist. Immerhin wussten sie nun, dass Bobo seinen Stoff von Tarik bezog, auch wenn sie es noch nicht beweisen konnten.

»Wir suchen Tarik«, sagt Bosman zu Skinny, der sich nervös im Ohr herumpult.

»Und warum sollte ich wissen, wo er ist?«

»Weil ihr seinen Stoff in deiner Wohnung portioniert.«

Skinny kratzt sich am Bein.

»Es geht um Mord. Wenn du was hörst oder ihn siehst, dann sag Bescheid, okay?«

»Okay«, sagt Skinny. »Okay, okay …«

Er sieht sich unruhig um.

»Hier«, sagt Bosman und gibt ihm einen Fünfzig-Euro-Schein. »Kauf dir was Anständiges zu essen.«

»Danke, Frank, danke, echt korrekt von dir.«

»Ja ja, schon gut. Und wenn du uns zu Tarik führst, gibt's fünf Riesen obendrauf.«

In diesem Moment geht die Tür von Zimmer 304 auf, und Hauptkommissar Eckert steckt seinen Kopf raus.

»Herr Bosman?«

Eckert ist ein hoch aufgeschossener Mann, trägt Jeans und T-Shirt, hat eine polierte Glatze und schwere Silberkettchen am Handgelenk. Wie so viele große Männer geht er ein wenig gebückt, als hocke ihm ein Alp im Nacken. Der andere, der sich als Hauptkommissar Weber vorstellt, hat ein aufgeschwemmtes Gesicht mit einem Schlitz, wo andere einen Mund haben. Das rechte Augenlid hängt ihm ein Stück runter wie eine kaputte Jalousie. Er hat eine fette Wampe, und Bosman fragt sich, wann er das letzte Mal beim Fitnesstest war. Nachdem sie ein paar Höflichkeiten und Formalitäten ausgetauscht haben, nehmen die beiden ihn gleich in die Mangel.

»Warum haben Sie nicht auf das SEK gewartet? Sie wussten doch, dass Sie es mit drei gefährlichen und vermutlich bewaffneten Straftätern zu tun hatten«, sagt Eckert.

»Das SEK hätte eine Dreiviertelstunde zur Einsatzbereitschaft vor Ort gebraucht. Wir konnten in dreizehn Minuten da sein, und weil wir nicht wussten, wie lange Aziz dort bleiben würde, war Eile geboten.«

»Sie haben das SEK gar nicht erst angefragt?«

»Nein.«

Weber schaut ihn an, und Bosman sieht keine Sympathie in seinen Augen. »Wussten Sie im Vorfeld, wo der Gesuchte sich in dem Gebäude aufhält?«

»Nein, aber es war ziemlich klar, dass er da nicht zum Dildoeinkauf rein ist. Außerdem ist das Dreamland einer von seinen Läden. Also lag die Vermutung nahe, dass er im Büro sein würde. Und so war es dann ja auch.«

»Der erste Schusswechsel fand im Gang zum Büro statt«, sagt Eckert. »Wie war der genaue Ablauf?«

»Jackie ging vor mir, Schuster hinter mir, als die Bürotür geöffnet wurde und Hulk rauskam.«

»Hulk?«

»Abdul Bouteflika. Sie haben sofort das Feuer eröffnet.«

»Herr Bouteflika hat das Feuer eröffnet?«

»Nein, Merhan Yilmez.«

»Haben Sie ihn gesehen?«

»Nein, aber er hatte die Maschinenpistole, also wird er es ja wohl auch gewesen sein.«

Die beiden machen sich Notizen. Bosman schaut zur Wanduhr rüber, wo der schwarze Sekundenzeiger lautlos vorrückt, als würde er die Zeit in Stücke zerteilen.

Eckert sagt: »Sie haben gesehen, wie Ihr Kollege neben Ihnen getroffen wurde.«

»Ich wurde auch getroffen. Zum Glück nur auf der Weste, sonst säße ich jetzt nicht hier.«

Ein Moment Schweigen, dann räuspert Eckert sich. »Ich weiß, und ich kann mir vorstellen, wie sich das anfühlt.«

»Hat es Sie schon mal erwischt?«

»Nein, Gott sei Dank ist mir das bislang erspart geblieben.«

»Dann haben Sie auch keine Ahnung, wovon Sie reden.«

Eckert zuckt kurz zusammen, und Bosman fragt sich, warum er ihn provoziert. Bringt doch nichts, höchstens Schwierigkeiten.

»Kann es sein, dass Sie nach dem Schusswechsel im Gang emotional so aufgewühlt waren, dass Sie die Kontrolle verloren haben?«

»Nein.«

Weber schaut in seine Unterlagen. Bosman weiß, was jetzt kommt.

»Vor nicht einmal zwei Jahren haben Sie schon einmal von der Schusswaffe Gebrauch gemacht. Am Ende gab es einen Toten und einen Schwerverletzten.«

Bosman schweigt und denkt: *Okay, aber du hast vergessen zu erwähnen, dass die Geiseln mit dem Leben davongekommen sind, du Arschloch.*

»In der Presse feiert man Sie als *Shooter*«, sagt Weber und kramt unter einem Stapel Papiere eine bunte Zeitschrift hervor, die er aufschlägt. »Hier ist sogar von *Executioner* die Rede. Respekt, offenbar operieren Sie bereits auf der Ebene von Ego-Shooter-Games. Die Berliner Polizei ist aber kein Videospiel, und es gibt eine Menge Leute, die ein Problem mit Polizeigewalt und Korruption haben. Und dazu gehöre auch ich.«

»Schön für Sie«, sagt Bosman lächelnd und schaut Weber dabei mit einem Blick an, in dem zwei Worte liegen: Fick dich.

Weber tippt auf seinem Smartphone herum. »Ihre Klickzahlen sind beeindruckend. Die Linke hat Strafanzeige wegen Totschlags gegen Sie erstattet.«

»Auf welcher Grundlage?«

»Dieser hier.«

Er hält Bosman sein Smartphone hin, auf dem der Showdown in Form eines verwackelten Handyvideos zu sehen ist: Er hebt seine Waffe, schreit irgendwas, das durch den Verkehrslärm nicht zu verstehen ist. Die junge Frau kommt ins Bild, Merhan Yilmez rudert mit den Armen, dreht sich um, der Lauf seiner Maschinenpistole zeigt nach unten. Ein Lkw fährt vorbei und blockiert das Sichtfeld. Als er wieder aus dem Bild gefahren ist, liegt Merhan Yilmez tot auf dem Boden.

Schwein gehabt, denkt Bosman erleichtert. Die tödlichen Schüsse sind nicht drauf. »Und was soll das Ihrer Meinung nach beweisen?«

»Sie haben Ihre Schusswaffe leichtfertig gebraucht und eine Gefährdung Dritter billigend in Kauf genommen. Sie hätten genauso gut die junge Frau da treffen können.«

»*Sie* vielleicht«, sagt Bosman. »Ich nicht.«

Eckert schaut ihn an und sagt: »Hatte Yilmez den Lauf seiner Waffe auf Sie gerichtet?«

Bosman zögert einen Moment und sagt dann: »Ja.«

Als er gegen Mittag das Gebäude verlässt und in Richtung Tempelhofer Damm zurück zu seinem Büro geht, sieht er, wie auf der anderen Straßenseite ein Car2go im Halteverbot parkt und eine junge Frau aussteigt, die wartet, bis das grüne Lämpchen an der Windschutzscheibe aufblinkt und das Ende der Mietzeit signalisiert. Es ist Nikki.

Sie geht über die Straße auf das Präsidium zu. Ihr Schritt ist selbstbewusst und voller Energie, wie der einer jungen Frau, die um ihre Schönheit weiß. Ihre Augen verbergen sich hinter einer Ray-Ban Aviator, eigentlich ein Modell für Männer mit Dreitagebart und Stonewashed Jeans, doch es steht ihr gut. Sie konzentriert sich auf den Verkehr und sieht Bosman nicht, dem die Klappe runterfällt. Keine Frage, sie ist auf dem Weg zu Weber und Eckert, um ihre Version der Geschichte zu erzählen.

Fuck!

5

Drei Tage vor der Schießerei im Dreamland saß Harry Schumann in seinem Bürostuhl hinter dem Schreibtisch, die Lehne nach hinten geklappt, die Hände hinter dem Kopf verschränkt. Er hatte eine interessierte Miene aufgesetzt und schaute durch die bodentiefen Fenster über die Spree rüber zum Universal-Speicher am Osthafen, während seine Buchhalterin Bea ihm schonungslos das Ausmaß des Desasters referierte, eindrucksvoll untermalt mit Excel-Tabellen auf ihrem iPad.

»Harry«, sagte Bea, »hörst du mir überhaupt zu?«

»Was?«

»Ob du mir überhaupt zuhörst. 17 500 Zuschauer nach 14 Tagen bei einem Kopienschnitt von 23. Buena Vista ist abgesprungen, wir kriegen keinen neuen Verleih, die Leute wollen Bruce Russo nicht mehr sehen.«

Nee, dachte Harry, *natürlich nicht.*

Er hatte 250 000 für das Arschloch hingeblättert. Russo war in den Nullerjahren mal eine große Nummer in Hollywood gewesen. Auf dem Kaminsims seines Hauses in Santa Barbara stand ein Golden Globe für seine Hauptrolle in *Bigfoot*, sieben Staffeln lang. Jetzt war er der Typ, der mal Bigfoot gespielt hatte. Immer noch ein Promi, wenn auch nur noch knapp über der Dschungelcamp-Liga.

Damit war er bezahlbar und genau der Richtige für *Nighthawks*, Harrys neueste und bislang aufwendigste Produktion, ein Zombie-Horror-Streifen, der schamlos lieferte, wonach die Leute lechzten. Dumm nur, dass Bruce Russo über Nacht zu einem Paria geworden war, als nach den Vorwürfen dreier Schauspielerinnen ein Video auftauchte, in dem er einer jungen Frau die Bluse aufriss und ihr ohne große Diskussion seinen Schwanz in den Mund steckte. Zwar blieb die Frage ungeklärt, wer das Video mit welcher Absicht aufgenommen hatte, doch das schien in dem ganzen folgenden #Metoo-Furor keine Rolle mehr zu spielen.

Russo war erledigt – und Harrys Film auch.

Was nicht mal das größte Problem war, denn wie jeder halbwegs normale Produzent hatte Harry nicht seine eigene Kohle riskiert, sondern Fördermittel und Fremdkapital eingesetzt.

Aber auch das konnte nach hinten losgehen.

»Wo ist das Problem?«, hatte Pam ihn vorhin gefragt, als er sich zum Stressabbau einen flotten Mittagsfick mit ihr gegönnt hatte. Sie lag auf dem zerwühlten Bett und angelte nach den Kippen auf dem Nachttisch. Harry genoss den Anblick ihrer baumelnden Titten und sagte: »Das Problem fängt mit diesem Arschloch Russo an. Der Typ hat sich nach einer Überdosis auf dem Bergfest zwei Wochen lang in Bonnys Ranch eingecheckt, wo er seinen Schatten hinterhergelaufen ist und sich vor Marsianern versteckt hielt, die ihm die Leber rausschneiden wollten. Himmel, die *Leber*? Sind wir hier bei Prometheus?«

Pam hatte noch nie was von Prometheus gehört.

»Weißt du, was mich diese zwei Wochen Drehstopp gekostet haben?«, fragte Harry, während er sein Hemd in die Tommy-Hilfiger-Jeans stopfte und dabei den Bauch einzog, um Pam den Anblick eines fitten Stechers zu vermitteln, an dem die sechzig Lebensjahre nahezu spurlos vorbeigegangen waren. »Runde 200 000 über Budget. Wo, bitte schön, sollte ich die Kohle herkriegen?«

»Kredit?«, sagte Pam.

Ja, dachte Harry ärgerlich, *Kredit.* Nur dass sein Banker, diese miese Ratte Rüdiger, ihm keinen gegeben hatte. Es gab Zeiten, da hatte Rüdiger ihn um ein Ticket für sich und seine Frau zum Deutschen Filmpreis angebettelt. Doch kaum lief es mal nicht so rund, ließ er ihn fallen und von seiner Vorzimmerdame abwimmeln wie eine lästige Fliege.

»So einfach ist das nicht mit einem Kredit«, sagte er. »Sie verlangen neuerdings Sicherheiten, du wirst es nicht glauben. Und weißt du, was das Schlimmste ist? Du wirst vom Kunden zum Bittsteller, so weit haben sie es schon gebracht. Alles Verbrecher, ich sag's dir.«

»Wieso hast du keine Sicherheiten? Du hast doch bestimmt 'n fettes Haus.«

»Das habe ich Helen überschrieben.«

»Helen ist deine Frau?«

»Ja«, sagte Harry und bückte sich, um in seine rahmengenähten Derbys zu schlüpfen. »Außerdem brauchte ich die Kohle sofort, sonst hätte ich den Dreh abbrechen müssen.«

»Scheiße.«

»Ja, richtig scheiße, aber das hilft mir jetzt auch nicht weiter.«

Er zog sein Jackett über, holte sein Portemonnaie raus und blätterte zweihundert Euro auf den Nachttisch. Seit Pam ihm bei einem Lapdance im Dreamland die Sicherungen weggeblasen hatte, bestellte Harry sie gelegentlich in ein kleines Hotel am Schlesischen Tor, nicht weit von seinem Büro. Sie war ihm gleich ins Auge gefallen, als Tarik Aziz ihn in seinen Laden mitgenommen hatte, Flatrate-Ficken und Drinks all inclusive, um ihren Deal freundschaftlich zu besiegeln. Die gelegentlichen Treffen im Hotel waren ein großes Entgegenkommen von Pam, die normalerweise nur tanzte und keine Freier privat traf. Doch sie mochte Harry, und was sprach dagegen, hin und wieder ein bisschen Spaß zu haben und mit zusätzlichen zweihundert Tacken in der Tasche nach Hause zu gehen?

Eben, gar nichts.

Pam schob die Scheine zusammen, faltete sie in ihr Portemonnaie und sagte: »Was hast du dann also gemacht?«

»Einen Fehler«, sagte Harry.

Regel Nummer eins im Filmgeschäft: Arbeite niemals mit schmutzigem Geld. Regel Nummer zwei: Wenn du es trotzdem tust, lass dich nicht erwischen und enttäusche vor allem deine Investoren nicht.

Tarik Aziz aber war enttäuscht.

Er saß bei Harry im Büro. Sein Blick glitt über die Filmplakate diverser Produktionen, über die ganzen Trophäen, Auszeichnungen und Fotos, die Harry hinter seinem Schreibtisch auf dem Regal drapiert hatte wie auf einem Schrein, sodass der Besucher als Erstes seine Leistungsbilanz sah, wenn er ihm gegenübersaß.

Das Foto mit Harvey Weinstein hatte er abgehängt.

Tarik betrachtete das gerahmte Bild links von einer Trophäe, die aussah wie ein Fußballpokal: Harrys Arm um Johnny Depp gelegt, als wären sie beste Buddys.

»Johnny Depp und du, ihr seid Kumpels?«

»Man kennt sich«, sagte Harry leichthin. Er hatte das linke Bein über das rechte gelegt und schlug sich eine nicht existierende Falte aus seiner Jeans. »Ich war bei Johnny zur Taufe seiner Nichte eingeladen, letzten Juni.«

»Fette Party?«

»Richtig fette Party.«

Dass der Schnappschuss ein Fake war, wusste niemand außer Harry selbst, der nächtelang mit Photoshop daran herumgefrickelt hatte, bis das Foto echt aussah. Wenn man genau hinschaute, konnte man erkennen, dass es ein weiblicher Arm war, der auf

Johnnys Schulter lag, nämlich der von Amber Heard, seiner Ex-Frau, die Harry digital entsorgt hatte. Aber wer sah schon so genau hin?

Harry sagte zu Tarik: »Weißt du, was Johnnys letzter Film eingespielt hat?«

»*The Invincible Man*?«

»Genau der. Minus 17 Millionen.«

»Das ist Bullshit, ich sag's dir. In der *Vanity Fair* hab ich gelesen, dass das Ding krass durch die Decke gegangen ist.«

Sieh mal einer an, dachte Harry, *der Typ liest tatsächlich die* Vanity Fair, *und das nicht nur, um sich die Nippel der Schauspielerinnen auf dem roten Teppich anzuschauen.*

Er räusperte sich. »Glaubst du allen Ernstes, dass auch nur ein einziges Studio den Leuten von *Vanity Fair* Einblick in die Finanzen gibt? In Hollywood zählt nur der Erfolg. Und deswegen gibt es auch nur Erfolge und Leute, denen es *awesome* geht und die alle dieselben schneeweißen Zähne im Mund haben, die akkurater stehen als eine Kompanie der Wehrmacht. Ich weiß, wovon ich spreche. Ich kenne das Business seit über vierzig Jahren.«

Tarik schaute ihn an. »Warum erzählst du mir den ganzen Scheiß?«

»Na ja«, sagte Harry, »dir ist sicher nicht entgangen, dass *Nighthawks* nicht so gut gelaufen ist, wie wir uns das alle erhofft haben.«

»Und?«

»Das wirkt sich natürlich auf den Return aus. Rein rechnerisch gesehen haben wir mehr ausgegeben, als wir eingenommen haben.«

»Hör auf zu labern, Alter. Sag, was anliegt.«

»Tut mir wirklich leid, Tarik, aber deine Kohle ist weg.«

Das hing einen Moment im Raum wie Bodennebel über Devonshire. Harry setzte eine bedauernde Miene auf und fügte seufzend hinzu: »Meine auch.«

Tarik starrte ihn an, sagte nichts. Die Stille wurde drückend, Harry unruhig.

»Pass auf«, sagte er und hob erklärend die Hände. »Es ist nun mal so: Das Filmbusiness ist riskant, das habe ich dir von Anfang an gesagt. Mal stehst du in Cannes auf dem roten Teppich und legst deinen Arm um Jennifer Lawrence, mal verlierst du alles. *All or nothing*, Tarik, so läuft das.«

»Wie viel hast du verloren?«

»Ich?«

»Ja, du.«

»Ähm ... das kann ich noch nicht genau beziffern, aber es ist eine Menge, so viel kann ich dir sagen. Nur weil dieses Arschloch Russo seinen Schwanz nicht unter Kontrolle kriegt, ruiniert er den ganzen Film.«

Tarik sagte nichts.

»Andererseits: Die Schlacht ist verloren, der Krieg aber noch lange nicht. Ich hab gerade mit Jeff Blasco gesprochen, Head of Acquisition bei Netflix. Die sind jetzt schon ganz heiß, vielleicht können wir das Ding noch retten. Mit Netflix haben wir ...«

»Harry«, sagte Tarik, »schau mich an.«

Harry räusperte sich erneut und sah Tarik an. Pechschwarze Augen unter schweren Lidern musterten ihn ausdruckslos. Harry fragte sich kurz, ob Tarik so weit gehen würde, ihm die Knie mit einem Baseballschläger zu zertrümmern.

Er hatte keine Zweifel daran.

»Sehe ich aus wie jemand, mit dem du Bullshit machen kannst?«

»Ähm ... nein, ganz und gar nicht.«

»Dann sag mir, wie viel du verloren hast, Bruder.«

»Also, pass auf, das Filmfördersystem ...«

»Harry«, unterbrach ihn Tarik und lächelte ein Lächeln, das kälter war als die Polarnacht, »in vierundzwanzig Stunden habe ich meine Kohle zurück. Hast du verstanden?«

Harry fröstelte. »Wie stellst du dir das vor?«

»Gar nicht«, sagte Tarik. »Du stellst dir das vor. Das ist dein Problem, Bruder, nicht meins.«

Er tätschelte ihm die Wange und ging aus dem Büro. Harry schaute ihm nach und dachte: *Okay, jetzt ist es so weit, jetzt büße ich für alle meine Sünden.*

Tarik war noch immer sauer, als er mit seinem Kumpel Abdul Bouteflika, der wegen seiner Schultern und seiner Visage für gewöhnlich Hulk genannt wurde, auf dem Weg zum Matrix war, um ein wenig zu chillen.

»Ich schwör's dir«, sagte er, »der Spacko wollte mich echt ficken, ohne Scheiß! Sagt mir ins Gesicht, meine Kohle wäre weg. Alter, ich fass es nicht.«

Er trat das Gaspedal durch und schnitt auf die linke Spur. Der AMG röhrte auf und presste sie mit 2g in die Ledersitze, flirrendes Straßenlicht, wütendes Hupen.

»Dem reiß ich die Eier ab«, sagte Tarik, »ich schwör's dir, Bruder.«

In Gedanken war er noch immer bei Harry, *diesem Opfer*, während er nach seinem waghalsigen Überholmanöver wieder rechts einfädelte – nicht ohne einen Radfahrer auf den Gehweg zu nötigen. Im Rückspiegel sah Tarik, wie der Typ ihm den Finger zeigte. Normalerweise hätte er sofort angehalten und dem Spacko klargemacht, wo der Osten lag. Aber er wollte jetzt keinen weiteren Stress. Er wollte chillen, ein paar Drinks, dann vielleicht noch ins Oasis, ein bisschen ficken. War schon eine Weile her, das letzte Mal. Vielleicht war er auch deswegen so aggro.

Zehn Minuten später parkte er seinen Wagen direkt in der Toreinfahrt mit dem »Einfahrt freihalten«-Schild neben dem Matrix, die Schnauze halb auf dem Bürgersteig. Er und der Hulk stiegen aus und gingen auf die Menschentraube zu, die sich vor dem Laden zusammengerottet hatte und darauf hoffte, eingelassen zu werden. Beats wummerten aus dem Club. Sie steuerten auf den VIP-Eingang zu, als Tarik stehen blieb und zu einem jungen Typen in einer gepolsterten Bomberjacke rüberschaute, der den Leuten in der Warteschlange offenbar Pillen vertickte.

»Wer ist der Spast?«

Hulk zuckte mit den Schultern. »Keine Ahnung.«

»Hol ihn her.«

Tarik zündete sich eine Zigarette an, während der Hulk abschob, den schmächtigen Jungen mit den eng stehenden dunklen Augen und den schwarzen Haaren ohne große Worte am Kragen packte und zu Tarik brachte. Ein paar Leute schauten ihnen nach. Niemand traute sich einzugreifen.

»Hey«, sagte der Junge, »was soll das?«

Kann dem Hulk auf Zehenspitzen die Brustwarzen küssen und hat immer noch eine große Klappe, dachte Tarik. Was versprach er sich davon? Ihm musste doch klar sein, dass er jetzt gleich böse auf die Fresse kriegen würde.

»Wie kommst du dazu, vor meinem Laden Zeug zu verticken? Hast du keinen Respekt?«

Der Kerl sagte: »Ich hab doch nur …«

Tarik schlug ihm mit der flachen Hand ins Gesicht, wieder und wieder. »Hast doch nur …? Was hast du nur, he? Komm, red mit mir, du Schwuchtel, für wen arbeitest du?«

Der Junge wich zurück, die Hände schützend vor das Gesicht gehoben. Doch hinter ihm stand Hulk, kompakt wie der Hadrianswall, und schob ihn in die Toreinfahrt, dorthin, wo sie den AMG geparkt hatten.

»Glaubst du, du kannst mich verarschen?«

»Nein«, sagte der Junge und schaute zu Boden.

»Los, pack deinen Scheiß aus.«

Der Junge klaubte eine Tüte mit bunten Pillen und abgepacktem Gras aus seiner Bomberjacke und hielt sie Tarik hin.

»Wo hast du das Zeug her?«

»Von 'nem Kumpel.«

»Ach ja?« Tarik warf Hulk die Tüte zu, der sie auffing und den Inhalt musterte. »Wie heißt denn dein Kumpel?«

»Ich weiß nicht, er ...«

Tarik hatte genug.

Er schlug dem Jungen in Magen und Nieren und verpasste ihm noch einen punktgenauen Uppercut unter das Kinn. Der Junge ging benommen zu Boden. Das tat gut, der ganze Frust kam raus aus Tarik. Er trat wütend nach, voll in die Rippen. Der Junge stöhnte auf und kroch würgend und sabbernd über das dreckige Pflaster.

Doch wo wollte er hin?

Es gab kein Irgendwohin mehr, dies war eine Sackgasse. Tarik hockte sich neben ihn und sagte: »Wer?«

»Ekrem hat mich hergeschickt«, hustete der Junge und spuckte Schleim und Blut.

Das hatte er sich schon gedacht. Der Typ hier sah schließlich aus wie einer dieser scheiß Zigeuner aus dem Kosovo. Und jetzt hatte Tarik es schwarz auf weiß. Die Kosovo-Albaner forderten ihn heraus, beanspruchten sein Territorium, schickten ihre Dealer vor seine Läden – eine unerhörte Provokation. Diesen Scheiß konnte Tarik nicht ungesühnt lassen. Er schlug dem Jungen erneut ins Gesicht, einmal, zweimal, dreimal. Er spürte Knochen brechen. Er musste ein Exempel statuieren. Wenn er den Jungen ungeschoren davonkommen ließ, würden die Albaner das als Schwäche auslegen. Dann konnte er einpacken.

Blut schoss dem Jungen aus der gebrochenen Nase und den geplatzten Lippen.

»Hör zu, du Opfer«, keuchte Tarik, »geh zu Ekrem und sag ihm, er soll seine Mutter ficken, hast du gehört? Und wenn er oder seine Leute sich hier noch einmal blicken lassen, dann mach ich ihn fertig. Hast du verstanden?«

Der Junge nickte schwach, Blut im Gesicht, die Augen unfokussiert. Schwer zu sagen, was er überhaupt noch mitkriegte. Tarik stand auf, wischte sich die aufgeschlagenen Knöchel mit seinem Taschentuch ab und spuckte auf den Jungen.

»Und jetzt verpiss dich!«

Eine Stunde später kam Rodan Ekrem mit zwei Leuten in das Matrix, wo Tarik mit Hulk und ein paar anderen Kumpels am Tresen saß und feierte. Die Kosovo-Albaner hatten Baseballschläger dabei, Hulk seine 9mm Glock. Die ganze Geschichte endete damit, dass Tarik Aziz draußen vor dem Matrix sein Klappmesser aufschnappte und Ekrem die blitzende Klinge in einer einzigen fließenden Bewegung quer über den Hals zog.

Einen Tag nach dem Mord an Rodan Ekrem saß Harry im repräsentativen Konferenzraum der Kanzlei Laurenz & Partner am Ku'damm. Er wusste zu dem Zeitpunkt noch nicht, was geschehen war. Sonnenlicht fiel durch die halb geschlossenen Jalousien und warf Streifen auf das alte Eichenparkett. Ein Gemälde von Neo Rauch hing an der Wand, und auf dem ovalen Tisch stand eine Karaffe mit frischem Wasser, die Harry finster anschaute. Früher hatte es Champagner gegeben, wenn man auf Dr. Reinhardt Laurenz wartete, sozusagen als Kompensation dafür, dass man die Unannehmlichkeit des Wartens ertragen musste. Ein Zeichen hoher Wertschätzung. Heute gab es Wasser, und das lag nicht daran, dass Laurenz' Geschäfte schlechter liefen, denn das Gegenteil war der Fall. Hatte es vielleicht damit zu tun, dass man Harry die Niederlagen anmerkte, die er in letzter Zeit hatte einstecken müssen? Der Flop mit *Nighthawks* war nur der letzte in einer Reihe von Misserfolgen, für die Harry nicht immer persönlich verantwortlich war. Doch am Ende interessierte das keinen. Die Welt wurde in Gewinner und Verlierer eingeteilt. Dazwischen gab es nichts.

Harry verdrängte den beunruhigenden Gedanken, womöglich ein Auslaufmodell zu sein, rasch aus seinem Kopf, als die Tür aufging und Laurenz eintrat. Energisch, jovial lächelnd, tadelloser dunkler Anzug. Er kam mit ausgestreckter Hand auf ihn zu.

»Harry, tut mir leid, mir ist ein Telefontermin dazwischengekommen. Alles gut?«

Klar, dachte Harry, *darum bin ich ja auch hier, du Hornochse.* »Alles bestens«, sagte er und setzte sich wieder.

»Wie geht's Helen?«

»Sie ist gerade auf irgendeinem Yogaseminar.«

Laurenz seufzte. »Daniela auch. Kannst du mir erklären, warum Frauen irgendwann alle eine Sinnkrise kriegen und Yoga machen?«

Die Frage hatte Harry sich tatsächlich auch schon gestellt, aber nicht weiterverfolgt. Er profitierte letztlich ja auch davon, dass Helen Wert auf eine Topfigur und gesunde Ernährung legte. Keine Frage, sie sah toll aus, und zwar nicht nur für ihr Alter. Schlank, sportlich, mit langen kastanienbraunen Haaren und veilchenblauen Augen. Harry genoss die Blicke der Männer auf seiner Frau, mochte es, wenn sie sich in ihrer Nähe in sabbernde Raubtiere verwandelten. In solchen Momenten fühlte er sich so richtig schön alpha.

»Was kann ich für dich tun, mein Bester?«, sagte Laurenz und wippte in seinem Chromstuhl mit den schwarzen Lederlehnen vor und zurück, während er die Fingerspitzen aneinanderlegte und Harry anschaute.

»Ich habe ein Problem mit Aziz. Er will seine 200 000 wiederhaben.«

»Überrascht dich das?«

»Nein, aber Fakt ist, es gibt keine 200 000. *Nighthawks* ist gefloppt, und Aziz hat den Vertrag unterschrieben, den *du* ausgehandelt hast. Und da steht ausdrücklich drin, dass im Falle eines Verlustes kein Anspruch auf Kompensation besteht.«

Laurenz sah zum Fenster rüber, zu den halb geschlossenen Lamellen der Jalousie, und trommelte mit den Fingern auf dem Tisch.

»Was soll ich deiner Meinung nach jetzt tun?«

»Du hast den Typen angeschleppt, also schaff ihn mir auch wieder vom Hals.«

»Was heißt hier *angeschleppt*? Du bist *angekrochen* gekommen, weil du Kohle für deinen Film gebraucht hast.«

»Ja, wegen dem Arschloch Russo.«

»Warum auch immer. Ich habe dir geholfen, vergiss das nicht. Wenn *du* das Ding an die Wand fährst, dann komm damit nicht zu mir.«

»Du bist mein Anwalt!«

»Ja«, sagte Laurenz. »Ich vertrete aber auch Herrn Aziz.«

»Willst du, dass er mir die Kniescheiben mit einem Baseballschläger zertrümmert?«

»Jetzt übertreibst du aber.«

»Das können wir gerne diskutieren, wenn ich das nächste Mal im Rollstuhl hier vorfahre. Mensch, Reinhard, ich habe keine 200 000, die ich mal eben lockermachen könnte.«

Laurenz räusperte sich.

»Tut mir leid, Harry, ich fürchte, da kann ich dir nicht helfen.«

Harry nickte.

»Okay. Was meinst du, was die Bullen dazu sagen, wenn ich ihnen einen Mafiaanwalt liefere, der Drogengelder für Aziz wäscht?«

»Du«, sagte Laurenz und zielte mit dem Finger auf ihn, »du hast schmutziges Geld für Aziz gewaschen, nicht ich.«

»Du hast den Deal eingefädelt.«

»Nein«, sagte Laurenz. »Ich habe dir einen Gefallen getan, das war alles.«

Er schaute auf die fette Breitling unter den Manschettenknöpfen seines Hemdes und stand auf. »Sorry, aber ich habe jetzt einen Termin. Grüß Helen von mir, okay?«

Harry trat wütend aus dem prunkvollen Hauseingang der Kanzlei hinaus auf den Ku'damm. Tatsächlich hatte Laurenz lediglich den Kontakt zu Tarik Aziz hergestellt, der nach einem *Investment* Ausschau hielt. Den kriminellen Akt hatte Harry begangen, nachdem er Aziz im Ararat getroffen hatte, einer Shisha-Bar auf der Sonnenallee.

»Pass auf«, hatte Tarik damals zu Harry gesagt und an seiner blubbernden Wasserpfeife genuckelt, »ich mache dir ein Angebot, das du nicht ausschlagen kannst. Ich gebe dir 200 000 in cash und kriege 180 000 zurück, mein legaler Gewinn aus dem Film, als Überweisung auf mein Konto. Zehn Prozent bleiben bei dir, als Anerkennung für deine Arbeit. Wie klingt das?«

»Wie ein Geschäftsmodell der Zukunft«, hatte Harry gesagt und Tarik die Hand gegeben. Anschließend waren sie ins Dreamland gefahren, um den Geschäftsabschluss zu feiern. Es war naiv gewesen, sich vertraglich gegen einen möglichen Verlust abzusichern, das hätte er wissen müssen. Nicht, wenn man Geschäfte mit der Mafia machte. Jetzt hatte er den Salat. Er holte sein Smartphone aus der Tasche, um ein Taxi zu bestellen, als sein Blick auf die Push-up-Nachricht auf seinem Startbildschirm fiel.

Eine Schlagzeile auf *Spiegel Online*: »Kaltblütiger Mord vor Diskothek«. Harry las atemlos weiter. Nach Tarik Aziz wurde wegen dringenden Tatverdachts gefahndet, die Polizei hatte fünftausend Euro für den ausgelobt, der einen sachdienlichen Hinweis zu seiner Ergreifung geben konnte. Harry blieb stehen, starrte auf das Display und rief Pam an.

»Hör mal«, sagte er, »du arbeitest doch noch im Dreamland, oder?«

»Ich zieh mich gerade um.«

Harry hörte im Hintergrund gedämpfte Musik und stellte sich vor, wie Pam in der Garderobe vor dem großen Spiegel stand, *topless*, während sie mit ihm telefonierte.

»Der Laden gehört Aziz«, sagte er.

»Ach, erzähl mir was Neues.«

Harry lächelte siegesgewiss und sagte: »Hast du Lust, dir fünftausend Mücken zu verdienen?«

6

Die Schlange vor der Tafel wird von Tag zu Tag länger. So kommt es Bosman jedenfalls vor. Er steigt aus seinem Wagen und schaut rüber zur Essensausgabe in dem Laden in der Hobrechtstraße, wo vorher ein Edeka war. Jetzt stehen da Achim und seine Leute und verteilen Lebensmittel an Bedürftige. Früher waren es nur ein paar Obdachlose und Hartzer, dann kamen die Rentner dazu und in letzter Zeit die Syrer, Afghanen und Afrikaner, die mit den ärmsten Deutschen um die knappen Ressourcen konkurrieren, um bezahlbaren Wohnraum und um Essen. Das schürt Neid und Hass. Die Spannungen in der Stadt steigen, Gegensätze werden größer, die Menschen unversöhnlicher. Überall kann Bosman spüren, wie sich etwas zusammenbraut. Die Stimmung ist gereizt, auf der Arbeit, auf der Straße, hier vor der Essensausgabe, wo es immer wieder Ärger mit den Flüchtlingen gibt.

»Aber hey«, sagt Achim, »da, von wo die herkommen, läuft es nicht anders. Das sind alles Überlebenskünstler, nur die Rücksichtslosesten kommen überhaupt so weit. Nobles Verhalten ist ein Privileg der Wohlhabenden. Wenn du jeden Tag darüber nachdenken musst, wie du ihn am besten überstehst, dann ändern sich die Prioritäten. Da ist Rücksicht ein klarer Wettbewerbsnachteil.«

Er steht neben Bosman an die Hauswand gelehnt, Morgensonne im Gesicht, ein paar Schritte vom Eingang zur Tafel und ascht bekümmert seine selbst gedrehte Kippe ab. Als Achim seine große Zeit hatte, war die Welt noch übersichtlich. Es war klar, wer auf der falschen Seite stand: der US-Imperialismus und seine europäischen Vasallen. Wer auf der richtigen Seite stand, war auch klar: die Sandinisten in Nicaragua und man selber. Doch in letzter Zeit ist sich Achim da nicht mehr so sicher. Die Sandinisten haben sich als Neo-Faschisten entpuppt, und das wölfische Verhalten an seiner Tafel raubt ihm die letzten Illusionen über das friedliche Zusammenleben der Völker.

»Wie kommt ihr klar?«, fragt Bosman.

»Schau's dir an.« Achim deutet auf die Warteschlange vor dem Laden. Neben allen weltpolitischen Aspekten, die es zu bedenken gilt, hat er noch einen Haufen ziemlich konkreter Probleme am Hals. Wie zum Beispiel die Frage, wie er den im letzten Jahr um 38 Prozent gestiegenen Lebensmittelbedarf seiner Tafel decken soll. Am Anfang sind sie mit ein paar Leuten losgezogen und haben abgelaufene Lebensmittel aus den Supermärkten eingesammelt. Das machen sie noch immer, aber es reicht nicht mehr, also müssen sie zukaufen. Und dafür das nötige Geld auftreiben.

»Wir arbeiten schon in zwei Schichten, aber der Nachschub stockt. Gestern ist uns auch noch der Transit verreckt, jetzt können wir die Sachen mit der Schubkarre herholen, bis der Wagen wieder fit ist.«

Bosman greift in seine Innentasche, holt ein Kuvert raus und sagt: »Hier, wenn du mehr brauchst, sag Bescheid, okay?«

Achim nimmt seinen monatlichen Umschlag entgegen und steckt ihn sich hinten in die Jeans, ohne nachzuzählen. Einem geschenkten Gaul schaut man nicht ins Maul. Und fragt sich schon gar nicht, wie ein Bulle es sich leisten kann, regelmäßig in größerem Stil karitativ tätig zu werden.

»Danke, Frank, du rettest meinen Glauben an das Gute im Menschen.«

»Erzähl das bei Gelegenheit mal meiner Frau.«

Achim grinst und schnipst die Kippe weg.

Bosman sagt: »Wir suchen Tarik Aziz.«

»Ich weiß. Die Leute reden darüber, auch über dich.«

»Und was sagen sie?«

»Dass du ein scheiß Killer bist.«

»Wir haben zwei Augenzeugen«, sagt Bosman. »Diesmal landet er im Bau, und zwar für mindestens fünfzehn Jahre.«

»Ich halte die Augen offen.«

Als sich Bosman zum Gehen wendet, sagt Achim: »Da ist noch was. Jürgen ist zurück.«

Bosman dreht sich zu ihm um: »Bei Jenny?«

Achim beißt sich auf die Lippen und nickt. »Als ich sie gestern gesehen habe, sah sie nicht gut aus.«

Bosman stößt das Hoftor des letzten noch nicht sanierten Altbaus in der Reichenberger Straße auf und tritt in den Hausflur. Hier stinkt es nach Pisse. Fahrräder lehnen an der Wand, Werbung quillt aus den Briefkästen. Star FM rockt aus einem offenen Fenster irgendwo im Gartenhaus. Bosman geht die knarzenden Stiegen hoch. Schmutzig braunes Linoleum, blätternde Lackfarbe, die wie Schuppenflechte von den Wänden perlt, angeschlagene grüne Eingangstüren.

Es riecht nach Schimmel.

Bosman klingelt bei Radebeul. Nach einer Weile macht ein Typ im Muskelshirt auf und schaut ihn aus kleinen Augen feindselig an, verwaschene Tattoos auf den kräftigen Oberarmen.

»Was willst du?«

Statt einer Antwort schiebt Bosman ihn grob beiseite und marschiert in die Wohnung.

»Jenny?«

Er findet sie im Wohnzimmer, auf das Sofa gekauert, die Beine untergeschlagen. Die aschblonden Haare hängen ihr ins Gesicht und fallen über die mageren Schultern. Bosman sieht die Schwellung auf der rechten Wange und die blauen Flecken auf ihren Unterarmen. Er schaut in müde Augen, für die er vor dreißig Jahren getötet hätte. Doch der helle Schimmer ist dahin, genau wie die Klarheit und das Versprechen, das seine erotischen Fantasien bis zur Erschöpfung beflügelt hatte. Einmal, ein einziges Mal, hatte er sie geküsst. Das war auf der Klassenfahrt ins Torfhaus auf dem Brocken im Harz. Damals musste man noch von Berlin über die Zonengrenze und stundenlang bei Dreilinden und vor Helmstedt warten, bis die DDR-Grenzer die Pässe kontrolliert und über ratternde Transportbänder zurück in die Wachhäuschen geschickt hatten. Mit Spiegeln wurden die Unterböden der Fahrzeuge überprüft. Kofferräume mussten geöffnet werden auf der Suche nach Menschen, die dieses scheiß Land verlassen wollten und dafür Kopf und Kragen riskierten. Die Grenzer waren unermüdlich in ihrer sinnlosen Pflichterfüllung, hatten immer den bösen Blick drauf. Humor galt wohl als kapitalistische Zersetzungsstrategie.

»Was ist passiert?«, fragt Bosman, obwohl er die Antwort kennt. Jenny schüttelt den Kopf und weicht seinem Blick aus.

»Komm, hau ab«, sagt Jürgen zu Bosman, »das ist Hausfriedensbruch, was du hier abziehst. Also verpiss dich.«

Bosman fährt herum, zieht in der Bewegung einen Totschläger von hinten aus dem Gürtel unter der Jacke und drischt ihn Jürgen quer über das Gesicht, Rückhand, Vorhand. Haut platzt auf, Blut schießt raus. Jürgen taumelt zurück, und Bosman schlägt ihm die Spitze des bleigefüllten Schlauches über die rechte Kniescheibe.

Jürgen brüllt auf, sackt zusammen, beide Hände umklammern sein Knie. »Du Arschloch, du verdammtes Arschloch ...«

Bosman hockt sich neben ihn, beugt sich runter. Er ist außer Atem, aber nicht wegen der drei präzisen Schläge. Es ist das Adrenalin, das ihm durch den Körper jagt und unter der Schädeldecke hämmert wie ein heiß gelaufener Schlagbohrer.

»Wenn du noch ein einziges Mal auch nur in ihre Nähe kommst«, flüstert er, »dann bring ich dich um. Hast du mich verstanden?«

Jürgen robbt auf dem Boden zurück, weg von Bosman. Der Schmerz hat ihm die Tränen aus den Augen gespült, die sich mit dem Blut in seinem Gesicht mischen. Speichel tropft ihm aus dem Mund.

»Steh auf«, sagt Bosman.

»Mein Knie, du hast mein Knie …«

»Steh auf, oder muss ich dir Beine machen?« Bosman geht einen Schritt auf Jürgen zu, der ihn panisch anstarrt, weiter zurückrobbt bis an die Wand.

»Steh auf!«

Jürgen hangelt sich die Wand hoch, kann nur auf einem Bein stehen.

»Und jetzt hau ab und lass dich hier nie wieder blicken.«

Jürgen schaut zu Jenny rüber, die die ganze Zeit still auf dem Sofa gesessen hat, das Gesicht ausdruckslos.

»Fotze!«

Dann schleppt er sich raus. Die Tür knallt ins Schloss, eine Stille wie nach Schlägen aufs Ohr.

Bosman schluckt, schaut auf den Totschläger in seiner zitternden Hand und steckt ihn zurück in den Hosenbund. Eigentlich verabscheut er Gewalt und hasst es, sie einzusetzen, aber manchmal geht es nicht anders. Und jedes Mal fühlt er sich dreckig hinterher.

So auch jetzt, als Jenny ihn anschaut.

»Entschuldigung«, murmelt er und geht in die Küche, wo sich schmutziges Geschirr stapelt. Er hält einen Spüllappen unter den

Wasserhahn, wringt ihn aus und geht zurück, um die Blutflecken von den Holzdielen zu wischen.

»Musst du nicht machen«, sagt Jenny.

Sie greift mit zitternden Fingern nach den Kippen auf dem Couchtisch und zündet sich eine an. Bosman sagt nichts. Er geht in die Küche, wäscht den Lappen aus und kommt zurück ins Wohnzimmer, wo Jenny rauchend auf dem Sofa sitzt. Im Sonnenlicht, das durch die halb zugezogenen Vorhänge bricht und die eine Hälfte ihres Gesichtes in weiche Schatten taucht, die zerschlagene Hälfte, sieht sie für einen Moment wieder aus wie früher, bevor sie anfing, falsche Entscheidungen zu treffen.

Jenny sagt: »Was, wenn er wiederkommt?«

»Er kommt nicht wieder.«

Sie schweigen einen Moment. Dann schaut Bosman sie an und sagt: »Wo ist Tim?«

»In der Schule.«

Gut.

Wenigstens das kriegt sie auf die Reihe. Bosman wundert sich immer wieder darüber, dass es Typen wie Jürgen gelingt, Frauen für sich zu interessieren, die sie dann später demütigen und verprügeln. Warum machen die das mit, Frauen wie Jenny, die schön und nicht auf den Kopf gefallen sind? Aus einem Gefühl großer Sentimentalität heraus hat er sie nie ganz aus den Augen verloren, hat mitbekommen, wie ihre Männerbeziehungen immer desaströser wurden, wie sie anfing, den Halt zu verlieren, dann den Job und schließlich die Würde.

Das war das Schlimmste.

»Komm«, sagt er, »wir packen seine Sachen zusammen.«

Jenny nickt, zieht noch einmal an der Kippe, killt sie im Zackenbecher und steht auf. Sie stopfen Jürgens Klamotten, seine Zahnbürste, das Handy und seinen ganzen anderen Scheiß in zwei schwarze Müllbeutel. Dann holt Bosman einen Hunderter aus seinem Portemonnaie und legt ihn auf den Tisch. »Hier, geh mit Tim zum Hertha-Spiel nächsten Samstag. Macht euch einen schönen Tag.«

Jenny sieht ihn an. Sie hat Tränen in den Augen.

»Frank, das …«

»Hör auf zu heulen«, sagt Bosman. »Und sieh zu, dass du deinen Scheiß wieder auf die Reihe kriegst.«

Er nimmt die beiden Müllsäcke, wirft sie sich über die Schulter und geht. Draußen im Hof schmeißt er sie in den Container, geht zu seinem Wagen, steigt ein und fährt los zum Präsidium. Unterwegs ertappt er sich dabei, wie ihm der Gedanke durch den Kopf fährt, was gewesen wäre, wenn er und Jenny zusammengekommen wären. Hätte ihr Lebensweg dann eine andere Richtung genommen? Wäre sie an seiner Seite glücklich geworden und aufgeblüht, oder trägt der tragische Mensch sein Scheitern in sich, egal, was er tut?

Und was ist eigentlich ein tragischer Mensch?

7

Nach der Vernehmung durch Eckert und Weber oben im dritten Stock bei den Bullen am Tempelhofer Damm vor ein paar Tagen war Nikki ziemlich durcheinander gewesen. Aufrecht ging sie rein, angeschlagen kam sie raus. Was war passiert?

Sie hatte gelogen.

Sie hatte ausgesagt, dass der Araber, Merhan Yilmez, seine Maschinenpistole erhoben hatte, um zu feuern. »Der Polizist«, sagte sie so neutral wie möglich, »war schneller.«

Dann musste sie eine eidesstattliche Erklärung abgeben, und ihre Lüge war zementiert. Sie deckte einen Killer. Das Bild, wie Bosman auf den Araber anlegte, ging ihr nicht aus dem Kopf. Die Füße schulterbreit auseinander, stand er da, klarer Blick, beide Hände um die Waffe geschlossen. *Bang, bang* – zwei Schüsse. Sie hatte ihn gleich gegoogelt, den Shooter, und herausgefunden, dass er schon einmal jemanden erschossen hatte, einen Geiselnehmer. Die beiden Geiseln, eine Mutter und ihre fünfjährige Tochter, waren unverletzt geblieben und mit dem Schrecken davongekommen.

Bis drei Uhr morgens durchforstete Nikki das Internet und setzte sich ihr Bild des fremden Mannes zusammen. Sie sammelte alle Zeitungs- und Videobeiträge über die Geiselnahme und die jüngste Schießerei. Bosman im Kreuzfeuer. Bosman im Kampf gegen die arabischen Großfamilien. Bosman in Bosnien. Bosman verheiratet.

Shit.

Nikki spürte den Stachel der Eifersucht.

Am nächsten Morgen trifft sie sich wieder mit Laura im Veganz. Laura schaut sie sorgenvoll an und sagt: »Du steigerst dich da in was rein.«

»Möglich«, sagt Nikki und blickt nervös auf die Uhr ihres Handys. Eigentlich muss sie in zehn Minuten im Proseminar Kommunikation und Medien 1 sitzen. Wenn sie heute wieder fehlt, wird der Kurs nicht anerkannt, und sie kann sich das ganze Semester abschminken. Aber scheiß drauf, es ist wichtiger, mit Laura zu quatschen, als sich das Gelaber in der Uni anzuhören. Und wenn sie ehrlich ist, muss sie zugeben, dass sie das Semester eh schon abgehakt hat. Wenn Daddy Bert sich gelegentlich besorgt nach der anvisierten Studienzeit erkundigt, weil sie ihn jedes Jahr ein paar Tausend Euro kostet, kontert Nikki stets mit dem Hinweis, er habe seinerzeit dreiundzwanzig Semester Philosophie und Sozialwissenschaften studiert, und damit hat sich die Sache dann erledigt.

»Ich weiß ja auch nicht, was mit mir los ist«, sagt Nikki kleinlaut.

»Wie sieht er denn überhaupt aus? Zeig mal her.«

Laura beugt sich zu Nikki rüber, die über das Smartphone wischt und ihr dann ein Foto von Bosman zeigt, das sie letzte Nacht aus dem Netz geladen hat: Bosman mit nacktem Oberkörper und Sonnenbrille beim Angeln in einem kleinen Boot auf dem Meer, kräftige Arme. Das Foto ist letztes Jahr auf dem Betriebsausflug nach Hiddensee entstanden, wo Team Bosman mit ein paar Kumpels über den verlängerten Vatertag Kurzurlaub gemacht hat. Jackie hat es zusammen mit anderen Bildern gepostet. Jetzt landet es als Sperrbildschirm auf Nikkis Smartphone.

»Nicht schlecht«, sagt Laura.

»Oder?«

»Aber ist er nicht ein bisschen alt?«

Das hatte Nikki auch schon überlegt, aber dann hat sie gemerkt, dass genau das einen Teil des Reizes ausmacht. Sie ist neugierig und gespannt auf einen echten Mann, denn bislang hatte sie nur große Jungs. Und was seinen *Body* betrifft, hey, schau dir das Foto an, und du weißt Bescheid. Siehst du die Sehnen und Adern auf seinem muskulösen Unterarm, der die gebogene Angel einholt? Ein Mann, der jagt. Einer, der zieht, um zu schießen, und der schießt, um zu töten.

Geil.

»Voll krass«, sagt Laura, »wie du auf einmal auf Superhelden stehst.«

Superhelden?

Nikki schaut Laura verständnislos an.

»Ist doch klar«, sagt Laura, »du beschwörst das archaische Bild eines Mannes, der als Beschützer auftritt und keine Angst hat, bis zum Äußersten zu gehen.«

»Wieso Beschützer? Wen hat er denn beschützt?«

»Die öffentliche Ordnung«, sagt Laura und schlürft mit einem lila Strohhalm ihren veganen Smoothie. »Er hat getötet, sich damit über die Regeln hinweggesetzt und als Souverän erwiesen. Ich meine, Souverän im foucaultschen Sinne, also großgeschrieben, nicht als Adjektiv, sondern eher wie ein König.«

Aha ...

»Das Problem ist nur«, sagt Laura, »dass dieser Typus Mann zeitgeschichtlich ein Auslaufmodell ist. Er vertritt das alttestamentarische Patriarchat in seiner Reinform. Interessant, dass du auf solche Typen stehst.«

Den Nachmittag verbringt Nikki im Bett, trägt Kopfhörer und hat ihren Laptop auf den Knien. Doch sie schreibt keins von den

Gedichten, mit denen sie sich einen Namen in der Poetry-Slam-Szene gemacht hat, sondern eröffnet einen neuen Blog: »Das alttestamentarische Patriarchat in Reinform, oder warum ich auf Superhelden stehe«.

Zufrieden blickt sie auf die Überschrift, zündet sich eine Zigarette an und beginnt zu tippen, während Florence + the Machine ihr aus dem Kopfhörer in die Birne dröhnt. Zu ihrer eigenen Überraschung scheinen ihr die Gedanken von alleine durch die Finger zu fließen, und als sie die erste Seite ihres neuen Blogs in einem Rutsch noch einmal liest, stellt sie errötend fest, dass das pure Pornografie ist.

Bosman sitzt mit Schuster im Adana Grill, ihrem Stammlokal. Erol, der Besitzer des Ladens, ist ein alter Kumpel. Sie sind im Schillerkiez zusammen zur Schule gegangen, damals ein echtes Ghetto, heute schick gentrifiziert. Erol hat dann die übliche Karriere eingeschlagen: Einbruch, Körperverletzung, Raub, Drogen – das volle Programm. Heute gehören ihm zwei Läden, und er ist ehrenamtlich als Streetworker unterwegs, um den Kids klarzumachen, dass es Alternativen dazu gibt, als Arschloch geboren zu werden und auch als eins zu sterben. Okay, für seine Geburt kann man nichts, da hat man in Deutschland nun mal die Arschlochkarte gezogen, wenn man Achmed oder Mustafa heißt. Was aber nicht zwingend bedeutet, dass man sein Leben lang ein Arschloch bleiben muss. Man muss jedoch aus seiner Opferrolle rauskommen, erzählt Erol den Kids immer wieder, um im Leben etwas zu erreichen. Sonst wird das nichts.

Bosman futtert Shish Kebab, den er mit salzigem Ayran runterspült. Er denkt an die junge Frau, die ihn ansah, als er Yilmez erschossen hat. Er hat ihren Blick in der Peripherie seines Sichtfeldes mehr gespürt als wahrgenommen, während er Yilmez' Brust im Fokus hatte und seinen Zeigefinger langsam und gleichmäßig zweimal durchzog. Was hat sie Weber erzählt? Nicht die Wahrheit, so viel ist jedenfalls schon mal klar. Sonst hätte er längst auf der Matte gestanden, um ihm den Ofen heiß zu machen. Bosman sagt zu Schuster: »Hast du mal was von diesem Weber gehört?«

Schuster pult sich mit einem Zahnstocher Lammfleisch aus dem Gebiss. »Soviel ich weiß, ist er Kromschröders Mann.«

Das erklärt einiges. Kromschröder leitet das LKA 5, und es ist kein Geheimnis, dass er als nächsten Karriereschritt die Direktion anpeilt – genau wie Emrah. Zwei Konkurrenten, die einander hassen. Kromschröder hält Emrah für »unseren Alibi-Türken«, Emrah hält Kromschröder schlicht und einfach für eine intrigante Sau, was er auch ist. Aber würde er so weit gehen, seinem Feind einen Skandal an den Hals zu hängen?

»Meinst du, der will uns zur Strecke bringen, um Emrah Dreck in seiner Abteilung anhängen zu können?«

Schuster zuckt mit den Schultern. »Wenn ein Untersuchungsausschuss eingesetzt wird, kann Emrah sich seine Kandidatur jedenfalls sonstwohin schieben. Das war's dann. Egal, ob sie was rausfinden oder nicht, der Dreck bleibt kleben.«

Bosman weiß, dass Schuster recht hat. Wer tief genug gräbt, findet immer was. Irgendwo gibt es immer einen Schwachpunkt oder eine undichte Stelle. Und ist der Skandal erst mal in der Welt, millionenfach in den sozialen Netzwerken recycelt, bis jeder Bürger über vierzehn Jahre Bescheid weiß, ist man erledigt.

»Warst du bei Jackie?«, fragt er.

»Der hat schon wieder 'ne große Klappe«, sagt Schuster.

Bosman nickt. Er stellt sich vor, wie es ist, wenn einem das rechte Auge weggeschossen wurde. Gott sei Dank ist nicht die ganze Kugel eingedrungen, sondern nur der Splitter eines Querschlägers. Sonst wär's das gewesen mit Jackie. Bosmans Handy vibriert auf dem Tisch und tanzt Richtung Kante. Eine SMS von Nina.

Sie will ihn sofort sehen.

Als Bosman im Dienstgebäude auf den Getränkeautomaten im Mannschaftsraum zugeht, redet Nina gerade mit Weihrauch und kickt gegen den Ausgabeschlitz, aus dem eine Cola rauspoltert.

»Auch eine?«

»Gerne.«

Nina tritt ein zweites Mal dagegen, und die nächste Cola scheppert raus.

»Die Technik musst du mir mal zeigen«, sagt Bosman und grinst.

»Keine Technik, das Ding ist kaputt. Alle wissen Bescheid, aber keiner meldet es.«

»Das wusste ich nicht.«

»Bist ja auch unser Saubermann«, grinst Weihrauch und rückt seine Wampe zurecht.

»Das Finanzamt hat Strafanzeige gegen Harry Schumann gestellt«, sagt Nina.

Bosman stöhnt auf. Es wäre nicht das erste Mal, dass sein Schwager in Schwierigkeiten steckt. »Hat er wieder Steuern hinterzogen?«

»Das sowieso, und er hat vermutlich Geld gewaschen.«

»Für Aziz«, sagt Weihrauch.

Bosman fällt die Kinnlade runter. »Wie bitte?«

»Die Sache kam ins Rollen, als ein Scheck über 200 000 Euro geplatzt ist. Das Geld sollte in eine von Harrys Filmproduktionen investiert werden. Da ist es auch verbucht. Nur – wo kommen die 200 000 her?«

»Wenn der Scheck nicht gedeckt war, hat Harry Bargeld investiert.«

»Aber nicht sein eigenes.«

»Sondern?«

Nina schaut ihn an: »Erinnerst du dich an den Casino-Raub vor fünf Jahren?«

Klar erinnert Bosman sich. Eine Bande von sechs Maskierten war einfach mit Knarren und Baseballschlägern rein in die Spielbank am Potsdamer Platz, wo sie mit großem Bohei das Preisgeld gestohlen hatte.

Eine Million Euro.

Einen der Täter konnten sie anhand der Fingerabdrücke identifizieren: Merhan Yilmez, der Mann, den Bosman erschossen hat. Er hatte sich geweigert, Handschuhe zu tragen, *weil das scheiße aussah.* Dafür saß er drei Jahre und hatte genug Zeit, darüber nachzudenken, ob es nicht vielleicht doch Momente im Leben gab, bei denen der *style* nicht alles war.

Jetzt kann er darüber mit Allah debattieren.

»Das Preisgeld war markiert«, sagt Nina. »Und jetzt rate mal, wo einige dieser markierten Scheine wieder aufgetaucht sind? Bei diversen Filmdienstleistern. Requisite, Ausstattung, Maske, Rental Car und so weiter. Von da aus konnten die Kollegen nachverfolgen, woher die Scheine stammen.«

Und Bosman ahnt es: »Von Harry.«

Nina nickt. »Er hat die Leute bei seiner letzten Produktion in bar bezahlt. *Nighthawks*? Das Ding mit Bruce Russo?«

»Ist der nicht megamäßig gefloppt?«

»Wegen der #Metoo-Geschichte. Russo war erledigt und Harrys Film auch. Hat nicht mal ein Zehntel der Produktionskosten eingespielt. Als wir ihn ansehen wollten, lief er schon nicht mehr in den Kinos.«

Weihrauch sagt: »Yilmez war die rechte Hand von Aziz, bevor du ihn weggeblasen hast.«

Bosman weiß, was das bedeutet. Aziz hat Harry schmutzige Kohle gegeben, um sie am Ende sauber wieder rauszukriegen. Nur, wie will er sie wieder rauskriegen, wenn der Film gefloppt ist?

Gar nicht, wie Nina ihm erklärt: »Die 200 000 kann er abschreiben.«

»Oder eintreiben.«

»So ist es. Ich glaube, dein Schwager steckt tief in der Scheiße.«

Harry sitzt missmutig in seinem Büro und scrollt auf seinem Smartphone durch die Nachrichten. Überall News über den Shooter, seinen Schwager, der den Falschen erwischt hat.

Verdammte Amateure!

Die Intercom summt, und Uli, die Vorzimmerdame, kündigt Besuch an. Schon an ihrer Stimme erkennt Harry, dass es sich nicht um gewöhnlichen Besuch handelt. Keine zehn Sekunden später kommt Pam ohne anzuklopfen in sein Büro geweht. Schwarze Netzstrumpfhosen mit Löchern, Metallica-Shirt unter der schwarzen Lederjacke und Doc Martens an den Füßen. *Himmel,* denkt Harry, *damit kann man Türen eintreten – oder jemanden in den Arsch.* »Bist du wahnsinnig, hier einfach so aufzukreuzen?«

»Schämst du dich für mich?«

»Nein, natürlich nicht, aber ich arbeite hier und …«

»Bin auch nicht zum Ficken da«, sagt Pam und setzt sich auf den Besucherstuhl, von dem aus man die ganzen Trophäen sieht und natürlich das Foto von Harry mit Johnny Depp.

Harry riecht förmlich den Ärger, ein Gestank, der ihm wie Ammoniak in die Nase steigt. »Was willst du?«

Pam lässt sich Zeit mit einer Antwort. Sie macht es sich auf dem Stuhl bequem, holt ihre Kippen aus der Tasche und steckt sich eine an. Harry überlegt einen Moment, ob er ihr sagen soll, dass hier Rauchen verboten ist, aber das würde ihn in Pams Augen zum Spießer machen. Und was soll er tun, wenn sie trotzdem weiterraucht, was ziemlich wahrscheinlich ist?

Ihr die Kippe aus dem Maul hauen?

Pam beugt sich vor, ascht in Harrys leere Espressotasse und sagt: »Wegen dir sitze ich mächtig in der Scheiße.«

Harry setzt eine überraschte Miene auf. »Was ist los?«

»Ich weiß nicht, ob du es mitbekommen hast, aber Aziz ist den Bullen entwischt.«

»Hmm«, macht Harry. »Nee, tatsächlich?«

»Tatsächlich«, sagt Pam, »und wenn er rausfindet, wer ihn verpfiffen hat, könnte das ein ziemliches Problem darstellen.«

»Pam«, sagt Harry, »keine Angst, das wird nie jemand erfahren. Du bist sicher.«

»Du verstehst nicht. Hier geht es nicht um mich, sondern um dich.«

Aha …

»Wenn ich zu Aziz gehe und ihm sage, dass du mich gezwungen hast, ihn zu verraten, dann bist du erledigt.«

Harry schluckt. »Und warum solltest du das tun?«

»Wer sagt denn, dass ich das vorhabe?«

Sie ascht wieder ab, lässt sich Zeit, will ihn mürbe machen, die *bitch.*

Harry wartet.

»Mir sind die fünf Riesen durch die Lappen gegangen, die du mir versprochen hast.«

Daher weht der Wind also.

»Moment mal, ich habe dir gar nichts versprochen. Ich habe dich gefragt, ob du dir fünftausend verdienen willst, das war alles.«

»Du hast mir nicht gesagt, dass die Bullen nur zahlen, wenn sie Aziz auch erwischen.«

»Woher soll ich das denn wissen?«

»Du schuldest mir fünftausend«, sagt Pam. »So sehe ich das.«

Harry wird sauer. Er lässt sich doch nicht von dieser kleinen Nutte hier unter Druck setzen. Da hat er schon ganz andere Verhandlungen geführt. Und eine Verhandlung ist das hier, nichts anderes.

»Vergiss es«, sagt er. »Du solltest wissen, dass Aziz dir den Arsch zuerst aufreißt, wenn du ihm erzählst, dass du ihn verpfiffen hast. Oder glaubst du, du kommst mit einem Blowjob davon?«

»An deiner Stelle würde ich überlegen, wer mehr zu verlieren hat, du oder ich. Mich hält hier nichts. Ich kann jederzeit abhauen, zu Freunden nach Hamburg oder zu meiner Schwester nach Ibiza, und dann dort zum Telefon greifen und Aziz anrufen. Ich glaube nicht, dass er seine Leute bis nach Ibiza schickt.«

Vermutlich nicht.

Harry trommelt mit den Fingern auf der Tischplatte herum, während seine Augen an der Stuckrosette der Zimmerdecke nach einer Lösung des Problems suchen.

»Pass auf«, sagt er. »Was hältst du davon? Ich produziere gerade eine neue Daily, und wir sind noch beim Casting.«

»Ich will kein Casting, ich will fünftausend.«

8

Bosman traf Harry zum ersten Mal vor ein paar Jahren während des Filmfestivals in Cannes, wo er mit seinem Film *X-ReCap* im Wettbewerb war. Eine große Sache. Britta erzählte Bosman beim Frühstück davon, und Helen, ihre ältere Schwester, rief dreimal an, während Bosman frischen Kaffee aufsetzte und darüber nachdachte, wann er das letzte Mal im Kino gewesen war. Kurz vor Weihnachten?

Helen überlegte hin und her, was sie in Cannes anziehen sollte. Für eine Schauspielerin war das eine Angelegenheit von größter Bedeutung. Bei ihren endlosen Telefongesprächen kam die Idee auf, zusammen hinzufahren und sich ein schönes Wochenende zu machen. Bosman war skeptisch. Die Glamourwelt der Filmbranche war nicht so sein Ding, und Harry kannte er auch nur aus Erzählungen. Harry hier, Harry da. Es war bemerkenswert, wie der Mann es immer wieder schaffte, schlicht und einfach präsent zu sein – und sei es auch nur im Kopf.

»Mach das, Alter«, hatte Schuster ihm geraten, »das wird sicher ein großer Spaß.«

Und er sollte recht behalten.

X-ReCap, ein Kunstfilm über eine neurotische Frau und einen Banker, die sich inmitten einer Lebenskrise auf einer Kreuzfahrt zum Nordkap treffen, war der Überraschungserfolg der Festspiele und gewann die Palme. Abends wurde an Bord der Andromeda gefeiert, eine Yacht wie ein Raumschiff, das die Produktionsfirma gechartert hatte.

Und die ließ es krachen.

Ein opulentes Büfett lief die ganze Innenseite des Salons entlang und mündete in einem Eimer voller Eis und Champagnerflaschen. Hostessen, deren Aufgabe im Grunde darin bestand, Projektionsfläche für schmutzige Fantasien zu sein, liefen mit Tabletts zwischen den Gästen herum. Auf dem Helikopterdeck wurde getanzt, der DJ war extra aus New York eingeflogen worden. Bosman war beeindruckt. Und als er seinen Schwager zwischen dem ganzen Partyvolk zum ersten Mal sah, dachte er nur zwei Wörter: volles Risiko.

Harry stand am Pool zwischen eleganten Ladys wie aus der Chanel-Werbung und ein paar Typen, die wichtig aussahen. Er hatte eine dicke Zigarre zwischen den Fingern und seinen x-ten Martini intus. Der Pool wurde von unten beleuchtet und schimmerte türkis. Die kleinen Wellen warfen helle Reflexe auf Harrys weißen Smoking und seine schwarze Fliege, während die Musik über die offene Bucht hämmerte.

»Hallo Frank«, sagte er, gab ihm die Hand und umarmte ihn kurz und heftig, als wären sie seit Jahren beste Freunde. »Schön, dass wir uns auch mal kennenlernen. Helen schwärmt ja nur noch von dir, ich glaube, sie ist ein wenig eifersüchtig auf ihre Schwester.«

Bosman ärgerte sich, dass ihm keine gute Antwort einfiel, eine, die den mühelos leichtfüßigen Klang souveräner Ironie aufnehmen und zurückspielen konnte. Während er noch nach einer Replik suchte, hatte Harry bereits damit begonnen, die Leute der Reihe nach vorzustellen. Lauter Küsschen und *Ahs* und *Ohs* und *You're a cop? Awesome ...* Britta schien das Ganze zu genießen.

Sie war locker und witzig wie schon lange nicht mehr. Es schien, als wären sie mit einem Raumschiff auf dem Planeten aus *Barbarella* gelandet, wo Ambrosia die Luft durchweht und die Leute irre werden.

Er ging auf die Bar zu, ließ sich einen Whiskey Sour mixen und betrachtete die ausgelassene Partytruppe. Manche Schauspieler erkannte er, viele eher nicht. Die Crew trug Uniform, das war ihm gleich aufgefallen. Der Kapitän begrüßte jeden Gast persönlich an der Gangway. Er sah aus wie Marcello Mastroianni in *La notte.*

Bosman schaute rüber zu Helen am Ende der Bar, die heftig mit dem Bootsmann flirtete. Von Harry keine Spur, von Britta auch nicht. Der Bootsmann hatte eigentlich anderes zu tun, dachte Bosman. Er war derjenige, der hier an Bord dafür sorgen musste, dass alles lief. Er war verantwortlich für die tägliche Routine, sei es, dass man das Schiff putzte, eine Insel anlief, einfach nur in der Bucht rumkurvte oder Partys gab, bei denen natürlich auch eine gewisse Etikette gefragt war. Und dazu gehörte ganz sicher nicht, der Frau eines Gastes das Knie zwischen die Schenkel zu schieben und ihr auf die Titten zu starren, auch nicht, wenn sie ihr fast aus dem Dekolleté fielen.

Bosman schlenderte durch die Gruppen von Partygästen, um nach Britta Ausschau zu halten. Auf dem Zwischendeck kam er an einem Feuerschlucker, einer Schlangentänzerin und einem Yogi vorbei, der mit geschlossenen Augen und untergeschlagenen Beinen in der Luft schwebte. Es gelang ihm nicht herauszufinden, wie der Kerl das anstellte. Nach zwei weiteren Sours und ein wenig Small Talk an der Bar brauchte er dringend frische Luft. Er ging raus auf das Achterdeck, durch die gleißenden Stroboskoplichter, die die Körper der Tanzenden in Momentaufnahmen zerlegten. Er lehnte sich an die Reling und schaute rüber zu den Lichtern auf der Promenade, wo Menschenmassen unterwegs waren.

Verkehrslärm. Hupen. Leben.

Er genoss die warme Luft unter dem Sternenhimmel und blickte hinüber zu Britta, die zusammen mit Harry und ein paar anderen Leuten am Tresen drinnen im offenen Salon stand, während draußen gerade ein Feuerwerk losging. Sie war die Schönste heute Abend, das hatte er nach seinem Rundgang beschlossen. Was interessierten ihn die ganzen aufgespritzten Filmdiven und Medientanten, die ihm alle reichlich hysterisch vorkamen. Und, Donnerwetter, er wusste gar nicht mehr, wie charmant Britta flirten konnte. Der Typ neben ihr war sichtlich angetan und – *shit, war das nicht Daniel Craig?* Bosman war sich ziemlich sicher, auch wenn er deutlich kleiner und schmächtiger aussah, als er ihn sich immer vorgestellt hatte.

Helen kam mit einem Drink in der Hand leicht schwankend auf ihn zu und lächelte. »Amüsierst du dich?«

»Bestens, danke. Ist das Daniel Craig da drüben? Der Typ, der mit Britta redet?«

»Nein«, sagte Helen. »Das ist Tim McAllister von Channel 4.«

»Aha.«

Irgendwie war Bosman froh darüber.

»Und er ist schwul«, sagte Helen grinsend.

Noch besser.

Stunden später saß er zugedröhnt auf dem Bett im Hotelzimmer, Krawatte um den Hals gelegt, die oberen Hemdknöpfe offen, und studierte die Pressemappe von *X-ReCap*. Britta stand im Badezimmer vor dem Spiegel und streifte sich das Oberteil eines seidenen Pyjamas über. Er konnte sie im Spiegel durch die offene Tür sehen und sagte: »Hier steht gar nichts von Harry in der Pressemappe.«

»Kann nicht sein.«

»Ich sag's dir. Bloß hier, ganz hinten unter Co-Finanzierung: Studio Babelsberg und Harry Schumann Film Produktion. Das ist alles.«

Britta kam aus dem Bad und setzte sich zu ihm aufs Bett. Bosman zeigte ihr die Broschüre. »Vielleicht hat er ja auch nicht mehr gemacht, als das Geld zu besorgen, oder einen Teil davon. Ich meine, ohne Harrys Geld hätten sie den Film vermutlich nicht machen können.«

»Na ja, also jetzt mal ehrlich. Er hat immer von *seinem* Film erzählt, so als würde er das ganze Ding mehr oder weniger alleine stemmen.«

»Du kennst doch Harry«, sagte Britta.

Nein, er kannte ihn nicht. Er lernte ihn gerade erst kennen.

Britta zog die Nachttischschublade auf, holte einen fertig gerollten Joint heraus und lehnte sich an die Rückwand des Bettes, während sie ihre Schenkel ein wenig öffnete.

Sie hatte kein Höschen an.

»*Damn*«, sagte Bosman, »ich weiß nicht, ob dir der Trip auf Harrys Yacht so gut bekommen ist. Wo hast du das Zeug her?«

»Vom Bootsmann.«

Nee, oder?

»Was ist?«, fragte Britta und zündete ihren Joint an.

»Der wäre deiner Schwester fast ins Dekolleté gesprungen, wenn sein Schenkel nicht zwischen ihren Beinen hängen geblieben wäre.«

Britta kicherte. »Sie hatte schon immer eine Vorliebe fürs Personal. Sie hat auch Luis, den Gärtner, gevögelt. Ich weiß, blödes Klischee, hat sie aber. Der Typ kam aus Argentinien und hatte einen Riesenschwanz. Stell dir vor, gut zwanzig Zentimeter lang!«

»Aua«, sagte Bosman und nahm hüstelnd einen Zug.

»Helen steht drauf«, sagte Britta.

»Um ehrlich zu sein«, sagte Bosman, »dachte ich vorhin auf dem Schiff einen Moment lang, du würdest mit Daniel Craig flirten.«

»Ich auch«, sagte Britta. Ihre Augen leuchteten. »War aber leider nur ein Typ von Channel 4 und megaschwul, aber ich habe mir vorgestellt, dass ich mit James Bond einen geschüttelten Martini an Bord einer Hammeryacht in Cannes trinke.«

»Und dann?«, sagte Bosman.

»Verführt er mich in seiner Suite.«

Sie spreizte die Beine, öffnete die Lippen und fuhr mit der Zungenspitze über die Oberlippe, während sie ihn die ganze Zeit anschaute.

Fuck …

Es war beschämend, wie die abgedroschensten Pornoposen immer wieder funktionierten. Wie bei einem pawlowschen Hund, dem der Speichel sabbernd von der Zunge tropfte.

Am nächsten Morgen saßen sie alle am Frühstückstisch unten im Restaurant. Bosman fragte Harry: »Wie kommt es, dass dein Name gar nicht in den Credits auftaucht?«

»Das ist nicht üblich, wenn man sich überwiegend finanziell an einem Film beteiligt.«

»Wieso? Ich dachte, du bist der Produzent oder Co-Produzent oder was auch immer.«

»Das ist nicht so einfach, Frank«, sagte Harry, »es gibt da ganz klare Regeln der *unions*, aber das ist jetzt auch scheißegal.«

Er hob sein Champagnerglas und toastete: »Schön, dass ihr alle da seid. Auf das Leben, auf Cannes, auf *X-ReCap* und auf die olle Palme!«

Gläser klirrten, Menschen lachten, Cannes war schön, und Bosman wollte kein Spielverderber sein.

Später bekam er heraus, dass Harry mit dem Film eigentlich gar nichts zu tun hatte. Er war der Typ, der als Co-Finanzier *stupid German money* und einen guten Deal bei Studio Babelsberg besorgt hatte. Aber scheiß drauf, Palme war Palme und Harry nicht der Typ, der sich den Ruhm entgehen ließ.

Jetzt sitzt Bosman ihm im Café Einstein Unter den Linden gegenüber, wo Filmleute, Politiker und Hauptstadtkorrespondenten verkehren. Er rührt in seinem Cappuccino, während Harry mit Stöpseln in den Ohren telefoniert und dabei auf seinem iPad herumwischt, auf dem sich ständig neue Fenster öffnen.

»Sorry, Frank«, sagt er schließlich und zieht sich die Stöpsel aus den Ohren. »Sei froh, dass du einen Job hast, bei dem der Scheck jeden Monat am Ersten auf dem Tisch liegt.«

Klar, denkt Bosman, *und wer von uns beiden wohnt in der Villa in Kleinmachnow?*

»Dieser Lembach macht mich fertig«, sagt Harry und sieht das Fragezeichen in Bosmans Augen, der keine ZDF-Serien schaut. Noch ist er keine sechzig. »Der spielt den Huber in *Huber & Starck* und will in der nächsten Staffel doppelte Gage und einen Credit als Co-Producer. Ich sag dir, es ist immer dasselbe. Am Anfang kommen sie angekrochen und lecken dir den Arsch für eine Rolle, und kaum halten sie sich für unverzichtbar, rammen sie dir den Dolch in den Rücken. Erpressen dich mit ihren wahnwitzigen Forderungen und überschätzen sich maßlos. Und weißt du, was das Problem ist?«

Er beugt sich vor und schaut Bosman an. »Damit ruinieren sie die Show und sägen den Ast ab, auf dem sie selber sitzen. Wie kann man nur so blöd sein?«

»Wieso lasst ihr euch von einem Schauspieler so an die Wand drücken?«

»Wieso? Weil sie wissen, dass die Show ohne sie tot ist. Ganz einfach, und damit sind sie in einer ziemlich guten Verhandlungsposition.«

»Wollen sie nicht auch, dass es weitergeht?«

»Klar, und da fängt das Pokern an. Wer hat die besseren Nerven? Und du darfst eins nicht vergessen, Frank: Manche von den Typen haben komplett den Kontakt zum Mutterschiff verloren.

Die verhalten sich nicht wie du und ich, rational. Denk nur an James Gandolfini – der Typ, der Tony Soprano gespielt hat? Der wurde immer fetter und ließ sich irgendwann in New Jersey nur noch mit Tony Soprano ansprechen.«

»Da wir schon bei der Mafia sind«, sagt Bosman, »hattest du mal was mit Aziz zu tun?«

Harry schaut ihn an und sagt: »Nee, wieso?«

»Wir suchen ihn wegen Mordes.«

»Ach ja?«

»Er hat einem Konkurrenten den Hals aufgeschlitzt. Vor ein paar Tagen hätten wir ihn fast erwischt. Eine Tänzerin aus dem Dreamland hat ihn erkannt und verraten.«

Harry setzt eine überraschte Miene auf.

»Tatsächlich?«

»Tatsächlich. Sie nennt sich Pam, du kennst sie nicht zufällig?«

»Ich, woher?«

»Hätte ja sein können.«

»Sehe ich aus wie jemand, der in den Puff geht?«

»Ja.«

Harry schaut ihn prüfend an. »Was wird das hier? Worauf willst du hinaus?«

»Harry, ich weiß, dass Aziz dich am Arsch hat.«

Das hängt einen Moment im Raum.

»Ach«, sagt Harry, »erzähl mir mehr.«

»Du hast deine Leute dummerweise mit markierten Scheinen aus dem Casino-Raub von 2014 bezahlt. Die Beute ist damals nicht wieder aufgetaucht, sondern bei Aziz verschwunden. Du hast ganz offensichtlich sein Geld gewaschen und jetzt ein Problem, es ihm zurückzuzahlen, weil dein Film gefloppt ist. Die Untersuchungen gegen dich laufen, und ich dürfte dir das alles gar nicht erzählen.«

»Eben, *Nighthawks* ist gefloppt. Keinen Cent hab ich gewaschen, also könnt ihr mir auch nichts nachweisen.«

»Harry, du hast Cash von Aziz genommen und wolltest die Kohle über den ungedeckten Scheck einer dubiosen Schattenbank auf den Cayman Islands in den legalen Geldkreislauf einführen.«

»Ach was, das war ein Versehen der Bank, die Sache hat sich längst geklärt«, sagt Harry und lehnt sich entspannt zurück. »Und was das Darlehen von Aziz anbelangt, das hatte ich in Anspruch genommen, weil ich wegen diesem Arschloch Russo auf Kohlen saß. Zwei Wochen Drehstop. Ein Albtraum, der mich 200 000 gekostet hat, die ich kurzfristig brauchte.«

»Und deswegen machst du Geschäfte mit der Mafia?«

Harry seufzt. »Was soll ich tun? Das sind die Einzigen, die Verständnis für ungewöhnliche Situationen haben und unbürokratisch größere Mittel zur Verfügung stellen.«

»Wie willst du die zweihundert Riesen zurückzahlen?«

»Gar nicht.«

Bosman sieht ihn verwundert an. »Gar nicht?«

»Es ist vertraglich alles klar geregelt. Aziz hat keinen Anspruch auf Kompensation der Verluste. Hey, wenn Daimler-Aktien den Bach runtergehen, gehst du auch nicht zur Aktionärsversammlung und willst dein Geld zurück, oder?«

»Du meinst, dass Aziz wegen eines Vertrags 200 000 Tacken abschreibt? Harry, komm, verarsch mich nicht.«

Harry schweigt und schaut aus dem Fenster raus auf die Prachtallee mit den vielen Bussen und gut gelaunten Touristen, die sorgenfrei zum Brandenburger Tor schlendern und kleine Berlin-Fahnen schwenken, während das Eis unter ihm immer dünner wird.

»Okay«, sagt er und schlürft seinen kalten Espresso aus. »Nehmen wir an, du hast recht. Nicht mit der Geldwäsche, das ist Bullshit, aber mit Aziz, der moderne Verträge nicht versteht. Was würdest du vorschlagen?«

Bosman beugt sich vor, grinst und sagt: »Die Lösung deines Problems.«

9

Luis, der Argentinier, saß an der Theke des Ashanti Ashrams und nippte an einem Sojashake, als Helen reinkam. Sie trug hautenge Leggings zum Sweatshirt und erkannte ihn sofort wieder: dunkelgrüne Gucci-Gläser hoch in das Haar geschoben, das ihm wie damals tiefschwarz in kräuseligen Locken bis runter in den Nacken fiel. Dunkle, fast schwarze Augen und ein sehr männliches, irgendwie archaisches Gesicht, hatte Helen gedacht, als sie ihn das erste Mal sah. Er trug noch immer silberne Ringe an den Fingern, Freundschaftsbändchen am Handgelenk und sein Yin-Yang-Amulett an einem Lederband um den Hals. Er lachte Helen mit blitzenden Augen an – genau der Typ Südländer, vor dem Väter ihre Töchter warnen.

»Helen, *cara mia*, hey, toll siehst du aus. Was machst du hier?«

»Luis? Nein, du …?«

Küsschen rechts und links.

Luis strahlte sie an. Helen sagte: »Seit wann bist du yogamäßig unterwegs?«

»Ich habe eine Ausbildung bei Johnny Khan in San Francisco gemacht.«

»Nee, echt?«

Helen rechnete fieberhaft nach. Das letzte Mal hatte sie ihn vor zwei Jahren gesehen, bevor er nach Garachico auf Teneriffa gegangen war, um dort eine Pizzeria aufzumachen. Und jetzt Yogalehrer nach Johnny Khan? Das ging aber verdammt schnell.

»Und was ist mit deinem Pizzaladen?«

»Ach«, sagte Luis, »ich hatte Probleme mit der Gemeinde, mit den Nachbarn, mit der Stromversorgung, mit dem Wasser, mit dem Gesundheitsamt, mit allen. Ich brauchte eine Pause, *carajo*, ich war völlig fertig. Yoga war mein Weg.«

Sie lachten.

»Ich habe auf Teneriffa einen Typen getroffen, der eines Tages in den Laden kam und mir von Johnny erzählte. So bin ich nach Amerika.«

»Wow, und wie ist er so, ich meine persönlich?«

»Johnny? Ein Supertyp. Hör mal, was für ein Zufall, dass wir uns hier wiedertreffen, Helen!«

»*Si* ...«

Was nicht stimmte.

In Wahrheit hatte Helen seinen Namen in dem Seminarprogramm entdeckt, das ihr monatlich ins Haus flatterte. Sie erinnerte sich daran, dass er der beste Ficker war, den sie je gehabt hatte. Und dabei war es schon eine Ehre, auch nur in die Nähe der Shortlist zu kommen. So einen ließ man nicht einfach ziehen. Helen hatte es sehr bedauert, als er hier seine Zelte abbrach. Doch Luis hatte nur gelacht und gesagt: »Hey, *muchacha*, ich bin frei wie ein Vogel.«

Und jetzt war sie ein wenig verstimmt, weil er offenbar seit einiger Zeit wieder in der Stadt war, ohne sich gemeldet zu haben. War ihre Leidenschaft etwa einseitig? Helen wischte den Gedanken schnell beiseite, um das Kribbeln nicht zu killen, das ihr wohlig in die Yoni kroch. Sie spürte, wie sie immer geiler wurde. Der Typ war *hot*, wie er da lässig mit seinem Knackarsch in der farbenfrohen Lycrahose zwischen den Kursteilnehmerinnen herumging, vorne die fette Beule, die bei jedem Schritt hin- und herschwang. »Tief einatmen und langsam wieder aus, *si ... bueno, muy bien.*«

Nach dem Seminar gingen sie um der alten Zeiten willen auf einen Absacker in die Victoria Bar an der Potsdamer Straße, wo Luis erzählte, dass er seine Familie vorletztes Jahr in Santa Rania de Croce besucht hatte, ganz unten in Süditalien. Den Teil der Familie, der nicht in den Fünfzigerjahren nach Buenos Aires ausgewandert war, um in den Schlachthöfen zu arbeiten. Wusste Helen, dass er als Sechzehnjähriger Rinder mit der Motorsäge in zwei Hälften zerteilt hatte, wenn sie am Haken aufgehängt aus der Halle kamen, wo sie mit Bolzenschussgeräten getötet worden waren? Und dass manche noch gezappelt hatten?

Nein, wusste Helen nicht. Woher auch?

Jedenfalls war Luis zum ersten Mal seit Langem wieder in Italien gewesen und hatte sich dort Hals über Kopf in Maria verliebt, dummerweise die Frau des Nachbarn seines Cousins Paolo.

»Ich wusste vom ersten Augenblick an«, sagte Luis, »dass sie die Frau meines Lebens ist, die Frau, mit der ich alt werden wollte.«

Das versetzte Helen einen kleinen Stich ins Herz. Luis orderte noch eine Margarita und sagte: »Ich habe meine Sachen gepackt und bin gegangen.«

»Warum? Ich meine, wenn du dich verliebt hast?«

»Weil ich wusste, unsere Liebe würde uns – *como se dice?* – verbrennen. Ich saß im Bus nach Crotone, als ich eine SMS von Maria bekam, nur drei Worte: ›Nimm uns mit‹.«

»Uns?«

»*Si,* Maria, Antonia und Ruben.«

»Ihre Kinder?«

»*Si.*«

»Sie wollte mit ihren Kindern ihren Mann verlassen, wegen dir?«

Das also war der Grund, warum er nach Teneriffa gegangen war.

»*Mira*«, sagte Luis, »das ist eine 'Ndrangheta-Familie. Da unten in dieser Gegend ist alles Mafia, sie kontrollieren alles, du kannst keinen einzigen Schritt gehen, keinen Bus nehmen, ohne dass sie es wissen.«

»Du legst dich mit der Mafia an?«

Luis zog bedauernd die Augenbrauen synchron mit seinen Schultern hoch. »Was sollte ich tun, wenn mein Herz liebt?«

Helen schmolz dahin, saugte an ihrem Strohhalm und sah Luis dabei tief in die Augen.

»Ich hatte einen guten Freund in Teneriffa, und mir war klar, dass da eine Menge Geld zu machen war mit all den Touristen, die das ganze Jahr lang dorthin kommen. Das war der Ausweg, dachte ich. Nach Berlin konnten wir nicht gehen, da hätten sie uns bestimmt sofort gefunden.«

»Du bist echt mit ihr durchgebrannt? Mit den Kindern?«

Luis nickte. »Sie hat ihrem Mann gesagt, dass sie eine Cousine in Neapel besuchen will, und ich hab die Flugtickets besorgt. Sie ist nie bei ihrer Cousine angekommen. Sie ist gleich weiter zum Flughafen, und wir sind los.«

Die Geschichte gefiel Helen. Das war Leidenschaft und echte Romantik. Auch wenn sie ein wenig eifersüchtig war. Andererseits hätte sie aber auch nicht mit Maria tauschen wollen.

Himmel, mit einem gehörnten Mafioso am Arsch?

»Was ist aus ihr und den Kindern geworden? Sind sie hier?«

Luis schüttelte den Kopf. »Nein, Paolo ist gekommen, nach Garachico.«

»Dein Cousin.«

»*Si*. Er hat gesagt, dass Giorgio, das ist der Mann von Maria, also, dass Giorgio mit ihm geredet hat, und dass unsere ganze Familie für mich verantwortlich ist. So ist das bei uns, wenn einer Scheiße baut, hängen alle mit drin.«

Das klang nicht gut.

»Giorgio wollte 20 000 Euro als Kompensation und seine Frau und die Kinder zurück.«

»Und was hat Maria dazu gesagt?«

»Ach«, sagte Luis, »das war alles ziemlich kompliziert.«

»Sie ist mit ihm gegangen?«

Luis nickte. »*Si.*«

So viel zur Frau des Lebens, mit der man alt werden will, dachte Helen. »Und was wurde aus den 20 000?«

»Die schulde ich Giorgio immer noch.«

Das tat Helen leid. Es würde schwierig werden, die Schulden mit seinen Yogaseminaren jemals zurückzuzahlen.

»Wo wohnst du jetzt?«

»Bei einem Freund in Britz.«

»Britz …?«

Das war nicht wirklich die angesagteste Gegend.

»Ich mache den Haussitter«, sagte Luis. »Die Leute sind für ein halbes Jahr in Kapstadt. Jetzt habe ich zweihundert Quadratmeter und sogar einen Pool im Garten.«

Er lachte: »*Mira,* warum erzähle ich dir das alles? Komm, lass uns den Augenblick feiern.«

»Recht hast du«, sagte Helen. Sie orderten noch eine Margarita, dann strich sie ihm zärtlich über die Wange und beugte sich ein Stück vor. »Wie sieht's aus, mal wieder Lust, zum Rosenschneiden vorbeizukommen?«

Luis lächelte. Seine Augenlider senkten sich ein wenig, und er schaute auf ihren Mund, ließ sie wissen, dass er bereit war, während er sagte: »Hey, falls es dir entgangen sein sollte, ich habe das Business gewechselt.«

»Aber nicht die Kleidergröße«, sagte Helen und packte seinen dicken Prügel, der waagerecht in der Jeans klemmte. Triumph flackerte in ihren Augen auf. Eine Erektion war immer noch das schönste Kompliment.

Das war gestern.

Heute ist Showtime. Helen hat ein Zimmer im Schweizer Hof klargemacht. Sie ist aufgeregt wie ein Backfisch, aber das ist sie immer. Das ist Teil des Programms. Sie ist eben eine hoffnungslose Romantikerin, immer auf der Suche nach dem Kick und der süßen Illusion des ersten Mals. Und da das erste Mal bekanntlich ein Verfallsdatum hat, ist Helens Verschleiß an Männern entsprechend hoch. Eine Weile kam sie sich deswegen komisch vor. War sie etwa eine Schlampe? Keine ihrer Freundinnen schien ähnlich veranlagt zu sein, das verunsicherte sie. Sie hatte sogar in Betracht gezogen, deswegen eine Selbsthilfegruppe aufzusuchen, aber dann stellte sich die Frage: warum eigentlich? Wieso sollte sie darauf verzichten, nur weil es da draußen ein paar Spießer gab, die glaubten, sie könnten hier die Regeln aufstellen?

Und Harry?

Der soll die Flinte mal schön flach halten. Tut er auch. Er ist ja nicht blöd.

Helen lächelt.

Sie liegt neben Luis in den frisch duftenden weißen Laken und schaut durch die bodentiefen Fenster des eleganten Hotelzimmers raus in den Berliner Himmel. Luis hat sein rechtes Bein in ihrer Hüftbeuge, sodass beide ineinanderpassen wie Nut und Feder. Er hat seine Unterhose über den Rauchmelder geknotet und zündet einen perfekt gerollten Joint an, während Helens Finger in seinem üppigen Gaucho-Brusthaar spielen.

Er hat sie nicht enttäuscht. Hat es ihr ordentlich besorgt, die ganze Klaviatur von zart bis hart. Irgendwo im Nirwana hat es dann ihren Körper geschüttelt wie die *»Sturmwind, der vom Berge her wütend sich auf Eichen stürzt«*-Verse der *Sappho*, die sie einst an der Schaubühne gespielt hat, in der legendären Orlowski-Inszenierung.

Sie genießt den leichten Schwindel des harzigen Haschischs und die Schwere ihres Körpers, der sie herabzieht in das weiche

Bett, als wolle die Erde sie einsaugen und in ihren warmen Schoß aufnehmen. Den Joint zwischen Daumen und Zeigefinger geklemmt, sodass der Pinky ein bisschen tuntig absteht, zieht Luis den Rauch tief in die Lunge, um ihn dann in einer Wolke ineinander verwobener Metamorphosen wieder rauszulassen. Er legt den Butt im Aschenbecher neben dem Roach-Clip ab und sagt: »Wie geht's Harry?«

»Schlechte Frage.«

»Stress?«

»Ich glaube, er ist pleite.«

Luis schaut sie an. »Was heißt das, du *glaubst*, er ist pleite?«

»Er hat mir das Haus überschrieben, und das ist ein schlechtes Zeichen.«

»Du meinst, er will es in Sicherheit bringen?«

»Fällt dir ein anderer Grund ein?«

Luis denkt einen Moment nach. »Vielleicht hat er es getan, weil er dich liebt?«

Helen lacht auf. »Du bist süß. Harry liebt niemanden außer sich selber.«

»Wieso verlässt du ihn dann nicht?«

»Warum sollte ich? Er ist kein schlechter Mensch. Er kann sogar ziemlich witzig sein, und ich habe ein gutes Leben.«

»Nicht, wenn er pleite ist«, sagt Luis, »dann ist es vorbei damit.«

Helen lächelt und sagt: »Weißt du, was ich wirklich an ihm liebe? Er ist smart. Harry wäre nicht Harry, wenn er nicht vorgesorgt hätte. Eine süße Million für harte Zeiten.«

»Unterm Bett?«

Helen muss lachen. »Klar, in einem Reisekoffer.«

Luis richtet sich auf und schaut sie an. »Eine Million, sagst du?«

»Minimum.«

Helen genießt Luis' Bewunderung für Harry, auch wenn sie mit der Million ziemlich übertrieben hat. Vielleicht hat sie auch nur die Zahlen durcheinandergebracht in ihrem *weed flash*. Scheißegal, der Punkt ist, Harry hat für sie beide vorgesorgt. Sie hat schließlich keinen Deppen geheiratet. Was glaubt der Gaucho denn?

Der Gaucho klaubt den Butt mit dem silbernen Roach-Clip aus dem Aschenbecher, zündet ihn an und nimmt einen Zug. Er sieht dem sich blau kräuselnden Rauch hinterher, in dem eine Gestalt Konturen annimmt, die ihn auf einen Schlag von all seinen Sorgen befreien könnte.

»Sieh einer an«, sagt er. »Der alte Fuchs.«

10

Der alte Fuchs sitzt zur selben Zeit mit nacktem Oberkörper auf einem Stuhl in der Bulthaup-Küche seiner Villa in Kleinmachnow und blickt unglücklich zu Bosman rüber, der an der Spüle steht und Espresso macht.

»Arme hoch«, sagt Schuster zu Harry und klebt ihm ein winziges Mikro mit einem Pflaster auf den linken Nippel. Unten hängt ein dünner Draht raus, die Funkantenne. Harry verzieht das Gesicht. Sein Nippel ist seine erogene Zone, und jetzt fummelt dieser Bulle dran rum, der nach Tabak und kaltem Kaffee riecht.

»Und pass auf, Harry«, sagt Schuster, »nicht kratzen, auch nicht, wenn's unter dem Pflaster juckt, okay? Erstens fliegen uns dann die Earplugs aus den Ohren, und zweitens weckt das bei einem professionellen Bodyguard immer Verdacht. Ich weiß zwar nicht, ob Hulk ein wirklich professioneller Bodyguard ist, aber ...«

»Wer ist Hulk?«, fragt Harry besorgt.

»Das wirst du schon sehen.« Schuster schlägt ihm aufmunternd auf die Schulter. Bosman bringt ihm seinen Espresso und schiebt ihm die Zuckerdose rüber, die mitten auf dem Tisch steht. Harry schaufelt einen vollen Teelöffel in das Tässchen, rührt nachdenklich um und sagt: »Wenn ich Tarik treffe und ihr taucht zwei

Minuten später mit der Kavallerie auf, bin ich geliefert. Der ist doch nicht bescheuert, Mann. Was glaubt ihr denn?«

»Wir sagen, dass wir deinem Handy gefolgt sind und du von nichts wusstest«, sagt Schuster.

»Und warum seid ihr meinem Handy gefolgt?«

»Harry«, sagt Bosman leicht genervt, »weil wir wegen der Anzeige des Finanzamts hinter dir her sind. Damit bist du raus, okay? Und jetzt entspann dich.«

Harry denkt nach, trinkt seinen Espresso und sagt: »Ich weiß nicht, Frank. Das ist ziemlich riskant.«

Bosman stöhnt auf. »Das hättest du dir früher überlegen müssen.«

»Die bringen mich um.«

»Wenn Tarik im Knast ist, bringt dich keiner um. Und deine Schulden bist du auch los. Also, wo ist das Problem?«

»Das Problem«, sagt Harry, »besteht darin, dass mein Einsatz zu hoch ist.«

»Wie bitte?«

»Ich steige aus.«

Er steht auf, reißt sich das Mikro ab und greift nach seinem Hemd, das über der Stuhllehne hängt. Bosman und Schuster schauen einander an.

»Sag mal, spinnst du? Der Einsatz läuft.«

»Tut mir leid, Frank, aber du musst mir mehr geben.«

Bosman hat Mühe, seinen Ärger runterzuschlucken. Er zweifelt keinen Augenblick daran, dass Harry es von Anfang an darauf angelegt hat, bis kurz vor Schluss zu warten und sich so in eine möglichst günstige Verhandlungsposition zu bringen – manche nennen so was Erpressung.

»Was willst du?«

»Wenn ich euch Aziz liefere, will ich straffrei aus der Sache mit der Geldwäsche rauskommen.«

»Und wie stellst du dir das vor?«

»Ganz einfach«, sagt Harry und schaut erst Bosman, dann Schuster an, der sich eine Kippe aus der Schachtel schüttelt, um ihn nicht zu erwürgen. »Das Ganze war von Anfang an eine verdeckte Operation. Ihr habt mich angeworben, um Aziz zur Strecke zu bringen. Ich habe nach euren Anweisungen den Geldwäschedeal mit ihm eingefädelt, damit ihr ihn hochnehmen könnt. Außerdem seid ihr so an die Kohle aus dem Casino-Raub gekommen. Ihr könnt euch also wirklich nicht beschweren.«

Bosman glaubt es nicht, wie unverfroren der Kerl hier seine Karten spielt.

»Ihr habt jemanden gesucht«, sagt Harry, »der Aziz ein attraktives Investment anbieten konnte, um ihn in den Sack zu hauen, das ist die Wahrheit.«

»Attraktives Investment?«, ätzt Schuster. »Dein Film war der Megaflop.«

»Ja, aber nur wegen dem Arschloch Russo, der seinen verdammten Schwanz nicht im Griff hat.«

Tarik Aziz steht im Badezimmer vor dem Spiegel und rasiert sich. Der schmale Bart, der unten das Kinn einrahmt wie bei einem attischen Krieger, wird akkurat nachgezogen und getrimmt. Nackter Oberkörper mit gut definierten Muskeln und einem schicken Dragon-Tattoo quer über der linken Schulter. Der Mann hält sich *in shape*, geht dreimal die Woche ins Gym, acht Zyklen, pro Gerät dreimal acht Durchgänge, keine Pause. Dann Proteinbombe und Sauna. Trotzdem kriegt er kein Sixpack, was ihn ärgert. Er weiß, dass er nicht mehr als zehn Prozent Körperfettanteil haben darf, wenn die dürre Haut sich über den Muskelsträngen spannen soll wie ein Laken über einem Kingsize-Bett, aber dafür sind die Kebabs und die Drinks zu lecker. Er dreht das Gesicht ein wenig im Spiegel, um die Augenbrauen nachzuschneiden, die allzu keck hervorstechen. Dann sind die pechschwarzen Haare in den Nasenlöchern dran, die er mit einer filigranen Hautschere sorgfältig stutzt. Anschließend massiert er noch ein wenig Gel in das kurze kräftige Haar, um ihm Struktur und Glanz zu verleihen.

Tarik ist wieder da.

Er wird jetzt rausgehen, zurück ins Leben, zu den Kumpels und den Bitches, und *fuck it*, wenn die Bullen ihn suchen. Sie können ihn mal. Er hat Anwälte, die besten der Stadt. Er wird mit Laurenz reden, der wird ihn raushauen. Also doppelt *fuck it*. Wie kam sein Bruder überhaupt dazu, ihn hier einzusperren wie einen Sklaven?

»Alter, ich schwör's dir, das ist moderne Sklaverei«, hat er gestern zu seinem Kumpel Abdul Bouteflika gesagt, dem Hulk, der bis zum Beginn seines Prozesses wieder draußen ist. Mit ihm hat er schon die Schulbank hier in Neukölln gedrückt, wenn auch ohne Erfolg.

Den hatten die Lehrer schon abgeschrieben, bevor er überhaupt das erste Mal in die Schule kam, denkt Tarik. *Voll die Diskriminierung. Bist du hier im Ghetto aufgewachsen, hast du keine Chance. Musst du selber gucken, wo du bleibst. Das ist das Gesetz der Natur.*

Es ist auch ein Gesetz der Natur, sein Revier zu verteidigen. Alle machen das so, selbst die Hunde. Und kein Kosovo-Albaner hat in sein Revier zu pissen. Trotzdem hat ihn sein Bruder Arslan nach dem Mord an Ekrem vor dem Matrix böse zusammengefaltet. Okay, hat Tarik eingeräumt, das war vielleicht ein bisschen exzessiv, aber hey, der Typ hat es drauf angelegt. Er hat seine Dealer vor das Matrix geschickt. Das konnte man sich nicht bieten lassen, ohne das Gesicht zu verlieren. Hat man einmal das Gesicht verloren, ist auch der Respekt dahin, und dann werden die Leute sich abwenden und mit Ekrem zusammenarbeiten. Sie werden den Heroinmarkt übernehmen, die Läden an der Potsdamer Straße, die Schutzgelder, alles.

»Und?«, hat Arslan gesagt.

Tarik glaubte, nicht recht zu hören. Wollte sein Bruder den Schwanz einziehen und kampflos das Feld räumen? Nein, wollte Arslan nicht, aber er konnte im Moment keinen Ärger gebrauchen, und Tarik wusste auch, warum. Arslan hatte ein Auge auf ein Grundstück am Osthafen geworfen, wo er eine Shopping Mall bauen will. Er hat dafür eine Holding gegründet und alle Hände voll zu tun, seine Partner und vor allem seine Bank in die Finanzierung einzubinden. Außerdem schien es mit der Deutschen Bahn Probleme zu geben, der das Grundstück gehört. Tarik sah ein, dass die ganze Geschichte nicht einfacher wurde, wenn er wegen Mordes gesucht wird, aber scheiß drauf, sein Fehler war das nicht, auch wenn Arslan das anders sah. Er wollte ihn nach Thailand schicken, um ihn hier aus der Schusslinie zu nehmen. Aber Tarik wollte nicht nach Thailand. Was sollte er da? Wochenlang am Strand rumhängen, wo er keine Sau kennt? Ohne seine Kumpels?

Never.

Also hat Arslan ihm verboten, das Haus zu verlassen. An den Straßenecken ließ er Posten aufstellen, die ihn rechtzeitig warnen würden, wenn die Bullen hier anrücken sollten. Dann hätte Tarik noch genug Zeit, um in das Versteck zu schlüpfen, hinter die Trennwand, die Arslan hatte einziehen lassen und vor der Regale mit Krimskrams und einer riesigen Glotze stehen.

Und was macht Tarik?

Marschiert mit einem Kilo Heroin in das Dreamland und lässt sich hochnehmen. Arslan war außer sich. Es ging hier um eine halbe Million, die sie abschreiben konnten. Der eine Yilmez ist tot, der andere wartet auf seinen Prozess, Tarik wird wegen Mordes gejagt. Wie bescheuert kann man sein?

Arslan kotzt.

Tarik schmollt.

Ist es etwa seine Schuld, dass er verraten wurde? Nein, das kann jedem passieren. Aber es wurmt ihn, dass er noch immer nicht weiß, wer die Ratte ist. Er wird es rausfinden, und dann sei Allah gnädig. Tarik merkt, wie die Wut in ihm hochsteigt, als er seinen Kleiderschrank öffnet, eine schicke helle Jeans und ein tailliertes schwarzes Hemd rausholt, bei dem er oben drei Knöpfe offen lassen muss, weil es zu eng ist.

Fuck Arslan!

Er versagt ihm den Respekt. Weist ihn vor anderen Leuten zurecht, sodass alle glauben, er sei ein Vollidiot. Aber auch die Sache mit Baba ist schwierig. Er hört auf Arslan, nicht auf ihn. Baba hat nie auf ihn gehört. Immer war er der Blödmann, der nichts auf die Reihe kriegt. Aber jetzt ist Schluss. Tarik wird sich nicht länger wie ein Opfer rumschubsen lassen. Als Erstes wird er zu Harry gehen und ihm Dampf machen wegen der 200 000. Wenn Arslan rauskriegt, dass er die auch noch versenkt hat, dann *Inschallah.*

Sein Handy summt.

Es ist Harry.

Sieh mal einer an, denkt Tarik, *wenn das nicht Telepathie ist. Hat die Schwuchtel etwa die Kohle beisammen?*

Er nimmt ab.

»Harry, was geht?«

»Tarik«, sagt Harry eine Spur zu gut gelaunt, »alles gut, Bruder. Es gibt da ein paar Dinge, die wir bereden sollten.«

»Alter, laber nicht. Sag, was willst du?«

»Wegen der Kohle, da gibt es Optionen.«

»Optionen? Willst du mich verarschen? Ich will Schotter und keine Optionen.«

»Kriegst du auch, aber dafür brauche ich deine Unterschrift.«

»Wieso brauchst du meine Unterschrift?«

»Ich bin davon ausgegangen, dass du dein Investment nicht in bar zurückhaben willst«, sagt Harry, »sondern, ähm … auf einem Konto.«

Das Treffen soll um 16 Uhr im Café Urfa stattfinden, einem von Aziz' Läden. Diesmal ist ein SEK dabei. Die Männer hocken in *full battle gear* hinten in einem zerbeulten Ford Transit ohne Fenster, der in einer Seitenstraße parkt. Oben auf dem Parkdeck von Hertie steht Bosman und schaut durch ein Fernglas runter zum Eingang des Urfa auf der anderen Straßenseite. Leute kommen und gehen.

Es ist 15.47 Uhr.

Bosman dreht sich zu Schuster und Harry um, die in dem Passat sitzen. Schuster telefoniert mit dem Einsatzleiter des SEK, um letzte Anweisungen zu geben, Harry sieht unglücklich aus.

»Mensch, Harry«, sagt Bosman, »wo bleibt der Sportsgeist?«

»Was, wenn die mich abtasten?«

»Du guckst zu viele Filme, Harry. Warum sollten sie dich abtasten? Du bist ein Businesspartner, kein Feind.«

»Und wenn sie es trotzdem tun?«

»Dann lässt du dich abtasten und versuchst dabei entspannt zu lächeln.«

»Ich soll entspannt lächeln, wenn die mich abtasten? Und das Mikro finden?«

»Sie finden das Mikro nicht«, sagt Schuster. »Es fühlt sich an wie dein Nippel. Da muss man schon Spaß dran haben oder Profi sein, um das zu ertasten.«

»Du hast selber gesagt, du weißt nicht, ob dieser Hulk ein Profi ist oder nicht. Also könnte er einer sein, oder?«

»Möglich.«

»Dann lasst ihr mich ins offene Messer laufen?«

»Harry«, sagt Schuster, »jetzt hör endlich auf, die ganze Zeit deine beschissenen Fragen zu stellen, auf die keiner eine Antwort hat.«

Harry glaubt es nicht. »Willst du mich verarschen? Willst du sagen, ihr wisst nicht, was ihr hier tut?«

»Fang an, positiv zu denken, sonst vermasselst du's.«

»Ihr seid ja völlig durchgeknallt«, sagt Harry. Schuster lacht, Bosmans Funkgerät quäkt: »Delta 1, kommen.«

»Was gibt's?«

»Zielperson ist eingetroffen.«

Bosman schaut über die Brüstung nach unten und sieht auch ohne Fernglas, dass der Hulk vor dem Eingang Posten bezogen hat.

»Verstanden«, sagt Bosman. Er dreht sich zu Schuster und Harry um, hebt den Daumen und spricht ins Funkgerät: »Es geht los.«

Sie bringen Harry durch das kalte Treppenhaus runter zum Ausgang. In ihren Earplugs hämmert sein Puls wie ein Beat, der den Showdown unterlegt. Schuster dreht sich zu Harry um und sagt: »Zum letzten Mal: Red keinen Scheiß, verstehst du? Wir zeichnen dein Gespräch mit, also sieh zu, dass er sich selber belastet. Aber pass auf, dass er keinen Verdacht schöpft. Du musst vorsichtig sein, okay?«

Harry nickt. »Okay.«

»Noch Fragen?«

»Wann, äh … wann kommt ihr rein?«

»Das entscheiden wir.«

Harry nickt wieder.

»Okay.«

Bosman schlägt ihm aufmunternd auf die Schulter: »Einfach nur Harry sein, nicht schauspielern, dann wird das schon.«

Harry geht durch die Parkhaustür hinaus in das gleißende Sonnenlicht.

Tarik sitzt im Urfa an einem Tisch in der Nähe des Tresens, sodass er den Eingang im Auge hat, als Harry reinkommt. Vor ihm seine Zigaretten, sein Handy und ein kleines Glas Tee. Er steht auf und breitet die Arme aus.

»Harry, Bruder, was geht?«

Schulterklopfen.

»Alles gut«, sagt Harry, während seine Augen über Tariks Schulter hinweg den Laden scannen. Drüben am Tisch sitzen drei junge Typen, glotzen im Aggrostil rüber und futtern Pinienkerne. Aziz' Leute. Vorne am Eingang ein paar alte Türken. Ahnungslose Gäste. Der Koch? Säbelt mit seinem Riesenmesser Kebab vom Spieß. Auch ein Aziz-Mann. Und der Hulk draußen vor der Tür. Harry fragt sich, wie das SEK hier reinkommen will. Sie haben ihm gesagt, dass sie erst eine Blend- und dann eine Rauchgranate schmeißen werden, um dem Gegner Orientierung und Sicht zu nehmen. Es würde laut werden, aber innerhalb von Sekunden vorbei sein.

Na hoffentlich.

»Setz dich«, sagt Tarik und deutet auf einen Stuhl, während er dem Wirt zuschnipst und einen Chai für seinen Gast bestellt. »Du hast sicher mitgekriegt, dass die Bullen mich suchen.«

Harry nickt.

»Also mach's kurz, ich hab nicht viel Zeit.«

Tarik lehnt sich zurück und zündet sich eine Kippe an.

Der Chai kommt.

»Lass mich eines vorweg sagen«, sagt Harry, »ich weiß, dass ich versprochen habe, deine 200 000 zu frisieren, zehn Prozent Provision für mich. Das ist durchaus generös.«

Tarik schweigt und starrt ihn durch den Rauch an.

»Was ich sagen will«, sagt Harry, »ist, dass ich die Zusammenarbeit sehr zu schätzen weiß und mir vorstellen könnte, auf dieser Basis weiterzumachen.«

»Zahl erst mal deine Schulden.«

»Klar, deswegen bin ich ja hier.«

»Was soll ich unterschreiben?«

Harry öffnet seine Aktentasche und holt ein paar Unterlagen raus. »Hier, ich habe ein neues Konto eingerichtet. Unser

Geschäftskonto, auf das ich überweise und von wo aus du weiter überweist, auf eine Bank deiner Wahl. Du musst da unten rechts in der Ecke unterschreiben.«

Misstrauisch zieht Tarik die Papiere rüber und liest sie. Harry hat sie vor weniger als einer Stunde aus dem Internet geladen, eine ganz normale Online-Anmeldung bei einer Liechtensteiner Bank. Dass ein weiterer Check über Postident durch die Bank erfolgen würde, sagt Harry natürlich nicht. Bis dahin wird der Kerl hier eh im Knast sitzen – wegen Mordes und Geldwäsche.

»Das ist doch eine ganz normale Kontoeröffnung«, sagt Tarik.

»Ja klar, was denn sonst? Willst es doch legal haben, oder?«

»Alter, den Scheiß kann ich mir auch selber aus dem Internet runterladen, was soll das?«

»Klar, hättest du auch machen können«, sagt Harry. »Betrachte es als kleine Dienstleistung meinerseits.«

»Wieso soll ich ein Konto einrichten? Ich hab genug Konten, warum überweist du nicht direkt darauf?«

»Mann, Tarik, weil es nun mal sicherer ist, eine ganze Reihe von Transaktionen durchzuführen, und zwar so lange, bis der Weg des Geldes nicht mehr nachzuverfolgen ist, verstehst du? Außerdem kann ich nicht von meinen regulären Konten überweisen, weil ich das Finanzamt am Arsch habe, und weißt du auch, warum?«

»Weil du sie beschissen hast, warum sonst?«

»Nein«, sagt Harry, »weil *du* mir markierte Scheine aus dem Überfall auf das verdammte Casino in die Hand gedrückt hast, deswegen ist die ganze Scheiße aufgeflogen.«

Tarik starrt ihn an, und Harry weiß in diesem Augenblick, dass er einen fürchterlichen Fehler begangen hat. Was hat ihn nur geritten, Tarik eine reindrücken zu wollen? Seine selbstzufriedene Visage, diese dummdreiste Selbstsicherheit eines Vollidioten?

»Woher weißt du, dass es markierte Scheine aus dem Casino waren?«

Bosman und Schuster stehen im Ausgang des Parkhauses gegenüber vom Urfa, Knöpfe im Ohr. Sie hören, was Harry da von sich gibt, und schauen sich entgeistert an. Bosman bellt in sein Funkgerät: »Zugriff!«

Die Türen des Transit in der Nebenstraße fliegen auf, fünf maskierte Sondereinsatzkräfte springen mit gezogenen Waffen raus, sind innerhalb weniger Sekunden vor dem Urfa. Hulk dreht sich um, zu spät, ein Taserprojektil bohrt sich mit seinem Widerhaken ins Fleisch seiner Wampe, und er stürzt zuckend zu Boden. Zwei LKA-Beamte in Zivil kommen von der gegenüberliegenden Bäckerei rübergestürzt und nehmen ihn fest.

Bisher läuft draußen alles nach Plan, doch drinnen im Urfa sieht's schlecht für Harry aus. Tarik springt hinter seinem Tisch hoch, reißt ihm das Hemd auf und starrt auf die kleine Funkantenne. Harry steht auf und hebt beschwichtigend die Hände, während sein Stuhl polternd umfällt: »Tarik, hör zu, es ist nicht so, wie du denkst!«

Doch Tarik hört nicht zu. Plötzlich hat er ein Messer in der Hand. Zweimal schnellt die blitzende Klinge vor und senkt sich tief in Harrys Oberschenkel, erst den linken, dann den rechten. Harry bricht schreiend zusammen, Hände auf den blutenden Beinen, als zwei Granaten im Gastraum explodieren und das SEK laut brüllend reinstürmt.

»Hände hoch, Polizei! Runter auf den Boden, runter, los, alle runter!«

Tariks Leute heben hustend und röchelnd die Pfoten, Tränen in den geröteten Augen, nicht mehr ganz so lässig wie noch vor wenigen Sekunden. Der Koch lässt sein Messer fallen und reißt eine Kellerluke hinter dem Tresen auf.

Bosman kommt in den Laden, gleich hinter dem SEK, Waffe in der Hand. Er sieht, wie Tarik im Schutz des wabernden Nebels am Kühlschrank vorbei hinter den Tresen hastet, die Treppe in den

Keller runter. Der Koch lässt die Klappe fallen, ein SEK-Mann reißt ihn von hinten zu Boden, ein weiterer zieht die Klappe auf, von seinem Kollegen gesichert, den Lauf der Pistole in beiden Händen auf den Kellereingang gerichtet.

Dunkelheit.

Die Männer gehen rein, Helmleuchten an, die Licht auf Getränke- und Gemüsekisten werfen. Eine schwere Tür schlägt zu, hinten am Ende des ehemaligen Kohlenkellers. Die Männer erkennen sofort: Diese Tür kriegen sie nur mit einer Ladung Semtex auf, die das ganze Gebäude pulverisieren würde – was auch Bosmans Meinung ist, der hinter ihnen atemlos im Gang steht. Das war's.

Tarik läuft hustend und mit geröteten Augen durch ein verzweigtes Kellersystem, klettert durch mehrere Mauerdurchbrüche, die je zwei Häuser miteinander verbinden, und kommt dann durch den Eingang eines Mietshauses in der Flughafenstraße wieder raus. Er kann den Widerschein der Blaulichter zwei Ecken weiter sehen, und den Chopper, der über dem Häuserblock kreist.

»Spackos«, sagt er verächtlich und spuckt auf den Boden. Glauben die allen Ernstes, er hätte in seinem eigenen Laden nicht vorgesorgt? Dass sie ihn da wie eine Ratte in die Ecke treiben könnten? Für wie bescheuert halten sie ihn, diese Opfer? Glauben die, er würde so ein verlogenes Arschloch wie Harry in irgendeinem scheiß Kebab-Laden treffen?

Fickt euch!

Und fickt Harry!

11

Emrah schäumt.

»Bin ich hier nur von Vollidioten umgeben? Ihr lasst den Kerl zweimal entwischen?«

»Einmal«, sagt Schuster, »diesmal hat's das SEK verbockt, nicht wir.«

Bosman sagt nichts.

Er steht mit Schuster im Chefbüro im ersten Stock des Gebäudes, schaut raus auf den Verkehr auf dem Tempelhofer Damm und denkt an Harry, der vor einer knappen Stunde jammernd auf einer Trage lag, die hinten in den RTW geschoben wurde, mit Druckverbänden um beide Beine. »Lass mich wenigstens in Ruhe sterben«, hat er am Tropf gehaucht, und Bosman dachte, was für ein Hypochonder der Typ doch ist. Okay, zwei Stiche in die Oberschenkel waren ohne Frage ziemlich übel, aber davon stirbt man so schnell nun auch wieder nicht. Vermutlich hatte Aziz ihn nur deswegen nicht erledigt, weil er einem toten Mann nicht mehr in die Tasche greifen kann. Seine 200 000 hätte er dann abschreiben müssen.

»Ihr habt es verbockt, weil euer Mann aufgeflogen ist«, faucht Emrah. »Ich habe die Aufnahme gehört. Habt ihr diesen Harry denn nicht gebrieft? Wie kann man sich nur so dämlich verplappern und damit die ganze Aktion versauen?«

Er wedelt mit seinem Zeigefinger wie diese Mullahs in den Videos, immer den Finger oben, immer am Ermahnen, immer scheiße drauf. *Sieh an*, denkt Bosman, *auch beim assimiliertesten aller Türken bricht die kulturelle Prägung in Zeiten großen Zornes durch.*

»Ich will, dass ihr den Kerl innerhalb der nächsten vierundzwanzig Stunden im Bau habt«, sagt Emrah. »Und erzählt mir bloß nicht, dass ihr nicht wisst, wo er steckt. Solltet ihr es tatsächlich nicht wissen, dann sucht euch einen Job beim Kraftfahrtbundesamt. Habt ihr mich verstanden?«

Haben sie.

»Und da ist noch eine Sache, die mich interessiert.«

Emrahs Stimme ist schneidend: »Harrys Anwalt behauptet, der ganze Geldwäschedeal wäre eure Erfindung gewesen, und fordert die Einstellung des Verfahrens.«

»Das stimmt«, sagt Bosman.

Kontaminierte Stille, dann sagt Emrah: »Ihr habt ihn angestiftet, eine Straftat zu begehen?«

»Nein«, sagt Schuster, »wir haben eine verdeckte Ermittlung eingeleitet.«

»Und warum weiß ich dann nichts davon?«

»Weil du es oft vorziehst, nichts wissen zu wollen.«

Emrah starrt ihn an. »Vorsicht.«

»Sonst?«, sagt Schuster mit seinem freundlichsten Leck-mich-Lächeln. Bosman bewundert einmal mehr seine *attitude*, die man am besten mit furchtlos-buddhistisch umschreiben kann. Oder auch frei. Klar, er ist der Mann mit der Pumpgun, Mr. Maximum Impact. Andererseits hat Schuster auch keine Familie, um die er sich kümmern muss. Da kann man schon mal frei agieren. Dafür hat er immer wieder irgendeine dubiose Braut am Start, die dann irgendwann einfach so verschwindet, scheinbar ohne Spuren zu hinterlassen. Jedenfalls wirkt Schuster selten wirklich geknickt.

Emrah sagt: »Vergesst es. Euer Harry hat den Einsatz vermasselt, und ich sehe nicht, warum ich ihm gegenüber in der Pflicht stehen sollte. Er hat für Aziz Geld gewaschen, und dafür soll er auch zahlen.«

»Das SEK hat's versaut«, sagt Bosman, »nicht Harry. Er hat seinen Arsch riskiert.«

»Raus«, sagt Emrah.

Bosman dreht sich verärgert um und verlässt zusammen mit Schuster das Büro. Verärgert, weil Emrah durchaus recht hat. Verärgert, weil Tarik erneut entkommen konnte. Verärgert, weil sie wie Idioten dastehen.

Achim ist gerade dabei, mit seinen Leuten Obstkisten von einem uralten Lada-Pick-up ins Gebäude der Tafel zu schleppen, als Bosman vorfährt und aussteigt.

»Wo hast du den denn aufgetrieben?«, sagt er zur Begrüßung und schaut zum Wagen rüber.

»Bei einem alten Kumpel«, sagt Achim. »Draußen in der Uckermark. Für einen symbolischen Euro.«

Er klopft zufrieden auf das militärgrüne Blech und sagt: »Die Dinger sind unkaputtbar, die kannst du noch reparieren, ohne Informatik studiert zu haben.«

»Ja«, sagt Bosman, »so war's einmal. Irgendwie seltsam, dass heute nichts mehr repariert wird. Du schmeißt die Teile einfach weg, weil es billiger ist, sie neu zu kaufen, als sie wieder in Ordnung zu bringen.«

»Lies Marx«, sagt Achim und zieht die Augenbrauen hoch wie einer, der es schon immer gewusst hat. »Da steht alles drin.«

»Weißt du, was Marx mit seiner linken Hand gemacht hat, als er mit der rechten das *Kapital* schrieb?«

»Ja ja«, sagt Achim, »den haben wir uns schon 1968 erzählt.«

Bosman grinst. »Hast du was von Tarik gehört?«

»Nichts. Die Leute halten alle dicht. Wie konnte der denn entkommen?«

»Er hatte einen Fluchttunnel.«

»Alles Ratten«, sagt Achim und holt seinen Tabak raus, um sich eine zu drehen. Sie reden noch ein wenig über Tarik und seinen miesen Einfluss im Viertel und rauchen zusammen eine Zigarette, bevor Bosman zu Skinny fährt. Er trifft ihn am Späti an der Ecke Wiener und Förster Straße, wo er meistens mit ein paar Kumpels rumhängt.

So auch heute.

Wie es aussieht, hat Skinny sich zum Frühstück einen Schuss gegönnt, denn er wirkt ausgesprochen zufrieden und entspannt, Augen wie handtellergroße UFOs.

»Mann, Alter ... Frank, was geht?«

Er schlägt ihm wie einem guten Kumpel auf die Schulter, seine Spießgesellen glotzen rüber.

»Ich sehe, dein Tag hat gut begonnen«, sagt Bosman. Skinny grinst ihn komplizenhaft an, was bei Bosman ein Gefühl leichten Unwohlseins auslöst, das er verdrängen, aber nicht loswerden kann. Er ist ja tatsächlich ein Komplize von Leuten wie Skinny, unterstützt ihre Sucht, ihre Verbrechen, ihre Tragödien. Und er nutzt sie schamlos aus. *Andererseits war Verrat immer schon der Motor großer Dramen – und Manipulation hohe Staatskunst,* denkt er sich. Ohne Täuschung und Verrat ist es unmöglich, ein Land zu regieren oder in die Trutzburgen geschlossener Clans wie den der Aziz-Brüder oder Ekrems einzudringen. In Bosmans Augen heiligt der Zweck also die Mittel, auch wenn es manchmal unschöne Szenen gibt, auf die er lieber verzichten würde. Aber das gehört dazu. Alles im Leben hat schließlich seinen Preis.

Er zieht Skinny ein Stück von seinen Kumpels weg und fragt: »Was gibt's Neues im Park?«

Skinny druckst herum und schnäuzt sich die Nase mit den Fingern, sodass die ganze Rotze vor Bosmans Füßen landet. Bosman holt eine Rolle Geldscheine aus der Tasche, pellt einen Hunderter ab und gibt ihn Skinny, der sich hastig umschaut und den Schein dann einsteckt.

»Ärger«, sagt er. »Ekrems Leute machen Druck, sie wollen den Park übernehmen, ohne Scheiß. Die machen hier jeden kalt, der nicht mitzieht. Heute Morgen waren sie schon drüben bei Bobo, auf der anderen Seite, bei der Treppe zur Falckenstein.«

Bosman kennt Bobos Revier, und er kennt den Eingang von der Falckensteinstraße zum Park am Brunnen, wo die Schwarzafrikaner in kleinen Grüppchen rumhängen, Reggae hören und ihr Dope verticken, das Bobo von Tarik kauft.

»Wann kriegt Bobo die nächste Lieferung?«

»Keine Ahnung«, sagt Skinny. »Woher soll ich das wissen?«

»Skinny, verarsch mich nicht. Rück raus mit der Sprache. Wann?«

Skinny zögert, aber Bosman macht keine Anstalten, weitere Scheine von seiner fetten Rolle abzupellen. Ganz im Gegenteil, er sieht ziemlich angepisst aus. Also seufzt Skinny schließlich und sagt: »In zwei Tagen. Aber das hast du nicht von mir.«

Bobo schlendert die Falckensteinstraße entlang. Er hat die Schultern hochgezogen, die Fäuste in den Taschen seines Sommerparkas vergraben, schicke Sonnenbrille und Sorgenfalten im Gesicht. Die Kosovo-Albaner sind vorhin in den Görli gekommen, in seine Ecke an dem Brunnen, der in drei langen Stufen vom zentralen Gehweg Richtung Görlitzer Straße führt. Sie kamen zu dritt, üble Typen, Kumpels von Ekrem, den Tarik aufgeschlitzt hat, und sie waren entsprechend aggressiv. Der Chef stellte sich als Shatira vor und sagte Bobo, er solle sich seinen Namen gut merken, denn ab jetzt würde er mit ihm zusammenarbeiten. Der neue Lieferant für Weed, H, Meth und den ganzen anderen Scheiß heißt ab heute Ekrem, nicht mehr Aziz.

Aziz ist Geschichte.

Bobo war sofort klar, was das hieß. Die Kosovo-Albaner sehen ihre Chance. Sie bauen darauf, dass die Aziz-Brüder schwächeln, mit Tarik auf der Flucht und dem ganzen Ermittlungsdruck. Die Frage ist, wie Bobo seinen Arsch da heil wieder rauskriegt. Er wird sich für eine Seite entscheiden müssen, Aziz oder Ekrem. Doch wie auch immer er sich entscheidet, wird er sich einen Feind schaffen, der maximal angepisst ist.

Eine *Lose-lose*-Situation.

Bobo geht missmutig durch die offene Tür ins Café Morgenschein, wo es veganen Kuchen, Soja Latte und jede Menge Sticker an der Tür gibt, die Yogakurse, Tai Chi, Rückführung und Baby-Work-out anpreisen. Hier hängen die Hipster ab, keine Penner, wie sonst überall auf der Straße. Drinnen ist es ruhig, hin und wieder das Zischen der Espresso-Maschine und das Klappern der Tassen über entspannten Elektrobeats. Ein angenehmer Arbeitsplatz, wo Bobo sein Business betreibt, meist mithilfe von drei Handys, die vor ihm auf dem Tisch liegen.

Als Handy Nummer drei summt, das blaue Samsung Galaxy, und der Name Werner im Display erscheint, ahnt Bobo, dass neuer Ärger droht. Und so ist es auch.

»Hamedis Asylantrag wurde nicht stattgegeben«, sagt Werner. »Jetzt ist er sauer und erzählt überall rum, wie viel er dafür bezahlt hat, und dass es ein scheiß Naziunrecht ist, ihn so zu behandeln. Du musst mit ihm reden und ihm sagen, dass er die Klappe halten soll, sonst kriegen wir ein richtiges Problem.«

Werner muss es wissen. Er ist Anwalt. Er hat Bobo aus der Patsche geholfen, als er Ärger mit der Ausländerbehörde hatte und herauskam, dass er mit unterschiedlichen Namen unterwegs war. Eine Zeit lang hielt man ihn sogar für einen Sympathisanten des IS, weil er ein paar Mal in der Moschee gewesen war, die Leute nach Syrien schickte. Dass er nur da war, um den Zottelbärten Dope zu verkaufen, konnte er den Bullen natürlich nicht sagen. Und dass die Geschichte am Ende gut ausging, war nur den guten Kontakten zu verdanken, die Werner mit dem zuständigen Sachbearbeiter unterhielt, der gegen ein gewisses Entgelt bereit war, einen Duldungsentscheid durchzuwinken. Bobo musste damals einen Tausender hinblättern, den er sich von seinem Kumpel Uwe Dombrowski geliehen hatte, dem wiederum die zündende Geschäftsidee kam.

»Alter«, sagte Uwe, »was einmal klappt, klappt auch ein zweites und ein drittes Mal.«

Diesen Deal konnte man auch anderen Flüchtlingen anbieten. Eine Anerkennung, hatte Uwe vorgerechnet, würde bei ihnen fünf Riesen kosten, der Sachbearbeiter bekäme einen davon. Blieben noch vier, zwei für Bobo und zwei für Uwe. Von seinen zweitausend konnte Bobo wiederum einen Teil an seine Leute in Somalia schicken, die ein Haus am Meer bauten, das aussah wie ein Landhaus in der Toskana.

Seit das Bundesamt für Migration und Flüchtlinge, kurz BAMF, das Vier-Augen-Prinzip bei Asylentscheidungen eingeführt hat, müssen Bobo und Uwe zwar doppelt so viel abdrücken, aber das macht nichts, weil sie die Kosten an ihre Kunden durchreichen. Wenn es Ärger gibt, springt Werner ein, aber das ist teuer und schlecht für die Ankömmlinge, die dann noch mal ewig mit den Angehörigen in der Heimat telefonieren müssen, um die Kohle für Werner zusammenzukriegen. Das wiederum erhöht den Druck, nicht nur die Kohle an die Familie zurückzuzahlen, sondern auch noch einen fetten Gewinn *on top* zu überweisen, damit der Onkel seinen Ziegenstall bauen kann.

Und jetzt bedroht Hamedis Geschrei das ganze Geschäftsmodell. Er hat es mithilfe einer »We Love Refugees«-Initiative bis in die Top Five der sozialen Medien geschafft. Eine Untersuchungskommission soll den Missbrauchsvorwürfen nachgehen. Also werden die Anträge jetzt umso strenger kontrolliert.

»In nächster Zeit«, sagt Werner am Telefon, »sind wir erst mal *out of business* und müssen abwarten, wie die Geschichte sich entwickelt, ob das Ganze nur ein Sturm im Wasserglas ist oder Konsequenzen haben wird.«

Scheiß Hamedi.

Bobo ist sauer. Er wird ein paar Leute anrufen müssen, die den Kerl zur Vernunft bringen. Oder besser noch: Uwe soll sich persönlich darum kümmern. Er hat deutlich weniger Probleme mit Gewalt als Bobo, der sich jetzt genervt in seinem Stuhl zurücklehnt, sich die Sonnenbrille auf die Stirn schiebt und sieht, wie Bosman in der Tür auftaucht und zu ihm herüberschaut. Und Bobo weiß sofort: Da kommt die dritte schlechte Nachricht innerhalb eines Vormittags auf ihn zu.

Wie viel kann ein Mann ertragen?

»Hallo, Bobo«, sagt Bosman. »Was ist los? Siehst scheiße aus.«

Bobo flasht sein breites Grinsen und schlägt mit ihm einen High five ab. »Alles gut, setz dich. Was willst du trinken? Die haben hier einen super Chai-Latte, und wenn du willst, noch ein glutenfreies Hörnchen dazu.«

Bosman inspiziert skeptisch die Karte und sagt: »Seit wann bist du denn zu den Ökos übergelaufen?«

»Mein Bewusstsein hat sich geändert, Frank, hier oben.« Bobo tippt sich an seine sauber gezogenen Rastalocken. »Alles geschieht hier oben, hier fängt es an, und hier hört's auch irgendwann wieder auf, wenn wir in die andere Welt übergehen.«

Soso, denkt Bosman und vermutet, dass sich Bobo mit seinem Bewusstseinstrip eher bei den Chicks hier einschleichen will. Ökoladys, wohlhabend und tendenziell unterfickt – vor allem die alleinerziehenden Mütter, Bobos *target group*. Da liegt eine Menge Potenzial.

»Was macht die Familie?«, fragt Bosman.

»Alles gut«, sagt Bobo, »Mama ist gesund, der kleine Abu geht in die Schule, und meine Brüder und Cousins fahren wieder jeden Tag zum Fischen raus, seit das Piratenbusiness zurückgegangen ist.«

»Freut mich zu hören.«

»Ja, alles cool. Und deine Tochter?«

»Geht zur Schule, raucht Gras, das sie von deinen Leuten hier im Park kauft, alles ganz normal.«

»Normal?«, sagt Bobo.

Bosman grinst. »Normalität beschreibt immer den Zustand, in dem wir uns gerade befinden.«

»Wow«, sagt Bobo. »Cool.«

»Ekrem hat dir die Pistole auf die Brust gesetzt.«

»Warum sollte er das tun?«

»Sag du es mir.«

Bobo schaut ihn an und sieht, dass es sinnlos ist zu lügen. »Die scheiß Zigeuner machen Stress.«

»Wenn du Hilfe brauchst, ruf an.«

Er schiebt ihm seine Visitenkarte über den Tisch. Bobo schaut sie einen Moment lang an, berührt sie aber nicht.

»Wie willst du mir helfen?«

»Du meinst, weil du in einer *Lose-lose*-Situation steckst?«

Bobo sagt nichts, wartet auf das Angebot.

»Kauf deinen Scheiß von Ekrem. Überlass Aziz mir.«

»Nachdem er euch schon zweimal entkommen ist?«

»Aller guten Dinge sind drei. Ich brauche seine aktuelle Handynummer, die von seinem Privatphone.«

»Warum das denn?«

»Um ihn zu orten.«

»Und wieso kommst du damit zu mir?«

»Weil ich weiß, dass du eine Lieferung von ihm bekommst.«

Bobo sieht ihn verärgert an: »Hat Skinny wieder gequatscht?«

Bosman beugt sich vor und sagt: »Ich will, dass du mir Bescheid sagst, wenn Aziz dir übermorgen die nächste Ladung liefert. Dann schlagen wir zu und nehmen ihn hoch.«

Bobo zögert.

»Überleg's dir. Ich schaff dir Aziz vom Hals, du kannst mit Ekrem Geschäfte machen, alle sind zufrieden.«

Bobo versteht die Logik, die ihm einen möglichen Ausweg aus seinem Dilemma eröffnet, wenn auch nur kurzfristig. Aber was soll's? Die Karten werden in diesem Business ständig neu gemischt. Man muss flexibel bleiben, sonst ist man raus.

Bosman gibt die Nummer von Aziz' privatem Handy an Melanie durch, die sie sofort zu den Kollegen von der Telefonüberwachung weiterleitet. Die richterliche Genehmigung würden sie später nachreichen. Das ist für den Kollegen Boris Renner okay, denn er schuldet Bosman noch einen Gefallen. Der hatte dem Spießrutenlaufen in der Schule ein Ende gemacht, dem Boris' Sohn Jens jeden Tag ausgesetzt war, wenn er an der Clique von einem Typen namens Karim vorbeiwollte. Jeden Tag gab's auf die Fresse. Bosman wusste, dass es zwecklos war, wenn er mit den Tätern redete, also redete er mit dem Opfer.

»Sie haben mich rausgepickt, weil ich Deutscher bin«, sagte Jens. *Ja*, dachte Bosman, *und weil sie gerochen haben, dass du ein Opfer bist.*

»Du musst dir Respekt verschaffen. Das ist der einzige Weg aus dem Dilemma, denn darum geht's: um Respekt. Den hat man nicht, den muss man sich verdienen.«

»Und wie?«

»Schlag zurück. Aber als Erster, dann hast du das Überraschungsmoment auf deiner Seite. Du kannst gegen Karim nur gewinnen, wenn du ihn überraschst. Wenn er vorbereitet ist, ist er dir haushoch überlegen.«

»Ich weiß noch nicht mal, ob ich überhaupt zuschlagen kann.«

»Dann stell dir vor, wie der Typ deine Schwester vergewaltigt.«

»Ich hab keine Schwester.«

»Siehst du«, sagte Bosman, »das ist dein Problem. Du weichst aus. Mit dieser Haltung gewinnst du keinen Pokal.«

Er gab Jens einen Schlagring, massive Bronze. »Probier den vorher aus, am besten an einem Boxsack, wenn ihr so was in der Schule habt. Und vor allem: Denk nicht nach. Wenn der Typ dich das nächste Mal anquatscht, dann drehst du dich einfach um, ohne was zu sagen, und haust ihm das Ding volle Kanne auf die Nase. Und du hörst nicht auf, du setzt nach, bis er auf dem Boden liegt. Hast du verstanden?«

Jens sah ihn unsicher an.

»Wenn er wieder aufsteht, hast du ein Problem.«

Jens schluckte.

»Du hast die Wahl«, sagte Bosman. »Es liegt in deiner Hand, Opfer zu bleiben oder nicht.«

Ein paar Tage später rief Renner an, um ihm zu sagen, dass Jens eine Anzeige wegen schwerer Körperverletzung an den Hals kriegte und dass ihm ein Schulverweis drohte, weil er diesem Karim mit einem Schlagring den Kiefer gebrochen hatte. Bosman musste grinsen.

Guter Junge.

Ab jetzt würde er aufrecht in die Klasse kommen.

12

Helen rollt ihre Yogamatte ein, pustet die Räucherstäbchen aus und geht in das elegante Bad mit dem anthrazitfarbenen Zementboden und der muschelförmigen Wanne in der Mitte – eine von Harrys Obsessionen. Sie streift gerade ihren Lycra ab, als das Handy klingelt. Ihre Agentin ist dran. Ist schon eine Weile her, seit sie ihr den letzten Job vermittelt hat. Entsprechend aufgeregt greift Helen zu.

»Pass auf, Schätzchen«, sagt Susi mit einer Stimme, die drei Stockwerke tiefer liegt als die von Pavarotti nach einem nächtlichen Trinkgelage. »Ich hab hier was für dich.«

Nein, es ist keine Rolle, aber eine Anfrage von Corinna Reitz, die jeden Sonntag nach dem *Tatort* auf ihr rotes Sofa einlädt, um mit Politikern, Experten und anderen Schlaumeiern die Lage der Nation zu erörtern. Hier kann Helen sich mal wieder in Erinnerung rufen, sagt Susi, sie müssen an ihrer öffentlichen Wahrnehmung arbeiten, dann kommen auch die Jobs wieder rein.

»Klar«, sagt Helen, die sich durch ihre Affäre mit Luis deutlich revitalisiert fühlt, wieder konsequent an ihrer Figur arbeitet und bereit ist, etwas für ihre Karriere zu tun.

»Worum geht's denn? Ich meine, ich bin Schauspielerin und keine Expertin für die Welthungerhilfe.«

»Aber für sexuellen Missbrauch«, sagt Susi.

»Was?«

»Du bist doch Schauspielerin, hast du eben selber gesagt. Corinna würde dich gern dabeihaben, als Insiderin sozusagen, die auch die eine oder andere Erfahrung im Business gemacht hat.«

Der Sarkasmus lässt ihre Stimme noch eine Etage tiefer rutschen. Helen sieht sie am Telefon sitzen, Klunker an den Fingern, Lippenstift am Filter ihrer qualmenden Kippe.

Sie muss lachen. »Klar hab ich meine Erfahrungen gemacht, wer nicht?«

»Ich hab fünf Ehemänner zum Teufel gejagt, und du?«

»Keinen.«

»Sieh zu, dass die Leute nachher über dich reden«, sagt Susi. »Damit können wir arbeiten. Je kontroverser, desto besser.«

»Kein Problem«, sagt Helen und grinst.

»Gut so«, sagt Harry. »Zeig den Spießern, wo der Schlüpfer hängt.«

Er ist schon wieder gut drauf, mit seiner Morphiumpumpe am Anschlag. Helen sitzt am Krankenbett und hat ihm seine American Brown Cookies mitgebracht, die er in sich reinmampft.

»Wer macht noch mit?«

»Dieser durchgeknallte Richter …«

»Schmitt?«

»Ja, genau.«

»Der fehlt ja nie«, sagt Harry und wischt sich ein paar Krümel aus seinem Dreitagebart. »Lass mich raten, wer noch dabei ist. Petra Behrend von den Grünen, dieser Schreihals Lehmann und ein Experte, vermutlich ein Soziologe oder Psychologe, wahrscheinlich wieder dieser Schlaumeier Schröder.«

»Und ein Imam«, sagt Helen.

Harry schaut auf. »Was macht denn ein Imam da?«

»Keine Ahnung, die sind doch neuerdings immer mit dabei.«

»Manchmal frage ich mich auch, ob an dieser Sache mit der Umvolkung nicht doch was dran ist. Ich meine, wir reden hier natürlich von großen Zeitbögen wie der Völkerwanderung, das ist keine Sache von einem Tag auf den anderen. Wäre ein cooles Setting für einen Science-Fiction-Thriller.«

»Schön, dass du schon wieder so nach vorn schauen kannst.«

Harry lächelt und nimmt ihre Hand: »Schön, dass es dich gibt.«

Er haucht ihr einen Kuss auf den Brillantring am rechten Mittelfinger, den er ihr zum zehnten Hochzeitstag geschenkt hat. Helen lächelt zurück, zupft die Bettdecke ein Stückchen hoch und sagt: »Sag mir nur eins. Sind wir pleite?«

Harry grinst sie an.

»Gut«, sagt Helen, »das wollte ich bloß wissen.«

Harry sinkt in sein Kissen zurück. »Weißt du, wenn man hier so liegt, knapp dem Tod entronnen, dann kommen einem Gedanken. Keine Angst, ich neige nicht zur Sentimentalität, wie du weißt. Ich dachte nur ... Was hältst du davon, wenn wir mal wieder Urlaub machen?«

Urlaub?

Das sind ja mal ganz neue Töne. Als sie sich kennenlernten, sind sie zwei- bis dreimal im Jahr in den Urlaub gefahren, zwischen ihren Engagements und Harrys Produktionen. Sie begleitete ihn eine Weile auf Businesstrips und zu Drehs nach London, Paris, Barcelona, Kopenhagen, Warschau. Zwischen seinen Terminen gingen sie shoppen oder essen. Doch dann war es Helen irgendwann zu blöd gewesen, seine Geschäftspartner zu bespaßen. Da konnte er sich auch gleich ein Escort-Girl nehmen, wenn er es brauchte. Seitdem beschränkten sich ihre Urlaube auf den einen oder anderen Ausflug in den Grunewald zum Schweizer Chalet.

»Ich habe mit Detlef telefoniert«, sagt Harry. »Wir können sein Haus auf den Bermudas haben, ein Bungalow direkt am Strand, mit Pool.«

»Wozu brauchen wir einen Pool, wenn das Haus direkt am Strand liegt?«

»Himmel, was weiß ich? Sie bauen da halt Pools in die Gärten, treibt den Preis hoch. Ich kann auch drauf verzichten.«

»Aber noch nicht laufen.«

»Ach was, das geht schon. Ich krieg einen schicken Rollstuhl.«

»Wie? Wann wolltest du denn fahren?«

»Sobald ich hier raus bin, in ein paar Tagen.«

»Und die Reha?«

»Scheiß auf die Reha, wo gibt es eine bessere Reha als auf den Bermudas?«

Klar, denkt Helen, *vor allem für einen, dem man in beide Beine gestochen hat. Prima Klima in den Tropen, super für die Wundheilung. Aber wieso die Eile?*

Das kann nur bedeuten, dass Harry in so ernsten Schwierigkeiten steckt, dass er lieber die Flucht nach vorne antritt. Helen sagt: »Du haust hier ab, weil du dich mit Typen angelegt hast, die dir mit Messern in die Beine stechen.«

»Ja«, gibt Harry zu.

»Wie viel schuldest du denen?«

»200 000.«

»Dann zahl doch.«

»Und womit?«

»Deinen Rücklagen auf den Bahamas?«

»Ich habe keine Rücklagen auf den Bahamas.«, sagt Harry. »Ich rede die ganze Zeit von den Bermudas. Und selbst wenn ich zahle, wird Tarik mich umlegen, sobald ich geblecht habe.«

»Wieso das denn?«

»Ich habe ihn in die Falle gelockt, darauf steht bei denen die Todesstrafe. So eine schwachsinnige Idee von Frank, diesem Amateur. Ich wusste gleich, dass das schiefgeht. Ein Haufen Nieten sind das, die Berliner Bullen, das sag ich dir. Unfassbar, die lassen einen

Mann laufen, den ich ihnen auf dem Silberteller präsentiert habe. Wenn die das in Mogadischu auch so gemacht hätten, wären die Geiseln alle tot gewesen, da kannst du aber sicher sein.«

Doch Helen ist weniger an den Rechtfertigungen ihres Mannes interessiert als vielmehr an seiner mittelfristigen Lebensperspektive. »Das heißt, du weißt nicht, wann du nach Berlin zurückkommst?«

Harry druckst ein wenig herum. »Na ja, sagen wir mal so, es gibt da tatsächlich noch ein paar andere Dinge zu regeln, aber nichts, was nicht zu regeln wäre. Glaub mir, es gab schon ganz andere Zeiten, in denen ich echt nicht mehr wusste, wie es weitergehen sollte. Das waren Schlachten. Das hier ist ein Scharmützel.«

Helen schaut ihn zweifelnd an. »Das Haus ist sicher?«

»Ja, es gehört schließlich dir.«

Helen schüttelt den Kopf und seufzt: »Ach, Harry.«

Sie beugt sich vor, küsst ihn zärtlich auf die Stirn und sagt: »Weißt du was, irgendwie bist du immer noch eine ziemlich coole Sau.«

»Ja«, sagt Harry und grinst. »Im Rollstuhl auf der Flucht. Klingt wie ein Filmtitel mit dir in der Hauptrolle.«

Das Problem ist nur, dass Helen gar keine Lust hat, diesen Narzissten hier als *supporting actress* in seinem neuesten Drama auf die Bermudas zu begleiten, auf der Flucht vor der Mafia, der er Geld schuldet. Schließlich hat sie hier zu tun, will ihre Karriere wieder in Schwung bringen, die sie in den letzten Jahren etwas hat schleifen lassen. Und dann ist da auch noch Luis, der nicht müde wird, sie bei jeder sich bietenden Gelegenheit zu vögeln. Jetzt, da Harry im Krankenhaus liegt, haben sie es ein paarmal bei Helen zu Hause in der Villa in Kleinmachnow getrieben, im Ehebett. Luis hat drauf bestanden und, nun ja, warum nicht? Wenn es ihn glücklich macht? Helen hatte vermutet, dass Luis damit irgendwelche sinistren Machtfantasien ausleben wollte, doch als sie aus dem Badezimmer zurückkam, erwischte sie ihn dabei, wie er sich unter das Bett beugte, den nackten Arsch nach oben gereckt.

»Was machst du denn da?«

Luis schlug sich den Kopf an der Bettkante an, als er hochschoss. Er fummelte an seinem fetten Totenkopfring am rechten Finger herum. »Der ist mir runtergefallen«, sagte er linkisch.

Ganz bestimmt, dachte Helen, *am Arsch die Räuber.* »Hattest du gehofft, dass Harry da seine Kohle bunkert, in einem schwarzen Koffer, so wie in einem Mafiafilm?«

»*Oje*«, sagte Luis entrüstet, »wie kommst du auf so was?«

»Nein?«

»Nein!«

Helen sah ihn prüfend an, packte seinen Kopf, drückte ihn sich zwischen die nackten Brüste und schob ihn abwärts, während sie ihre Beine spreizte.

»Und jetzt zeig mir, dass deine flinke Zunge auch nicht lügt.«

13

»So schaut's aus«, sagt Dr. Laurenz zu Arslan Aziz, der auf der anderen Seite des Konferenztisches sitzt und ihn anstarrt. Laurenz hat seinen Montblanc-Füller in der Hand und tappt damit auf die Tischplatte, als wolle er sein Bedauern in die Stille morsen, die seit seinen Ausführungen auf ihnen lastet wie eine übergewichtige Frau.

Seine Schuld war es nicht.

Heute Morgen hat ihn Slawinsky angerufen und ihm eröffnet, dass es mit dem Verkauf des Grundstücks am Osthafen Probleme geben könnte. Laurenz hat auf die fertig ausgehandelten Verträge verwiesen. Die Deutsche Bahn kassiert für die Immobilie fünfzehn Millionen Euro. Wo war das Problem?

Slawinsky sagte es ihm.

Arslan schließt die Augen und atmet einmal tief ein und langsam wieder aus, um die Wut loszuwerden, die in ihm aufgestiegen ist, wie Galle nach einem Trinkgelage. Tarik zieht ihn zurück in den Dreck, aus dem er raus will. Erst der Mord an Ekrem, dann der Scheiß im Dreamland, und vor ein paar Tagen liefen den ganzen Tag auf allen Nachrichtenkanälen die Bilder von der missglückten Festnahme im Café Urfa rauf und runter. Spektakuläre Bilder mit riesigem Polizeiaufgebot, Straßensperren, kreisenden Choppern in der Luft und dem Fluchttunnel. Der Name Aziz ist in aller Munde, und alles, was Tarik dazu zu sagen hat, ist nur der übliche Müll. Angeblich hat er da bloß ein Glas Tee getrunken. Aha, und woher wussten die Bullen, wo er war?

Yussuf, der Mann am Kebab-Spieß, hat Arslan berichtet, dass Tarik dort jemanden getroffen hat, einen Deutschen um die sechzig. Wer das war, konnte Yussuf aber auch nicht sagen. Es war Arslan klar, dass sein Bruder davon ausgehen musste, dass er Yussuf befragen würde, und dass seine Lüge dann auffliegt. Offenbar machte ihm das aber nichts aus. Er gab Arslan also zu verstehen, sich um seinen eigenen Kram zu kümmern. Das war beunruhigend, denn es unterstrich, wie Arslan allmählich die Kontrolle über seinen Bruder verlor, der sie mit den übelsten Schlagzeilen in die Medien katapultierte und ihnen die Bullen auf den Hals hetzte. Da waren sie wieder, die scheiß Kanaken aus dem Libanon, die hier nichts als Unheil stifteten, alle kriminell, mit denen wollte keiner was zu tun haben.

Schon gar nicht die Deutsche Bahn.

»Die haben ein Imageproblem«, sagt Laurenz, »wenn rauskommt, dass sie Geschäfte mit dem, ähm ... organisierten Verbrechen machen, das ist noch mal eine ganz andere Nummer als verspätete Züge und verstopfte Bordtoiletten.«

Arslan hasst den Ausdruck »organisiertes Verbrechen«, obwohl er natürlich weiß, dass er genau das ist, einer der Paten des organisierten Verbrechens, ob er will oder nicht. Alle Bemühungen, legal zu werden, scheitern bereits daran, dass sie auf einer Lüge basieren, dass es dreckiges Geld ist, das ihm den Eintritt in die Welt des gesellschaftlich sanktionierten Investments öffnet. Er wird der Sache ein Ende machen müssen, das Drogengeschäft und das mit den Nutten beenden, sich zurückziehen, ein paar Jahre unter dem Radar bleiben und im Hintergrund dezent die Geschäfte führen, mit seriösen Geschäftsleuten. Arslan weiß, dass es nicht reicht, das kriminelle Business nur runterzufahren. Schon gar nicht mit so einem Hitzkopf wie Tarik. Alles oder nichts, wie bei einem trockenen Alkoholiker. Entweder du säufst, oder du lässt es bleiben. Ein bisschen nippen funktioniert nicht.

»Gib Slawinsky 100 000«, sagt Arslan. »Er soll zusehen, dass sie ihre Skrupel verlieren.«

»So einfach ist das diesmal nicht.«

»Nächste Woche kommen die Investoren nach Berlin.«

»Ja, und?«

Arslan glaubt sich verhört zu haben. *Ja, und?* Das ist alles?

»Soll ich denen sagen, sie können wieder nach Hause fahren, weil ich das Grundstück nicht kriege?«

Es ist schon kompliziert genug, die Leute bei Laune zu halten, die sich immerhin dazu verpflichtet haben, ihren Teil zum 150-Millionen-Shopping-Mall-Projekt in Friedrichshain, dem Hotspot der Stadt, beizutragen. Und dann der ganze Stress mit den verschiedenen Berliner Ämtern, die immer neue Unterlagen fordern. Die Projektkosten sind jetzt schon im Bereich einer flotten halben Million.

»Seit über zehn Jahren bin ich an dem Grundstück dran«, sagt Arslan. »Scheitern ist keine Option.«

Vernimmt Laurenz hier den leichten Anflug einer Drohung in Arslans Stimme? Er räuspert sich und sagt: »Dann sieh zu, dass du deinen Bruder in den Griff kriegst.«

»Und du, dass sie unterschreiben.«

Laurenz stöhnt auf. Es ist ja nicht so, als ob er kein Interesse daran hätte, dass Aziz seine verdammte Shopping Mall baut. Er kassiert für seine Dienstleistungen fette Provisionen auf Erfolgsbasis, und Daniela hat sich in das Ferienhaus an der Côte d'Azur verliebt. Für schlappe 1,2 Millionen kann er es haben.

»Okay«, sagt er. »Ich versuche mit Slawinsky zu reden.«

Tarik Aziz läuft die Sonnenallee entlang Richtung Rathaus Neukölln. Hier kennt ihn jeder, das ist sein Kiez, Aziz-Territorium. Keiner käme auf die Idee, ihn zu verraten. Trotzdem trägt er ein Basecap, richtig herum, Schirm vorne, und eine dunkle Sonnenbrille. Man wird vorsichtig nach der letzten Pleite.

Tarik steuert eine Shisha-Bar an und tritt ein. Das Personal begrüßt ihn mit Bruderküsschen. Der Manager schickt einen Jungen raus vor die Tür, um aufzupassen, ob die Bullen kommen. In der Ecke sitzt Hulk bequem in seinem Sessel und nuckelt an einer Wasserpfeife. Die Frontfenster zur Straße hin sind weit geöffnet, Hitze und Lärm fluten herein. Schweiß perlt auf seiner Glatze.

»As-salam Alaikum«, sagt Tarik, wirft seine Kippen und zwei Handys auf den kleinen runden Tisch und lässt sich in den Sessel fallen.

»Wa Alaikum As-salam.«

Tarik signalisiert dem Kellner, dass er ihm ein Glas Tee bringen soll, und sagt: »Die Schwuchtel mach ich fertig, ich schwör's dir.«

Er meint Harry.

»Warum hast du ihn nicht gleich im Café erledigt?«

»Weil ich erst meine Kohle zurückhaben will, und dann …«

Sein Handy summt, Tarik geht ran. »Ron, was geht?«

Endlich mal eine gute Nachricht. Morgen Abend kommt ein Transit aus Rotterdam mit zehn Kilo Gras und fünf Kilo Heroin. Gegen 22 Uhr werden sie am Funkturm sein, sagt Ron, dann rufen sie an, um den Treffpunkt auszumachen. So halten sie es immer, um sich vor unliebsamen Überraschungen zu schützen. Der Ort der Übergabe wird bis zum Schluss geheim gehalten.

Tarik beendet das Gespräch und sagt zu Hulk: »Der Transport ist morgen unterwegs, alles wie geplant.«

»Nicht alles«, sagt Hulk. »Bobo hat Stress. Die scheiß Albaner sitzen ihm im Nacken. Die wollen ihn fertigmachen, wenn er bei uns kauft.«

Tarik spürt, wie ihm schon wieder die Halsschlagader anschwillt. Das Gesocks breitet sich aus wie ein Krebsgeschwür. Selbst nachdem er einen von ihnen abgestochen hat, machen die weiter. Sie werden was unternehmen müssen, um diese Kakerlaken auszuräuchern, und zwar für immer.

»Geh mit ein paar Leuten in den Park. Und wenn die Balkan-Neger das nächste Mal da aufkreuzen, macht sie fertig. Ich will Blut sehen, hast du verstanden?«

Hulk nickt.

»Wenn sie Krieg wollen, sollen sie ihn kriegen«, sagt Tarik.

Als er ein paar Stunden später nach Hause kommt, spürt er gleich, dass irgendwas nicht stimmt. Die ganze Familie sitzt um den Tisch herum beim Essen, Baba, Mama, Arslan und seine beiden Blagen sowie seine Frau Leila. Tarik zieht sich einen Stuhl heran, hockt sich hin und erzählt von den Albanern, die Krieg wollen. Doch keiner hört ihm richtig zu. Nach dem Essen ziehen die Ladys sich zurück, und Baba sagt: »Tarik, du bist ein guter Junge, aber warum machst du immer Schwierigkeiten?«

Das war's also.

Er ist mal wieder der Depp, der nichts auf die Reihe kriegt. Aber wer verteidigt denn die Rechte des Clans auf der Straße? Wer macht sich die Finger schmutzig? Etwa Arslan? Der hat seine verständnisvolle Mitleidsmiene aufgesetzt, für die Tarik ihm gleich eine reinhauen könnte.

»Papa«, sagt er, »nicht ich mache Schwierigkeiten, glaub mir, ich würde viel lieber in Ruhe meine Geschäfte machen. Aber was soll ich tun, wenn die Albaner-Spacken hier auftauchen und uns das Geschäft kaputtmachen?«

Baba schaut ihn an und sagt: »Ich habe entschieden, dass du eine Weile zu deinem Cousin Arafat nach Beirut gehst, bis hier Gras über die Sache gewachsen ist.«

Was?

Tarik glaubt es nicht. Er hat Arafat das letzte Mal vor über drei Jahren gesehen, als sie da zu Besuch waren, ein Albtraum. Überall Dreck, Hisbollah-Plakate, Alkoholverbot und verschleierte Weiber.

»Aber Papa, wieso?«

»Weil ich Angst um dich habe. Ich habe keine Lust, einen Sohn zu verlieren.«

»Papa, ich bitte dich. Schick mich nicht zu den scheiß Kameltreibern in die Wüste.«

Babas weiße Augenbrauen ziehen sich zusammen, darüber die Falte, die Tarik nur zu gut kennt. Sie kündigt Unheil an. »Wie redest du über deine Familie? Hast du keinen Respekt?«

»Das war nicht so gemeint, echt jetzt, ohne Scheiß, aber ich kann nicht weg, ich habe hier zu tun. Morgen kommt eine neue Lieferung von Ron. Ich muss sie verteilen und Bobo schützen, sonst machen die Albaner ihn fertig. Ich habe alle Hände voll zu tun.«

»Arslan kümmert sich darum.«

Tarik schaut Arslan an. »Wollt ihr mich verarschen?«

»Tarik«, sagt Arslan lächelnd, »ich kümmere mich darum, okay? Deine Sicherheit liegt mir am Herzen. Ich bin dein Bruder.«

Am Arsch mit dem Bruderscheiß, ein Verräter bist du. Du hast dem Alten doch eingeflüstert, dass ich wegmuss, dass ich ein Problem bin.

Du Arschloch!

Arslan ruft Ron an und sagt den Deal ab. In der nächsten halben Stunde gehen laufend wütende Nachrichten ein, bis er die Nase voll hat. Er nimmt das Handy, wirft es auf den Boden und zertritt es mit seinem Stiefelabsatz.

14

Bosman sitzt mit Britta vor der Glotze. Gleich wird Helen bei *Reitz auf dem Sofa* auftreten. Britta ist ganz aufgekratzt, Bosman unruhig. In den letzten beiden Tagen ist nicht viel passiert. Tariks Handy blieb tot. Sie observierten Skinnys Wohnung, aber da kam keine Lieferung für Bobo an. Es blieb die ganze Nacht lang dunkel. Was war da los? Bosman beschließt, gleich morgen früh hinzufahren und nachzusehen.

»Da ist sie«, sagt Britta, als die Kamera auf die Teilnehmer der Talkrunde zoomt, die von der strahlenden Corinna Reitz der Reihe nach vorgestellt werden: Richter Schmitt, Innensenator Baumgarten, der Imam, Schröder, Petra Behrend von den Grünen und Helen in einem wehenden Gewand.

»Wie findest du ihr Kleid?«

»Super«, sagt Bosman.

»Es kneift ein bisschen unter den Armen.«

»Findest du?«

»Du nicht?«

»Doch«, sagt Bosman, »ein bisschen.«

Er genehmigt sich einen Schluck von seinem Feierabendbier und legt dann seinen Arm um Britta, woraufhin sie sich an ihn kuschelt.

Corinna Reitz spielt einen Trailer ein, auf dem ein alternder Regisseur zu sehen ist, der seine Hände schützend vor das Gesicht hält, um es vor den Kameras zu verbergen. Der Bildschirm erlischt, betretene Mienen überall, Corinna Reitz moderiert an. Sie sitzt mit überschlagenen Beinen auf ihrem Stuhl in der Mitte ihrer Gäste, sortiert ihre Kärtchen und eröffnet die Runde mit einer Frage an Helen, die sie für raffiniert, ja provokant hält: »Frau Schumann, Sie als Schauspielerin, sind Sie schon mal mit einem Regisseur auf sein Hotelzimmer gegangen?«

»Ja«, sagt Helen und lächelt gewinnend.

»Und, ähm … was ist dort geschehen?«

»Was glauben Sie, was dort geschehen ist? Wir sind das Drehbuch Szene für Szene durchgegangen und haben dabei Mineralwasser getrunken. Wissen Sie, das ist üblich in unserer Branche, dass wir mitten in der Nacht mit unserem Regisseur im Hotelzimmer an unserer Rolle arbeiten.«

Der Spott ist nicht zu überhören, Gelächter im Publikum. Schmitt grinst, Petra Behrend guckt streng, der Imam versteht nur Bahnhof, und Corinna Reitz sagt: »Ich entnehme Ihrer Ironie, dass es nicht bei der Lektüre des Drehbuchs geblieben ist.«

»Nein«, sagt Helen, »das war uns bald zu langweilig. Wir hatten Sex.«

»Einvernehmlich?«

»Selbstverständlich. Ich habe nur einvernehmlichen Sex, Sie nicht?«

Das war nicht das, was Corinna Reitz hören wollte. Erneutes Gelächter.

»Nun«, sagt Corinna Reitz, »uns erreichen immer mehr Meldungen von Frauen, denen es offensichtlich nicht so gut ergangen ist. Es werden schwere Anklagen erhoben.«

»Sehen Sie«, sagt Helen, »das ist das Problem. Der #Metoo-Diskurs richtet sich kritisch an den Mann und nicht selbstkritisch an die Frau. Wenn ich mit meinem Regisseur keinen Sex will, gehe ich nicht nachts zu ihm aufs Hotelzimmer, so einfach ist das. Dass ein Mann mir zeigt, dass er mich begehrt, wie kann ich ihm das krummnehmen? Das ist doch ein schönes Kompliment.«

Petra Behrend sagt: »Das meinen Sie jetzt nicht im Ernst.«

Helen grinst sie an: »Schon Catherine Deneuve hat gesagt, ein Tag ohne Komplimente ist ein verlorener Tag.«

»In vielen Fällen hatten die Frauen Angst, eine Rolle nicht zu bekommen, wenn sie sich nicht gefügig zeigten«, sagt Corinna Reitz.

»Weil sie feige sind«, sagt Helen, »weil sie nicht in der Lage sind, autonom zu handeln, Widerstände zu überwinden, mutig zu sein und Risiken in Kauf zu nehmen, so wie es für jeden Mann selbstverständlich ist.«

Aufregung im Saal.

»Ich glaub es nicht«, sagt Petra Behrend. »Ich habe den Eindruck, die feministische Debatte der letzten hundert Jahre ist spurlos an Ihnen vorbeigegangen. Sie reproduzieren hier übelste patriarchalische Denkmuster und …«

»Nein«, unterbricht Helen, »ich weigere mich lediglich, Opfer zu sein. Wer mir blöd kommt, kriegt einen Schuss vor den Bug. Ich muss mir nicht alles gefallen lassen. Es liegt in meiner Hand, für meine Bedürfnisse und meine Interessen einzustehen, verstehen Sie, ich bin *da*! Mich schiebt keiner weg.«

Applaus im Publikum.

»Die Frau hat einen Punkt«, sagt Schmitt.

»Okay«, sagt Corinna Reitz leicht genervt und wendet sich dem Innensenator zu. »Auch in Ihrer Behörde soll es Zwischenfälle gegeben haben…«

»Nichts als unbewiesene Vorwürfe«, sagt Richter Schmitt.

Sein Tennispartner Baumgarten wirft einen Blick rüber, tätschelt ihm deeskalierend die Hand und sagt: »Wir nehmen das sehr ernst.«

»Der Islam verbietet jedes diskriminierende Verhalten Frauen gegenüber«, sagt der Imam.

Überraschte Blicke in seine Richtung.

Ähm …

Nikki sitzt gelangweilt im Büro des TV-Studios vor ihrem Computer und verfolgt die Talkrunde auf einem Monitor an der Stirnseite. Es interessiert sie nicht, was die Leute da quatschen, ist nicht ihr Thema. Sexuelle Belästigung? Nicht in ihrer Generation der Um-die-Zwanzigjährigen. Da gibt es kein alttestamentarisches Patriarchat. Da muss man den Jungs eher mit gespreizten Beinen ins Gesicht springen, bevor überhaupt mal was vorwärtsgeht. Am Arbeitsplatz? Die Einzige, die ihr hier auf die Pelle rückt, ist die Redaktionsleiterin Kerstin, diese alte Bratze. Die Typen sind alle okay, die meisten sowieso schwul. Missmutig wertet Nikki die Zuschauerpost aus, die Mails und Tweets und Kommentare in den sozialen Netzwerken, die während der Show reinkommen, um einen Feedback-Flow zu erstellen.

Scheiß Job!

Nikki hat sich das Praktikum in der Medienbranche irgendwie spannender vorgestellt. Wenn sie ehrlich ist, muss sie zugeben, dass sie selbstverständlich davon ausgegangen ist, hier nicht als *Praktikantin* wahrgenommen zu werden. Sie ist es gewohnt, dass die Eisenspäne sich nach ihr ausrichten, und jetzt soll sie sich hier von einer Lesbe anbaggern lassen und Behindertenarbeit machen, hallo?

Never!

Wenn das so weitergeht, dann schmeißt sie hin. Vorerst aber browst sie frustriert durch den endlosen Echoraum des Internets, während sie an Bosman denkt. *Was er jetzt wohl macht?* Heute Nachmittag hat Nikki sich mit Laura besprochen, wie sie vorgehen soll, um an ihn ranzukommen. Laura hat vorgeschlagen, ihn zum

Poetry Slam nächsten Donnerstag im Ritter Butzke einzuladen, wo sie selber auftritt. Aber Nikki ist sich nicht sicher. Vielleicht mag der Bulle so etwas nicht, vielleicht findet er ihre Darbietung peinlich. Andererseits weiß sie, dass sie mit ihren Gedichten gut ankommt. Bislang gab es immer fetten Applaus, und sie gilt als Favoritin für das große Finale in der Volksbühne. Vielleicht kann sie ihn damit sogar beeindrucken, wer weiß?

Nikki klickt nachdenklich auf ihrer Tastatur herum. Es fällt ihr auf, dass die Kommentare immer radikaler werden, übelste Beschimpfungen sind mittlerweile an der Tagesordnung. Als Vertreterin der sogenannten Lügenpresse mit ihrem Gender- und Multikultiwahn zieht Corinna Reitz vor allem die Wut nationalistisch gesinnter Bürger auf sich. Am Anfang hat sie es noch sportlich genommen und Nikki angewiesen, aus dem ganzen Dreck die »Hass-Mail des Tages« herauszufischen und für alle sichtbar an die Wand neben der Küche zu tackern. Das spornt an, hat Corinna Reitz gesagt, und dass der Erfolg der eigenen Arbeit an der Wut der Gegner gemessen wird. »Wenn Sie nicht mal die Gemüter Ihrer Feinde erhitzen, zeigt Ihr Tun keine Wirkung«.

Das Telefon auf Nikkis Schreibtisch klingelt. Sie wundert sich, denn eigentlich bimmelt die Zuschauer-Hotline erst nach der Livesendung. Nikki schaut auf die Uhr, die über dem Eingang des Büros hängt.

Es ist 20.37 Uhr.

Sie nimmt ab: »Guten Abend, Zuschauertelefon, Nikki Gerken, was kann ich für Sie tun?«

Als sie die Antwort hört, weicht ihr die Farbe aus dem Gesicht.

Luis hockt bei Bobo in der Hütte, einer Zwei-Zimmer-Sozialwohnung in einem der Sechzigerjahre-Kästen an der Glogauer Straße. Auf dem vermüllten Sofatischchen liegen Kippen und Dope. Bobo feuert seinen Bong an und sagt: »Du hast *was*? Du bist bei der Alten unters Bett gekrochen und dachtest, da liegt die Kohle? Sag mal, hast du sie nicht mehr alle?«

Er kriegt sich nicht mehr ein.

»Du hast doch keine Ahnung«, sagt Luis, »du denkst wohl, dass heute alles digital läuft, oder? Irrtum, ich kenne niemanden in Harrys Liga, der nicht genug unter dem Kopfkissen liegen hat, um jederzeit verschwinden zu können.«

Nicht, dass er so viele Leute in Harrys Liga kennen würde, aber scheiß drauf.

»*Oje, hermano*«, sagt er, »sei froh, dass es so ist, wie es ist, sonst wärst du jetzt nicht mit im Spiel.«

Er greift sich die Bong von Bobo, nimmt einen tiefen Zug und lehnt sich hüstelnd in das weiche, wenn auch fleckige Velourpolster des Sperrmüllsofas zurück.

Bobo sagt: »Was bietest du mir an?«

»100 000 fürs Rumsitzen und Warten.«

»Worauf?«

»Dass Harry zahlt.«

Bobo schaut ihn mit stark geröteten Augen an. »Wieso sollte er zahlen?«

»Weil er sonst nie wieder aus dem Keller rauskommt.«

Keller?

»Pass auf«, sagt Luis. »Harry hat die Mafia am Arsch, er muss abhauen, das weiß ich von Helen. Wohin? Auf die Bermudas, wo er eine süße Million gebunkert hat. Das ist unsere Chance. Wir schnappen ihn uns und stecken ihn in den Keller. Helen denkt, er ist irgendwo unterwegs Richtung Karibik und meldet sich bloß ein paar Tage lang nicht. Weil er in Wirklichkeit bei uns im Keller sitzt und mit seinem Notebook eine Überweisung vornimmt. Vorher kommt er da nicht raus.«

Bobo denkt einen Moment nach. »Coole Idee.«

»Bist du dabei?«

»Easy, Bruder, Moment mal, langsam, langsam«, sagt Bobo hüstelnd und mit kleinen roten Augen, während ihm der Rauch aus Mund und Nase strömt. »Wo bin ich dabei?«

»Dein Job ist es, ihn in den Keller zu bringen und dort ein Auge auf ihn zu haben.«

»Du meinst, ich entführe ihn. Ich gehe hin, halte ihm eine Knarre an den Kopf und sage: ›Steig ein, oder ich drücke ab.‹«

»Nein, Bobo, keine Knarren. Nur Amateure benutzen Knarren, wir benutzen unseren Kopf.«

»Warum ich?«, fragt Bobo. »Warum soll ich ihn entführen, warum machst du das nicht selber?«

»Weil ich im Hintergrund bleiben muss. Er kennt mich.«

»Wenn du jemanden entführen willst«, sagt Bobo, »dann brauchst du mindestens zwei Leute. Einen, der den Fluchtwagen fährt, und einen, der das Opfer reinzerrt. Richtige Profis, und ich meine *richtige*, nehmen immer fünf. Zu fünft sind sie eine Faust, verstehst du?«

Er ballt seine rechte Hand.

Luis legt die Bong auf den Tisch, greift in die Erdnusspackung und sagt: »Verstehe. Fünf sind mir aber zu teuer. Ich wäre bereit, nochmal zwanzig für einen zweiten Mann draufzulegen. Den kannst du dir aussuchen.«

»Wieso sollte ich mit 100 000 zufrieden sein, wenn du die anderen 900 000 einstreichst?«

»Minus zwanzig für deinen zweiten Mann«, korrigiert ihn Luis und schüttelt sich eine Kippe aus der Packung. »Und weil es ohne mich nicht läuft.«

»Ohne mich auch nicht.«

»*Oie, compadre,* ich dachte, du würdest mein Angebot zu schätzen wissen? Ich kann auch woanders hingehen.«

»Und warum tust du's nicht?«

»Weil ich zuerst an dich gedacht habe.«

»200 000«, sagt Bobo.

Luis kräuselt die Stirn, Schmerzensfalten zwischen den Augenbrauen. »Bobo, warum blutest du mich aus? Ich bin zu dir gekommen, *hermano*, weil wir uns schon so viele Jahre kennen. *Madre mia*, Bobo!«

Bobo steht auf und sagt: »Ich geh jetzt pissen. Wenn ich wiederkomme, erwarte ich eine Entscheidung.«

Luis schaut dem Fettarsch hinterher, der in seinen Adiletten zum Klo schlappt, und fragt sich, ob es klug war, sich an seinen Dealer zu wenden, um einen Filmproduzenten zu entführen. Um ehrlich sein, steckt er ziemlich in der Klemme, weil er tatsächlich niemanden kennt, der außer einer großen Klappe über ausreichend kriminelle Energie verfügt, um so ein Ding durchzuziehen. Er selber schon gar nicht.

Luis hasst Gewalt.

Er seufzt, zieht die Bong rüber und zündet das Schillum an.

Nicht ganz so entspannt geht es weniger als einen Kilometer nördlich am Osthafen zu, wo Nikki aus einem Nebengebäude des TV-Studios in die laue Sommernacht tritt. Überall stehen Einsatzfahrzeuge, Feuerwehr und RTWs. Blaulicht huscht über Hauswände und die Gesichter der Evakuierten. Ein Vergnügungsdampfer zieht auf der Spree vorbei, Lampions und *Macarena*, dahinter das Badeschiff mit dem türkis leuchtenden Pool.

Es fühlt sich alles irreal an.

Die Bullen haben sie befragt, und Corinna Reitz hat sie anschließend in den Feierabend entlassen. *Feierabend?* Das Ganze ist ein kranker Scherz irgendeines durchgeknallten Idioten gewesen. Dennoch sitzt der Schreck noch allen in den Knochen. Nikki ist überrascht, dass sie jetzt nicht hysterisch in der Ecke sitzt und heult, sondern alles richtig gemacht hat, ohne nachzudenken. Ihre zielgerichtete Aktivität hat wohl den Schreck gemildert und dafür gesorgt, dass gar nicht erst Panik hochkam.

Sieh mal einer an, denkt sie, während sie ihr Rennrad aufschließt. *Immer nur schön in Action bleiben, dann bist du safe.*

Nachdem der Anrufer ihr gesagt hatte, dass da eine Bombe unter dem Arsch der »Reitz-Fotze« deponiert sei, drückte Nikki den roten Alarmbutton auf ihrem Diensttelefon. Die Security kam innerhalb von wenigen Sekunden rein und übernahm. Das lief alles ziemlich professionell, nicht so wie in den Filmen, wo immer erst mal Panik ausbricht und die Protagonisten sich Knüppel zwischen die Beine werfen, wo sie nur können.

Bullshit.

15

Uwe Dombrowski sitzt auf dem fleckigen Sofa in seiner Zweiraumwohnung in Lichtenberg. Die Jalousien hängen auf halb acht. Er hat eine Pulle Bier in der Hand und schaut zufrieden auf den Fernseher, wo die Abendnachrichten mit einem Beitrag über die Bombendrohung laufen, ein Riesending. Da hat er den Arschlöchern mal einen richtig schönen Einlauf verpasst. Das Prepaid-Handy hat er nach dem Anruf gleich ausgeschaltet und in den Müll geworfen, um nicht geortet werden zu können. War zwar schade um die zwanzig Euro plus Startguthaben, aber man ist ja nicht blöd. Sieht man ja in jedem Krimi. Die Investition hat sich auf jeden Fall gelohnt.

»Arschlecken«, sagt er zu Jeanette, die mit untergeschlagenen Beinen neben ihm sitzt und sich die Fußnägel pink lackiert, Wattebäusche zwischen den Zehen.

»Auf den Führer.«

Kopf in den Nacken, hoch das Bier.

»Leck mich im Arsch mit deinem Führer.«

»*Am* Arsch muss das heißen«, sagt Uwe, »leck mich *am* Arsch und nicht *im* Arsch.«

»Und wenn ich es drinhaben will?«

Uwe glotzt rüber, die Augen sind schon gut gerötet.

»Du Sau.«

»Puste mal drauf«, sagt Jeanette und wackelt mit den Zehen.

Uwe nimmt noch einen tüchtigen Schluck, stellt das Sterni dann auf das Sofatischchen zwischen den vollen Aschenbechern, nimmt Jeanettes Füße behutsam in die Hände und pustet ihr die Farbe auf den Nägeln trocken.

»Weiß Kottke Bescheid? Ich meine, dass du das warst?«

Uwe grinst sie triumphierend an. »Noch nicht.«

Aber nachher im Vereinsheim drüben in der Siegfriedstraße wird er Kottke und den Kumpels erzählen, dass er hinter dem Bombenalarm steckt. Sein Coup, ein fettes Ding. Der Applaus ist ihm sicher.

»Ich würd das mal lieber schön bleiben lassen«, sagt Jeanette und beginnt mit ihrem Handy zu texten.

»Was?«

»Den Leuten davon erzählen.«

»Wieso?«

»Kottke mag keine Alleingänge. Weißt du noch, was er mit dem blöden Ecki gemacht hat, als der 'n Molli in das Kanakenheim geschmissen hat?«

Uwe weiß es noch. Kottke hat Eckis Kopf in das Klo des Vereinsheims gesteckt und gespült, *waterboarding*. Er war total ausgerastet, weil er sich von Ecki verarscht gefühlt hatte, nicht respektiert. Es war Kottke, der die Entscheidungen traf, nicht Ecki oder sonst wer aus der Truppe. Trotzdem hatte er es mit Ecki eindeutig übertrieben, die Aktion mit dem Molli als solche war ja schließlich okay. Sie mussten Kottke mit vier Männern aus dem Klo zerren, sonst hätte er den blöden Ecki glatt ersäuft. Seit er aus dem Kosovo zurück ist, ist er echt merkwürdig geworden.

»Das war was anderes«, sagt Uwe.

»Sicher?«

Nein, war er nicht.

»Wie bist du überhaupt auf die Aktion gekommen?«, fragt Jeanette.

Tja, das ist die große Frage.

Uwe überlegt einen Moment. Das mit Kottke und Ecki hatte er tatsächlich nicht auf dem Schirm gehabt, *Mist.* Überhaupt hatte er nicht groß geplant, die Idee war ihm eher spontan im Mediamarkt in der Handyabteilung gekommen, wo er nach einer schicken Hülle für Jeanettes Samsung S7 gesucht hatte. Da durchfuhr ihn der Gedanke wie pure Erkenntnis: der Schlampe von der Lügenpresse, die ganz oben auf ihrer Liste steht, mal richtig eins auszuwischen. Aber vielleicht hat Jeanette recht, und Kottke wird nicht zufrieden mit ihm sein, sondern ihn zur Sau machen wie Ecki. In zwischenmenschlichen Dingen liegt Jeanette selten daneben, da ist sie ihm eindeutig voraus. Uwe ist immerhin schlau genug, um das zu kapieren.

Es schellt an der Tür.

»Wer ist das?«

»Keine Ahnung.«

»Mach mal auf.«

»Mach doch selber auf«, sagt Jeanette. »Bin ich hier dein Butler, oder was?«

Es bimmelt erneut. Diesmal energischer.

Uwe flucht, geht zur Tür und öffnet: Bobo steht vor ihm. Er hat einen Typen mit schwarzen Locken dabei, Sonnenbrille hochgeschoben, strahlende grünbraune Augen, wie so eine Schwuchtel aus der Unterwäschewerbung, die Uwe vor ein paar Tagen bei H&M gesehen hat, als er eine neue Cargo-Hose brauchte.

»Hi«, sagt Bobo.

Uwe schaut Luis an: »Alter Falter, was ist das denn für einer?«

Bobo grinst. »Hast du noch drei Bier im Kühlschrank?«

Als Luis und Bobo eine gute Stunde später wieder gehen, kann Luis es kaum erwarten, dass die Tür hinter ihnen zufällt. Er schaut

Bobo an und tippt sich an die Stirn. Er kann es immer noch nicht glauben. »*Oie, compadre*, glaubst du, ich arbeite mit einem *Nazi* zusammen?«

»Uwe ist kein Nazi«, sagt Bobo. »Der tut nur so. Er hatte eine schwere Kindheit.«

Luis staunt. Das sagt ausgerechnet der Typ, der sich quer durch Afrika geschlagen hat, durchs Mittelmeer gekrault ist und hier seit Jahren allenfalls *geduldet* wird? Vielleicht ist ja doch ein bisschen was hängen geblieben in seinem veganen Café, das Gerede der Chicks, das er aufgeschnappt hat. Sensibilisierung für Identität, Kindheit, Gender und so.

»*Mira*«, sagt Luis, »es ist vollkommen ausgeschlossen, dass dieser Typ mitmacht, vergiss es. Der ist völlig durchgeknallt.«

Er zieht unten die Eingangstür auf, und sie treten hinaus in die warme Nacht.

»Er hat einen Hang zum Extremen«, gibt Bobo zu, »aber so einen Mann brauchen wir, einen, der es wirklich durchzieht.«

Luis schaut ihn an.

»Ich meine, jetzt mal im Ernst, du und ich, wir stehen doch eher auf der pazifistischen Seite, oder? Sei ehrlich.«

Womit er nicht ganz unrecht hat, denkt Luis.

Aber ein Nazi?

»Pass auf«, sagt Bobo, »das ist komplizierter, als du denkst. Uwe und ich, wir sind Partner aus einer Zeit, bevor er sich radikalisiert hat, okay? Ich hatte Megastress mit meiner Duldung und war pleite, Alter, aber so was von. Ich musste tausend Tacken für den Stempel abdrücken, und weißt du, wer sie mir geliehen hat?«

»Der Nazi.«

»Ganz genau. Uwe. Das war echt korrekt, hätte ich nie gedacht. Aber dann wurde mir klar, warum.«

Luis schaut ihn fragend an.

»Er hat gesagt, was einmal klappt, das klappt auch öfter. Seitdem machen wir Geschäfte zusammen. Und Uwe war immer korrekt, immer. Er hat nur ein einziges Mal ›scheiß Kanake‹ zu mir gesagt, als ich ihm meinen Wagen nicht ausleihen wollte. Aber hey, er hatte seinen Führerschein verloren, weil er besoffen Auto gefahren war.«

»Also war das Ganze Uwes Idee?«

»Ich sag dir doch, er ist nicht so blöde, wie er aussieht. Er brauchte mich als Türöffner, weil ich die Kontakte zur Ausländerbehörde habe. Er brachte die Flüchtlinge.«

»Wo hat er die her? Auf der Straße aufgelesen?«

»Nee, er hat einen Kumpel, Kottke. Der ist irgendwie bei so 'ner Grenzpatrouille, aber voll illegal.«

Luis denkt einen Moment nach, dann sagt er: »Nazis, die Flüchtlinge ins Land bringen und ihnen eine Duldung beschaffen?«

»Ich sag dir doch, es ist komplizierter, als du denkst.«

»Wie viel ist bei dir hängen geblieben?«

»Zweitausend pro Nase.«

Luis pfeift anerkennend durch die Zähne. »Nicht schlecht.«

Bobo sagt: »Und was hast du die letzten Jahre so getrieben?«

»Yogalehrer.«

Bobo schaut rüber: »Yogalehrer?«

Er lacht. »O Mann, ich schätze, da laufen einem eine Menge geiler Muschis über den Weg.«

»Darauf kannst du wetten«, sagt Luis und holt seinen Tabak raus. »Sollen wir noch 'nen kleinen Absacker nehmen?«

Am nächsten Morgen steht Bosman unter der Dusche und genießt den heißen Strahl, der ihm die verspannten Schultern massiert. Britta ist nicht zu Hause. Sie ist gestern nach dem falschen Bombenalarm noch zu ihrer Schwester gefahren. Der Schreck steckte ihr doch ein bisschen in den Knochen, und weil Harry im Krankenhaus lag, war sie ganz alleine mit der Situation.

Bosman hat sich gerade eingeseift, als es an der Badezimmertür klopft.

»Papa? Kann ich reinkommen?«

Bosman stöhnt genervt auf. Jetzt quält er sich schon eine Viertelstunde früher aus dem Bett, um die Pole-Position auf das Bad zu haben, bevor es Sophie für mindestens eine halbe Stunde belegen wird, und nun steht sie trotzdem schon vor der Tür.

»Jetzt warte, fünf Minuten.«

»Ich muss mal.«

Bosmans Blick geht zum Klo rüber. Er ärgert sich über die Berliner Altbauten, in denen das Klo fast immer neben der Badewanne steht statt separat.

»Okay, ich mach auf.«

Er spült das perlende Duschgel ab, rubbelt sich mit einem Handtuch trocken, wickelt es sich um die Hüften und öffnet die Tür. Sophie schaut ihn verpennt an, sagt »Morgen, Papa«, und huscht rein. Bosman muss lächeln. Er freut sich, dass sie Papa zu ihm sagt, obwohl er doch eigentlich gar nicht ihr Vater ist und auch erst spät dazukam, nämlich als sie sechs war. Na ja, das heißt zumindest, dass er nicht alles falsch macht. Er geht ins Schlafzimmer, zieht eine frische Jeans an, seine Chelsea Boots, T-Shirt und Lederjacke und denkt daran, dass sie von Bobo nichts mehr gehört haben. Er ist verschwunden. Aziz' Handy ist ebenfalls stumm geblieben. Kann es sein, dass Bobo Aziz gegenüber weiterhin loyal ist, ihm alles erzählt hat und deshalb unterhalb des Radars bleibt? Bosman ist unruhig, beschließt aber trotzdem, auf dem Weg kurz bei Jenny vorbeizuschauen. Checken, ob alles in Ordnung ist.

Ist es natürlich nicht.

Jürgen hat aus dem Krankenhaus bei ihr angerufen und gesagt, dass sie sich bei jedem Schritt wird umdrehen müssen, denn ab jetzt läuft die Uhr. Irgendwann, wenn sie es am wenigsten erwartet, werden sie zuschlagen.

»Wer sind *sie*?«

»Ich weiß es nicht«, sagt Jenny. Sie sitzt auf dem verkrümelten Sofa und schaut Bosman an, der gegenüber auf einem marokkanischen Sitzkissen Platz genommen hat, wie es in den Sechzigern Mode war, als man noch Partykeller hatte. Überall liegt Zeug rum. Jenny sieht ausgelaugt aus, tiefe Ringe unter den Augen, strähniges Haar. »Ich vermute, irgendwelche Leute, die er angeheuert hat, um mich fertigzumachen.«

»Ich werde mit ihm reden«, sagt Bosman und wirft einen Blick auf das Chaos in Jennys Wohnzimmer. »Was ist mit deinen Bewerbungen?«

»Ich bin dran«, murmelt Jenny, und Bosman weiß, dass sie lügt. Sie kriegt es einfach nicht auf die Reihe. Was zum Teufel ist mit der Frau los? Kann so schwer doch nicht sein, ein paar Bewerbungen rauszuschicken, die das Arbeitsamt für sie vorsortiert hat.

»Mensch, Jenny«, sagt er. »Das stimmt doch nicht, oder?«

»Du hast ja keine Ahnung«, sagt Jenny.

»Wovon hab ich keine Ahnung?«

»Wie es ist, ganz unten zu sein, im Dreck zu liegen.«

»Dann steh auf.«

»Tu ich ja!«

»Seh ich nicht. Mann, Jenny, wenn du willst, schreiben wir einen Tagesplan. Und jeden Abend machst du Meldung, ob du alles erledigt hast.«

Jenny schweigt. Sie greift nach den Zigaretten und zündet sich eine an.

»Ich mein's ernst«, sagt Bosman.

Ein trauriges Lächeln auf Jennys Lippen. Sie schaut zu Boden. »Ja, ich weiß. Danke.«

Bosman räuspert sich. »Wie geht's Tim?«

»Gut.«

Sie wendet den Blick ab, und Bosman weiß sofort, dass es Tim nicht gut geht. »Was ist los?«

»Ich habe die dreihundert Euro für den Segelausflug in Warnemünde nicht.«

»Was für ein Segelausflug?«

»Tims Klasse fährt ins Schullandheim. Ich kann sogar noch froh sein, dass es diesmal nicht nach Barcelona oder New York geht. Die spinnen doch. Na ja, ist eh scheißegal.«

Sie ascht ab und kaut auf ihren Nägeln herum. Bosman schweigt einen Moment. Dann sagt er: »Haben die da nicht einen Topf für, ähm ... für Leute, die finanziell nicht so gut dastehen?«

»Doch, haben sie.«

Bosman versteht, was los ist. Es ist die Scham, die Jenny davon abhält, als Bittstellerin aufzutreten. Vermutlich hat sie das schon dutzendmal hinter sich gebracht und einfach keinen Bock mehr drauf. Er zögert, dann holt er seinen Packen Cash aus der Hosentasche und blättert drei Hunderter ab.

»Für Tim«, sagt er. »Nicht für dich.«

Jenny starrt auf das Geld.

»Du bist verrückt.«

»Wieso?«

»Wo hast du die ganze Kohle her? Bei deinem Berliner Bullensold.«

»Es ist nicht mein Geld.«

Jenny schaut ihn an und sagt: »Du klaust?«

»Nenn es soziale Umverteilung.«

Was natürlich nicht ganz stimmt. Nicht alles wird für karitative Zwecke verwendet, sondern durchaus auch für den einen oder anderen Urlaub. Ohne diese Rücklagen hätte weder Schuster seine Datsche am Stechliner See, wo er gelegentlich zum Angeln hinfährt, noch hätte Jackie seinen rundum ausgestatteten BMW. Und auch die neue Küche, die Britta sich gewünscht hat, ist keineswegs mit Geld aus den Überstundenzulagen bezahlt, wie er ihr weisgemacht hat.

Anfangs hatte Bosman noch ein schlechtes Gewissen, aber Schuster überzeugte ihn davon, dass das unnötig war. Er wies auf die miserable Besoldung hin, die in keinem Verhältnis zu der Arbeit stünde, die sie hier leisteten, und sie wären beileibe nicht die einzigen Kollegen, die diversen Nebentätigkeiten nachgingen oder für eine Monatsflatrate im Bordell auch schon mal die eine oder andere Razzia vorher verrieten. Leben und leben lassen. Solange die Geschäfte diskret und friedlich verlaufen, gibt es keinen Grund, in das fragile Gleichgewicht störend einzugreifen.

Nachdem Jenny ihm versprochen hat, heute mindestens drei Bewerbungen rauszuhauen, macht sich Bosman auf den Weg zu Skinny. Er parkt in der Wiener Straße und läuft die paar Schritte zum Späti rüber. Keine Spur von dem Kerl. Man hat ihn seit ein paar Tagen nicht mehr gesehen. Mit einem unguten Gefühl geht Bosman über die Straße und durch die offene Toreinfahrt in das Gartenhaus, wo Skinny im ersten Stock wohnt.

Die Klingel ist kaputt, Drähte hängen raus. Bosman klopft. Nichts. Er holt sein Besteck aus der Tasche und öffnet die Tür, die nur eingeschnappt und nicht abgeschlossen ist. Drinnen stinkt es nach kaltem Rauch, Marihuana und Armut. Eine Matratze in der Ecke, ein paar Bücher und Klamotten auf dem Boden. Ein alter Schreibtisch mit vollen Aschenbechern, gebrauchten Fixen, einem angekokelten Teelöffel und leeren Bierflaschen. Eine Fliege surrt zwischen der kleinen Küche, dem offenen Badezimmer und dem Wohnzimmer hektisch hin und her. Im Kühlschrank liegt vergammeltes Toastbrot neben einer offenen Packung Butter und ein paar Flaschen Bier. Das muss aber nicht zwingend heißen, dass Skinny schon länger nicht mehr zu Hause war. Trotzdem, etwas fühlt sich falsch an.

Bosman klingelt bei den Nachbarn, einem Togolesen und einem Typ aus Kasachstan. Sie wissen von nichts, haben nichts gehört, nichts gesehen. Was vermutlich sogar stimmt. Ihr Desinteresse an ihrer Umwelt ist nicht zu übersehen. Auch im Park weiß niemand was von Skinny, und als Bosman ins Café Morgenschein kommt, erfährt er, dass auch Bobo seit zwei Tagen nicht mehr da war.

Was zum Teufel ist hier los?

Um elf trifft Bosman sich mit Schuster vor dem Bundeswehrkrankenhaus in der Scharnhorststraße, um Jackie zu besuchen. Als sie im vierten Stock aus dem Fahrstuhl in den Korridor treten, läuft ihnen Weber mit einer Kollegin entgegen, ein schmales Lächeln auf den Lippen. »Hallo die Herren, es war ausgesprochen nett, mit Ihrem Kollegen zu plaudern.«

»Ja, oder?«, sagt Bosman. »Das kann der Jackie gut.«

»Ich wollte Ihnen nur der Fairness halber mitteilen, dass wir mittlerweile so viele Hinweise haben, dass wir an einer Anklage wohl nicht vorbeikommen werden.«

»Hinweise auf …?«

»Schweren Raub und Bestechlichkeit.«

»Auch wenn Sie wissen, dass Sie damit nicht durchkommen? Hier geht es doch gar nicht um uns, oder? Ihr Boss braucht Dreck, um ihn Emrah ins Gesicht zu schmieren, damit seine eigene Kandidatur nicht in Gefahr ist.«

»Selbst wenn«, sagt Weber, »ändert das nichts daran, dass Sie ein korruptes Arschloch sind.«

»Willkommen im Club«, sagt Bosman und grinst.

Er kommt mit Schuster in das Krankenzimmer, wo Jackie mit einer schwarzen Klappe über dem rechten Auge und einer PlayStation auf seinem Schoß in seinem Bett sitzt und aufschaut. Das Bett neben ihm ist leer.

»Hey Jackie, alles gut?«

Sie geben sich High five, und Jackie sagt: »Voll scheiße mit dem Stereo-Sehen. Ich übe hier schon die ganze Zeit an der PlayStation, aber so oft habe ich zum letzten Mal mit zehn danebengeschossen.«

»Wird schon wieder«, sagt Schuster und klopft ihm auf die Schulter.

»Das sieht gar nicht schlecht aus mit der Augenklappe«, sagt Bosman. »Denk an Captain Sparrow.«

»Oder Zorro«, sagt Schuster.

»Oder Moshe Dajan«, sagt Bosman.

»Oder Daryl Hannah in *Kill Bill.*«

Schuster holt drei Flaschen Bier aus seiner Jacke und öffnet sie der Reihe nach.

Prost!

Sie stoßen an.

»Ich krieg ein Glasauge«, sagt Jackie. »Aber wisst ihr was? Es gibt eine Firma in Russland, die stellt Glasaugen mit integrierter Kamera her, ohne Scheiß. Kriegst du in allen Augenfarben. 3,5-Millimeter-Linse, eine kleine Batterie und ein Mikrochip für achtundvierzig Stunden Material. Ist das nicht geil?«

»Saugeil«, sagt Schuster. »Ich denke, wir kaufen dir so 'n Ding aus den Rücklagen, oder was meinst du, Frank?«

»Auf jeden Fall.«

Sie trinken einen Schluck in die verlegene Stille rein, denn ganz so lustig ist die Geschichte mit dem Glasauge dann doch nicht. Aber was soll man in einer solchen Situation auch schon sagen?

Wird schon wieder?

Wird's eben nicht. Bosman räuspert sich und fragt: »Was wollte Weber von dir?«

»Er wollte mich kaufen, um gegen euch auszusagen. Eine Kronzeugenregelung, wenn ich auspacke. Ich hab ihm gesagt, er soll gehen und seine Mutter ficken.«

»Viel Spaß«, sagt Schuster und grinst.

Jackie setzt sich ein wenig höher in seinem Bett auf und fragt: »Was gibt's Neues da draußen?«

»Nicht viel«, sagt Bosman. »Skinny hat uns gesteckt, dass Bobo eine Lieferung von Aziz erwartet, eine gute Gelegenheit, ihn hochzunehmen.«

»Nur dass er leider nicht gekommen ist«, sagt Schuster, »und Bobo und Skinny seitdem spurlos verschwunden sind.«

»Habt ihr seine Wohnung observiert?«

»Ja, vielleicht hat Tarik das mitbekommen und den Deal abgeblasen.«

»Oder Bobo hat geredet«, sagt Jackie. »Hat Tarik erzählt, dass Skinny für uns arbeitet.«

Das ist es ja, was Bosman unruhig macht. Ihm ist klar, was mit Skinny passiert, wenn rauskommt, dass er eine Ratte ist.

Seine Ratte.

Er steht auf und drückt sein Kreuz durch. »Ich glaube nicht, dass Bobo geredet hat. Der hat selber ein Problem mit den Kosovo-Albanern. Er kann nicht Diener zweier Herren sein, also muss er sich entscheiden.«

»Vielleicht hat er sich entschieden.«

»Er hat mir Tariks private Handynummer gegeben, damit wir ihn orten können, wenn er sein Telefon einschaltet.«

»Vielleicht hat er das ja bereut.«

Ja, vielleicht. Vielleicht aber auch nicht.

Das Problem ist, dass man nie so genau weiß, ob die Spitzel für oder gegen einen arbeiten. Klar, sie liefern Informationen, doch wer garantiert denn, dass das eine Einbahnstraße ist? Dass sie das, was sie von den Bullen wissen, nicht Leuten wie Aziz stecken oder sogar Falschinformationen streuen? Es ist immer ein Spiel mit Unbekannten, und jemand wie Bobo, der sich aus Somalia bis hierher durchgeschlagen hat, weiß sehr wohl, was ihm am besten nutzt.

Als Bosman und Schuster aus dem Krankenhaus in den hellen Tag treten und ihre Sonnenbrillen aufsetzen, sagt Schuster: »Glaubst du, der meint das ernst mit der Kamera und seinem Glasauge?«

Eine halbe Stunde später sind sie zurück im Präsidium und kommen durch die Glastür in den Flur, an dem ihre Büros liegen. Am Kopfende steht eine Bank für Leute, die Anzeige erstatten oder eine Aussage machen wollen. Auf der Bank sitzt eine junge Frau.

Es ist Nikki.

Shit.

»Hallo«, sagt Bosman knapp. »Was machst du denn hier?«

Nikki zuckt ein wenig zusammen und streicht das Haar hinter ihr rechtes Ohr. Bosman räuspert sich. Ist er zu barsch? Das will er nicht, aber was will er dann?

»Hallo«, sagt sie schüchtern.

»Okay, ähm ... gehen wir rein.«

Bosman öffnet die Tür zum Büro und dreht sich zu Schuster um: »Ich brauch mal 'nen Moment.«

Schuster grinst ein bisschen dreckig, kriegt natürlich mit, dass hier irgendwas läuft. »Lass dir ruhig Zeit.«

»Arschloch«, murmelt Bosman, folgt Nikki in sein Büro und macht die Tür hinter sich zu. »Wie geht's?«

»Gut«, sagt Nikki, »ich war gerade in der Gegend.«

Klar, und da nutzt du die Zeit, um mal eben bei dem Bullen reinzuschauen, den du in den Knast bringen kannst, denkt Bosman. Was will sie hier? Ihn erpressen?

»Was kann ich für dich tun?«

»Ich, ähm ... ich hab dir nur was mitgebracht«, sagt sie unschuldig und zieht einen Flyer hinten aus ihrer Jeans, den sie auf den Tisch legt.

Ich hab dir nur was mitgebracht, denkt Bosman, ganz beiläufig und auf Du und Du, als würden sie sich seit Jahren kennen. *Vorsicht!*

»Würde mich echt freuen, wenn du kommen könntest«, sagt Nikki.

»Wohin?«

»Zum Poetry Slam, Donnerstagabend. Ausscheidung für die Endrunde in den Finals.«

Bosman räuspert sich. »Ich, ähm ... du willst mit mir auf eine Veranstaltung gehen?«

»Nein«, sagt Nikki, »ich trete da auf.«

»Ihr tragt da Gedichte vor?«

»Ja.«

»Also, ich weiß nicht, ob das so mein Ding ist.«

»Dann musst du es ausprobieren«, sagt Nikki und schiebt die Unterlippe ein wenig vor. »Ich meine, man weiß doch immer erst hinterher, ob man was mag oder nicht. Aber wenn du da keinen Bock drauf hast, okay, ich meine, hey, ich will dich echt nicht nerven. Und ...«

»Nein, nein, alles gut.« Bosman hebt beschwichtigend die Hände. »Ich freue mich, dass wir uns mal kennenlernen.«

Er bereut den Satz in dem Moment, als er ihn ausgesprochen hat. Es ist offensichtlich, dass diese junge Lady hier in Flammen steht, dabei könnte er glatt ihr Vater sein. Gott sei Dank summt in diesem Moment sein Handy und rettet ihn vor weiteren Peinlichkeiten.

»Sorry«, sagt er, »da muss ich ran.«

»Klar«, sagt Nikki, »kein Ding. Ich will auch gar nicht weiter stören. Dann vielleicht bis Donnerstag?«

»Mal schauen, ob ich's schaffe, okay?«

»Okay«, sagt Nikki und schaut ihn mit einem Lächeln wie schmelzendes Vanilleeis auf den Lippen an.

16

Geier kreisten hungrig über den Gebeinen der Toten. Die ausgebleichten Knochen lagen verstreut zwischen den grauen Steinen und stacheligen Moosen herum, in der eiskalten Sonne des tibetischen Hochlandes. Die Ragyapas brachten die Verstorbenen an diesen Ort, der heilig war und nur von denen betreten werden durfte, die im Dienste des Todes standen. Sie zogen die in Tücher gewickelten Leichname aus und begannen ihr grausiges Handwerk. Mit Messern zerschnitten sie die steifen Körper portionsgerecht für die Geier, die über ihnen flatterten.

Bosman war der Brauch zunächst barbarisch erschienen, als er neulich zusammen mit Britta im Fernsehen die Doku über Bestattungsriten gesehen hatte. Doch dann wurde ihm bewusst, dass man da oben in Tibet, wo ein halbes Jahr lang Permafrost herrschte, wahrscheinlich gar kein Grab ausheben konnte. Und Britta sagte, dass ja auch hierzulande das Lebendige vom Toten lebt, das ganze Gewürm, das sich durch das morsche Holz der Särge frisst und den Leichnam in jahrelanger Arbeit zerlegt und auflöst und dem ewigen Kreislauf zuführt.

Doch die Vögel über der Waldlichtung sind keine Geier.

Es sind Tauben, und Bosman wundert sich, was Stadttauben im Tegeler Forst verloren haben. Aber da kann man genauso gut die Frage stellen, was eine junge Frau in seinem Büro verloren hat, die ihn zu einem Poetry Slam einladen will, Himmel!

Lass die Finger davon, sagt sich Bosman, *sei nicht bekloppt, sieh zu, dass du sie dir vom Leib hältst.*

Aber was, wenn sie sich dann zurückgewiesen fühlt und wütend reagiert und ihn *deswegen* bei Weber anschwärzt? Bei diesen jungen Dingern muss man immer mit so was rechnen. Aber warum sollte sie das tun? Warum unterstellt er ihr böse Absichten, bevor überhaupt irgendwas passiert ist?

In der dämmrigen Waldlichtung stehen Kollegen schwatzend beieinander. Grabowski hebt das Flatterband hoch, das die KTU um den Tatort gespannt hat. Sie schlüpfen unten durch. Er ist hier der Mann, der die Ermittlungen leitet, etwa eins siebzig groß, Figur wie ein Ringer, die borstigen roten Haare auf einen halben Zentimeter gestutzt. Männer in weißen Overalls laufen herum, Fotos werden gemacht. Und dann sieht Bosman das Opfer.

»Die Wildschweine haben ihn ausgegraben«, sagt Grabowski und deutet auf die Tauben, die über ihnen kreisen wie unheimliche Todesengel. »Und die haben den Rest besorgt.«

Der Rest: das, was von einem Mann bleibt, der notdürftig verscharrt, von Wildschweinen ausgegraben und von den verdammten Aasgeiern der Lüfte, wie Grabowski die Tauben nennt, angefressen wurde.

Bosman erkennt Skinny sofort.

Seine Augen sind weggepickt, die Lippen auch. Er sieht aus wie ein grinsender Zombie. Der alte Sommerparka, der ihm immer zu groß war, hängt schlaff über seinem dürren Oberkörper. In seinem Hinterkopf sieht Bosman zwei dunkle Löcher. Sie haben ihn von hinten erschossen. Das war eine Exekution. Sie haben ihn von zu Hause verschleppt, hierhergebracht, erschossen und verscharrt.

Ihm wird übel.

Bobo hat Skinny verraten, und Aziz hat ein Exempel an ihm statuiert. Ein deutliches Zeichen in Richtung Kosovo-Albaner. Schaut her, das passiert mit Verrätern.

Aber warum im Tegeler Forst?

Grabowski schaut Bosman an und sagt: »Er hatte Ihre Visitenkarte in der Tasche. Woher kannten Sie ihn?«

»Er hat die Augen für mich aufgehalten.«

»Das ist alles?«

»Vorläufig ja. Ich habe keine Ahnung, wer ihn auf dem Gewissen haben könnte.«

»Das ist schlecht.«

»Ja.«

Grabowski mustert ihn spöttisch und sagt: »Sie melden sich, wenn Ihnen wieder mehr einfällt, okay?«

Bosman weiß, dass Grabowski ihn durchschaut hat. Aber er will nicht, dass ihm die Mordkommission in die Quere kommt, bevor er nicht selber weiß, was Sache ist.

»Gibt es irgendwelche Angehörigen, die wir informieren sollten?«

Bosman zögert. Er kennt Skinny seit Jahren, ohne auch nur das Geringste über ihn zu wissen. Hat er ihn tatsächlich nie nach seiner Familie gefragt? Er erinnert sich vage an eine Schwester, von der Skinny mal erzählt hat, aber Bosman kennt weder ihren Namen noch ihre Adresse.

»Ich weiß es nicht«, sagt er. »So gut kannte ich ihn nicht.«

Eine Dreiviertelstunde später betritt er das Café Morgenstern in der Falckensteinstraße, um sich Bobo zur Brust zu nehmen.

Doch Bobo ist nicht da.

Also geht Bosman ein paar Meter weiter zur Glogauer, wo Bobo wohnt, und klingelt.

Nichts.

Doch drinnen dudelt leise Radiomusik. Bosman klopft. »Bobo, wenn du da bist, mach auf.«

Nichts.

Bosman tritt einen Schritt zurück und kickt mit dem Absatz seiner Chelsea Boots hart neben das Schloss. Das Sperrholz reißt am Schließbolzen auf. Bosman wirft sich mit seiner Schulter gegen das Türblatt, das splitternd gegen die Wand kracht.

Er geht rein.

Ein Radiowecker spielt Flux-FM, von Bobo keine Spur.

Scheiße!

Bosman schaut sich um, sieht die Tür in den Angeln hängen und macht ein Handyfoto. Vielleicht wird das ja die Tür des Monats. Im nächsten Augenblick steht Bobo mit runden Augen und einer Einkaufstüte draußen im Türrahmen und schaut Bosman alarmiert an. »Alter, was geht hier ab?«

Bosman packt ihn am Kragen, ohne ein Wort zu sagen, und knallt ihn gegen die Wand: »Hast du Skinny verraten?«

Viel Weiß in Bobos Augen: »Nein, verdammte Scheiße, lass mich los. Was soll das?«

»Warum hat Aziz die Lieferung abgeblasen?«

»Keine Ahnung, ich hab seit Tagen nichts von ihm gehört.«

Bosman starrt ihn an, sucht in Bobos Augen nach der Lüge – doch wie soll er sie erkennen? An den Augen, die nach links oben blicken? Oder unten rechts? Alles Unsinn. Das Einzige, worauf man sich verlassen kann, ist das Gefühl. Eine Sensibilität, die sich nach jahrelanger Erfahrung herausbildet, wenn man ständig angelogen wird. Doch auch *dieses* Gefühl ist alles andere als urteilssicher.

»Wo bist du die letzten Tage gewesen?«

»Hier, Mann, zu Hause und unterwegs bei einem Kumpel. Ist das ein Problem?«

»Ich kann dir sagen, was ein Problem ist. Aziz hat nicht geliefert, und daraufhin seid ihr beide verschwunden, du und Skinny.

Dann taucht Skinny mit zwei Löchern im Kopf auf. Und jetzt sag mir, was soll ich davon denken?«

Bobo hebt abwehrend die Hände: »Hoho, langsam, Bruder, langsam. Was redest du da? Skinny ist tot?«

»Ja.«

Bobo dreht sich zu seiner lädierten Tür um und schiebt sie behutsam zu. »Das wusste ich nicht. Ich hab nichts damit zu tun.«

»Was hast du Aziz erzählt?«

»Nichts, Mann!«

»Und wieso hat er die Lieferung dann abgeblasen?«

»Hab ich doch schon gesagt, ich weiß es nicht.«

»Wann hast du Skinny das letzte Mal gesehen?«

»Keine Ahnung, vor ein paar Tagen?«

Bosman öffnet die Tür von Skinnys Wohnung mit seinem Besteck und zieht sie leise hinter sich zu. Es stinkt noch immer nach kaltem Rauch und Dope, und auch sonst scheint sich hier seit seinem letzten Besuch nichts getan zu haben. Niemand scheint hier gewesen zu sein, auch Skinnys Kumpels aus Ghana nicht. Die kleine Wohnung wirkt leer und verwaist, obwohl sie voller Gerümpel steht. Bosman zieht seine OP-Handschuhe über und beginnt die Räume systematisch zu durchsuchen, bevor die Kripo hier mit großem Besteck aufschlägt.

Er fängt im Schlafzimmer an. Hier herrscht Zwielicht, weil Skinny eine orange Decke vor das Fenster getackert hat, wohl um besser schlafen zu können. Auf dem Boden liegt die Matratze mit Bettzeug. Neben dem Kopfende liegen Bücher. Ganz oben auf dem Stapel ein antiquarisches Bändchen: *The Tower* von Yeats.

Bosman hat zwar keine Ahnung, wer Yeats ist, doch schon ein erster Blick ins Buch macht ihm klar, dass man verdammt gut Englisch können muss, um dieses Zeug hier zu verstehen. Bosman jedenfalls gelingt es nicht, den Sinn der Verse zu enträtseln. Was die

Frage aufwirft: Woher konnte ein Junkie so gut Englisch? Und wieso hat er sich für Lyrik interessiert?

Bosman zieht sein Handy aus der Tasche und googelt: *»William Butler Yeats (geboren 13. Juni 1865 in Sandymount, County Dublin, gestorben 28. Januar 1939 in Menton, Frankreich, begraben in Drumcliff, County Sligo) war ein irischer Dichter. Er gilt als einer der bedeutendsten englischsprachigen Schriftsteller des 20. Jahrhunderts. 1923 erhielt er als erster Ire den Literaturnobelpreis. Er war der Bruder des Künstlers und Autors Jack Butler Yeats und der Vater des Politikers Michael Yeats.«*

Bosman fragt sich, ob Nikki den Dichter vielleicht kennt, steckt das Handy wieder ein und schaut zum Kleiderschrank, der von der Tür bis zur Fensterseite reicht. Er geht rüber und öffnet ihn. Das Sonnenlicht, das durch den Spalt zwischen dem Fensterrahmen und der orangen Decke bricht, wird in dem großen Spiegel an der Innenseite der Schranktür reflektiert. Staubkörner schweben in dem Lichtstrahl wie funkelnde Planeten, und Bosman glaubt nicht, was er da sieht: alles voll mit Frauenklamotten, eleganten Kleidern, schwarzen Kniestiefeln und Damenunterwäsche der reizvollen Art in einem offenen Pappkarton unten im Schrank. Er fingert einen Slip Ouvert raus, setzt sich auf das Bett und starrt ihn an. Schwarz durchbrochene Ornamente, an den Seiten ein frivoles Bändchen zum Aufknoten. Sexy, wenn auch nicht unbedingt an Skinny. Was hat der Kerl ihm noch alles verheimlicht?

Bosman steht auf und durchsucht die Handtäschchen, die er der Reihe nach aus dem Schrank zieht. Der übliche Ladykram, Lippenstift, Puder, Kajal, Kondome und eine Herpescreme. In einer Seitentasche findet Bosman eine Visitenkarte: INITIATIVE TRANSGENDER & CROSSDRESSER ITC. SCHÖNLEINSTRASSE 37 A. HINTERHAUS.

»Sex Bomb« von Tom Jones schallt Bosman entgegen, als er durch die Toreinfahrt in der Schönleinstraße 37 geht, einem Altbau mit zwei Hinterhöfen und einer Remise aus rotem Backstein. Er linst durch die offenen Fenster in die Remise hinein, wo ein rundes Dutzend schick gekleideter Männer in Damen-Outfits eine Art Line Dance zu Tom Jones einüben, mit viel Liebe zum Detail.

»Sie trainieren für den ITC Day«, sagt ein Mann namens Tommy, als Bosman in sein Büro kommt und wissen will, was da abgeht. »Da haben sie Tag der offenen Tür mit Informationsveranstaltungen, Entertainment, Diskussionen und Büfett, um auf die Transgender-Thematik aufmerksam zu machen.«

Bosman schaut durch die Scheibe in den großen Versammlungsraum, wo die Ladys hin und her wiegen, sich begegnen, drehen und wieder lösen. Tommy hat die Haare hochgegelt und die Augen dezent geschminkt, aber er trägt kein Röckchen, sondern Jeans und ein enges T-Shirt über seinem knabenhaften Körper.

»Hat der hier auch mitgemacht?«, fragt Bosman und zeigt ihm ein Foto von Skinny. Tommy erkennt ihn sofort wieder.

»Ja, wieso?«

»Er wurde ermordet.«

Tommy schluckt.

Skinny, sagt er, ist vor einem halben Jahr zum ersten Mal hergekommen und hat an verschiedenen Initiativen und Workshops teilgenommen. Sie mochten ihn hier, er war ein netter Kerl, auch wenn er an der Nadel hing. Das hat er dann tatsächlich irgendwann aufgegeben und das H nur noch geraucht, was nicht ganz so reinhaut und vor allem keine verräterischen Einstiche in der Haut hinterlässt.

»Wer fickt schon gerne einen Junkie?«, sagt Tommy mit einem Anflug von Resignation, und Bosman schaut ihn fragend an.

»Hat er sich prostituiert?«

»Irgendwie musste der Kamin ja rauchen.«

Seltsam, denkt Bosman. Alle Welt weiß, dass viele Junkies sich verkaufen, um ihre Sucht zu finanzieren. Der ganze Tiergarten ist voll davon. Und doch ist es ihm nie in den Sinn gekommen. So hat er Skinny nie gesehen. So wollte er ihn vermutlich nicht sehen. Also war das, was er zu sehen bekam, nur der Skinny, der ihn möglichst wenig beschäftigte, aber zuverlässig lieferte.

»Er hat Yeats gelesen«, sagt Bosman.

»Was?«

»Ein irischer Dichter, der mal den Nobelpreis bekommen hat. Ich habe Schwierigkeiten, den Skinny, den ich kannte, damit unter einen Hut zu kriegen.«

»Sie kannten ihn?«

»Das dachte ich zumindest.«

Tommy lächelt und sagt: »Wussten Sie, dass sein Urgroßvater Albert Hofmann war, der Erfinder des LSD?«

»Nein«, sagt Bosman, »aber das erklärt so einiges.« Zum Beispiel, dass Skinny aus einer guten Familie kommen muss, jedenfalls, wenn sein Vater und Großvater es nicht verkackt haben. »Wo leben denn seine Eltern?«

»Sie sind tot.«

Der Satz hängt einen Moment im Raum. Tom Jones wummert vom Gemeinschaftsraum rüber. Bosman wundert sich: »Hat er nichts geerbt?«

»Das weiß ich nicht«, sagt Tommy, »vielleicht hat er's auch verschleudert. Er hat nicht viel von sich erzählt, aber eins war klar: Er wollte sein Leben wieder auf die Reihe kriegen. Er wollte sich outen, zu sich stehen, endlich er selber sein. Wie Sie sich vorstellen können, kostet es eine Menge Mut, sich *en femme* in der Öffentlichkeit zu präsentieren.«

Das kann Bosman sich sehr gut vorstellen.

»Und er wollte von den scheiß Drogen runterkommen.«

»Hat er irgendwo Hilfe gesucht?«

»Er war seit zwei Monaten im Methadonprogramm.«

Bosman schluckt. Der Kerl wollte von den Drogen loskommen, während er ihm Kohle und Stoff zugesteckt hat, um Informationen von ihm zu kriegen. Scham steigt in ihm auf.

»Hatte er mit jemandem hier besonderen Kontakt?«

»Ja, mit Hamedi. Ein Trans-Syrer, dem die Abschiebung droht. Die Initiative ›We Love Refugees‹ setzt sich für sein Bleiberecht ein, weil er damit rechnen muss, wegen seiner sexuellen Orientierung in seiner Heimat diskriminiert zu werden.«

»Wo finde ich ihn?«, fragt Bosman.

Zwischen dem Brandenburger Tor und dem Bahnhof Zoo liegt der Tiergarten – eine zweihundert Hektar große Parklandschaft, die früher dem Adel für die Jagd vorbehalten war. Heute grillen hier Großfamilien. In der Nähe des Zoologischen Gartens durften Flüchtlinge aus den Hugenottenkriegen nach 1745 Zelte aufstellen und den Spaziergängern Erfrischungen verkaufen. Heute campieren dort Obdachlose aus Osteuropa. Überall liegt Müll herum, gebrauchte Fixen, provisorische Zelte aus Plastikplanen, alte Matratzen und Kochgeschirr. Regelmäßig werden die Lager von den Ordnungskräften geräumt, und regelmäßig entstehen sie an einer anderen Ecke der riesigen Parklandschaft von Neuem.

Die Stricher erkennt man daran, dass sie eine Hand in der Hosentasche haben. Hamedi steht in einer kleinen Gruppe von Jungs aus Syrien, Afghanistan und Iran. Die Osteuropäer lungern woanders herum, nicht an dem Toilettenhäuschen an der Siegessäule, wo die Erde Matsch ist und es nach Klostein und Pisse riecht, und wo im Gebüsch die benutzten Kondome vergammeln.

Bosman erkennt Hamedi sofort an seiner Adidas-Jacke und der roten Basecap, auf der »Champion« steht, genau wie Tommy ihn beschrieben hat. Dunkle, fast schwarze Augen, schwarze Haare und blitzend weiße Zähne in seinem gut geschnittenen Gesicht. Er ist zweifellos ein hübscher junger Mann, wenn auch weder schwul noch ein Trans-Syrer. Sein Anwalt Carl Werner hat ihm allerdings geraten, sich als solcher auszugeben, um der Abschiebung zu entgehen. Hier in Deutschland, hat er zu Hamedi gesagt, ist es ein bisschen anders. Hier hat man gute Karten *nicht,* wenn man der Mehrheit, sondern wenn man einer Minderheit angehört. Am besten einer, der Hitler schon an den Kragen wollte. Und sieh einer an, nach der Pleite mit Bobo und der ersten Ablehnung seines Asylantrags dauerte es nicht lange, und es fand sich eine Initiative, die sich um ihn kümmerte.

Alles in allem gar nicht so übel, gemessen an den Verhältnissen, aus denen er vor fast zwei Jahren geflohen ist. Nur das Taschengeld von 143 Euro, das es in der Erstaufnahmeeinrichtung gibt, reicht hinten und vorne nicht. Also nahm ihn ein Kumpel, Skinny, den er aus dem ITC kannte, mit in den Tiergarten, wo er gutes Geld machte, indem er deutschen Rentnern für zehn bis zwanzig Euro einen blies. Gar nicht so schlimm, hatte Skinny ihm erklärt, denn es kleckerte ja sowieso alles ins Gummi. Außerdem konnte man die Augen schließen und an was anderes denken. Es gab Tage, da kam man mit hundert Euro Cash oder mehr nach Hause, und wenn man den Arsch hinhielt, gab es noch ordentlich was obendrauf. Anfangs hatte Hamedi noch mit seinem Stolz zu kämpfen, aber Stolz war der größte Stolperstein auf dem Weg zu einer gelungenen Integration. Das erkannte er früh. Und dass das hier nur ein Zwischenspiel war, ein weiteres Opfer, das er bringen musste auf seiner Reise in ein gutes Leben, das war Hamedi ohnehin klar. Er war noch lange nicht so weit, die Hoffnung aufzugeben, denn sie war alles, was ihm blieb.

Und jetzt quatscht ihn dieser Bulle hier an.

»Weißt du, was mit Skinny passiert ist?«

»What?« Hamedi schaut ihn misstrauisch an. »You police?«

»Yes«, sagt Bosman und zeigt ihm seinen Ausweis. Hamedi zuckt zusammen, seine Augen scannen mögliche Fluchtrouten, aber Bosman sagt, er soll sich entspannen. Er ist nicht hier, um ihm Probleme zu machen. Er ist hier wegen Skinny, will wissen, mit wem er abgehangen ist, wen er getroffen hat.

»I don't know«, sagt Hamedi. »I can't help you. Sorry.«

Er dreht sich um und will gehen, doch Bosman packt ihn am Arm und hält ihn fest. Die anderen Stricher schauen misstrauisch rüber. Bosman sagt: »Listen, your behaviour tells me that you know things. If you don't cooperate, I'll bust you for soliciting and drug peddling and you can be sure that your ass is out of the country with the next flight back to where you came from.«

»I don't peddle no drugs«, sagt Hamedi.

»I'll make sure you do«, sagt Bosman.

Da, wo Hamedi herkommt, sind solche Ansagen in jedem Fall ernst zu nehmen. Und auch wenn es in Deutschland anders läuft als zu Hause, so sieht dieser Bulle hier nicht wie einer aus, der erst das Gesetzbuch liest und dann handelt. Also sagt Hamedi, dass er vor ein paar Tagen mit Skinny hier war, als ein paar Typen mit einem abgedunkelten Van vorgefahren sind, alles Araber. Sie hätten gefragt, wer Lust hat, auf eine private Party mitzukommen. Dafür gäbe es fünfhundert auf die Hand. Einige seiner Kumpel hier hatten abgelehnt, denn so was ist eine heikle Sache. Man weiß nie, worauf man sich einlässt. Da draußen laufen eine Menge perverse Spinner rum. Aber hey, fünfhundert sind fünfhundert, die konnte er gut gebrauchen. Und Skinny auch. Also sind sie mit, zusammen mit zwei anderen Jungs.

Bosman sagt: »Where did you go?«

Hamedi zuckt mit den Schultern. »I don't know.«

Bosman glaubt ihm. Hamedi ist noch nicht so lange hier, kennt die Stadt vor allem aus der Perspektive einer Flüchtlingsunterkunft in Kreuzberg und des Tiergartens. Außerdem sind sie in einer Tiefgarage angekommen, sagt Hamedi, einem *underground carpark*, und mit dem Lift hochgefahren. Nein, nicht in eine

Hotelsuite, sondern in ein Apartment, *very nice*, mit mehreren Zimmern, einem Whirlpool auf der Dachterrasse, *very big*, und einem tollen Blick über die Stadt. Ein paar Ladys sind schon da gewesen, haben getanzt und ein paar Typen einen geblasen, alles Deutsche, bis auf einen, der aus Israel kam, aus Tel Aviv. Das hat Hamedi aufgeschnappt, denn der Israeli sprach auf dem Handy mit jemandem Arabisch. Offenbar handelte es sich um eine Überraschungsparty für Businessfreunde, nur hatte der Gastgeber erst im letzten Moment erfahren, dass zwei seiner Gäste schwul waren. Also hatte er seine Leute in den Tiergarten geschickt, um ein paar Jungs ranzuholen. Es war Hamedi ziemlich klar, was von ihm und Skinny und den anderen erwartet wurde. Irgendwann im Morgengrauen brannte ihm der Arsch wie Feuer, seine Nippel waren wund von den Klammern, Sperma klebte ihm an Mund und Zähnen, und er war einfach nur hundemüde, *very tired*. Er bekam seine fünfhundert. Die Leute, die ihn und die anderen hergebracht hatten, bestellten ihm ein Taxi und schickten ihn nach Hause.

Und Skinny?

Tja, das ist das Problem. Hamedi kann sich nicht mehr recht erinnern. Er hatte eine Kapsel Tetrazepam eingeworfen, ein Muskelrelaxans, um seinen Arsch fickbereit zu machen. Und es gab Koks und Meth in rauen Mengen. Hamedi hatte beschlossen, sich in den Rausch zu flüchten, um der Scham und dem Schmerz zu entgehen. Am nächsten Morgen konnte er sich an nichts mehr erinnern, nichts jedenfalls, was über ein flirrendes Grundrauschen hinausging. Er hatte Skinny irgendwann aus den Augen verloren, und als er ihn am nächsten Morgen anrief, war nur die Mailbox dran.

»What do you think, what happened?«, fragt Bosman.

»I don't know«, sagt Hamedi und blickt zu Boden. »Maybe he is dead.«

Bosman schaut ihn an und sagt: »Yes, he is dead. Shot twice in the head.«

Abends sitzt er mit Britta und Sophie am Tisch. Sophie hat gekocht, Lasagne. Gar nicht schlecht. Doch Bosman hat keinen Appetit. Normalerweise bringt er seinen Job nicht mit nach Hause, aber Britta hat ihn gefragt, was los sei, weil er so angespannt wirkt. Also hat er ihr das mit Skinny erzählt, dass er sich offenbar jahrelang, vielleicht sein ganzes Leben lang wie eine Frau gefühlt und dass sein Urgroßvater das LSD erfunden hat und er, Bosman, sich für seinen Tod verantwortlich fühlt. Auch wenn es vielleicht gar nicht Aziz war, der ihn umgebracht hat.

»Stell dir vor«, sagt Bosman zu Britta, »da arbeitet er seit Jahren für mich, und ich wusste nichts über ihn.«

»Da wundert man sich manchmal«, sagt Britta, und es ist nicht ganz klar, wie sie das meint. Will sie andeuten, dass er manchmal ignorant ist?

»Er hat Yeats gelesen«, sagt Bosman.

»Den Dichter?«, fragt Sophie.

Bosman schaut sie überrascht an. »Du kennst ihn?«

»Du nicht?«

»Doch, na klar. Er hat mal den Nobelpreis gekriegt.«

Britta staunt. »Seit wann liest du Gedichte?«

Sophie angelt nach der Lasagne, löffelt sie sich auf den Teller und sagt: »Voll krass, wenn man so transgender ist und sich nicht traut rauszugehen.«

»Das ist bestimmt nicht ganz einfach.«

»Ja, weil die Gesellschaft immer noch voller Vorurteile ist.«

»Möglich«, sagt Bosman und versucht, das Minenfeld gesellschaftspolitischer Diskussionen mit seiner Tochter geschickt zu umgehen.

»Kanntest du ihn gut?«

»Er war einer meiner Informanten. Aber ich hatte keine Ahnung, wer er wirklich war.«

»Das ist aber ein bisschen scheiße, oder?«

»Allerdings«, sagt Bosman und trinkt einen Schluck Bier. »Ich glaube, er kam aus einer guten Familie. Jemand, der Yeats gelesen und dessen Urgroßvater das LSD erfunden hat? Er ist mehr oder weniger auf der Straße gelandet, ein Junkie.«

»Weil das Sozialsystem wieder mal versagt hat«, sagt Sophie.

Britta stöhnt auf. »Was, bitte schön, hat das Sozialsystem damit zu tun?«

»Es gibt viel zu wenig Sozialarbeiter, weil die Regierung lieber Waffen kauft, statt in die Menschen zu investieren.«

»Aha, und die sind schuld, wenn ein Typ aus der Kurve fliegt, weil er sich die Birne zudröhnt?«

»Du bist zynisch.«

»Nein, mein Kind, du bist naiv.«

»Nenn mich nicht *mein Kind*, so von oben herab.«

Okay, denkt Bosman, *und so weiter.* Es ist immer dasselbe. Wieso kann Britta nicht einfach mal die Klappe halten? Dem Kind die Meinung lassen, herrje. Sophie ist sechzehn, da hat man das Recht, dummes Zeug zu reden. Da muss sie doch nicht gleich wie gestochen drauf anspringen. Aber Britta fällt immer wieder darauf rein, und Bosman weiß, dass Sophie sich manchmal einen Spaß daraus macht, sie zu ärgern. Aber meist ist es kein Spaß, sondern bitterer Ernst. *Das hat sie von ihrer Mutter,* denkt Bosman, *immer voll nach vorne, rein in die Konfrontation.*

Wie damals auf ihrer Hochzeitsreise, gleich bei der Ankunft. Sie hatten ein Apartment im Drei-Sterne-Resort Palm Beach Garden auf Gran Canaria gebucht. Sie standen an der Rezeption, wo er die Pässe vorlegte und die Registrierung unterschrieb, während ihm der Schweiß von der Stirn tropfte und der Manager sich dafür entschuldigte, dass die Klimaanlage ausgefallen war. Britta hatte ihre Sonnenbrille in das volle, blonde Haar geschoben und durch die Glasfront auf den blau schimmernden Pool geschaut, der inmitten eines bräunlich verbrannten Rasens in der glühenden Sonne lag.

Dahinter ging es zum Strand, wo es um diese Uhrzeit nur wenige Gäste aushielten. Britta drehte sich zum Manager um und sagte: »Ist das hier der Palm Beach Garden?«

»Ja.«

»Und warum sehe ich dann da draußen keine Palmen und keinen Garten?«

Der Manager lächelte verbindlich. »Der Vorbesitzer hat das Gelände umgestaltet und den Pool angelegt.«

»Ist das nicht eine Irreführung der Gäste?«

»Schauen Sie, zweihundert Meter von hier finden Sie einen Club, das B-52. Aber wenn Sie hingehen, werden Sie feststellen, dass da kein Langstreckenbomber steht.«

»Wir sind hier ja auch nicht auf dem Flughafen«, sagte Britta. Bosman schob Registration und Visakarte rüber und stellte organisatorische Fragen, wann es Frühstück gab und wo man Jetskis ausleihen konnte und so was, weil er keine Lust auf schlechte Laune hatte und es ihm am Ende scheißegal war, warum das Resort Palm Beach Garden hieß. Himmel, das war ihre Hochzeitsreise! Er wollte nur schnell in sein Apartment, ein kühles Bier aufmachen, die Füße auf die Balkonbrüstung legen und erst mal ankommen.

17

Harry sitzt im Rollstuhl im Wohnzimmer seiner Villa in Kleinmachnow und telefoniert mit Detlef, seinem Kumpel, dem das Haus auf den Bermudas gehört.

»Es heißt, du hast ziemlichen Ärger mit dem Finanzamt?«, sagt Detlef.

Das spricht sich aber schnell rum, denkt Harry und sagt: »Die Sache ist erledigt. Du, Helen und ich kommen übermorgen in Hamilton an.«

»Und?«

Harry stutzt. »Du hattest doch gesagt, ich könnte dein Haus für eine Weile haben, wenn du nicht da bist.«

»Ach, das Haus, ja …«, sagt Detlef, »das hatte ich ganz vergessen. Pass auf, wir haben da leider ein kleines Problem.«

»Was für ein Problem?«

»Die Umwälzpumpe im Pool ist kaputt und muss ausgetauscht werden.«

»Wir brauchen keinen Pool. Wozu ein Pool, wenn das Meer dir an den Füßen leckt?«

»Das stimmt, aber die Arbeiter werden eine Menge Lärm machen.«

»Schlimmer als in Berlin kann das auch nicht sein.«

Harry hört Detlef in der Leitung hüsteln. »Harry, ich sag's dir ganz ehrlich, in die Hütte kann man keinen mehr reinlassen. Beim letzten Hurrikan ist das Dach halb weggeflogen und Wasser in die Wände gesickert. Das muss erst alles saniert werden, vorher macht das keinen Sinn.«

»Ach so«, sagt Harry. »Das klang aber neulich noch anders.«

Du Arschloch!

»Tut mir wirklich leid«, sagt Detlef, »ich wollte dir schon früher Bescheid geben, aber irgendwie hab ich's wohl vergessen. Ich kann dir ein gutes Hotel in Hamilton empfehlen, schön gelegen, das Hamilton Palisades Inn, ordentliches Preis-Leistungs-Verhältnis.«

»Danke«, sagt Harry. »Ich komm schon klar. Mach's gut, bis die Tage.«

Er legt wütend auf.

Bosman hat ihm versprochen, sich darum zu kümmern, dass die Ermittlungen des Finanzamts gegen ihn eingestellt werden. Bislang ist da noch nichts passiert. Er hat seinen Teil der Abmachung eingehalten und Tarik in die Falle gelockt. Wenn die Bullen es versauen, ist das nicht sein Problem. Dass er sich verplappert hat, spielt da nur eine untergeordnete Rolle, auch wenn sein Schwager das anders sieht. Am Ende, denkt Harry, hat er es Bosman zu verdanken, dass er in der Scheiße steckt und die Flucht nach vorne antreten muss, während sein alter Kumpel Detlef nicht mehr mit ihm in Verbindung gebracht werden will, weil er mit seinem halben Dutzend Briefkastenfirmen in Hamilton sonst selber ins Visier der Ermittler kommen könnte.

Detlef, der *Real Estate Developer*.

Harry steht ächzend aus seinem Rollstuhl auf und humpelt etwas steifbeinig zum Kühlschrank, wo er sich eine Flasche Grauburgunder rausholt und ein Gläschen einschenkt. Eigentlich braucht er gar keinen Rollstuhl mehr. Der war nur zur Entlastung in den ersten Tagen gedacht, damit die tiefen Fleischwunden nicht überstrapaziert werden. Eigentlich soll Harry sogar laufen, um Kreislauf und Bewegungsapparat in Schwung zu bringen. Doch Harry hat rasch die Vorzüge eines Rollstuhls erkannt. Die Leute sind freundlicher, und man findet immer einen Parkplatz.

So wie gestern Nachmittag, direkt vor seinem Büro. Doch als er munter mit seinem Rolli um die Ecke in das Foyer seiner Firma geflitzt kam, traf es ihn mit der Wucht eines ungebremsten Sattelschleppers. Bea, seine *Chief Accountant & Counsel*, stand am Empfangstresen, die Arme über der Brust verschränkt, Kiefer aufeinandergepresst, ihr hübsches blasses Gesicht noch blasser als sonst, die dunklen Augen noch dunkler, fast schwarz.

»Was ist denn hier los?«

Harrys Blick ging den Gang hoch zu den Büros, wo Beamte herumliefen.

»Sie haben einen Durchsuchungsbeschluss«, sagte Bea schmallippig.

»Scheiße«, sagte Harry, stand auf und marschierte in sein Büro. Bea riss die Augen auf.

War sie Zeugin eines Wunders?

Finanzoberinspektor Herbst stand in Harrys Büro. Er war der Mann, der hier das Sagen hatte, die ausgebeulte Jeans hochgezogen bis zum Bauchnabel, Kunststoffgürtel, das karierte Hemd eingesteckt, kleine Wampe und Salamander-Schuhe an den Füßen. Helle, blaue Augen blitzten listig hinter der eckigen Scheibenfensterbrille auf. Seine Leute luden Akten aus den Regalen in Kunststoffkisten.

»Was soll das?«, fragte Harry. »Die Sache ist erledigt. Ende der Aktion, Schluss jetzt.«

Herbst schaute ihn interessiert an. »Herr Schumann? Gut, dass Sie kommen konnten, dann können wir ein paar Fragen ja gleich hier vor Ort durchgehen. Einverstanden?«

Harry glotzte ihn an. *Gut, dass Sie kommen konnten?* Als hätte er ihn hierher bestellt.

»Der Reihe nach, Herr …«

»Herbst«, sagte der Inspektor und reichte ihm kollegial die Hand.

Ein Mann, der seinen Job so macht, wie man es sich besser nicht wünschen kann, dachte Harry, verbindlich, konsequent und absolut emotionslos.

»Also, Herr Herbst, man hat Sie offenbar nicht informiert, nehme ich an?«

»Doch«, sagte Herbst, »sonst wäre ich jetzt nicht hier.«

Und ein Spaßvogel ist er auch noch. »Das Ganze war eine verdeckte Operation einer Sondergruppe des LKA 4. Ich war der Lockvogel.«

Herbst sagte: »Davon habe ich keine Kenntnis. Ich nehme an, die Aktion war geheim?«

»So geheim, dass offenbar niemand davon wusste. Sie auch nicht. Ich kann Ihnen nicht sagen, wie das LKA in solchen Fällen kommuniziert, aber irgendwie scheint die Rohrpost unterwegs stecken geblieben zu sein.«

»Hören Sie«, sagte Herbst, »das klingt interessant. Wenn wir hier alles ausgeräumt haben, dann lassen Sie uns doch was trinken gehen, und Sie erzählen mir die ganze Geschichte.«

»Moment mal«, sagte Harry. »Sie wollen hier tatsächlich alles rausschleppen lassen, obwohl Sie wissen, dass das Ganze eine verdeckte Operation der Polizei war?«

»Ich habe keine andere Wahl. Es gibt einen richterlichen Beschluss.«

Harrys Blick wanderte rüber zu seinem Schreibtisch, hinter dem ein Beamter stand, der einen Stapel Akten in eine Kiste schaufelte und nach dem Foto von Johnny Depp und Harry griff, das an der Wall of Fame hing.

»Finger weg«, sagte Harry scharf, »sonst schneide ich Ihnen die Eier ab.«

Der Beamte drehte sich zu ihm um. Herbst sagte großzügig: »Lassen Sie dem Mann seine Geschichte, Reinhard.«

»Danke«, sagte Harry, zog sein Handy aus der Tasche und rief Bosman an. »Es gibt hier ein Problem«, sagte er, »die Ärsche vom Finanzamt wollen nicht glauben, dass die Geldwäsche für Aziz Teil einer verdeckten OP war.« Dann reichte er Herbst das Telefon. Herbst redete mit Bosman, gab Harry das Telefon zurück und sagte: »Wenn der Finanzbehörde eine schriftliche Erklärung seitens der leitenden Dienststelle vorliegt, bekommen Sie Ihre Unterlagen selbstverständlich wieder zurück.«

Na super!

Harry muss sich eingestehen, dass in letzter Zeit so einiges schiefgelaufen ist. Er geht mit seinem Glas Grauburgunder in der Hand zurück in das Wohnzimmer und lässt sich ermattet in seinen Rollstuhl fallen. Die beiden Wunden pochen unter ihrem Verband und fühlen sich heiß an, als Helen reinkommt. Sie sieht toll aus in letzter Zeit, die Wangen leicht gerötet, die Augen leuchtend und die Haut warm und gespannt. Harry ist lange genug Mann, um zu wissen, was das bedeutet. Die Frage ist nicht, *ob*, sondern *wen* sie fremdfickt. Offenbar jemanden, der es ihr gut besorgt, so wie sie drauf ist. Kein Gezicke mehr, wenn er mittags ein gut gekühltes Gläschen Weißwein trinkt, kein Anpfiff, wenn er den Klodeckel offen lässt.

Das ist die *upside.*

»Bea bucht uns die Flüge und das Hotel«, sagt Harry. »Wir wohnen die ersten vierzehn Tage im Hamilton Palisades, das ist die erste Adresse auf den Bermudas. Wir kommen erst mal an, lassen uns verwöhnen, und dann sehen wir in aller Ruhe weiter.«

»Du hast gebucht, ohne mit mir darüber zu sprechen?«

»Wir haben doch alles besprochen.«

»Ich dachte, du wolltest in das Haus von deinem Kumpel?«

»Detlef? Das war nichts. Eine halbe Stunde vom Meer entfernt, nee, wir wollen schön raus und gleich am Strand sein.«

»Hattest du nicht gesagt, das Haus liegt direkt am Meer?«

»Ja, dachte ich auch. Gut, dass ich noch mal mit ihm telefoniert habe.«

»Und was ist mit deiner Firma? Du kannst doch hier nicht alles stehen und liegen lassen.«

»Ach, weißt du, niemand ist unersetzbar. Bea weiß Bescheid. Sie übernimmt die nächsten beiden Monate, ist alles abgesprochen. Und bis dahin ist die ganze Sache erledigt.«

Durch die offene Terrassentür sickert das entfernte Dröhnen eines Rasenmähers und eines Kärchers herein. Nach einem Moment sagt Helen: »Harry, Schatz, ist es schlimm, wenn ich ein paar Tage später nachkomme?«

Harry schaut sie an. Klar, so *rollig*, wie die ist, lässt sie sich lieber hier von ihrem Lover ficken, statt ihrem Mann die Stange zu halten. Was buchstäblich zu verstehen ist. Wie lange ist es her, dass sie Sex miteinander hatten? Drei Wochen, vier, fünf? Es ist Zeit, noch mal bei Pam vorbeizuschauen, bevor er seinen Jet Richtung Karibik besteigt.

»Wann geht dein Flug denn?«

Dein Flug, da hat er's schwarz auf weiß. Kümmer dich um deinen eigenen Kram und lass mich in Ruhe damit. Nach, was … zwanzig Ehejahren?

»Übermorgen um elf Uhr fünfundvierzig nach Miami und dann weiter nach Hamilton«, sagt Harry und trinkt seinen Grauburgunder in einem Zug aus. Er fühlt sich wie ein Hund, der im Schneetreiben an einen Laternenpfahl gebunden wird und vergeblich auf die Rückkehr seines Herrchens hofft.

Zwei Stunden später trifft er Pam im Kuchenkaiser am Oranienplatz, obwohl er noch etwas wackelig auf seinen bandagierten Beinen ist. Sie trägt schwarze Strümpfe unter ihrem knappen Jeansrock, Sonnenbrille im Haar und eine blumengemusterte Bluse, die einen Knopf zu weit offen steht. Ihre erste Frage: »Was ist mit meinen fünftausend?«

»Pam, Darling, ist das eine angemessene Begrüßung für einen alten Freund?«

Harry gibt ihr ein Küsschen auf die Wange und setzt sich. Er war ein wenig verstimmt, als Pam sich nicht im Hotel mit ihm treffen wollte, aber wer weiß, vielleicht geht ja doch noch was mit einem kleinen Zugeständnis. »Das mit den fünftausend ist ein Problem, aber ich wollte dir …«

»Wieso ist das ein Problem?«, unterbricht Pam.

»Weil die ganze Sache gewissermaßen obsolet geworden ist.«

»Was laberst du da?«

»Ich habe Aziz am Hacken, weil ich mich dummerweise von den Bullen als Lockvogel habe missbrauchen lassen.«

Pam glaubt es nicht. »Du hast was …?«

»Ich dachte, es wäre eine smarte Idee, ihn loszuwerden, indem ich ihn in den Knast schicke. Leider haben's die Bullen zweimal versemmelt. Stell dir vor, ich präsentiere ihnen einen wegen kaltblütigen Mordes gesuchten Gangster auf dem Silbertablett, und was machen die? Versemmeln es. Und ich werde als Verräter von der Mafia gejagt.«

»Shit.«

Geschirr klappert, Leute unterhalten sich, dann sagt Pam: »Das tut mir echt leid für dich, Harry, aber das hat mit meinen fünftausend nichts zu tun.«

»Du verstehst es nicht«, sagt Harry. »Du kannst herzlich gerne zu Aziz gehen und ihm sagen, dass du ihn im Dreamland verraten hast, weil ich dich dazu angestiftet habe. Wenn du Glück hast, verkauft er dich in ein Bordell im Jemen. Für mich ändert sich nichts. Mich hat er eh auf der Liste.«

Pam starrt ihn an: »Du altes Arschloch.«

»Nein«, sagt Harry, »das ist unfair. Du bist diejenige, die mit dem Spiel angefangen hat. Du hast mich erpresst.«

Er dreht sich zur Kellnerin um, die an den Tisch gekommen ist, und bestellt heute mal einen Riesling. Dann sagt er zu Pam: »Aber ich bin dir nicht böse. Jeder nutzt die Chancen, die sich bieten, daraus kann man keinem einen Strick drehen. Aber pass auf, ich wollte dir einen anderen Vorschlag machen.«

»Ich will keine Rolle in deiner scheiß Serie«, sagt Pam.

Harry grinst sie an und sagt: »Was hältst du von einem kleinen Karibikurlaub?«

18

Uwe lässt den Schlitten seiner Walther P.38 zurückschnappen, zielt über den Sofatisch auf Bobos Bong, die in der Ecke steht, und drückt ab.

Klick.

»*Oie, hombre, tranquilo*«, sagt Luis.

Sie hocken in Bobos Bude, wo Luis sie in seine Pläne einweiht. Dabei ist ihm schon die ganze Zeit aufgefallen, dass man Uwes *attention span* nicht überstrapazieren darf, sonst schaltet er ab, spielt mit seiner scheiß Knarre oder daddelt auf seinem Handy rum.

»Alter«, sagt Uwe, »komm zur Sache, Mann, wir sind hier nicht in Italien.« Er hebelt sich ein Bier auf. *Das dritte, seit wir hier sind,* denkt Luis und fragt sich, ob es nicht doch ein Riesenfehler war, diesen Nazi mit an Bord zu holen.

»Wo hast du das Ding überhaupt her?«, fragt Bobo und deutet auf die Pistole.

»Von meinem Urgroßvater«, sagt Uwe. »Er war Leutnant in der Wehrmacht, Barbarossa-Feldzug, Russland 1943. Einer der wenigen, die zurückgekommen sind.«

Er trinkt einen Schluck und sagt: »Auf den Führer.«

Luis stöhnt auf.

»Morgen Vormittag«, sagt er, »fliegt Harry in die Karibik. Das ist unsere Chance. Wir holen ihn uns, und keiner kriegt was mit, weil alle denken, er würde jetzt am Strand liegen und sich den Bauch kraulen, *comprende*? Bis die Leute Lunte riechen und eine Vermisstenanzeige aufgeben und die Bullen losmarschieren und der ganze Scheiß, hat er längst gezahlt, und die Geschichte ist vorbei.«

»Warum sollte er zahlen?«, sagt Uwe.

»Weil er sonst im Keller verreckt.«

»Willst du ihn verhungern lassen?«

»Ja.«

Uwe und Bobo schauen ihn an. Von verhungern lassen war nie die Rede.

»*Mira*«, sagt Luis und beugt sich vor. »Wir müssen glaubwürdig Druck aufbauen, um ihn zum Aufgeben zu zwingen. Je mehr Druck, desto schneller knickt er ein.«

»Es geht um Leben und Tod«, sagt Bobo.

»*No*«, sagt Luis.

Überraschte Blicke.

Luis grinst, macht klar, dass er hier das *brain* ist, derjenige, der die Kontrolle hat. »Dazu wird es nicht kommen. Ich kenne den Mann. Der regt sich schon auf, wenn der Spargel zu weich ist, und lässt sich Austern aus dem KDW schicken. Und ohne seine Flasche Grauburgunder ist er sowieso am Arsch. Also, was wird er tun? Überweisen, wenn ihm der Magen knurrt.«

Er lächelt zufrieden in die Runde und nimmt einen Schluck Bier. Bobo spitzt die Lippen, um allen zu zeigen, dass er nachdenkt. Uwe lehnt sich auf dem Sofa zurück, richtet seinen Sack und sagt: »Wie willst du ihn kidnappen? Ich meine, was ist dein Plan?«

»*Vale*«, sagt Luis und legt seine Karten auf den Tisch. »Wir haben dieses Zeitfenster, in dem niemand Harry vermissen wird. Also muss die Entführung so stattfinden, dass keiner mitkriegt, dass er entführt wird, *claro?*«

»*Claro*«, sagt Uwe. »Und wie soll das gehen?«

»Genau«, sagt Bobo, »wie stellst du dir das vor? Wenn er ein Taxi nimmt, haben wir ein Problem mit dem Fahrer. Leute auf der Straße, lauter Zeugen.«

»Eben«, sagt Luis, »deswegen schnappt ihr ihn euch auf dem Flughafen.«

Uwe glotzt ihn an. »Bist du bescheuert, Mann? Da rennen lauter Bullen mit Maschinenpistolen rum.«

Luis steht auf und sagt: »Es ist ganz einfach. Je mehr Leute da sind, desto weniger sehen was, weil alle mit ihren Sachen beschäftigt sind. Wegen der Flüge und der Angst, sie zu verpassen und alles, *comprende*?«

Uwe und Bobo nicken.

»Ihr geht auf ihn zu, wenn er sich in die Schlange am Schalter stellen will. Ihr kommt von zwei Seiten, nehmt ihn in die Zange, geht nah an ihn ran, und du …«, sagt er zu Uwe, »du zeigst ihm unauffällig deine Pistole, die du vorne im Hosenbund trägst.«

»Ich trage meine Waffe nicht vorne im Hosenbund«, sagt Uwe, »sondern auf der linken Seite, sodass ich mit der rechten Hand schnell rankomme.«

»Es ist mir scheißegal, wo du deine verdammte Pistole trägst, *hombre*, zeig sie ihm einfach, damit er Bescheid weiß, dass es ernst ist.«

Bobo sagt: »Ich dachte, keine Knarren?«

»Wir benutzen sie ja nicht«, sagt Luis. »Wir tun nur so.«

Uwe setzt seine Flasche ab, rülpst und sagt: »Wieso sollte er mitkommen, nur weil ich ihm meine Waffe zeige?«

»Was würdest du denn tun?«

»Ihm das Teil wegnehmen und auf die Fresse hauen.«

»Du vielleicht, aber Harry sicher nicht.«

»Wozu brauchen wir dann überhaupt eine Waffe?«, sagt Bobo.

»Weil das so üblich ist. Um klarzumachen, dass wir es ernst meinen.«

Uwe sagt: »Ich kann ihm auch den Lauf in die Rippen drücken, wenn ich dicht hinter ihm stehe und die Waffe in einer Burgertüte habe.«

»Wieso in einer Burgertüte?«, sagt Bobo.

»Damit sie keiner sieht, Mann!«

Luis verliert allmählich die Geduld. »*Madre mia*, dann schieb ihm meinetwegen den Lauf in die Seite. Dann sagt ihr, dass er mit rauskommen soll, es gibt da ein paar Dinge mit dem Boss zu besprechen.«

»Und das bist du«, sagt Uwe.

»*Si amigo*«, sagt Luis, »nur dass er mich nie zu Gesicht kriegt.«

»Aber uns.«

»Das macht nichts, euch kennt er nicht. Er sieht euch nur kurz, wenn ihr ihn zum Auto bringt. Außerdem seid ihr seitlich hinter ihm. Er wird sich später, wenn wir ihn laufen lassen, nicht mehr dran erinnern können, wegen der Panik, die er schiebt, da geht einem alles durcheinander. Ihr lasst ihn hinten im Van einsteigen, wir fahren zum Keller, laden ihn aus und warten achtundvierzig Stunden, bevor wir das erste Mal zu ihm gehen.«

»Und was, wenn er pinkeln muss?«

»Wir stellen ihm einen Eimer hin.«

Uwe schüttelt den Kopf. »Wie soll er seinen Schwanz halten, wenn er gefesselt ist?«

»Er ist nicht gefesselt. Er ist eingesperrt.«

»Das ist riskant.«

»Nein«, sagt Luis, »ich habe ein Loch in die Tür gebohrt, sodass ihr ihn immer im Auge habt.«

Dann gibt er den beiden mehrere Fotos von Harry, die er von Helens Smartphone gezogen hat, als sie duschen war. Sie sollen sich sein Gesicht gut einprägen, damit sie nicht den Falschen erwischen.

»Glaubst du, wir sind blöd?«, sagt Uwe.

Ja, denkt Luis und sagt: »Nein, dann hätte ich euch nicht angeheuert.«

Der nächste Morgen fing nicht gut an.

Luis wollte extra früh aufstehen, um nicht in Stress zu geraten, und verpennte dann doch. Das lag wahrscheinlich an dem fetten Gerät, das er am Abend nach dem Briefing mit Bobo und Uwe noch geraucht hatte, um runterzukommen. Er sprang in seine Klamotten und radelte ohne Morgenkaffee zu Robben & Wientjes in die Lahnstraße, um den Sprinter abzuholen, den er gebucht hatte. Es stellte sich heraus, dass der Wagen eine Scheibe in der Trennwand hatte, sodass man von vorne nach hinten in den Laderaum gucken konnte – und umgekehrt. Dabei wollte Luis auf jeden Fall vermeiden, dass Harry ihn durch die Scheibe am Steuer sehen kann. Doch es gab keinen anderen Wagen, und Luis konnte die genervte Lady am Schalter schlecht nach Pappe und Klebeband fragen, um die Scheibe abzukleben. Also musste er noch los zum Baumarkt. Gott sei Dank lag einer direkt gegenüber.

Dann ging's los, Bobo und Uwe einsammeln. Bobo war schon ganz nervös und hatte dreimal angerufen, um zu fragen, wo Luis blieb. Uwe hatte geschimpft, als er einstieg, weil sie fast eine Stunde zu spät bei ihm aufgekreuzt waren. *Mann, Harrys Flieger geht in einer Stunde!*

Doch jetzt sind sie endlich da.

Luis biegt links in die Zufahrt zu den Terminals, zieht eine Chipkarte und fährt auf den Parkplatz, bis ganz nach vorne, wo die Treppe zum Parkhäuschen und dem Flughafengebäude hochführt.

Sie steigen aus.

Uwe checkt den Sitz seiner Waffe an der linken Hüfte, Luis die Uhrzeit auf seinem Handy: 10.13 Uhr. Shit, hoffentlich erwischen sie Harry noch.

»Der Flug startet von Terminal eins«, sagt er.

Sie schlagen die Kapuzen ihrer Hoodies über die Basecaps, die sie tragen, wegen der ganzen Kameras, und kommen die Treppe zum Parkautomaten vor dem Flughafengebäude hoch, als Luis stehen bleibt und nicht glaubt, was er da sieht:

Harry steigt aus einem Taxi. Der Fahrer holt zwei dicke Reisekoffer und einen Rollstuhl hinten raus und hilft ihm hinein, während auf der anderen Seite eine ziemlich heiße Braut aussteigt. Sie legt die rechte Hand auf Harrys Schulter und kickt den Rollstuhl mit ihrer Hüfte an, sodass Harry es leichter hat, die Räder zu drehen.

»Ist das der Typ?«, fragt Uwe.

»*Si*«, sagt Luis.

»Wieso sitzt der im Rollstuhl?«

»*Oie, hombre*, woher soll ich das wissen?«

»Und wer ist die Frau?«

»Sie gehen rein«, sagt Bobo und kratzt sich ratlos am Kinn.

Klar gehen sie rein, wohin sonst?

Fuck!

»Und jetzt?«, sagt Bobo. »Wir können den Mann nicht kidnappen, wenn er im Rollstuhl sitzt und eine Braut dabeihat.«

Luis sieht, wie Harry und die Frau im Terminal verschwinden. Von der Frau hat Helen ihm nichts erzählt. Klar, wie auch? Kann sie ahnen, dass Harry mit seiner Geliebten türmt? Aber dass er im Rollstuhl sitzt, das hätte sie ihm sagen können.

»Er muss pissen«, sagt Uwe.

Sie lugen hinter einer Säule vor und sehen, wie Harry Richtung WC rollt.

»Wie sollen wir ihn mit seinem scheiß Rollstuhl in den Van kriegen?«, sagt Bobo.

»Hinten reinschmeißen.«

»Und die Bitch?«

Sie sehen, wie Pam im Souvenirshop verschwindet, Harry in der Toilette.

»Sie ist jetzt im Laden«, sagt Bobo überflüssigerweise und schaut Luis an. Der blickt sich nervös um. Er ist der Boss, er muss eine Entscheidung fällen. »Ähm, *mira*, mit dem Rollstuhl und der Frau haben wir nicht gerechnet.«

In einem Anflug von Panik sieht er seine Million den Bach runtergehen, als Uwe wortlos in Richtung Toiletten marschiert.

»Hey«, sagt Luis, »wo willst du hin?«

»Warte«, sagt Bobo zu Uwe. »Mach keinen Scheiß.«

Doch Uwe hat die Nase voll von dem ganzen Rumgequatsche. Sollen sie labern, er ist der Mann, der Fakten schafft.

Harry steht in der Behindertentoilette und pinkelt im Stehen. Der einzige Lichtblick in dem ganzen Desaster ist Pam, die nicht lange gebraucht hat, um die Vorzüge seines Angebots zu erkennen. Vierzehn Tage *all inclusive* für lau in der karibischen Sonne liegen und noch zweitausend Tacken *on top* einstreichen, dagegen war nicht viel einzuwenden. Sie hat sich heute Morgen nur gewundert, dass er sie im Rollstuhl abholte, aber Harry hat ihr erklärt, dass sie damit schneller durch den Check-in kommen und die besten Plätze im Flieger kriegen, die mit der meisten Beinfreiheit ganz vorne in der ersten Reihe. Die Zeiten, in denen er Business Class geflogen ist, sind lange vorbei.

Er schüttelt ab, wäscht sich die Hände und streicht seine stahlgrauen Haare zurück. Ein prüfender Blick in den Spiegel. Er öffnet den zweiten Knopf seines weißen Hemds unter dem dunkelblauen Sakko und zupft sich den Kragen zurecht – keine Frage, selbst unter Dauerfeuer sieht er für sein Alter noch verdammt gut aus. Zufrieden dreht er sich zur Tür, als sie von außen brutal aufgestoßen wird – *BANG!* Das Türblatt knallt ihm ins Gesicht, Blut schießt aus der Nase, Tränen aus den Augen. Die Sicht verschwimmt, der Schädel hämmert. Harry nimmt noch die Umrisse von zwei Typen wahr, die irgendwie über ihm lehnen, und dann gehen die Lichter aus.

Luis lehnt sich nervös an eine Säule und hat die Toiletten und den Souvenirladen im Blick. Er hofft inständig, dass die Frau noch eine Weile rumstöbert, als er sieht, wie Uwe und Luis aus den Toiletten kommen, zwei dubiose Gestalten mit Basecaps und Hoodies auf dem Kopf. Uwe schiebt den Rollstuhl, in dem Harry hängt wie ein Greis kurz vorm Abnippeln. Er hat Bobos Sonnenbrille auf, sein Kopf pendelt benommen hin und her, und *fuck ...!* Ist das Blut auf seinem Kragen? Er hat zusammengerolltes Klopapier wie Tampons in den Nasenlöchern stecken. Bobo tätschelt ihm im Gehen die Wangen wie ein besorgter Verwandter. Einige der Fluggäste drehen sich nach dem merkwürdigen Trio um, doch die meisten kriegen gar nichts mit, als Pam aus dem Laden kommt und sich suchend umschaut. Hinter ihr huschen Uwe und Bobo mit Harry vorbei und verschwinden zwischen den Reisenden.

Luis hastet zurück über den Taxistand zum Sprinter, als Uwe und Bobo auch schon oberhalb der Treppe auftauchen, die runter zum Parkplatz führt. Er reißt die seitliche Schiebetür des Lieferwagens auf. Bobo und Luis packen Harry unter den Armen und schleppen ihn die Treppe runter.

Luis ist auf hundertachtzig: »*Carajo*, was habt ihr mit ihm gemacht?«

»Quatsch nicht«, sagt Uwe, »hol den scheiß Rollstuhl.«

Als wäre er hier der Typ, der die Befehle erteilt – was er faktisch ja auch tut. Doch Luis ist viel zu aufgedreht, um darüber jetzt nachzudenken. Er hastet die Treppe hoch, holt den Rollstuhl und wuchtet ihn hinten rein in den Laderaum, wo Uwe dem ächzenden Harry Kabelbinder anlegt und eine schwarze Binde um den Kopf knotet. Bobo schmeißt die Tür zu und klettert in das Fahrerhäuschen. Luis klemmt sich hinter das Lenkrad und gibt Gummi.

»Langsam, Alter«, sagt Bobo. Er klammert sich an den Haltegriff über dem Fenster. »Oder willst du, dass die Bullen uns gleich rauswinken?«

An der Schranke ist Schluss.

Wo ist der scheiß Parkchip?

Bobo glotzt Luis an. »Nee, oder?«

Luis wühlt mit wachsender Panik in seinen Taschen, Uwe klopft an die Trennwand zum Führerhaus.

»Was ist los?«

»Nichts«, ruft Luis zurück. Er hat vergessen, den Parkschein zu entwerten. Also müssen sie wieder zurück, mit Harry hinten drin, der jetzt zu sich zu kommen scheint und um sich schlägt, so gut das eben geht, mit Kabelbindern an Händen und Füßen. Luis kurvt rückwärts zurück zum Parkplatzhäuschen und touchiert fast einen Rentner, der auf dem Weg zu seinem Auto ist und wütend schimpft.

Luis steigt aus, bezahlt den Parkschein mit zitternden Fingern, während Bobo seine Scheibe runterkurbelt und an einem kleinen Joint zieht, um seine Nerven zu beruhigen. Uwe sorgt hinten im Laderaum für Ruhe. Schließlich verlassen sie den Flughafen ohne weitere Zwischenfälle und fädeln sich in den fließenden Verkehr ein.

19

Am nächsten Tag findet Bosman das Apartment, in dem Skinny vermutlich getötet wurde. Er hat die Telefondaten von Skinnys und Hamedis Handy abgeglichen, und so konnten sie den Einwahlknoten des Huawei-Funkmastes lokalisieren, Bleibtreustraße Ecke Lietzenburger, der ein Gebiet von etwa fünfhundert mal fünfhundert Metern abdeckt. Sie steigen in einen Chopper und fliegen die Dächer in dem Gebiet ab. Sie finden neunzehn Dachterrassen, zwei davon haben Pools. Sie sammeln Hamedi im Tiergarten auf und fahren zu den beiden Apartments. Eins ist nach Auskunft der Nachbarn nicht durchgängig bewohnt. Schuster setzt die Ramme an, und die Altbautür fliegt splitternd aus den Angeln. Später wird im Protokoll stehen, dass sie die Wohnung schon aufgebrochen vorgefunden haben, um unnötigen Ärger zu vermeiden.

Klick, ein Foto für die Tür des Monats.

Sie kommen in den Salon. Glänzendes Eichenparkett, schwere Sofas, Ölschinken und Spiegel an der Wand. Unter der Stuckdecke hängt ein monströser Kronleuchter. Bläulich funkelnde Kristalle schimmern im Sonnenlicht, das durch die hohen Kastenfenster reinkommt, die schweren Vorhänge sind aufgezogen. Eine Wendeltreppe führt hoch zur Dachterrasse, und Hamedi erkennt sofort, dass er hier gewesen ist und seinen Arsch hingehalten hat, während Skinny ein Zimmer weiter zu Tode kam.

Tränen schießen ihm in die Augen, die er hastig abwischt.

Bosman schaut zu ihm rüber und sagt: »Hey, thank you for coming, okay? You don't need to be here any longer.«

Hamedi nickt.

Bosman pellt zwei Hunderter von seiner Rolle und steckt sie ihm zu. »We stay in touch.«

Er schaut dem Jungen hinterher, der hastig die Treppe runterstolpert, wendet den Kopf und blickt dann über die Skyline der Stadt. Im Norden der Ku'damm. Altbauten, rote Dächer, etwas Grün. Hitze steigt von der Straße hoch und bringt die Luft hier oben zum Vibrieren. Zwei Yucca-Palmen drüben bei der Sitzecke mit dem fetten Webergrill neigen sich leicht im warmen Wind. Schuster kommt zu ihm rüber. Er hat die KTU angerufen und sagt: »In einer halben Stunde sind sie da.«

Sie streifen sich OP-Handschuhe über und fangen an, das Apartment systematisch zu durchsuchen. Schuster oben, Bosman unten. Er geht die Wendeltreppe runter in die Altbauwohnung, die aussieht wie eine schlechte Filmkulisse. Das erste Zimmer, das er von dem langen Flur aus betritt, ist ganz in Grün gehalten. Grüne Wandbespannung, zwei Sessel. In der Mitte ein Doppelbett, an der Decke ein riesiger Spiegel. Das Zimmer am Ende des Flurs ist wohl das rote Zimmer. An der Wand steht ein Andreaskreuz. Rechts davon ein Bock mit Pranger, Hand- und Fußschellen. In einem Glaskabinett daneben stehen ein rundes Dutzend Gerten säuberlich aufgereiht wie Billardstöcke, und Billard wurde hier wohl auch gespielt. Darauf deutet nicht zuletzt eine Kollektion von Peniskäfigen hin, die Bosman in einer Schublade des Schminktischchens im blauen Zimmer findet. In der Schublade darunter liegen Dildos verschiedener Größe für diverse Einsatzgebiete sowie zwei Strapons. Im angrenzenden Bad mit Dusche und Gyn-Stuhl stehen hohe

Schränke mit Bettwäsche, Handtüchern und Bademänteln, die Schubladen voll mit Gels, Kondomen, Hunderterpackungen Sildenafil und allem, was ein *Fuckpad* der gehobenen Klasse eben noch so alles vorrätig haben muss.

Sonst finden sie nichts.

Dann kommt die KTU und legt los. Sie entdecken keine Blutspuren, aber jede Menge DNA, obwohl gründlich sauber gemacht wurde. Das gibt Bosman ein Rätsel auf: Wieso hat Skinny zwei Einschusslöcher im Hinterkopf? Wenn er hier getötet wurde, müssten sie Blutspuren finden. Das Luminol macht sie bläulich sichtbar, auch wenn sie weggewischt wurden. Vielleicht wurde er aber auch in den Tegeler Forst gebracht und dort erschossen. Die Frage ist nur: warum? Oder aber er hat die Party verlassen und wurde von sonst wem aus irgendwelchen anderen Gründen umgebracht.

Hier kommen sie vorerst nicht weiter.

Also fährt Bosman ins Grundbuchamt Charlottenburg, ein wilhelminischer Prachtbau am Amtsgerichtsplatz, um herauszufinden, wem die Wohnung gehört.

Rainer Butt ist sauer.

Der scheiß Rasenmäher springt mal wieder nicht an. Er hat sich schon die Finger an der Startleine wund gerissen, und alles, was Heidi dazu sagte, war: »Der ist wohl abgesoffen.«

Klugscheißen kann er auch selber.

Sie liegt in ihrem Bikini auf der Terrasse unter der gelb-weiß gestreiften Markise und nippt an ihrem Gin Tonic, Sonnenbrille auf der Nase und ihren Kindle in der Hand, während er sich hier abmüht. Er wischt sich den Schweiß von der Stirn und schlappt zur Garage rüber. Die sonnengebräunte Wampe schwabbelt über dem geriffelten Gummi der bunten Bermudashorts. Butt geht an getrimmten Büschen und sorgsam angelegten Rosenrabatten vorbei, die in dieser Affenhitze dauerbesprenkelt werden. Er liebt die scheinbar natürlich gewachsene Ordnung seines Gartens, dem er einen Großteil seiner Zeit widmet. Bei den Pflanzen findet er Ruhe und tiefe Zufriedenheit, wenn alles gut angeht und so wächst, wie er sich das vorgestellt hat. In der Garage kramt er nach dem Kerzenschlüssel und einem Lappen, denn er weiß, dass die Zündkerze nach seinen gefühlten hundertdreißig Startversuchen verölt und möglicherweise verrußt ist und gereinigt werden muss. Als er aus der dämmrigen Garage wieder in das helle Sonnenlicht rauskommt, sieht er einen Mann, der über den Weg um das Haus herum in den Garten tritt. Butt bleibt stehen und sagt: »Hallo?«

Bosman sieht Werkzeug und Lappen in Butts Hand. Er sieht den Rasenmäher mitten im Garten stehen und sagt: »Zündkerze verölt?«

»Ja«, sagt Butt. »Es ist immer derselbe Ärger mit den Dingern. Und wer sind Sie? Wie kommen Sie hier in meinen Garten?«

»Durch das Tor«, sagt Bosman und zückt seinen Ausweis. »LKA Berlin. Sie sind Rainer Butt?«

»Was führt Sie zu mir?«

»Mord«, sagt Bosman. »In Ihrer Wohnung in der Lietzenburger Straße wurde ein Mann getötet.«

Butt starrt ihn an. »*Was?*«

»Letzten Donnerstag. Was war da los?«

»Keine Ahnung, warum sollte ich das wissen?«

»Weil es Ihre Wohnung ist?«

»Ich vermiete Sie nur ab und zu«, sagt Butt, »ansonsten veranstalten wir dort selber Partys.«

»Wir?«

»Meine Frau und ich.«

Butt deutet mit dem Daumen zu Heidi rüber, die ihre Sonnenbrille in die Haare geschoben hat und neugierig rüberlinst.

»Wer hat die Wohnung denn an dem Abend gemietet?«

Butt schiebt die Unterlippe vor und sagt: »Keine Ahnung.«

Tatsächlich erinnert er sich ziemlich genau. Der Kunde hatte zweitausend cash auf den Tisch gelegt und sich selber um das Catering gekümmert. Eine Rechnung gab es selbstverständlich nicht. Butt weiß zwar nicht, was da gelaufen ist, aber er ahnt, dass er angesichts der Schwere des Verbrechens dem Kunden einen Gefallen tun kann, der sicherlich honoriert werden wird.

»Es gibt doch wohl eine Buchungsliste, die Ihrem Gedächtnis ein bisschen auf die Sprünge helfen kann, oder?«, sagt Bosman.

Butt schaut zu seiner Frau rüber, die aufgestanden ist und nun mit misstrauischem Blick auf sie zukommt. »Darf ich fragen, was hier los ist?«

Butt sagt: »Die Bullen wollen die Buchungsliste vom letzten Donnerstag sehen. Da wurde einer, ähm ... offenbar umgebracht.«

»Bei uns?!«

Heidi schaut ihn erschrocken an, und Butt hofft inständig, dass sie die Klappe hält.

»Okay«, sagt er zu Bosman, »um die Wahrheit zu sagen, wir wissen nicht, wer die Spielwohnung gemietet hat. Das ging in bar über den Tresen, ich kannte den Typen nicht, und er hat sich auch nicht groß vorgestellt.«

»Ist das so üblich in Ihrem Geschäft?«

»Viele Kunden legen Wert auf Diskretion«, sagt Butt.

Er hatte dem Araber die Wohnung gezeigt, ein schlanker, gut aussehender Mann, trug einen dunklen, eng geschnittenen Anzug, wie es gerade Mode ist. Er war zufrieden gewesen und hatte ihm die zweitausend gleich dagelassen.

Bosman sagt: »Wie sah er denn aus?«

Butt kratzt sich am Bauch.

»Weiß nicht mehr genau«, sagt er und zuckt mit den Schultern. »Unauffällig. Vielleicht eins siebzig groß, kurze Haare.«

»Deutscher?«

Butt zögert. »Nee, der hat mit irgendeinem Akzent gesprochen, irgendwas Slawisches.«

Bosman schaut ihn an und sagt: »Slawisch, ja?«

Als Bosman gegangen ist, sagt Heidi zu ihrem Mann: »Hast du gewusst, dass da … dass jemand *umgebracht* wurde?«

»Nein.«

Butt schüttelt erst den Kopf und dann eine Kippe aus der Schachtel Marlboro, die auf dem Gartentisch liegt. Das Goldkettchen an seinem Handgelenk blitzt in der Sonne auf, als er sich die Zigarette ansteckt und nachdenklich einen tiefen Zug nimmt.

»Warum hast du ihm nicht gesagt, wer die Wohnung gemietet hat?«

»Weil man diese Leute nicht als Feinde haben will«, sagt Butt.

Er ruft die Nummer an, die der Mann ihm gegeben hat. Der Araber meldet sich, und Butt sagt ihm, dass die Bullen gerade dagewesen sind, wegen der Mordsache in der Nacht, in der er die Wohnung gemietet hat.

»Was wissen sie?«, fragt der Mann.

»Nichts«, sagt Butt. »Ich habe gesagt, dass ich nicht weiß, wer mein Kunde war.«

Und dass er deswegen jetzt vermutlich Ärger kriegen wird, denn er musste angeben, die Miete cash bekommen zu haben, also ohne Rechnung. Und das ist ein Problem wegen des Finanzamts, dem er Einkünfte vorenthalten hat. Er jammert noch eine Weile rum, der Mann hört zu, schweigt einen Moment und sagt dann: »Wie viel wollen Sie haben?«

Das trifft Butt unerwartet, denn er hat nicht damit gerechnet, dass der Araber offenbar bereit ist, ihn für seinen Ärger umstandslos zu entschädigen. Er schaut zu Heidi rüber, die neben ihm steht, und sagt ins Telefon: »Ähm … zehntausend?«

»Okay. Morgen Nachmittag kommt jemand vorbei.«

Er legt auf.

Heidi sieht Butt gespannt an, der etwas perplex auf sein Handy starrt.

»Was hat er gesagt?«

»Dass er zahlt.«

»Einfach so?«

Butt nickt. Er hatte damit gerechnet, dass der Araber zetern und feilschen würde. Er war bereit, bis auf fünftausend runterzugehen. Hat er vielleicht zu wenig aufgerufen? Butt sagt zu seiner Frau: »Er schickt morgen jemanden vorbei.«

Heidi schüttelt den Kopf. »Ich weiß nicht. Was, wenn das rauskommt?«

»Was?«

»Dass wir Schweigegeld bekommen haben. Mensch, Rainer, da ist einer umgebracht worden!«

Auch Butt fühlt ein leichtes Unwohlsein, das ihn anfliegt wie die Spanische Grippe im Herbst. Ärgerlich wischt er seine Bedenken beiseite und sagt: »Wie soll das rauskommen? Meinst du, der belastet sich selber, wenn sie ihn erwischen?«

»Nein, aber uns.«

Bosman ist sich ziemlich sicher, dass Butt ihn angelogen hat. Butt, der Swingerkönig. Er startet sofort eine Googlesuche, als er zurück ins Büro kommt. »Rainer & Heidi« scheinen eine feste Größe in der Szene zu sein, die Wohnung in der Lietzenburger eine beliebte Location, wo die beiden in unregelmäßigen Abständen Mottopartys veranstalten. Am Samstag, so kann Bosman den Ankündigungen der Website entnehmen, soll dort das Stutenreiten Royal stattfinden: *Privates Event mit handverlesenen Teilnehmern. Blindfolded Vollblut-Stuten möchten vorgeführt & stilvoll-zügellos benutzt werden. Die Augenbinde beflügelt Fantasie und Erregung. Der Rittmeister achtet auf die Tabus und gibt den Hengsten sein Okay.*

Dadurch können sich die Stuten völlig fallen lassen, was die Erregung extrem steigert. Aktive Mitspieler in erotischer Atmosphäre mit kulinarischen Extravaganzen sind ein MUSS für unser Stutenreiten.«

Na, das ist doch mal was.

Nur dass Rainer & Heidi jetzt wohl eine neue Location werden finden müssen. Jedenfalls so lange, wie das Siegel des KTU auf der Tür ihres *fuckpads* klebt.

Bosmans Telefon auf dem Schreibtisch klingelt. Es ist Kuscinski aus der Gerichtsmedizin. Sie sind jetzt fertig mit der Obduktion von Skinny. »Dein Mann ist nicht an den Schüssen gestorben«, sagt er. »Sie haben ihm die Kugeln erst post mortem in den Kopf gejagt.«

»Und was war die Todesursache?«

»Ersticken«, sagt Kuscinski. »Vermutlich Atemreduktion während des Geschlechtsaktes.«

Bosman sieht es vor sich, und ihm wird schlecht. Jetzt ist klar, was vorgefallen ist. Um den tödlichen Unfall zu vertuschen, haben sie Skinnys Leiche in den Tegeler Forst gebracht, weg vom Tatort, und ihm da die Kugeln verpasst, um eine falsche Ermittlungsspur zu legen. Die Polizei sollte von einem möglicherweise drogenrelevanten Verbrechen ausgehen, von einem Junkie, der sich mit den falschen Leuten angelegt hat. Aber es muss eine Menge Zeugen geben. Keiner schleppt eine Leiche aus einer Altbauwohnung ohne Tiefgarage runter in einen Wagen, ohne dass jemand das mitkriegt. Zumindest die Teilnehmer der Party wissen Bescheid.

Bosman schaut auf seine Uhr.

Es ist fast sechs. Das war wieder mal ein langer Tag. Für heute hat er die Nase voll. Morgen früh wird er als Erstes zum Bestattungsunternehmen fahren, das im Auftrag des Sozialamts Skinnys letzten Weg organisiert, und für ein würdiges Begräbnis mit einem ordentlichen Sarg und einer würdigen Rede sorgen, wer auch immer die halten wird. Der Pastor? Soll er mit ihm reden, um ihm ein

Bild des Toten zu vermitteln, damit er am Grab dann was zu sagen hat? Aber was soll er schon beitragen – dass Skinny sein Spitzel war und dafür Geld und Heroin von ihm gekriegt hat?

20

Harry hockt auf einem Feldbett und starrt düster die fleckige Wand an. Schimmel kriecht aus dem feuchten Betonboden und klebt grün am bröckelnden Putz. Versorgungsrohre führen das Mauerwerk entlang. Manchmal rauscht es in ihnen, vermutlich, wenn oben einer die Toilette spült. Vor das Kellerfenster haben sie eine dicke Matratze gestellt, damit keiner hört, wenn er schreit. Dafür kommt aber auch von draußen nichts rein, was eventuell Aufschluss über den Ort geben könnte. Verkehrslärm, eine Eisenbahnbrücke oder eben auch nur Stille, was dann heißen würde, dass er nicht mehr in der Stadt ist.

Harry schaut rüber zur Kellertür aus Stahl. Auf Bauchhöhe haben sie ein Loch reingebohrt, wohl um ihn im Auge zu behalten. Er ist nicht gefesselt, sondern kann sich hier auf seinen geschätzten fünfzehn Quadratmetern frei bewegen, wobei *frei* natürlich relativ ist. Er kann sogar das Licht ein- und ausschalten, wenn er will.

Jetzt ist es an.

Ihm hämmert der Schädel, seine Nase ist dick angeschwollen, und Harry glaubt, dass sie gebrochen ist. Er hat mächtig Kohldampf, und es stinkt aus dem Pisseimer, in den er vorhin reingemacht hat. Was sind das für Punks, die ihn so behandeln? Es können nur Tariks Leute sein. Er war noch ziemlich ausgeknockt, als sie ihn hier reinschleppten, und er hat ihre Gesichter nicht erkannt, weil sie Skimasken trugen, zwei Typen. Ein kleiner Dicker und ein Kräftiger, auf dessen Unterarm er ein Runen-Tattoo erspähte. Sie sagten kein Wort zu ihm. Und jetzt sitzt er hier schon ... wie lange? Seine Rolex haben sie ihm abgenommen, und das Handy natürlich auch. Er hat jedes Zeitgefühl verloren, seit er auf dem Feldbett aufgewacht ist und neben sich eine Flasche Wasser und eine Augenbinde gefunden hat. Wie lange hatte er geschlafen? Keine Ahnung, doch so, wie er sich fühlt, kann das nicht lange gewesen sein.

Harry hört Schritte, die vor der Tür stoppen. Er weiß, sie beobachten ihn jetzt wieder durch das verdammte Bohrloch, wie ein Tier in einem Käfig. Er ist ihren obszönen Blicken schutzlos ausgeliefert. Hilflose Wut kocht in ihm hoch.

»Hey«, sagt er. »Sagt Tarik, dass ich seine scheiß Kohle habe.«

Stille.

»Hört ihr nicht, ihr verdammten Arschlöcher?!«

Als würde er mit den Wänden sprechen.

Harry springt auf und tritt gegen die Tür. »Scheiße! Lasst mich hier raus! Ich will hier raus, ihr Drecksäcke, holt Tarik her. Ich will mit Tarik reden!«

Er trommelt wütend mit den Fäusten gegen den kalten Stahl, dann sackt er in sich zusammen wie die Erektion eines alten Mannes.

Luis hat genug gesehen.

Er steigt die enge Kellertreppe hoch und verschließt die Tür hinter sich. Harry sitzt da jetzt seit vierundzwanzig Stunden ohne etwas zu essen, ohne Tag-und-Nacht-Rhythmus und ohne mit irgendwem geredet zu haben. Dafür hat er eine zertrümmerte Nase. Das macht einen mürbe. Luis holt sich in der Küche ein Bier aus dem Kühlschrank, während er zum wiederholten Mal das

Kopfkino einschaltet und denselben Film sieht: *Die Entführung des Harry Schumann.* Im Grunde war es ein Desaster, und sie haben einfach nur Schwein gehabt, da unbeschadet wieder rausgekommen zu sein. Die Komplexität der neuen Lage hatte ihn komplett überfordert.

Uwe nicht.

Und das ist ein Problem. Luis muss zugeben, dass sie ohne Uwes beherztes Eingreifen jetzt nicht eine Geisel da unten im Keller hätten, die bald eine süße Million auf das Nummernkonto bei der Cargo Direct in Liechtenstein überweisen wird. Und Uwe weiß das natürlich auch. Als Luis sie gestern Abend zum Wachehalten einteilen wollte, um Harry und die Umgebung des Hauses im Auge zu behalten, hat Uwe sein Feierabendbier geleert und gesagt: »Vergiss es, Alter. Wie soll der da rauskommen? Mit einem Löffel 'nen Gang in die Mauer kratzen wie der Graf von Monte Christo? Kann er gerne mit anfangen, ich fahr zu meiner Süßen. Wir sehen uns morgen früh.«

Dann ging er, stieg in Luis' Daimler und fuhr nach Hause.

Luis und Bobo blieben etwas ratlos zurück. Dann sagte Bobo: »Okay, also, ich hab auch noch was zu tun. *See ya tomorrow, bro.*«

Er hielt ihm seine Hand für einen High five hin. Luis glaubte es nicht. »Was, du willst auch gehen? *Cabrón*, soll ich hier den ganzen Scheiß alleine machen?«

»Ist doch nichts zu tun, und du wohnst doch hier.«

»Nichts zu tun? *Mira* ... da unten hockt eine Million im Keller! Und du sagst, es ist nichts zu tun?«

»Luis«, sagte Bobo, »die Million läuft schon nicht weg. Das war ein echt stressiger Tag. Ich geh pennen. Wir sehen uns morgen früh.«

Er sah Luis langes Gesicht.

»Hey, wenn du willst, bringe ich dir Croissants mit.«

Am Arsch mit deinen Croissants!

Als Bobo weg war, stand Luis etwas verloren im Wohnzimmer des geräumigen Einfamilienhauses aus den Sechzigerjahren. Fliesenboden, Schrankwand und eine grüne Sitzgarnitur, die mit Chips vollgekrümelt war. Auf dem Sofatisch eine Batterie leerer Bierflaschen, Pizzaschachteln, Flecken auf dem Perserteppich und ein Aschenbecher voller Kippen. Sie waren gerade mal einen Tag hier, und schon war die Bude vollgemüllt. Das würde Familie Trautwein nicht gefallen, die derzeit in Kapstadt weilt und ihr Eigenheim einer Agentur für Housesitting angeboten hat, um Dieben den Eindruck zu vermitteln, die Immobilie sei bewohnt. Linda von der Agentur hatte Luis eingeschärft, nichts anzufassen und seinen Wohnradius im Wesentlichen auf das Gästezimmer zu beschränken. Die Trautweins sind da sehr penibel, hatte sie gesagt, weswegen sie auch nicht in Erwägung gezogen hatten, ihr Haus über Airbnb zu vermieten. *Madre mia,* dachte Luis, *wenn die wüssten, was hier los ist.* Er würde wohl einen professionellen Tatortreiniger durch die Hütte schicken müssen, bevor er die Zelte hier abbrach.

Heute Morgen ist Bobo dann so gegen zehn aufgetaucht, mit einer Tüte Schrippen und Croissants im Arm. Uwe kam um zwölf, machte sich sein erstes Bier auf, steckte sich eine Kippe an und ging raus an den Pool, wo er jetzt immer noch sitzt, auf der blauweiß gestreiften IKEA-Liege, neben Bobo unter dem runden Sonnenschirm. Luis sieht die Kühlbox, neben der einige leere Flaschen stehen.

Mann, um diese Uhrzeit!

Bobo schaut zu Luis rüber und sagt: »Wie lange sollen wir Harry da unten schmoren lassen?«

»Er steckt noch voll in Phase eins«, sagt Luis. »Auflehnung und Wut. Er glaubt, dass die Araber ihn entführt haben, denen er Geld schuldet. Was super ist. Wenn wir Harry dann freilassen, wird er genau das den Bullen erzählen, und wir sind aus dem Schneider.«

»Was kommt nach Phase eins?«, fragt Bobo.

»Phase zwei. Resignation, und dann Verzweiflung.«

Uwe dreht sich in seinem Liegestuhl zu Luis um und sagt: »Das ist ja alles gut und schön, Alter, aber wie lange sollen wir hier noch rumhängen, bis Harry seine Kohle überweist?«

»Bis zur Verzweiflung, *hermano*, Phase drei«, sagt Luis. »Ich denke mal, in vier oder fünf Tagen ist er so weit, dass er *alles* unterschreibt.«

»Ich kannte mal einen Mann in Äthiopien«, sagt Bobo, »der hat drei Tage lang neben seinem sterbenden Kamel gehockt, das sich ein Bein gebrochen hatte. Mitten in der Wüste, nichts zu essen, nichts zu trinken.«

»Wieso geht der Honk ohne Proviant mit seinem scheiß Kamel in die Wüste?«, sagt Uwe.

»Er dachte, er würde abends in der Oase ankommen. Doch dann ist das Kamel in ein Bodenloch gelatscht und hat sich ein Bein gebrochen. Am zweiten Tag kam dann ein Auto vorbei, und die Leute wollten ihn mitnehmen, aber der Typ hat abgelehnt, obwohl er schon fast verhungert und verdurstet war.«

»Spacko«, sagt Uwe.

Bobo trinkt einen Schluck Bier und sagt: »Das Kamel war alles, was er besaß.«

Luis versteht, was Bobo da auf Afrikanisch sagen will. »Du meinst, wir kriegen Harry nicht weichgekocht?«

»Eine Million ist eine Menge Holz.«

»*Oie, cabrón*«, sagt Luis, »das ist alles nur eine Frage der Zeit. Wenn du dich entscheiden musst, Geld oder Leben, dann entscheidest du dich für das Leben, oder?«

Uwe schaut Bobo an und sagt: »Der Typ hat also drei Tage neben seinem Kamel gesessen. Und dann?«

»Als ein anderes Auto später an der Stelle vorbeikam, waren beide tot.«

»Der Typ und das Kamel.«

»Ja.«

»Wie bescheuert kann man sein?«, sagt Uwe. »Kein Wunder, dass die verdammten Sandneger da unten nichts auf die Reihe kriegen.«

Er setzt das Bier an, leert den Rest und angelt nach einer neuen Flasche.

Bobo sagt: »Sandneger?«

»Sorry«, erwidert Uwe, »dich meine ich nicht. Du bist ja hier.«

Luis checkt die Uhrzeit auf seinem Handy: kurz vor zwei. In einer Stunde ist er mit Helen im Café M in der Goltzstraße verabredet, gleich um die Ecke von ihrer Agentur. Das M ist ihr Lieblingscafé, wohl aus sentimentalen Gründen, die bis in die Zeiten zurückreichen, in denen dort nach Mitternacht die Transen von der Potsdamer Straße hereinkamen und allerlei dunkel gekleidete Künstler qualmend am Tresen hingen – lange bevor die Touristen einfielen und der Laden auf einmal im *Planet Earth* stand.

»*Oie*«, sagt Luis, »ich muss noch mal los. Wir sehen uns später.«

Als er gegangen ist, dreht Uwe den Kopf zu Bobo und sagt: »Bobo, ich glaube, wir beide müssen mal reden.«

Luis findet noch einen freien Tisch auf dem kippeligen Bordstein vor dem Café M. Von drinnen dringt ein Rumba von Carmen Miranda nach draußen. Links von Luis sitzt ein junges Paar aus Amerika, das sich über eine Stadtkarte beugt, am Tisch neben ihm ein Stammi mit traurigem Gesicht und gelb gerauchten Zähnen, der die Welt nicht mehr versteht.

Luis bestellt einen doppelten Espresso plus Grappa und lehnt sich zurück. Er kann nicht behaupten, dass es gut läuft. Die Fakten liegen klar auf dem Tisch. Den Start versemmelt, die Autorität verspielt. Uwe wird aufmüpfig. Und eine Sache hatte Luis nicht bedacht: Eigentlich brauchte er die beiden Punks nur für die

Entführung. Jetzt sind sie eher hinderlich. Hängen den ganzen Tag in Trautweins Haus am Pool rum und haben nichts zu tun. Zeit genug, um auf dumme Gedanken zu kommen, und welche Richtung die Gedanken nehmen werden, ist nicht schwer zu erraten. Er hätte sie alleine für die Aktion anheuern und gleich nach Lieferung von Harry bezahlen müssen. Jeder wäre seiner Wege gegangen und Feierabend.

Andererseits, womit hätte er sie bezahlen sollen? Luis ist völlig abgebrannt und kann erst dann was verteilen, wenn Harry überwiesen hat. Solange wird er die beiden am Hacken haben. Und was tun sie für ihr Geld? Nichts. Nachts ist er mit Harry alleine, und es *spookt* ihn ganz schön, den Mann der Frau, die er vögelt, mit seiner gebrochenen Nase da unten im Keller zu wissen. Luis kann schon gar nicht mehr richtig schlafen, weil jedes Geräusch ihn aufweckt und er sich die bange Frage stellt, ob es Harry nicht vielleicht *doch* gelungen sein könnte, sich zu befreien. Mehr als einmal ist er runter in den düsteren Keller gestiegen und hat durch das Bohrloch geschielt: Da lag der alte Sack und schnarchte wie ein Raubritter, während er da oben kein Auge zukriegte.

Er entdeckt Helen zwischen all den Passanten auf der gegenüberliegenden Straßenseite. Sie schaut nach links und rechts, lässt ein paar Autos vorbei und kommt dann über die Straße auf ihn zu. Sie trägt ein luftiges Sommerkleid, Sonnenbrille hoch in das kastanienbraune Haar geschoben, blitzende veilchenblaue Augen. Keine Frage, eine ausgesprochen attraktive Frau. Luis fühlt sich ein wenig mies, sie so zu hintergehen. Aber das hätte er sich vorher überlegen müssen.

»*Hola guapa*«, sagt er mit seinem Rudolph-Valentino-Lächeln. »Toll siehst du aus.«

Er steht auf, Küsschen links und rechts.

Helen lacht und gibt das Kompliment zurück, während sie sich hinsetzt und ihre Handtasche auf einen leeren Stuhl stellt.

»Wie war dein Meeting?«

»Super«, sagt Helen, was aber nicht ganz stimmt.

Ihre Agentin Susi Meyer hat ihr ein Drehbuch rübergeschoben und gesagt: »Pass auf, Schätzchen, Amalfi-Film hat dich angefragt. Den Grimme-Preis kriegst du dafür nicht, aber es ist immerhin ein Anfang.«

Helen blätterte gleich neugierig in dem Skript. Auf der Deckseite stand: *Der Angstmörder vom Ammersee*. Ihre Szenen waren mit gelbem Filzstift markiert, viele waren es nicht. In der Figurenbibel las sie etwas von einer »heruntergekommenen Frau«, die so was wie ein Sozialfall zu sein schien.

»Kurt Wagner macht Regie«, sagte Susi.

»Dieses Arschloch?«

Das letzte Mal hatten sie vor sieben Jahren zusammengearbeitet, und das war auch das allerletzte Mal gewesen, das hatte Helen sich damals geschworen. Susi steckte sich eine Kippe an und wedelte den Rauch mit ihrer faltigen Hand weg. »Freitag ist Casting. Überleg's dir.«

Im Grunde gab es da nicht zu viel zu überlegen. Wer keine Optionen hat, muss das nehmen, was ihm vor die Füße fällt. Helen seufzte und packte das Skript in ihre Handtasche.

Jetzt hält sie ihren grünen Tee in beiden Händen, stützt sich mit den Ellbogen auf die Tischplatte und schaut Luis an. »Was soll ich tun?«

»*Mira*«, sagt Luis, »du bist eine großartige Frau und eine wunderbare Schauspielerin. Du gehst da Freitag hin, du spielst die Konkurrenz an die Wand, und du wirst die Rolle bekommen, das spüre ich ganz genau hier im Herzen.«

Er legt seine rechte Hand aufs Herz, und Helen muss lachen. »Du bist süß, Luigino, aber entweder hast du keine Ahnung, oder du bist ein ganz gerissener Lügner.«

Luis grinst.

»By the way, wie geht's Harry? Ist er gut auf den Bermudas angekommen?«

»Ich weiß es nicht.«

Luis setzt eine fragende Miene auf. Helen lehnt sich in ihrem Stuhl zurück und sagt: »So langsam fange ich an, mir Sorgen zu machen. Ich weiß nicht, wie oft ich versucht habe, ihn anzurufen, aber es heißt immer nur, der Gesprächsteilnehmer ist vorübergehend nicht erreichbar.«

»Das muss nicht viel bedeuten«, sagt Luis. »Seit dem letzten Hurrikan ist die Infrastruktur da drüben in der Karibik ziemlich im Arsch, ständig reißt das Internet ab, Funklöcher, der ganze Scheiß.«

Helen schaut ihn zweifelnd an. »Meinst du?«

»Gib ihm ein paar Tage. Wahrscheinlich liegt er am Strand unter rauschenden Palmen und genießt seinen Martini.«

»Lieb, dass du versuchst, meine Sorgen zu zerstreuen, Luigino. Aber wenn er sich bis morgen nicht gemeldet hat, gehe ich zur Polizei.«

Das mit dem *Luigino* ist neu, und Luis ist sich nicht sicher, ober er das gut finden soll.

»Ähm, *mira* …«, sagt er. »Ich würde noch ein bisschen warten mit der Polizei. Es ist gerade mal ein Tag vergangen.«

Helen sieht nicht überzeugt aus. »Er musste abhauen, weil die verdammte Mafia hinter ihm her ist. Die haben ihm in die Beine gestochen. Stell dir vor, wenn sie Harry jetzt gekidnappt haben?«

»Dann hätten die sich längst bei dir gemeldet mit einer Lösegeldforderung oder einem abgeschnittenen Ohr, oder …«

Er hält inne, als er Helens entsetztes Gesicht sieht.

»Ich meine, hey … das war ein dummer Witz, sorry. Es ist ja noch gar nichts passiert.«

Helen schweigt einen Moment. Luis bereut seine vorlaute Klappe. Er nimmt Helens Hände, schaut ihr in die Augen und sagt: »Ich bin sicher, Harry meldet sich bei dir.«

Als er eine Dreiviertelstunde später zurück nach Britz kommt und das Gartentor von Trautweins Haus aufschließt, schallt ihm gedämpfte arabische Musik entgegen.

Was ist denn hier los?

Luis eilt besorgt um das Haus herum in den Garten, doch die beiden Liegestühle am Pool sind verwaist. Die Terrassentür steht offen. Haschischduft wabert ihm entgegen. Drinnen liegt Bobo auf dem Sofa und saugt an seiner blubbernden Huka, überall fette Rauchschwaden. Von unten aus dem Keller jault die arabische Musik nach oben.

»Alter«, sagt Luis, »was geht denn hier?«

»Setz dich«, sagt Bobo und rutscht auf dem Sofa ein bisschen zur Seite, sodass die Chips unter seinem Arsch in kleine Brösel zerfallen.

»Wo ist Uwe?«

»Bei der Geisel.«

»Was …?«

»Hey, chill dich, Mann. Alles groovy«, sagt Bobo, und Luis würde ihm am liebsten die scheiß Huka aus den Flossen hauen. Er stürmt die Kellertreppe runter und glaubt es nicht: Uwe sitzt auf einem Stuhl am Ende des Gangs, Pulle Bier in der Hand, schwer angesoffen. Auf den Knien balanciert er Trautweins Laptop. Aus den angeschlossenen Teufel-Speakern, die auf dem Boden stehen, plärrt die Musik. Er browst auf Spotify durch Playlisten und sieht zufrieden aus.

»Was machst du denn da? *Cabrón, la puta madre*, bist du wahnsinnig?«

Uwe dreht sich zu ihm um und grinst wie jemand, der glaubt, eine ziemlich gute Idee zu haben. Er steht auf und zeigt nach oben. Sie gehen die Kellertreppe rauf, während die Musik unten weiterjault wie ein Muezzin im Jemen. Uwe verschließt die Tür und dreht sich zu Luis um, der ihn anstarrt wie einen Alien.

»Wenn wir ihm die Kanakenmucke vorspielen«, sagt Uwe, »ist er sicher, dass der Araber ihn entführt hat. Weil sonst keine Sau den Scheiß hier hört, *comprende compadre*?«

Luis ist sprachlos.

Er folgt Uwe in das Wohnzimmer, wo Bobo stoned auf dem Sofa hängt und mit geröteten Augen vor sich hinstarrt. Luis hat Mühe, jetzt nicht auszurasten. Dass Bobo und der Nazi nicht erste Wahl für eine delikate Operation wie diese hier sind, das ist ihm schon längst klar geworden. Doch das Ausmaß ihrer Ignoranz hat er nicht vorhersehen können – oder vielleicht doch?

Er holt tief Luft und sagt: »*Hombres*, während ihr euch hier die Birne wegballert, haben wir ein scheiß Problem. Helen will zur Polizei, wenn sie nichts von Harry hört.«

Bobo linst zu ihm rüber und sagt: »What …?«

Uwe kratzt sich am Sack. »Hier finden sie ihn eh nicht, weil sie bei den Kanaken suchen werden.«

Luis schüttelt resigniert den Kopf. »*Oie, cabrón*, wir wollen keine Bullen, *entiende*? Weißt du, ob die vielleicht irgendwas am Flughafen auf den Kameras haben? Oder Leute, die gesehen haben, wie ihr Harry da im Rollstuhl rausgeschoben habt?«

Er geht rüber in das Gästezimmer und wühlt in seinem Tagesrucksack, bis er gefunden hat, was er sucht. Er zieht das Handy raus und drückt auf die Knöpfe.

Tot.

Klar, er hat es ja auch ausgeschaltet.

Harry liegt auf seinem Feldbett und versucht sich zu entspannen, was mit platt gehauener Nase, pochenden Stichwunden in den Beinen und rasendem Hunger nicht ganz einfach ist. Sein Mund ist trocken wie ein zugeschütteter Sahara-Brunnen, die Zunge klebt am Gaumen, sein Atem stinkt nach Magensäure, die arbeitslos im Bauch grummelt. Jetzt nur nicht an Lammschulter in

Thymiansoße, frisches Saisongemüse und Semmelknödel denken. Dazu ein schwerer Barolo mit seinem Duft nach reifen Beeren, Muskat und einem Hauch Vanille.

Als es an der Stahltür klopft.

Harry schreckt hoch und hört, wie einer der Punks draußen sagt: »Setz dir deine Augenbinde auf und knie dich auf den Boden, die Hände hinter dem Kopf.«

Es fährt Harry kalt in die Glieder. Wollen sie ihn exekutieren? In der klassischen Mullah-Pose, die das Opfer noch mal so richtig schön in den Staub tritt? Das können nur Tariks Leute sein, immerhin hat er vorhin die ganze Zeit diese arabische Musik gehört.

Verdammte Arschlöcher.

»Okay«, ruft Harry. »Okay ... verstanden.«

Er fingert bebend nach der Augenbinde, die auf dem Bett liegt, setzt sie auf und knotet hinten die Bänder zu. Er hat das schon mal gemacht, mit Pam, aber das war was anderes. Jetzt ist es stockdunkel, nur unten am Rand der Binde kann er einen schmalen hellen Streifen sehen. Er lässt sich vom Bett runter auf die Knie fallen, rutscht ein bisschen vor und verschränkt seine Hände hinter dem Kopf.

»Fertig.«

Er hört, wie die schwere Stahltür geöffnet wird. Er versucht die Schritte zu unterscheiden. Ist das einer, oder sind es zwei? Er hört, wie der Hahn einer Pistole gespannt wird, und zuckt zurück, als er die kalte Mündung an seiner Schläfe spürt. »Nein, hey, lasst das, ich will mit Tarik reden.«

»Du wirst mit deiner Frau reden.«

»Was ...?«

»Du wirst sie anrufen und sagen, dass alles okay ist. Dass du auf den Bermudas chillst, wo das Netz ständig zusammenbricht, hast du verstanden?«

Harry stutzt.

Woher weiß der Kerl, dass er auf die Bermudas wollte? Und wo hat er die Stimme schon mal gehört? Das ist kein Araber, das klingt wie ein Spanier oder Italiener. Und warum wollen sie, dass er Helen sagt, es ginge ihm gut, wenn es doch um die 200 000 geht?

»Wie ist deine PIN?«

»Ähm … 4645.«

Harry hört, wie der Mann auf einem Handy tippt. Der Lauf der Pistole ist noch immer fest an seine Schläfe gepresst. Harry hört den Wählton. Der Mann hält ihm das Telefon ans Ohr und flüstert: »Und glaub bloß nicht, dass ich nicht abdrücke, wenn du Scheiße laberst, hast du das verstanden?«

Harry nickt.

Er riecht den Schweiß des Mannes durch dessen Patschuli-Deo, als Helen abnimmt und ruft: »Harry?«

»Ja, ähm, hallo Schatz. Tut mir leid, aber weißt du, das Funknetz hier ist nicht sonderlich stabil. Wie, ähm … wie geht es dir?«

»Wie geht es *dir*? Ich hab mir solche Sorgen gemacht!«

»Das tut mir leid«, sagt Harry, »wirklich. Es ist schön hier, schönes Hotel, alles, ähm … alles super.«

»Wo bist du gerade?«

»Ich … ich sitze hier in der Lobby.«

Ein Moment Stille in der Leitung. »Harry, ist alles okay mit dir?«

»Ja ja, bestens. Ich … ich vermisse dich.«

Und Harry meint das ernst, zumindest in diesem Moment, in dem er sich so kläglich fühlt wie wohl noch nie in seinem ganzen Leben, auf den Knien im Dreck, Augen verbunden, Knarre am Kopf.

»Ich dich auch«, sagt Helen, und Harry schluckt. Der Druck des Laufs auf seine Schläfe wird erhöht.

»Du, ich muss jetzt aufhören. Ich verstehe dich ganz schlecht … Ich melde mich wieder, ciao … ciao, ciao.«

Er haucht noch ein Küsschen hinterher.

»Gut gemacht«, sagt der Punk. Der Lauf der Pistole wird zurückgezogen. Harry hört, wie er das Handy einsteckt und sich zum Gehen wendet.

»Hey! Hey … warte. Rede mit mir. Was wollt ihr? WAS WOLLT IHR?«

Rums, die Tür fällt zu, Harry reißt sich die Augenbinde ab, wirft sie in die Ecke und fängt an zu heulen.

21

Bosman war sechzehn Jahre alt, als er sein erstes Auto knackte. Es war ein schickes BMW Coupé und gehörte den falschen Leuten. Damals hatte er nach der Schule bei Laszlo auf dem Schrottplatz gejobbt, um sich ein paar Dollar dazuzuverdienen, man hatte ja seine Ausgaben. Kippen, Bölkstoff und die Peepshow am Bahnhof Zoo. Da gingen Bosman und sein Kumpel Holgi mindestens dreimal die Woche hin und gafften durch die Sehschlitze, eine Handvoll Markstücke auf der Ablage mit den Kleenextüchern. Mit zitternden Fingern wurden die Münzen in den Slot unter dem Fensterchen geschoben wie in einer Telefonzelle, damit die Klappe ja nicht runterfällt, gerade jetzt, wo die Lady ihre Schenkel spreizt und ihre rosige Muschi fingert – damals übrigens noch nicht rasiert.

Geil.

Sie spritzten in die Kleenextücher, wobei immer was danebenging, trafen sich am Eingang und marschierten dann rüber zur Currybude, wo Holgi eines Tages sagte: »Lass mal 'ne Karre knacken.«

Die Idee gefiel Bosman.

Er übte ein paarmal auf dem Schrottplatz, bis er den Kniff raushatte. Damals ging das noch einfach. Da musste man nur die

Fahrerscheibe oben ein Stückchen reindrücken und runterziehen, bis man seinen Draht mit dem Haken unten über dem Sicherungsknopf des Türschlosses hatte und ihn einfach hochzog. *Klack*, das Schloss sprang auf, rein in die Karre, unter dem Lenker die Kabel raus und ... ab ging die Post. Mit dem blauen BMW Sportcoupé, das in der Adalbertstraße stand. Sie cruisten mit aufgedrehter Mucke von Prince und George Michael den hell erleuchteten Ku'damm ein paarmal rauf und runter, hupten ein paar Mädels an und gossen sich den Racke Rauchzart rein, den Holgi bei Edeka unter seinem NATO-Parker hatte mitgehen lassen.

Das war ein Fehler.

Als sie über die A100 zurück nach Kreuzberg düsten, war die Ausfahrt Tempelhof in dem Nebel schon nicht mehr so richtig zu erkennen. Bosman bremste viel zu spät, die Karre fing an zu schlingern, und er touchierte mit der Fahrerseite die Leitplanke. Funken stoben auf wie ein funkelnder Kometenschweif, ein schrilles Scheuern von Blech an Blech. Bosman kurbelte panisch am Lenkrad und kriegte das Coupé schließlich wieder zurück auf Spur.

Holgi wollte nach dem Schreck noch in die Ruine.

Also kurvten sie durch die Stadt zurück zum Winterfeldtplatz und parkten die lädierte Luxuskarosse vor einem finsteren Schuppen in einer Bauruine aus dem Zweiten Weltkrieg, da wo heute ein Kinderspielplatz hinter der Spreewaldgrundschule liegt. In der Ruine konnte man Blixa Bargeld treffen und Nick Cave, man poppte Pillen und soff Wodka aus Wassergläsern. Manche fickten im Stehen oder taten zumindest so, wenn sie in dem völlig verqualmten Raum zu Post-Punk tanzten, während die Discokugel unter der Decke irre Blitze über die bleichen, schweißnassen Gesichter schoss.

Dumm nur, dass das Coupé einem lokalen Dealer gehörte, der Amir hieß und ein Kickbox-Studio am Nollendorfplatz hatte. Und noch dümmer, dass ein Kumpel von Amir gesehen hatte, wie

Bosman und Holgi an den zerbeulten Kotflügel pinkelten und dabei mit ihrer Hüfte vor und zurück stießen, als würden sie es der Karre besorgen, während sie sich halb totlachten.

Als Bosman am nächsten Tag mit hundert atü in der Birne und einem leer gekotzten Magen aus der Schule kam und sich von seinen Buddys verabschiedete, sah er gegenüber dem Eingang ein paar Typen stehen, die er nicht kannte, von denen er aber instinktiv wusste, dass sie seinetwegen da waren. Der Typ ganz vorne war Anfang zwanzig, lange Lederjacke mit gefütterten Schultern, Koteletten und das schwarze Haar nach hinten gegelt. Neben ihm der Türke, der gesehen hatte, wie sie Amirs Coupé angepinkelt hatten, und dann noch einer, jünger, etwa so alt wie Bosman selber.

»Hey, du da«, sagte Amir. »Du Pisser.«

Bosman sackte der Magen eine Etage tiefer. Er drehte sich um und gab Gummi, die alkoholinduzierte Mattigkeit war auf einen Schlag behoben. Er spurtete quer über den Schulhof, sprang in den Gitterzaun an der Rückseite, hangelte sich rauf und ließ sich auf der anderen Seite auf den Bordstein fallen. Sein rechtes Knie sendete ihm Dauerfeuer das Rückgrat hoch, und er dachte, so würde er es nicht schaffen. Hinter ihm klirrte der Zaun, seine Verfolger kletterten rüber. Bosman rappelte sich auf. Er spurtete in die gegenüberliegende Toreinfahrt, warf das schwere Hoftor hinter sich zu und knallte den Riegel vor. Draußen wütendes Geschrei. Fäuste und Tritte donnerten in dem Gewölbe wider, das in den Hinterhof führte. Bosman hatte keine Ahnung, ob er seine Verfolger los war oder in der Falle saß. Er humpelte in den Hof, schaute sich unschlüssig um und sah die gegenüberliegende Torausfahrt, in der jetzt der Junge auftauchte, der etwa so alt war wie er selber.

Es war Erol.

Er kam auf Bosman zu, blieb ein paar Schritte vor ihm stehen und sagte: »Hau ab, sie sind gleich da.«

Bosman hörte wütende Rufe, die rasch näher kamen. Er schaute sich mit pumpendem Herzen um und hastete dann einen Kellergang runter. Die Tür war verschlossen, und er drückte sich eng an die Mauer. Oben kamen Amir und der andere Typ in den Hof. Bosman hörte, wie sie mit Erol redeten, dann entfernten sich die Schritte. Eine Weile traute er sich nicht, den Kopf aus dem Kellergang rauszustrecken, doch dann fasste er sich ein Herz.

Sie waren verschwunden.

Holgi hatten sie am Nachmittag erwischt, übel zusammengeschlagen, und dann hatte Amir ihn angepisst, aber das war ja klar gewesen. Ein paar Tage später stieß Bosman beim Döner zufällig auf Erol. Er blieb einen Moment verdutzt stehen, dann sagte er: »Warum hast du mir den Arsch gerettet?«

»Wäre doch schade drum, oder?« Erol grinste und biss in sein Köftebrot.

»Bist du schwul?«

»Bist du bescheuert oder was? Seh ich aus wie 'n Schwuler?«

»Warum dann?«

Erol zog geräuschvoll Luft die Nase hoch und schaute an Bosman vorbei auf die Straße. »Ich hatte keinen Bock auf den Scheiß.«

Als sie sich das nächste Mal trafen, sagte Erol, dass er mit Amir geredet hatte. Bosman könne den Schaden wiedergutmachen.

Und so fing Bosmans Karriere als Dealer an.

Er brauchte ein halbes Jahr, bis er so viel Dope in der Schule verkauft hatte, dass er mit Amir quitt war. Fünftausend Mark für einen scheiß Kotflügel und eine neue Tür, voll die Abzocke! Doch als er seine Schulden zurückgezahlt hatte, hörte er nicht auf. Er und Erol hatten einen Abschnitt um die Rütli-Schule herum und immer einen Packen Scheine in der Tasche. Die Ladys wollten *Der weiße Hai* in 3-D sehen? Fünfzehn Mark pro Nase plus Coke und Popcorn und dann noch ins Far Out, die Baghwan-Disse an der Schaubühne zum Abtanzen? Kein Problem. Zweimal waren sie im

Puff, aber es hatte Bosman nicht gefallen. Er merkte, dass er selber keinen Bock hatte, wenn die Frau nur so tat.

Eines Tages kam Erol auf die Idee, nachts in einen Kiosk einzusteigen, um den Tabak- und Schnapsvorrat aufzustocken. Die Sache ging schief, als die Alarmanlage losplärrte und zufällig eine Polizeistreife vorbeifuhr. Sie verbrachten die ganze Nacht in der Zelle und kriegten eine Anzeige wegen schweren Einbruchs und Drogenbesitzes, als die Bullen Knösel in ihren Hosentaschen fanden.

Bosmans Großmutter war wütend. Sie schlug ihm links und rechts ins Gesicht und sagte: »Das hätte ich nicht von dir gedacht.«

Die Ohrfeigen saßen, aber schwerer als der brennende Schmerz wog die Scham, die Frau enttäuscht zu haben, der er alles verdankte. Die ihn aufgenommen hatte, weil seine Eltern ihr eigenes Leben nicht auf die Reihe kriegten, die sich mit ihm hingesetzt und Hausaufgaben gemacht hatte, die immer für ihn da war.

»Pass auf, Freundchen«, sagte sie. »Du hast noch eine einzige Chance. Wenn so etwas wieder passiert, dann werfe ich dich raus. Hast du mich verstanden?«

»Ja«, sagte Bosman leise und starrte auf seine Fußspitzen.

»Du kannst dich entscheiden, was aus deinem Leben zu machen, oder du kannst es wegschmeißen. Du hast die Wahl.«

Bosman kam in dem Prozess mit einem blauen Auge davon. Erst später erfuhr er, dass seine Großmutter beim zuständigen Jugendrichter gewesen war und ihn bekniet hatte. »Mit einer Vorstrafe«, hatte sie zu ihm gesagt, »hat der Junge keine faire Chance mehr im Leben.«

Er kam darum herum, Erol kriegte ein Jahr auf Bewährung und einen Eintrag ins Vorstrafenregister. Es war sein erster. Er hatte keine Großmutter, die für ihn die Kohlen aus dem Feuer holte. Er hatte eine Großmutter, die den ganzen Tag zu Hause hockte, kochte, strickte und ihrem Mann die Füße küsste.

Und trotzdem hat er die Kurve gekriegt, denkt Bosman. Jetzt gehört ihm der Adana Grill, er läuft durch den Kiez und versucht die Kids davon abzuhalten, auf die schiefe Bahn zu geraten. Ihm hören sie zu, denn er hat eine Weile das Leben geführt, das sie anstreben: ohne Mühe und ohne Arbeit an möglichst viel Kohle kommen, geile Karren fahren und geile Bräute ficken. Und vor allem: respektiert werden. Wobei in dieser Welt das eine das andere bedingt. Dass Respekt nichts damit zu tun hat, wer die dickeren Nüsse in seiner Hosentasche spazieren führt, muss man den Jungs immer wieder neu erklären. Und dass es Alternativen gibt.

»Nur wer Alternativen hat, ist frei und kann sein Leben gestalten«, sagt Erol zu den Jungs. »Aber dafür muss man was tun, versteht ihr? Die kriegt man nicht geschenkt, und wenn ihr immer wieder dieselbe Scheiße baut, weil ihr zu dämlich seid und zu faul, dann landet ihr alle irgendwann im Knast, und ich schwör's euch, ich hab da lange genug gesessen, um zu wissen, das ist überhaupt nicht cool.«

Klar, sagen dann die Jungs, geloben kleinlaut Besserung und machen da weiter, wo sie aufgehört haben. Ein paar von ihnen hören aber genauer hin, und einer von denen, Malik Abbas, war vorhin zu Erol gekommen und hatte ihm erzählt, dass er ausgepackt hatte, nachdem die Bullen ihn beim Dealen erwischten. Malik hatte tiefe Reue und den Willen zur Besserung erkennen lassen, hatte den verwunderten Bullen erklärt, dass er die gerechte Strafe akzeptieren und im Knast eine Tischlerlehre anfangen wolle, um nach seiner Entlassung fest mit beiden Beinen im Leben zu stehen. Nach der Vernehmung wurde er gleich ein Zimmer weiter gereicht, wo eine nette Sozialarbeiterin mit ihm über seine Zukunft redete. Als Malik dann von zu Hause erzählte, wo offenbar eine Atmosphäre der Bildungsferne und der latenten Gewalttätigkeit vorherrschte, machte sie gleich einen Termin beim Amtspsychologen und zeigte sich optimistisch, die Traumata aufarbeiten zu können. Malik war verblüfft gewesen, was die sich alle für Mühe mit ihm gaben, und wollte sich nun bei Erol bedanken, denn ohne seine Worte hätte er sein Leben nicht überdacht und ausgepackt, und wenn er nicht ausgepackt hätte, wäre der übliche Stress losgegangen mit genervten Bullen und Staatsanwälten, die nur den Dreck in ihm sahen. Jetzt aber wurde er geradezu hofiert. Jetzt hatte er nicht nur eine Alternative, sondern sogar eine Perspektive.

Erol war ein bisschen baff, dann wollte er wissen, was genau Malik denn nun ausgepackt hatte. Namen, sagte Malik, von den Bullen, die ihnen Kohle gaben, ihm und seinen Kumpels, um Informationen zu bekommen, und dafür über Straftaten hinwegsahen oder sie nutzten, um sie unter Druck zu setzen und gegeneinander auszuspielen.

Okay.

Erol hatte genug gehört und rief Bosman an.

Schuster hat die Füße auf dem Schreibtisch gekreuzt und schaut am Monitor vorbei zu Bosman rüber, der auf der anderen Seite hockt. Das Fenster steht auf kipp, Verkehrslärm rauscht rein. Ein Ventilator summt in der Ecke und schaufelt ihnen warme Luft ins Gesicht.

»Es gibt keine Beweise«, sagt Schuster. »Da steht die Aussage eines kleinen Dealers gegen unsere.«

Stimmt, denkt Bosman. Nur was, wenn Maliks Kumpels seine Aussagen bestätigen? Und was, wenn die Kollegen von der internen Ermittlung sich nun fragen, wo die ganze Kohle herkommt, die sie an ihre Spitzel weiterreichen? Schuster scheint seine Gedanken zu erraten und sagt: »Ich kümmere mich drum.«

Was in etwa bedeutet, dass Mr. Maximum Impact robust gegen mögliche Abweichler vorgehen wird. Sicherlich, wird er ihnen sagen, haben sie sich getäuscht bei ihrer Aussage, haben Namen verwechselt und die falschen Gesichter erkannt, oder? Bosman hat keinen Zweifel, dass Malik und seine Kumpels eifrig nicken werden.

Gut so.

Nina Gerns kommt rein, geschmeidige Bewegungen in ihrer knackigen Jeans, das Gesicht glatt und klar wie ein bayrischer Gebirgsbach. *Nicht wie bei Schuster,* denkt Bosman, der zunehmend gelb und faltig aussieht, wie einer, der zu viele fettige Burger mit Pommes futtert, zu viel raucht und zu viel Kaffee trinkt. Wobei er hier gar nicht mit dem Finger auf seinen Partner zeigen muss. Wenn er morgens vor dem Spiegel steht, sieht er auch schon lange nicht mehr das, was er gerne sehen würde. Es dauert jeden Morgen länger, bis seine Züge sich glätten und er sozial einsatzbereit ist.

»Moin, Jungs«, sagt Nina grinsend. »Was ist los? Klemmt der Ischias?«

»Nee«, sagt Schuster, »mein Wagen springt nicht an.«

»Soll ich schieben?«

»Lass mal, sonst brichst du dir noch die Fingernägel ab.«

»Was gibt's?«, fragt Bosman.

»Ein kleiner Tipp unter Freunden«, sagt Nina und zwinkert ihm zu. »Du suchst doch was gegen Butt, oder?«

Allerdings.

Bosman ist sich ziemlich sicher, dass Butt den Typen kennt, der die Wohnung gemietet hat, in der Skinny zu Tode kam. Aber Butt wird immer das Gegenteil behaupten, ohne dass sie ihm seine Lüge nachweisen können. Bislang ist ihm noch nicht eingefallen, wie er den Kerl knacken kann, und er ist neugierig, was Nina hat.

»Seine Wohnung da in der Lietzenburger«, sagt sie, »wird ja wohl offensichtlich gewerblich genutzt, oder?«

»Kann man so sagen.«

»Zum Dressurreiten«, sagt Schuster.

»Ich würde mal denken, die Hausverwaltung weiß nichts davon«, sagt Nina und übergeht Schusters unqualifizierte Bemerkung.

»Und wenn sie davon weiß, drückt sie ein Auge zu, denn normalerweise ist die kommerzielle Nutzung von Wohneigentum in reinen Wohnhäusern untersagt.«

Bosman und Schuster schauen sie überrascht an. Donnerwetter, was die so alles weiß. Nina lächelt etwas spöttisch und sagt: »So was steht normalerweise in der Teilungserklärung.«

Rainer Butt, der Swingerkönig, steht in seiner Küche und bereitet einen kleinen Imbiss vor. Er hat Austern im KaDeWe gekauft, frisches Weißbrot und eine Flasche Champagner. Gut gelaunt schneidet er Limonen auf dem Brett. Nachher wird er mit Heidi auf der Terrasse unter der Markise sitzen, und sie werden auf ihren Coup anstoßen, wenn Aziz ihnen die zehntausend vorbeigebracht hat. Und wenn man schon vom Teufel spricht, wer kommt denn da durch das Gartentor auf das Haus zuspaziert?

Ein Araber, na also.

Freudig wischt Butt sich die Hände an dem karierten Küchentuch trocken, das er in den Bund seiner Bermudashorts gesteckt hat, und öffnet die Tür. Er zuckt ein wenig zurück. Der Typ hier, Momo, sieht aus wie einer, der Eisen biegt. Stiernacken, Glatze, Kinnbart, Tattoos am Hals und schwellende Muskeln wie ein Bullterrier.

»As-salam Aleikum«, sagt Butt, um kulturelle Kompetenz bemüht.

Momo schaut ihn einen Moment lang an und sagt: »Was geht?«

Er folgt ihm ins Wohnzimmer, wo Butt sich umdreht. »Darf ich Ihnen einen Tee anbieten?«

Er hofft natürlich, dass der Kerl hier keine Lust hat, mit ihm Tee zu trinken, aber immerhin ist es in seinem Kulturkreis ein Gebot der Höflichkeit.

Momo sagt: »Ich soll dir das hier geben.«

Er reicht ihm einen verschlossen Umschlag. Butt nimmt ihn lächelnd entgegen. »Danke, bestell einen schönen Gruß. Und gerne jederzeit wieder.«

Butt hat das Gefühl, dass der Typ ihn anschaut wie einen vollgekotzten Mülleimer. Jetzt dreht er sich um und geht, ohne ein Wort zu sagen. *Scheiß drauf*, denkt Butt und reißt gierig den Umschlag auf. Wahrscheinlich ist der Typ nur sauer, weil sie abdrücken müssen.

Nicht sein Problem.

Butts Miene verdüstert sich, als seine Finger in dem Umschlag nur ein Foto statt einem Packen Bargeld finden. Er zieht das Foto raus und starrt es an: Da liegt ein Typ erschossen auf dem Waldboden, das Gesicht nach unten, zwei Löcher hinten im Kopf.

Butt wird schlecht.

Es schellt an der Tür. Hat dieser Momo noch was vergessen? Butt schiebt das Foto mit zitternden Fingern zurück in den Umschlag, wirft ihn auf das Sofatischchen und öffnet.

Bosman steht vor ihm.

Das hat jetzt gerade noch gefehlt. Erst eine Todesdrohung und dann die Bullen.

»Hören Sie«, sagt Butt, »ich bin im Moment ziemlich beschäftigt und …«

Bosman schiebt die Tür ganz auf und marschiert an Butt vorbei ins Wohnzimmer, wo er sich auf das Sofa pflanzt, auf den Sessel gegenüber deutet und sagt: »Setzen Sie sich.«

Als wäre er hier zu Hause.

Butt räuspert sich, will protestieren, besinnt sich aber eines Besseren. Er sieht mit Entsetzen, wie der Bulle den Umschlag in die Hand nimmt, ihn anschaut, wieder auf den Tisch legt und sagt: »Tut mir leid wegen der Umstände und dass Sie Ihr Stutenrennen verlegen müssen.«

»Stutenreiten«, verbessert Butt. »Royal.«

»Na dann, ab in den Sattel und hoppeldihopp.«

Butt kratzt sich über die grauen Bartstoppeln am Kinn. »Was wollen Sie? Ich habe alles gesagt, was ich zu sagen habe.«

»Nein, Sie haben mir noch nicht verraten, an wen Sie Ihre Wohnung vermietet haben.«

Butt denkt an das Foto im Umschlag auf dem Tisch und beschließt, das auch weiterhin nicht zu tun. »Tut mir leid, ich kann Ihnen nicht helfen.«

Bosman nickt bedauernd. »Das ist schlecht, dann können Sie Ihren Laden zumachen.«

»Wieso das denn? Ich bin nicht haftbar für das, was die Gäste da machen. Steht in den AGBs unseres Standardvertrags.«

»Standardvertrag, ja?«

Butt ärgert sich. Er hat einen blöden Fehler gemacht. »Okay, nicht jeder kriegt einen. Es geht auch schon mal das eine oder andere unter der Hand, wenn Sie verstehen.«

Er lacht etwas idiotisch und sagt: »Sie sind ja nicht von der Steuerfahndung.«

Bosman starrt ihn an.

Butt rutscht unbehaglich auf seinem Sessel hin und her.

Bosman sagt: »Butt, Sie gehen mir so was von auf den Sack. Hier ist der Deal: Sie geben mir einen Namen, oder Sie sind *out of business*. Ich habe mir Ihre Teilungserklärung angeschaut. Dort wird ausdrücklich untersagt, die Wohnungen in dem Objekt gewerblich zu nutzen, und Sie wissen, die Teilungserklärung ist die Bibel des Hauses.«

Butt glaubt es nicht. *Teilungserklärung?* Da hat er zum letzten Mal vor zwanzig Jahren reingeschaut, als er die Wohnung gekauft hatte, damals noch für schmales Geld. Kein Arsch hat sich bislang dafür interessiert.

Bosman steht auf und legt seine Karte auf den Tisch. »Ich gebe Ihnen bis morgen früh Zeit. Wenn ich bis dahin nichts höre, wird die Wohnung beschlagnahmt, in der Sie illegale Sexpartys veranstalten. Und wenn Sie irgendwann nach dem Prozess Ihr Eigentum zurückbekommen, können Sie da gerne privat einziehen, aber Trabrennbahn ist dann nicht mehr.« Er grinst. »Ich finde das grüne Zimmer ja ganz geschmackvoll.«

Butt stiert ihn finster an und sagt nichts.

Eine gute Stunde später hört er, wie das Tor zur Garage aufgeht. Heidi ist zurück. Sie war mit ihrer Freundin Marion shoppen und kommt strahlend ins Wohnzimmer, wo Butt erledigt im Sofa hängt. Vor ihm drei leere Büchsen Bier und ein voller Aschenbecher. Heidi bleibt stehen, setzt ihre Calvin-Klein- und Armani-Einkaufstüten ab und sagt ganz außer Atem: »Du glaubst nicht, was ich gefunden habe.«

Butt grunzt nur etwas Unverständliches.

Heidi zieht eine schreiend blaue Handtasche mit goldfarbenem Schloss aus der eleganten Tüte, auf der »Miu Miu« steht, und schaut sie an wie einen frisch geborenen Welpen.

»Schau, eine Miu Confidential, stell dir vor, fünfzig Prozent ermäßigt!«

»Und was hast du bezahlt?«

»Siebenhundertachtzig.«

Butt verschluckt sich an seinem Bier. Heidi schaut ihn enttäuscht an. »Sag mal, freust du dich gar nicht für mich?«

»Doch, doch. Ich freue mich riesig.«

Jetzt erst nimmt Heidi die Bierbüchsen und den qualmenden Aschenbecher wahr, und dass der Mann an ihrer Seite, Swingerkönig Rainer Butt, ziemlich desolat aussieht. »Schatz, was ist passiert?«

Butt sagt: »Wir sind erledigt.«

22

Es war ein Fehler hierherzukommen.

Bosman weiß gar nicht, was ihn geritten hat. Er war nach seinem Besuch bei Butt noch mal zurück ins Präsidium gefahren, wo Schuster gerade loswollte. Der hatte den Nachmittag damit verbracht, die Kumpels von Malik aufzutreiben, und rausgefunden, dass niemand anders als Weber ihnen auf die Pelle rückt, das alte Arschloch. Einer aus Kromschröders Abteilung, Jan Bieger, hatte ihm gestern Abend beim Bier im Anker erzählt, dass der Boss in den letzten Tagen mit einem Lächeln auf den Lippen durch die Gänge weht, ständig mit Triefauge Weber an der Seite.

Die hecken was aus.

Auf ein Feierabendbier wollte Schuster nicht mit. Er war mit seiner Schwester und seinem Schwager verabredet, um Geschäftliches zu besprechen. Es ging wohl um das Flüchtlingsheim am Columbiadamm, wo es immer wieder Ärger mit dem Wachpersonal gab. Bosman hatte aber keine Lust, nach Hause zu fahren, weil Britta kurz vorher angerufen und von einem Streit mit Sophie erzählt hatte. Bosman hielt den Telefonhörer ein Stück vom Ohr weg und gab Britta in allen Dingen recht. Nicht, dass sie rechthaberisch wäre, ganz im Gegenteil. Sie hört sich Argumente an und steigt in die Diskussion ein, und das hasst Bosman noch mehr als alles andere, denn das kostet *Zeit*. Deshalb zieht er es vor, ihr Recht zu geben und sich seinen Teil zu denken.

Also, was tun mit dem angebrochenen Abend?

Dann war sein Blick auf den Flyer gefallen, den Nikki dagelassen hatte, der Poetry Slam im Ritter Butzke. Lag auf dem Schreibtisch wie ein verbotenes Versprechen. Bosman zögerte, dann sagte er sich: *Komm Junge, mach dich mal locker, geh hin und schau's dir an, vielleicht gefällt es dir ja.*

Als ginge es hier um Gedichte.

Jetzt steht er in der Schlange im Hinterhof des Fabrikgeländes an der Ritterstraße zwischen lauter Leuten, die theoretisch seine Kinder sein könnten. Klar, man erspäht hier und da den einen oder anderen alten Kreuzberger mit langen grauen Haaren und einer Frau an der Seite, die meist aussieht wie Joan Baez 2020, aber im Großen und Ganzen ist das ein Ding der jungen Leute. Noch ist Zeit umzudrehen. Doch während er noch hin und her überlegt, steht er schon an der Kasse, zahlt und geht rein.

Drinnen glüht rotes Licht, Stühle auf dem vollgepackten Dancefloor vor der Bühne, auf der sechs Stühle stehen und ein DJ hinter seinem Pult, Kopfhörer in der Hand, eine Muschel am Ohr. Mit der Linken bedient er die Knöpfe seines Mixers. Fett hämmern die Bässe, hell schimmert der angekaute Apfel im aufgeklappten Deckel des MacBooks.

Rechts von der Bühne sieht Bosman die Bar, ein seltsamer Holzverschlag aus rohen Brettern. Allerlei Geäst und Balkenkonstruktionen wie im Dachstuhl einer ruinierten Burg zieren den Laden. Ihm war der Ritter Butzke als einer der heißesten Clubs der Stadt bekannt, und da hatte er sofort an Fabrikhallen- oder Bunkerästhetik gedacht, nicht an so eine merkwürdige Wildwest-Stube. Er bestellt ein Bier, lehnt sich an den Tresen und schaut rüber zur Bühne, wo ein schlaksiger Typ das Mikro testet – eins zwei, eins zwei –, es dann in den Ständer klemmt und backstage verschwindet.

»Glaubst du, er kommt?«, fragt Nikki. Sie sitzt mit den anderen Großstadtpoeten und ihrer Freundin Laura hinten in der Garderobe und trinkt nervös ein Wasser.

»Soll ich mal gucken?«

»Ja, mach mal.«

Laura schiebt ab. Nikki schaut auf den Ausdruck mit dem Gedicht, der vor ihr auf dem Schminktischchen liegt. Sie will heute auf jeden Fall auswendig vortragen, ablesen ist blöd. Hoffentlich verspricht sie sich nicht, und hoffentlich kriegt sie keinen Blackout vor lauter Aufregung, wenn *Frank* da ist, falls er da ist …

Laura kommt zurück in die Garderobe, Nikki schaut sie erwartungsvoll an. »Und?«

»Ich glaube, ja«, sagt Laura und wischt über das Display ihres Handys. »Ist er das?«

Nikki beugt sich vor. Ein Schnappschuss von Bosman am Tresen. Sie spürt, wie ihr das Blut in den Kopf steigt.

Er ist tatsächlich gekommen.

Ihr ist nicht entgangen, wie er ihren Körper mit seinen stahlblauen Augen beiläufig abgetastet hat, als sie bei ihm im Büro war. Das hat ihr gefallen. Sie genoss seine Blicke und wusste, dass sie ihn in diesem Moment an der Angel hatte, mochte er noch so cool und souverän tun. Sie wusste, dass die meisten Männer bereit waren, sich zu Idioten zu machen, wenn man nur im richtigen Moment am richtigen Riemen zog. Diese Erfahrung hatte sie schon früh gemacht, ein paar Tage nach ihrem vierzehnten Geburtstag, als der Vater ihrer Freundin Sabine zum ersten Mal ihre Hand nahm und auf die Beule in seiner Hose legte. Er hatte angeboten, sie und Sabine vom Kino abzuholen. Er wollte erst seine Tochter und dann Nikki nach Hause bringen, weil er danach noch mit einem Kumpel verabredet war, hatte er gesagt.

Nikki ließ die Hand liegen.

Dann schaute sie Sabines Vater an, der rechts in die Wilmersdorfer Straße einbog und so tat, als wäre nichts. Schlecht sah er nicht aus, gut gebaut und mit etwas Silber im Haar, so wie bei George Clooney. Sie konnte die kleinen Schweißperlen auf seiner Oberlippe im Licht der Straßenlaternen glänzen sehen. Sie spürte das leichte Zucken unter ihrem warmen Handteller, und ohne darüber nachzudenken, fing sie an, ihre Finger wie Katzenklauen zu strecken und einzuziehen. Sie spürte, wie die Beule wuchs, und schaute mit halb geöffneten Lippen zu Sabines Dad rüber, der den Blick starr auf die Straße gerichtet hielt und ein wenig atemlos wurde. Nikki war erschrocken und fasziniert über das, was hier abging. Sie fühlte zum ersten Mal in ihrem Leben so etwas wie Macht, mit dem Schwanz von Sabines Dad in der Hand, dessen wachsende Härte sie durch den dünnen Stoff der Anzughose spürte.

Das also bedeutete es, jemanden an den Eiern zu haben.

Das nächste Mal kniete sie zwischen seinen Beinen, öffnete die Hose und blies ihm den Schwanz. Sie machte es so, wie sie es in den Pornofilmen gesehen hatte. Umspielte seine Eichel mit ihrer Zunge, saugte und sabberte und schaute ihn dabei aus großen Lolita-Augen an und wunderte sich, wie dick so ein Schwanz doch war, wenn man ihn erst mal im Mund hatte. Das Lutschen machte ihr sogar Spaß, nur als Sabines Dad ihn bis an das Zäpfchen stieß, musste sie fast kotzen. Das Sperma war viel wärmer, als sie es sich vorgestellt hatte. *Klar*, dachte sie dann, *37 Grad Celsius, Körpertemperatur. So heiß wie Badewasser, nur dass es anders schmeckt, etwas fischig, leicht salzig und ein bisschen bitter. Nicht gerade lecker, aber okay.*

Als Nikki am nächsten Tag in die Schule kam, fühlte sie sich erwachsen. Ihr Geheimnis hob sie weit über die anderen in ihrer Klassenstufe hinaus, und Geheimnisse müssen geteilt werden, zumindest mit der besten Freundin.

»Hast du's schon mal mit 'nem Mann gemacht«, sagte sie zu Laura, »mit dem Mund?«

»Igitt«, sagte Laura. »Voll eklig.«

»Halb so schlimm«, sagte Nikki. »Aber weißt du, was richtig geil dabei ist? Egal was die Leute dir erzählen, du bist die Chefin im Ring.«

Laura war geflasht.

Die Episode fiel Nikki vor ein paar Tagen wieder ein, als sie ihren Blog weiterschrieb und über die Frage sinnierte, was es damit auf sich hatte, jemanden zu kontrollieren und dann auch wieder kontrolliert zu werden, eine ihrer Fantasien mit Frank. Nach aktuellem Stand der Dinge war sie wohl eine *Switcherin*, wie es in der Szene hieß. Eine andere Frage war, inwiefern devote Neigungen generell mit dem aktuellen Diskurs in der Frauenbewegung in Einklang zu bringen waren. Die Praxis, sich benutzen zu lassen, sich lustvoll den Wünschen des Mannes hinzugeben, stand ja wohl im Widerspruch zu den Errungenschaften im Kampf um die Würde der Frau. Andererseits, überlegte Nikki, fand man es zwar seltsam, wenn Männer sich von einer Domina die Eier abbinden und den Arsch versohlen ließen, aber niemand käme auf die Idee, diese freiwillige Art der Unterwerfung als generellen Ausweis von Sexismus gegen den Mann zu sehen, oder? Warum sah man das bei Frauen dann anders und konstruierte eine Opferrolle?

Bosman hat schon sein drittes Bier intus, als endlich was passiert. Der schlaksige Typ kündigt erst mal jemanden namens Tim Laue an wie Ringsprecher Michael Buffer, der allerdings für sein *Let's get ready to rumble* fette 80 000 Dollar kassiert, während der Schlaks hier aussieht, als würde er sich zu Weihnachten über ein Paar neue Turnschuhe freuen.

Tim Laue scheint eine große Nummer in der Szene zu sein, sieht aus wie Schwiegermutters Darling mit blondem Seitenscheitel und ordentlichem Hemd. Er federt unter begeistertem Applaus und vereinzelten Pfiffen auf die Bühne und legt gleich mit einem Feuerwerk von Witzen los. Einige gefallen Bosman ziemlich gut, zum Beispiel der, wo Tim Laue die schlimme Welt der Pädophilen in düstersten Farben schildert. Wohin sollen sie denn gehen mit ihrer Lust, fragt Tim Laue, mit Kindern geht nicht, also was ist die Lösung des Problems?

Tim Laue stülpt die Lippen und schaut fragend ins Publikum, um sich dann selber die Antwort zu geben: »Liliputaner.«

Hahaha ....

Das Publikum grölt, Bosman klatscht in die Hände und nimmt sich vor, den gleich morgen Schuster zu erzählen. Dann geht Tim Laue unter tosendem Applaus ab. Der schlaksige Typ ruft einzeln die sechs Poetry Slammer auf, die heute vortragen werden und der Reihe nach auf Stühlen Platz nehmen. Nikki kommt als Dritte raus. Wehende weißblonde Haare, knallroter Lippenstift und selbstbewusster Gang.

»Ein Riesenapplaus für Nikki Gerken!«, ruft der Schlaks. Nikki verbeugt sich, lächelt, suchende Augen, die Bosman jetzt am Tresen finden. Da ist er wieder, der Blick, der ihn schon mal getroffen hat, als er Merhan Yilmez erschoss. Bosman spürt die Wärme, die aus seinem Magen diffundiert wie ein Tintenfleck auf Löschpapier. Ehe er überhaupt weiß, was er da tut, hebt er seine Flasche zum Gruß und bereut es im selben Moment, froh, dass niemand seine Geste zu bemerken scheint. Außer Nikki, die ihm den Hauch eines angedeuteten Kusses zuwirft, bevor sie sich auf ihren Stuhl setzt und der Schlaks den nächsten ankündigt.

Hau ab, ruft Bosman sich zu, *hör auf die Stimme der Vernunft. Diese Frau kann dich nicht nur um den Verstand, sondern auch in den Knast bringen. Fahr nach Hause, rede mit Britta über Sophie, schau noch eine Folge Netflix und geh ins Bett.*

Oder bleib hier.

Bislang hat er ja noch nichts Verwerfliches getan. Was spricht dagegen, sich mal umzuschauen, was die jungen Leute heutzutage so treiben? Man muss am Ball bleiben, sonst gehört man ruckzuck zum alten Eisen. *Also*, sagt er sich, *hör dir das an, rede noch ein paar Worte mit ihr, verabschiede dich höflich und geh dann nach Hause.* Während er mit seinem Alter Ego debattiert, betritt ein Typ mit Flanellhemd und falsch herum aufgesetztem Basecap die Bühne. Er reimt über die U8 und gießt Häme über die ganzen Penner aus, die die U-Bahn bevölkern, die *Dropouts*, die Loser, die Junkies mit ihren Zombie-Gesichtern. Es gefällt Bosman nicht. Der Typ scheint sich für was Besseres zu halten, ist aus Schweinfurt hierhergekommen und tut jetzt so, als wäre das seine Stadt. Einer, der von draußen auf die Dinge schaut und nichts versteht. Dennoch, das Publikum scheint Bosmans Bedenken nicht zu teilen und spendet freudigen Applaus.

Dann ist Nikki dran.

Ihr Gedicht heißt: »Ich bin«. Jede Zeile beginnt mit diesen zwei Worten. Nikki erzählt von sich, in schleifenden Rhythmen, verzögerten Silben, melodisch und klar. Sie steht ganz still hinter dem Mikro, alle Konzentration in der Stimme. Bosman schaut sie fasziniert an, während sie ihm ihr Leben erzählt, was sie denkt und was sie fühlt, was sie traurig und was sie glücklich macht. Die Gedanken einer jungen Frau, die für Millionen von anderen jungen Frauen spricht, die auf der Suche nach ihrem Ort sind. Es klingt in Bosmans Ohren pur und rein, und zumindest eines ist ihm klar: In ihrem Alter hat er sich nicht den Bruchteil ihrer Gedanken gemacht. In ihrem Alter fuhr er Streife in Kreuzberg-Neukölln und hatte andere Sorgen.

Eine gute Stunde später hat er sein fünftes oder sechstes Bier intus, der Raum leert sich, die Stühle werden weggeräumt, die Show ist vorbei. Dann kommt Nikki mit einer Freundin aus dem Backstage-Bereich auf ihn zu. Bosman will ihr sagen, wie sehr ihm der Abend gefallen hat und dass er jetzt nach Hause geht, als Nikki sagt: »Kommst du noch mit?«

»Ähm ... wohin?«

»Ins Watergate, Tim steht auf der Gästeliste.«

Also steigen sie ins Taxi und fahren hin. Bosman sitzt hinten neben Nikki und Laura und einem, der Jan heißt. Vorne sitzt Tim Laue. Sie reden die ganze Zeit über den Abend und Leute, die Bosman nicht kennt. Was zum Teufel macht er hier? *Okay*, sagt er sich, *du hast die Wahl. Entweder du fühlst dich wie Aqualung auf der Parkbank, oder du tust so, als wärst du noch mal zwanzig.*

Warum nicht?

Die jungen Leute hier scheinen das okay zu finden.

»Hey«, sagt er zu Tim Laue und beugt sich vor: »Der mit dem Liliputaner war ziemlich gut.«

»Ja, oder?«, sagt Tim.

Dann redet er wieder mit den anderen über einen neuen Laden in der Köpenicker, den Bosman natürlich auch nicht kennt. Er schaut aus dem Fenster, während er Nikkis Körper warm an seiner Seite spürt. Sie fahren die Skalitzer runter, links die Hochbahngleise, auf denen die U2 entlangrumpelt. In jeder Kurve, so scheint es Bosman, lehnt Nikki sich ein bisschen mehr an ihn ran, als sie müsste. Oder bildet er sich das nur ein?

Hinter dem Kreisel am Schlesischen Tor drängelt sich eine ewig lange Schlange vor dem Burgermeister unter der Stahlkonstruktion des U-Bahnhofes, und nach der nächsten Kurve sind sie da. Bosman zahlt das Taxi, und sie steigen aus. Eine Traube von Partygästen wartet vor dem Eingang zum Watergate, so recht scheint es nicht voranzugehen. Doch Tim Laue führt sie an der Schlange vorbei zum VIP-Eingang, wo er kurz mit dem Türsteher quatscht.

Dann sind sie drin.

Hämmernde Beats, tanzende Leute, tropische Luft. Durch die Glasfront mit der offenen Tür zur schwimmenden Terrasse raus hat Bosman einen spektakulären Blick auf das Universal-Gebäude gegenüber und die Oberbaumbrücke links, der rote Backstein angestrahlt, dichter Verkehr und Straßenmusikanten überall in den Torbögen. Auf der Spree kurven Partyboote und ein paar Stand-up-Paddler herum.

Die ganze Stadt scheint zu feiern.

Nikki strahlt Bosman an, der am Tresen Moskau Mules für alle bestellt hat. »Und? Wie fandst du's eigentlich?«

Er muss den Kopf beugen und ihr duftendes Haar mit den Lippen berühren, um sie zu verstehen.

»Toll, ich bin echt beeindruckt.«

Nikki schiebt ihr Gesicht ganz nah an seins, sodass er ihre Wärme spürt, und sagt: »Du kommst auch in einem Gedicht vor. Wenn's fertig ist, schick ich's dir, okay?«

»Okay«, sagt Bosman und denkt: *Ach du Scheiße.*

Tim Laue kommt auf sie zu. Er hat einem Kumpel ein paar Pillen abgeluchst, die er großzügig verteilt. Nikki lacht, legt die Pille auf ihre Zungenspitze und saugt sie dann in ihren feuchten Mund. Bosman spült seine mit Moskau Mule runter.

Klaus Lemke, der legendäre Filmregisseur, hat mal gesagt: *Intellektuelle sind welche, die am Rand der Tanzfläche stehen und nur so tun, als könnten sie bumsen.* Nun ist Bosman alles andere als ein Intellektueller, und am Rand der Tanzfläche steht er auch nicht mehr.

Er steht mittendrin und gibt alles.

Fünf Moskau Mules später lehnt er schweißgebadet am Tresen, das Hemd bis zum Brustbein aufgeknöpft, das Speed hämmert ihm in der Birne. Überall dampfende Körper um ihn herum, manche haben ihre T-Shirts ausgezogen. Bässe, die das Zwerchfell zum Vibrieren bringen. Von Nikki und Laura keine Spur, auch Tim Laue oder den anderen Vogel kann er nirgendwo entdecken. Dann merkt er, dass die Blase drückt. Also schlängelt er sich durch die

Leute vor bis zu den Toiletten, wo er auf Nikki stößt. Sie kommt dicht zu ihm ran, hebt ihren Kopf ein Stück, sodass ihre Lippen ganz nah an seinem Ohr sind, und flüstert: »Wie hat es sich angefühlt, ihn zu erschießen?«

Bosman starrt sie an.

»Gut«, sagt er.

Nikki schlingt ihre Arme um seinen Hals. Die Welt um ihn herum zerfällt zu Staub. Vom Dancefloor wummert Deep House rüber und fegt seine Bedenken in die Tonne. Er packt Nikki mit der rechten Hand am Hintern und drückt ihr Becken gegen seins. Sie fängt an, langsam zu rotieren, seine Zunge spaltet ihre Lippen, und sie öffnet ihren Mund, während sie gegen die Tür zur Damentoilette taumeln. Drinnen stehen ein paar Ladys vor dem Spiegel über dem Waschbecken und ziehen Lippenstift nach. Keine nimmt Anstoß daran oder auch nur sonderlich davon Notiz, dass sie jetzt in einer der Kabinen verschwinden und die Tür hinter sich zuziehen. Nikkis Hand wühlt in Bosmans Hose, ihre Zunge in seinem Mund. Dann hat sie seinen Schwanz draußen und geht auf die Knie. Sie leckt mit der Zungenspitze über seine Eichel, greift dann seine Eier und schiebt ihre Lippen nass über den harten Prügel, nimmt ihn tief rein und wieder raus, rote Schlieren auf dem Schaft. Nebenan wird die Spülung betätigt, ein Klodeckel fällt runter, und Bosman versucht nicht zu hecheln, obwohl sein Puls auf hundertneunzig ist und das Speed ihm das Hirn frittiert.

Dann kommt er.

Er schließt die Augen, seine Stirn fällt gegen die Trennwand, und als er sie wieder öffnet, sieht er Nikki unter sich, die vor ihm kniet und ihn anschaut, während das Sperma ihr aus dem Mund auf die Titten tropft.

Sie lächelt.

Bosman sieht den Triumph in ihren smaragdgrünen Augen.

Als er Stunden später mit ausgefransten Nervenenden nach Hause kommt, ist Britta wach. Sie sitzt in der Dämmerung des anbrechenden Morgens in ihrem Bademantel auf dem Sofa, ein Glas Tee in der Hand, und sagt: »Wo kommst du jetzt her?«

Bosman braucht einen Moment, um sein Raumschiff wieder in der grauen Wirklichkeit zu landen. »Ich, ähm ... ich war noch mit Schuster unterwegs.«

»Um diese Uhrzeit?«

»Wir waren im Anker.«

Britta mustert ihn von oben bis unten. Spürt sie, dass er mit einer anderen Frau auf der Piste war? Konnte sie deswegen nicht schlafen und hockt hier jetzt auf dem Sofa rum, um ihm den Ofen heiß zu machen? »Mann, wie siehst du denn aus? Du stinkst von oben bis unten.«

Bosman schweigt.

Dann sagt er, um das Eis zu brechen: »Was, äh ... was war denn los mit Sophie?«

»Vergiss es. Und bitte tu nicht so, als würde dich das jetzt brennend interessieren, während du nur überlegst, wie du am schnellsten ins Bett kommst.«

Stimmt.

Bosman fragt halbherzig: »Was ist denn los mit dir?«

Britta schaut ihn an und schüttelt den Kopf. »Was los ist? Merkst du denn eigentlich gar nichts mehr?«

»Wovon redest du?«

»Du bist weg.«

»Was ...?«

»Ich spüre dich nicht mehr«, sagt Britta. »Ich weiß nicht mehr, wer du bist. Was du die ganze Zeit tust. Du redest nicht. Du schläfst nicht mehr mit mir. Du beteiligst dich nicht mehr an den Gesprächen.«

Bosman wird kalt ums Herz.

Britta hat recht, wie immer mit diesen Dingen. Nicht, dass es ihm nicht auch aufgefallen wäre, dass sie in letzter Zeit eher nebeneinanderher gelebt hatten, aber hey, es gab eben solche Phasen. Dann war das jetzt nun mal so, konnte sich aber jederzeit auch wieder ändern, oder?

»Du hast recht«, sagt er. »Es tut mir leid.«

Er druckst ein bisschen rum und fügt hinzu: »Ich will mich auch gar nicht mit der Arbeit rausreden.«

Als hätte Britta das behauptet. Sie schweigen einen Moment.

»Lass uns versuchen, mehr aufeinander zu achten«, sagt Bosman. »Okay?«

Dabei denkt er an den Blowjob im Watergate und kommt sich wie ein Schwein vor.

»Du hast dich verändert«, sagt Britta.

»Das tun wir alle.«

Britta ignoriert seinen flapsigen Einwurf und schüttelt den Kopf. »Ich weiß zwar nicht, was du den ganzen Tag machst, aber ich glaube nicht, dass es das ist, wofür du mal angetreten bist.«

»Ach ja? Wofür bin ich denn angetreten?«, sagt er und ist jetzt bereit, sich zu streiten.

»Die Frage kannst nur du selber beantworten.«

Sie steht auf und geht.

Bosman schaut ihr nach. Ihre schlanke Figur wirkt im Dämmerlicht des anbrechenden Morgens fragil, der Bademantel viel zu groß. Er will sie greifen, an sich drücken und ihr sagen, dass er sie liebt und dass alles gut wird.

Doch er bleibt wie festgefroren stehen.

Dann geht er in die Küche und trinkt ein großes Glas Wasser, während er sich fragt, wofür er eigentlich angetreten ist. Hat er tatsächlich geglaubt, für das Gute zu kämpfen, als er sich bei der Polizei bewarb? So naiv war er nicht, aber er hatte es ja am eigenen Leibe erfahren, dass man sich aus dem Sumpf ziehen konnte, wenn man jemanden hatte, der für einen da war und an einen glaubte. Deswegen hat er als Streifenpolizist von Anfang an den Kontakt zu den Jungs auf der Straße gesucht und am Ende erkennen müssen, dass sie ihn alle verarschten, dass sie gefangen waren in einer Welt, die abgehängt war mit ihren mittelalterlichen Vorstellungen, und das Shuttle rüber in die Postmoderne hob nur selten ab. Das Ticket gab es nicht für lau, auch nicht für Geld, sondern nur für harte Anstrengung und die Bereitschaft, ein Leben mit klaren Regeln zu verlassen, das Sicherheit gab. Die wenigsten nahmen das auf sich. Einige drehten den Spieß einfach um und machten sich daran, *ihre* Regeln den anderen aufzudrücken. Wer mit denen spielt, macht sich schmutzig, und wenn Bosman ehrlich ist, muss er zugeben, dass ihm eine Menge Dreck am Hacken klebt. Britta hat vollkommen recht, er hat sich verändert, und zwar nicht zum Guten. Was ist aus ihm geworden?

Ein korrupter Bulle.

Ein Mörder.

23

Als er am nächsten Morgen gegen zehn ins Büro kommt, schaut Schuster ihn an und sagt: »Was ist los, Frank? Du siehst aus wie ein ungemachtes Bett.«

Und so ist es ja auch.

Bosman dreht sich gleich wieder um und geht. Schuster blickt ihm verwundert nach. Hat er was Falsches gesagt? Nein, aber etwas Richtiges im falschen Moment, was auf dasselbe rausläuft. Bosman kommt die Treppe runter und tritt raus in den Sonnenschein, der übel blendet und ihm Schmerzbahnen in den Schädel fräst, der sich noch immer schwertut mit den Altlasten der letzten Nacht. Er setzt seine Sonnenbrille auf und steuert auf den Passat im Fuhrpark zu. Wann hat er das letzte Mal in einem Club durchgetanzt bis in den Morgen? Von seiner Eskapade in der Damentoilette mal ganz abgesehen. Das ist lange her, sehr lange, und Bosman muss sich eingestehen, dass er das alles ziemlich geil fand, was die Gefahr einer Widerholungstat beträchtlich erhöht. Auch wenn er sich schwört, die Sache radikal zu beenden. Das ist allerdings leichter gesagt als getan. Wie soll er es anstellen? Nikki texten? Ausgeschlossen, das geht gar nicht. Sie anrufen? Um was zu sagen? *Hey, war super, aber es ist besser, wenn wir uns nicht wieder sehen?* Sie in einem Café treffen und ihr dort mitteilen, dass es das war?

Alles scheiße.

Nein, besser ist es, abzuwarten, bis *sie* sich meldet. Zum einen demonstriert er damit ein allenfalls abwartendes Interesse, zum anderen gewinnt er Zeit und kann sich dann immer noch operativ entscheiden, was er tun soll. Er hofft nur, dass Nikki nicht verletzt ist, wenn er sich nicht rührt, und dann am Ende zu Weber rennt, um ihm eine reinzudrücken.

Er quält sich durch den dichten Verkehr um den Hermannplatz herum und parkt dann vor dem Amtsgericht Neukölln an der Karl-Marx-Straße, ein wuchtiger wilhelminischer Bau mit aufwendiger Fassade und zwei flankierenden Türmchen oben am Dach.

Im repräsentativen Eingangsbereich mit der geschwungenen Treppe dreht wieder mal eine Filmcrew und stört den ordentlichen Ablauf, was die Leute mächtig nervt, die hier arbeiten müssen. Die halbe Treppe ist mit schwarzen Tüchern abgehängt. Überall stehen Kisten rum, Lampen, Kabel und Schienen, über die man stolpert, und wenn der Regisseur »Ruhe bitte« sagt, dann müssen alle den Mund halten. Bosman schiebt sich durch die Kulissen, geht die Treppe hoch in den langen, gebohnerten Flur und klopft bei Richter Dr. Carlo Schmitt, der hinter seinem Schreibtisch steht und telefoniert. Er winkt Bosman rein, während er weiterspricht und den linken Daumen unter den breiten Hosenträger mit dem flotten Art-déco-Muster hakt. Nicht, dass er Hosenträger braucht bei seiner Figur. Der Richter ist gut in Form. Jeden Montag drischt er in der Mittagspause mit seinem Partner Gerhard Baumgarten Squashbälle an die Wand des Courts, und freitags geht es dann standesgemäß in den Tennisclub im Grunewald. Baumgarten ist Parteifreund und Innensenator in Berlin – ein Job, mit dem der Richter selber seit einiger Zeit liebäugelt, wie Bosman von einem Kumpel weiß, der im Ministerium arbeitet. Schmitt hält sich eh für den besseren Mann, nicht nur auf dem Tennisplatz. Im Gegensatz zu den ganzen anderen Wendehälsen in der politischen Arena hat er eine klare Haltung, und die kann man am besten mit Law & Order zusammenfassen.

Was der Grund ist, warum Bosman gerne mit ihm zusammenarbeitet, auch wenn der Richter regelmäßig über das Ziel hinausschießt. Er sagt dann Sätze wie: »Wir haben die Gesetze, wir müssen sie nur anwenden.« Oder: »Wer sich hier nicht an die Regeln hält, hat sein Gastrecht verwirkt und fliegt raus, auch wenn er schwul ist und aus Marokko kommt.«

Das sichert ihm den Applaus seiner zahlreichen Anhänger. Für sie ist er einfach nur »Schmitti«, der Mann, der dem Volk aufs Maul schaut, geschätzt für seine harten Urteile. Endlich mal einer, der durchgreift. Richter Gnadenlos, so nennen sie ihn in den Boulevard-Medien, auf Twitter und in den Talkshows, in denen er regelmäßig auftritt und für seine Null-Toleranz-Politik wirbt, so wie es dieser Bürgermeister damals in den Neunzigern in New York gemacht hat.

Oder die Leute in Singapur.

»Und das Resultat?«, hat Schmitt neulich während eines Radio-Interviews listig gefragt und dann gleich selber die Antwort gegeben: »New York ist heute eine sichere Stadt, und in Singapur kann man Reisnudeln vom Pflaster löffeln, während hier die Obdachlosen auf öffentlichen Plätzen urinieren und polizeilich bekannte Straftäter uns auf der Nase herumtanzen.«

Er beendet sein Telefonat und kommt auf Bosman zu, der am Fenster steht, rausschaut und denkt, dass es da unten aussieht wie in Istanbul: lauter verschleierte Weiber, Typen mit Bärten, türkische Läden.

Seine Welt.

»Was kann ich für dich tun, Frank?«

Sie schütteln einander die Hand, und Bosman sagt: »Ich muss eine Wohnung beschlagnahmen.«

»Bist du zu Hause rausgeflogen?«

»Noch nicht.«

»Gegen wen gehst du vor?

»Wir haben den Tatort, wo Skinny ermordet wurde. Eine Fickwohnung in der Lietzenburger, gehört 'nem Typen, der da regelmäßig Stutenreiten veranstaltet.«

Schmitt sieht ihn an. »Butt?«

»Du kennst ihn?«

»Wer kennt ihn nicht? Früher ist man da zur Weihnachtsfeier hin, aber das geht ja heute alles nicht mehr.«

Bosman stutzt einen Moment. »Hey, verarsch mich nicht, du warst nicht da, oder?«

»Nee«, sagt Schmitt grinsend, »aber ich habe Butt letztes Jahr wegen Trunkenheit am Steuer verknackt und bei der Gelegenheit mal der Gewerbeaufsicht einen Tipp gegeben. War ja klar, dass der seine Orgien da als Privatpartys verkauft, um die Auflagen und Steuern zu umgehen.«

»Wunderbar«, sagt Bosman, »genau so was brauche ich gegen ihn.«

»Was hat er mit dem Mord zu tun?«

»Gar nichts, aber er weiß, wem er die Wohnung vermietet hat.«

»Und warum rückt er nicht mit der Sprache raus?«

Bosman zuckt mit den Schultern. »Entweder hat er Angst, oder er kriegt Kohle. Oder beides. Was anderes fällt mir im Augenblick nicht ein. In seiner Teilungserklärung steht übrigens, dass er die Wohnung gar nicht gewerblich nutzen darf.«

»Das ist schon mal gut. Dann machen wir ihm den Laden zu.«

»Ich würde das gerne so spielen, dass wir ihm den Laden jederzeit zumachen *können.*«

Schmitt schaut ihn prüfend an und versteht. »Okay.«

»Hast einen gut bei mir«, sagt Bosman.

Zehn Minuten später parkt er den Passat vor der Tafel in der Hobrechtstraße und geht rein. Es ist brechend voll. Links der Tresen, wo Inka steht, Achims Frau, und zusammen mit zwei jungen Studenten die Essenskörbe an die Bedürftigen austeilt. Viel ist es heute nicht. Dafür sind viele gekommen, wieder mal.

»Soll ich dir die Wahrheit sagen?«, fragt Achim, den Bosman hinten in dem kleinen Büro findet, wo er auf einem alten Drehstuhl hockt, aus dem die Springfedern schon aus dem Polster rauskommen. »Die Wahrheit ist, es ist einfach nicht genug für alle da. Ich sag dir mal was, wenn du dir die Leute da draußen anschaust, dann sind da einige dabei, die sich ihr Leben mal ganz anders vorgestellt haben. Neulich hat mir einer erzählt, dass er Ingenieur ist. Ingenieur, stell dir das mal vor! Es gibt tausend Gründe, warum einer abrutscht. Wenn du nachfragst, sind das vollkommen verschiedene Schicksale, du kannst das nicht alles über einen Kamm scheren.«

Nein, vermutlich nicht.

Bosman nickt. »Wie viel brauchst du?«

»Tausend die Woche. Mindestens. Davon kriegen wir über Spenden vielleicht fünfhundert rein.«

»Ich bring dir was vorbei.«

Achim schaut Bosman an: »Frank, ich weiß, dass du die Kohle irgendwie linksrum machst, und ich bin dir echt dankbar, dass du an uns denkst, bist 'n feiner Kerl. Aber lass das sein. Wenn sie dich erwischen, bist du am Arsch, das ist es nicht wert.«

Bosman schweigt einen Moment, dann sagt er: »Doch, Achim, ist es.«

Achim zuckt mit den Schultern. »Wie du meinst.«

»Hast du was von Jenny gehört?«

»Ja, sie hat Jürgen gestern im Krankenhaus besucht.«

Was …?

Bosman glaubt es nicht. Wie irre kann man sein? Und dann kommt es bitter in ihm hoch. Er reißt sich hier ein Bein aus, schaut regelmäßig bei Jenny vorbei und bietet seine Hilfe an, befreit sie von dem Mann, der ihre Sozialhilfe versäuft und sie dafür auch noch verdrischt. Und der Dank? Sie *besucht* das Arschloch, bringt ihm Blumen mit und sagt, dass ihr das alles furchtbar leidtut und am Ende ihre Schuld ist.

»Hey«, sagt Achim. »Alles okay?«

»Nee, nichts ist okay, das ist so ein kranker Scheiß.«

Achim streicht sich nachdenklich über den Bart. »In der Antipsychiatrie, da hat man sich mit solchen autodestruktiven Mechanismen ausführlich beschäftigt, und Foucault hat dazu in *Wahnsinn und Gesellschaft* ein paar ganz interessante Thesen entwickelt.«

Bosman starrt ihn an. »Ach ja?«

»Tut mir echt leid«, sagt Achim, »aber du kannst ihr nicht helfen. Du kannst ihr nur die Tür öffnen. Durchgehen muss sie allein.«

Nikki sitzt im Bett, Laptop auf den Knien, und schreibt ihren Blog. Als sie vorhin aufgewacht ist, brauchte sie eine Weile, bis die Bilder der vergangenen Nacht sich allmählich aus dem Nebel schälten. Was war da in sie gefahren? Ein bisschen tanzen und flirten, okay, vielleicht sogar ein bisschen knutschen, wenn es gut läuft, das war der Plan. Und wo findet sie sich irgendwann im Morgengrauen wieder? In einem wummernden Kloverschlag mit dem Schwanz von dem Bullen im Mund!

Sein Schwanz.

Nikkis Nackenhärchen stellen sich auf, ihr Bauch wird warm. Sie macht sich einen Cappuccino auf dem Gasherd und zieht sich ins Bett zurück. Das Fenster zum Innenhof mit der schattigen Kastanie, durch deren tiefgrünes Blätterwerk das Morgenlicht hereinfiltert, ist weit geöffnet. Vögel schwirren da draußen rum, sommerlich trunken. Ihre Finger eilen über die Tasten:

»Nachdem ich mich das letzte Mal in diesem Blog hier mit der Frage auseinandergesetzt habe, warum ich auf Superhelden stehe

und was das mit dem alttestamentarischen Patriachat zu tun hat, möchte ich mich heute einer anderen Frage widmen, die mich beschäftigt, die aber auch was mit dem alttestamentarischen Patriachat zu tun hat, nämlich mit Hierarchie. Ich habe letztes Jahr ein Drehbuchseminar gemacht, weil ich mir damals vorstellen konnte, in die Richtung zu gehen. Das Leben hatte anderes mit mir vor, aber eines hatte ich mir gemerkt: In jeder Szene gibt es eine Hierarchie, jedenfalls, wenn sie gut geschrieben ist, dann gibt es immer einen Jäger und einen Gejagten und das bringt mich zum Punkt. Eine Weile dachte ich ja, Switcherin zu sein (siehe meinen Eintrag vom 25.06. im BDSM Forum), aber ich glaube, ich habe mich jetzt entschieden und das hängt damit zusammen, was gestern im Watergate passiert ist. Ich habe mich vollkommen fallen gelassen, habe jeden Widerstand aufgegeben und mich außerhalb meines Willens gestellt. Ich kniete vor ihm neben der Schüssel, von oben strahlte grelles Licht runter, nebenan ging das Klo und unter normalen Umständen hätte ich gekotzt und wäre gegangen, aber das sind keine normalen Umstände gewesen, und das war es, was mich so gekickt hat. Ich habe ihn die ganze Zeit dabei angeguckt und gesehen, wie er immer geiler wurde, und das hat mich dermaßen angemacht, dass alles andere um mich herum verschwand. Und da ist mir klar geworden, dass ich von nun an nur noch seiner Lust dienen möchte. Ich habe meinen Weg gefunden.«

Nikki scrollt hoch und tippt schwungvoll den Titel: *»Epiphanie«*.

Sie lehnt sich in das Kissen zurück und überfliegt noch mal zufrieden die Zeilen. Hier und da ist ein Komma falsch, dort wird noch ein Wort korrigiert, dann drückt sie auf »Abschicken«.

Als der Wecker ihres Handys summt.

Sie schaut auf das Display: 14 Uhr Lunch mit Dad. Gut, dass sie das gestern eingetippt hat, hätte sie glatt vergessen. Nicht, dass sie sonderlich erpicht darauf ist, mit Bert bei dem kleinen

Vietnamesen um die Ecke essen zu gehen, natürlich *seine* Ecke in Mitte, während sie in Neukölln wohnt. Sie ahnt, dass irgendwas in der Luft liegt, denn ohne Grund würde ihr Dad nie auf die Idee kommen, mit ihr essen zu gehen. Schon gar nicht mittags, wenn er den ganzen Kram mit den Mongos um die Ohren hat. *Das immerhin muss man ihm zugestehen,* denkt Nikki, *dass er sich immer um die Schwachen und Bedürftigen gekümmert hat. Ein unverbesserlicher Optimist, der seine Einrichtung für lernbehinderte Kinder mit Leidenschaft führt und hohes Ansehen in der Szene genießt.*

»Man muss nur den Ort finden, von wo die Kinder starten können«, hat er Nikki neulich erklärt, »dann lernen sie auch fliegen.«

Klar, dachte Nikki, *auf die Schnauze.*

Als sie ihr Rennrad vor dem Pjöngjang Restaurant & Cocktailbar abstellt, sitzt Bert schon draußen unter der Markise und winkt ihr zu. Er trägt ein buntes Hawaiihemd mit Papageien drauf, ausgebleichte Jeans und Turnschuhe ohne Socken.

»Hey, Dad.«

Nikki beugt sich zu ihm runter und küsst ihn flüchtig auf die Wange, bevor sie einen Stuhl heranzieht und sich setzt. »Alles klar?«

»Bestens«, sagt Bert und schiebt ihr die Speisekarte rüber. »Die Frühlingsrollen sind super hier.«

»Was nimmst du?«

»Nummer dreißig.«

Nikkis Augen fliegen zur Dreißig: *Cua Ngot. Crispy chicken with vegetables in a sweet and sour sauce.*

»Wie geht's Mama?«

»Sie war am Wochenende in einer Schwitzhütte irgendwo in Brandenburg und kam fix und fertig zurück«, sagt Bert. »Ich glaube, die haben denen zu wenig Wasser gegeben.«

Oder zu viele Pilze in die Suppe gerührt, denkt Nikki.

Sie kennt die Affinität ihrer Mutter zu allerlei obskuren Kulten und Schamanen, denen sie geheimnisvolle Kräfte zuschreibt. Doch trotz Schwitzhütte, Reiki, Energiearbeit und veganer Ernährung ist sie diejenige, die ständig Rücken- oder Kopfschmerzen hat. Sie reden eine Weile lang über Mom und dass sie in letzter Zeit ein bisschen übertreibt. Sie hat auf Anraten einer befreundeten Hexe das Schlafzimmer mit Salbei ausgeräuchert, erzählt Bert, weil sie ihre Schlafstörungen auf weiß der Teufel welche spirituellen Kontaminationen zurückführt, und jetzt stinkt die ganze Bude wie Halsweh-Tee. Schlafen kann sie immer noch nicht, sagt er, dafür hat sie ihm gestern beim Abendbrot erzählt, dass sie eine Feng-Shui-Meisterin engagieren will, um die Energiefelder in der Wohnung zu optimieren. Als Bert erfuhr, dass der Spaß einen runden Tausender kosten sollte, konnte er zumindest einen Aufschub verhandeln.

Dann kommt die Kellnerin an den Tisch, eine winzige Vietnamesin, die im Stehen dem sitzenden Bert gerade mal bis zum Kopf reicht. Sie bestellen die Nummer dreißig, Frühlingsrollen und Thaisuppe für Nikki sowie zweimal Limonen-Tee.

Als die Kellnerin wieder abzieht, schaut Bert seine Tochter an und fragt: »Wie geht das Studium voran?«

Nikki steckt die Speisekarte in den Schlitz der Halterung. »Weißt du eigentlich, dass ich dabei war, beim Bombenalarm letzte Woche während der Corinna-Reitz-Show?«

»Als diese unsägliche Schauspielerin diesen Unsinn von sich gegeben hat?«

»Helen Schumann? Ja, ich mach da doch mein Praktikum.«

Bert scheint überrascht zu sein. »Sag bloß.«

Ja, denkt Nikki, *sag bloß. Habe ich dir schon mindestens dreimal erzählt, aber du hörst ja nie richtig zu.* Sie schiebt sich eine weißblonde Haarsträhne hinter das Ohr.

»Was war denn da nun am Ende los? Das war doch Gott sei Dank falscher Alarm, oder?«

»Ja, irgend so ’n krankes Hirn hat sich diesen Spaß ausgedacht.«

»Hat die Polizei schon eine Spur?«

»Keine Ahnung.«

»Ich finde das gut, dass du Praktika machst«, sagt Bert. »Aber, nun … wie viele Semester studierst du jetzt?«

Deswegen also der Lunch, denkt Nikki. *Leistungsrapport, scheiße.*

»Na ja«, sagt sie, »vier.«

»Fünf«, sagt Bert. »Du hast doch im Herbstsemester angefangen, oder?«

»Und was willst du damit sagen?«

»Ich meine ja nur … soweit ich weiß, schließt man den Bachelor nach vier Semestern ab, oder?«

»Na und? Ich brauch eben ein bisschen länger. Ich hänge ja nicht rum, ich arbeite, ich schreibe Gedichte, trete auf.«

»Das ist ja auch alles großartig«, sagt Bert, »aber jedes Jahr länger kostet mich das ein paar Tausend Euro mehr.«

Du Kleingeist, denkt Nikki. »Wie viele Semester hast du denn damals studiert? Das war doch irgendwas mit zwanzig oder zweiundzwanzig oder so.«

»Achtzehn«, sagt Bert. »Aber das kannst du nicht vergleichen. Es waren andere Zeiten.«

»Nicht für deine Eltern, die dich unterstützt haben.«

Bert lehnt sich in seinem Stuhl zurück. »Von meinen Eltern habe ich dreihundertfünfzig Mark gekriegt, das hat schon damals hinten und vorne nicht gereicht. Den Rest musste ich selber verdienen. Ich stand hinterm Tresen und bin Taxi gefahren.«

Nikki kennt da eine andere Version: »Hast du nicht was von deiner Oma geerbt, als sie gestorben ist?«

»Lass uns das Thema wechseln«, sagt Bert, »wir wollen uns doch wohl nicht streiten.«

»Nein.«

»Ich wollte ja nur mal horchen.«

»Schon gut«, sagt Nikki und weiß, dass sie diesmal siegreich aus der Nummer rausgekommen ist. Das mit den achtzehn Semestern lässt ihren Dad tatsächlich nicht gerade als *role model* dastehen, dies zumindest scheint er zu kapieren. Und dass er seiner Tochter schlecht abschlagen kann, was er selber in Anspruch genommen hat, andere Zeiten hin oder her.

Als das Essen kommt, fragt Bert: »Wie sieht's denn mit der Liebe aus?«

Nikki zuckt mit den Achseln, während sie daran denkt, wie sie Frank einen geblasen hat.

»Super«, sagt sie.

»Du hast einen Freund?«

»Ach, Dad ...«

»Warum erzählst du uns denn nichts davon?«

»Ich glaube, er ist nichts für euch«, sagt Nikki. »Er ist ein Bulle und erschießt Menschen.«

Bert schaut sie an, dann fängt er an zu lachen. »Du stehst immer noch auf Cowboys?«

»Klar.«

»Dann lass uns doch die Tage mal wieder ins Kino gehen.«

Als Bosman sportlich auf Siggis Garagenhof knirscht, um die Kohle für Achim zu holen, sieht er da zwei Streifenwagen mit Blaulicht neben einem 7er BMW stehen. Das Tor zur Unit Nummer 5 ist weit geöffnet, Kollegen laufen rum, und Bosman packt das kalte Grauen.

Er hat noch kurz bei Erol vorbeigeschaut, um den Schaden zu evaluieren, den Malik verursacht hat, aber den Weg hätte er sich sparen können. Weber kommt auf ihn zu, als er aus seinem Passat steigt und in seinem Hirn fieberhaft nach einer Ausrede kramt, die halbwegs plausibel machen *könnte*, warum da Zehntausende von Euro und so ziemlich jede illegale Droge in dem Safe liegen.

Bullshit, fährt es ihm durch den Kopf, *falscher Ansatz*. Sie können den Safe nicht geöffnet haben. Nur er und Schuster kennen den Zahlencode. Kann Weber ihn zwingen, ihn zu öffnen? Und woher weiß er eigentlich von ihrem geheimen Depot?

»Gut, dass Sie kommen«, sagt Weber bissig. »Wir benötigen Ihre Mithilfe da drin in der Garage.«

»Was für 'ne Garage?«

»Die da«, sagt Weber und deutet auf das offene Tor, wo zwei Kollegen rumstehen. »Der Verwalter hat bestätigt, dass Sie die gemietet haben.«

Siggi, der Idiot.

»Ja, vor Jahren«, sagt Bosman. »Ich war ewig nicht mehr hier, und ich habe auch keine Ahnung, was für Zeug da rumliegt. Eine Freundin von meiner Frau hat ihre Sachen untergestellt, weil sie ein paar Monate in Australien ist.«

Weber lächelt fies. »Dann können Sie doch sicherlich die Freundin Ihrer Frau anrufen und sie darum bitten, uns den Code des alten Bishop-Safes kurz durchzugeben, oder?«

Bosman kratzt sich bedauernd am Kinn. »Ich fürchte, das wird schwierig. Sie ist im Dschungel verschollen.«

»Ach«, sagt Weber, »das ist natürlich ausgesprochen ärgerlich. Aber sagen Sie mal, Kollege Bosman, wo gibt es denn in Australien Dschungel? Soweit ich weiß, ist das alles eine einzige scheiß Sandwüste mit ein paar verlorenen Negern drin, die mit ihren Feuersteinen Kängurus erschlagen.«

»Der Norden«, sagt Bosman, »liegt gegenüber von Papua-Neuguinea, und da ist alles voll mit Dschungel.«

Weber schaut ihn an, und Bosman sieht so etwas wie Hass in seinen Augen. Er fragt sich, warum. Wenn er für Kromschröder gegen ihn intrigiert – okay, das ist das Spiel. Aber warum persönlich werden? Warum hasst der Typ ihn so? Weil er eine fette Wampe hat und scheiße aussieht und sein ganzes jämmerliches Leben lang keine abgekriegt hat, für die er nicht bezahlen musste? Ist das der Penisneid, von dem immer alle reden?

»Schön«, sagt Weber, »wie Sie wollen. Ich habe hier einen Durchsuchungsbescheid.«

»Wie ich sehe, haben Sie ja auch fleißig durchsucht. Ich weiß zwar noch immer nicht, warum, oder was Sie hier zu finden hoffen, aber das ist jetzt ja auch egal.«

»Wenn Sie den Safe nicht freiwillig öffnen, nehmen wir ihn mit und machen ihn auf«, sagt Weber. »Also, was soll das? Es ist doch wohl unter Ihrer Würde, um ein paar Stunden Aufschub der Exekution zu betteln.«

Er grinst hinterhältig und fügt spöttisch hinzu: »Nicht Sie, nicht der härteste Cop der Stadt.«

Bosman schaut zu, wie zwei Kollegen den Safe aus Sheffield-Stahl ächzend zu Webers BMW schleppen, der unter dessen Gewicht mächtig in die Knie geht. Wenn sie ihn sofort in die Werkstatt fahren und da jemanden kennen, was er keine Sekunde lang bezweifelt, dann hat er höchstens drei oder vier Stunden, um aus dem Schlamassel rauszukommen.

Mission impossible.

Er trifft Schuster in der Kantine des Präsidiums am Tempelhofer Damm, wo um diese Uhrzeit kaum jemand sitzt. Schuster öffnet eine Cola und lehnt sich entspannt zurück.

»Hast du mir nicht zugehört?«, sagt Bosman. »In ein paar Stunden haben sie den verdammten Safe auf!«

»Sollen sie doch«, sagt Schuster.

Bosman glaubt es nicht. »Sag mal, spinnst du?«

»Sie werden da nichts finden. Ich habe das ganze Zeug heute Morgen rausgeholt und im Bahnhofsschließfach deponiert.«

Schuster holt einen kleinen Schlüssel mit einer Nummer aus der Hosentasche und wirft ihn auf den Tisch. »Für den Fall, dass sie auf die Idee kommen sollten, unsere Wohnungen auf den Kopf zu stellen.«

Bosman ist einen Moment lang perplex. »Woher wusste Weber von der Garage?«

»Er ist nicht blöde, er weiß, dass wir irgendwo unsere Rücklagen liegen haben, mit denen wir die Spitzel bezahlen. Also musste er uns nur folgen und sich fragen, was wir hin und wieder in der Garage zu schaffen haben.«

»Ich bin mir ziemlich sicher, dass mir keiner gefolgt ist.«

Schuster holt einen kleinen Magnet-Peilsender oben aus seiner Hemdtasche und hält ihn zwischen Daumen und Zeigefinger. »Schau mal nach, ob an deinem Wagen auch so einer klemmt. Rechter hinterer Kotflügel.«

Bosman ist verblüfft.

Das kann nicht sein. Er kann sich nicht vorstellen, dass Weber eine richterliche Genehmigung dafür hat. Ein Durchsuchungsbeschluss geht zur Not aufgrund der Sachlage klar, aber das hier?

Never.

»Können wir nachweisen, dass Weber sie gepflanzt hat?«

Schuster schüttelt bedauernd den Kopf. »Nein.«

Bosman schaut durch die Fensterfront raus in den Hof, wo ein paar Kollegen rumstehen und eine rauchen, während er mit seinen Fingerkuppen auf dem Resopaltisch trommelt, als würde er ein Stück von Chopin einüben.

Dann tanzt sein Handy vibrierend Richtung Tischkante.

Es ist Emrah.

Er steht mitten in seinem Büro und ist stinksauer. »Ich höre, dass Weber ein Ermittlungsverfahren gegen euch in die Wege geleitet hat?«

»Soll er doch«, sagt Schuster achselzuckend.

Seine Nonchalance regt Emrah noch mehr auf. »Am liebsten würde ich euch suspendieren, alle beide, und zwar sofort.«

Kannst du aber nicht tun, weil das einem Schuldeingeständnis gleichkäme und dich beschädigen würde, denkt Bosman. *Also, was bläst du dich dann hier so auf?*

Emrah faucht ihn an: »Glückwunsch, das ist jetzt schon das zweite Verfahren, das gegen dich läuft. Die Mordermittlungen wegen der Schießerei sind noch lange nicht eingestellt, und jetzt diese Scheiße hier. Sag mal, seid ihr völlig durchgeknallt?«

Bosman erinnert Emrah daran, dass sie diese Scheiße hier allein dem Umstand zu verdanken haben, dass sein Erzfeind Kromschröder versucht, sich im Rennen um den Direktionsposten die Poleposition zu verschaffen, offenbar mit allen Mitteln.

»Die Strategie ist doch völlig klar«, sagt er. »Wenn er uns nachweisen kann, dass wir korrupt sind, ist deine ganze Abteilung korrupt, und du stehst als jemand da, der seinen Laden nicht im Griff hat. Dann kannst du deine Bewerbung gleich zurückziehen.«

Emrah funkelt ihn an. »Glaubt ihr beiden Schwachköpfe tatsächlich, ich lasse mir von euch meine Karriere zerstören?«

»Stürzt das Ross, so fällt der Reiter.«

Wenn Blicke töten könnten, würde Bosman jetzt auf der Stelle umfallen. Emrahs Finger zielt auf ihn. »Glaubt bloß nicht, dass ihr unberührbar seid.«

»Was ich glaube, ist, dass wir noch eine ganze Weile im selben Boot sitzen und besser in dieselbe Richtung paddeln sollten«, sagt Schuster.

Emrah starrt ihn an. »Hat Weber irgendwas in der Hand?«

»Außer seinem schlaffen Pimmel wüsste ich nichts.«

»Sicher?«

»Sicher.«

Emrah zögert.

Bosman kann förmlich sehen, wie er in Gedanken seine Optionen durchgeht, und er weiß, die Vernunft wird siegen. Das schätzt er an Emrah, der trotz seines orientalischen Temperaments das strategische Ziel nie aus den Augen verliert. Es macht ihn zu einem guten Bullen und einem verlässlichen Partner.

»Okay«, sagt er schließlich. »Ich werde mit Bäumler reden.«

Bosman kennt die Polizeipräsidentin nur flüchtig, hat aber einen guten Eindruck von ihr gewonnen. Dr. Karin Bäumler ist von Haus aus Juristin, gilt als kompetent und hat die Berliner Polizei bislang clever aus den Schlagzeilen raushalten können, den negativen jedenfalls. Und ganz sicher wird sie kein Interesse daran haben, in der Presse zu lesen, dass drei LKA-Beamte sich des Diebstahls, der Korruption und der Verübung von schweren Straftaten im Dienst schuldig gemacht haben sollen. Emrah wird versuchen, Bäumler davon zu überzeugen, Kromschröder an die kurze Leine zu nehmen. Er selber, wird er sagen, sei aus durchschaubaren Gründen das Opfer einer Schmutzkampagne, die darüber hinaus das Zeug habe, das Leben dreier tadelloser LKA-Ermittler zu ruinieren, von denen einer bereits sein rechtes Auge geopfert hat. Das ist Emrahs Seite des Deals. Er kümmert sich um die Einstellung der Ermittlungen. Dafür garantieren Bosman und Schuster, dass es keine unliebsamen Überraschungen gibt.

»Was ist mit Tarik Aziz?«, fragt Emrah eine Spur versöhnlicher. »Immer noch unauffindbar?«

»Ja«, sagt Bosman, »aber es ist nur eine Frage der Zeit, bis er auftaucht.«

Dann geht das Katz-und-Maus-Spiel wieder los, und am Ende werden sie ihn kriegen. Am Ende kriegen sie jeden, einfach weil der Ermittlungsdruck zu groß wird, weil ein normales Leben unter diesen Umständen nicht möglich ist und weil irgendwann die Panik einsetzt, wenn man sich bei jedem Geräusch vor der Tür einbildet, dass die Bullen gleich die Ramme ansetzen und reinstürmen.

24

Tarik ist guter Dinge.

Gestern kam die Nachricht, dass die Israelis das Haus seines Cousins Arafat in Schutt und Asche gebombt haben, als Baba gerade das Flugticket nach Beirut, *one way*, ausdrucken wollte. Offenbar hatte die Hisbollah aus dem Viertel heraus ein paar Raketen auf die Golanhöhen abgefeuert, woraufhin die israelische Luftwaffe ihre F-16-Jäger losgeschickt und die Hisbollah-Stellungen pulverisiert hatte – mit den üblichen Kollateralschäden. Tariks Mutter hat die Arme vor Verzweiflung in die Luft geworfen und ist jammernd zu Boden gesunken, Baba hat geheult und hektisch mit seinem Handy telefoniert, und dann stellte sich raus, dass das Haus noch stand, aber durch eine Rakete schwer beschädigt wurde. Die ganze Wohnzimmerwand war weggefetzt, Bewehrungseisen guckten aus dem Fußboden, wie sie auf dem Display von Babas Handy alle sehen konnten, als Cousin Arafat ein Video von dem Desaster schickte. Zu Schaden kam Allah sei Dank niemand, weil Arafat bei der Arbeit war, seine Kinder in der Schule, die Frau beim Einkaufen und die Großeltern im anderen Stockwerk. Doch eine Reise Tariks in das halb zerstörte Haus kam damit natürlich nicht mehr in Frage.

Er konnte sein Glück kaum fassen und störte sich nicht an den finsteren Mienen von Baba und Arslan. In den langen Tagen und Stunden, die er in der Wohnung verbracht hatte, eingesperrt, bewacht und zunehmend gestresst, hatte er Dutzende von Filmen gesehen. Gestern dann *Zeiten ändern dich* von Regisseur Uli Edel – die Geschichte von Anis Ferchichi aka Bushido –, als ihm eine neue Geschäftsidee in den Sinn kam. Er hatte gleich mit seinem Kumpel Hulk telefoniert und gesagt: »Alter, was die Abou-Chaker-Schwuchteln können, das können wir auch.«

»Hä …?«

»Wie sie Bushido aus dem Vertrag mit Hardcore rausgehauen haben?«

»Das ist Jahre her, und jetzt ist Bushido am Arsch.«

»Darum geht's doch nicht«, sagt Tarik. »Es geht darum, wie man die guten Leute kriegt.«

Er war so begeistert von seiner Idee, dass er sogar beschloss, Arslan davon zu erzählen. Vielleicht würde er ja Beirut auch in Zukunft weiträumig umschiffen können, wenn er das Ansehen der Familie erhöht.

Dazu allerdings muss er draußen präsent sein und kann sich nicht ewig hier verstecken. Das ganze Problem sind seiner Meinung nach eigentlich nur die Augenzeugen des Mordes, die ihn vor Gericht anschwärzen werden. So viel hat Laurenz rausgefunden, doch Namen hat er noch nicht. Spätestens wenn der Prozess beginnt, wird Tarik wissen, was das für Opfer sind. Dann muss man denen nur erklären, dass es keine gute Idee ist, gegen einen Aziz auszusagen, und der Drops ist gelutscht. Dann kann er endlich wieder frei draußen rumlaufen und Geschäfte machen.

So weit, so gut.

Jetzt steht er mit Arslan im Wohnzimmer der Altbauwohnung mit den hohen Stuckdecken und dem orientalischen Interieur. Bilder aus der Heimat der Väter an der Wand, Brücken und Minarette, gewebt in Teppiche oder verblasst auf alten Fotografien in schweren Bilderrahmen. Der Brokat der barocken Sofas mit einem

Plastikbezug geschützt. Ornamentteppiche auf dem Boden. Im riesigen Fernseher läuft eine türkische Soap, der Ton ist ausgeschaltet.

»Wie bitte?«

Arslan steht drüben bei der Glotze und dreht sich zu Tarik um.

»Du sagst doch immer, wir sollen legal werden«, sagt Tarik, »respektiert von den Deutschen, Teil der Kultur und so. Also machen wir Kultur, Bruder. Mit Rambam One kannst du sogar zum Bambi gehen, stehst neben ihm auf der Bühne mit der Trophäe in der Hand wie diese Abou-Chaker-Schwuchtel, verstehste?«

Arslan braucht einen Moment, um zu kapieren, worauf sein Bruder hier hinauswill. »Redest du von dem Rapper?«

»Ganz genau. Ich will ihn unter Vertrag nehmen.«

Arslan schaut ihn an wie einen Alien mit Aktentasche, der ihm gerade eröffnet, die Milchstraße kaufen zu wollen. »Was ...?!«

»Ich werde sein Manager.«

»Du?«

»Wer sonst?«

»Du hast doch überhaupt keine Ahnung davon. Du kennst das Business gar nicht. Nur weil du den Scheiß den ganzen Tag lang hörst, glaubst du, du weißt, wie's geht?«

»So schwer kann das ja wohl nicht sein.«

Arslan stöhnt auf. »Du glotzt zu viel Netflix. Weißt du das? Das ist dein Problem, Bruder.«

Diese Herablassung in der Stimme, dieser Blick, der Tarik zu verstehen gibt, dass er ein Loser ist. Ein Opfer, einer, der nichts auf die Reihe kriegt und immer nur Ärger macht. Alles, was er sagt, prallt an Arslan ab. Alles, was er tut, ist falsch. Es reicht ihm, er hat die Schnauze gestrichen voll. »Du glaubst, ich krieg das nicht hin?«

»Ich glaube nicht, dass Rambam One auf der Suche nach einem neuen Management ist«, sagt Arslan spöttisch.

»Das kann man ändern.«

»Ach ja? Wie willst du ihn denn aus seinem Vertrag rausholen? Den Leuten auf die Fresse hauen?«

Ja, aber das sagt Tarik lieber nicht.

Er schweigt.

»Super«, sagt Arslan. »Noch mehr Ärger. Nicht nur, dass wir die Bullen und die Albaner am Hals haben, jetzt auch noch Zoff mit einem Plattenlabel, Anzeigen wegen schwerer Körperverletzung. Sag mal, hast du sie noch alle?«

»Fuck it«, sagt Tarik.

»Ja, fuck it, fuck it …« Arslan hat Mühe, nicht zu explodieren. »Das ist deine Antwort auf alle Fragen, mit denen du nicht weiterkommst.«

»Wo ist das Problem? Stelle ich mich eben, gehe ich in Knast und bin nach dem Prozess wieder draußen.«

»Aha, und wieso glaubst du das?«

»Wir müssen die Augenzeugen finden. Wenn die ihre Aussage zurückziehen, gehe ich da als freier Mann raus.«

»Du gehst erst mal nirgendwohin«, sagt Arslan. »Du bleibst verdammt nochmal hier, bis wir irgendwas für dich in Beirut gefunden haben.«

Leck mich am Arsch, denkt Tarik.

»Ich muss jetzt los«, sagt Arslan. »Und du gehst nicht aus dem Haus, hörst du?«

»Okay, okay, ich höre. Komm runter, Mann.«

Arslan nimmt seine Jacke, packt drei verschiedene Handys ein und zieht die Tür hinter sich zu. Tarik schaut ihm nach.

Da gehst du hin, Bruderherz.

Arslan kommt aus dem Haus und steigt zu Momo in den schwarzen Mercedes, der in der zweiten Reihe parkt. Momo schaut rüber und fragt: »Alles okay?«

»Nein«, erwidert Arslan.

Der Tag hatte schon schlecht begonnen. Morgens musste er ewig mit Arafat in Beirut telefonieren, wegen des Schadens am Haus. Klar, es war eine Selbstverständlichkeit, ihm zu helfen, aber das ganze Palaver ging ihm auf die Nerven. Alles, was er wollte, war eine Kontonummer, um Arafat die 50 000 zu überweisen. Was er bekam, war eine mäandernde Schilderung unendlicher Details des Unglücks sowie der Auswirkungen auf Umstände und Leute, die er alle nicht kannte. Wie der Nachbar das Pfeifen der Rakete gehört hatte, bevor sie einschlug. Wie in der Bäckerei nebenan die Decke runterkam und Abdullah gerade noch so zur Seite springen konnte. Wie der Staub so dicht war, dass man die Sonne nicht mehr sah und der ganze Scheiß. Schließlich konnte er ihn abwürgen, als Rüdiger anrief und ihn bat, um zehn Uhr vorbeizuschauen. Sein Banker hatte am Telefon jovial geklungen, eine Spur zu jovial für Arslans Geschmack. Und dann kam sein Bruder aus dem Zimmer und erzählte ihm diesen Schwachsinn mit dem Rapper. Der Idiot kann ihm alles zerschießen, alles, was er mühsam aufgebaut hat. Die Kontakte in die Wirtschaftselite der Hauptstadt, sein Coup am Osthafen, alles am Arsch, wenn Tarik weiter wie Godzilla durch die Hauptstadt trampelt und eine Schneise der Verwüstung schlägt. Und das Letzte, was Arslan jetzt gebrauchen kann, ist ein spektakulärer Mordprozess gegen seinen Bruder. Es war eh schon schwer genug, die Bedenken der Deutschen Bahn als Verkäufer des Grundstücks am Osthafen zu zerstreuen. Bislang war noch nicht so ganz klar, ob die 100 000, die Arslan über Laurenz an Slawinsky getunnelt hat, die beabsichtigte Wirkung entfalten würden. Slawinsky hatte sich nach Laurenz' Auskunft abwartend und vorsichtig geäußert. *Aber das tun sie alle,* denkt Arslan, *erst zucken sie und winden sich und verbreiten den Eindruck allergrößter Schwierigkeiten, um dann am Ende den Preis hochzutreiben.* Er kennt das Spiel. Doch noch ist nichts unterschrieben, und er muss schleunigst dafür sorgen, dass Tarik verschwindet, dahin, wo ihn keiner suchen wird. Vielleicht nach Patagonien zum Robbenzählen, oder besser noch nach Nordkorea. Er nimmt sich vor, noch mal mit Arafat zu telefonieren und die Auszahlung der 50000 an die Bedingung zu knüpfen, Tarik für ein paar Monate irgendwo unterzubringen.

Momo kurvt seinen Chef durch den dichten Verkehr.

Stop-and-go.

Es kommt Arslan so vor, als würde die Stadt immer voller, auf den Straßen, den Bürgersteigen, in der U-Bahn. Von überallher strömen die Leute rein, überall wird gebaut, es ist Goldgräberstimmung, wieder mal. Es scheint ihm, als wäre Berlin in den Neunzigerjahren aus einem Dornröschenschlaf erwacht, um sich immer wieder neu zu erfinden, und es ging immer weiter bergauf. Selbst die Dellen schwankender Konjunkturzyklen konnten diesen rasanten Aufstieg nicht bremsen, und all die Jahre hat Arslan an der Gier und dem Rausch gut verdient. Auch mit ihm ging es rasant bergauf, bis jetzt. Nicht nur hängt Tarik über ihm wie eine schwarze Gewitterfront, sondern auch die Sache in der Lietzenburger kann ihm jederzeit um die Ohren fliegen, wenn er nicht aufpasst. Er hofft, dass er Butt seinen Standpunkt hinreichend klargemacht hat, diesem kleinen Scheißer, der geglaubt hat, ihn so billig erpressen zu können. Arslan wundert sich immer wieder, wie viele Leute ihre Möglichkeiten gnadenlos überschätzen, wie wenig Gespür sie für das Machbare haben.

Er schaut zu Momo am Steuer rüber, solide wie ein Fels in der Brandung, und er beschließt, ihm als Anerkennung für seine Dienste eine Rolex zu schenken. Wie er die böse Geschichte in Butts Fickwohnung gehandhabt und den Stricher entsorgt hat – erstklassige Arbeit. Es hatte niemand was mitbekommen. Momo war innerhalb von zehn Minuten da gewesen und hatte dafür gesorgt, dass die Show weiterging, während er nebenan den dünnen Stricher in einen Teppich wickelte und dann später in den

Morgenstunden runterschleppte und in seinen Kofferraum warf, während der Hulk Schmiere stand. Das war der einzig wirklich knifflige Moment, im Treppenhaus und dann draußen auf der Straße, aber er hatte Glück gehabt.

Und die Gäste eine geile Party.

Arslan musste sie bei Laune halten, denn immerhin waren sie bereit, ihm ihre Millionen anzuvertrauen, in der Hoffnung auf einen fetten Gewinn. Nachmittags waren sie auf dem Grundstück gewesen, auf dem die Shopping Mall entstehen soll, das letzte Stück Brachland auf der Nordseite zur Spree hin. Sie hatten alle gelbe Helme aufgehabt, was ein bisschen lächerlich aussah, denn noch war ja gar nichts passiert. Noch gehörte Arslan das Grundstück nicht einmal, aber das wussten die Investoren natürlich nicht. Sie standen rum und lauschten dem Architekten, der die Pläne und die anstehenden ersten Bauschritte erläuterte. Nach der Begehung hatte Arslan seine Gäste ins Grill Royal eingeladen, von wo aus man guter Dinge in die Wohnung in der Lietzenburger Straße zog und mit Champagner anstieß.

Als die Escorts kamen, war Arslan gegangen.

Er hatte die ganze Zeit nur Mineralwasser getrunken und voller Verachtung auf Männer geschaut, die sich wie die Schweine aufführten und in Gruppen kopulierten. Als dann gegen Mitternacht sein Handy klingelte und Momo dran war, wusste er, er hatte ein Problem.

Arslan findet Dr. Rüdiger in einem üblen Zustand vor, oben in seinem gläsernen Eckbüro der Berliner Kreditbank mit Blick über den Tiergarten. Zehn Uhr morgens, und Rüdiger hat eine Fahne wie ein Obdachloser auf der Warschauer Brücke. Das Hemd hängt ihm vorne über seinem Schwabbelbauch aus der Anzughose, die Ärmel hat er aufgekrempelt, die Krawatte gelockert. Schweiß tropft ihm von der Stirn auf die geröteten Wangen, obwohl die Klimaanlage auf Hochtouren läuft.

Fett, erhöhter Blutdruck, angesoffen, Stresslevel am Anschlag, registriert Arslan auf den ersten Blick. Infarktkandidat. Aber bitte noch nicht jetzt. Noch braucht er ihn für seine Finanztransaktionen und die Kredite für seine Shopping Mall. Und genau da hakt es, wie Rüdiger bedauernd mitteilt. Compliance hat Bedenken angemeldet, nachdem die Deutsche Bahn abzuspringen droht.

Arslan holt tief Luft und atmet aus, während er bis zehn zählt und seine Temperatur ein paar Grad runterregelt. Das hat er vor Jahren beim autogenen Training gelernt, um seine Emotionen besser zu kontrollieren, denn er weiß, Affektkontrolle ist der Schlüssel zum Erfolg. Es ist wie beim Boxen, wo die Schläger schon verloren haben, bevor sie in den Ring steigen. Der Sieg wird mit dem Kopf errungen, mit Taktik und Strategie, und nicht mit den Fäusten. Das sind nur die ausführenden Werkzeuge. Also lächelt Arslan und sagt: »Die Bahn ist im Boot.«

Rüdiger glotzt ihn aus geröteten Schweinsäuglein an. »Da habe ich aber was anderes gehört.«

Arslans Lächeln wird frostig. »Ich habe gesagt, die Bahn ist im Boot.«

Rüdiger räuspert sich. »Ich sag's ungerne, aber ich weiß nicht, wie ich das durchsetzen soll. Ich muss die Kredite prüfen lassen, Arslan, ich entscheide das nicht alleine.«

Arslan steht auf und sagt: »Du schuldest mir was.«

Rüdiger sackt noch ein Stück weiter in sich zusammen und flüstert: »Ich weiß.«

Es widert Arslan an, wie der Mann sich hängen lässt. Er dreht sich um und geht raus, lässt die Tür offen stehen, marschiert an der verwunderten Sekretärin vorbei, die ihm misstrauisch nachschaut, und fährt im Fahrstuhl runter zum Eingangsbereich, wo Momo auf ihn wartet und ihn ins Liquidrom fährt.

Dort macht er eine Stunde lang Wellness, um den Kopf klar zu kriegen. Als er im warmen Salzwasserpool der futuristischen

Kuppelhalle mit den gedimmten Lichtern und der chilligen Unterwassermusik treibt, entspannt er sich und denkt daran, dass er immer noch einen Joker hat, um die Ermittlungen zu beenden, wenn es hart auf hart kommen sollte. Er hat die Bullen in der Hand, auch wenn sie es noch nicht wissen, und er wird seine Karten klug ausspielen, wenn es an der Zeit ist. Arslan schließt die Augen, genießt die Wärme, die durch seinen Körper strömt, und denkt an nichts mehr. Alles um ihn herum wird still, bis auf die Unterwassermusik, die sphärisch in seinen Ohren klingt und ihn in Welten entführt, wo Milch und Honig fließen und wo einem siebzig nackte Jungfrauen den Nacken massieren, eine nach der anderen.

Tarik sitzt mit Hulk an einem Teehaustischchen im Café Gaziantep in der Donaustraße. Basecap und Sonnenbrille, schickes schwarzes Hemd, oben offen, so wie es sein muss, dickes Goldkettchen am Hals und eins am Handgelenk hinter der Uhr, einer Omega Seamaster 300 »Spectre« Limited Edition, wie sie Daniel Craig in dem gleichnamigen Bondfilm getragen hat.

»Ich lass mich doch nicht einsperren«, sagt er zum Hulk. »Oder glaubst du, ich bin ein Opfer?«

»Nein«, sagt Hulk.

»Ich will wissen, wer die Zeugen sind, die gesehen haben, wie ich dieses Arschloch Ekrem kaltgemacht habe, verstehst du? Ich will, dass du das rausfindest, Bruder. Ich will die Sache erledigt haben, um mein Label zu gründen.«

Hulk nickt.

»Aziz Records«, sagt Tarik. »Wie klingt das?«

»Geil.«

Tarik schaut ihn etwas enttäuscht an. »Mehr nicht? Das ist alles, was du zu sagen hast?«

»Ich glaube, wir sollten erst mal checken, wie du aus der Mordsache rauskommst, Bruder.«

»Wie ich aus der Mordsache rauskomme? Hörst du überhaupt nicht zu, Alter? Wir sorgen dafür, dass die Zeugen ihre Aussage zurückziehen, ist doch nicht das erste Mal, wo ist das Problem?«

»Kein Problem«, sagt Hulk. »Aber wir müssen sie erst mal finden.«

Tarik schaut missmutig auf den Boden. »Wie läuft's im Park?«

»Gar nicht. Bobo ist verschwunden, und ich krieg ihn nicht ans Handy.«

Das klingt nicht gut.

Tarik kann förmlich spüren, wie ihm so langsam alles entgleitet. Seit Arslan den Deal mit Ron abgeblasen hat, antwortet der nicht mehr, und ihm sind die Hände gefesselt. Er kann sich um nichts kümmern, sitzt da den ganzen Tag in der Bude und soll nach Beirut abgeschoben werden.

Es ist zum Kotzen.

Als ein tiefergelegter Audi mit extrabreiten Schlappen direkt vor dem Café bremst. Die Türen gehen auf, Kosovo-Albaner in Sneakers, Trainingshosen und Blousons steigen aus, Baseballschläger in den Händen.

Hulk sieht sie zuerst.

»Fuck! Raus!«

Tarik und Hulk springen auf, nur wohin?

Shatira Ekrem stürmt rein, hebt den Baseballschläger, hinter ihm seine Leute. Hulk nimmt den Tisch und wirft ihn Shatira entgegen, der ihn mit seinem Schläger krachend zur Seite drischt, als – *bang!* – ein Schuss fällt. Das Neonschild am Eingang explodiert, Shatira steht im Scherbenregen.

Tarik dreht sich um, sein Herz hämmert gegen den Brustkorb wie ein Irrer in der Gummizelle, und er sieht Momo, der hinten im Laden steht. Er hat einen großkalibrigen Colt in der Hand, den er auf Shatira richtet.

Wo kommt der denn her?

»Verpisst euch, ihr scheiß Balkanneger«, sagt Momo und kommt hinter dem Tresen hervor. Jetzt sieht Tarik die offene Tür zum Hof hin, wo sich Gemüsekisten stapeln. Klar, wie Momo reingekommen ist. Er muss die verdammten Zigeuner gesehen haben.

Shatira zielt mit dem Zeigefinger seiner rechten Hand erst auf Momo, dann auf Tarik. Er lächelt und tut so, als würde er abdrücken. Dann zieht er sich zurück. Sie steigen draußen in den Audi und fahren ab, wobei sie ordentlich Gummi auf dem heißen Asphalt hinterlassen.

»Und jetzt ist vorbei mit dem Scheiß«, sagt Momo zu Tarik. »Ab nach Hause.«

»Bist du meine Nanny?«

»Arslan schickt mich.«

»Ist ja gut, Mann, jetzt stress hier nicht so.«

Er schlägt mit Hulk einen High five ab, während er überlegt, woher er eine Knarre kriegt. »Wir sehen uns, Bruder.«

Dann schiebt Momo ihn an den Schultern raus aus dem Laden zu dem schwarzen Mercedes, der auf der gegenüberliegenden Straßenseite parkt.

»Das ist er«, sagt Butt.

Er sitzt neben Bosman im Präsidium vor dem Monitor, auf dem ein Fahndungsprofil von Momo zu sehen ist. Vorbestraft wegen schwerer Körperverletzung. Das wundert Butt nicht.

Scheiß Eisenbieger.

Als der Bulle ihm vorhin zu Hause den Vollstreckungsbescheid zur Beschlagnahmung der Wohnung in der Lietzenburgerstraße unter die Nase gehalten hat, war ihm klar, dass er liefern musste. Es war ihm aber auch klar, dass es keine gute Idee war, den Mann hinzuhängen, der ihm den Todesgruß geschickt hatte. Aber wenn er den Boten hinhängt, überlegte Butt, könnte er vielleicht mit einem blauen Auge davonkommen, wenn die Bullen mitspielen. Wenn sie nicht verraten, dass der Tipp von ihm kam.

»Butt«, hat der Bulle gesagt. »Sie sind nicht in der Position zu verhandeln. Aber ich bin bereit, das da ins Feuer zu schmeißen.« Er deutete auf den Vollstreckungsbescheid, den Butt in den zitternden Händen hielt. »Wenn Sie mir entgegenkommen.«

Also stieg Butt zu Bosman in den Wagen, textete Heidi, dass er später nach Hause kommt, sie mit dem Kaffee nicht auf ihn zu warten braucht und dass er sie liebt, *bussi*. In Bosmans stickigem Büro mit den halb runtergelassenen Jalousien klickte er sich dann ewig durch die relevanten Straftäterdateien und wunderte sich, dass die ganzen Typen alle da draußen frei rumlaufen, bis er Momo erkannte.

»Dem haben Sie die Wohnung vermietet?«

»Ähm ... ja.«

Butt schaut Bosman an, der herauszufinden versucht, was er ihm verschweigt. Soll er doch. Von dem Foto mit dem erschossenen Mann wird er ihm nichts erzählen. Von dem fiesen Araber auch nicht, der es ihm geschickt hat. Mit dem ganzen kranken Scheiß will Butt nichts zu tun haben. Er hat seinen Teil der Abmachung eingehalten und Momo geliefert. Sollen die Bullen sich jetzt damit rumschlagen, er ist raus.

Butt nestelt seinen Hemdsärmel hoch und schaut auf seine Uhr. »Ich glaube, ich müsste dann mal los.«

Bosman schaut ihm nach, wie er hastig aus dem Büro wieselt, um noch rechtzeitig zu Kaffee und Kuchen bei seiner Heidi zu sein, bloß weg von hier. Er dreht sich auf seinem Stuhl zurück zum Computer und studiert Momos Akte. Mohamed »Momo« Yassier, geboren 1987 in Berlin, hat vor drei Jahren einem Typen den Kiefer gebrochen, weil der seine Freundin angemacht hatte. Einmal wurde er wegen bandenmäßigen Drogenhandels angeklagt, aber freigesprochen, einmal wegen Körperverletzung verurteilt. Das ist nicht viel. Wie kommt so ein kleines Licht dazu, eine Orgie in einem privaten Club zu organisieren, mit lauter Businessleuten, wie Hamedi gesagt hat?

Vielleicht weiß Jackie mehr über ihn, denkt Bosman. Er kennt ja die ganzen Jungs aus den Clans, und es ist ohnehin mal wieder Zeit, ihn zu besuchen. Es geht ihm nicht gut. Schuster war gestern da und hat berichtet. Ganz so einfach ist es mit dem Verlust des Auges dann doch nicht. Mittlerweile hat ihn der Blues voll erwischt, dreimal die Woche geht er zur Traumatherapie, ohne dass die Schatten unter seinen Augen heller würden. Es kann noch Wochen dauern, bis er wieder diensttauglich ist, wenn das überhaupt noch mal was wird. Bosman zögert seine Besuche möglichst lange raus. Er erträgt es nicht, Jackie so zu sehen, und er weiß dann nie, was er mit ihm reden soll.

Jetzt aber hat er einen Grund.

Obwohl Schuster ihn vorgewarnt hat, erschrickt er ein wenig, als er durch die offene Tür in das Krankenzimmer kommt, wo Jackie vor dem offenen Fenster hockt und rausstarrt. Das Bett ist frisch bezogen, weiß gestärkte Laken unter der leichten Kunststoffplane, die sich in der warmen Sommerbrise knisternd hebt und senkt, als atme sie. Bosman sieht die gepackte Reisetasche und wundert sich. »Wirst du entlassen?«

Jackie dreht sich zu ihm um, eine schwarze Klappe über dem rechten Auge. »Gleich kommt ein RTW und bringt mich in die Reha.«

Davon hat Schuster gar nichts erzählt, hat wohl mal wieder nicht richtig hingehört, weil er auf seiner Tinder-App rumgedaddelt hat, seine neueste Obsession. Okay, er ist Single und muss sehen, dass er sich die Abende versüßt, aber er scheint zu übertreiben. Andererseits muss man vermutlich Hunderte von Chats starten, um bei der einen oder anderen landen zu können, und das kostet Zeit – vor allem, wenn der Bauch anfängt, über den Gürtel zu schwabbeln, und die Haare lichter werden.

Jackie sagt: »Als Yilmez geschossen hat, wo hast du da gestanden?«

Bosman ist überrascht. »Vor dir.«

»Wie viele Schritte?«

»Drei oder vier.«

»Und Schuster war hinter mir, oder?«

»Ja, warum?«

Jackie denkt einen Moment lang nach. »Ich kann mich nicht mehr erinnern. Ich schwör's dir, da ist nichts als ein scheiß Loch.«

»Klar«, sagt Bosman. »Unter Schock schaltet der Körper auf Autopilot, und wenn das Bewusstsein den Steuerknüppel wieder übernimmt, fehlt das Stück meistens. Das ist völlig normal.«

»Ich wache nachts auf, Frank, jedes Mal derselbe beschissene Film. Wenn du mich fragst, was ich gesehen habe, dann ist da nichts.«

Bosman schweigt.

»Dich hat's ja auch erwischt.«

Ja, auf der Weste.

»Du hast Schwein gehabt. Am Ende haben wir alle Schwein gehabt. Mann, eine Maschinenpistole! Gut, dass du das Arschloch erledigt hast.«

Bosman schaut an Jackie vorbei aus dem Fenster. *Zentimeter*, denkt er, *lagen zwischen mir und dem Tod.* Es war pures Glück. Er stellt sich einen Moment lang vor, dass er weg wäre. Wer an seinem Grab stehen und weinen würde. Seltsamerweise kommt ihm als Erstes Nikki in den Sinn, wie sie auf ihn runterschaut, den Kopf leicht gebeugt, Tränen in den Augen und die roten Lippen mit dem schimmernden Gloss leicht geschürzt …

Fuck, denkt Bosman, *ich glaube, ich muss wirklich aufpassen*, und Jackie sagt: »Jedes Mal, wenn vor mir eine Tür aufgeht, scheiß ich mir in die Hose.«

Bosman weiß nicht, was er dazu sagen soll. Also schweigen sie beide einen Moment. Dann fragt Jackie: »Was gibt's Neues bei euch?«

»Bei *uns*«, verbessert Bosman. »Du bist Teil des Teams.«

»Richtig, ein einäugiger Krüppel.«

»Erstens bist du einäugig«, sagt Bosman, »und zweitens kein Krüppel. In der griechischen Mythologie haben die Einäugigen besondere Fähigkeiten wegen ihrer besonderen Nähe zu den Göttern.«

»Ohne Scheiß? Sag mir einen.«

»Na ja …« Tatsächlich bringt er Bosman damit in Verlegenheit. Irgendwie hat er eine vage Vorstellung von dem Zyklopen, den Odysseus blendet, bevor er seine Mutter flachlegt, oder … Moment mal, war das nicht dieser andere Bursche, Ödipus? Jedenfalls hat ein Zyklop wenig mit den Göttern zu tun.

»Ist mir gerade entfallen«, sagt er. »Aber ist doch oft so, dass Leute mit einem Handicap andere Skills entwickeln, als Ausgleich.«

Jackie schweigt.

Bosman zieht ein Foto von Momo aus der Tasche und zeigt es ihm. »Kennst du den?«

Jackie erkennt ihn sofort.

Momo hatte damals im Kiez für Ruhe gesorgt, als er noch zur Schule ging. Wer zu viel Scheiße baute, kriegte es mit Momo zu tun, der keinen Stress auf der Straße wollte. Dann war er für ein paar Jahre verschwunden, und Jackie hatte ihn völlig aus den Augen verloren, bis er neulich sah, wie er Arslan Aziz durch die Gegend kutschierte.

Bosman sieht ihn überrascht an.

»Er ist Arslans Fahrer?«

25

Harry liegt auf seiner Pritsche und dämmert vor sich hin. Die Zeiten, in denen er von gebratenem Lammrücken und einer Flasche Barolo geträumt hat, sind vorbei. Erst war ihm schlecht geworden vor lauter Hunger, und er hatte rasende Kopfschmerzen bekommen, dann Bauchkrämpfe, und dann war er in einen langen, traumlosen Schlaf gefallen. Als er wieder aufwachte, pochte das Blut in seinen verbundenen Stichwunden wie heißes Blei, die geschwollene Nase tat ihm weh. Er hatte erst keine Ahnung, wo er war, aber allmählich setzte die Erinnerung sich zu der brutalen Wirklichkeit zusammen, in der er sich befand: Tarik hatte ihn gekidnappt, und was er im Schilde führte, war nicht ganz klar. Jedenfalls wollte er ihn mürbe machen, so viel stand fest. Das ließ Schlimmes in Bezug auf die Forderungen ahnen. Mit 200 000 würde Harry jedenfalls nicht davonkommen.

Der Hunger ist verschwunden, ein milder Rausch hat eingesetzt und ein leichtes Sausen im Kopf, wie nach einer halben Flasche Weißburgunder, eigentlich nicht schlecht. Harry hat keine Ahnung, wie lange er hier schon in diesem verdammten Kellerloch hockt. Jegliches Zeitgefühl ist ihm abhandengekommen in diesem Einerlei mit Glühbirne, ohne Tag und ohne Nacht. Er hat auch keine Ahnung, wie lange man es ohne Essen aushalten kann, aber er denkt an all die Leute, die aus verschiedenen Gründen immer mal wieder in den Hungerstreik getreten sind, und die machten es doch ganz schön lange. Wochen, wenn Harry sich richtig erinnert. Er schließt die Augen, um zu schlafen und die Stunden zu verkürzen, in denen er an die scheiß Kellerwände mit den Abwasserrohren starren muss, weil es hier sonst nichts zu sehen gibt, als er Schritte draußen auf dem Gang vor der Tür hört. Er setzt sich auf, braucht einen Moment, um den Schwindel in den Griff zu kriegen, der mit starkem Blutdruckabfall einhergeht, und schaut benommen auf den Briefumschlag, der durch den schmalen Schlitz unter der Tür geschoben wird.

Als die Schritte sich wieder entfernen, stürzt Harry sich auf den Umschlag und reißt ihn auf. Er überfliegt die Zeilen und fühlt sich, als hätte man ihm den Kopf in eine Kirchenglocke gesteckt und angefangen zu läuten.

Sie wollen eine Million Euro von ihm.

Wenn er nicht zahlt, verhungert er.

Harry lässt den Zettel sinken und fängt an zu lachen, ein grollendes, sich hysterisch überstürzendes Lachen, das sich den Weg aus der Tiefe seiner Verzweiflung bricht und in den ganzen Irrsinn ergießt wie die Fluten eines geborstenen Damms.

Luis kommt aus dem Keller und will die Tür hinter sich abschließen, als er das irre Lachen hört. Er stutzt. Sicher hat Harry gerade den Brief gelesen, aber was im Namen der dreifaltigen Mutter Gottes ist daran so witzig? Jetzt hört er, wie Harry brüllt:

»Leckt mich am Arsch, ihr Fotzen!«

Bobo kommt aus der Küche in die Diele, von der die Kellertreppe abgeht. Er trägt eine Küchenschürze mit Obstmotiven und wischt sich die Hände mit einem Handtuch ab. »Was ist denn mit dem los?«

»Keine Ahnung«, sagt Luis. »Vielleicht der Schock?«

Bobo nickt. »Wann machen wir den Sack zu?«

»Wir geben ihm noch zwei Tage.«

»Warum so lange?«

»Damit er Zeit hat, runterzukommen. Du hörst doch, wie der sich aufregt, *cabrón*, er wird eine Weile brauchen, bis er erkennt, dass er keine Alternative hat.«

Bobo kratzt sich seine Bartfusseln am Kinn. »Krass ... ähm, Essen ist gleich fertig.«

»Was gibt's denn?«

»Somalisches Huhn mit Reis in Currysoße.«

Seit Bobo hier mehr oder weniger eingezogen ist, übernimmt er voll die weibliche Rolle, geht einkaufen, kocht und räumt gelegentlich die leeren Bierpullen weg, die Uwe überall stehen lässt.

Sie sitzen in der dräuenden Hitze auf der Terrasse und essen, Uwe im Unterhemd. Er wirft seinen abgenagten Hühnerschenkel auf den Teller und sagt zu Luis, während er sich über den fettigen Mund wischt: »*Oie, compadre*, Bobo und ich haben nachgedacht.«

Das verheißt nichts Gutes.

Ein paar Wespen surren über den Essensresten rum. Luis lehnt sich in seinem Gartenstuhl zurück, Bobo schaut auf seinen Teller.

»Um es kurz zu machen«, sagt Uwe, »wir sind der Meinung, dass wir die Kohle fair durch drei teilen sollten.«

War ja klar, dass das irgendwann kommen würde.

Luis sagt: »Wir haben eine Abmachung.«

»Die Zeiten ändern sich.«

»Aber nicht die Konditionen.«

»Doch.«

Uwe beugt sich vor und schaut ihm in die Augen. »Alter, um das mal ganz klar zu sagen, du hattest am Flughafen keinen Plan. Du hast noch nicht mal gewusst, dass der alte Sack im Rollstuhl sitzt und eine Braut dabeihat. Du hättest es fast versaut, wenn Bobo und ich nicht gehandelt hätten. Stimmt's, Bobo?«

Er schaut zu Bobo rüber, der zustimmend nickt.

Der Verräter.

Uwe grinst. »Streng genommen brauchen wir dich gar nicht mehr.«

»Ihr habt keine Ahnung von Finanzgeschäften«, sagt Luis, »und ihr habt kein Nummernkonto in Liechtenstein.«

»Ich kann jederzeit ein scheiß Konto eröffnen.«

»Klar, und wenn Harry darauf überwiesen hat, dann schauen die Bullen nach, und dann steht da dein Name. Super Idee. Was glaubst du, wie lange du deine Kohle genießen kannst, *cabrón?!*«

Uwe schweigt einen Moment, und Bobo sagt: »Hey, easy, keiner will hier Stress, okay? Eine Million, Mann, da ist doch wohl für jeden genug da, oder?«

Luis schiebt seinen Teller weg und steht auf. »Okay, wenn ihr meint.«

Uwe und Bobo blicken ihn überrascht an. Sie hatten mit mehr Widerstand gerechnet.

»Das geht klar für dich?«

»Ist doch nur fair«, sagt Luis und lächelt.

Was für Hornochsen.

Was, glauben sie, wird er machen, wenn Harrys süße Million auf seinem Konto in Liechtenstein liegt? Ihren Anteil überweisen, jetzt da sie versuchen, ihn auszubooten? *No fucking way, cabrónes!* Er wird ihnen alles versprechen und sich dann aus dem Staub machen. Sie haben keine Möglichkeit, an das Geld zu kommen, und sind so bescheuert, dass sie es noch nicht mal merken.

Momo schaut nur kurz auf, als Bosman in den Vernehmungsraum kommt. Schuster hat ihn vorhin direkt vor seinem Gym abgepasst und gleich aufs Revier geschleppt. Sein tätowierter Stiernacken glänzt im ungesunden Lampenlicht. Es ist unerträglich stickig und heiß, aber Vernehmungen finden nun mal hier statt, in einem

Raum mit Kunstlicht, damit der Delinquent gar nicht erst auf die Idee kommt, sich wohl zu fühlen oder irgendwie mit der Außenwelt verbunden. Schuster sitzt ihm gegenüber, der Stuhl neben ihm ist frei. Auf dem Tisch liegt ein Diktiergerät. Luft surrt leise aus den Schlitzen unter der Decke.

Schuster hat Momo schon eine Weile in der Mangel, aber Momo macht nicht den Eindruck eines zerknirschten Mannes. Er hockt da bequem auf seinem Stuhl wie im Sozialamt, um mit seinem Sachbearbeiter zu plaudern, bevor er dann draußen in seinen Mercedes steigt und nach Hause fährt.

»Wir haben deine Fingerabdrücke in der Fickwohnung gefunden«, sagt Schuster, »aber du sagst, du warst nicht da. Was die Frage aufwirft, wie sie da hingekommen sind.«

Bosman setzt sich auf den Stuhl und schaut Momo an, der den Blick kurz hält, dann seine Zunge in die rechte Backe schiebt und gelangweilt auf den Boden schaut.

»Pass auf, Momo«, sagt Bosman, »die Sache ist so. Ich weiß, dass du ein loyaler Mann bist, ein guter Kumpel, auf den Arslan sich verlassen kann, einer, der seinen Arsch den ganzen Tag lang hin und her fährt. Und wenn ich es recht bedenke, dann bist du auch nicht der Typ, der Orgien feiert. Dafür reicht dein *paycheck* vermutlich auch nicht. Aber es sind nun mal deine Fingerabdrücke und nicht die von Arslan, wenn du verstehst, was ich meine.«

Er schweigt einen Moment, dann sagt er: »So leid es mir tut, Momo, aber wir haben dich wegen Mordes dran.«

»Du hast Skinny zwei Kugeln in den Kopf gejagt«, sagt Schuster. »Von hinten. Das ist Vorsatz aus niederen Beweggründen. Dafür kriegst du fünfzehn Jahre.«

Doch Momo zeigt sich wenig beeindruckt. »Ich will meinen Anwalt sprechen.«

Klar, denkt Bosman, *der weiß natürlich, dass wir bluffen, dass er Skinny die beiden Kugeln post mortem verabreicht hat, was der*

Gerichtsmediziner bestätigt, und damit fällt er als Mörder aus. Er war ja kein Partygast, sondern der Ausputzer. Dafür kriegt er … was? Ein, zwei Jahre maximal, und nach spätestens zwei Dritteln der verbüßten Strafe kommt er raus. Das ist nicht mehr als eine Ehrenrunde, um den Kumpels in Moabit mal Guten Tag zu sagen, und erhöht die *street credibility*, was wiederum den Status erhöht, was sich wiederum finanziell positiv niederschlägt. Für Momo also eine Win-win-Situation, und das ist ihm auch klar. Bosman geht nicht davon aus, dass er ihm irgendwas erzählen will, versucht es aber trotzdem. »Sag mal, Momo, was waren das denn für Leute auf der Party?«

»Ich kenne keine Leute auf Partys.«

»Nee, und die Spitze von deinem Schwanz kennst du auch nicht, oder?«, sagt Schuster.

»Kann ich jetzt meinen Anwalt sprechen?«

»Nein«, sagt Bosman. »Du kannst gehen, vorläufig.«

Er schiebt ihm seine Visitenkarte rüber, die Momo misstrauisch betrachtet.

»Und richte Arslan aus, dass ich ihn sprechen will.«

Als Momo weg ist, sagt Schuster: »Ich glaube nicht, dass Aziz reden wird.«

»Dann nehmen wir ihn in Beugehaft. Es führt kein Weg daran vorbei, dass er reden *muss*. Das weiß er. Mal sehen, was er anbietet.«

Bosman schiebt den Stuhl zurück und steht auf. »Morgen ist Skinnys Begräbnis.«

»Gehst du hin?«

»Ja, klar. Ich muss noch mal los und mit dem Bestatter reden, wie das da alles abgehen soll.«

»Bist du der Veranstalter?«

»Das Sozialamt kümmert sich nicht richtig.«

Schuster nickt. »Klar. Und, hey … du kannst nichts dafür, okay?«

Bosman schaut ihn an und sagt: »Okay.«

Kann er wirklich nichts dafür? Sicher, ihm war ein Klumpen Packeis im Hals geschmolzen, als klar wurde, dass Skinnys Tod nichts mit seinem Verrat zu tun hatte, aber war er damit aus der Schuld entlassen? Nein, war er nicht. Wenn er Skinny auf seinem Weg aus den Drogen rausgeholfen hätte, statt seine Schwäche auszunutzen, würde er vielleicht noch leben, vielleicht sogar clean und glücklich werden, Optionen haben. Das Leben entfaltet sich aus der Summe ergriffener Möglichkeiten, nicht verpasster Chancen.

Helen liegt in der Badewanne, das Drehbuch mit ihren markierten Szenen in der Hand: *Der Angstmörder vom Ammersee.* So ein Schwachsinn. Ein Serienkiller, der Gregor Samsa heißt, treibt in der Gegend um den Ammersee sein Unwesen. Er ist, so stellt sich heraus, aus der Psychiatrie geflohen und auf einem Rachefeldzug gegen Frauen, die ihn in seinem Leben auf vielfältige Weise gedemütigt haben. Inge Buttgereit ist Opfer Nummer drei – die Rolle, für die Helen vorsprechen soll. Eine vom Leben vernachlässigte Frau, die Samsa einst einen Korb gegeben hat, was sie jetzt teuer zu stehen kommt. Ihre Tochter Conny, die ein schwieriges Verhältnis zu ihrer Mutter hat, ist die ermittelnde Kommissarin, ein *tough cookie*, wie es in der Figurenbeschreibung steht. Aber sie kommt der Sache zu spät auf die Spur und findet nur noch die Leiche ihrer Mutter vor, die mehr oder weniger nackt in pervers aufreizender Pose auf dem Bett drapiert liegt, das Markenzeichen des Killers, das allerlei Anlass zu Spekulationen bietet. Es gelingt Conny, das Rätsel zu lösen und Samsa zur Strecke zu bringen. Am Ende steht sie vor dem Grab der Mutter und bedauert, nicht mehr mit ihr gesprochen zu haben, denn jetzt ist es zu spät. Die Kamera fährt hoch, und Conny und der Grabstein werden immer kleiner, bis sie verschwinden.

Und das Badewasser kühl wird.

Helen steigt aus der Wanne, trocknet sich ab und reibt sich mit duftendem Rosenöl ein. Es ist schon eine Weile her, dass sie das letzte Mal vorgesprochen hat, und sie vermisst Harry, mit dem sie alles noch einmal hätte durchspielen können, ihre Überlegungen zur Rolle, wie sie bei Wagner auftreten soll, der sie vor Jahren so übel gefickt hat. Und ob sie es überhaupt nötig hat, bei dem Arschloch wieder angekrochen zu kommen.

»Da stehst du drüber«, würde Harry sagen. »Du gibst dir keine Blöße, machst deinen Job, und ich weiß, dass du ihn gut machst.« Dann würde er lächeln und ihre Schulter küssen und ihr sagen, dass sie die Schönste ist.

Helen föhnt sich die Haare, schlüpft in ihren seidenen Morgenmantel und geht rüber in das sonnendurchflutete Schlafzimmer, um die Garderobe auszuwählen. Was soll sie anziehen? Sie entschließt sich für einen urbanen Casual Look. Calvin-Klein-Jeans, eine dunkel gemusterte Sommerbluse passend zu ihren kastanienfarbenen Haaren und ein schwarzer BH, sodass sie die ersten beiden Knöpfe der Bluse offen lassen kann. Doch die Jeans kneift ein wenig am Bauch, und die Oberschenkel sehen zu dick aus. Helen zieht sie wieder aus und probiert eine Reihe von Hosen an, bis sie sich für die hellblaue Levi's entscheidet. Dazu passt jetzt allerdings die Bluse nicht mehr, und überhaupt wirkt das alles irgendwie zu steif und gewollt. Himmel, sie geht zu einem Casting, nicht zu einem Vorstellungsgespräch bei der Lufthansa.

Am Ende wird es das schicke Saint-Laurent-T-Shirt, das ihre Brüste vorteilhaft zur Geltung bringt und den Bauchnabel freilegt, wenn sie die Hände hinter dem Kopf verschränkt und so tut, als denke sie nach. Sie geht rüber zu ihrem Handy, das auf dem Nachttisch liegt, und ruft Harry an. Doch wieder ist das Telefon ausgeschaltet, der Teilnehmer nicht erreichbar.

Seltsam.

Helen schaut auf die Uhr. In einer Stunde muss sie im Produktionsbüro in der Rudolfstraße sein. Sie fragt sich, wie viele Kolleginnen noch angefragt wurden, und ihr Mut sackt ein wenig in sich zusammen. Sie hasst es vorzusprechen, da als Bittstellerin hinzugehen und andere über sich urteilen zu lassen, während sie ihr Inneres nach außen kehrt. Es ist immer eine Demütigung, einen Job nicht zu bekommen, auch wenn man so tut, als nehme man es sportlich und freue sich für den anderen.

Bullshit.

In Wirklichkeit könnte man schreien.

»Helen, Darling, du siehst bezaubernd aus!«

Kurt Wagner breitet die Arme aus, als sie in das Castingbüro kommt. Links die legendäre Castingcouch, beliebter Topos für anrüchige Witze und engagierte Pornos. Ein schwarzer Vorhang vor dem Fenster, gegenüber eine Kamera auf einem Stativ. Helen stellt mit leichter Befriedigung fest, dass auch Wagner nicht jünger geworden ist. Er hat ein wenig Speck angesetzt, und der Haaransatz hat sich weit nach oben zurückgezogen, wie das Wattenmeer bei Ebbe.

»Kurt, wie schön, dich zu sehen!«

Küsschen links und rechts, Wagners rechte Hand bereits auf ihrer Arschbacke, nur flüchtig, als Andeutung des Möglichen scharf diesseits des Justiziablen.

»Das ist Kirsten«, sagt er und stellt seine junge Assistentin vor, die mit dem aufgeschlagenen Drehbuch auf den Knien neben der Kamera sitzt und beim Lächeln ihre blitzend weißen Zähne zeigt.

»Hi«, sagt Helen und reicht ihr strahlend die Hand.

»Wie lange ist es her?«, fragt Wagner. »Zwei oder drei Jahre?«

Er meint ihren letzten gemeinsamen Film vor sieben Jahren, nach dem Helen sich geschworen hat: nie wieder.

»Könnte hinkommen.«

»Tolles Team«, sagt Wagner, »das war eine wunderbare Zusammenarbeit.«

»Ja, fantastisch.«

»Was hast du zuletzt gedreht?«

»Ein Projekt mit Harry in Panama.«

»Cool, grüß ihn von mir, ja? Was sagst du zu deiner Rolle?«

»Suuuuper. Inge ist ein starker Charakter. Ich glaube, ich sehe sie ein bisschen ... *edgy*. Ich meine, sie hat eine Menge erlebt, eine echt ambivalente Figur.«

»Du magst das Drehbuch?«

»Es ist großartig, es packt mich, es ist emotional.«

»Es ist scheiße, das wissen wir beide.«

»Na ja ...«

»Es ist eine Zumutung, mir diesen Müll überhaupt anzubieten, da stimmt nichts, gar nichts, die Motivationen, die Beats, nichts da, und Dialoge auf SOKO-Niveau. Wir werden noch eine Menge am Buch arbeiten müssen. Es ist mir echt ein Rätsel, wofür die Autoren heutzutage ihre Kohle kriegen.«

»Ja, es ist immer dasselbe«, seufzt Helen. »Ich weiß auch nicht.«

»Übrigens, lässiger Auftritt bei *Reitz auf dem Sofa*.«

»Danke, einer musste ja mal die Wahrheit sagen.«

Wagner lacht und klatscht in die Hände. »Sollen wir anfangen?«

Helen schaut sich ein wenig verwundert um. »Ist keiner von der Produktion oder der Redaktion da?«

»Nee, das machen wir unter uns aus. Sie kriegen dann die Bänder.«

Helen zwingt sich zu einem Lächeln. Ihre Rolle ist nicht mal wichtig genug, dass die Verantwortlichen sich die Mühe machen, auch nur zuzuschauen. Aber das sorgt jetzt nur für negative Energie. Sie muss zusehen, dass sie alles, was sie hat, nach vorne wirft, dass sie zu erkennen gibt, sie will es um jeden Preis, wie eine Nutte, die auf dem Straßenstrich um Schwänze bettelt.

»Bist du so weit?«, fragt Wagner.

»Yes.«

»Gut, dann geh mal da rüber, und wir steigen in Szene dreiundzwanzig ein, wo du das erste Mal auf Samsa triffst, okay?«

»Okay.«

Eine gute Stunde später fährt sie nach Hause und ist völlig aufgedreht. Das Casting ist super gelaufen, viel besser als erwartet, und Wagner hat sich als sensibler und respektvoller Regisseur erwiesen, mit dem sie auf einer Wellenlänge lag. *Vielleicht hat er damals ja nur einen schlechten Tag gehabt,* denkt Helen, *und vielleicht hatte er es auch gar nicht so gemeint.* Ohne Zweifel war sie damals zarter besaitet als heute, durchlässiger und verletzbarer. Gegen Ende der Session, als sie sich verabschiedeten und Wagner sagte, er würde sich in ein paar Tagen melden, hatte sie kurz überlegt, ob sie die Episode ansprechen sollte, es dann aber gelassen.

Als sie in ihr Haus kommt, wirkt es leer und trostlos. Harry fehlt, dem sie erzählen kann, erzählen *muss,* wie es gelaufen ist. Klar kann sie auch Britta oder Luis anrufen, aber das ist was anderes. Harry ist vom Fach, er versteht, wovon sie redet und wie sie sich fühlt. Sie geht in die Küche, schenkt sich ein Glas Grauburgunder ein, den aus dem Elsass, den Harry immer kistenweise bei seinem Winzer bestellt, und versucht ihn erneut anzurufen. Wieder ist der Teilnehmer nicht erreichbar. Helen schaut auf, trinkt einen Schluck und spürt die Stille im Haus, die sich falsch anfühlt. Sie nimmt ihr Glas, geht rüber ins Wohnzimmer und setzt sich auf das Sofa, wo sie mit ihrem Handy das Hamilton Palisades Inn auf den Bermudas googelt und dort anruft. Nach einer Weile hört sie einen fremdartigen Wählton und dann die Stimme einer jungen Frau, wie aus weiter Ferne: »Hello, this is Shirley speaking, Hamilton Palisades Inn, how can I help you?«

»I'm looking for my husband«, sagt Helen. »Mr. Harry Schumann from Germany, Berlin?«

»One moment, please.«

Nach einer Weile meldet sich Shirley wieder und sagt, es tue ihr sehr leid, aber ein Mr. Schumann habe wohl ein Doppelzimmer gebucht, aber nicht eingecheckt.

»What ...?«

»I'm sorry, Miss, but he never showed up.«

26

Als Bosman Skinny kennenlernte, erntete er damit die Tür des Monats.

Skinnys Tür.

Sie hatten die Wohnung wochenlang observiert, bis sie ein ziemlich klares Lagebild zeichnen konnten: Skinnys Bude diente als Umschlagplatz für die Drogen einer Bande von Schwarzafrikanern aus Ghana, die für Bobo im Görlitzer Park arbeiteten. Und als sie die Tür aufbrachen und reinstürmten, kam Bosman eine Idee: Skinny umzudrehen oder vielmehr vor die Alternative zu stellen, entweder für die zwei Kilo Gras unter seinem Bett, die dreihundert Gramm Koks und das Heroin in den Knast zu gehen oder ihn über die Dinge im Park auf dem Laufenden zu halten. Skinny musste nicht lange überlegen, zumal Bosman gleich einen Hunderter von seiner Rolle pellte und *a conto* liegen ließ. Dann schickten sie einen Tischler vorbei, um die Tür zu reparieren, bevor die Ghanaer wiederkamen.

Das ist jetzt zwei Jahre her.

Zwei traurige Jahre, in denen Skinny rauskommen wollte aus dem Milieu, und nun wird er zu Grabe getragen nach einem sinnlosen Tod, in einem schlichten Eichensarg, den Bosman gespendet hat, damit er seine letzte Reise nicht in einer rumänischen Bretterkiste antreten muss.

Es sind mehr Leute zu der bescheidenen Trauerfeier in der kleinen Friedhofskapelle erschienen, als Bosman erwartet hat. Ein paar Kumpels vom Kiosk hocken in der dritten Reihe, davor Tommy von der Transgender-Initiative, der sogar einen Kranz mitgebracht hat. Als er Bosman sah, wollte er sofort wissen, ob sie schon eine Spur hätten, und Hamedi sagte, er würde die Partygäste wieder erkennen, einige jedenfalls. Er sitzt neben Tommy auf der Kirchenbank, den Blick gesenkt, während der Pastor Skinnys Leben würdigt und der Hoffnung Ausdruck verleiht, dass er im Himmelreich seinen Frieden finden möge, denn der Herr sei barmherzig.

Geheiligt werde dein Name. Dein Reich komme. Dein Wille geschehe, wie im Himmel, so auf Erden. Unser tägliches Brot gib uns heute. Und vergib uns unsere Schuld, wie auch wir vergeben unsern Schuldigern. Und führe uns nicht in Versuchung, sondern erlöse uns von dem Bösen. Denn dein ist das Reich und die Kraft und die Herrlichkeit in Ewigkeit.

Bosman senkt den Kopf und murmelt: »Amen.«

Er ist schon vor Jahren aus der Kirche ausgetreten, weil Gott sich in seiner Welt nicht blicken lässt. Wer vergibt hier wem? Jeder jedem, und am Ende ist dann alles gut? Aus dieser Perspektive ist Skinnys Tod dann scheißegal, ohne Konsequenz für Arslan, ohne Konsequenz für die perverse Sau, die ihre Lust aus seinem Ersticken gezogen hat, und ohne Konsequenz für ihn. *Nur was da im Jenseits auf einen wartet, ist ungewiss. Und das Einzige, was wir haben, ist das Leben,* denkt Bosman. Hier, auf diesem mikroskopisch winzigen Abschnitt in der DNA des Universums glühen wir für den Bruchteil einer Sekunde auf und verlöschen, ohne eine sichtbare Spur zu hinterlassen. Da ist es schon eine steile Ansage zu behaupten, Gott nehme sich eines jeden Schicksals an.

Sonnenlicht blitzt durch das grüne Blätterdach der alten Platanen, die den schmalen Weg zwischen den Gräbern säumen, als sie dem Sarg zum ausgehobenen Grab folgen. Die vier Träger haben schwarze Anzüge an und Zylinder auf dem Kopf, der Schweiß steht ihnen auf der Stirn. Sie stellen den Sarg ächzend auf den beiden Brettern ab, die quer über der Grube neben dem aufgeschütteten Erdhügel liege und fädeln unten die beiden Gurte durch, die sie sich über die Schultern legen und anheben. Der Friedhofswärter zieht die Bretter weg, und langsam wird der Sarg in die Grube abgesenkt. Der Pastor tritt vor und macht das Zeichen des Kreuzes: »Es wird gesät verweslich und wird auferstehen unverweslich. Es wird gesät in Niedrigkeit und wird auferstehen in Herrlichkeit. Es wird gesät in Schwachheit und wird auferstehen in Kraft.«

Wohl kaum, denkt Bosman, *schön wär's.*

Der Pastor nimmt die kleine Schaufel und wirft eine Schippe Erde in das Grab: »Erde zu Erde, Asche zu Asche, Staub zu Staub.«

Als die Trauergäste sich dann zerstreuen und Bosman den Friedhof verlässt, sieht er den schwarzen Mercedes auf der gegenüberliegenden Straßenseite im Schatten der Linden parken. Süßer Duft schwängert die Luft, und die Pollen kleben auf der Windschutzscheibe. Momo lehnt an der Kühlerhaube. Er schaut zu ihm rüber, die Augen hinter einer dunklen Sonnenbrille verborgen, die tätowierten Arme über der Brust gekreuzt. Bosman weiß, wer hinten im Fond der Limo sitzt, auch wenn die Scheiben dunkel getönt sind. Er geht rüber und sagt zu Momo: »Schön, dass das so schnell geklappt hat.«

Momo grinst und öffnet ihm hinten die Tür. Bosman gleitet auf den Rücksitz und schaut Arslan an, der einen dunklen Businessanzug trägt und ihm lächelnd die Hand reicht. »Hallo, wir haben uns lange nicht mehr gesehen.«

Stimmt.

Das letzte Mal im Tennisclub in Grunewald, wo Richter Schmitt ihn zu einem Match eingeladen hatte. Auf dem Platz nebenan spielte Arslan mit Innensenator Baumgarten, und Schmitt erzählte, dass Aziz nicht nur Mitglied im Tennisclub ist, sondern neuerdings auch bei der CDU – allerdings im Kreisverband Zehlendorf, wo man ihn als erfolgreichen Geschäftsmann kennt, der großzügig spendet und dafür einen Listenplatz für die nächste Wahl bekommen soll. Als Mafiaboss wird er da nicht wahrgenommen, erzählte Schmitt, zumal er ja nicht mal vorbestraft ist. Zwar hat er etliche Verfahren wegen dubioser Finanzgeschäfte am Bein, aber das kann man von der Deutschen Bank auch sagen, insofern sticht Arslan nicht besonders hervor.

»Was macht die politische Karriere?«, fragt Bosman.

Arslan lacht. »Ich habe im Augenblick so viel zu tun, da komme ich gar nicht zu.«

»Das kann ich mir vorstellen, ist ja auch ein Riesending mit der Shopping Mall, die Sie da bauen wollen.«

»Ich bin seit zehn Jahren an dem Grundstück dran.«

»Und schmieren die Leute, die Sie brauchen.«

»Wissen Sie, dass es über sechstausend Lobbyisten in Berlin gibt? Was glauben Sie, was die den ganzen Tag lang tun?«

Womit er nicht ganz unrecht hat.

Rund um das Regierungsviertel liegen die Büros der Firmen, Verbände und Unternehmensberater, die den ganzen Tag lang nichts anderes machen, als den Politikern zu erklären, welche Gesetzesnovellen sie gut finden und welche nicht. Manchmal unterstützen sie sie sogar bei der Formulierung, und oft helfen Gefälligkeiten der unterschiedlichsten Art, die eigenen Interessen durchzusetzen. Etwas anderes macht Arslan auch nicht.

»Sie haben letzte Woche eine Party für Geschäftsfreunde gegeben«, sagt Bosman, »bei der es leider einen Toten gab. Ich will wissen, wer ihn umgebracht hat.«

Arslan schaut bedauernd aus dem Wagenfenster rüber zum Friedhofseingang, aus dem jetzt die letzten Trauergäste kommen. »Ich fürchte, da werde ich Ihnen nicht helfen können. Ich weiß es nicht, ich war nicht dabei.«

»Sie haben Momo beauftragt, die Leiche zu entsorgen.«

»Worauf wollen Sie hinaus?«

»Arslan«, sagt Bosman. »Ich weiß nicht, was für Ihre Geschäfte und Ihre Ambitionen verheerender ist, Mordermittlungen gegen Sie und Ihren Bruder, die in der Zeitung auf Seite eins stehen, wenn ich einen Termin mit der Redaktion mache, oder ein Mordprozess gegen einen Ihrer Geschäftspartner, für dessen Tat Sie nichts können.«

Arslan denkt einen Moment lang nach, dann sagt er: »Wissen Sie, ich lese viel, auch über dieses Land, in dem ich groß geworden bin und das mir doch in vielerlei Hinsicht so fremd geblieben ist. Als ich jung war, gab es einen Bundeskanzler, der sich geweigert hat, die Namen seiner Freunde zu nennen, die für ihn gespendet hatten. Er hat sein Ehrenwort über das Gesetz gestellt. Der Mann hatte Charakter.«

»Ja«, sagt Bosman, »hat ihn dann ja auch Kopf und Kragen gekostet. In diesem Fall hier ist die Sache ziemlich einfach. Wenn wir kein *agreement* hinkriegen, dann nehme ich Sie in Beugehaft, bis Sie die Namen der Gäste der verdammten Party ausspucken und mir sagen, wer Skinny umgebracht hat. Sie sitzen in der Falle, Arslan, und diesmal kommen Sie da nicht mehr raus.«

»Ich kann Ihnen die Namen nicht nennen«, sagt Arslan.

»Warum nicht?«

»Es war eine Familienfeier.«

»Mit Nutten und Strichern für die Onkel und Tanten aus Ostanatolien?«

Arslan schaut ihn an und lächelt kühl: »Tut mir leid, mehr kann ich nicht sagen.«

Eine halbe Stunde später steht Bosman bei Schmitt im Büro, der dozierend auf und ab geht. »Beugehaft kannst du in diesem Fall vergessen. Zeugen können unter bestimmten Umständen das Recht zur Verweigerung der Aussage haben. Paragraf 52 der

Strafprozessordnung trägt der engen Verbindung zwischen Zeugen und Beschuldigten Rechnung. Nahe Verwandte haben das Recht, die Aussage zu verweigern, also Eltern, Großeltern, Kinder, Geschwister, Onkel oder Tante, Schwager oder Schwägerin.«

Er rammt seine Fäuste in die Hosentaschen und doziert weiter, als stünde er vor einem Auditorium und nicht vor Bosman, der diesen Scheiß nicht hören will. »Außerdem darf gemäß Paragraf 55 der Strafprozessordnung jeder Zeuge die Auskunft auf solche Fragen verweigern, deren Beantwortung ihn selbst der Gefahr der Strafverfolgung aussetzt. Beispielsweise wenn eine Aussage dazu führen könnte, dass selbst ein Strafverfahren gegen den Zeugen eingeleitet wird, was bei Arslan ja wohl der Fall wäre. Tut mir leid, Frank, aber da kann man nichts machen.«

Nicht, dass Bosman das Zeugnisverweigerungsrecht neu wäre, auf das Arslan sich beruft, aber ein bisschen mehr Kreativität hätte er schon von Richter »Gnadenlos« Schmitt erwartet. »Wir haben Tatortspuren in der Wohnung, die wir Momo zuweisen können. Wir haben Arslan, der sogar zugibt, da eine Party gefeiert zu haben, und wir haben einen Toten, der es verdammt nochmal verdient, dass wir die Täter einlochen.«

»Das reicht nicht. Du kannst weder Momo noch Arslan nachweisen, dass sie wissen, wer der Täter ist, und selber kommen sie ja wohl nicht in Betracht.«

»Es reicht mir zu wissen, wer alles auf der Party war.«

»Dann finde es raus.«

Arslan Aziz gehören mindestens neununddreißig Immobilien in der Stadt – also die, von denen sie wissen. Sehr wahrscheinlich sind es aber noch einige mehr. Sein Businessmodell ist eine gut geschmierte Geldwaschmaschine. Er baut Häuser, verdient mit an den Schwarzarbeitern, die seine eigenen Firmen vermitteln, bilanziert Verluste, die nie entstanden sind, und kassiert Umsatzsteuer ein, wo Umsätze nur auf dem Papier hin- und hergeschoben werden. Letztes Jahr hat Nina zwölf Häuser beschlagnahmen lassen, doch die Mieten flossen weiterhin auf Aziz' Konto, und am Ende konnte sein Anwalt Dr. Laurenz die Rückgabe der Immobilien erwirken.

Jetzt hat Nina rausgefunden, dass Aziz hinter der Conceptbau GmbH steckt, die das Grundstück am Osthafen erwerben will, um dort eine Shopping Mall zu bauen. Bislang ist er dezent im Hintergrund geblieben, Laurenz hat offenbar Prokura. Nina hat sich das Handelsregister der Conceptbau kommen lassen und gesehen, dass Aziz über Strohmänner hundert Prozent der Anteile hält.

Okay, denkt Bosman, *Aziz ist dabei, das Paket Shopping Mall zu schnüren.* Er muss seine Partner bei Laune halten, lädt sie zu einem exklusiven Herrenabend ein. Einem von den Typen gehen die Pferde durch, und er drückt Skinny den Hals zu, Momo entsorgt die Leiche. Also müssen sie schauen, mit welchen Leuten Aziz bei dem Projekt am Osthafen zusammenarbeitet, wer die Investoren sind, welche Bank die Kredite bereitstellt, welches Bauamt was zu sagen hat. Das wird eine Menge Arbeit, und am Ende werden sie eine Menge Namen haben. Ob einer von den Leuten auf Arslans Party war oder nicht, werden sie nicht ohne Weiteres feststellen können, aber es ist immerhin ein erster Schritt.

Als Bosman spät nach Hause kommt, schaut er unten im Treppenhaus im Briefkasten nach, ob da Post liegt, während er überlegt, gleich morgen früh seine Pressekontakte zu Oliver Thiel zu aktivieren und Sorge dafür zu tragen, dass der Name Aziz in aller Munde ist – und da wie Kotze schmeckt. Ein krimineller Clan, der vor Mord nicht zurückschreckt und sich wie ein Krebsgeschwür in die deutsche Mehrheitsgesellschaft eingefressen hat. Er wird Arslan ruinieren, seinen Ruf durch den Dreck ziehen, bis niemand mehr Geschäfte mit ihm machen will. Und dann kann er sich seine verdammte Shopping Mall in den Arsch schieben.

Er kommt in den Flur und legt seine Jacke ab. Aus Sophies Zimmer dröhnt Hip-Hop von Rambam One, den sogar er kennt, eine große Nummer im ganzen Land. In der Küche hört er Britta mit jemandem reden. Er geht rein, küsst sie, dann Helen, die mit einem Glas Weißwein am Küchentisch sitzt und sagt: »Alles gut?«

»Nein«, sagt Britta. »Wie es aussieht, wurde Harry entführt.«

Bosman schaut Helen an. »Wie bitte?«

Helen erzählt ihm von dem merkwürdigen Telefonat, das sie vor zwei Tagen mit Harry geführt hat, und dass sie ihn seitdem nicht mehr erreichen kann.

»Und in seinem Hotel auf den Bermudas ist er auch nie angekommen«, sagt Britta.

»Obwohl er am Telefon gesagt hat, dass er da ist und dass es ihm gefällt.«

Bosman braucht einen Moment, bis er die Fakten zusammenhat, dass Harry an jenem Morgen mit dem Taxi zum Flughafen gefahren ist, den Flug aber vermutlich nie angetreten hat. Was nichts anderes heißen kann, als dass er entführt wurde. Nur hat sich bislang niemand bei Helen mit einer Lösegeldforderung gemeldet, was wiederum nur heißen kann, dass es den Entführern darum nicht geht.

Aber worum dann?

Helen sagt, dass Harry türmen wollte, nachdem die Mafia ihm in die Beine gestochen hatte, weil er sie verraten hat. »Und es war deine Idee!«

»Was?«

»Harry als Lockvogel zu benutzen.«

In Helens Stimme vibriert ein unterschwelliger Vorwurf, und Bosman sagt: »Er hat es selber versaut, dafür kann er keinem anderen die Schuld geben.«

Er holt sich ein Glas aus dem Schrank und schenkt sich Wein ein, als Sophie in die Küche kommt und die schlechten Vibes aufnimmt. »Was ist denn hier los?«

»Onkel Harry ist entführt worden«, sagt Britta.

»Nee, oder? Kein Scheiß?«

Bosman trinkt einen Schluck und sagt zu Helen: »Komm morgen früh vorbei und gib 'ne Vermisstenanzeige auf. Ich rede mit den Kollegen.«

»Kollegen?«

»Ja, die haben die Spezialisten für solche Fälle.«

»Mensch, Papa, du redest ja wie die Telefonauskunft!«, sagt Sophie.

Ein Blick in die Gesichter von Helen und Britta macht ihm klar, dass die Ladys das auch so sehen. Was glauben sie denn, dass er jetzt sofort sein Pferd sattelt, die Winchester in das Futteral rammt und losreitet, um Harry zu finden und zu befreien? Die Wahrheit ist, dass er tatsächlich wenig Lust hat, nach seinem verdammten Schwager zu suchen, der nichts als Ärger macht. Hat Bosman gleich gewusst, als er ihn das erste Mal in seinem weißen Smoking mit Fliege auf der Andromeda in Cannes sah, zur Premiere seines Films, für den er die Palme bekam. Die Wahrheit ist auch, dass er nicht für Entführungen zuständig ist, auch wenn die das hier am Küchentisch nicht so recht einsehen wollen. Er hat genug mit Arslan und dem Mord an Skinny zu tun und kann sich jetzt nicht auch noch um einen Typen kümmern, der die Mafia beschissen hat. *Andererseits,* denkt Bosman, *könnte Harry mich zu Tarik führen, falls der wirklich dahintersteckt,* und im Moment sieht alles danach aus.

Später, als sie im Bett liegen und das Licht schon gelöscht haben, sagt Britta: »Was, wenn es gar keine Entführung war?«

Der Gedanke ist Bosman auch schon durch den Kopf gegangen, aber er glaubt nicht daran. »Wenn jemand Harry umbringen will, kann er es einfacher haben. Dafür muss man ihn nicht am Flughafen vor aller Augen entführen.«

Britta schweigt einen Moment. »Ja, wahrscheinlich hast du recht.«

Sie kuschelt sich an seine Brust. Es ist das erste Mal seit der Eskapade im Watergate, dass sie seine Nähe sucht. Es fühlt sich gut an, warm und vertraut. Er streicht ihr über das Haar und blendet die Widerstände aus, die in den letzten Tagen wie eine unsichtbare Mauer zwischen ihnen standen. Britta schaut ihn an und lächelt, und Bosman erinnert sich daran, wie sehr er sie geliebt hat, wie er Sonne in ihren Augen sah und ihr die Worte wie Morgentau von den Lippen pflückte, die ihm alle wahr und bedeutungsvoll erschienen.

27

Am nächsten Morgen trifft er sich mit Oliver Thiel in einem Café in Mitte. Thiel arbeitet für alle großen deutschen Medien, und Bosman steckt ihm hin und wieder Infos, wenn es ihm sinnvoll erscheint, so wie jetzt.

»Pass auf«, sagt er. »Ich hab was für dich. Eine Geschichte, die alles hat, was es braucht: Sex, Skandal, Mord. Interesse?«

»Kommt drauf an, um wen es sich handelt.«

»Arslan Aziz.«

Thiel springt an. Bosman schreibt ihm Ninas Nummer auf. Er soll sie anrufen, wenn er die Hintergründe von Aziz' Firmengeflecht recherchiert. Thiel bezahlt die beiden Cappuccinos, Bosman steigt in seinen Wagen und fährt raus zum Flughafen Schönefeld. Helen hat ihm Harrys Flugdaten getextet, doch am Schalter von WOW air, der isländischen Fluggesellschaft mit dem pinken Logo, kann man ihm nicht sagen, ob er die Maschine bestiegen hat. Die Daten werden nach den neuen EU-Richtlinien zum Datenschutz nur vierundzwanzig Stunden vorgehalten.

Bosman klopft am Security-Büro an und zeigt seinen Ausweis. Er will die Aufnahmen von der Videoüberwachung der Eingangshalle sehen. Ein Kollege, auf dessen Namensschild »Abidou« steht, führt ihn zu den Monitoren, und Bosman gibt ihm das Zeitfenster, in dem Harry durch die Halle gelaufen sein muss – falls er es überhaupt bis hierher geschafft hat. Abidou klackert einen Moment auf seinem Keyboard rum, gibt den Timecode ein und überlässt Bosman seinen Platz.

»Danke«, sagt er zu Abidou und setzt sich.

»Kaffee steht vorne in der Küche.«

Er verlässt den fensterlosen Raum, in dem die Luft zum Schneiden ist. Bosman hockt sich vor den Monitor und schaut sich an, wie Leute mit Koffern kommen und gehen. *Andere stellen so was ins Museum und nennen es Kunst,* denkt er, als er stutzt: Da schiebt eine junge Frau einen Rollstuhl mit einem Patienten ins Bild, und beide kommen Bosman bekannt vor. Er zoomt sie näher ran, und es besteht kein Zweifel mehr, dass das Harry und Pam sind, die Tänzerin aus dem Dreamland, die Tarik verraten hat.

Bosman glaubt es nicht. Der alte Sack wollte mit seiner Geliebten türmen! Atemlos verfolgt er, wie Pam in den Souvenirladen geht und Harry aus dem Bild rollt. Als er dann nach ein paar Minuten zurück ist, wird er geschoben und lässt den Kopf hängen wie ein Greis, Sonnenbrille auf der Nase. Sieht ziemlich groggy aus. Die beiden Typen, die ihn schieben, kann Bosman nicht erkennen, auch als er die Szene aus einem anderen Kamerawinkel noch einmal betrachtet. Sie haben Hoodies an und die Kapuzen tief über die Basecaps gezogen, deren Schirme die Gesichter komplett abdecken. Dann kommt Pam aus dem Souvenirladen und schaut sich suchend um. Sie sieht verwirrt aus.

Eine halbe Stunde später ist Bosman im Dreamland und fragt nach Pam, aber sie arbeitet heute nicht. Angeblich hat keine ihrer Kolleginnen ihre Handynummer, und auch als Bosman sagt, dass nichts gegen sie vorliegt und sie nur als Zeugin aussagen soll, halten die Ladys dicht. Sie sind misstrauisch und haben Angst vor dem Hulk, der ihnen mehr als einmal eingeschärft hat, nicht mit den Bullen zu quatschen. Also ruft Bosman bei Nina im Büro an, die ihm Pams Adresse durchgibt. Er fährt zu Pam nach Hause, eine kleine Wohnung in einem hässlichen Bau aus den Sechzigerjahren an der Heinrich-Heine-Straße. Doch als er klingelt, macht ihm niemand auf.

Pam sitzt in der S-Bahn und ist auf dem Weg nach Kleinmachnow, eine halbe Tagesreise mit der S1 bis Zehlendorf und dann noch ewig weiter mit dem Bus. Klar hat sie dumm aus der Wäsche geschaut, als Harry da am Flughafen auf einmal verschwunden war. Hat das Arschloch sie einfach sitzen gelassen? Als sie beim Check-in ankam, machten die gerade zu. Niemand konnte sich an einen Typen im Rollstuhl erinnern. Nachdem Pam noch eine Weile unschlüssig gewartet hatte und auch die Sanis von keinem Notfall berichten konnten, fuhr sie nach Hause.

Ihre Anrufe blieben unbeantwortet.

Erst hatte sie erwogen, zur Polizei zu gehen, sich dann aber dagegen entschieden. Die Blamage wäre grenzenlos, wenn sich dann herausstellen sollte, dass Harry sie versetzt hat. Am nächsten Tag fuhr sie zu ihm ins Büro, doch da sagte man ihr nur, er sei verreist. Die Art, wie die Schlampe an der Rezeption sie abfertigte, hatte sie verletzt. Sie hielt sich für was Besseres und gab ihr zu verstehen, dass Herr Schumann andere Dinge zu erledigen hatte, als sich mit einer Nutte abzugeben. Doch nach ein paar Tagen, als der Ärger verflogen war, kam die Ungewissheit wieder hoch, und Pam konnte sich beim besten Willen nicht vorstellen, warum Harry sie da hätte sitzen lassen sollen. Die ganze Sache war schließlich seine Idee gewesen. Also fasste sie sich ein Herz und beschloss, nach Kleinmachnow zu fahren und nachzuschauen, ob er dort vielleicht auf der Terrasse lag und seine Wunden leckte.

Sie steigt aus dem Bus und navigiert mit ihrer Google-Earth-App bis vor seine Haustür am Wiesenrain, eine stille Straße mit Einfamilienhäusern und Villen, viel Grün und jeder Menge freier

Parkplätze, nicht wie in der Stadt, wo man schon einen Smart zusammenfalten muss, um eine Lücke zu finden.

Harrys schmucke kleine Villa ist etwas heruntergekommen, wie es Pam scheint, aber das kann auch nur Patina sein. Einige von diesen Leuten kaufen ja sogar Blechkannen für sechzig Euro bei Manufaktum und lassen sie verrosten, damit das irgendwie antik und *homemade* wirkt.

Das Gartentor steht offen.

Pam holt tief Luft und steuert zwischen duftenden Oleanderbüschen auf den Eingang zu, wo sie klingelt.

Nichts.

Keiner zu Hause? Pam klingelt noch einmal und geht dann auf dem schmalen Weg an den Rosenbüschen vorbei nach hinten in den Garten. Die Terrassentür ist offen, auf dem Tisch steht ein Glas Weißwein neben einem Drehbuch und einer Sonnenbrille. Dann sieht sie Helen, die aus dem Wohnzimmer kommt und erschrocken stehen bleibt. »Wer sind Sie denn?«

Pam nennt ihren Vornamen, während sie Helen kritisch mustert, nur um festzustellen, dass da nicht viel zu kritisieren ist. Stramme Schenkel, erstaunlich glatt für ihr Alter, der runde Arsch fest in dem rosa Bikinislip, die Brüste üppig unter der weißen Sommerbluse, die Ärmel hochgekrempelt. Sie blinzelt in das Sonnenlicht und kneift die Augen ein wenig zusammen, um Pam besser sehen zu können.

»Kenne ich Sie?«

»Nein.«

»Sie können doch nicht ungefragt hier eindringen.«

»Ich habe zweimal geklingelt.«

»Und weil dann keiner springt, kommen Sie einfach in den Garten?«

»Hey, ich war eineinhalb Stunden unterwegs.« Als würde das irgendwas rechtfertigen.

»Was wollen Sie hier?«

»Ich suche Harry.«

Helen verschränkt die Arme über der Brust und schaut sie etwas von oben herab an, jetzt im Bitch-Modus. »Sie sprechen von meinem Mann, ja? Darf ich fragen, worum es geht?«

»Ich will wissen, ob er okay ist.«

»Und warum interessiert Sie das?«

»Weil er mich versetzt hat, am Flughafen.«

Helen starrt sie an, Pam hat das Kinn kampfbereit ein Stückchen vorgestreckt. Eigentlich wollte sie es Harrys Frau gar nicht so brutal reindrücken, warum auch? Sie hat nichts gegen Helen. Aber sie hat was gegen die arrogante Haltung, die sie an den Tag legt. Da tut es gut zu sehen, wie sie ins Schwimmen kommt. Pam kann die Kurzschlüsse in Helens Kopf förmlich knistern hören, die Schlussfolgerungen, die sie zieht, und sie genießt den Moment des Triumphes, als Helen sagt: »Sie sind die Geliebte meines Mannes?«

Pam grinst. »Sie hatten ja keine Lust, mit ihm auf die Bermudas zu fliegen.«

»Schön, dass Sie da so spontan einspringen konnten«, sagt Helen und lächelt kühl.

»Na ja, ganz ehrlich hatte ich mir das etwas anders vorgestellt.«

»Waren Sie schon bei der Polizei?«

»Nein.«

»Dann sollten Sie das schleunigst tun, denn wie es aussieht, wurde mein Mann entführt.«

»Fuck. Und was sagen die Bullen?«

»Sie glauben, dass die Mafia dahintersteckt.«

Klar, denkt Pam und kaut auf ihrem kleinen Pornonagel herum. Tarik hängt ihm ja am Hacken wegen der Kohle und dem Verrat. Das sieht nicht gut für Harry aus.

Helen fragt: »Wollen Sie ein Glas Wein?«

Damit hat Pam nicht gerechnet. Was will Helen von ihr? Ein klärendes Gespräch zwischen Frauen? Von Pams Seite gibt es da nicht viel zu klären. Sie will nichts von Harry, abgesehen von den fünftausend, die er ihr immer noch schuldet.

»Hören Sie«, sagt Pam, »es ist alles cool, ich habe kein Interesse, Harry zu heiraten oder mich von ihm zum romantischen Dinner einladen zu lassen. Ehrlich gesagt, ich mag ihn irgendwie, aber als Mann ist er mir eigentlich egal.«

»Und warum schlafen Sie dann mit ihm?«

»Weil er mich bezahlt.«

Helen geht in die Küche und holt ein Weinglas für Pam aus dem Schrank, während sie denkt, was für ein abgefeimtes Arschloch Harry doch ist. Kaum sagt sie die Reise ab, ruft er seine kleine Nutte an. Um sie in dem Hotelzimmer zu ficken, das er für sie gebucht hat. Doch dann denkt sie an Luis und wie sie es oben im Doppelbett getrieben haben, als Harry im Krankenhaus war, und sie sieht ein, dass sie wenig Grund hat, sich aufzuregen.

Sie tut es trotzdem.

»Sie brauchen echt nicht sauer sein«, sagt Pam großzügig, als Helen ihr den Wein einschenkt, bequem in den Gartenstuhl gelehnt, als wäre sie hier zu Hause. »Es ist wirklich nichts Ernstes.«

»Davon gehe ich auch nicht aus. Erzählen Sie mir, wie Sie sich kennengelernt haben. Kann man Sie irgendwo buchen, ich meine, im Internet oder so?«

Sie setzt sich, hebt ihr Glas und stößt mit Pam an.

»Warum wollen Sie das wissen?«

»Weil es mich interessiert.«

»Echt?«

»Ja.«

Und Pam erzählt, wie Harry mit Tarik ins Dreamland gekommen ist, um irgendwas zu feiern. Wie sein Blick gleich auf sie gefallen ist und wie sie für ihn getanzt hat. Das Wichtigste beim Tanzen ist es, den Kontakt zum Kunden zu halten, sagt sie, ihn zu reizen und den Moment rauszuzögern, solange es geht.

»Was für einen Moment?«, fragt Helen.

»Na ja, je nachdem, was abgemacht ist.«

Helen fragt nicht weiter nach, und Pam erzählt, dass sie sich seitdem ab und zu sehen, sie und Harry. Und wenn er in seine Hose steigt, sagt sie und grinst, zieht er immer den Bauch ein, damit es so aussieht, als habe er den Bauch eines jungen Mannes. Bringt aber nichts, hängt trotzdem alles eine Etage tiefer.

Helen muss lachen. »Warum soll es nur uns Frauen so gehen?«

»Eben.«

Sie trinken einen Schluck. Helen stellt überrascht fest, dass weder die Frau hier sie abstößt noch der Gedanke daran, dass Harry sie vögelt. Wenn sie Pam betrachtet, wie sie da sitzt, jung, frisch und frech, kann sie ihn sogar verstehen.

»Wie kann dieser Tarik meinen Mann entführen, wenn die Polizei ihn wegen Mordes sucht?«

»Er hat seine Leute. Außerdem kann er ziemlich frei rumlaufen. Die, die ihn nicht kennen, erkennen ihn auch nicht, wenn sie ihn zufällig auf irgendeinem Fahndungsplakat oder Foto sehen. Und die, die ihn kennen, verraten ihn nicht.«

»Du hast ihn verraten.«

»Ja«, sagt Pam. »Das war auch ein großer Fehler.«

Als sie zwei Stunden später etwas angetrunken wieder geht und sich mit Küsschen verabschiedet, hat sich ihre Meinung über Helen stark verändert. Harrys Frau ist schwer okay. Sie hat kein großes Ding daraus gemacht, dass Harry sie gelegentlich zu sich bestellt, sondern Interesse an ihrem Leben und ihrer Arbeit gezeigt. Wann hatte jemand sie das letzte Mal überhaupt etwas gefragt, das über »Warum ist die Miete noch nicht überwiesen?« oder »Zeig mir deinen Arsch« hinausging? Sie erzählte Helen sogar, dass sie gerne

Museen und Ausstellungen besucht, was Helen etwas überraschte. Warum eigentlich? Nur weil sie nicht auf der Uni war und als Tänzerin in einem Sexladen arbeitet? Stimmt, gab Helen zu, das sind alles Vorurteile. Kennt sie aber auch. Als Schauspielerin gelte man ja ohnehin nicht als jemand, der den tiefsten Teller erfunden hat, sagte sie, und je besser man aussieht, desto schlimmer wird es. Dann lachten sie beide, stießen an und rissen Witze über Harry. Nicht nur darüber, wie er den Bauch immer einkneift, wenn er seine Hose hochzieht, sondern auch darüber, wie er die Lippen vorstülpt, wenn er glaubt, etwas Wichtiges zu sagen. Doch dann wurde Helen mit einem Mal sehr still, und Pam sah die Sorge in ihrem Gesicht.

»Hey«, sagte sie. »Das wird schon, der kommt wieder zurück. Harry ist ein Stehaufmännchen.«

»Der Krug geht so lange zum Brunnen, bis er bricht«, antwortete Helen und bat sie, zur Polizei zu gehen und auszusagen. Vielleicht hätten die ja mittlerweile was Neues oder Fragen, die sie weiterführen könnten.

Bosman und Schuster sitzen im Adana Grill und machen Mittag. Erol ist ein bisschen zerknirscht, weil einer seiner Jungs, Malik, sie reingeritten hat, aber Schuster sagt ihm, dass alles okay ist.

Was nur halb stimmt.

Zwar war der Safe leer, als er in der Werkstatt aufgeschweißt wurde, und Weber musste vor Emrah einen Kotau machen, der sich demonstrativ vor seine Leute stellte, doch er ist auf der richtigen Fährte, auch wenn sie ihm dieses Mal noch knapp entwischen konnten.

»Was gibt es Neues von deinem Schwager?«, fragt Schuster und beißt in seinen Döner, sodass die Soße ihm rechts und links aus den Mundwinkeln tropft.

»Wie es aussieht, haben sie Harry mitten auf dem Flughafen gekidnappt, als Pam im Souvenirladen war.«

»Hast du schon mit ihr gesprochen?«

»Nein, wir haben sie aber auf Video. Die hatten ein Zeitfenster von genau sieben Minuten, bis sie da wieder rauskam.«

»Und es gibt keine Zeugen?«

»Die Fahndung ist raus, aber es hat sich noch niemand gemeldet.«

»Warum sollte Tarik ihn entführen?«

»Um an seine Kohle zu kommen.«

»Schon klar«, sagt Schuster. »Aber hast du mir nicht gerade erzählt, dass es überhaupt keine Forderung gibt?«

»Ja, aber vielleicht machen sie es anders. Vielleicht wollen sie ihn zwingen, seine Konten leerzuräumen.«

Die Idee kam ihm heute Morgen beim Duschen. Sie würde hinreichend erklären, warum Tarik sich bislang noch nicht bei Helen gemeldet hat. Es wird sich auch keiner melden. Den ganzen Quatsch mit Fangschaltung und einem Psychologen, der am Telefon hockt und komplizierte Verhandlungen führt – all das wird es nicht geben, das wurde Bosman schlagartig klar. Er telefonierte mit Helen und einer Frau von Harrys Produktionsfirma, die Bea hieß, aber keine konnte von beunruhigenden Kontobewegungen berichten. Zumal zurzeit auch nicht allzu viel zu bewegen sei, sagte Bea ihm am Telefon, was Bosman so deutet, dass Harry ziemlich pleite sein muss.

Er schaut durch die aufgezogene Fensterfront raus auf die Straße, wo Passanten vorbeilaufen, Autos hupen und Lieferfahrzeuge in der zweiten Reihe parken, sodass der Verkehr sich staut. Schuster wischt sich Mund und Finger mit der Papierserviette ab, knüllt sie zusammen und wirft sie auf den Teller. »Vielleicht hat er ja irgendwo noch ein Depot versteckt, von dem keiner was weiß?«

Der Gedanke ist Bosman auch schon gekommen, und er nimmt sich vor, Helen danach zu fragen. Doch vorher hat er noch eine andere Verpflichtung. Er schaut auf die Uhr und sagt: »Ich muss los, wir sehen uns nachher im Büro.«

Er hat mit Achim telefoniert und ihm versprochen, die fünfhundert vorbeizubringen. Also fährt er zum Ostbahnhof, wo Schuster den Stoff und die Kohle aus dem Tresor versteckt hat. Als er durch die Eingangshalle zurück zu seinem Wagen geht, checkt er seine Nachrichten und sieht, dass Nikki dreimal angerufen hat. Was die Frage aufwirft, woher sie seine Nummer kennt. Vermutlich hat er sie ihr gegeben und ihre sogar in sein Handy eingetippt, im Watergate, aber er erinnert sich nicht mehr daran. Soll er zurückrufen?

Lieber nicht.

Ignorieren geht aber auch nicht. Also textet er: »Bin im Dienst, melde mich.«

Keine zwei Sekunden später macht es *pling,* und Bosman liest: »Wann?«

Er: »Später.«

Sie: »Lust auf einen Kaffee?«

Mit Smiley.

Er: »Lass telefonieren.«

Ohne Smiley.

Er schiebt das Handy in die Hosentasche und öffnet den Wagen, als es summt.

Fuck!

So war das nicht gemeint. Er geht ran: »Hallo?«

»Hallo, Frank.«

Frank?!

»Was gibt's?«

»Ich wollte nur fragen, ob du Lust auf einen Kaffee hast.«

Bosman pliert über das Wagendach rüber zum Bahnhofseingang. »Du, pass auf, gerne, aber jetzt habe ich keine Zeit.«

»Ich meine ja auch gar nicht unbedingt jetzt.«

»Ähm, wir telefonieren die Tage, okay?«

Stille.

Bosman schließt die Augen. Wenn er etwas noch mehr hasst als wütende Telefontiraden, dann ist es die Stille in einer 10000-Volt-Leitung.

Nikki sagt: »Okay, ich will dich nicht nerven.«

»Du nervst nicht.«

»Nein?«

»Nein.«

»Schön, ich melde mich, okay?«

»Ja, okay.«

»Bis dann.«

Bosman legt auf und fühlt sich scheiße, irgendwie hilflos und wie ein Vollidiot. Mann, wo ist er da reingeraten? Er beschließt, lieber nicht länger darüber nachzudenken, steigt in seinen Wagen und fährt zu Achim.

Als er in den Laden kommt, sieht er Jenny, die sich von Inka einen Beutel mit Lebensmitteln geben lässt. Sein Herz zieht sich zusammen. Muss sie jetzt tatsächlich schon hier bei Achim um Essen betteln? Das kann nur heißen, dass Jürgen schon wieder ihre Quellen anzapft.

Jenny dreht sich mit ihrer Tüte um und sieht ihn. Sie zuckt zusammen, schaut schuldbewusst auf den Boden.

»Hallo, Jenny.«

Sie blickt ihn unsicher an. »Hallo.«

»Wie geht's Jürgen?«

Jenny zögert, holt Luft. »Besser.«

Bosman nickt, presst die Lippen aufeinander und sagt: »Das freut mich.«

Er quält sich ein falsches Lächeln auf die Lippen und geht weiter ins Büro zu Achim. Jenny schaut ihm nach.

Sie hat Tränen in den Augen.

Nikki ebenfalls.

Tränen der Wut und der Scham. Unfassbar, wie Frank sie abgefertigt hat. *Wir telefonieren die Tage,* das heißt nichts anderes als: Lass mich in Ruhe. Und das nach allem, was sie für ihn getan hat, ihn wegen der Schießerei rausgehauen, ihm den Schwanz geblasen. Was, wenn sie jetzt zu diesem Weber geht und ihm die ganze Geschichte erzählt? Dann kann Frank einpacken. Wütend knallt sie ihr Fahrrad gegen den Ständer vor dem Fernsehstudio am Osthafen und schließt es ab, als ihr ein Gedanke durch den Kopf fegt.

Nein, er fertigt sie nicht ab. Das ist eine Prüfung. Der Schmerz ist Teil des Lohns, der ihr zufällt, indem sie *ihm* dient! Franks Wille ist ihr Wille, sein Wunsch ihr Bedürfnis.

Wow ...

Das muss Nikki erst mal teilen.

Sie ruft Kerstin in der Redaktion ein Stockwerk über ihr an und sagt, dass sie einen Termin beim Frauenarzt hat. Dann schließt sie ihr Rad wieder auf und saust zum Veganz, wo Laura schon auf sie wartet.

»Sag mal, hast du nicht mehr alle Tassen im Schrank?«, sagt sie, nachdem Nikki ihr das Erweckungserlebnis geschildert hat, jetzt selber auf einmal etwas unsicher.

»Der Typ verarscht dich doch, und du redest dir das schön, das ist alles.«

»Meinst du?«

»Der hat Schiss, dass er Stress kriegt mit seiner Frau, deswegen macht er einen Rückzieher.«

Nikki kaut auf ihrem Daumennagel. »Es fühlt sich aber anders an.«

»Was fühlt sich anders an?«

»Der Schmerz.«

Laura schiebt ihre Sonnenbrille in die Haare und blinzelt.

»Er fühlt sich gut an. Ich meine … Mann, fuck, wie soll ich das sagen, ohne dass du mich für völlig bescheuert hältst?«

»Das wird schwierig.«

»Ich glaube, ich bin devot«, sagt Nikki.

»Ja und?«

»Nein, nicht nur mal den Arsch hinhalten, ich meine, so richtig.«

»Mit Handschellen und Halsband und allem Drum und Dran?«

Nikki denkt einen Moment nach und sagt: »Warum nicht?«

28

Den Ermittlungsdruck erhöhen, an allen Fronten zuschlagen, Razzien, Durchsuchungen, Festnahmen, das ganze Programm. Das ist die Marschrichtung, die Emrah vorhin beim 14-Uhr-Meeting an die Abteilung rausgab, nachdem Bosman und Schuster mit ihm und Nina den Stand der Ermittlungen gegen den Aziz-Clan besprochen hatten – Emrah heute gut gelaunt nach seinem Etappensieg über Erzfeind Kromschröder. Seine Laune stieg noch weiter, als Schuster berichtete, dass Harrys Geliebte niemand anderen als Tarik Aziz am Flughafen gesehen hatte, als Harry entführt wurde.

Während Bosman bei Achim war, kam Pam in das Präsidium, um ihre Aussage zu machen. Viel Neues kam dabei nicht raus, also fragte Schuster: »Sag mal, Pam, kann es vielleicht sein, dass du Tarik Aziz da gesehen hast?«

»Nee, hab ich nicht.«

»Aber du glaubst, dass er dahintersteckt.«

»Wer sonst? Aziz war hinter Harry her.«

»Da die Fakten nun so klar auf dem Tisch liegen ...«, sagte Schuster und klopfte mit seiner Bleistiftspitze auf die Tischplatte. »Könnte es nicht doch vielleicht sein, dass du ihn gesehen hast? Vielleicht nicht im Flughafengebäude, aber draußen in seinem schwarzen Sprinter?«

Pam lächelte spöttisch und schüttelte den Kopf. »Weißt du was? Ihr habt mich schon mal verarscht. Ihr schuldet mir fünftausend, schon vergessen?«

Am Ende einigten sie sich auf tausend Euro, die Schuster ihr gleich cash von seiner Rolle pellte. Pam staunte nicht schlecht und sagte: »Ich glaube, wir müssen noch mal nachverhandeln.«

»Wenn wir Aziz haben, lege ich dir noch mal zwei Riesen obendrauf«, sagte Schuster großzügig, und Pam unterschrieb die Aussage, dass sie Tarik Aziz in einem schwarzen Sprinter auf der Wartespur vor dem Flughafen gesehen hatte.

Jetzt kommt Bosman aus Richter Schmitts Büro, wo er sich einen Durchsuchungsbeschluss für Aziz' Wohnungen hat unterschreiben lassen, und fährt zu Oliver Thiel in die Redaktion. Er fragt ihn, ob er dabei sein will, wenn sie Tarik hochnehmen.

Und ob Thiel will!

Nur geht Bosman gar nicht davon aus, dass sie Tarik schnappen werden, wenn sie in die Wohnung von Arslan und Baba einfallen wie die Hunnen, mit ordentlich Krach und Show für die Presse, das ganz große Theater, Stoff für Seite eins. Und genau da will Bosman hin, um Arslan den ersten Schlag zu versetzen. Mal schauen, ob er nicht doch bereit ist, den Schaden zu begrenzen und mit dem Namen von Skinnys Mörder rauszurücken.

Die Kolonne aus zwei Wannen, dem alten Passat und Thiels Polo kommt die Weserstraße hoch. Sie steigen aus, misstrauisch beäugt von den Hipstern auf der Straße. Thiel und sein Kameramann kriegen Schutzwesten, als zögen sie nach Afghanistan, fehlt nur noch der UN-Helm. Der Kameramann legt sich seine ARRI AMIRA auf die Schulter, und sie gehen rein.

Bang! Die Ramme kracht einmal gegen die Tür in Höhe des Schlosses. Beim zweiten Schlag birst das Holz, das Schloss fliegt raus, und die ganze Tür kippt nach innen in den Flur, wo Arslan

Aziz steht, eine Serviette in der Hand, und sie anstarrt, während Staub auf die Tür runterrieselt wie Neuschnee in Thüringen.

»Hey, sag mal, spinnt ihr?!«

Schuster, der hinter dem massigen Kollegen steht, der jetzt die Ramme auf den Boden poltern lässt, macht mit seinem Handy ein Foto von der Tür. Hinter ihm ein Dutzend uniformierter Beamter, vor ihm Bosman, der auf Arslan zugeht und ihm den Durchsuchungsbeschluss unter die Nase hält. »Wir suchen Tarik.«

»Das ist nicht neu«, sagt Arslan und versucht das leichte Zittern in seiner Stimme zu kontrollieren. Zum Zählen bis zehn hat er jetzt keine Zeit. »Wie kommen Sie dazu, hier einzubrechen? Es gibt eine Klingel.«

Bosman dreht sich zu seinen Männern um und sagt: »Los.«

Sie schwärmen aus in die Wohnung. Thiel und sein Kameramann kommen rein und fangen an zu filmen, Kinder im Nebenzimmer weinen.

»Mach die scheiß Kamera aus, hörst du?«

Thiel sagt: »Wir haben das Recht ...«

Arslan marschiert auf den Kameramann zu und schlägt ihm die ARRI von der Schulter, die krachend zu Boden geht. Schuster zieht ihn zurück. »Hey, Schluss jetzt, hör auf mit dem Scheiß!«

Arslan reißt sich los. Sein Brustkorb pumpt, die Adern an seinem Hals zucken wie verletzte Schlangen. Nebenan im Esszimmer sitzen Arslans Eltern am Frühstückstisch, zusammen mit Leila und den beiden kleinen Töchtern. Angst in den großen Kinderaugen, Hass in den Augen der Mutter und den finsteren Blicken von Baba, der aufgesprungen ist und wütend gestikuliert. »Was wollen Sie? Was machen Sie?«

»Wir suchen Tarik wegen Mordes und Entführung«, sagt Bosman ungerührt.

»Was reden Sie? Mein Sohn hat niemanden entführt, was werfen Sie uns vor?«

»Wo ist er?«

Arslan schaut Bosman an und sagt: »Was für eine Entführung?«

Tarik hockt in dem kleinen Verschlag hinter der TV-Wand in seinem Zimmer. Es ist dunkel hier drin und stickig, man kriegt kaum Luft. Bloß nicht husten! Von draußen hört er das Geschrei, seit die Bullen mit der Ramme eingebrochen sind wie Raubritter in eine morsche Burg. Allah sei Dank hatte er schmollend auf das gemeinsame Abendessen verzichtet und sich zurückgezogen, um darüber nachzusinnen, wie er das mit seinem Musiklabel am besten anstellt, als sie reinkamen. Er war sofort aufgesprungen, hatte die mächtige Schrankwand beiseitegeschoben und war durch das Loch in den mit einer Trockenbauwand abgetrennten hinteren Teil des Zimmers gekrochen. Er hatte die Schrankwand gerade wieder von innen an Ort und Stelle gerückt, als er auch schon hörte, wie die Bullen in sein Zimmer stürmten und da rumkramten. Verdammte Arschlöcher!

Dann war es still geworden.

Doch niemand kam, um ihm zu sagen, was Sache ist. Tarik wurde unruhig. Waren die Bullen am Ende noch da und warteten darauf, dass er aus seinem Versteck gekrochen kam?

Er muss für einen Moment in der stickigen Hitze eingedöst sein, denn als er jetzt die Augen aufreißt, trifft ihn helles Licht wie ein Blitz, der Schrank wird zur Seite geräumt, und Arslan steht über ihm, das Gesicht vor Wut verzerrt. Er packt ihn am Kragen, knallt ihn so hart an die Wand, dass Sterne vor seinen Augen tanzen und der Schmerz ihm jaulend in den Kopf fährt wie eine herrenlose Motorsäge.

Fuck! Was soll das?!

»Du kleines Arschloch«, spuckt Arslan ihm ins Gesicht. »Du ruinierst uns alle, hetzt uns die Bullen auf den Hals.«

Tarik versteht nur Bahnhof, Arslan tobt. »Dieser scheiß Bulle ist hinter seinem Schwager her!«

»Hey, hey …«, sagt Tarik und windet sich aus Arslans Griff. »Was redest du für einen Scheiß, Bruder, was für ein Schwager?«

»Harry Schumann.«

Tarik stutzt einen Moment. Harry?

»Dieser Spacko. Ich habe nichts damit zu tun.«

Und Arslan explodiert. »Was? Nichts damit zu tun? Du hast ihm 200 000 gegeben, die er versenkt hat. Unser Geld, ohne mir irgendwas zu sagen. Bist du denn vollkommen bescheuert, ja? Hier oben?«

Er klatscht sich mit der flachen Hand an die Stirn und bedrängt Tarik, der zurückweicht. »Mann, komm runter, Alter, ich hol die Kohle schon wieder rein.«

»Hast du diesen Typen entführt?«

»Nein, Mann, hörst du nicht zu? Ich schwör's dir, ich hab mit der Scheiße nichts zu tun!«

Arslan tackert ihn mit seinen Augen an die Wand und sagt: »Warum meldest du dich nicht einfach beim IS und gehst nach Syrien?«

29

»Stell dir vor«, sagt Helen zu Luis, »er wollte mit seiner Geliebten abhauen.«

»Nein …«, sagt Luis und zieht die Augenbrauen hoch als Zeichen seiner Überraschung und moralischen Empörung. »*Que cabrón!*«

An Sex ist im Augenblick nicht zu denken, nicht mit Harry in Lebensgefahr. Also sitzen sie auf der Terrasse in Kleinmachnow im Schatten der Markise und trinken eisgekühltes Ginger Beer.

»Was weiß denn die Polizei?«

»Sie glauben, dass die Mafia dahintersteckt.«

Gut so, denkt Luis und nippt an seinem Drink, der ihm scharf und kalt den Mund ausfüllt und dann prickelnd runter in den Magen läuft. Er stößt auf und überlegt, nachher zu Harry in den Keller zu gehen und dafür zu sorgen, dass er die Überweisung vornimmt, bevor die Bullen noch auf die Idee kommen, jemand anders als die Mafia hätte ihn gekidnappt. Reif genug müsste er mittlerweile sein. Außerdem will er die ganze Geschichte möglichst schnell beenden, denn die Lage im Hause Trautwein spitzt sich zu. Bobo ist mehr oder weniger eingezogen, seit er im Park mit den Kosovo-Albanern Stress hat, die die Leerstelle ausfüllen, die Tarik hinterlässt.

»Dann kauf doch von denen«, sagte Luis, doch Bobo antwortete, dass er dann Ärger mit Tarik kriegt und ohnehin keinen Bock mehr auf die ganze Scheiße hat. Mit seiner Drittelmillion will er ein seriöses Business aufbauen. Vielleicht ein Franchise mit einer Kette somalischer Imbissrestaurants, irgendwas, worauf die Hipster stehen.

»Und was willst du da kochen?«, fragte Luis. »Verhungertes Huhn an Sandsoße?«

In diesem Moment heulte draußen eine Motorsäge auf. Luis schaute Bobo fragend an, der sagte: »Uwe will die Hecke schneiden.«

Was …?!

Luis hatte die Devise ausgegeben, sich hier unauffällig zu verhalten, unter dem Radar zu bleiben, sich möglichst wenig draußen zu zeigen, sodass die Nachbarn nicht mitkriegen, was hier passiert. Und das Erste, was Uwe und Bobo machten, waren Gelage am Pool.

Jetzt auch noch das hier!

Luis war ruckzuck raus aus dem Wohnzimmer auf die Terrasse und sah, wie Uwe in Camouflage-Hose, T-Shirt und Schutzbrille die Hecke zum Nachbargrundstück frisierte, dass das Holz nur so spritzte. Es dauerte nicht lange, dann stand der Nachbar am Zaun, ein alter Mann in Shorts und offenem Hemd, und bellte Uwe an: »Mittagsruhe!«

Uwe schaltete die Säge aus und sagte: »Halt's Maul, du Zombie, oder ich trete dir in deinen faltigen Arsch.«

Der alte Mann wurde blass, dann rot, und Luis dachte schon, er würde einen Herzinfarkt kriegen, als er mit zitternder Stimme sagte: »Ich hol die Polizei.«

Super!

Luis hob beschwichtigend die Hände, entschuldigte sich und erklärte, dass sein Kumpel es eben gerne ordentlich hat. Hecken müssen gepflegt werden, und hier bei Trautwein ist eine Menge Arbeit zu erledigen.

»Sie wohnen hier?«, erkundigte der Alte sich misstrauisch.

»*Si*«, sagte Luis, »ich schaue hier nach dem Rechten, solange die Trautweins in Kapstadt sind.«

»Und der Farbige?«

»Ein guter Freund.«

»Aha.«

Luis war nicht sicher, ob er das Misstrauen des Alten zerstreut hatte. Vermutlich nicht. Vermutlich standen sie jetzt unter Beobachtung und mussten doppelt vorsichtig sein, alles wegen diesem scheiß Nazi. Aber auch Bobo war ein Problem. Er schien sich auf Uwes Seite geschlagen zu haben, auch wenn er Luis gegenüber so tat, als sei dem nicht so.

Luis schaut zu Helen rüber, die ihren Liegestuhl ein wenig zurückgeklappt hat, und sagt: »*Mira*, du brauchst dir keine Sorgen um Harry zu machen, es wird alles gut.«

»Ist lieb von dir, dass du das sagst, Luis. Aber weißt du, diese Typen haben schon Leute einzementiert und im Hafen versenkt.«

»Ja, in Chicago. Hier nicht.«

»Sie haben keine Geldforderung gestellt.«

»Aber nicht, um ihn umzubringen.«

»Sondern?«

Es tut Luis leid zu sehen, was er Helen hier zumutet. Das ist schon ziemlich arschig, aber andererseits weiß er ja, dass es gut ausgehen wird, vielleicht morgen schon. Da muss man dann eben mal die Zähne zusammenbeißen.

Es klingelt an der Tür.

Helen steht auf und kehrt wenig später mit einem Typen zurück, der ihm irgendwie bekannt vorkommt, und dann hat er's: Das ist der *Shooter*, der Bulle, der den Kumpel von Tarik abgeknallt hat. Was macht der denn hier?

»Das ist Frank«, sagt Helen. »Mein Schwager.«

»Hallo.«

Fester Händedruck, Augen wie die Inquisition. Oder vielleicht kommt Luis das auch nur so vor mit seinem schlechten Gewissen und der Angst, dass die Wahrheit ihm doch irgendwie auf die Stirn tätowiert steht.

»*Hola*, ich bin Luis.«

»Mein Yogalehrer«, sagt Helen.

»Ich wollte nur kurz vorbeischauen, ob alles okay ist«, sagt Bosman. »Wir haben Videoaufnahmen vom Flughafen mit Harry und den Tätern drauf.«

Luis verschluckt sich an seinem Ginger Beer. Helen schaut Bosman hoffnungsvoll an. »Ihr habt sie?«

»Die Identifizierung läuft.«

Luis kämpft eine leichte Übelkeit nieder. »Ähm, wie viele Täter waren es denn?«

Bosman schaut zu ihm rüber und scheint sich über die Frage zu wundern. »Zwei. Wieso interessiert Sie das?«

»*Mira*, ich bin ein alter Freund.«

»Ich dachte, Sie sind der Yogalehrer.«

»Wir kennen Luis schon lange«, sagt Helen. »Er hat vor Jahren mal als Gärtner für uns gearbeitet.«

Luis spürt den Blick des Bullen, der ihn auseinandernimmt, während er zu Helen sagt: »Es gibt da eine Sache, die mich stutzig macht, und das ist der Umstand, dass Harry keine Überweisung von seinen Konten vorgenommen hat, weder von seinen privaten noch von seinem Geschäftskonto.«

»Und das heißt?«

»Gibt es irgendwo noch eins, von dem ich nichts weiß?«

Helen denkt einen Moment lang nach und sagt: »Ja, auf den Bermudas.«

Luis schließt die Augen.

Fuck … fuck … fuck!

Schweiß diffundiert aus seinen Handflächen und tropft ihm von der Stirn, und das hat nichts mit den sommerlichen Temperaturen zu tun. Doch dann beruhigt er sich. Alles, was die Bullen sehen werden, ist eine Abbuchung von Harrys Konto auf ein Nummernkonto in Liechtenstein, ohne dass sie es verhindern können. Und die Liechtensteiner rücken mit den persönlichen Daten nicht raus. Und wenn sie es irgendwann doch tun sollten, ist er längst über alle Berge.

Harry sitzt auf seiner Pritsche, die Hände auf den Schenkeln. Er spürt, wie es unter seinen Fingern heiß ist und pocht. Hoffentlich entzünden die Wunden sich nicht. Aber wie soll der Körper sein Immunsystem aufrüsten, wenn er hier am Verhungern ist?

Verdammte Arschlöcher!

Er sieht sich schon mit Wundbrand und amputierten Beinen, als er Schritte vom Gang hört. Er richtet sich auf, hört, wie die Schritte stoppen, und sieht den Zettel, der unten durch den Türspalt geschoben wird, genau wie beim ersten Mal. Harry liest, dass er sich wieder mitten in den Raum knien, die Augenbinde anlegen und die Hände hinter dem Kopf verschränken soll. Er nimmt das schwarze Tuch, das auf dem Boden neben dem Feldbett liegt, und wickelt es sich so um, dass er unten einen schmalen Sehspalt hat, wenn er den Kopf ein wenig hebt.

Dann kniet er sich hin, verschränkt die Hände hinter dem Kopf und ruft: »Fertig.«

Er hört, wie die Tür geöffnet wird. Leichter Patschuli-Duft, derselbe Typ, der das erste Mal da war, offenbar der Boss. Er tritt hinter ihn, dann spürt Harry den Lauf einer Pistole am Kopf.

»Jetzt nimm die Binde ab. Wenn du dich umdrehst, bist du tot.«

Er zerrt sich das Tuch vom Kopf und schaut verwundert auf ein Notebook, das vor ihm auf dem Boden steht. Ein Webbrowser ist geöffnet.

»Jetzt geh zu deinem Konto auf den Bermudas und überweise eine Million an die Kontonummer, die ich dir gleich sage.«

»Was …?!«

Harry glaubt es nicht. Woher weiß der Kerl von dem Depot? Und wieso geht er davon aus, dass da eine Million liegt? Seine privaten Rücklagen sind auf magere 23 000 Dollar abgeschmolzen.

»Moment mal«, sagt er. »Langsam, was für ein Konto?«

»Harry, verarsch mich nicht.«

»Ich glaube, ihr geht hier von falschen Voraussetzungen aus. Ich habe kein Konto auf den Bermudas und schon gar keine Million. Was glaubst du, wer ich bin? Hollywood?«

Er hört, wie der Hahn der Waffe gespannt wird, ein metallisches Klicken. Sein Herz fängt an zu rasen, ihm wird schwindelig, und dann schlägt die Hitze in ihm aus wie bei einer Frau um die fünfzig.

»Na los, worauf wartest du?«

Harry starrt auf das Notebook, dann schüttelt er den Kopf. »Ich habe keine Million.«

»*Mira*«, sagt der Typ, »du hast die Wahl. Wenn du jetzt nicht überweist, komme ich morgen wieder. Und wenn du dann nicht überweist, komme ich übermorgen wieder, und so weiter.«

Harry spürt die Wut in sich aufsteigen. Was hat der Typ gesagt, *mira*? Klar, das ist Spanisch und kein Arabisch. Ihm waren schon vorher Zweifel gekommen, ob Tarik wirklich dahintersteckt. Hätte der so einen Zauber veranstaltet, mit Aushungern und dieser lächerlichen arabischen Muezzin-Musik? Wohl kaum, der Typ hört Hip-Hop.

»Wer bist du?«, sagt Harry.

»Hör auf zu quatschen, mach schon.«

Harry schließt einen Moment lang die Augen und denkt: *Er schießt nicht. Wenn er mich abknallt, sieht er keinen Cent.* Er schüttelt den Kopf und sagt: »Okay, hau ab.«

»Was?«

»Du sollst abhauen und morgen wiederkommen.«

Harry spürt, wie der Typ seine Optionen durchgeht. *Immerhin,* denkt er, *ist er beherrscht, haut mir nicht seine Knarre ins Gesicht.*

»Wie du willst. Setz deine Binde auf.«

Harry knotet sich sein Tuch wieder um und verschränkt die Hände hinter dem Kopf, während der Typ sein Notebook nimmt und geht. Harry hört, wie die Tür zuknallt und abgeschlossen wird. Er reißt sich die Binde runter und geht sein ganzes Adressbuch mental durch, auf der Suche nach Leuten, die einen Groll gegen ihn hegen könnten – und vor allem von der Existenz seines Kontos auf den Bermudas wissen. Das sind nicht viele.

Eigentlich nur Helen.

30

Am nächsten Morgen wacht Arslan früher auf als gewöhnlich. Es ist kurz nach sechs, diffuses Morgenlicht sickert durch die zugezogenen Vorhänge in das Schlafzimmer, draußen im Hinterhof zwitschern und flattern die Schwalben in den Bäumen. Arslan liebt die Ruhe an einem solchen Morgen. Die Kinder schlafen noch, es ist friedlich und still. Er dreht sich zu Leila um, die auf der Seite liegt, Rücken zu ihm, gleichmäßig atmend. Ihr dunkles Haar ergießt sich über das weiße Laken. Arslan beugt sich rüber und saugt ihren Duft ein. Er lächelt, schiebt Leilas Haar vorsichtig hinter das Ohr zurück, um ihr weiches Gesicht zu sehen, die klaren Wangenlinien unter den geschlossenen Augen mit Wimpern wie Schmetterlinge, von denen er das Glück der Welt küssen möchte. Er liebt seine Frau, liebt sie über alles, und das war am Anfang nicht wirklich abzusehen.

Baba hatte die Heirat arrangiert, als er neunzehn war, mit irgendeinem Mädchen aus einem Kaff im Libanon, von dem er nie gehört hatte. Leila war damals zwölf Jahre alt, also wartete man noch ein wenig bis zum Vollzug der Ehe, eine Zeit, in der Arslan sich austoben konnte. Mit vierundzwanzig schlug die Falle dann zu. Baba war mit ihm und seiner Mutter nach Beirut geflogen, wo sie die Brauteltern in einem geschmückten Toyota-SUV am

Flughafen abholten und durch die Wüste nach Baalbek fuhren, eine kleine, staubige Provinzstadt in der Bekaa-Ebene.

Arslan schließt die Augen und erinnert sich daran, wie er in diesem hart gefederten Toyota saß und durch das offene Fenster raus in die flirrende Tiefebene starrte, während von oben die Sonne runterbrannte und er Sand zwischen den Zähnen spürte. Dann waren sie da, hielten vor einem riesigen Haus, dessen Dach noch fehlte. Bewehrungseisen stachen oben aus der Betondecke heraus, auf dem Flachdach flatterte Wäsche. Alles war ihm fremd hier, die Art, wie es roch, wie die Leute sich verhielten, wie sie sprachen. Arslan verstand ihren Dialekt schlecht, doch Baba ging in dieser Welt auf, als hätte er sie nie verlassen. Während er mit irgendwelchen Cousins und Onkeln auf dem Teppich hockte und Tee trank, zog Baba sich mit dem Brautvater zurück und besprach Geschäftliches. Am späten Nachmittag dann, Arslan war von der Hitze und dem ständigen Palaver wie erschlagen, wurde ihm seine zukünftige Frau von seiner zukünftigen Schwiegermutter präsentiert. Baba hatte ihm versichert, dass Leila ein schönes Mädchen sei, aber auf den Geschmack des Alten konnte man sich nicht unbedingt verlassen. Als sie dann ihren Schleier zurückschlug und demütig auf den Boden schaute, wusste Arslan, dass Allah es gut mit ihm meinte.

In drei Wochen haben sie ihren zehnten Hochzeitstag, und Arslan hat beschlossen, Leila eine Reise nach New York zu schenken. Jetzt, da sie nach einem jahrelangen Gerangel mit den Behörden endlich deutsche Pässe haben, steht ihnen die Welt offen. Leila hat sich schon immer gewünscht, eines Tages ein Musical am Broadway zu sehen, und Arslan hat einen Kumpel angesprochen, der ein Reisebüro besitzt, um den Trip klarzumachen. Später wird er vorbeifahren und sich die Hotels anschauen, die Esra rausgesucht hat.

Arslan steht leise auf, um seine Frau nicht zu wecken, geht ins Bad und genießt eine heiße Dusche, um die Verspannung in seinem Nacken zu lösen, in dem der ganze Ärger wütet, den er Tarik zu verdanken hat. Nachdem die Tür repariert war, hat er gestern Abend noch mit Cousin Arafat in Beirut telefoniert, um ihm klarzumachen, wie dringend er eine Bleibe für seinen Bruder braucht. Arafat hat ihm versichert, sich darum zu kümmern.

Arslan kommt in die Küche und heizt die Espressomaschine an, während er durch die News auf seinem iPhone browst und sein Gesicht sich verdunkelt: Auf *Spiegel Online* findet er einen groß aufgemachten Beitrag über die Razzia. Der Autor Oliver Thiel kündigt eine mehrteilige Reportage über die kriminellen Araber-Clans in der Stadt an, und als Add-on gibt es noch ein schickes Video auf YouTube, in dem man sieht, wie Arslan auf die Kamera zustürmt und sie runterschlägt, verwackelte Bilder und dann Schwarz.

Arslan zählt bis zehn, doch sein Puls hämmert immer noch wie eine Kalaschnikow im Dauerfeuer. Er steht auf, ruft Momo an und verlässt das Haus.

Oliver Thiel sitzt mit seiner Frau Lisa und seinem Sohn Max im Kino, es ist Samstagnachmittag. Auf der Leinwand flimmern die turbulenten Abenteuer von Rabe Socke, dem frechen Vogel, der ständig dummes Zeug macht, das er dann wieder geradebiegen muss. Die Kinder sind begeistert, Thiel textet auf seinem Smartphone rum. Er hat sein Projekt, die große Reportage über den Aziz-Clan, mehreren Redaktionen vorgestellt. Der *Spiegel* will es machen.

Jackpot!

Montag trifft er Gunderjahn, den Ressortleiter, im Hauptstadtbüro des Magazins, um darüber zu reden, welchen Sound die Reportage haben soll, wie viele Folgen geplant sind. Und natürlich wird man über den Vertrag und das Honorar sprechen müssen. Das sieht alles blendend aus. Als sie aus dem Kino kommen, erscheint eine Textnachricht von Arslan Aziz auf seinem Handy, der mit ihm reden möchte. Thiel ist überrascht und angefixt. Ein Interview mit dem Clan-Boss, das ist *hot shit!*

»Hör mal, Lisa«, sagt er. »Fahrt ihr doch schon mal nach Hause, ich komme dann nach. Ich muss noch mal los.«

Thiel weiß, dass seine Frau das nicht gerne hört, dass es sie ehrlich gesagt maximal nervt. Sie haben eine Absprache. »Du hast versprochen, die Wochenenden freizumachen.«

»Ich weiß, aber hey, ich bin selbstständig, und die News machen am Wochenende keine Pause.«

Er nimmt Max in den Arm, wirft ihn hoch, fängt ihn auf und sagt: »Also Großer, wir sehen uns später.«

Dann kramt er die Autoschlüssel aus der Jackentasche und gibt sie Lisa. »Hier, ihr nehmt den Wagen.«

Arslan hat ein Café in Schöneberg vorgeschlagen. Thiel sucht auf seiner App nach einem Call-a-Bike-Fahrrad, findet eins und radelt los. Er genießt den schönen Sommernachmittag, den warmen Wind, der ihm um die Nase weht, und all die gut gelaunten Menschen auf den Bürgersteigen. Heute nerven ihn nicht mal die Touristen, die offenbar nicht wissen, was Fahrradwege sind, und einem ständig vor den Lenker laufen.

Nach zehn Minuten kommt er im Café Exit an und stellt das Rad ab. Arslan sitzt drinnen an einem Tisch am offenen Fenster und steht auf, als Thiel reinkommt. Er trägt einen schicken dunklen Anzug, trotz der Sommerhitze, weißes Hemd, oben zwei Knöpfe offen, und reicht Thiel lächelnd die Hand. »Ich freue mich, dass Sie so spontan Zeit gefunden haben.«

»Das Vergnügen ist ganz meinerseits«, sagt Thiel und lässt sich in den Sessel gegenüber von Aziz fallen. »Was verschafft mir die Ehre?«

»Sie haben mich und meine Familie sehr unvorteilhaft dargestellt.«

»Na ja, wissen Sie, ich bin der Wahrheit verpflichtet.«

Arslan lehnt sich zurück, mustert ihn einen Moment mit ausdruckslosem Gesicht und sagt: »Die Wahrheit, ja? Das sind große Worte.«

Thiel beugt sich vor, stützt die Ellbogen auf die Knie und schaut Aziz lächelnd an. »Sagen Sie mir, was Ihnen nicht gefällt.«

»Nein, ich sage Ihnen, was Sie tun werden.«

Seine Stimme ist noch immer freundlich, doch die Botschaft ist klar.

»Wollen Sie mich einschüchtern?«

»Nein«, sagt Arslan. »Ich möchte Sie nur darum bitten, die Reportage über mich und meine Familie nicht zu machen, die Sie im *Spiegel* angekündigt haben.«

»Tut mir leid, die Bitte muss ich Ihnen abschlagen. Aber ich mache Ihnen ein Angebot. Wir führen ein Interview, in dem Sie Gelegenheit haben, selber Stellung zu beziehen.«

»Ich glaube, Sie verstehen mich nicht«, sagt Arslan.

Thiel versteht ihn sehr gut. Er weiß, dass er ein Risiko eingeht, wenn er über solche Leute schreibt, aber das ist natürlich auch der Kick. Ruhm gebührt nur dem, der auch etwas wagt, und es wäre eine Lüge zu behaupten, dass es Thiel nicht nach Ruhm gelüstet. Also berauscht er sich an seinem eigenen Mut und sagt: »Doch, ich verstehe Sie sehr gut, aber so läuft das nicht bei mir. Ich gebe jedem eine faire Chance, aber was ich schreibe, das gibt mir niemand vor.«

Was natürlich so nicht stimmt. Oft genug ärgert Thiel sich über Redakteure, die Blutspuren in seinen Texten hinterlassen. Arslan schweigt einen Moment, dann seufzt er und steht auf. »Kommen Sie, ich will Ihnen was zeigen.«

Thiel zögert, dann folgt er Arslan raus aus dem Café zu dessen Mercedes, der im Schatten unter den trockenen Bäumen steht, die hier die Straße säumen. Ein Typ, der aussieht wie Mike Tyson, lehnt an der Tür und öffnet sie, als Arslan und Thiel angekommen sind.

»Sie wollen, dass ich da einsteige?«

»Haben Sie Schiss?«, fragt Arslan. Er schaut Momo an und sagt: »Er hat Schiss. Schreibt harte Sachen und hat Schiss, in einen Mercedes zu steigen.«

Momo grinst, und Thiel ärgert sich. Natürlich hat er Schiss. In den Filmen, die er kennt, enden solche Fahrten meist in irgendeinem stillgelegten Fabrikgelände, wo ein paar Typen mit Baseballschlägern warten. Er versucht cool auszusehen und sagt: »Was wollen Sie mir zeigen?«

Arslan lächelt. »Sie müssen nicht einsteigen, aber dann werden Sie nie erfahren, was Sie verpasst haben.«

Thiel zögert.

Arslan sagt: »Glauben Sie mir, es lohnt sich.«

Und Thiel steigt ein.

Momo chauffiert sie durch die Stadt zu einem hässlichen Bürogebäude irgendwo in Steglitz. Er biegt auf den Hof, und sie steigen aus. Thiel schaut sich misstrauisch um. Links eine Spedition, rechts eine Lagerhalle, vor der ein Lkw mit geöffneter Ladeklappe parkt. Ein paar Arbeiter stehen rum. Sieht nicht aus wie ein Ort, an dem man jemanden zu Brei schlägt.

»Kommen Sie«, sagt Arslan gut gelaunt und geht auf ein Stahltor zu, das in eine Halle führt. Drinnen ein Flur, von dem Türen abgehen. Über einer leuchtet ein rotes Neonschild: »Nicht eintreten«.

Niemand zu sehen.

Arslan bleibt stehen und sagt: »Ich muss Ihnen jetzt leider die Augen verbinden.«

Thiel bekommt einen Schreck. »Wozu?«

»Eine reine Sicherheitsmaßnahme.«

Thiel sieht, wie Momo eine Pudelmütze aus der Tasche zieht, und schlagartig wird ihm klar, dass es kein Zurück gibt. Es ist zu spät. An diesem Gorilla kommt er nicht vorbei zur Tür. Andererseits, wenn sie etwas Übles im Schilde führen, wozu dann der ganze Zinnober?

Momo setzt ihm die Pudelmütze auf und zieht sie ihm über die Augen. Die Mütze stinkt nach Schweißglatze und ist innen gefüttert, sodass es jetzt pechschwarz ist. Thiel spürt, wie Momo ihn am Arm nimmt und den Gang entlangführt. Echt übel, zu laufen, ohne was zu sehen. Thiel hat das Gefühl, jeden Moment zu stolpern und sich hinzulegen. Er hört, wie eine Tür geöffnet wird, dann schiebt Momo ihn rein und lässt ihn stehen. Die Tür wird geschlossen, Thiel horcht angestrengt in den Raum. Er spürt, dass hier Menschen sind, hört Atemzüge, als die Tür wieder geöffnet wird, und eine Stimme sagt: »Also los, Leute, wir haben nicht den ganzen Tag Zeit.«

Thiel zieht die Mütze ab und erstarrt.

Er steht in einem großen Raum mit Pornodekor, in der Mitte ein Bett, helles Licht, an der Decke Scheinwerfer – und auf der anderen Seite des Bettes fünf Männer, kräftige Kerle mit Tattoos. Sie sind nackt, bis auf die schwarzen Ledermasken mit Schlitzen für Mund und Augen. Sie hocken auf ihren Stühlen und glotzen aus diesen Horrormasken desinteressiert zu Thiel rüber, während sie ihre Schwänze wichsen, und jetzt erst nimmt Thiel den Mann wahr, der reingekommen ist. Ein fetter Sack, dem das Hemd aus der Hose hängt und der hier offenbar das Sagen hat. Hinter ihm steht ein junger Typ mit einer Kamera in der Hand, und Thiel glaubt es nicht: Ist er hier in einen Schwulenporno geraten?

Ja, und zwar mit ihm in der Hauptrolle.

»Los, zieh dich aus«, sagt der Regisseur.

»Ihr habt sie ja wohl nicht mehr alle«, sagt Thiel und geht zur Tür. Doch als er die Klinke drückt, stellt er fest, dass sie verschlossen ist. Er sitzt in der Falle und spürt, wie sich sein Arschloch zusammenzieht.

Falsche Richtung.

Der Regisseur sagt: »Mach dich locker, dann hast du's schneller hinter dir.«

Eine halbe Stunde später kommt Arslan in den Raum und schaut auf Thiel runter, der auf dem Bett liegt, nackt und besudelt, Blutflecken auf dem Laken. Er schluchzt, sein magerer Brustkorb zuckt wie das Herz eines verletzten Vogels, Tränen und getrocknetes Sperma im Gesicht.

»Weißt du«, sagt Arslan, »meine Familie stammt aus Mardin, das ist in der Südost-Türkei. Wir gehören zu den Mhallamiye-Kurden. Die Türken haben uns schon immer gehasst. In den Zwanzigerjahren mussten viele Familien fliehen, weil Kemal Atatürk uns verfolgen ließ. So kamen wir in den Libanon, aber da wollte uns auch keiner. Wir haben sogenannte Fremdenpässe bekommen, in denen unter Staatsangehörigkeit ›ungeklärt‹ stand. Wir waren nichts, wir hatten keinen Staat, der sich um uns gekümmert hätte, keine Rechte, gar nichts. Alles, was wir hatten, war die Familie. Sie schützte uns vor den Anfeindungen, und sie machte uns stark. Dann brach der Bürgerkrieg aus, und wieder wurden wir vertrieben und haben alles verloren. Mein Vater kam mit zwei Plastiktüten nach Deutschland und wurde behandelt wie ein Bettler. Er durfte nicht arbeiten, sondern war auf die Almosen der Deutschen angewiesen. Und wieder war es die Familie, die uns starkgemacht hat, die mich zu dem gemacht hat, was ich bin. Und jetzt frage ich dich, wie kannst du dir einbilden, dass ich es zulasse, wenn du versuchst, mich und meine Familie in den Dreck zu treten?«

Thiel antwortet nicht. Er hat sich auf die Seite gerollt und die Knie angezogen wie ein Kind. Er zittert am ganzen Körper.

»Entweder stirbt deine Reportage«, sagt Arslan, »oder du.«

Er geht zu einem Regal rechts von der Tür, nimmt eines der Handtücher vom Stapel und wirft es zu Thiel auf das Bett. »Jetzt wisch dich ab und verschwinde.«

Während Thiel die dunkelsten Stunden seines Lebens durchleidet, verbringt Bosman den Nachmittag mit Britta und Sophie entspannt im Strandbad Wannsee, wo sie sich mit Sonnenmilch eincremen, schwimmen gehen, Eis schlecken – was man im Strandbad Wannsee halt so tut. Sie haben beschlossen, einen Familientag zu machen, nachdem Sophie morgens beim Frühstück in Tränen ausgebrochen war: »Und was, wenn Onkel Harry tot ist?«

»Er ist nicht tot«, sagte Britta und schaute zu Bosman rüber, der am Kühlschrank lehnte und auf *Spiegel Online* von der Razzia bei Aziz las.

Sehr gut.

Thiel hatte einen prima Job gemacht. Bosman wird ihn weiter mit Interna füttern und Aziz in die Enge treiben.

»Woher wollt ihr das wissen?«, sagte Sophie mit Tränen in den Augen.

»Wenn die Entführer Geld von ihm wollen, bringen sie ihn nicht um, oder?«

»Und wenn sie es gekriegt haben?«

»Noch ist es nicht so weit.«

Bosman wusste, dass sie Harry gerne mochte. Nicht, dass sie sonderlich viel Zeit miteinander verbracht hätten, aber er war immer der coole Onkel, der in Cannes eine Palme gewonnen hatte, der sie zum Set mitnahm und all die Stars kannte. Definitiv spannender als hier zu Hause mit einem überarbeiteten Bullen und einer Mutter, die ihr ständig auf die Nerven ging.

»Wir haben im Moment nur wenige Anhaltspunkte«, sagte er, »aber wir machen Druck auf den Bruder des mutmaßlichen Entführers.«

»Das ist doch ein Mafia-Clan. Meinst du, die liefern einen von ihnen aus?«

»Nein, aber das ist derzeit unser einziger Zugriff, um die Sicherheit von Onkel Harry zu gewährleisten.«

Gewährleisten? Na ja …

Aber er wollte Sophie nicht weiter beunruhigen. Arslan war ehrlich erstaunt gewesen, als Bosman ihm erzählt hatte, dass sie Tarik mittlerweile auch wegen der Entführung suchten. Vermutlich hatte er wirklich keine Ahnung davon und würde sich Tarik zur Brust nehmen. Falls Harry noch leben sollte, könnte Arslan ihn als Pfand nutzen und seine Freilassung gegen ein Versanden der Ermittlungen im Fall Skinny in Aussicht stellen. In diesem Fall wäre Harry zu wertvoll, um ihn zu töten. Je mehr Druck sie also auf Arslan ausübten, desto wahrscheinlicher wurde Harrys Überleben – nur folgten Geschäfte mit der Mafia selten der Logik einer mathematischen Gleichung, vor allem, wenn solche Chaoten wie Tarik im Spiel waren.

»Hey«, sagte Britta. »Heute ist schönes Wetter. Was haltet ihr davon, wenn wir schwimmen gehen?«

Erst maulte Sophie. Sie wollte auf jeden Fall am Nachmittag wieder zurück in der Stadt sein, weil sie mit ein paar Freundinnen verabredet war. Und mit einem Jungen, wie Britta mutmaßte. Aber darüber wollte Sophie nicht sprechen, und Bosman verstand das gut. Hatte er seinen Eltern jemals was von den Mädchen erzählt, in die er damals verliebt war und die ihn der Reihe nach gedisst hatten?

No way!

Er musste an Jenny denken, damals noch mit strahlender Zukunft, und wie er sie im Schullandheim Torfhaus oben auf dem Brocken geküsst hatte. An dem Abend wurde der Frühstücksraum für die Party hergerichtet, das Licht gedimmt, bis man kaum mehr die Hand vor den Augen sah, und Gerry Ritter hatte Blues aufgelegt. Blues hieß damals alles, was langsam war, und das Signal dafür, die Arme um die Hüfte eines Mädchens zu legen, das einem seine Arme um den Nacken schlang, und dann tanzte man *cheek to cheek* und Becken an Becken mit heißem Gesicht und einem Steifen in der Hose. Bosman hatte sich dabei ziemlich dumm angestellt. Es war für ihn das erste Mal, und er hatte gedacht, irgendwelche Tanzschritte machen zu müssen. Doch dabei war er nur auf Jennys Fußspitzen rumgelatscht, was megapeinlich war, und dann hatte er es gelassen und einfach nur ihren dampfenden Körper an seinem gespürt. Bosman konnte sich nach fast dreißig Jahren noch immer an die Musik erinnern, Terry Jacks' »Seasons in the Sun«:

Goodbye to you my trusted friend
We've known each other since we were nine or ten
Together we've climbed hills and trees
Learned of love and ABC's
Skinned our hearts and skinned our knees

Erstaunlich, dass er nach all den Jahren noch immer den Text kannte, obwohl er die Schnulze seit damals nicht mehr gehört hatte. Aber der Song war mit dem ersten Kuss verbunden und als Gesamtpaket in seinem Archiv der Lust gespeichert. Das mit der Zunge war am Anfang ein bisschen gewöhnungsbedürftig, aber dann fand er zunehmend Gefallen daran. Mehr traute er sich nicht. Zu Hause masturbierte er dann, bis ihm die Eier wehtaten und er sein Bettlaken an die Wand stellen konnte. Die Tage im Torfhaus waren die glücklichsten in seinem bisherigen Leben gewesen, jetzt, da er mit Jenny »ging«. Doch wie alles Glück war auch dieses nur von kurzer Dauer. Nachdem sie vom Torfhaus in den Schulalltag zurückgekehrt waren, kam Iris Gerns, Jennys beste Freundin, auf ihn zu, um ihm mitzuteilen, dass Jenny nicht mehr mit ihm gehen wollte. Bosman war am Boden zerstört, vor allem, nachdem sein Kumpel Thilo rausgekriegt hatte, warum Jenny Schluss machte: Weil er zu schüchtern war! Sie wollte mehr als nur ein bisschen rumknutschen, sie war schon weiter, war bereits beim Fummeln angekommen, was bislang allenfalls in Bosmans Fantasie stattfand. Seine Versicherungen, auch Bock darauf zu haben, stießen bei Jenny allerdings auf taube Ohren. Der Zug war abgefahren, Bosman stand allein auf dem Bahnsteig und hatte auch schon den passenden Soundtrack im Ohr, »Love in Vain« von Robert Johnson:

Well, I followed her to the station
With a suitcase in my hand
Whoa, it's hard to tell, it's hard to tell
When all your love's in vain
When the train come in the station
I looked her in the eye
Whoa, I felt so sad so lonesome
That I could not help but cry

Nachdem sie vom Schwimmen wieder zu Hause sind, verschwindet Sophie für eine halbe Stunde im Bad. Als sie rauskommt, sagt Bosman: »Du siehst toll aus.«

»Danke, Papa.«

Sie strahlt und geht in ihr Zimmer.

»Ich hoffe nur, sie wissen, was Kondome sind«, sagt Britta, während sie in der Küche stehen und die Spülmaschine ausräumen.

»Ich denke schon«, sagt Bosman und wundert sich, wie wenig Vertrauen sie in Sophie hat. Klar, sie macht sich Sorgen, verständlich. Auch ihm ist der Gedanke nicht recht, dass irgend so ein pickeliger Spacko ihrer Tochter seinen Lümmel womöglich ohne Tüte reinschiebt, aber am Ende sind das alles nur wüste Spekulationen, und wenn sie auch nur einen Funken Vertrauen in ihre eigene Erziehung haben, dann können sie sich entspannen. Das sagt er Britta auch, die daraufhin lächeln muss. »Hast ja recht.«

Dann macht er sich auf zum Anker, wo er wie jeden Samstag ein paar Kollegen trifft, um Bundesliga zu schauen und den neuesten Tratsch auszutauschen. Als er reinkommt, steht Schuster mit seinem Pils am Tresen und erzählt ihm, dass sie einen Zeugen haben, der gesehen hat, wie Harry entführt wurde. Sie haben einen Fahndungsaufruf auf die entsprechende Website der Polizei eingestellt, aber selber nicht daran geglaubt, dass das was bringt. Wer liest schon die Website der Polizei?

Nun, Horst Lucke liest sie.

Jeden Samstag nach dem Frühstück zieht er sich mit seiner goldgeränderten Lesebrille in das Wohnzimmer zurück, schaltet den uralten IBM-PC mit Röhrenbildschirm ein, der ratternd und rauschend wie ein Föhn in Gang kommt und zehn Minuten später die ersten verwackelten Bilder liefert. Lucke führt genau Statistik, welche Verbrechen wann von wem begangen werden, und eine seiner Quellen sind die »aktuellen Meldungen« der Polizei. Er macht sich sorgenvolle Gedanken über die Gefahren der aktuell laufenden Umvolkung und der Schwerstkriminalität der Migranten, und dass gewisse ethnische Gruppen sich in gewissen Deliktfeldern in besonderem Maße hervortun, ist für ihn eine klare Sache.

Als Lucke die Meldungen der letzten Woche durchging, fiel ihm der Entführungsfall Harry Schumann ins Auge. Die Polizei suchte Zeugen, und Lucke erinnerte sich, dass ihn dieser Van auf dem Flughafenparkplatz fast über den Haufen gefahren hatte, als er rückwärts zurück zum Kassenhäuschen schoss. Das war mehrfach bedeutsam, nicht nur wegen der Rücksichtslosigkeit des Fahrers, sondern auch weil Lucke vorher gesehen hatte, wie ein Rollstuhlfahrer, der ziemlich groggy aussah, hinten in den Wagen reingesetzt wurde, von zwei Männern, einer davon farbig. Ein dritter Mann, auch ein Ausländer, der allem Anschein nach dem mediterranen Lebensraum zuzurechnen war, hatte den Rollstuhl dann zusammengefaltet und in den Wagen gelegt. Dann fuhren sie los, kehrten aber wieder um, weil sie wohl vergessen hatten, den Parkschein zu lösen. Sie wirkten sehr nervös und sehr verdächtig.

»Was für ein Van war das denn?«, fragte Schuster.

»Na ja«, sagte Lucke, »das war ja das Komische. Jetzt, wo wir drüber reden, fällt mir ein, dass er gar keine Fenster hinten drin hatte und bestimmt keine Sitze, nee, das war ein Lieferwagen.«

»Können Sie sich an ein Logo erinnern?«

»Logo?«

»Aufschrift? So was wie Bofrost oder Dildoking oder so?«

Lucke kannte keinen Dildoking. Er dachte einen Moment nach und sagte dann: »Ein Delfin, da war ein blauer Delfin drauf.«

Kein Delfin, dachte Schuster, *eine Robbe*. Das war ein Kastenwagen von Robben & Wientjes. Er zeigte Lucke Fotos von Harry, aber er erkannte ihn nicht, zumal er am Flughafen im Rollstuhl eine Mütze getragen hatte, eine Baseballmütze. Doch das Zeitfenster stimmte.

Die Bier trinkenden Stammis im Anker heulen auf, die Hertha hat ein Tor kassiert, und Schuster sagt zu Bosman: »Montag gehen wir gleich als Erstes die Robben-&-Wientjes-Stationen durch und schauen nach, wer in dem Zeitfenster einen Transporter gemietet hat.«

»Lucke ist sicher, dass es drei Entführer waren?«

»Ja.«

»Ein Farbiger und einer aus, wie hat er gesagt, dem mediterranen Lebensraum?«

Schuster ahnt, worauf er hinauswill. »Ja, das habe ich mir auch gedacht. Es passt nicht auf Tarik und seine Jungs.«

»Entweder dein Zeuge täuscht sich«, sagt Bosman, »oder jemand anderes hat Harry entführt.«

Luis kommt auf die Terrasse von Trautweins Haus, wo Uwe und Bobo rumlungern und saufen.

Er hat schlechte Nachrichten.

»Klar«, sagt Uwe, »der alte Sack will nicht zahlen. Ich glaube, wir müssen dem mal Beine machen, was, Bobo? Was meinst du?«

Luis schaut die beiden angewidert an. Uwe mit nacktem Oberkörper, definierte Muskeln, ein Runentattoo auf dem rechten Oberarm, ein Wolfskopf auf der linken Schulter. Bobo mit seiner Wampe und den lächerlichen roten Bermudashorts. Zum ersten Mal beschleicht ihn das Gefühl, dass die ganze Sache fürchterlich schiefgehen kann.

Er hat vorhin mit Helen telefoniert, um sich auf den neuesten Stand zu bringen, und Helen hat ihm erzählt, dass die Polizei eine heiße Spur verfolgt. Sie haben den Wagen, in dem Harry entführt wurde, ein Leihwagen, und morgen wollen sie die Filialen abklappern, um den Fahrer zu ermitteln. Das traf ihn wie ein Schlag. Doch wenn er erwartet hat, dass diese Nachricht für helle Aufregung sorgen würde, dann hat er sich schwer getäuscht.

»Tja, Alter«, sagt Uwe ungerührt, trinkt einen Schluck Bier und rülpst. »Das sieht schlecht für dich aus.«

Für mich?, denkt Luis und sagt: »Für dich auch.«

»Wieso? Sie haben deinen Führerschein kopiert, nicht meinen.«

Luis glaubt es nicht.

Am liebsten würde er dem scheiß Nazi eine reinhauen, nur ist der leider deutlich kampferprobter. Also zieht er ein kaltes Bier aus der Kühlbox, die auf dem Boden neben dem Tisch steht, ploppt es mit seinem Feuerzeug auf und sagt: »*Oie, compadres*, lasst uns vernünftig reden. Keiner will, dass die Bullen rauskriegen, wer den Wagen gefahren hat, denn dann ist unsere Million futsch.«

»Wieso ist unsere Million futsch, wenn Harry heute Nachmittag überweist?«

»Warum sollte er überweisen?«

Uwe schaut ihn an und sagt: »Weil ich mal mit ihm reden werde. Du kriegst es ja noch nicht mal gebacken, einen halb verhungerten Greis dazu zu bringen.«

»Und was willst du machen? Ihn zusammenschlagen? *Cabrón*, komm runter!«

Uwe sagt: »Waterboarding.«

»Was?«

»Waterboarding, so wie es die Amis in *Homeland* machen. Der Typ liegt auf dem Rücken, du legst ihm ein nasses Taschentuch über das Gesicht und träufelst Wasser drauf, das ist alles. Und wisst ihr, wie die Russen das machen? Die stecken deinen Kopf ins Klo und spülen.«

»Selbst wenn Harry überweisen würde«, sagt Luis, »seid ihr nicht aus dem Schneider, weil ich den Bullen alles erzählen werde, wenn sie mich erwischen.«

Uwe und Bobo starren ihn an, doch Luis wird nicht kleiner unter ihren Blicken. Ihm reicht es allmählich, er lässt sich hier doch nicht länger verarschen. Nein, er haut seine Karten auf den Tisch, und auch wenn Uwe gleich kotzt, was soll er tun, ihn vielleicht umlegen?

»Ihr wisst doch gar nicht, auf welches Konto Harry überweisen soll, und selbst wenn ihr es wüsstet, seid ihr gar nicht autorisiert, *cabrónes*. Ihr braucht mich, kapiert das endlich.«

Uwe sagt: »Ich wusste doch gleich, dass du ein Kameradenschwein bist.«

»Na und?«, sagt Luis. »Besser als ein Vollidiot.«

Mittlerweile ist es dunkel. Sie stehen auf der Lahnstraße im Schein funzeliger Laternen und schauen zu der Containerbaracke rüber. Auf dem Dach steht ein Kastenwagen mit dem Logo von Robben & Wientjes an der Plane.

»Haben die eine Alarmanlage?«, fragt Uwe.

»Keine Ahnung«, sagt Luis. »Hab ich nicht so drauf geachtet.«

»Sag mal, kriegst du überhaupt mal was mit?«

»Ich wollte da ein Auto mieten und nicht einbrechen!«

Uwe grunzt etwas Unverständliches, nimmt seinen Rucksack mit dem Werkzeug und marschiert rüber zur Station. Luis schaut Bobo an und sagt: »Du bleibst hier und hältst die Augen auf. Wenn was Verdächtiges ist, schick mir 'ne SMS, okay?«

»Okay.«

Bobo nestelt seinen Jackenkragen hoch und verdrückt sich in den Nachtschatten an der Mauer. Luis zieht die Kapuze seines Sweatshirts über und geht Uwe hinterher, der durch die Scheibe in das Büro linst.

»Ich sehe nichts.«

»Keine Alarmanlage?«

»Doch, da blinkt was, da oben in der Ecke, 'ne scheiß Kamera.«

Mierda, denkt Luis. *Wie sollen wir da einbrechen, wenn die Sirene losheult und die Bullen uns auf Video haben?*

»Und jetzt?«

Uwe geht um die Baracke herum zum Hinterausgang, holt eine Brechstange aus dem Rucksack und setzt sie in Höhe des Schlosses an den Türspalt. Luis kriegt einen Schreck. »Mann, Uwe. Und was machen wir, wenn gleich die Alarmanlage losgeht?«

Dann können sie nach Hause rennen und es vergessen, seine Unterlagen da rauszuholen. Dann können sie gleich eine rote Laterne hier dranhängen, sodass die Bullen wissen, wo sie suchen müssen. »Vielleicht erst mal nachdenken?«

Uwe schaut ihn an. »Weißt du, warum ihr Argentinier nie was gebacken kriegt? Weil ihr den ganzen Tag nur labert.«

Er rammt die Brechstange in den Türspalt und setzt den Hebel an. Das Alublech im Rahmen verbiegt sich, dann springt der Schnapper aus dem Schloss, und die Tür schwingt auf.

Luis hält die Luft an, aber nichts passiert.

Keine Sirene heult los.

Drinnen geht Uwe zielstrebig als Erstes zur Kamera und haut sie mit seinem Brecheisen runter. Luis' Augen hasten über den Tresen, die ausgeschalteten PCs, das Brett mit den ganzen Autoschlüsseln und die Aktenschränke, vor denen ein paar Ersatzbenzinkanister sorgfältig in einer Reihe stehen.

Luis zieht erst wahllos ein paar Akten aus dem Schrank, dann fällt ihm ein, dass er besser alphabetisch vorgehen sollte, und sucht nach seinem Nachnamen. Er findet nichts. Kann es sein, dass die hier irgendwie nach zeitlichem Eingang sortieren?

Uwe kommt rüber. »Und?«

»*Qué puta mierda*, ich finde nichts.«

»Wir haben nicht ewig Zeit.«

»Scheiße, Mann, statt hier rumzuätzen könntest du vielleicht mal mitsuchen, oder?«

»Und was ist mit den Computern?«

Luis schaut zu den Rechnern auf dem Tresen rüber.

Fuck!

Dieser Idiot hat recht. Als Luis den Wagen gemietet hatte, tippte der Typ auf seinem scheiß Computer rum und wollte Namen, Anschrift, Telefonnummer und solche Dinge wissen. Wie soll er da rankommen? Selbst wenn es ihm gelänge, die Rechner zu starten und seinen Datensatz zu löschen, wer sagt denn, dass die nicht irgendein Back-up in irgendeinem Netzwerk haben?

Luis spürt, wie sich sein Magen hebt und der Kopf huschig wird. Die ganze Aktion ist sinnlos, riskant und total bescheuert. Aber wenn die Bullen morgen wissen, dass er einen Van zur Tatzeit gemietet hat, wie geht's dann weiter? Er kann immer behaupten, dass er einem Kumpel beim Umzug geholfen hat und einen Wagen brauchte, um was zu transportieren, klar. Nur würde der Bulle, der bei Helen aufgekreuzt ist, sich wohl wundern. Vermutlich würde er der Einzige sein, der einen Bezug zu

Harry hat, und damit taucht seine Birne dann im Fadenkreuz auf.

Er schaut rüber zu Uwe, der die Benzinkanister schüttelt, bis er einen vollen gefunden hat, ihn aufschraubt und den stinkenden Sprit über die Computer, die Regale und den ganzen Laden schüttet.

Luis glaubt es nicht. »Bist du wahnsinnig!?«

Doch Uwe hat sein Feuerzeug schon in der Hand, und – *whuff!* – eine Flamme zischt fauchend hoch und verkokelt Luis' Augenbrauen.

»Cabron!«

Er springt zurück, dreht sich um und stolpert aus dem Büro. Sie hetzen auf den Ausgang des Grundstücks zu, wo Bobo entsetzt auf die ersten Flammen glotzt, die aus den berstenden Fenstern lecken.

»Alter ...«

Am nächsten Morgen stehen Bosman und Schuster vor der Brandruine. Das Dach ist eingestürzt und hat alles unter sich begraben. Laut Feuerwehrbericht standen in der Baracke neben den Benzinkanistern hoch entzündliche Reinigungsmittel, und die Hitze war zeitweilig so groß, dass die Stahlkonstruktion weich wurde und unter der Last des auf dem Dach stehenden Transporters zusammengebrochen ist. Die Feuerwehr geht von Brandstiftung aus, denn wie sollte sich das ganze Zeug da drinnen von alleine entzünden?

»Was für Arschlöcher«, sagt der Stationsmanager, ein junger Typ mit braunen Kraushaaren, der entgeistert auf seinen vernichteten Arbeitsplatz starrt.

»Sie werden nervös«, sagt Bosman zu Schuster. »Aber woher wussten sie, dass wir das Tatfahrzeug am Flughafen identifiziert haben?«

31

Nina hat Neuigkeiten.

Sie hat mit ihrem Team die letzten Tage damit verbracht, mögliche Geschäftspartner Arslans zu identifizieren, die er günstig stimmen muss, um sein Bauvorhaben am Osthafen realisieren zu können. Eine Liste mit vierzehn Namen von Leuten, die auf der Party in Butts Wohnung gewesen sein *könnten.*

Nina sagt: »Vielleicht erkennt Hamedi ja einen davon wieder. Einen Versuch ist es auf jeden Fall wert.«

Bosman ruft Hamedi an, doch sein Telefon ist ausgeschaltet. An der Siegessäule im Tiergarten steht er auch nicht. Die anderen Stricher sagen, sie hätten ihn seit Tagen nicht gesehen.

Seltsam.

Also fahren sie in die Flüchtlingsunterkunft, in der Hamedi zuletzt registriert war. Nina ist die ganze Zeit ziemlich schweigsam, und Bosman spürt, dass irgendwas in der Luft liegt.

»Alles okay?«, fragt er.

Nina schaut aus dem Fenster und sagt: »Nein.«

»Was ist los?«

»Ich hab Ralph gestern rausgeschmissen.«

Bosman wundert sich. Noch vor Kurzem hat es so geklungen, als wäre Nina dem Mann begegnet, mit dem sie alt werden will.

Bosman, Schuster und Jackie hatten ein bisschen rumgefeixt, als Ralph sie dann immer nach Feierabend abholte, in seinem schwarzen Mini Cabrio, Dach unten, Sonnenbrille auf und immer schick gekleidet, Lederjacke über einem Designer-T-Shirt, das vermutlich so viel gekostet hatte wie alle Hemden in Bosmans überschaubarem Kleiderschrank zusammen. Wenn Nina dann zu ihm rüberfederte, eine Frau, für die der Papst ein Kirchenfenster eintreten würde, sah das immer ein bisschen aus wie ein Werbeclip von BMW, und das eigene Leben wirkte dagegen blass und dröge.

Was also ist geschehen?

»Er steht auf sexy Unterwäsche, durchbrochene Dessous und so Zeug«, sagt Nina.

»Na ja, das ist jetzt nicht so ungewöhnlich.«

»Du verstehst nicht. Was *ich* anhabe, scheint ihm ziemlich egal zu sein.«

Bosman schaut rüber. »Ach du Scheiße.«

»Erst fand ich's ja noch ganz kinky, aber mittlerweile törnt es mich ziemlich ab.«

Bosman stellt sich vor, wie ein Schwanz aus einem frivolen Höschen wippt, und sagt: »Das geht gar nicht.«

Er muss an Skinny denken. Was zum Teufel ist bloß los mit den Männern da draußen?

»Aber das behältst du für dich«, sagt Nina.

»Klaro.«

»Wenn Schuster morgen einen Witz drüber reißt, schlepp ich dich ins Dojo und mach dich fertig.«

Bosman grinst.

Als sie in die Flüchtlingsunterkunft an der Köpenicker Straße kommen, wo Hamedi untergebracht ist, erzählt ihnen die Leiterin des Hauses, eine resolute Lady um die fünfzig, dass er vor ein paar Tagen von der Polizei abgeholt und in Abschiebehaft gesteckt wurde.

Sein Asylantrag war abgelehnt worden, und er hatte sich keine Freunde in der Behörde gemacht, als er behauptet hatte, die Entscheider bestochen zu haben. Infolgedessen wurde ihm auch die Duldung entzogen, und die Argumente der »We Love Refugees«-Initiative, die sich für ihn eingesetzt hatte, stießen auf taube Ohren. Jetzt sitzt er im Abschiebegefängnis am Kirchheimer Damm, das eigentlich radikalen Islamisten und anderen Gefährdern vorbehalten ist und wo strenge Regeln herrschen: Wecken um sieben, Nachtruhe um 22 Uhr. Rasur und Hofgang nur unter Aufsicht, Einzelzelle erst nach sechs Monaten, Internet ist nicht.

Hamedi hat tiefe Schatten unter den Augen und bläuliche Stoppeln auf Kinn und Wangen. Er sitzt im Besucherraum an einem Tisch Bosman und Nina gegenüber und beschwert sich über die ungerechte Behandlung.

»They beat me«, sagt er.

»Who beats you?«, fragt Bosman.

»Police. They beat me, they yell like I am an animal.«

»Sorry to hear that«, sagt Bosman.

»Why they put me here? I'm not criminal, I'm not islamist, why?«

Wahrscheinlich, weil du das BAMF angeschwärzt hast, denkt Bosman, *das kommt nicht gut an.*

»I am a good man«, sagt Hamedi, »I come here to work and support my familiy. They have no money, they need me!«

Und er erzählt, wie er vor zwei Jahren auf die beschwerliche Reise ging, nachdem eine amerikanische Drohne das Haus seiner Familie in einem Dorf in Helmand in Schutt und Asche gelegt hatte. Alle Hoffnungen ruhten auf ihm, Hamedi, dem jüngsten Sohn, der sich durchschlug, quer durch den Iran, durch die Türkei, den Balkan, wo es am schlimmsten war. Wochenlang hockte er mitten im Winter in einem Flüchtlingstreck vor geschlossenen Grenzen, der Willkür der Behörden und der Polizei ausgesetzt, die sie mit großer Härte behandelte, als Abschreckung für alle anderen. Ohne die Hilfe des Roten Kreuzes und anderer Organisationen wären sie verhungert. Geht man so mit Menschen um?

Nein, denkt Bosman.

Aber eine Lösung des Problems hat er natürlich auch nicht. Hamedis Pech war es, dass die Polizei bei ihm einen afghanischen Ausweis gefunden hat, den er in seiner Hose eingenäht hatte, für den Fall, dass er ihn irgendwann noch einmal brauchen sollte, und sei es auch nur für den Fall einer triumphalen Rückkehr in sein Dorf, gut gekleidet und mit lauter Euros in der Tasche, einer, der es geschafft hat. Damit flog seine Lüge auf, ein transsexueller Syrer zu sein, den man zu Hause steinigen würde.

»I don't go home«, sagt er. »I can't. My familiy will be too disappointed.«

Bosman schaut zu Nina rüber, die die ganze Zeit geschwiegen hat. Er kennt die Fälle, in denen junge Männer sich die Pulsadern mit zerbrochenen Spiegelscheiben aufgeschlitzt oder sich mit Benzin übergossen haben, um der Abschiebung zu entgehen.

»Maybe we can help you«, sagt Nina, holt die Fotos der vierzehn Männer aus ihrer Mappe, die als Besucher der Party in Butts Wohnung infrage kommen, und legt sie nebeneinander auf den Tisch. »You know one of these guys?«

Hamedi schaut auf die Fotos, dann zu Nina. »Why?«

»Look, Hamedi, I'm the one asking questions, okay?«

Hamedi ist nicht blöd. Er sagt zu Bosman: »You looking for the guy that kills Skinny, right?«

»Yes.«

Einen Moment lang sagt keiner etwas.

Dann schaut Hamedi wieder auf die Fotos und tippt mit dem Finger auf zwei Gesichter. »They were at the party, I remember, but I don't know who kills him.«

Bosman und Nina wechseln einen Blick.

»Sure?«

»Yes.«

Bosman forscht in Hamedis dunklen Augen, in denen er einen Hoffnungsschimmer zu sehen glaubt, aber vielleicht bildet er sich das auch nur ein. Er weiß, dass der Mann hier alles tun wird, um der Abschiebung zu entgehen, und dass er seiner Aussage deswegen nur begrenzt glauben kann. Aber er ist Augenzeuge, war dabei, und das wird reichen, um einen richterlichen Bescheid für einen DNA-Test der beiden Verdächtigen zu erwirken, der Aufschluss darüber geben wird, ob sie tatsächlich am Tatort waren oder nicht.

Hamedi sagt: »I help you. How can you help me?«

»Eyewitnesses don't get extradited«, sagt Nina. Was sie nicht sagt: Dass das nur so lange gilt, bis der Zeuge in einem Prozess ausgesagt hat. Danach wird er mit ziemlicher Sicherheit im Flieger nach Kabul sitzen. Doch bis dahin ist es noch ein weiter Weg, und vielleicht wird sich in der Zwischenzeit etwas Neues für Hamedi ergeben. Bosman wird mit den zuständigen Behörden reden, um die Abschiebung auszusetzen.

Bosman steht auf und sagt: »I appreciate your cooperation and will see you transferred out of here to another facility where you can move freely, okay?«

»You promise?«

»I promise.«

Hamedi schaut ihm in die Augen und reicht ihm die Hand. Bosman schlägt ein. Er hat sein Wort gegeben und einen neuen Spitzel gewonnen, einen, der irgendwann aus seinem Heim verschwinden und in die Illegalität abtauchen wird, um Bosman dann von den Leuten im Schatten der Gesellschaft zu berichten, die nirgends registriert sind und sich jeder Kontrolle entziehen.

Im Präsidium tragen sie alles verfügbare Material über die beiden Männer zusammen, die Hamedi erkannt hat. Der erste heißt

Izak Rosenzweig, CEO der Tel Aviv Investment Group, die in die Shopping Mall am Osthafen investiert. Dem können sie schwer zu Leibe rücken, es sei denn, sie jetten nach Tel Aviv und überzeugen ihn davon, freiwillig eine Speichelprobe abzugeben. Der andere heißt Hans Rüdiger und leitet die Abteilung für Geschäftsfinanzierung bei der Berliner Kreditbank. Sieh mal einer an, die Bank räumt der Conceptbau GmbH Kredite in Höhe von zwölf Millionen ein. Und die Conceptbau gehört Arslan Aziz.

Rüdiger sitzt in seinem Drehstuhl, Rücken zum Schreibtisch, und starrt aus dem Fenster raus in den Himmel über Berlin, an dem Schwalben herumtollen.

Die Sitzung war ein Desaster.

Der Vorstand hat die Kreditbewilligung für die Conceptbau kassiert und will sie so lange auf Eis legen, bis die Vorwürfe gegen Arslan Aziz entkräftet sind. Als Rüdiger sich aus dem Konferenzraum schlich, hat ihn Dr. Lautenschläger beiseitegenommen und gesagt, Compliance habe Hinweise darauf, dass die Bank Konten von Aziz führen würde. Um den Inhaber zu verschleiern, so Lauten schläger, stehe vor dem Namen ein »x«, sodass die Erkennungssoftware keinen Alarm schlägt. Rüdiger schluckte. Es war seine eigene Idee gewesen, um Arslan Zugang in den Finanzkreislauf zu verschaffen, wo er sein schmutziges Geld dann waschen konnte. Sie kam ihm, nachdem er auf Netflix eines Abends zusammen mit Ines *Dirty Money* gesehen hatte, die Folge über die HSBC Bank, die Drogengelder für Pablo Escobar gewaschen hatte – mit genau diesem simplen Trick. Am Ende kam die Bank ungeschoren davon, *too big to fail.*

Das ist Rüdiger leider nicht.

Das Telefon auf seinem Schreibtisch klingelt, aber er dreht sich nicht mal um. Er ist unfähig, sich zu bewegen. Seine Welt ist scheppernd über ihm zusammengestürzt wie das Wellblechdach einer

Favela-Hütte in Rio de Janeiro. Sein Leben ist aus den Fugen geraten, und er hat nicht mehr die Kraft, es neu zusammenzusetzen. Er konnte sich erst nicht daran erinnern, was da in Arslans Wohnung genau passiert war, aber dann flammten *flashcuts* auf, wie in einem Horrorfilm, und je mehr es wurden, desto deutlicher trat das Bild hervor, das ihm Abscheu vor sich selbst einflößt.

Was hat er getan?

Rüdiger wischt sich eine Träne aus dem müden Auge. Er dreht sich in seinem Stuhl zum Schreibtisch um und schaut das Telefon an, das jetzt stumm ist und ihn vorwurfsvoll anglotzt. Der Raum um ihn herum beschleunigt wie ein Kettenkarussell, das Blut hämmert heiß in den Schläfen. Er reißt sich die Krawatte auf und japst nach Luft. Es dauert ein paar Minuten, bis die Panikattacke vorbei ist. Rüdigers Arbeitstag ist es auch. Mit zitternden Fingern packt er seine Aktentasche und sagt seiner Assistentin im Vorzimmer, dass er sich nicht wohlfühlt. Zu Hause wirft er erst mal zwei Aspirin ein und legt sich mit einem nassen Tuch auf der Stirn aufs Sofa. Gott sei Dank ist Ines mit Jens zu ihrer Mutter nach Saarbrücken gefahren und wird erst morgen zurück sein. Das gibt ihm ein wenig Zeit zum Nachdenken.

Wo ist er da nur reingeraten?

Wo hat sein Leben einen falschen Abzweig genommen? Er weiß es ganz genau. Es war ein sonniger Nachmittag, als Laurenz ihm einen attraktiven und ausgesprochen höflichen Mann arabischer Herkunft im Tennisclub vorstellte. Er sah aus wie eine Mischung aus Al Pacino und dem jungen Omar Sharif, geschmeidige Bewegungen. Rüdiger selber spielte schon länger nicht mehr. Er war zu fett geworden, und die Pumpe machte nicht mehr mit. Ganz zu schweigen von dem geschredderten Meniskus im rechten Knie und der Hüftdysplasie links. Aber er mochte es, an der Clubbar zu sitzen und seine Kontakte zu pflegen. Sie hatten zu dritt einen Sundowner auf der Terrasse genommen und sich gut verstanden.

Dieser Aziz schien ein heller Bursche zu sein und hatte so gar nichts mit seiner Vorstellung von finsteren Araber-Clans gemein. Er faszinierte Rüdiger, wohl weil er das verkörperte, was er selber gerne wäre: eine verdammt coole Sau.

Ich bin ihm auf den Leim gegangen, denkt er, und Schuld hat Laurenz, der den Kerl bei seinen halbseidenen Geschäften vertritt. Arslan lud ihn eines Tages zu einer Clubtour ein, Laurenz war auch dabei, und er sah, welche Macht Arslan hatte, wie man ihn überall hofierte, den guten König, und da erst dämmerte ihm, mit wem er sich hier die Zeit vertrieb.

Wenn er ehrlich ist, muss Rüdiger zugeben, dass es der Glanz der Macht war, der ihn verführt hat und der in Arslans Nähe auch auf ihn herabschien. Dennoch hätte er nicht einwilligen müssen, Cashzahlungen über je fünfzehntausend Euro auf X-Konten zu verbuchen, unter Umgehung der internen Kontrollinstanzen. Und er hätte sich auch nicht für die Bewilligung der Kredite für das Projekt am Osthafen einsetzen müssen, ohne hinreichende Prüfung des Kunden. Das wird ihm jetzt um die Ohren fliegen. Lautenschläger hat es vorhin schon angedeutet, das intrigante Arschloch. Nichts von alldem hätte er tun müssen, niemand hat ihn gezwungen.

Die traurige Wahrheit lautet: Er ist gierig geworden.

Wer einmal an einem Dom Pérignon Vintage genippt hat, will ja auch keinen Henkell Trocken mehr, und Rüdiger ist eh schon ein feister Typ mit einem Hang zum Dionysischen. Der Gedanke daran, dass die Polizei ihm auf die Spur kommen könnte, lässt ihn erstarren, und die Luft wird schon wieder knapp. Wie soll er Ines erklären, was er getan hat? Ein bedauerlicher Unfall im Eifer des Gefechts? Mit einem Mann? Wie steht er vor Jens da, dem die Klassenkameraden die News feixend unter die Nase reiben werden, dass sein Dad korrupt ist und einen Stricher zu Tode gevögelt hat?

Rüdiger wird speiübel.

Er steht mit zitternden Knien auf, geht ins Bad und kotzt ins Klo, als es an der Tür klingelt. Ein Schreck fährt ihm durch die Glieder.

Erneutes Klingeln.

Das ist nicht der Postbote, so viel steht schon mal fest. Rüdiger spült sich den Mund aus, wäscht sein Gesicht mit eiskaltem Wasser, streicht die Haare zurück und geht zur Tür.

»Frank Bosman, LKA. Kann ich reinkommen?«

Rüdiger sieht die ID und schluckt. »Ähm ... ja, natürlich. Worum geht es denn?«

»Ihre Sekretärin hat mir gesagt, dass es Ihnen heute nicht gut geht?«

»Ja, ich schwächle ein wenig«, sagt Rüdiger mit einem erzwungenen Lächeln. »Nichts Ernstes. Kommen Sie doch, ich habe fünf Minuten Zeit.«

»Das freut mich zu hören.«

Rüdiger geht vor ins Wohnzimmer, während er fieberhaft überlegt, was die Polizei herausgefunden haben könnte. »Darf ich Ihnen ein Glas Wasser anbieten?«

»Nein, danke. Sie dürfen den Mund aufmachen und die Zunge rausstrecken.«

Was?!

Rüdiger glotzt Bosman an, der eine kleine Schachtel hervorholt, aus der er ein Wattestäbchen nimmt.

»Sie werden verdächtigt, an einer Party teilgenommen zu haben, in deren Verlauf ein männlicher Prostituierter ermordet wurde. Wir haben jede Menge DNA-Spuren am Tatort gefunden.«

Es ist vorbei, denkt Rüdiger mit bemerkenswerter Klarheit. Kein Schwindelanfall, keine Panikattacke, fast ein Gefühl der Erleichterung.

»Das können Sie sich sparen«, sagt er müde. »Ich war dort, ja.«

Soll er gestehen? Reinen Tisch machen und das Gewissen erleichtern? Er hat sich immer darüber gewundert, dass Straftäter ihre Verbrechen oft aus freien Stücken einräumen. *Warum freiwillig in den Knast gehen?*, hatte er sich gefragt.

Jetzt ahnt er es.

Doch dann denkt er an seine Frau und Jens und weiß, dass sie ihm diese unerträgliche Schande niemals verzeihen werden. Er wird seine Familie verlieren, seinen Ruf, seine Freunde, seine Arbeit – alles.

»Hören Sie«, sagt Bosman, »ich weiß, dass Arslan Aziz Sie und andere Geschäftspartner eingeladen hat und dass Sie da in diesem Apartment griechisch gefeiert haben. Das geht im Grunde klar für mich, solange keiner tot liegen bleibt, verstehen Sie?«

Rüdiger nickt.

»Wer waren die anderen Gäste?«

»Das weiß ich nicht, ich … ähm … das waren alles Freunde von Aziz.«

»Und Sie kannten keinen davon?«

»Nein.«

Rüdiger spürt Bosmans Blick und räuspert sich verlegen. »Vom Sehen, den einen oder anderen, aber woher soll ich wissen, wie die alle heißen?«

»Sie treffen sich zum Rudelficken und wissen nicht, wer der Typ ist, der neben Ihnen kniet?«

Rüdiger bricht der Schweiß aus.

»Ich habe schon eine Menge Mist gehört, aber so was noch nicht.«

»Zum Teil kamen die aus dem Ausland«, sagt Rüdiger. »Ich habe wirklich keine Ahnung. Klar hat man sich vorgestellt, aber können Sie sich immer alle Namen merken?«

»Ja.«

»Ist ja auch Ihr Job.«

»Während Sie da lustig am Rumhuren waren, wurde ein Zimmer weiter ein junger Mann ermordet.«

Rüdiger schluckt.

»Es liegt auf der Hand, dass einer von Ihnen es gewesen ist, oder?«

»Hören Sie, ich habe keine Ahnung, wer den jungen Mann erwürgt hat. Ich war dort, ja, aber ich habe nicht mitgekriegt, was da gelaufen ist. Ich meine, wir haben Drogen konsumiert.«

»Woher wissen Sie, dass der Junge erwürgt wurde?«

»Das weiß ich nicht.«

»Haben Sie doch eben gesagt.«

»Ja?«

»Ja.«

»Vermutlich habe ich es mir gedacht. Ich habe keine Schreie gehört, keine Schüsse, nichts. Also muss es irgendwie ... still passiert sein.«

Bosman betrachtet ihn, und Rüdiger ist sicher, dass das Wort »Lüge« auf seiner Stirn geschrieben steht. Aber der Bulle sagt nur: »Okay, hier ist der Deal. Ich gebe Ihnen genau einen Tag Zeit, darüber nachzudenken, ob Sie reden wollen. Wenn nicht, verhafte ich Sie wegen Mordes.«

Rüdiger wankt.

»Das können Sie nicht tun. Sie haben keine Beweise.«

»Na und?«, sagt Bosman. »Wenn Sie aus der U-Haft kommen, sind Sie ruiniert, so oder so.«

»Das ist Rufmord, das können Sie nicht tun.«

»Doch«, sagt Bosman. »Das kann ich, und das werde ich.«

Er lächelt, steht auf und sagt: »Ich finde alleine raus.«

Rüdiger bleibt zerstört zurück.

Bosman macht auf dem Weg von Rüdiger zum Präsidium Zwischenstopp bei Starbucks am Ku'damm. Er hat gute Laune. Rüdiger wird auspacken, er hat gar keine andere Chance. Und dann ist es nur noch reine Fleißarbeit, die Liste der Kandidaten abzuarbeiten, bis sie das perverse Schwein haben, das Skinny so übel aus dem Leben befördert hat. Und wenn sie bis nach Tel Aviv fliegen müssen.

Er kommt mit seinem Kaffee aus dem Laden und steuert auf den Passat zu, der die Busspur blockiert, als er Nikki sieht. Sie steht neben einer der Reklamevitrinen, die ihn immer an die Achtzigerjahre erinnern, weil sie damals auch schon da standen.

Sie schaut zu ihm rüber.

Bosman fühlt, wie die Temperatur in seinem Styroporbecher um zehn Grad ansteigt und er sich fast die Finger verbrennt.

»Hallo, wo kommst du denn her?«

Nikki strahlt ihn an. »Von H&M.«

Bosman sieht keine Einkaufstüten. Da stimmt was nicht. Kann es sein, dass sie ihm folgt?

»Und du?«

»Ich? Äh ... ich komme da raus.« Er deutet mit seinem Kaffeebecher auf den Starbucks hinter ihm.

Nikki lacht. »Wir wollten doch eh mal 'nen Kaffee trinken.«

»Ja, stimmt.«

Also gehen sie zusammen rein, Bosman mit seinem Becher in der Hand. Nikki bestellt einen Soja-Latte, und sie setzen sich an ein Tischchen am offenen Fenster.

»Ich bin eine Runde weiter«, sagt sie. »Finale in der Volksbühne.«

»Glückwunsch.«

»Ich hoffe doch, du kommst?«

Ja, denkt Bosman, *dir noch mal ins Gesicht.* Dann sagt er: »Mal sehen, ob ich's schaffe. Wie bist du da gelandet, ich meine, Gedichte zu schreiben?«

»Wie bist du bei den Bullen gelandet?«

»Durch meine Großmutter«, sagt Bosman. »Ich bin bei ihr aufgewachsen.«

Nikki schaut ihn an und lächelt. »Du hast sie sehr geliebt, oder?«

Er zuckt ein wenig zusammen. Woher kann die das wissen? Ist er so ein offenes Buch?

»Und du?«

»Ich? Ich habe schon in der vierten Klasse Gedichte geschrieben, über die Lehrer und die Kornfelder und so. Wo ich aufgewachsen bin, gab es Kornfelder.«

»Wo ich aufgewachsen bin, gab es nur Häuser und dreckige Parks mit Fixern«, sagt Bosman.

»Meine Eltern hatten einen Bauernhof in Niedersachsen. Im Garten hat meine Mutter schamanistische Feste gefeiert. Davon hat sie bis heute einen Hau weg.«

»Meine Eltern hatten eine Dreizimmerwohnung in Neukölln, und gefeiert wurde unten im Haus beim Goldenen Löwen. Heute ist da ein veganer Schuhladen drin.«

Nikki lacht, ein smaragdgrünes Versprechen in den Augen. Bosman möchte sie küssen und sagt: »Pass auf, ich muss jetzt leider los.«

»Klar«, sagt sie, und zu seiner Überraschung klingt das nicht mal angepisst.

Cool.

»Super, dann vielleicht bis zu den Finals.«

Er steht auf und beugt sich über den Tisch, um Nikki zum Abschied auf die Wange zu küssen. Sie dreht ihr Gesicht, sodass sein Mund auf ihren trifft, und er spürt die warme Zunge, die sich besitzergreifend durch seine Lippen drängt.

Als er in seinem Wagen sitzt, lodert der Kuss in ihm nach wie ein verbotenes Versprechen. Er schließt für einen kurzen Moment die Augen, sieht ihren Mund, der näher kommt, und denkt sich: *Schluss jetzt!* Dann startet er die Karre.

Nikki sitzt an ihrem Tisch am offenen Fenster des Cafés und schaut Bosman hinterher, der zu seinem Wagen geht und losfährt. Sie lächelt. Es war reiner Zufall, dass sie sich hier begegnet sind – Nikki war tatsächlich bei H&M ein wenig stöbern –, aber in diesem Fall ist sie geneigt, ihrer Mutter zuzustimmen, die der Meinung ist, dass es keine Zufälle gibt, sondern alles einen Sinn hat. Fakt ist, Frank hatte es eilig und wollte gerade gehen, ist aber trotzdem mit ihr zurück ins Café. Er hat ihren Kuss erwidert, als sie ihm ihren Mund hindrehte, und sie hat seine Erregung gespürt. Das ist gut gelaufen. Gut auch, dass sie keinen Stress gemacht hat, als er sich zügig verabschiedete. Sie wusste, Druck war das Letzte, was sie ins Ziel bringen würde. Zögernde Männer fängt man mit der langen Leine, hatte ihre Großmutter ihr erklärt, als es an der Zeit war, sich mit solchen Dingen zu beschäftigen.

Sie zieht ihr MacBook Air aus der Handtasche und loggt sich in ihren Blog ein. Schon über achttausend Follower, das kann sich sehen lassen. Offenbar trifft sie hier einen Nerv, es geht um etwas, das eine Menge Leute interessiert. Auf Facebook lädt eine Steffi sie zu einem Beitrag über die Umkehr des männlichen Blicks und seine Aneignung durch die Frau in ihrem feministischen Forum ein. Ein Thema, das Nikki umtreibt, seit sie entdeckt hat, wie sehr es sie anmacht, ihre Erfüllung in der Dominanz des Mannes zu finden – nicht im Alltag, versteht sich, aber im Bett. Ein Weg, dessen Ende noch nicht im Entferntesten sichtbar ist und Abenteuer verspricht, die nur dem mutigen Wanderer begegnen.

Nikki fischt eine American Spirit aus der Packung und genießt den leichten Nikotinflash, während sie anfängt, ihren Blog weiterzu schreiben. Sie hat in den letzten Tagen in den Standardwerken des Marquis de Sade geblättert, *Das Obszöne Werk* von George Bataille ganz durchgelesen und mit der Lektüre von *Der Liebe ganze Härte* von Marie Jo begonnen, das in einem obskuren Berliner

Kleinverlag erschienen ist. Sie ist eingetaucht in die Welt verstörender Lust, die sie fasziniert und erregt.

»Das Phänomen der Unterwerfung ist nicht neu in der Natur«, schreibt sie und hält dann inne. Was für ein bescheuerter Satz, hochtrabend in seiner Banalität. Jedes Kind weiß, dass ein Hund dem anderen die Kehle hinhält, wenn der Kampf aussichtslos geworden ist. *Darum geht es nicht,* denkt Nikki, *es geht um ein freies Spiel mit klaren Regeln. Es geht um Zivilisiertheit und Luxus.*

Es geht um Kultur.

Also löscht sie den Satz und fängt noch mal von vorne an. *»Der Konflikt zwischen meinem Selbstbild als emanzipierter Frau und dem Verlangen danach, zu dienen und zu gehorchen, reibt mich auf. Doch wenn es mein Verlangen ist, einem Mann zu dienen und zu gehorchen, dann ist die Unterdrückung dieses Wunsches lediglich Selbstverleugnung. Das Gegenteil davon ist die Selbstannahme, welche im Sinne der aristotelischen Mesotes-Lehre die Tugend zwischen Selbstsucht und Selbstverleugnung ist.«*

Nicht schlecht.

Das mit der Mesotes-Lehre hat Laura ihr neulich verklickert und einen Vortrag über die Stellung der Tugend zwischen zwei einander entgegengestellten Lastern gehalten. Sie tippt weiter: *»Warum, so frage ich mich, will eine moderne Frau überhaupt eine Sklavin sein? Der Wunsch ist, so paradox sich das im ersten Moment anhören mag, der nach Freiheit. Es ist die Sehnsucht, sich von allen Fesseln zu lösen, sich fallen zu lassen in grenzenloses Vertrauen – ein Gut, das den Menschen in diesen Zeiten überall abhandenkommt. Keiner traut keinem mehr. Für mich hat das bewusste Spiel mit Hierarchie und Dominanz etwas, das mir Macht gibt. Ich fühle mich ermächtigt und stark, wenn ich freiwillig benutzt werde. Und ich fühle mich tatsächlich auf eine unaussprechliche Art und Weise frei. Ich weiß, dass ich das Spiel jederzeit beenden kann, und nicht zu* *vergessen: Es befriedigt meine Lust. Devot zu sein bedeutet für mich, mir zu holen, was ich möchte.«*

Nikki hält inne und wundert sich darüber, was sie da geschrieben hat. Als wäre sie eine erfahrene Sub, die hier aus dem Nähkästchen plaudert. Dabei hat sie doch einfach nur in sich reingehorcht und viel gelesen und alles auf *Frank* projiziert.

Was, wenn er gar kein Dom ist?

Wie kommt sie überhaupt dazu, so etwas zu vermuten? Nur weil er den Araber abgeknallt hat? Nikki muss zugeben, dass das eine mit dem anderen nicht viel zu tun hat, und scheiß drauf, das Schöne an der Fantasie ist ja, dass da alles möglich ist. Was juckt sie da die schnöde Wirklichkeit?

Bosman sitzt in seinem Wagen, ist in Gedanken bei Nikki und auf dem Weg ins Präsidium, als Jackie anruft, der ihn sofort sehen will. Warum, sagt er nicht. Bosman kommt zwanzig Minuten später an der Klinik Havelhöhe an, einem riesigen Areal mit vier Gebäuden um einen Innenhof, mitten im Wald, keine fünf Minuten zu Fuß von der Havel entfernt. Schuster ist schon da. Sie stellen überrascht fest, dass es sich um eine psychosomatische Einrichtung handelt, doch dann denkt Bosman: *Klar, Jackie hat ein mentales Problem, kein körperliches.* Um mit dem Verlust eines Auges klarzukommen, braucht man keine Physiotherapie, sondern einen Psychotherapeuten.

Als sie in Jackies Zimmer kommen, hockt er an seinem Tisch und malt mit dem Stift Boxen auf einem DIN-A4-Blatt an, auf dem Muster zu erkennen sind – oder eben auch nicht. Er sieht noch schlechter aus als beim letzten Mal. Bartstoppeln im bleichen Gesicht, lila Rand unter dem linken Auge, das rechte mit der schwarzen Moshe-Dayan-Klappe abgedeckt.

»Hey Jackie, wie sieht's aus?«, sagt Schuster und stellt den Rucksack mit dem Bier auf den Boden neben das Bett.

»Scheiße«, sagt Jackie. »Wir haben ein Problem. Ich zeig euch mal was.«

Er holt sein Handy aus der Tasche seiner Trainingshose, wischt über den Bildschirm und legt es auf den Tisch.

Bosman spürt, wie sich ihm die Nackenhaare einzeln aufstellen. Er sieht, wie er mit seiner Waffe in der Hand in das Büro im Dreamland kommt, feuert und durch die Hintertür rausrennt, um die Verfolgung fortzusetzen. Kurz darauf kommt Schuster rein. Bosman sieht, wie er die CCTV-Kamera in der Ecke abreißt und dann hastig das Heroin und die Kohle in die Tüten fegt.

Fuck!!!

»Sie hatten zwei Kameras installiert«, sagt Jackie.

Schuster geht zum Fenster und steckt sich eine Kippe an. Bosman sagt: »Wo kommt das her?«

»Von einer Hotmail-Adresse. Als ich versucht habe zurückzuschreiben, war sie schon gelöscht.«

Bosman muss einen Würgereiz runterschlucken, was nicht ganz einfach ist mit trockenem Mund. Er geht zum Rucksack, holt sich ein Bier raus, öffnet es an der Tischkante und nimmt einen großen Schluck.

»Krieg ich auch eins?«, fragt Jackie.

»Klar, sorry.«

Bosman öffnet zwei weitere Flaschen für Jackie und Schuster, der sagt: »Wenn das an Weber geht, können wir auf die Galapagos-Inseln auswandern und den Schildkröten beim Ficken in der Sonne zuschauen.«

»Warum hat Tarik das die ganze Zeit zurückgehalten?«, fragt Jackie.

Weil er nichts davon weiß, fegt es Bosman durch den Kopf, *sonst hätte er es uns längst unter die Nase gerieben und wäre grinsend an uns vorbeimarschiert, zusammen mit dem Hulk, auf dem*

Weg in irgendeine scheiß Kebab-Bude, wohl wissend, dass wir ihn kreuzweise können.

Hat er aber nicht.

»Weil er keine Ahnung hat«, sagt Bosman. »Weil sein Bruder dahintersteckt.«

32

Arslan treibt in dem lauwarmen Salzwasser, eine Schaumstoffrolle im Nacken und die Augen geschlossen. Sonnenstrahlen fallen durch das runde Fenster oben in der Kuppel und schneiden Keile in das Dämmerlicht, elektronische Beats klopfen ihm sachte an die Ohren.

Hier im Liquidrom fällt er seine strategischen Entscheidungen, ein Ort der Ruhe und der Einkehr. Er ist davon überzeugt, Thiel seinen Standpunkt hinreichend klargemacht zu haben, und auch Bosman wird seine Botschaft verstehen. Als er nach der Schießerei im Dreamland die Videos angeschaut hatte, war ihm sofort klar gewesen, was er da in der Hand hielt. Tarik sagte er nichts davon. Jetzt, da Rüdiger einknickte und die Bullen nur noch einen Schritt von der Aufklärung des Mordes an Skinny entfernt waren, war es an der Zeit, den Joker auszuspielen. Wenn sie Rüdiger in die Mangel nahmen, dann würde er auspacken, daran hatte Arslan keinen Zweifel, und wenn Rüdiger auspackte, konnte er einpacken. Der Typ machte ihm mittlerweile mindestens so viel Ärger wie sein Bruder. Er wurde zu einem Sicherheitsrisiko. Arslan weiß, dass er jetzt die Zügel in der Hand halten muss, wenn er sein Projekt noch retten will. Es brennt an allen Fronten. Slawinsky hat über Laurenz ausrichten lassen, dass er nochmal 50 000 braucht, um den Verkauf des Grundstücks an die Conceptbau durchzusetzen, war ja klar. Das allerdings ist für Arslan die Obergrenze. Danach wird Slawinsky liefern müssen. Vorhin hatte Izak Rosenzweig angerufen, immerhin, und gefragt, wann wieder mal eine Party in Berlin steigt. Zudem hatte er sein Investment bekräftigt. Wenigstens auf die Israelis ist Verlass, auch wenn sie das Haus von seinem Cousin Arafat in Beirut zerlegt haben, weswegen Tarik noch immer hier rumrennt, alle Warnungen in den Wind schlägt und den Leuten erzählt, dass er ins Musikbusiness einsteigen will.

Während die Bullen ihn wegen Mordes jagen!

Arslan kann es nicht fassen, in was für einem kindlichen Paralleluniversum sein Bruder unterwegs ist, in dem er glaubt, sich einfach alles nehmen zu können, wie aus einem Regal bei Aldi. Aber er war schon immer so. Schon als Kind hatte er keine anderen Regeln beachtet als die, die er selber machte und so lange bog, bis sie passten.

Bosman liegt, nur mit seiner Unterhose bekleidet, auf dem Bauch, das Gesicht in die Mulde der Massageliege gepresst, während Lui-Meh ihm den Rücken knetet, da wo ihm der Hexenschuss vorhin reingefahren ist, als er mit Schuster aus der Klinik kam und in den Wagen steigen wollte. Das ist immer so. Stress fährt ihm ins Kreuz, Schuster schlägt es auf den Magen. Er brachte ihn sofort zu Liu-Meh, auf deren Künste er schwört: »Pass auf, in einer Stunde bist du wieder fit. Sie hat Hände aus Gold.«

Eher aus Edelstahl, denkt Bosman und verzieht das Gesicht, um nicht aufzuschreien, als Liu-Mehs Fingerknöchel sich in neuralgische Punkte bohren, die Paniksignale in das Hirn schicken. Kaum zu glauben bei einer so zarten Thailänderin. Bosman schließt die Augen und kommt nicht darüber hinweg, wie bescheuert sie vorgegangen sind. Sie hätten zumindest damit rechnen müssen, dass es mehr als eine Kamera in Aziz' Büro gab. Es war leichtsinnig gewesen, und jetzt fliegt ihnen der ganze Laden um die Ohren. Er könnte sich in den Arsch beißen. Arslan hat sie in der Hand, und was haben sie, um ihn daran zu hindern, dieses Video der Presse und der Staatsanwaltschaft zuzuspielen?

Nichts.

Gar nichts.

»Entspannen Sie«, sagt Liu-Meh, die jetzt auf die Liege steigt, das Seil ergreift, das in Kopfhöhe über Bosman hängt, und anfängt, auf ihm rumzulaufen.

Bosman bäumt sich auf.

»Nicht *verklampfen*«, sagt Liu-Meh. »Nicht so *verklampfen.*«

Bosman versucht sich zu entspannen, gleichmäßig zu atmen, als es mehrmals in seinem Rücken knackt, wie brechendes Holz.

Ahhhrrr …

Eine halbe Stunde später verlässt er das Massagestudio. Schuster lehnt an seinem Wagen und raucht.

»Und? Was hab ich gesagt?«

»Beeindruckend«, sagt Bosman und steigt noch etwas steif auf der Beifahrerseite ein. Schuster schnipst seine Kippe weg, klemmt sich hinter das Lenkrad und fährt los. Nach einer Weile sagt er: »Wenn wir weiter gegen Rüdiger und Aziz ermitteln, wird das Video die Runde machen, und wir sind erledigt.«

»Wir sind auch erledigt, wenn wir aufhören«, sagt Bosman und überlegt, was er an Arslans Stelle tun würde, mit drei Top-Bullen an der Angel. Der Gedanke, sein Verbindungsoffizier bei der Polizei zu werden und seine ganzen Schweinereien decken zu müssen, ist ihm unerträglich. Für einen kurzen Moment scheint ihm auf der anderen Seite seines moralischen Horizonts die archaischste aller Problemlösungsstrategien auf. Doch selbst damit wäre nicht wirklich was gewonnen. Arslan kann man auslöschen, das Video nicht. Es liegt vermutlich mehrfach dupliziert in den Nischen des Internets verborgen, bereit, mit einem Mausklick hinaus in die Öffentlichkeit zu treten.

Und das wäre das Ende des Lebens, wie er es kennt.

Er schaut raus auf den vorbeiziehenden Verkehr und die vielen Leute auf dem Bordstein. Dann sagt er: »Wir müssen ihn unter Druck setzen, so, dass ihm die Hände gebunden sind.«

Die Frage ist nur, wie.

Schuster schaut zu ihm rüber. »Was willst du machen, seine Töchter entführen?«

Keine Ahnung.

Eine halbe Stunde später parkt Schuster vor dem Flüchtlingsheim am Columbiadamm, wo es Ärger gibt. Während Bosman auf Liu-Mehs Liege lag, hat er einen Anruf bekommen. Es gibt wieder einmal Zoff zwischen den Flüchtlingen und dem Sicherheitsdienst, aber diesmal scheint es ernster zu sein.

Ein Fall für Schuster.

Denn ihm gehört beides, das Heim und der Sicherheitsdienst. Sein Schwager hatte gleich Lunte gerochen, als 2015 die erste Million Flüchtlinge unter Beifall hier einlief, mit Blumenschmuck und Täterä empfangen, als hätten sie gerade einen Marathon hinter sich gebracht. So sahen sie auch aus. Schuster hatte sich finanziell beteiligt und mit dem Schwager über Beziehungen ein kontaminiertes Industrie-Grundstück erworben, auf dem eine alte Turnhalle stand. Schuster kannte einen rumänischen Bautrupp, der für kleines Geld Trockenwände einzog und ein Maximum an Wohnraum errichtete. Der Schwager kümmerte sich um die Kredite, Kontakte zum BAMF, die staatlichen Förderungen und die nötigen Baugenehmigungen. Schuster gründete eine Sicherheitsfirma, die Berlin-Security, die unter anderem im Flüchtlingsheim für Ruhe sorgte und dabei gelegentlich ein wenig übertrieb.

Schuster parkt in einer Lücke direkt vor der Turnhalle. Sie steigen aus und sehen gleich die Meute, die vor dem Eingang finster beisammensteht, raucht, gestikuliert. Bosman und Schuster werden an den Schultern angerempelt, die Stimmung ist kurz vor der

Kernschmelze. Drinnen Geschrei. Am Ende eines Gangs steht eine Tür auf, aus der jetzt Karin Gust stürmt, die Leiterin der Einrichtung.

Sie ist stinksauer.

Hinter ihr kommt ein Typ raus, der aussieht wie der Boss der Bandidos, tätowierte Oberarme wie Stahlträger, die den Saum des schwarzen »Security«-T-Shirts ausfransen.

Glatze.

Oha, denkt Bosman, *dicke Luft im Hause Schuster.* Karin ist die Frau von Schusters Schwager – also seine Schwester, die Ältere von den beiden. Und Bosman weiß, dass es besser ist, in Deckung zu gehen, wenn sie sauer wird. Das weiß auch Schuster, der gar nicht erst zu Wort kommt.

»Es reicht«, sagt Karin, »zieh deine Leute hier ab, die machen nichts als Ärger, die sind so was von gehirnamputiert, das kotzt mich an.«

»Was zum Teufel ist denn passiert?«

»Was passiert ist? Komm her, schau's dir an.«

Der ganze Trupp folgt ihr in das Krankenzimmer des Heims, wo ein schmächtiger Mann auf einem Stuhl hockt, die Augen apathisch geöffnet, Hämatome im Gesicht, die Nase zerschlagen, Blut im Mund, das ihm vermischt mit Speichel in zähen Fäden aus den Mundwinkeln tropft.

Karin sagt zu ihrem Bruder: »Was sollen wir mit ihm machen?«

Schuster glaubt es nicht. »Was ihr mit ihm machen sollt? Den Krankenwagen rufen, verdammt nochmal!«

»Das geht nicht.«

»Wieso geht das nicht?«

»Weil Rick dagegen ist«, schnappt Karin und deutet auf den Rocker, der sie feindselig anstarrt. »Er hat Angst, dass seine Leute eine Anzeige kriegen, wenn die Polizei ihn im Krankenhaus befragt. Und wenn sie eine Anzeige kriegen, sind sie den Job hier vermutlich los, weil die Ausländerbehörde sich dann distanziert. Und wenn sie ihren Job los sind, bist du ihn auch los, wenn rauskommt, dass das deine Firma ist. Also denk erst nach, bevor du redest.«

Eine klare Ansage. Doch genauso klar ist Schusters Antwort. Er zieht sein Handy und wählt die 110. Dann dreht er sich zu Rick um und sagt: »Was ist hier los?«

»Es gibt Tage, da sind die wie vom Affen geleckt«, sagt Rick. »Die Köchin hat gekündigt, weil sie wochenlang belästigt oder beschimpft wurde, immer schön abwechselnd mal von dem einen, mal von dem anderen. Meine Leute werden angepöbelt, vorhin hat der Typ hier Svenni ins Gesicht gespuckt.«

Er deutet auf den jungen Typen, der kaum den Oberkörper aufrecht halten kann und vermutlich gar nicht mehr richtig mitkriegt, was hier abgeht.

»Der ist heute Mittag angekommen«, sagt Rick. »Der war total drüber, hat nicht hingehört, wie weggetreten, und hat Svenni ins Gesicht gespuckt. Und da ist Svenni natürlich ausgerastet, das muss sich keiner bieten lassen.«

Schuster schäumt: »Ich bezahle euch nicht dafür auszurasten, sondern euren Job zu machen und hier für Ruhe zu sorgen. Was sich da draußen zusammenbraut …«, er deutet mit dem Daumen über die Schulter in Richtung Eingang, wo die aufgebrachten Flüchtlinge stehen, »das ist alles andere als Ruhe, das ist eine Riesenscheiße!«

Rick schweigt und schaut trotzig zu Boden. An seinen Schläfen zucken die Adern. Doch Schuster ist noch nicht fertig, deutet auf den Flüchtling. »Wolltet ihr den Mann hier verrecken lassen?«

»Ich habe die Firma geschützt«, sagt Rick.

»Nein«, sagt Schuster, »du bist dabei, sie zu ruinieren, weil du deine Leute nicht im Griff hast.«

Zehn Minuten später ist der Notarzt da. Schuster zückt seinen Ausweis und diktiert ihm den Vorfall ins Textbuch: Es hat eine

Schlägerei unter den Flüchtlingen gegeben, Auslöser waren religiös-ethnische Differenzen, deren bedauerlicher Kollateralschaden der junge Mann wurde, der erst vor ein paar Stunden hier ankam und sich als Ismael Dahout aus Syrien hat registrieren lassen. Ausweisdokumente konnte Herr Dahout nicht vorweisen. Die Polizei wird den Vorfall untersuchen.

Während Schuster die Sache regelt, ruft Bosman bei Thiel an. Wieder nur die Mailbox. Er hinterlässt die Nachricht, dass er seine Reportage über Aziz erst mal verschieben und sich umgehend bei ihm melden soll.

Die Mühe hätte er sich sparen können.

Thiel sitzt bei Gunderjahn im Hauptstadtbüro des *Spiegel* und sagt: »Es geht nicht, ich werde bedroht.«

Gunderjahn schaut ihn erschrocken an. Thiel sieht in der Tat nicht gut aus, tiefe Ringe unter den Augen, der Hipsterbart wuchert ungepflegt, und er rutscht die ganze Zeit auf seinem Stuhl rum.

»Was ist passiert?«

»Das willst du nicht wissen«, sagt Thiel.

Er hatte sich nach der brutalen Vergewaltigung in die Notaufnahme des Auguste-Viktoria-Klinikums geschleppt und wusste nicht, wie er den Ärzten seine Verletzungen erklären sollte. Wenn er mit der Wahrheit rausrückte, würden die Bullen kommen, und Aziz würde ihn fertigmachen. Also stand er als Hardcore-Schwuler da, der eindeutig übertrieben hatte. Darmriss.

»Nicht so schlimm«, sagte der Arzt und grinste anzüglich. »Das verheilt wieder, und dann können Sie weitermachen.«

Doch das dauerte. Jedes Mal, wenn er scheißen ging, fuhr ihm der Schmerz hinten rein wie ein glühender Schürhaken am Jüngsten Tag, obwohl er nur noch Suppe löffelte. Er hatte sich vorgenommen, Lisa nichts davon zu erzählen, denn er fühlte sich wie der letzte Dreck. Doch Lisa kapierte natürlich sofort, dass da was nicht stimmte, und Thiels Verteidigungslinien stürzten ein wie die Mauern einer belagerten Burg. Er senkte den Kopf und fing an zu heulen, konnte gar nicht mehr aufhören. Lisa nahm ihn in den Arm und brachte ihn ins Bett, denn Thiel zitterte wie ein aufgespießter Schmetterling.

Und dann hatte er ihr flüsternd alles erzählt.

Die Pressekonferenz ist in vollem Gange, als Bosman und Schuster ins Präsidium kommen. Im Aufenthaltsraum sitzt die Polizeipräsidentin Dr. Karin Bäumler hinter einem Tisch neben Emrah, vor sich ein Mikro, und beantwortet die Fragen der anwesenden Journalisten, die zwischen den Kollegen sitzen, sodass es später auf den Bildern aussieht, als wäre das Interesse an Bäumlers Worten riesengroß. Sie hat den Ort hier im LKA mit Bedacht gewählt, um ihre Nähe zu den Ermittlern zu demonstrieren.

Sie sieht gut aus, wie sie da sitzt, denkt Bosman. Als würde sie jeden Morgen um sechs aufstehen und erst mal zehn Kilometer laufen, bevor sie dann ein gesundes Birchermüsli zu sich nimmt und die ersten Akten des Tages studiert. Ihre schulterlangen Haare sind dunkelbraun und glänzend, ihre Haltung souverän, als sie dem organisierten Verbrechen entschlossen den Kampf ansagt.

Wieder mal.

Doch jetzt hat sich die Gesetzeslage geändert, die Beweislastumkehr ist ein scharfes Schwert. Wer angeklagt ist, muss jetzt beweisen, dass er nicht in kriminelle Organisationen verstrickt ist oder sein Vermögen nicht auf kriminelle Art erlangt hat.

»Was die Italiener im Kampf gegen die Mafia schon längst eingeführt haben, ist jetzt auch bei uns Realität«, sagt Bäumler nicht ohne Ironie und erntet hier und da wohlwollendes Gelächter. Sie berichtet von ersten Erfolgen, von der Beschlagnahmung von Immobilien und Vermögen in Höhe von 9,3 Millionen Euro sowie von den Schlägen der Ermittler gegen den Aziz-Clan. Emrah sagt, seine Leute würden mit aller Härte durchgreifen, man werde die Straße zurückerobern. Die Gangster könnten sich jetzt »warm anziehen«.

Ein paar Fotos werden gemacht, die Journalisten und die Kollegen gehen auseinander, die beiden Scheinwerfer links und rechts der provisorischen Bühne werden abgebaut, Kabel zurück in die Trommeln gekurbelt, und Emrah stellt Bosman und Schuster der Polizeipräsidentin als die treibenden Kräfte hinter den Ermittlungen vor.

Bäumler schenkt beiden ein warmes Lächeln und will Einzelheiten wissen. Sie ist gut informiert, stellt die richtigen Fragen. Die Korruptionsvorwürfe erwähnt sie nicht.

»Ich weiß, dass Sie mit einem niedrigen Personalstand zu kämpfen haben und eine lückenlose Überwachung von Aziz so nicht drin ist«, sagt sie zu Bosman. »Also, sagen Sie, wie viele zusätzliche Leute brauchen Sie?«

»Ähm ...«, Bosman denkt nach. Damit hat er nicht gerechnet.

»Es ist für die Öffentlichkeit immens wichtig zu sehen, dass wir uns nicht länger auf der Nase herumtanzen lassen. Um das Gefühl von Sicherheit und Kompetenz wiederherzustellen, das uns leider ein wenig verloren gegangen ist.«

»Ja, leider ...«

Bäumler sagt mit einem warmen Lächeln: »Ich gehe davon aus, dass Sie Tarik Aziz demnächst aufspüren und verhaften werden und im nächsten Zug seinen Bruder zerlegen.«

Zerlegen! Die Frau hat Ehrgeiz.

Es ist Bosman klar, dass sie sehr wohl ihre eigene Karriere im Auge hat und als diejenige in die Annalen eingehen will, die den Sumpf in der Stadt trockengelegt hat. In normalen Zeiten wäre sie eine ideale Mitstreiterin, doch das sind keine normalen Zeiten. Bäumler bietet ihre volle Unterstützung an. Er muss nur zugreifen, kann es aber nicht.

Nicht, solange Arslan ihn in der Hand hat.

33

Luis hat sich zur Siesta zurückgezogen. Er liegt auf seinem Bett im Gästezimmer von Trautweins Haus und dämmert vor sich hin. Er hofft inständig, dass bei dem Brand in der Bürobaracke alle Hinweise auf ihn vernichtet wurden, sicher kann er da aber nicht sein. Die Polizei wird wegen schwerer Brandstiftung ermitteln. Luis hat zwar keine Ahnung, wie hoch die Aufklärungsquote ist, aber nervös macht ihn das trotzdem.

Und nicht nur das.

Vorhin war er im Keller bei Harry, der weiterhin auf stur schaltet und beteuert hat, gar keine Million zu besitzen, um dann seine sofortige Freilassung zu fordern.

»Vergiss es«, sagte Luis. »Erst wenn du überwiesen hast. Je schneller, desto besser für uns alle.«

»Nein, da mach ich nicht mit«, sagte Harry. Und dann: »Ich trete in den Hungerstreik.«

Was?

Luis glaubte, sich verhört zu haben.

»Ihr könnt euer scheiß Essen behalten, ich will es nicht. Ich werde ab jetzt die Nahrungsaufnahme verweigern, bis ich hier rauskomme. Und wenn ihr denkt, ich bluffe, dann seid ihr schief gewickelt. Denkt nur an Ghandi.«

Ghandi?

Luis hat sich noch nicht getraut, Uwe und Bobo von seinem erneuten Misserfolg bei Harry zu erzählen. Er hat jetzt schon allen Kredit verspielt und keinen Bock auf Uwes grinsende Visage, die ihm wieder mal zu verstehen geben wird, was für ein schwuler Lutscher er ist.

Luis hört, wie es an der Tür klingelt, und schreckt auf. Er kriegt hier nie Besuch. Er hört, wie Uwe losblökt: »Hey, Bobo, mach mal auf.«

Und Bobo dackelt los. Luis hört, wie er die Tür aufmacht und dann laut ruft: »Luis, kommst du mal?«

Als er aus seinem Zimmer in die Diele tritt, trifft ihn der Schlag: Da stehen zwei Bullen in Uniform. Knarre, Pfefferspray und Handschellen am Gürtel.

»Guten Tag, Löns mein Name«, sagt einer der Bullen. »Es liegt eine Beschwerde Ihres Nachbarn wegen Ruhestörung vor.«

»Ähm ... tatsächlich?«, sagt Luis.

»Sie sind der Besitzer des Hauses?«

»Nein, nein ...«, sagt Luis. »Ich bin der Housesitter. Die Eigentümer sind in Kapstadt.«

Löns schaut ihn an wie einen Asylbewerber, der behauptet, seinen Pass verloren zu haben. »Kapstadt, ja?«

»Ja.«

»Darf ich Ihren Ausweis mal sehen?«

Luis zeigt seine Papiere vor. Die Bullen schreiben seine Daten auf, erkundigen sich nach der Agentur, die ihn vermittelt hat, und ziehen wieder ab.

Luis dreht sich zu Bobo um und sagt: »*Mierda!* Hab ich euch nicht gesagt, ihr sollt ruhig sein? Und was macht ihr? Ihr macht Party und sägt die Büsche ab, *cabrónes!* Lockt die Bullen an wie Blüten die Bienen, während wir eine Geisel unten im Keller haben!«

Uwe lümmelt im Liegestuhl auf der Terrasse herum und schaut auf seinem Smartphone ein Video über die Finessen des Waterboardings, während er hört, wie Luis drinnen Bobo ankeift.

Soll er doch!

Er ist eh draußen, weiß es nur noch nicht. Uwe hat vorhin mit Bobo gesprochen und gesagt: »Der Lutscher ist ein Sicherheitsrisiko. Der baut nur Mist. Wenn wir beide, du und ich, nicht gewesen wären, wären wir längst alle am Arsch, korrekt?«

Bobo kratzte sich die Fusseln am Kinn und sagte: »Korrekt.«

»Ich traue ihm nicht. Wenn Harry das Geld auf sein Konto überweist, ist es weg, dann kommt da keiner außer ihm ran.«

»Ich glaube nicht, dass er uns verarscht. Luis ist okay.«

»Du bist naiv, Bobo. Ich sage dir, wie wir das machen. Wir richten ein Konto ein, ich rede mit Harry, und er überweist. Wir holen die Kohle ab und lösen das Konto auf, sodass die Bullen die Spur nicht weiterverfolgen können.«

»Wie willst du das machen? Mit zwei schwarzen Koffern in die Bank gehen und sagen, du willst deine Million abheben?«

»Warum nicht?«

»Und du meinst, die lassen dich damit gehen?«

»Was sollen sie tun? Es ist unser Geld.«

So einfach ist das.

»Klar werden die misstrauisch und die Bullen anrufen«, sagt Uwe. »Aber bis die da sind, sind wir längst über alle Berge.«

Er war erst nicht sicher, ob Bobo mitziehen würde, doch dann sah er die Gier in seinen Augen, als da auf einmal eine halbe statt einer Drittelmillion aufblinkte. Jetzt, da ihr Geschäft mit den gekauften Asylanträgen auf Eis lag und Bobo Ärger am Görli hatte, kam die Kohle zur rechten Zeit, und als Bobo dann anfing, von einem Imbiss-Franchise zu reden, wusste Uwe, dass er an Bord war.

Als er abends gut zugedröhnt nach Hause kommt, schallt ihm deutscher Gangsta-Rap entgegen. Er schaut ins Bad, wo Jeanette steht und sich schminkt, während sie ihre Hüften im Rhythmus wiegt und den Text leise mitspricht. »Hey, sag mal, kannst du die scheiß Kanakenmucke mal leiser machen?«

»Hallo, Schatz«, sagt Jeanette und küsst ihn rasch auf den Mund. »Wie war dein Tag?«

Uwe wundert sich. Wieso hat Jeanette so gute Laune, und wieso brezelt sie sich auf? Ihr Handy neben dem Waschbecken macht *pling* ... Jeanette textet zurück.

»Mit wem textest du da?«

»Mit Mandy, wegen heute Abend.«

»Heute Abend?«

Jeanette schaut ihn an. »Hallo, Berlin? Rambam One?«

Uwe erinnert sich.

Jeanettes Freundin Mandy hat zwei Tickets für das Konzert in der Arena heute Abend ergattern können, doch irgendwie passt es ihm nicht in den Kram, dass sie da hinwollen. Ihm schwebt eher ein romantischer Abend zu zweit vor – was immer Uwe unter Romantik versteht. »Was wollt ihr da? Da laufen doch eh nur Hipster, Schwule und Kanaken rum.«

»Red doch keinen Scheiß.«

»Wieso? Rambam ist doch auch so ein scheiß Tunesier oder Marokkaner oder so, oder?«

»Nee«, sagt Jeanette. »Arier.«

Laurenz entgleisen die Gesichtszüge, als Tarik kurz vor Feierabend in seinem Büro auftaucht und sich ohne große Umstände in den Besucherstuhl auf der anderen Seite seines Schreibtisches pflanzt.

»Bist du verrückt geworden, hier einfach so aufzukreuzen? Du wirst mit Haftbefehl gesucht!«

»Genau darüber wollte ich mit dir sprechen.«

Laurenz muss seine Gedanken erst mal sortieren, während ihm durch den Kopf geht, ob jemand Tarik beim Betreten des Gebäudes gesehen hat oder was er nachher seiner Sekretärin erzählen soll, die ja nicht blöd ist und genau weiß, wer da beim Boss im Büro sitzt.

»Ich hab keinen Bock mehr, mich ständig zu verstecken«, sagt Tarik. »Was passiert, wenn ich mich stelle und die Zeugen 'nen Rückzieher machen?«

Laurenz stöhnt auf und sagt: »Puhhh ... Tarik, so einfach ist das nicht.«

»Ich bezahle dich nicht dafür, dass du mir erzählst, wie schwierig alles ist, sondern dass du lieferst, hörst du?«

»Es liegen ein Haufen Beweise gegen dich vor, die Zeugen sind nur noch *sugar on top.*«

»Was?«

»Sahne obendrauf.«

Tarik starrt ihn an. »Sahne obendrauf, ja? Wenn ich lebenslänglich einfahre, ist das alles nur Sahne obendrauf ... sag mal, willst du mich verarschen?«

»So war das nicht gemeint ...«

»Du wirst mir die Namen bringen«, sagt Tarik. »Und ich schwör's dir, die werden nichts sagen. Dann stelle ich mich, und du holst mich raus. Ich leg dir 50 000 obendrauf, damit du dein Gewissen ein bisschen beruhigen kannst.«

Von unten rauscht der Verkehrslärm hoch und blockiert Laurenz' Ohren. Das Gemälde an der Wand fängt an zu tanzen. Er soll diesem Irren hier die Augenzeugen ans Messer liefern, damit er ... was macht? Ihnen die Kniescheiben zertrümmert? Das Gesicht mit Säure verätzt? Das Baby aus dem Kinderwagen zieht und über den Gully hält, falls eine Mutter dabei sein sollte?

Diesem kranken Hirn traut er alles zu.

»Da ist noch was, das ich mal mit dir besprechen wollte«, sagt Tarik. »Ich will ein Label starten, verstehst du?«

»Ein Label …«

»Ja, Hip-Hop. Ich will mit Rambam One einsteigen.«

»Okay …«

Laurenz hängt in seinem Stuhl wie ein angeschlagener Boxer.

»Ich will, dass du mir die Orga mit der Firmengründung, Eintrag ins Amtsregister und den ganzen Scheiß abnimmst.«

»Hmm …«

Als er weg ist, greift Laurenz zum Telefon und ruft Arslan an. »Dein Bruder ist vollkommen durchgeknallt, der bringt uns alle in den Knast, wenn er so weitermacht. Jag ihn auf den Mond oder schmeiß ihn aus dem Fenster oder in ein Fass mit Salzsäure, mir egal, aber ich will das Arschloch nicht mehr sehen!«

Dumpfe Bässe wummern aus der Arena, einem alten Busdepot am Osthafen. Stahlträgerkonstruktion mit niedriger Decke, Industrieflair und miese Akustik.

Tarik Aziz und Abdul Bouteflika, der Hulk, schieben sich an der Warteschlange vorbei zum VIP-Eingang mit Gästeliste, wo erst mal Schluss ist.

»Sorry«, sagt die Lady am Laptop, »aber ihr steht hier nicht drauf.«

Hinter ihnen drängeln die Leute. Tarik merkt, wie die Adern an den Schläfen pochen, und er weiß, jetzt muss er aufpassen, cool bleiben. Aber wie soll er cool bleiben, wenn die Bitch ihm den Eintritt verwehrt und hinter ihm die Schwanzlutscher zu pushen anfangen? Er ist es gewohnt, dass die Leute an der Tür ihm schon die rote Kordel öffnen, wenn er aus seinem tiefergelegten Audi A8 Quattro mit den geilen Alufelgen steigt. Die Pissnelken hier haben keine Ahnung, und sie haben keinen Respekt.

Das Problem ist nur, dass er seinen Namen nicht nennen kann, nicht solange er die Bullen am Arsch hat. Das ist definitiv zu riskant. Hulk hat vor ein paar Tagen angeregt, er solle sich einen Bart wachsen lassen, einen richtigen. Dann erkennen die Deutschen ihn nicht mehr, weil er für sie aussieht wie tausend andere Türken, die sie nicht mal von den Kurden und den Libanesen unterscheiden können. Aber Tarik hat das abgelehnt. Das entspricht nun gar nicht seinem Style, Tarnung hin oder her. Soll er etwa rumrennen, als wäre er auf dem Weg in den Dschihad?

»Pass auf«, sagt er zu der Bitch und versucht, freundlich zu bleiben. »Ich habe einen Geschäftstermin mit Rambam.«

»Nein, du passt auf«, sagt der Typ, der hinter der Bitch steht, der mit dem schwarzen Security-T-Shirt, das sich über seiner mächtigen Brust spannt und an den Ärmeln unter seinem Bizeps eingerissen ist. »Ich schlage vor, du drehst dich jetzt um und gehst.«

Tarik Aziz starrt ihn an.

Hulk sieht das Unglück kommen und wird nervös. »Komm, Bruder, scheiß auf die Behinderten hier.«

Der Security-Typ schaut die beiden kalt an, Tarik Aziz spuckt ihm vor die Füße. »Ich weiß, wie du aussiehst. Ich weiß, wo du arbeitest.«

»Verpiss dich.«

»Komm.«

Hulk zerrt ihn weg, die Leute in der Schlange schauen sie milde angewidert bis feindselig an, wie die Paria. Als gehörten sie hier nicht hin.

Sie haben keinen Respekt.

»Die mach ich fertig, die Arschlöcher, ich schwör's dir. Die fick ich, die Schweine. Krieg raus, wer der Wichser ist, hörst du?«

Hulk hört.

Er nickt.

Er kennt die Wutanfälle seines Chefs. Der letzte endete damit, dass er Ekrem den Hals aufgeschlitzt hat.

»Lass uns ein Ticket kaufen und reingehen«, sagt Hulk.

»Ein Ticket kaufen? Bruder, der Scheiß hier ist schon seit Wochen ausverkauft, verstehste?«

Zehn Minuten später zieht er sein zusammengerolltes Bündel Geldscheine aus der Hosentasche, lässt das Gummiband über sein Handgelenk flutschen und blättert zweihundert Tacken ab, die er zähneknirschend diesem Hipster-Arschloch für zwei Tickets in die Hand drückt. Es folgt das demütigende Aufrücken in der Warteschlange, und als sie endlich drin sind, ist Tarik Aziz auf hundertachtzig.

Rambam One kommt nach der Vorgruppe auf die Bühne. Eher klein gewachsen und schmächtig, findet Tarik und ist ein bisschen enttäuscht. Aber er hat geile Moves drauf, macht klar, wer der Chef ist. Seine schweißnasse Glatze schimmert im wechselnden Bühnenlicht, genau wie die dunklen Gläser seiner verspiegelten Sonnenbrille. Akkurat getrimmter Kinnbart, der in einem dünnen Streifen unten am Ohr ausläuft, wo rechts ein Spinnennetz eintätowiert ist. Cooles Outfit, Baggy Pants, Sneakers und Bomberjacke mit nichts drunter außer ein paar goldenen Ketten und den Tattoos, die seine Lebensgeschichte erzählen, die Geschichte eines illegalen Migranten aus dem Maghreb, der mit sechzehn in Neukölln gestrandet ist, als der Vater ihn nach dem Tod der Mutter einfach sitzen gelassen hat. Aber der Junge zeigt ein Herz wie ein Löwe. Er ist ein Kämpfer, der eine Weile mit Deso Dogg zusammenarbeitet, bis der anfängt, Scheiße zu labern, und zum IS geht. Adil Zaiman, aka Rambam One, ist ganz oben angekommen. Er hat's all den Mongos gezeigt, die ihn hier nicht haben wollten und mies behandelt haben. Jetzt ist er wer, und sie betteln um seine Aufmerksamkeit. Er schreit seine Geschichte raus, und schaut her, Millionen hören ihm zu und erweisen ihren Respekt.

Tarik mag den monotonen Beat und die Bässe, die einem richtig in den Magen semmeln. Er mag die Lyrics, die seine Welt sind, und sieht sich schon neben Rambam One am Tisch bei Pressekonferenzen sitzen und entscheiden, wessen Fragen zugelassen werden und welche nicht. Seine Laune bessert sich zunehmend. Er wippt mit dem Kopf im Takt und merkt, dass Rambam One jetzt da vorne auf der Bühne irgendwie aus dem Tritt kommt. Irgendwie macht das Gereime da gerade keinen Sinn, verliert den Rhythmus und den Groove, und dann fällt Rambam hintenüber ins Schlagzeug.

Allgemeine Unruhe, das Bühnenlicht geht aus, Schatten huschen zu den umgestürzten Drums und kommen Rambam zu Hilfe. Dann geht das Deckenlicht an, und Musik dröhnt aus den Boxen. Der Hallensprecher kündigt eine halbstündige Pause an, dann geht's weiter.

Tarik schaut zu Hulk rüber. Ist das Teil der Show, oder muss er sich um sein zukünftiges Investment Sorgen machen?

»Keine Ahnung«, sagt Hulk und zuckt mit seinen fleischigen Schultern. »Ich glaube, der ist total stoned. Seine Pupillen sind doch groß wie Untertassen.«

»Das kannst du von hier hinten sehen?«

Hulk schweigt.

Tarik sagt: »Sollen wir mal nachschauen?«

Doch als sie sich Richtung Backstage aufmachen, sehen sie die rot-weißen Absperrgitter und das Security-Line-up.

»Scheiß drauf«, sagt Tarik. »Lass uns morgen früh zu ihm fahren.«

Auch Jeanette ist in Sorge.

Was ist los mit Rambam? Sah gar nicht gut aus, wie der in das Schlagzeug gestolpert ist, voll breit. Sie steht mit Mandy hinten am langen Tresen im blauen Neonlicht, wo ein paar Leute mit Backstage-Connection erfahren haben wollen, dass das nur ein harmloser Schwächeanfall war. Der zieht sich jetzt eine Nase Koks und kommt doppelt stark zurück, jede Wette.

Hoffentlich, denkt Jeanette, *wäre echt scheiße sonst, wo Mandy doch die Freitickets organisiert hat*. Schon wieder vibriert das Handy in der Fronttasche ihrer hautengen Jeans. Sie fummelt es entnervt raus. Neue SMS von Uwe, der jede halbe Stunde wissen will, was sie macht.

»Alles gut Schatz, super Atmo hier, schlechter Empfang, Bussi Jean«, textet Jeanette zurück und schaltet ihr Handy aus, obwohl sie weiß, dass Uwe deswegen sauer sein wird, weil er nicht glaubt, dass hier kein Empfang ist.

Mandy hat zwei Bier ergattert und reicht einen Becher zu Jeanette rüber, als diese beiden Araber auf sie zukommen, die vorhin schon an der Tür Stress gemacht haben. Der kleine Aggrotyp in seinem viel zu engen schwarzen Hemd, die Brust rausgestreckt, um noch ein paar Zentimeter rauszuschlagen, schwules Goldkettchen am Hals, hat mit dem Türsteher rumdiskutiert und behauptet, ein Geschäftspartner von Rambam zu sein. Neben ihm der riesige Typ mit Glatze und Kinnbart. An seinem Hals kann Jeanette ein Phönix-Tattoo erkennen, ein Vogel mit gespreizten Schwingen.

Tarik grinst Jeanette und Mandy an.

»Hallo, Ladys, was trinkt ihr?«

Sein Blick zieht sie aus. Dringt unter ihr sexy Top.

»Nichts«, sagt Jeanette.

»Nichts? Willst du mich verarschen? Du hast doch 'n Bier in der Hand. Komm, schütt die Scheiße weg, ich geb dir 'nen Champagner aus.«

»Ich will deinen Champagner nicht.«

»Warum nicht?«

In diesem Moment wünscht sich Jeanette, dass Uwe hier wäre. Er mag ja seine Fehler haben, aber er steht immer zu hundert Prozent hinter ihr, und er würde diesem scheiß Kanaken hier dermaßen die Fresse polieren, falls der es sich dann überhaupt noch trauen würde, sie anzuquatschen.

Tarik schaut Hulk mit gespieltem Erstaunen an. »Hast du das gehört? Die will meinen Champagner nicht.«

Mandy schlägt vor, zur Bühne rüberzugehen. Gute Idee, das Minenfeld zu räumen, als Tarik sich Jeanettes Handgelenk packt und sie brutal zurückzieht. »Hey, nicht so eilig. Erst trinken wir zusammen einen Champagner, okay? Ich geb einen aus.«

Wut schießt Jeanette heiß durch den Körper. Was bildet das Arschloch sich ein?

»Lass mich los, du Kanakensau«, faucht sie ihn an, und das ist ein Fehler.

So redet man nicht mit Tarik Aziz.

Er schlägt ihr brutal ins Gesicht, das Bier fliegt ihr aus der Hand. Er packt sie an den Haaren und schleift sie ein paar Meter mit, völlig außer sich vor blanker Wut. Mandy kreischt auf, Hulk stellt sich schützend zwischen seinen Chef und die Meute, die mitkriegt, dass hier eine Frau übel misshandelt wird, wütendes Geschrei, und dann kommt auch schon die Security.

Uwe schlägt die Augen auf und lauscht.

Er liegt im Bett, hat schon gepennt, aber jetzt hört er, wie die Haustür aufgeschlossen wird, aufgeregtes Flüstern im Flur. Das muss Jeanette sein, aber wen hat sie dabei? Wahrscheinlich ihre Freundin Mandy, hatten wohl einen guten Abend, während er hier zu Hause alleine rumhing und alle paar Minuten auf sein Handy glotzte, bis Jeanette nicht mehr erreichbar war. Da wird er wohl mal ein paar Takte mit ihr reden müssen. Er schlägt die Decke zurück und steht auf. Aus der halb offenen Badezimmertür fällt ein Streifen Licht in den Flur. Uwe stößt sie ganz auf und sieht Jeanette, die sich über das Waschbecken beugt. Das Wasser läuft aus dem Hahn und färbt sich rosa, bevor es gurgelnd in den Abfluss taumelt. Mandy stützt sie, schaut jetzt zu ihm rüber und sagt: »Hallo, Uwe.«

»Was ist hier los?«

Jeanette dreht sich zu ihm um. Sie hat ein blaues Auge, die Mascara verlaufen, über der Stirn eine hellrote Stelle, wo mal Haare waren, Blut läuft ihr aus der Nase. Sie hat Tränen in den Augen.

Uwe starrt sie an. »Wer war das?«

»Die Schlampe hat's doch provoziert«, sagt Tarik zu Hulk, der neben ihm auf dem Beifahrersitz hockt und sich oben am Griff über der Scheibe festkrallt, während Tarik den A8 beschleunigt, um die Spur zu wechseln und noch bei Gelb die Ampel am Hermannplatz zu nehmen. »Ich bin charmant, lad sie zum Champagner ein, und sie sagt ›Kanakensau‹ zu mir. Das ist voll diskriminierend, Alter. Ohne Respekt.«

Er ist heute Morgen schlecht gelaunt aufgewacht, weil sein Bruder ihm wieder Vorhaltungen gemacht hatte, *blablabla.* Doch dann rief Hulk an und sagte, dass er die Adresse von Adil »Rambam« Zaiman hat, eine Villa in Zehlendorf. Tarik war ein wenig erstaunt. Zehlendorf und *street credibility*, wie ging das zusammen? Er hat Hulk an der Sonnenallee Ecke Hobrechtstraße an der Tanke abgeholt, und dann fuhren sie los.

»Wenn die Bullen gekommen wären, hätten die dich gleich in die Acht genommen«, sagt Hulk. »Du musst lernen, dich besser zu kontrollieren, Alter, ich schwör's dir. Die suchen dich mit Haftbefehl!«

Nachdem sie unterwegs noch angehalten und sich einen Kaffee geholt haben, parken sie nun vor einer modernen Bauhausvilla aus den Sechzigerjahren. Grauer Beton, klare Formen, spiegelnde Fensterflächen.

»Hat der keine Kohle für 'n paar anständige Gardinen?«, sagt Hulk.

»Vielleicht ist er erst vor Kurzem hier eingezogen. Gute Gegend.« Tarik schaut sich anerkennend um. »Kein Müll auf den Straßen, Alter, ich schwör's dir. Schau dich um, alles sauber.«

Er drückt die Klingel, und als sich nichts tut, schiebt er das Gartentor auf. Dann gehen sie auf den Eingang zu. Doch auch hier können sie klingeln, so viel sie wollen. Keiner macht auf.

»Was soll die Scheiße?«, sagt Tarik. »Oder pennt der vielleicht noch?«

Gut möglich nach dem Gig gestern Nacht.

Also gehen sie den engen Pfad zwischen der Hauswand und den blühenden Gartensträuchern entlang um das Haus herum, zum gepflegten Garten mit einem türkis im Sonnenlicht schimmernden Pool. Da liegen Klamotten zwischen den Liegestühlen, und auf einem Tisch stehen leere Cocktailgläser.

Hulk bückt sich und hebt ein Bikinihöschen hoch. »Vielleicht sollten wir später noch mal wiederkommen.«

Doch davon will Tarik nichts wissen. Er schaut rüber zur Terrassentür, die weit offen steht. Er schüttelt ungläubig den Kopf. Keine Security, die Türen auf. Mann, so wird das nicht weitergehen, wenn er hier erst mal das Management übernommen hat.

Adil »Rambam One« Zaiman liegt ausgestreckt auf der riesigen Sofalandschaft und schnarcht. Er trägt einen weißen Frotteebademantel, der zwischen seinen Beinen zur Seite gerutscht ist, sodass sein rasierter Sack raushängt. Vor ihm auf dem flauschigen Teppich liegt ein junges Mädchen, das sich in eine Decke gewickelt hat. Neben ihr auf dem gläsernen Couchtisch sieht Tarik den Aschenbecher, Kippen, Dope, Geld, eine Scheckkarte und ein Tütchen Schnee. Es ist ein stiller, klarer Morgen. Nichts zu hören außer Zaimans Schnarchen und dem Zwitschern der Vögel draußen im Garten. Tarik kniet neben Zaiman nieder, beugt sich vor und flüstert ihm ins Ohr: »Hey, Bruder. Das ist riskant, was du hier treibst, verstehst du? Das Haus offen wie die Muschis deiner Bitches hier, das kannst du nicht bringen. Ohne Scheiß, Alter, das geht mal gar nicht. Du brauchst jemanden, der sich um das alles hier kümmert, verstehst du? Ich meine, richtig kümmert. Wenn wir zusammenarbeiten, das verspreche ich dir, Bruder, dann pass ich auf dich auf.«

Rambam One rappelt sich benommen hoch und reibt sich die Augen. *Was quatscht der da?* Jetzt sieht er Tarik und schreckt zurück. »Hey, Alter, wer bist du?«

»Pssssst …« Tarik legt ihm beruhigend die Hand auf den Arm. »Chill mal, Bruder, alles okay.«

»Was …?«

Zaiman sitzt senkrecht auf dem Sofa, zieht seinen Bademantel zu und angelt blinzelnd nach seiner Sonnenbrille.

»Yo, scheiße, Mann, was geht hier?«

»Die Zukunft, Bruder«, sagt Tarik lächelnd. »Ich muss nur noch ein paar Dinge mit den Bullen regeln, und dann legen wir los.«

Uwe ist in Luis' altem Daimler unterwegs nach Zehlendorf. Er hat die ganze Nacht kein Auge zugekriegt. Erst waren sie in der Notaufnahme in der Vivantes Klinik an der Landsberger Allee gewesen und hatten da stundenlang gewartet, bis endlich ein Arzt kam und im Wesentlichen sagte, dass es nicht so schlimm sei. Die Nase ist nicht gebrochen, die Haare wachsen nach, und das blaue Auge wird erst gelb, dann grün, und das war's dann. Er gab ihnen eine Packung Ibuprofen und schickte sie nach Hause. Doch Uwe konnte nicht pennen. Neben ihm wimmerte Jeanette im Schlaf, und es gab nur einen einzigen Gedanken.

Rache.

Dafür wird der Kanake bluten!

Jeanette und Mandy hatten ihm erzählt, dass er schon am Eingang Ärger machte und behauptete, ein Geschäftsfreund von Rambam zu sein. Das legt die Vermutung nahe, dass Rambam das Arschloch kennt. Und wenn er ihn nicht kennt, kennen ihn vielleicht die Security-Typen, die dazwischengegangen sind. Damit war der Plan klar: Uwe würde gleich am nächsten Morgen diesem

Rambam einen Besuch abstatten. Es war kein Problem, die Adresse rauszufinden. Der Mann macht kein Geheimnis daraus, dass er nach Zehlendorf umgezogen ist, als Zeichen seines Erfolgs. Uwe folgt den Anweisungen des Navis, hält vor dem Grundstück und steigt aus.

Schicke Gegend.

Hier war er noch nie. So also wohnen die Leute, die Kohle haben. Bald wird er auch dazugehören.

Die Tür von Rambams Haus geht auf, und zwei Araber kommen raus.

Uwe stutzt.

Moment mal, haben Jeanette und Mandy nicht was von einem Aggrotypen erzählt und einem Riesenkerl mit einem scheiß Vogeltattoo am Hals, so wie dieser Behinderte hier? Haben behauptet, Geschäftsfreunde von Rambam zu sein, und kommen jetzt aus seinem Haus?

»Hey, was glotzt du, Spacko?«, ruft Tarik.

»Ihr beiden wart doch gestern auf dem Rambam-Konzert, oder?«

»Willste 'n Autogramm?«

Nein, will Uwe nicht.

»Hast du da eine deutsche Frau zusammengeschlagen?«

Tarik grinst und sagt zum Hulk: »Was will der Spast hier?«

»Ich will wissen, ob du eine deutsche Frau zusammengeschlagen hast.«

»Du meinst die blonde Schlampe und ihre süße kleine Freundin?«

Uwe lächelt und nickt.

»Genau die.«

Er geht zurück zu seinem Wagen.

Tarik und der Hulk schauen ihm verwundert nach. *Was war das denn?*

Tarik sagt: »Haben die dem ins Hirn geschissen?«

Hulk klickt den A8 mit seiner Fernbedienung auf und sieht, wie Uwe einen Baseballschläger aus seinem Wagen holt und zurückkommt.

»Oha«, sagt Tarik spöttisch. »Was hat der denn vor?«

Uwe drischt mit dem Schläger auf die Windschutzscheibe des Audi, die dumpf knirschend zu einem Spinnennetz mutiert. Danach ist der Außenspiegel dran.

Tarik glaubt es nicht. »Hey, du Arschloch!«

Uwe macht einen Ausweichschritt seitwärts und zieht dem Hulk seinen Baseballschläger über den Kopf. Er hat früh gelernt, den stärksten Gegner zuerst zu fällen. Dann sieht er das Messer in Tariks Hand und rammt ihm den Schläger in den Bauch. Tarik japst nach Luft und klappt nach vorn. Uwe tritt ihm von unten ins Gesicht. Als er wenig später in den Daimler steigt und abfährt, sieht das, was er zurücklässt, nicht mehr gut aus.

34

Bosman sitzt in seinem Büro. Der Ventilator schaufelt ihm warme Luft ins Gesicht. Die Füße hat er auf der Tischplatte überkreuzt, und er denkt darüber nach, ins Kloster zu gehen oder einmal quer durch Europa nach Santiago de Compostela zu pilgern. Mal innehalten und nachdenken, was war und wie es weitergehen soll.

Denn Britta hat recht.

Das, was er hier abzieht, hat nichts mehr mit dem zu tun, wofür er mal angetreten ist. Was ist geschehen? Eine schleichende Metamorphose, die Grenzen verschiebt, oder bewusste Entscheidungen? *Vermutlich beides,* denkt Bosman, und er kann sich sehr wohl an den Moment erinnern, der die Zeit in ein Vorher und ein Nachher teilt. Im Kosovo hatte sich alles verändert. Zusammen mit Schuster war er im Rahmen der EULEX, der Rechtsstaatlichkeitsmission der Europäischen Union, als Polizeiausbilder nach Prizren entsandt worden, um die Bullen da unten auf Vordermann zu bringen. Nur um dann festzustellen, dass sie sich nicht auf Vordermann bringen ließen, und schon gar nicht von solchen Luschen wie den Deutschen, die zu Hause schon Ärger kriegten, wenn sie einem Verdächtigen mal eine langten. Die ganze Mission war für den Arsch, der Kosovo ein gekaperter Staat, den das organisierte Verbrechen unter sich aufgeteilt hatte, während die EU machtlos zusah und gleichzeitig mehr Geld in das Nationbuilding steckte als in den Wiederaufbau von Irak und Afghanistan zusammen.

Aber das ist eine andere Geschichte.

Nach seiner Rückkehr sprach Bosman mit niemandem darüber, was er gesehen und erlebt hatte, auch nicht mit Britta. Das war ein Fehler, denn damit fingen die Probleme an. Er erinnert sich an den Abend, als er nach Hause kam, nach einem Jahr auf den schlecht vernarbten Schlachtfeldern des Balkans. Britta hatte ein paar Freunde eingeladen, und während sie alle munter durcheinanderplapperten, bekam er das Gefühl, unter einer unsichtbaren Glocke zu stehen und abgeschnitten zu sein von all den Menschen um ihn herum, mit denen er nichts zu tun hatte. Da ging es um Mindestlöhne und Gendertoiletten und die Verspätungen bei der Bahn, und Bosman dachte: *Was habt ihr für Probleme?* Es schien ihm geradezu obszön in Anbetracht dessen, was sich gerade mal zwei Flugstunden entfernt abspielte. Er hatte vorgeschützt, erschöpft von der Reise zu sein, und sich dann zurückgezogen. Er lag alleine in der Dunkelheit auf dem Bett, Hände hinter dem Kopf verschränkt, die Augen offen, und lauschte auf das Stimmengewirr nebenan im Wohnzimmer. Als Britta dann später zu ihm schlüpfte, lag er immer noch so da. Es war die erste gemeinsame Nacht nach zwölf Monaten, und er kriegte keinen hoch.

Das Telefon auf seinem Schreibtisch klingelt. Er zieht die Beine ein, schwingt sie vom Tisch und nimmt ab.

»Ja?«

Als er die Antwort hört, rutscht ihm der Telefonhörer fast aus der Hand.

Vor der Charité in Mitte trifft er Schuster, der sich gar nicht mehr einkriegt, als er ihm erzählt, wie ihnen Tarik auf die Füße gefallen ist. Die beiden gehen zur Station, wo ein Beamter vor einer Tür Wache hält.

»Keine Ahnung, was er mit Hulk bei diesem Rapper zu suchen hatte. Jedenfalls hat der gleich den Rettungswagen angerufen, und als sie im Krankenhaus die Versicherungskarten der beiden ins System eingegeben haben, ist einer Krankenschwester aufgefallen, dass Tarik mit Haftbefehl gesucht wird.«

Tarik liegt in seinem Bett. Der Kopf ist bandagiert, nur die blutunterlaufenen Augen und der Mund schauen raus, der rechte Arm ist eingegipst und das linke Handgelenk mit einer Handschelle an das Gitter des Betts gefesselt.

»Ach du Scheiße«, sagt Bosman. »Wie siehst du denn aus?«

Dann kommt der Oberarzt mit seinem Tross rein, alle mit mindestens zehn Kugelschreibern oben in der Tasche ihrer weißen Kittel.

»Was hat er denn abgekriegt?«, fragt Bosman.

»Zwei Rippen gebrochen, rechter Unterarm gebrochen, und was noch ...?«, fragt der Oberarzt und dreht sich zu seiner Entourage um.

»Frakturen in Nase und Jochbein«, sagt einer der jungen Studenten.

»Sehr gut, Schröder.«

»Und sein Kollege?«, fragt Schuster.

»Liegt im Zimmer nebenan. Er hat ein schweres Schädel-Hirn-Trauma davongetragen. Wir hatten schon Sorge, dass er uns ins Koma fällt, aber er ist ein zäher Bursche.«

Er deutet auf Tarik, der elend in seinem Bett liegt und sie aus seinen Verbandsschlitzen anschaut. »Wenn Sie mit ihm reden wollen, halten Sie es bitte kurz, ja?«

Bosman nickt, während der Arzt mit seinen Leuten das Zimmer verlässt und Schuster sich vor die Tür stellt.

»Wer hat das getan?«, fragt Bosman.

»Weiß nicht«, nuschelt Tarik. »So ein Glatzen-Arschloch.«

»Nie vorher gesehen?«

Tarik schüttelt behutsam den Kopf.

»Und der haut dir einfach so auf die Fresse?«

»Verpiss dich.«

»Ich hab dich auch lieb. Sag mir nur noch eins: Hast du Harry entführt?«

»Nein.«

Bosman nickt. »Dachte ich mir.«

Als er mit Schuster aus dem Krankenhaus kommt und in das warme Sonnenlicht tritt, fragt Schuster: »Wer war es dann?«

»Ein Latino und zwei andere, hat dein Zeuge doch gesagt. Einer aus dem ›mediterranen Lebensraum‹.«

»Davon gibt's mehrere.«

»Aber nur einen aus Harrys Umfeld.«

Der Typ, der bei Helen am Gartentisch saß, als Bosman bei ihr vorbeigeschaut und nach Harrys Konten gefragt hatte, der Yogalehrer, der sie und Harry schon lange kennt und sich auffallend für die Entführung interessierte. War das der Argentinier, von dem Britta ihm in Cannes erzählt hatte, der Gärtner mit dem zwanzig Zentimeter langen Schwanz? Es war Bosman so erschienen, als wäre der Umgang der beiden sehr vertraulich gewesen. Keine verräterischen Blicke oder Gesten oder so, eher die Vibes. Er kann sich durchaus vorstellen, dass da mehr läuft als nur Yoga.

Harry liegt matt auf der Pritsche und starrt die niedrige Kellerdecke an. Ihm ist schwindelig, ein dumpfes Kopfweh plagt ihn, aus dem sich hin und wieder Schmerzgewitter entladen und ihm wie Kugelblitze durch die Birne fegen. Seine trockene Zunge klebt geschwollen im Mund, sein Atem stinkt nach Entbehrung, aber Hunger hat er schon lange nicht mehr. Er fragt sich, wie Leute derlei Qualen freiwillig auf sich nehmen, um ein paar Kilos zu verlieren. Er könnte ein paar mehr vertragen, muss den Gürtel schon drei Löcher enger schnallen, damit ihm die Hose nicht vom mageren

Arsch rutscht, wenn er hier unten ein paar Schritte geht, fünf mal sieben, dann ist der Raum durchmessen.

Er hat Mühe, sich zu konzentrieren und das Rätsel seiner Entführung zu lösen. Mittlerweile ist er ziemlich sicher, dass Tarik nichts damit zu tun hat. Ein anderer, zutiefst beunruhigender Gedanke hat ihn in den letzten Tagen zunehmend beschäftigt. Tatsächlich kann er sich nicht daran erinnern, irgendwem von seinem Konto auf den Bermudas erzählt zu haben – außer Helen. Er kennt mindestens zehn Krimis und ein halbes Dutzend Filme, in denen eine Ehefrau ihren Mann mithilfe ihres Liebhabers abserviert, und dass Helen einen Liebhaber hat, ist ihm nicht entgangen.

Aber würde sie so etwas tun?

Niemals, das kann Harry sich nicht vorstellen, doch das konnten all die Typen in den Büchern und Filmen auch nicht. Vielleicht ist sie den Einflüsterungen ihres Stechers erlegen? Verliebte Frauen neigen ja dazu, wenn der Oxytocin-Pegel ausschlägt. Andererseits erinnert Harry sich nicht daran, gegenüber Helen jemals behauptet zu haben, dass er eine Million auf einem geheimen Konto bunkert, weil es einfach nicht stimmt. Er hat wohl mal von »ausreichenden Mitteln« gesprochen, was in Anbetracht seiner auf klägliche 23 000 Dollar zusammengeschmolzenen Rücklagen immer noch eine steile Übertreibung war, aber als Optimist hat er immer schon zukünftige Einnahmen großzügig mit eingerechnet. Wie dem auch sei, von Helen können die Entführer also nicht erfahren haben, dass er angeblich eine Million besitzt – es sei denn, sie hat wieder mal übertrieben. Harry weiß, dass sie mit Zahlen nicht viel anfangen kann, die für sie eher eine emotionale Größe darstellen als faktische Summen.

Er hört Schritte draußen vor der Tür und eine Stimme, die sagt: »Setz deine Augenbinde auf und hock dich hin.«

Harry stutzt.

Das ist nicht der Typ, der sonst immer kommt, der Latino. Das ist ein Deutscher. Harry richtet sich benommen auf. »Moment.«

Es dauert eine Weile, bis er sich das Tuch mit schlappen Fingern umgebunden hat und in der Mitte des Raumes kniet. Er hört, wie die Tür geöffnet wird. Dann kommt jemand rein und sagt: »Okay, Alter, heute ist Zahltag. Sind wir cool damit?«

Nein, denkt Harry, *sind wir nicht.* Er hört, wie ein Blecheimer auf den Boden gestellt wird. »Ich habe doch schon gesagt, dass ihr auf den Falschen setzt. Ich habe keine Million, und außerdem bin ich im Hungerstreik.«

»Was laberst du da?«

Harry wundert sich. Hatte das der andere, der Latino, seinen Leuten nicht gesteckt?

»Ihr könnt mich mal«, sagt er. »Wenn ich hier verhungert bin, seht ihr keinen Cent.«

Statt einer Antwort hört Harry, wie die Pritsche mitten in den Raum gezogen wird. Dann packt der Typ ihn an den Schultern, zerrt ihn hoch und schmeißt ihn mit dem Rücken auf das Bett.

»Hey, scheiße, was soll das?!«

Die Hände werden ihm auf den Bauch gefesselt, vermutlich mit Kabelbindern, die tief in das Fleisch schneiden. Dann packt der Typ ihn an den Schultern und zieht ihn nach hinten, bis der Kopf über der Bettkante hängt. Er wickelt ihm ein Seil um die Füße und den Körper und zieht es fest, sodass Harry sich nicht mehr bewegen kann. Er hört den Atem des Mannes und spürt, dass er wütend ist.

»Hey, was soll der Scheiß, was habt ihr vor?«

Harry hört das Wasser plätschern, dann wird ihm ein nasses Tuch auf das Gesicht gelegt, und er hat Mühe zu atmen. Sein Herz rast, Panik steigt auf. Harry wirft seinen Kopf hin und her, doch dann spürt er links und rechts harte Knie an den Schläfen und kann sich nicht mehr bewegen.

»Nein, bitte … hör auf!«

Wasser wird auf das Tuch gegossen. Es ist kalt und dringt durch das Gewebe in seinen Mund und läuft ihm in die Nase. Harry versucht zu schreien, aber wenn er dann nach Luft schnappt, läuft ihm noch mehr Wasser rein. Er hat das Gefühl zu ertrinken, und dann erst dämmert ihm, was hier abgeht. Das Arschloch unterzieht ihn einem Waterboarding, wie es die Amis im Irak und in Guantanamo gemacht haben.

Uwe hat Harrys Kopf wie in einem Schraubstock zwischen den Knien und gießt Wasser aus seinem Eimer auf das Tuch. Spaß macht ihm das nicht, aber was soll er tun? Sich von diesem arroganten Sack hier am Ring durch die Manege ziehen lassen wie Luis, der Lutscher?

Nicht mit ihm.

Gestern Abend, als er mit Kottke und den Jungs beim Bier zusammensaß, hat er dem blöden Ecki den Perso geklaut und ist damit gleich heute Morgen zur Bank, um ein Konto zu eröffnen, unter Eckis Namen. Wenn die Bullen der Sache dann irgendwann nachgehen, werden sie nur auf Ecki stoßen und auf ein leeres Konto, auf dem zwischenzeitlich eine süße Million lag, bevor sie abgehoben wurde. Die Frau am Bankschalter hat ihn komisch angeschaut, denn das Foto auf dem Perso sah ihm bestenfalls vage ähnlich. Uwe hat gegrinst und gesagt: »Wir werden alle nicht schöner.« Damit war die Sache erledigt.

Harry gurgelt und hustet, seine Füße zucken unkontrolliert hin und her, als säße er auf dem elektrischen Stuhl. Uwe gießt den Rest aus seinem Zehn-Liter-Eimer nach. Wasser plätschert auf das Tuch, über seine Hose und den Boden, Harrys Bewegungen erschlaffen.

Shit!

Hat er übertrieben?

Er reißt Harry das nasse Tuch vom Kopf, der leblos über der Bettkante baumelt. Gut, dass er die ganzen Waterboarding-Videos im Internet genau studiert hat, also weiß er, was zu tun ist. Er löst das Seil, packt Harry unter den Achseln und richtet ihn auf. Wasser, Speichel und Rotz laufen aus Harry raus, der Kopf hängt auf der Brust, und dann regen sich die ersten Lebensgeister. Er kotzt weiße, klare Galle und hustet, bis es ihn schier zerreißt. Als sich die Spasmen lösen, lässt Uwe ihn zurück auf die Pritsche gleiten. Harry dreht sich mit den gefesselten Händen vor dem Bauch zur Seite, die schwarze Binde verrutscht, noch halb drüben auf der anderen Seite, deren Schrecken er erspäht hat. Uwe zieht ein Springmesser aus der Tasche, schnappt es auf und schneidet die Kabelbinder durch. Dann zieht er Harry das Tuch wieder ganz über die Augen und sagt: »Alter, ich hoffe, das tust du uns beiden nicht noch mal an.«

Harry sagt nichts.

Uwe zieht sein Handy aus der Tasche und öffnet den Webbrowser. »Pass auf«, sagt er. »Wenn du gleich die Binde abnimmst, siehst du ein Handy. Du loggst dich bei deiner Bank ein und überweist auf das Konto, das ich dir hinterlegt habe, okay?«

Harry sagt nichts.

Uwe legt das Handy neben Harry auf das Bett und tritt hinter ihn. »Kann losgehen. Und wenn du dich umdrehst, gehen wir noch mal Wakeboard fahren.«

Harry richtet sich benommen auf und schiebt die Binde hoch zum Haaransatz. Mit zitternden Fingern nimmt er das Handy und loggt sich in sein Bankkonto der Cargo Direct auf den Bermudas ein. Die Website baut sich auf. Harry tippt sein Passwort, ein Balance Sheet poppt auf.

Kontostand: null.

Was?!

Harry starrt auf das Display und braucht einen Moment, um zu verstehen, was er da sieht. Jemand hat die 23 000 Dollar gestern abgebucht. Uwe beugt sich neugierig vor, sieht die schwarze Null und sagt: »Willst du mich verarschen?«

Bosman ist zweimal an Trautweins Haus vorbeigefahren, bis er es unter den Bäumen gefunden hat, die an der Straße und im Garten stehen. Er war vorhin bei Helen, um Erkundigungen über den Yogalehrer einzuziehen. Seinen Verdacht erwähnte er nicht, weil er die Pferde nicht scheu machen wollte. Er ging mit Helen noch mal alles durch, was sie ermittelt hatten, von den Videos am Flughafen bis zur abgefackelten Robben-&-Wientjes-Filiale, während er Fragen einstreute und den Antworten entnahm, dass Luis sich angelegentlich um Helen kümmert in diesen schwierigen Zeiten, ein guter Hausfreund, der da ist, wenn man ihn braucht.

Soso, dachte Bosman, ließ sich die Adresse geben und fuhr los.

Er steigt aus seinem Wagen, geht auf das Gartentor zu und schaut sich um. Eine ruhige Wohngegend, hässliche Einfamilienhäuser aus den Sechziger- und Siebzigerjahren. Hier will man nicht tot über dem Zaun hängen.

Uwe kommt die Kellertreppe hoch, auf hundertachtzig wegen der Pleite mit Harry, als es an der Tür schellt. Er zuckt zusammen, linst dann um die Ecke in die Diele und sieht den Umriss eines Mannes durch das krisselige Türglas. Der Mann wendet sich ab und geht ein paar Schritte am Haus entlang. Dann sieht Uwe durchs Fenster, wie er mit der Hand die Stirn beschattet und in die Küche schaut. Er schleicht weiter um das Haus herum. Gut, dass Uwe die Terrassentür zugemacht hat, bevor er zu Harry in den Keller gestiegen ist. Er geht zurück in die Diele und schaut vorsichtig in das Wohnzimmer, wo der Typ jetzt auf der anderen Seite der Glasfront steht und gegen den Türöffner drückt. Er lugt rein, geht zum Pool und schaut sich um. Sein Blick fällt auf den Tisch unter der

Markise mit den ganzen leeren Bierpullen und Aschenbechern. Dann verschwindet er aus Uwes Sichtfeld.

Wer ist das? Ein Bulle?

Uwe hört, wie das Garagentor aufgezogen wird, und erschrickt. Es gibt eine Verbindungstür von der Garage in den Hauswirtschaftsraum, und er hat keine Ahnung, ob Bobo sie abgeschlossen hat, als er vorhin mit Luis in den Daimler gestiegen ist, um einkaufen zu fahren.

Uwe hört, wie der Typ sich an der Tür zu schaffen macht, drückt sich seitlich an die Wand und zieht seine Pistole, während er überlegt, ob er den Kerl mit dem Knauf niederschlagen oder gleich über den Haufen ballern soll.

Die Griff dreht sich, doch die Tür bleibt verschlossen.

Schwein gehabt!

Die Schritte entfernen sich, das Tor wird wieder zugezogen. Uwe atmet langsam aus. Erst jetzt merkt er, dass ihm der Schweiß von der Stirn läuft und das T-Shirt nass am Rücken klebt.

Eine halbe Stunde später kommen Luis und Bobo mit diversen Tüten und einer Kiste Bier vom Supermarkt zurück, und Uwe erzählt ihnen, dass sie Besuch hatten, dass ein Typ rumgeschnüffelt hat und mit Sicherheit wiederkommen wird.

Hier sind sie nicht mehr sicher.

35

Nachdem Bosman Trautweins Grundstück inspiziert und das Haus verschlossen vorgefunden hatte, war er noch ein wenig in der Gegend rumgelaufen und sprach mit den Nachbarn. Wendland, der alte Mann, der mit seiner demenzkranken Frau direkt neben Trautwein wohnt, erzählte ihm, dass die Leute da ständig Party machen und er sogar schon die Polizei wegen Ruhestörung einschalten musste. Das passte zu den leeren Flaschen und Aschenbechern, die ihm auf dem Gartentisch und im Wohnzimmer gleich ins Auge fielen, als er durch die Scheibe reinschaute. Einen Kastenwagen von Robben & Wientjes hatte Wendland nicht gesehen, aber einen alten Daimler, mit dem sie manchmal rumfahren, der Latino und der Hooligan mit der Camouflage-Hose und Glatze, der ihn bedroht hatte, als er anfing, mitten in der Mittagsruhe die Hecke mit der Motorsäge zu schneiden. Mal ganz abgesehen davon, dass eine Motorsäge nicht das geeignete Werkzeug ist, um Hecken zu schneiden. Und der Dritte im Bunde ist ein Farbiger. Bosman hatte aufgehorcht. Drei Entführer, das hatte auch Lucke gesagt, der Zeuge vom Flughafen.

Es war schon später Nachmittag, als er zurück in das Präsidium kam. Zu spät für einen Durchsuchungsbeschluss. Emrah erkundigte sich nach dem Stand der Ermittlungen gegen Arslan Aziz, und Nina schaute ihn komisch an, als er lapidar sagte, sie wären dran.

»Was ist mit Rüdiger?«, wollte sie wissen, und er konnte ihr schlecht sagen, dass er bis auf Weiteres davon absehen muss, ihn unter Druck zu setzen, weil er sonst seinen Job an den Nagel hängen kann und in den Bau wandert.

Dann fuhr er los in den Anker, um Schuster dort zu treffen, der schon zwei Pils früher da gewesen war und aus den Bierdeckeln auf seinem Tisch ein Kartenhaus gebaut hatte. Als Bosman sich zu ihm setzte, sagte Schuster: »Ich weiß, wie wir aus der Nummer mit Arslan wieder rauskommen.«

»Ach ja?«

»Wir schieben ihm den Mord an Skinny in die Schuhe.«

Er zog den unteren Bierdeckel aus seinem Kartenhaus, sodass der ganze Turm in sich zusammenfiel. »Wir brauchen eine wasserdichte Ermittlungsakte, die ihn in den Knast bringt, wenn wir sie der Staatsanwaltschaft durchreichen. Wenn er uns wegen der Sache im Dreamland hinhängt, wandert er ab. *Bang*, Gleichgewicht des Schreckens, wir neutralisieren uns gegenseitig.«

Bosman schaute ihn an und dachte an Britta. Wofür war er angetreten? Um Beweise zu manipulieren, die einen Unschuldigen in den Knast bringen konnten? Allerdings war Aziz alles andere als unschuldig. Er hatte angefangen und ihnen die Pistole auf die Brust gesetzt. Was sollten sie machen? Warten, bis er abdrückt?

»Okay«, sagte er. »Tun wir's.«

Das war gestern.

Heute Morgen lacht die Sonne über Berlin. Bosman und Schuster sitzen im BMW vor Trautweins Haus, hinter ihnen eine Wanne, aus der zehn Polizisten aussteigen, die mit ihrer vollen Kampfausrüstung so aussehen, als zögen sie in den Krieg gegen die Taliban. Zusammen mit Bosman und Schuster, die nun ebenfalls aussteigen. Einer schleppt die fette Ramme. Doch die wird gar nicht benötigt. Bosman klingelt, und nach einer Weile öffnet Luis. Er trägt Boxershorts und ein verwaschenes T-Shirt, Augen wie Pisslöcher im Schnee.

»Ähm …?«

»*Buenos dias*«, sagt Bosman. »Was dagegen, wenn wir uns mal ein bisschen umschauen?«

Luis pliert ihn alarmiert an. »*Que pasa, hombre*?«

»Ich glaube, wir sollten mal über Harry reden.«

»Harry? Was für ein Harry?«

»Der Ehemann von der Frau, die du fickst.«

»*Mira*, das ist ein Missverständnis.«

Klar.

Die Beamten strömen ins Haus. Schuster übernimmt oben, Bosman geht in den Keller. Schaltet das ölige Deckenlicht an, Kabel und Rohre an der Wand, links ein Stauraum mit verstaubten Möbeln, einer Matratze, Koffern, Schlittschuhen und anderem alten Plunder. Gegenüber eine Stahltür, in die ein Loch gebohrt wurde.

Bosman öffnet die Tür.

Regale mit Marmelade und anderen Vorräten. Zwei alte Fahrräder lehnen an der Wand unterhalb des Kellerfensters, durch das helles Licht hineinscheint. Nichts deutet darauf hin, dass hier jemand gefangen gehalten wurde. Doch dann fällt Bosman auf, dass der Boden blitzblank ist. Seltsam, da alles andere hier voller Spinnweben hängt.

Er geht hoch ins Wohnzimmer, wo er Schuster trifft. Er steht neben Luis, der sich wortreich beschwert.

Bosman schaut Luis an und fragt: »Wo ist er?«

»*Oie, cabrón*, ich weiß nicht, wo Harry ist. Ich habe ihn seit Jahren nicht gesehen.«

»Aber seine Frau.«

Luis stöhnt auf. »*Mira*, das ist nicht verboten. Ich habe nichts getan. Ich mache mir selber Sorgen, Mann. Helen ist völlig fertig, meinst du, das lässt mich kalt?«

»Ja.«

Der Einsatzleiter sieht zu Bosman rüber und sagt: »Die KTU ist gleich da.«

Luis' Blick pendelt erschrocken zwischen den beiden hin und her.

»KTU?«

»Ja«, sagt Bosman. »Ich denke mal, sie finden Spuren von Harry, vermutlich im Keller.«

Luis wird blass.

»Wer sind die anderen beiden?«

»Welche anderen beiden?«

»Mann, Luis, nur weil du einen Riesenschwanz hast, musst du nicht denken, alle anderen sind blöd. Ihr habt Harry zu dritt am Flughafen entführt, einer hat eine Glatze und sieht aus wie ein Hooligan, und der andere ist aus Afrika.«

»Gibt es irgendwelche Beweise?«

»Ja.«

Luis zögert, dann sagt er: »*Oie*, bevor ich die nicht gesehen habe, sage ich gar nichts. Und wenn es welche geben würde, hätte ich längst Handschellen an. Also, jetzt kapiert endlich, dass ihr hier den Falschen prügelt.«

»Das wird sich zeigen«, sagt Bosman und hält ihm die offene Hand hin.

»Was?«

»Die Wohnungsschlüssel. Das Haus wird so lange versiegelt, wie die Spurensicherung braucht.«

»Wie? Ihr schmeißt mich raus? Und wo soll ich jetzt wohnen?«

»Da bist du nicht der Einzige in der Stadt, der sich diese Frage stellt«, sagt Bosman. »Aber du kannst es ja mal bei Helen versuchen.«

Arslan steht mit Baba und Mama in Tariks Krankenzimmer und schaut auf seinen Bruder herab, der bandagiert wie eine Mumie vor ihm liegt. *Mann*, denkt er für einen Moment, *warum hat der Typ nicht einfach ein bisschen fester zugeschlagen?* Das hätte ihm eine Menge Ärger erspart.

Tariks Verhaftung und die Umstände haben für großen Zorn in der Familie gesorgt. Rufe nach Rache wurden laut. Baba hat seine Leute losgeschickt, um rauszufinden, wer seinen Sohn so zugerichtet hat. Mit einem Mal war keine Rede mehr davon, was für ein Vollidiot Tarik ist, der sich das selber zuzuschreiben hat und nichts als Unglück über sie alle bringt. Jetzt gelten wieder die ehernen Gesetze vormoderner Clangesellschaften. Wir gegen den Rest der Welt. Gegen die hinterhältigen Bullen, gegen die man sich verteidigen muss. Gegen die ungerechte Nazi-Justiz, die uns als Ausländer diskriminiert. Gegen die Deutschen, die uns immer nur zurückgestoßen haben, während wir ein ums andere Mal die Hand reichten. Und so weiter.

Arslan kann es nicht mehr hören, dieses ganze vorsintflutliche Gebrabbel. Aber er muss mitspielen. Er weiß, die Familie erwartet, dass er entschlossene Maßnahmen ergreift, um seinen Bruder rauszuhauen und das Verbrechen gegen ihn zu sühnen. Er muss liefern, sonst hat er verschissen und verliert seine Autorität und seinen Respekt. Einer, der nicht mal seine eigene Familie schützen kann. Momo, der ihn besser kennt als jeder andere und dessen Meinung er respektiert, hatte ihn erst gestern ermahnt. »Er ist dein Bruder. Vergiss das nie.«

Deutlicher hätte er nicht werden können.

Jetzt chauffiert er ihn schweigend den Ku'damm entlang und hält auf der Busspur vor der Kanzlei. Laurenz empfängt ihn in seinem Büro und schließt die Tür hinter sich. Er ist verärgert. »Ich habe dich gewarnt.«

Arslan sagt: »Ich will, dass du Tariks Verteidigung übernimmst.«

»Das hatte ich befürchtet. Setz dich.«

Sie nehmen auf den beiden Designersesseln in der Sitzecke Platz.

»Er ist geliefert«, sagt Laurenz. »Die Polizei hat zwei Augenzeugen. Ich kann bei seinem Vorstrafenregister vielleicht zehn Jahre rausholen, wenn wir das als Affekttat verkaufen und der Richter mitzieht. Dann wäre er nach sechs bis sieben Jahren draußen, falls er nicht das Gefängnis anzündet.«

»Ich will, dass es gar nicht erst zu einem Prozess kommt. Dass Tarik aus der U-Haft entlassen wird, und zwar mit einem *sauberen* Namen, hörst du?«

»Ich höre, aber ich verstehe nicht.«

»O doch«, sagt Arslan und beugt sich ein Stück vor. »Du verstehst sehr wohl. Du übernimmst das Mandat und bekommst Einsicht in die Akten, hast das Recht zu wissen, wer die Zeugen sind, die die Bullen auffahren.«

»Ja, das ist so üblich«, sagt Laurenz ausweichend.

»Dann kümmere dich darum.«

Laurenz schiebt seine Zungenspitze in die Backe und schaut rüber zur Tür. »Arslan, wir arbeiten jetzt seit fast zehn Jahren zusammen. Ich habe euch immer geholfen ...«

»Und wurdest gut bezahlt.«

»... aber ganz ehrlich, Tarik gehört in den Knast, und wenn du mich fragst, für immer.«

Arslan steht auf, lächelt und sagt: »Ich will Namen.«

Bosman sitzt im Café Atlantic in der Bergmannstraße an einem wackeligen Tisch und schaut zu Denise rüber, die hinter dem Tresen steht und Biere zapft, für die Touristen und die Stammis, die schon 1980 hier waren und noch immer hier sind. Er hat sie sofort wiedererkannt, an ihrer Art und dem Skorpion-Tattoo an ihrem Hals, das ihm gleich aufgefallen war, als sie damals zusammen mit ihrer Freundin Yvette ihre Aussage gegen Tarik Aziz gemacht hatte. Als Denise an seinen Tisch kommt, um die Bestellung aufzunehmen, stutzt sie einen Moment.

Dann sagt sie: »Hi.«

»Hi«, sagt Bosman. »Wir müssen reden.«

Er erzählt ihr, dass sie Tarik Aziz verhaftet haben und der Prozess gegen ihn vorbereitet wird. Denise weicht seinem Blick aus, und Bosman ahnt, dass sie die ganze Sache am liebsten vergessen würde.

»Ihr beide, du und Yvette, seid unsere wichtigsten Zeuginnen. Ihr habt gesehen, was passiert ist.«

Denise presst die Lippen aufeinander.

»Mir ist klar, was das für euch bedeutet«, sagt Bosman. »Das kannst du mir glauben, und du kannst auf mich zählen.«

»Wie meinen Sie das?«

Bosman räuspert sich. Er kommt zum heiklen Teil des Gesprächs. »Es ist nicht auszuschließen, dass Aziz versuchen wird, euch einzuschüchtern, damit ihr eure Aussage zurückzieht.«

Sie gehen raus vor das Café auf den Bürgersteig. Denise klaubt eine zerknitterte Packung Zigaretten aus der vorderen Tasche ihrer Jeans und steckt sich nervös eine an. Sie bläst den Rauch aus und schaut zu Bosman. »Ganz ehrlich? Das ist schon 'ne Weile her, und ich erinnere mich überhaupt nicht mehr so richtig.«

»Das ist kein Problem, wir haben ja euer Protokoll.«

»Sorry, aber ich lege mich nicht mit einem scheiß Araber-Clan an, wenn Sie mir hier erzählen, dass die mich fertigmachen wollen.«

»Das habe ich nicht gesagt. Ich habe gesagt, wir können es nicht ausschließen.«

»Super.«

»Ich brauche euch«, sagt Bosman und bereut den moralischen Druck, den er aufbaut. Aber was soll er tun? Klar, dass sie Bammel hat, hätte er auch. Riskiert hier Kopf und Kragen, und wofür? Für die Gerechtigkeit? Bringt auch nicht viel, wenn einem die Fresse eingehauen wird und man dann ganz alleine dasteht, vielleicht noch die Adresse von einem Trauma-Therapeuten zugesteckt bekommt, und das war's dann.

»Wir können euch schützen«, sagt er.

Denise schaut ihn spöttisch an. »Soll ich jeden Tag mit 'nem Bullen an der Seite rumrennen?«

»Nein, wir bringen euch in ein sicheres Haus.«

»Wow, das klingt ja wie Hollywood.«

»Plus zweihundert Euro Tagesgeld pro Nase.«

Denise wird hellhörig.

»Wohnen, essen, trinken, WLAN, Netflix, alles, was ihr braucht.«

Denise denkt nach. »Wie lang wäre das denn?«

»Der ganze Prozess?«

Der kann sich monatelang hinziehen, und dann wird's teuer. Von den mehreren Tausend würde die Justizkasse vielleicht zwanzig Euro Tagessatz bewilligen. Der Rest muss aus dem Tresor bezahlt werden, in dem die Barmittel in letzter Zeit bedenklich zusammengeschmolzen sind. Sie müssen dringend auffrischen, zur Not einen Teil ihrer beschlagnahmten Drogen auf den Markt werfen. Das ist zwar heikel, dient aber einer guten Sache, denn es ist Bosman klar, wenn er den Mädels kein attraktives Angebot macht, springen die ab.

»Mit der Kohle verschwindet ihr dann nach dem Prozess für eine Weile nach Ibiza, bis Gras über die Sache gewachsen ist.«

»Was heißt ›Gras über die Sache gewachsen‹? Was ist, wenn die mich auf der Straße erkennen oder meine Adresse rauskriegen?«

»Eben«, sagt Bosman. »Das ist der Punkt. Solange die Hauptverhandlung läuft, seid ihr in Gefahr. Wenn es vorbei ist, haben sie keinen Grund mehr, euch einzuschüchtern.«

»Aber umzulegen.«

»Nein«, sagt Bosman. »So bescheuert sind die nicht. Damit riskieren sie, in den Knast zu kommen, weil klar sein würde, wer euch umgelegt hat. Sie wollen verhindern, dass Tarik verurteilt wird. Danach ist es vorbei.«

Als er wieder in seinem Wagen sitzt und zum Adana Grill fährt, wo er Schuster zum Mittagessen treffen will, überlegt er, ob er selber glaubt, was er Denise da gerade erzählt hat.

Er hofft es.

Schuster sitzt am Tisch und redet mit Erol, als Bosman reinkommt.

»Und? Wie ist es gelaufen?«

»Ganz gut«, sagt Bosman, begrüßt Erol, schlägt mit Schuster ab und zieht sich einen Stuhl rüber. »Nachdem ich ein Angebot gemacht habe.«

»Wie viel?«

»11 000 im Monat.«

Schuster pfeift durch die Zähne. »Das ist ein Haufen Holz.«

»Sie riskieren ihren Arsch. Wir müssen Zeugenschutz für sie beantragen. Was nimmst du?«

»Kebab-Teller«, sagt Schuster, und Bosman wusste es schon vorher. Schuster ist Gewohnheitstier und bestellt in den verschiedenen Lokalen, die er regelmäßig aufsucht, immer dasselbe.

»Ich habe mit Hamedi geredet«, sagt Schuster. »Er wäre bereit auszusagen, dass Arslan mit Skinny in dem Zimmer verschwunden ist, wenn wir ihm im Gegenzug seinen Asylstatus klarmachen.«

»Sind wir das BAMF, oder was?«

»Nein, aber du weißt ja, wie diese Typen ticken. Die gehen doch immer davon aus, dass man was drehen kann.«

»Lass uns mit Bäumler drüber reden. Vielleicht kriegen wir für ihn einen Kronzeugendeal hin. Sonst alles okay?«

»Ja«, sagt Schuster und erzählt, dass er von Schmitt einen Aufschiebestopp bekommen und Hamedi gleich vom Kirchheimer

Damm abgeholt und bei sich am Columbiadamm einquartiert hat. »Er wäre auch bereit auszusagen, dass Arslan schwul ist und regelmäßig im Tiergarten war.«

»Das ist die Aussage eines Strichers, der alles tut, um der Abschiebung zu entgehen.«

»Ich zeig dir mal was«, sagt Schuster, holt sein Handy raus und lädt ein Foto hoch. Bosman glaubt es nicht: Arslan, der einen Jungen in einem Gebüsch von hinten nimmt. Ziemlich unscharf, aber das Gesicht ist gut zu erkennen.

»Wo hast du das denn her?«

Schuster grinst: »Photoshop.«

»Das kriegen die Experten doch raus.«

»Nicht, wenn wir Experten dransetzen.«

Luis geht die Flatter.

Seit die Bullen da waren, ist er wie aufgespult, rechnet jeden Moment damit, dass es an der Tür klingelt und ein Sondereinsatzkommando reinstürmt. Mann, das war wirklich fünf vor zwölf, als sie Harry verlegt und den Keller die ganze Nacht lang geschrubbt haben. Ihm brennen immer noch die Flossen von dem Scheuermittel mit dem doppelten Totenkopf drauf, und das trotz der Handschuhe, die sie zusammen mit der Schlafpritsche, dem Pisseimer und dem anderen Müll zur Berliner Stadtreinigung brachten, um keine Spuren zu hinterlassen. Danach war er fix und fertig, und als er die Augen aufschlug, standen auch schon die Bullen vor der Tür.

Und jetzt hockt er auf Uwes IKEA-Sofa, zusammen mit Bobo, Uwe und Jeanette, die die Füße unter den Arsch gezogen hat. Erst dachte er, das gelb-blau geschwollene Auge hätte Uwe ihr verpasst, aber dann erzählte der ihm, was Sache war, und dass er den Kanaken und seinen Kumpel so zusammengedroschen hat, dass der nie wieder eine weiße Frau belästigen wird.

Jeanette war stinkesauer, als sie Harry letzte Nacht hier reinschleppten. Doch Uwe sagte, das sei nur für eine Übergangszeit, bis sie ein neues Versteck gefunden hätten.

»Übergangszeit?«, keifte Jeanette. »Soll ich so lange auf dem Sofa pennen?«

Denn Harry hockt drüben im Schlafzimmer auf dem Boden, an die Heizungsrohre gefesselt und mit einem Knebel im Mund. Luis hat im letzten Moment verhindern können, dass Uwe ihn mit Textilband zum Schweigen brachte. Harry hat mittlerweile einen fusseligen Bart, und zumindest das Brazilian Waxing wollte er ihm ersparen. Es war ihm überhaupt nicht recht gewesen, Harry zu Uwe zu bringen, wo sie nun mit Jeanette einen neuen Mitwisser und damit ein neues Risiko an Bord haben, doch Bodos Bude fiel aus. Da war noch nicht mal die Tür repariert, die Bosman eingetreten hatte, und Uwe sagte, Jeanette wisse ohnehin über alles Bescheid. Er habe keine Geheimnisse vor ihr.

Und was sagt Bobo, dieser Penner?

Nichts.

Scheint sein Spatzenhirn an Uwe ausgeliehen zu haben, hat nichts anderes zu tun, als die ganze Zeit seinen scheiß Bong anzufeuern und an Uwe weiterzureichen, seinen neuen Buddy. Luis angelt nach dem Gerät. Nur weg von hier, weg von diesen Honks, von Harry, von Helen, von den Bullen. Er sehnt sich nach einem Abflug, zündet die Mischung auf dem Schillum mit seinem Feuerzeug an und blubbert den immer dunkler werdenden Rauch tief in die Lungen, während das Dope rot aufglimmt und knistert wie Strohfeuer.

Bang!

Er lehnt sich zurück und atmet lange aus. Alles wird langsamer und schwerer, und eine tiefe Ruhe flutet den Körper mit Glückshormonen. Er denkt an Helen und kriegt einen Ständer.

Doch damit ist es erst mal vorbei.

Er war nach dem Rauswurf aus Trautweins-Haus tatsächlich bei ihr gewesen, alleine schon, um sich nach dem Desaster auf den neuesten Stand zu bringen. Als Helen ihm die Tür öffnete, sagte sie als Erstes: »Du traust dich noch, hier aufzukreuzen?«

»*Mira*«, sagte Luis, aber Helen fuhr gleich dazwischen.

»Nichts *mira*, Luis, ich bin entsetzt, ich bin fassungslos.«

Es dauerte eine Weile, bis er sie beruhigen konnte und seine Beteuerungen, nichts mit Harrys Entführung zu tun zu haben, nicht mehr ganz ins Reich der Lüge verbannt wurden.

»Haben sie was bei der Durchsuchung des Hauses gefunden?« fragte er. »Nein, also.«

»Und warum haben sie dich dann rausgeschmissen?«

»Weil sie sauer sind, denn sie müssen einsehen, dass ich nichts damit zu tun habe, *entiende*? Und das drücken die mir rein.«

Helen sah ihn an wie noch nie zuvor und sagte: »Luis, wenn sich rausstellt, dass du lügst, dann schneid ich dir die Eier ab und schmeiße sie in die Mülltonne.«

Daran zweifelte er nicht.

Jetzt hört er, wie Uwe sagt: »Wir ändern unsere Strategie.«

Und Bobo: »Was für eine Strategie?«

Luis setzt sich auf und glotzt rüber zu den beiden. Was labern die da? Uwe dreht sich zu ihm und sagt: »Dein Plan war von Anfang an scheiße.«

»*Qué pasa*?«

»Scheiße, sag ich. Wir haben nur Zeit vertrödelt. Harrys Konto auf den Bermudas ist leer, da liegt nicht ein einziger scheiß Dollar.«

»Ähm …« Das muss Luis erst mal verarbeiten, was einen Moment dauert, weil das Dope seine Synapsen verstopft. »Was redest du da?«

»Ich hab's gesehen«, sagt Uwe und macht sich ein neues Bier auf.

»Wo hast du was gesehen?«

»Ich habe mit Harry geredet.«

Luis fühlt, wie ihm die Welt entgleitet. »Du hast mit ihm geredet? Und er hat dir sein Konto gezeigt?«

»Genau so ist es.«

Luis hört, wie eine innere Stimme ihm durch den Nebel zuruft: *Er wollte dich abzocken, wie du ihn abzocken willst.* Aber wieso liegt da keine Million? Hatte Helen ihn verarscht und mit Harry nur angegeben?

Fuck!

Uwe sagt: »Wir gehen zu einer klassischen Entführung über. Wir fordern eine Million von seiner Frau, und wenn sie nicht zahlt, schneiden wir ihm ein Ohr ab und schicken es ihr. Wenn sie immer noch nicht zahlt, ist das linke Ohr dran und so weiter, am Schluss dann der Schwanz.«

Er zündet sich zufrieden eine Kippe an.

Luis glaubt es nicht. »Was? Wenn Harry pleite ist, wie soll sie dann eine Million auftreiben?«

»Das ist ja das Schöne an dem Plan«, sagt Uwe. »Darüber müssen *wir* uns keine Gedanken machen.«

Jeanette kann nicht schlafen. Uwe liegt neben ihr auf dem Rücken und schnarcht. Sein Tattoo auf der Brust glänzt im Mondlicht, das durch die Vorhänge ins Schlafzimmer scheint. Sie haut ihm ihren Ellbogen in die Seite. Uwe röchelt und grunzt irgendwas, dann dreht er sich um und rasselt weiter. Den kriegt sie nicht mehr wach, so viel wie er gesoffen und geraucht hat.

Nebenan wimmert Harry.

Sie dreht sich mit offenen Augen auf den Rücken und denkt noch einmal an das, was die letzten Stunden hier abgegangen ist. Um zehn hatte sie mit Mandy telefoniert, und als sie sich gegen elf die Zähne putzte, rief Uwe an und sagte: »Reg dich nicht auf,

Schatz, wir kommen in einer halben Stunde mit einer Million durch die Tür spaziert.« Dass die Million aussah wie ein halb verhungerter Mann, der die besten Jahre hinter sich hatte, ließ Uwe unerwähnt.

Jeanette schlägt die Decke zurück, steht auf und geht ins Wohnzimmer, wo Harry gefesselt auf dem Sofa liegt, Augenbinde um den Kopf und mit einem Fahrradschloss an den TV-Tisch gekettet. Den würde er auf der Flucht wohl mitnehmen müssen. Doch an Flucht ist nicht zu denken, das sieht Jeanette sofort. Harrys Brust hebt und senkt sich in heftigen Spasmen. Er japst nach Luft und hat Schweiß auf der Stirn.

Scheiße, hoffentlich kratzt er nicht ab!

Jeanette kniet sich neben ihn, befreit ihn von seinem Knebel und hält ihm die Wasserflasche an den Mund, die neben dem Sofa steht. Harry trinkt gierig, die Hälfte läuft ihm über das weit geöffnete Hemd. Sie sieht Harrys mageres Schlüsselbein bleich und verletzlich im Nachtlicht schimmern, seine trockene faltige Haut am Hals. »Sag mal, geben die dir nicht genug zu essen?«

Harry hustet los. »Weißt du, was die mit mir machen? Das ist Folter, sie hungern mich aus, sie waterboarden mich wie die scheiß Amis in Guantanamo, sie ...«

Er bricht ab, röchelt und hustet.

Jeanette ist erschrocken und klopft ihm auf den Rücken, bis die Zuckungen aufhören. Davon hat Uwe nichts gesagt, und die beiden anderen auch nicht. Sie geht in die Küche und reibt einen Apfel, zerbröselt etwas Zwieback und verrührt beides mit der Gabel zu einem Brei. Sie setzt Teewasser auf und kommt zurück zu Harry ins Wohnzimmer, wo sie ihn füttert, weil seine Hände mit Kabelbindern gefesselt sind. Harry mümmelt ewig auf jedem Bissen rum, bevor er ihn vorsichtig runterschluckt und sagt: »Was haben die mit mir vor?«

»Sie wollen Lösegeld.«

»Ich habe kein Lösegeld«, sagt Harry matt.

»Das ist schlecht«, sagt Jeanette. »Ich glaube, dann wollen sie dir ein Ohr abschneiden und deiner Frau schicken.«

Harry schreckt zusammen. »Und dann? Soll sie es verkaufen?«

Jeanette schweigt einen Moment. Sie vermutet, dass Entführungsopfer immer erst einmal sagen, dass sie keine Kohle haben, und sie versteht, dass man da ein bisschen Druck aufbauen muss. Aber das hier geht eindeutig zu weit. Einen Mann aushungern, foltern und ihm die Ohren abschneiden? Gleich morgen früh wird sie mit Uwe darüber sprechen. »Wieso glauben die, dass du reich bist?«

»Vermutlich denken sie, dass im Filmbusiness die Straßen mit Gold gepflastert sind.«

»Bist du Schauspieler?«

»Nein, nein … ich mache Filme, ich produziere sie.«

»Wow, kenne ich einen?«

»Weiß nicht, gehst du ins Kino?«

»Klar, was war denn dein letzter?«

»*Nighthawks.*«

»*Nighthawks*? Der mit Bruce Russo?«

»Ja, genau.«

»Cool! Den fand ich megageil«, sagt sie bewundernd.

»Das freut mich. Die Kritik war ja eher durchwachsen.«

»Lese ich eh nicht.«

»Richtig so. Krieg ich noch 'nen Schluck Wasser?«

»Klar doch.«

Jeanette setzt ihm die Flasche wieder an der Mund. Sie liebt Splatter und Horrorfilme und war damals mit Mandy im Kino. War schon ordentlich krass, das Teil, wie Russo die Schlangen von innen aus den Augen gekrochen kamen.

»Wie habt ihr das mit den Schlangen gemacht? Das sah voll echt aus.«

»Am Computer, CGI. Ich hab da tatsächlich eine Menge investiert, aber leider war der Film ein Flop«, sagt Harry und erzählt ihr die Geschichte mit Bruce Russo und dem Drehstopp, weil er nach einer Überdosis in der Klapse war. So fing das ganze Unglück an, und als dann das Video rauskam, wo Russo dieser Nutte den Schwanz in den Mund steckt, war der Film tot. »Und ich hatte 200 000 Schulden.«

»Scheiße«, sagt Jeanette.

»Ja«, sagt Harry, »und jetzt erkläre mir mal, wie ich eine Million klarmachen soll. Das ist absurd, da könnt ihr mir noch so viel abschneiden.«

36

Frau Dr. Bäumler, die Polizeichefin, sitzt hinter ihrem Schreibtisch, auf dem sich Akten in allen Regenbogenfarben stapeln, und lässt ihre perfekt manikürten Fingerspitzen über die Tischplatte tanzen.

»Wie stellen Sie sich das vor? Soll ich beim BAMF anrufen und sagen, ich brauche Asyl für einen ausreisepflichtigen Afghanen?«

»Ja«, sagt Bosman. »Er ist Kronzeuge gegen Arslan Aziz. Aber er sagt nur aus, wenn wir ihm entgegenkommen.«

Bäumler funkelt ihn aus ihren rehbraunen Augen an. »Das haut die Verteidigung uns um die Ohren, wenn das rauskommt. Und außerdem würde mich mal interessieren, was der Kronzeuge denn nun genau gesehen hat, denn aus den Akten geht ja nichts hervor.«

»Hamedi stand bei der ersten Befragung noch unter Schock. Er hat erst bei einer zweiten Befragung Auskunft über Arslan gegeben.«

»Ich hoffe mal, die zweite Befragung hat nicht stattgefunden, *nachdem* Sie ihn aus der Abschiebehaft geholt haben.«

Bosman sagt: »Er hat gesehen, wie Arslan aus dem Zimmer kam, in dem Skinny getötet wurde.«

Bäumler lehnt sich in ihrem Sessel zurück. »Das ist neu, dass Arslan am Tatort war.«

»Wir werten die DNA-Spuren noch aus.«

»Sie ermitteln gegen ihn als Verdächtigen?«

Bosman lächelt. »Wir ermitteln in alle Richtungen.«

»Genau das wollte ich hören«, sagt Bäumler spöttisch. »Ich werde tun, was ich kann, aber versprechen kann ich nichts.«

»Klar.«

Er steht auf. Bäumler erhebt sich ebenfalls und fragt: »Wie geht es Ihrem verletzten Kollegen?«

»Nicht gut«, sagt Bosman. »Er hat nur noch ein Auge.«

Dann fährt er zum Flüchtlingsheim am Columbiadamm, wo er mit Hamedi redet.

»It's happening«, sagt er. »We are working on a solution with your asylum bid.«

»Okay«, sagt Hamedi. »What's next?«

»I need two or three of your pals to plant dirt on Arslan. Like he's fucking boys the rough way, you know what I mean?«

Hamedi schaut ihn aus seinen großen, dunklen Augen an und sagt: »You buy more witness?«

»How much would they want?«

»Depends«, sagt Hamedi. »Let me talk to some guys.«

Bosman kommt aus der düsteren Baracke raus in das helle Sommerlicht und muss die Augen einen Augenblick lang zusammenkneifen. Sein Handy vibriert in der Hosentasche. Als er auf das Display schaut, sieht er eine junge Lady in knappem Bikini und mit smaragdgrünen Augen, die zu ihrem Selfie geschrieben hat: *»Bin mit ein paar Leuten am See, lieben Gruß, N.«*

Schuster erwartet ihn an dem rostigen Hoftor, hinter dem sich die Backsteingebäude aus der Gründerzeit über mehrere Hinterhöfe zur Spree hin erstrecken. Sie gehen zusammen rein, dann im ersten Quergebäude rechts die breiten Industrietreppen hoch zu den

»Digital Dexter 3-D Animation Studios«, wie das Klingelschild verkündet.

Kalle steht mit einem Espresso am Empfangstresen, einem hüfthohen Designerboard mit zierlichen, schwarz mattierten Edelstahlbeinen, und führt sie in sein Büro, das vom Open Space seiner Mitarbeiter durch eine Glaspartition abgetrennt ist und mit Rollläden vor neugierigen Blicken geschützt werden kann. Kalle schuldet Schuster noch einen Gefallen, seit er ihn mit zehn Gramm Koks und auf die Straße urinierend erwischt und mit einem Tritt in den Hintern laufen gelassen hat.

Kalle startet seinen Computer und präsentiert zufrieden sein Showreel. Es fährt Bosman kalt den Rücken hoch, als er sieht, wie Arslan Aziz verschiedene Jünglinge in verschiedenen Stellungen brutal rannimmt.

Um so einen Deepfake anzufertigen, braucht man einen PC mit leistungsstarker Grafikkarte und eine Software, die man sich umsonst aus dem Netz saugt. Der Computer rechnet ein paar Tage, und dann hat man das gefälschte Bild, das überall eingesetzt werden kann.

So machen das die Laien.

Profis wie Kalle hingegen haben noch ganz andere Tools im Gepäck.

»Hier«, sagt er und deutet auf Arslans Kopf. »Er hat Licht auf seiner Stirn. Es kommt von vorne. Aber der Kopf des Jungen hier unter ihm liegt im Körperschatten, kriegt das Licht also von der anderen Seite.«

»Fuck«, sagt Schuster. »Und nun?«

»Müssen wir noch mal ran«, sagt Kalle. »Neu rendern. Und außerdem noch die Lichtfarbe und Intensität angleichen, die unterscheidet sich nämlich bei verschiedenen Quellen, aber ich wollte euch schon mal einen ersten Eindruck verschaffen.«

»Danke, Kalle«, sagt Schuster. »Gute Arbeit.«

»Das ist verdammt aufwendig. Es wäre schön, wenn ihr euch vielleicht auf ein oder zwei Bilder und Sequenzen einigen könnt, dann müssen wir hier unsere Rechner nicht bis an die Kernschmelze fahren.«

Bosman schaut ihn an. Ein schmächtiger Kerl mit wuscheligen Haaren Ende zwanzig, dem die Baggy Jeans am mageren Arsch schlabbert, Nike-Sneakers ohne Schnürsenkel, T-Shirt – die übliche Kreativuniform. Ist ihm eigentlich klar, dass er hier mit einem Fuß im Gefängnis steht, so wie sie alle? Dass sie bis zum Ellbogen in der Scheiße wühlen und im Begriff sind, das Widerwärtigste zu tun, was man sich vorstellen kann – einen Menschen zu zerstören? Aber dann denkt er, dass er sich schließlich nur verteidigt. Dass Arslan angegriffen und ihm jeden Ausweg abgeschnitten hat. Er hat gar keine andere Wahl, als schmutzig zu spielen. Außerdem sind diese Deepfakes hier ja auch gar nicht für die Veröffentlichung vorgesehen, genauso wenig wie Arslans Video, das sie beim Diebstahl im Dreamland zeigt. Das Gleichgewicht des Schreckens hat Europa über fünfundsiebzig Jahre lang den Frieden beschert, denn niemand hat sich getraut, die Bombe zuerst zu schmeißen, weil klar war, dass das nach hinten losgehen würde.

Arslan sitzt mit Momo auf der Terrasse des Tennisclubs und schaut rüber zu den Courts, wo Schmitt mit seinem Kumpel, Innensenator Baumgarten, ein paar entspannte Bälle schlägt. Arslan ist ein wenig angefressen. Laurenz hat ihn heute Morgen angerufen und gesagt, dass es nicht gut aussieht. Die Anklage gegen Tarik wird erhoben, Richter ist Carlo »Gnadenlos« Schmitt, der keine Gelegenheit auslässt, sich als Law-and-Order-Mann für den Posten des Innensenators zu empfehlen. Von ihm ist keine Milde zu erwarten.

Momo hat seine neue, schwarz verspiegelte Tom-Ford-Brille auf und sagt: »Wie kann es sein, dass du so anders bist als Tarik?

Ihr habt die gleiche Muttermilch getrunken, den gleichen Vater geliebt.«

»Keine Ahnung.«

In letzter Zeit hat Arslan oft darüber nachgedacht, aber keine Antwort gefunden. Tatsache ist, von dem Tag an, als Tarik geboren wurde, gab es nichts als Stress mit ihm. Das ging schon damit los, dass Mama furchtbare Mastitis kriegte und vor Schmerzen schrie, wenn er an ihren Nippeln saugte wie ein schmatzendes Ferkel, und so ging es immer weiter. Wo Ärger war, war Tarik nicht fern.

Nach einer guten halben Stunde haben die Herren auf dem Platz genug, schütteln einander am Netz die Hand und trotten zum Tresen des Cafés rüber, wo sie schäumende Proteinshakes bestellen und sich unterhalten. Worüber, kann Arslan auf die Distanz nicht hören. Er wartet, bis Baumgarten sich verabschiedet und Schmitt alleine am Tresen sitzt. Dann geht er rüber und rutscht auf den freien Hocker. Schmitt dreht sich zu ihm um und sagt überrascht: »Was machen Sie denn hier?«

»Ein guter Freund, Dr. Laurenz, nimmt mich manchmal mit«, sagt Arslan. »Sie kennen sich ja.«

»Sie wissen, dass ich das Verfahren gegen Ihren Bruder leite und streng genommen gar nicht mit Ihnen reden darf.«

»Ich glaube, es wird nicht zur Hauptverhandlung kommen. Was meinen Sie?«

»Ich sehe das anders«, sagt Schmitt und saugt mit dem Strohhalm seinen Shake leer. »Die Beweislast ist erdrückend, er wird sitzen, und zwar lange.«

Arslan schweigt einen Moment, dann sagt er: »Sie haben politische Ambitionen und Talent. Sie kommen gut im Fernsehen rüber, was Sie sagen, gefällt einer Menge Leute, die hier endlich mal für klare Verhältnisse sorgen wollen. Da decken sich unsere Interessen.«

»Das vermag ich nicht so recht zu sehen.«

»Ich bin sicher, dass wir uns einigen können. Ich könnte mir zum Beispiel vorstellen, Ihren Wahlkampf zu unterstützen.«

»Woher wollen Sie wissen, ob ich mich zur Wahl stelle?«

»Weil Sie ehrgeizig sind, anders als Ihr Kollege Baumgarten. Es wäre schade, wenn Sie Ihre Chance nicht sehen würden.«

Schmitt schaut ihn an und steht auf. »Sie wollen mich kaufen?«

»Das ist ein hässliches Wort. Das würde heißen, dass ich Sie wie eine Nutte sehe. Warum begeben Sie sich auf dieses Niveau?«

Schmitt starrt ihn an. »Vorsicht, sonst kriegen Sie noch eine Anzeige wegen Bestechung an den Hals.«

Arslan gleitet von seinem Hocker und rammt Schmitt sein linkes Knie von hinten in den rechten Oberschenkel, wo die Nervenbahnen entlanglaufen, die sie im Muay Thai mit ihren mörderischen Lowkicks malträtieren. Schmitt japst auf und sackt wie eine gefällte Tanne zurück auf seinen Hocker. Der Barkeeper schaut kurz rüber, spült dann weiter seine Gläser. Musik dudelt leise aus den Boxen. Arslan schiebt sich dicht an Schmitt ran und flüstert: »*Plata o plomo*.«

Fünf Minuten später steht Schmitt unter der heißen Dusche hinter den Umkleiden. Der Schreck ist ihm in die Glieder gefahren. *Plata o plomo* – sind sie hier etwa in Tijuana? Er hat schon viel erlebt in seiner Laufbahn, aber so eine blanke Drohung ist ihm bislang noch nicht untergekommen. Die Frage ist, wie ernst er das nehmen muss. Sind sie wirklich bereit, zum Äußersten zu gehen, oder bluffen sie nur? Es ist ihm klar, dass die Eröffnung des Hauptverfahrens von der Aussage der beiden Augenzeuginnen abhängt, und dass Arslan offenbar bereit ist, es mit allen Mitteln zu verhindern. Nach dem Duschen ruft er Bosman an und sagt: »Ihr müsst die beiden Mädchen schleunigst in ein sicheres Haus bringen. Arslan ist hinter ihnen her.«

Bosman bucht über Airbnb ein Apartment an der Friedrichstraße. Das mit dem Zeugenschutz und dem sicheren Haus dauert, die Behörden arbeiten langsam, und die Zeit drängt.

Dann fährt er zum Café Atlantic, wo Denise gerade ihre Schicht beendet. Das trifft sich gut.

»Tut mir leid«, sagt Bosman, »aber ihr müsst eure Koffer packen.«

Denise schaut ihn erschrocken an.

Was?!

»Ich habe ein schickes Apartment für euch gebucht.«

»Und was ist mit meiner Arbeit?«

»Ihr arbeitet jetzt für mich, 11 000 Scheine im Monat. Dafür musst du lange kellnern.«

»Das geht nicht.«

»Was geht nicht?«

»Mein Bruder kommt zu Besuch.«

»Den wird er wohl verschieben müssen.«

Sie fahren erst zu Denise, um ihre Klamotten zu packen, und holen anschließend Yvette ab. Den Mädchen ist anzumerken, dass ihnen die ganze Sache doch mulmig wird, jetzt, da es losgeht.

»Wie lange wird das alles dauern?«, fragt Yvette, als sie im Wagen sitzen und zur Friedrichstraße fahren.

»Ich schätze mal, etwa ein halbes Jahr.«

Bosman kann sehen, wie sie rechnet. »Das sind dann jeweils 33 000 Euro für mich und Denise.«

»So ist es«, sagt Bosman. »Aber da wäre noch was. Der Staat zahlt zwanzig Euro Tagessatz, den Rest lege ich obendrauf, damit es euch gut geht, weil ich weiß, welche Opfer ihr auf euch nehmt. Aber wenn das rauskommt, ist unser Deal geplatzt, und ihr seht keinen Cent, habt ihr das verstanden?«

Haben sie.

Als sie in das Apartment kommen, sind die Ladys gewillt, sich mit ihrer Situation zu versöhnen. Tatsächlich hat Bosman nicht gespart. Es gibt zwar keinen Pool, aber zwei elegante Zimmer und einen Salon mit Glasfront raus zur Dachterrasse, schicke Einbauküche, weißes Ledersofa und eine riesige Glotze, die schwarz und böse aus dem Weiß der gekalkten Wand herausspringt. Es ist Bosman klar, dass sie sich hier wohlfühlen müssen, wenn sie ein halbes Jahr durchhalten sollen, und er erklärt ihnen die Regeln: telefonische Erreichbarkeit rund um die Uhr. Telefonische Ab- und Anmeldung, wenn sie die Wohnung verlassen und wiederkommen. Auf keinen Fall einen Ausflug in den Kiez machen, alle Kontakte abbrechen, mit keiner Freundin mehr WhatsApp-Nachrichten.

Denise und Yvette sind schockiert.

Das geht nicht. Sie verbringen den halben Tag mit Chats und Instagram. Das ist ihr Leben. Das Problem, erklärt Bosman ihnen, ist, dass Arslan sich an ihren Freundeskreis hängen wird, um rauszufinden, wo sie sind.

»Das müssen wir ja nicht verraten«, sagt Denise.

»Ihr verquatscht euch schneller als ein Entenfurz, der den Entenarsch verlässt, und wenn ihr euch verabredet und Arslan sich euren Freunden an die Hacken hängt, dann seid ihr geliefert. Wenn ihr Glück habt, verkauft er euch dann an ein Bordell im Jemen.«

Immer schön Angst machen, damit sie ja nicht aus der Reihe tanzen. Sie diskutieren eine Weile hin und her, dann finden sie einen Kompromiss: keine persönlichen Begegnungen ohne vorherige Absprache und Polizeischutz. Kontrolle der Mails, Chats und Textnachrichten jeden Abend. Passt ihnen zwar nicht, aber die Kröte müssen sie schlucken.

»Im Kühlschrank liegt was zu essen und zu trinken«, sagt Bosman. »Der Champagner ist für heute Abend, in der Nachttischschublade findet ihr ein bisschen was zu rauchen. Noch Fragen?«

Erst mal nicht.

Er wünscht den beiden eine gute Nacht und geht. Draußen ist es warm und schwül. Die Lichter der Straßenlaternen, der Autos und der eleganten Geschäfte leuchten hell, und Bosman denkt, dass Licht nie verschwindet, dass es sich auf die Reise macht durch die Galaxien, Hunderttausende von Lichtjahre weit. Und irgendwo am Rande dessen, was wir uns vorstellen können, setzt vielleicht jemand das Licht zusammen und sieht das, was hier vor Millionen von Jahren passiert ist, wenn es uns schon lange nicht mehr gibt. Aus dieser Perspektive, der kosmischen, ergibt all das, was er hier tut, überhaupt keinen Sinn. Das Problem ist nur, wenn man anfängt, so zu denken, dann kann man einpacken. Wenn nichts mehr einen Sinn hat, ist man am Ende und teilt das Schicksal der großen Melancholiker.

Dann summt sein Handy.

Es ist Nikki.

Sie sagt: »Hast du Lust, mich auf eine Vernissage zu begleiten?«

»Was ... jetzt?«

»Ja, ich fahre gerade los. Freunde von mir stellen bei Brunckhorst aus, die Römischen Votzen sind auch da.«

Die was ...?!

»Das ist ein feministisches Kollektiv aus Frankfurt, die machen krasse Sachen, echt superinteressant.«

Bosman schaut auf die Uhr. Kurz nach neun. Britta ist heute Abend mit einer Freundin unterwegs, niemand wartet auf ihn. »Wo ist das denn?«

»In der Auguststraße.«

Als er ankommt, sieht er Trauben von Menschen vor der Galerie mit Weingläsern in den Händen herumstehen, die meisten nicht älter als dreißig. Dazwischen ein paar ergraute Herren in schwarzen Anzügen, die so aussehen, als hätten sie was zu sagen. Die Frauen tragen intellektuellen Proletenstyle, schlabberiges T-Shirt, Hose auf der Hüfte oder zerrissene schwarze Strümpfe unter knappen Röcken.

Nikki sitzt mit Laura, Tim und ein paar Leuten auf dem Sims vor dem Schaufenster. Sie sieht Bosman, steht auf und kommt auf ihn zu. Ihre runden Hüften wiegen sich in der Low Waist Jeans, das ausgewaschene schwarze T-Shirt hebt und senkt sich bei jedem Schritt ein bisschen und gibt den Blick auf ihren braunen Bauchnabel frei, und Bosman weiß, dass er heute Nacht mit ihr schlafen wird. Alles andere ist albern. Er macht sich ja zum Horst, wenn er hier aufkreuzt und so tut, als würde er sich für die Ausstellung oder die Römischen Votzen interessieren. Also, warum ist er hier?

Sei ehrlich!

Nikki begrüßt ihn mit Küsschen auf die Wangen, so wie die Franzosen es tun, dreimal. Er saugt den Duft ihrer Haare ein, und sie sagt: »Schön, dass du da bist.«

»Ja.«

»Sollen wir mal reingehen?«

Er folgt ihr in den Ausstellungsraum, vermutlich eine ehemalige Ladenwohnung. Objekte hängen an der Wand, manche stehen auf dem Boden. In der Ecke ein Pappkarton. Das versteht Bosman nicht, muss er auch nicht. Er hat den Eindruck, dass die meisten Besucher sich auch nicht so richtig dafür interessieren. Vermutlich ist es wichtiger, sich hier mit bestimmten Leuten zu vernetzen und zu zeigen, dass man dazugehört. Aus dem hinteren Raum zum Seitenflügel hört er Frauenstimmen, die irgendwas rappen, scheppernder Sound. Vor der Tür stehen Leute und schauen rein.

»Komm«, sagt Nikki und nimmt ihn an der Hand. »Die Votzen spielen.«

Bosman reckt den Hals, um was sehen zu können. Vorne ist eine kleine Bühne aufgebaut, eine Lady steht hinter einem DJ-Pult und dreht an Knöpfen, zwei andere werfen sich Textbausteine zu, drehen lasziv die Hüften, legen sich auf den Boden, spreizen die Beine und machen Fickbewegungen, während sie sich über die Mucho-Macho-Hip-Hop-Spacken lustig machen, die sie heftig dissen.

Cool!

Gefällt ihm, das hat Witz. Er spürt Nikkis Körper heiß an seinem, legt hier, inmitten all der Leute, den Arm um ihre Hüfte und zieht sie ein Stück ran. Sie folgt geschmeidig seinem Druck. Bosman spürt, wie ihm das Blut unten einschießt, als sie ihm die Hand hinten in die Hosentasche schiebt und ein bisschen den Arsch knetet.

»Magst du auch ein Bier?«, fragt er.

»Gerne.«

Als er mit den beiden Flaschen zurückkommt, redet Nikki mit einem Typen Ende dreißig, einer von den Anzugträgern. Sie stellt ihn vor, Brunckhorst, der Galerist. Doch Brunckhorst scheint sich eher für Nikki zu interessieren und fragt sie: »Wann sehen wir denn wieder Sachen von dir?«

»Zurzeit arbeite ich eher literarisch«, sagt Nikki.

»Cool«, sagt Brunckhorst.

Bosman steht ein bisschen blöd rum und tut so, als würde er die Kunstwerke studieren, ohne Nikki dabei aus den Augen zu lassen, in denen der archaischste aller Impulse aufflackert, der Triumph des Siegers. Die Frau ist *seine* Beute, *er* wird sie später ficken und keiner von den ganzen anderen Spacken hier.

Er ist der Gorilla mit dem silbernen Rücken.

Später, als sie in Bosmans Wagen sitzen und zu ihr nach Hause fahren, sagt Nikki: »*Kulturvotzen TV* hat meinen Blog verlinkt, und das ist richtig geil.«

»Super«, sagt Bosman, als könne er das einschätzen. Er hat noch nie von *Kulturvotzen TV* gehört, aber nicht den Eindruck, dass ihm da was entgangen sein könnte. Ihm war klar, dass sie zusammen zu ihr fahren würden. Nikki wusste das genauso wie er. Als er irgendwann sagte: »Gehen wir?«, antwortete sie nur: »Warte, ich hol eben meine Jacke.« Dann verabschiedete sie sich von etlichen Leuten, und sie gingen raus zu seinem Wagen, wo sie sich küssten, einstiegen und losfuhren.

»Da vorne«, sagt Nikki und deutet auf einen Hauseingang.

Bosman parkt den Wagen im Halteverbot am Fußgängerübergang, und sie steigen aus. Er läuft neben ihr her, berührt sie aber nicht. Nikki schließt das schwere Hoftor auf, schaltet das Licht ein. Das Tor fällt zu, Bosmans Hände wühlen unter ihrem T-Shirt, seine Zunge in ihrem Mund. Nikkis Hand schiebt sich in seine Hose und packt seinen harten Schwanz. Sie reißen sich los und gehen hoch in den zweiten Stock. Im Flur ist es dunkel, als die Wohnungstür hinter ihnen zufällt. Bosman nimmt ihre Hände, presst sie über ihrem Kopf an die Wand und küsst sie wieder. Seine rechte Hand wandert abwärts, er öffnet die Knöpfe ihrer Jeans, sein Mittelfinger gleitet zwischen die Schamlippen ihrer nassen Möse, massiert sachte ihren Kitzler und schiebt sich dann tief rein, um sie zu stimulieren.

Nikki stöhnt auf.

Sie drückt ihren Rücken durch, das T-Shirt spannt über ihren harten Nippeln, ihre Lippen glänzen feucht. Sie schaut ihn an und sagt: »Fick mich.«

Und Bosman fickt sie.

Erst in den Mund und dann von hinten im Stehen an der Wand. Nikki windet sich. »Fester, fester …« Bosman packt ihr in die Haare und zieht ihren Kopf zurück, während er sie weiter vögelt wie von Sinnen. Eine halbe Stunde später liegen sie nass und erschöpft auf dem Bett. Das Fenster steht offen, der Sound der feiernden Stadt weht rein, und ein warmer Wind, der sanft über ihre brennende Haut leckt. Bosmans Fingerspitzen berühren Nikkis Wange und streichen ihr zärtlich die Haare aus dem Gesicht. Nikki schaut ihn an. Sie lächelt und sagt: »Das nächste Mal will ich, dass du deine Handschellen mitbringst.«

Zur selben Zeit hockt Harry auf dem Sofa und hört zu, wie sich einer der Entführer, der Brutalo, nebenan mit der Frau streitet. Er kann unter seiner Binde nur einen kleinen Streifen funzeliges Licht sehen. Er ist noch immer mit dem Fuß an das TV-Set gekettet, wie er vorhin erkundet hat, als ihm die Idee kam, wie er vielleicht mit einem blauen Auge hier rauskommen könnte.

Die Kabelbinder schneiden in die geschwollenen Handgelenke, seine Finger sind taub. Den Knebel haben sie ihm rausgenommen, Gott sei Dank, aber er musste versprechen, nicht zu schreien. Und wem hat er den ganzen Schlamassel hier zu verdanken? Am Anfang der Kette aller Schuldigen steht ein Name: Hans Rüdiger.

Das Arschloch hatte ihm den Kredit verweigert, als er die 200 000 dringend brauchte. Nur deswegen musste er den Deal mit Tarik Aziz machen, und damit fing alles an.

Dafür soll er jetzt bluten.

»Ihr könnt den Mann nicht wie ein Stück Vieh behandeln«, sagt die Frau nebenan, und Harry nickt, recht hat sie. Hat offenbar durchgesetzt, dass er jetzt wieder was zu essen kriegt. Heute gab's Kartoffelbrei und Bratwurst und später sogar noch ein Stück Streuselkuchen.

»Mann, hör auf, hier rumzuzicken«, sagt der Brutalo. »Es geht um eine scheiß Million, das ist kein scheiß Waldorfkindergarten.«

»Er hat keine Million.«

»Woher willst du das denn wissen?«

»Sein letzter Film war 'n Flop. Der hat 200 000 Schulden bei der Mafia, woher soll er da 'ne Million haben?«

»Sag mal ... woher weißt du den ganzen Scheiß?«

»Hey!«, ruft Harry, so laut er kann. »Hey, ihr da!«

Stille.

Dann der Brutalo: »Was hat der Spacko?«

Harry hört, wie er in das Zimmer kommt, hinter ihm die Frau. »Was willst du?«

»Reden«, sagt Harry. »Können wir mal in Ruhe darüber reden, wie das hier weitergehen könnte?«

»Hast du den Arsch auf?«

»Nun hör ihm doch erst mal zu«, hört Harry die Frau sagen, und dann: »Was willst du?«

»Als Erstes, dass ihr mir die Kabelbinder abnehmt. Ich habe kein Gefühl mehr in den Fingern.«

Nichts passiert.

»Na los, Uwe, komm, mach ihn los. Oder glaubst du, der rennt mit dem scheiß Fernseher weg?«

Uwe! Aha …

Harry hört, wie Uwe sein Messer aufschnappt, spürt die kalte Klinge an seinen Handgelenken, dann ist er frei.

»Danke.«

Er reibt sich die Arme und Hände, um die Blutzirkulation wieder in Gang zu kriegen. Dann sagt er: »Ich mache euch einen Vorschlag. Ihr wisst, dass bei mir nichts zu holen ist, ihr seid von falschen Voraussetzungen ausgegangen. Wer auch immer euch das Märchen mit der Million in den Kopf gesetzt hat, es ist Bullshit, du hast es selber gesehen. Und außerdem, hey, wer ein Waterboarding überlebt, der lügt auch nicht. So haben sie Osama bin Laden geschnappt.«

»Hör auf zu labern«, sagt Uwe. »Sag, was anliegt.«

»Euer Plan an sich, der ist nicht schlecht.«

»Wie meinst du das?«, fragt die Frau.

»Jemanden zu entführen und so lange zu warten, bis er von sich aus überweist. Keine Drohungen, keine Spuren, keine Bullen, nicht schlecht. Das ist ein guter Pitch, das merke ich mir für meinen nächsten Film. Das Problem ist nur, wie könnt ihr jemanden identifizieren, bei dem das auch klappt?«

Schweigen.

Harry sagt: »Ich kenne da jemanden, bei dem es sich wirklich lohnen würde.«

Rüdiger hängt in Unterhemd und Jogginghose auf seiner Terrasse ab und schaut in die sternenklare Sommernacht. Neben ihm auf dem Tisch steht eine leere Flasche Rotwein. Er streckt die Beine aus, schaut auf den weichen Stoff seiner Hose und lächelt bitter, als ihm das Zitat von Karl Lagerfeld einfällt, dass ein Mann, der Jogginghosen trägt, die Kontrolle über sein Leben verloren hat.

Tatsächlich hätte Rüdiger sich in seinem ersten Leben niemals eine Jogginghose angezogen, es sei denn zum Joggen. Und er hätte auch nicht schlaflos mit Augen wie ein Pandabär und angesoffen auf seiner Terrasse gesessen, um über Dinge nachzugrübeln, die in einer Endlosschleife immer wieder zu ihrem Ausgangspunkt zurückkehren, nämlich zu der entscheidenden Frage, warum er nie den Mut aufgebracht hat, sich als schwul zu outen. Das hätte ihm eine Menge Ärger erspart. Mein Gott, mittlerweile gab es schwule Außenminister, schwule Bürgermeister, es gibt schwule Staatspräsidenten, von den Leuten in Kunst und Kultur mal ganz zu schweigen. Klar, sein Umfeld ist konservativ, und ein offen schwuler Banker ist immer noch so etwas wie ein offen schwuler Fußballer, aber das kann keine Entschuldigung sein. Am Ende kommt es Rüdiger so vor, als habe er sich sein Leben lang immer mehr ins Abseits geschoben mit Entscheidungen, die ein Outing immer unmöglicher machten. Das fing schon mit der Heirat an, dann der Sohn, die Karriere. Es schien bequemer, sich hin und wieder einen leckeren Jungen kommen zu lassen oder rasch in den Tiergarten zu gehen und sich vorzumachen, dass das mit seinem anderen Leben nichts zu tun hätte.

Ein Fehler.

Und jetzt ist es zu spät.

Hinter ihm materialisiert sich eine Gestalt im Halbdunkel des schattigen Wohnzimmers. Ines kommt nach draußen. Sie bindet ihren Morgenmantel enger, setzt sich und sagt: »So geht das nicht weiter, Hans. Warum sprichst du nicht mit mir?«

Rüdiger schaut sie an. Er will heulen und ihr um den Hals fallen, aber das geht natürlich nicht. Er sagt: »Es ist die Arbeit, die macht mich kaputt.«

»Was ist passiert?«

»Was passiert ist? Es passiert immer was.«

Ines schweigt einen Moment. Dann sagt sie: »Weißt du, was mich traurig macht? Dass du mir nach zwanzig Jahren Ehe immer noch nicht vertraust.«

Rüdiger schaut beschämt zu Boden.

»Es ist kompliziert«, sagt er leise.

»Vieles ist kompliziert«, sagt Ines, »aber es wird nicht besser, wenn man alles nur in sich reinfrisst. Es gibt nichts, worüber man nicht reden kann.«

»O doch«, sagt Rüdiger und steht schwankend auf.

Er lässt seine Frau auf der Terrasse sitzen, schlurft in sein Arbeitszimmer und wirft sich auf das Sofa. Er zieht sich die dünne Wolldecke bis über den Kopf und steckt sich die Faust in den Mund, damit Ines nicht hört, wie er heult.

37

Momo sitzt in seinem Mercedes und schaut durch die Windschutzscheibe zu dem Hauseingang mit der grün gestrichenen Tür neben dem Nagelstudio rüber. Dann schaut er auf seine Uhr, zum x-ten Mal in den vergangenen fünf Minuten. Eine funkelnde Rolex Submariner. Arslan hat sie ihm gestern geschenkt, als er ihm die Adresse der beiden Augenzeuginnen und Fotos gab, damit er sie zum Schweigen bringt. Die Uhr ist ein Zeichen höchster Wertschätzung seiner Arbeit, das weiß Momo, der sie gleich gegoogelt hat. Das Ding kostet um die achttausend Euro. Momo haucht auf das Saphirglas und poliert es mit dem Saum seines T-Shirts. Dann lehnt er sich zurück in seinen Sitz und schaut wieder zum Hauseingang rüber. Er hockt hier seit Stunden, doch bislang sind nur Leute rausgekommen oder reingegangen, von denen keiner so aussah wie die Frau auf den Fotos. Gestern dasselbe. Momo beschleicht das Gefühl, dass sie auch nicht mehr kommen wird. Er dämmert ein bisschen weg, und als er wieder auf seine schicke Uhr schaut, ist es Mittag. Ihm knurrt der Magen, und die Warterei nervt. Zeit, was dagegen zu unternehmen. Momo steigt aus, holt eine Brechstange aus dem Kofferraum und schiebt sie in seine weite Jogginghose. Dann geht er rüber zur grünen Tür und klingelt bei Denise.

Niemand öffnet.

Momo drückt auf alle Klingelknöpfe, bis jemand sich über die Gegensprechanlage meldet.

»DHL«, sagt Momo.

Der Summer springt an, das Schloss klickt auf, und er ist drin. Er geht nach oben und liest die Namen an den Klingelschildern. Dann ist er da. Er klingelt erneut.

Nichts.

Er zieht die Brechstange aus der Hose, setzt sie neben dem Schlüsselloch an und hebelt die marode Altbautür problemlos auf. Mal schauen, ob er hier Hinweise darauf findet, wo die Bitch stecken könnte. Vom schattigen Flur gehen zwei Zimmer und eine kleine Küche ab. Im Wohnzimmer scheint die Sonne durch einen Vorhang vor dem Fenster und taucht den Raum in rötliches Pufflicht. Ein paar Regale mit Büchern und gerahmten Fotos, ein Sessel, Sofa, ein Tischchen mit Schmuck und Krimskrams, ein kleiner gepackter Rucksack in der Ecke vor dem Fernseher, der auf dem Teppichboden steht.

Momo ist auf dem Weg in die Küche, als er eine Klospülung rauschen hört. Vor ihm geht eine Tür auf, und ein Junge mit Headphones im Ohr kommt raus, zieht sich den Hosenschlitz zu, sieht Momo, reißt sich die Kopfhörer raus und sagt: »Mann, Alter, bist du behindert? Mann, ich krieg 'nen Herzinfarkt!«

Momo grinst.

Der Junge sieht die Brechstange in seiner Hand und geht einen Schritt zurück. »Fuck, wer bist du? Wie kommst du hier rein?«

»Hey, chill mal«, sagt Momo. »Alles easy, keiner will hier Stress. *Taman*?«

Doch der Junge schiebt Panik. »Hey, komm, hau ab, ich rufe die Bullen.«

Momo packt ihn am Arm, zerrt ihn in das Wohnzimmer und schmeißt ihn in den Sessel. »Wer bist du?«

Der Junge schaut ihn erschrocken an. Er ist vielleicht sechzehn Jahre alt und macht sich fast in die Hosen.

»Raffael«, sagt er.

»Raffael was?«

»Ich bin Denise' Bruder.«

»Und wo ist Denise?«

»Keine Ahnung. Sie wusste, dass ich sie besuchen komme, aber sie ist nicht da.«

»Und wie kommst du dann hier rein?«

»Mit dem Schlüssel, vom Nachbarn.«

»Wo kommst du her?«

»Aus Salzgitter.«

»Was?«

»Niedersachsen, ich komme aus Niedersachsen.«

»Schlage vor, dahin kehrst du jetzt auch gleich wieder zurück.«

»Warum?«

Momo schaut ihn an, senkt die schweren Lider ein wenig und sagt: »Wenn du nicht sofort deinen Arsch hier rausbewegst, dann mach ich dich fertig, ich schwör's dir, Bruder. Zieh Leine.«

»Okay … okay, okay …«

Raffael steht auf, geht rückwärts zu seinem Rucksack und hebt ihn an.

Momo schnipst mit den Fingern und sagt: »Dein Handy.«

»Was?«

»Komm schon, gib's mir. Gib mir dein Handy.«

Raffael klaubt mit zitternden Fingern sein Smartphone aus der Hosentasche.

»Deine PIN?«

»6998.«

Momo probiert es aus. Der Bildschirm wird entsperrt. Er steckt das Handy ein und sagt: »Und jetzt raus hier.«

Denise und Yvette sitzen auf dem Sofa in ihrer schicken Wohnung, futtern Chips und glotzen Netflix, als das Bild auf einmal wackelt, und dann wird es schwarz.

Klar, immer wenn es gerade am spannendsten ist.

»Scheiß Teil«, sagt Denise.

Sie klicken auf der Fernbedienung rum und entnehmen den Informationen auf dem Bildschirm, dass keine Verbindung zum Internet besteht, ein Routerproblem. Ein Neustart wird empfohlen. Yvette schiebt ihre Haarnadel in die Reset-Buchse am Router. Kleine Lämpchen flimmern auf, doch das Problem bleibt bestehen.

Diagnose: Router austauschen.

»Ich denke mal, wir brauchen ein neues Teil.«

»Absolut«, sagt Denise. »Lass mal den Vermieter anrufen.«

Sie ruft Bosman an, der verspricht, später mit einem Austauschgerät vorbeizukommen. Bis dahin müssen sie sich halt die Nägel lackieren oder Pilates machen.

Der hat gut reden, denkt Denise. Schon jetzt, nach ein paar Tagen, geht es ihr ziemlich auf die Nerven, hier eingesperrt zu sein. Worauf hat sie sich da eingelassen? Außerdem ist ihr kleiner Bruder zu Besuch gekommen. Sie hatte ihm gesimst, dass der Schlüssel beim Nachbarn liegt, sie könne leider nicht selber da sein, er soll sich melden, wenn er angekommen ist.

Was er jetzt auch tut.

Er textet: »Hi D. Gut angekommen. Wann hast du Zeit?«

Denise überlegt. Zeit hat sie jede Menge, ihren Bruder lange nicht gesehen. Und hier fällt ihr ohne Glotze die Decke auf den Kopf. Also textet sie zurück: »Jetzt?«

»Gerne! Wo?«

Denise denkt wieder kurz nach. Der Winterfeldtplatz ist nicht weit, nette Gegend, wo sie schon länger nicht mehr war.

»Sunderland«, tippt sie ein und steht auf.

Yvette sagt: »Wo willst du hin?«

»Ich treffe Raffael.«

»Hast du den Bullen Bescheid gesagt?«

»Scheiß auf die Bullen. Was soll schon passieren? Ich renne ja nicht durch den Kiez.«

Yvette zögert. Dann sagt sie: »Ich komme mit.«

Sie lachen, pimpen sich ein bisschen auf und gehen los. Als sie auf die belebte Straße treten, merken sie, wie sehr sie das vermisst haben. Sonne, Cafés, überall Leute, die ganzen Sommervibes. Sie fahren zum Winterfeldtplatz und warten über eine Stunde im Sunderland, die Füße im warmen Sand, den sie da als Boden aufgeschüttet haben, und texten Raffael mehrfach an, kriegen aber keine Antwort.

38

Bosman schaut in die Akte: Drei Zeugen, Hamedi Z., Zoltan G. und Rahman K., sagen übereinstimmend aus, während der Orgie in Butts Wohnung gesehen zu haben, wie Arslan Aziz aus dem Zimmer kam, in dem Skinny ermordet wurde. Es gibt DNA-Spuren von Arslan an Skinnys Unterhose, wie eine erneute Untersuchung von Skinnys Klamotten, die in der Asservatenkammer liegen, ergeben hat. Eine Kreuzpeilung der ausgelesenen Handydaten zeigt, dass Arslan zur Tatzeit am Tatort war. Und der Moneyshot: ein Video, auf dem zu sehen ist, wie Skinny von Arslan in dem Zimmer gefickt wird.

Während Bosman sich darum gekümmert hat, dass bei einer erneuten Überprüfung von Skinnys Unterhose in der Asservatenkammer DNA-Spuren von Arslan gefunden wurden, war Schuster mit Kalle in Butts Wohnung. Kalle machte dort am Tatort Filmaufnahmen, in die er dann die Szene mit Arslan und Skinny gemorpht hat. Ein perfekter Deepfake. Es gibt vier Fotoabzüge, Standbilder aus dem Film.

Bosman klappt die Akte zufrieden zu, schaut zu Schuster rüber, der am Fenster des Büros steht und ihn fragt: »Na, was meinst du?«

»Perfekt«, sagt Bosman. »*Let's get ready to rumble.*«

Sie ziehen ihre Jacken über und gehen.

Arslan sitzt mit dem Architekten Mario Zanetti, einem Anwalt für Vertragsrecht und weiteren Leuten im Konferenzraum der Conceptbau GmbH, wo Zanetti die neueste Hürde auf dem Weg zur Shopping Mall erörtert. Erste Bodenproben haben eine weitaus gravierendere Kontaminierung des Erdreichs ergeben, als Zanetti vermuten konnte. Es gibt keine lückenlose Dokumentation des Grundstücks, auf dem seit über hundert Jahren diverse Industriebetriebe gestanden haben, darunter offenbar auch eine Lackfabrik. Das legen zumindest die gefundenen Schwermetalle und anderen toxischen Stoffe nahe, die damals bei der Lackherstellung verwendet wurden. Die Sanierung wird teuer – und sie wird lange dauern. Es ist unklar, in welchem Ausmaß der Verkäufer, die Deutsche Bahn, hier haftbar gemacht werden kann oder nicht. Da ist der Anwalt sich nicht schlüssig.

Arslan ist genervt. Das geht jetzt schon seit fast zwei Stunden so. Dann plingt eine SMS von Momo auf: Er hat Denise mit Raffaels Handy angetextet und ins Sunderland gelockt, wo sie dann auch mit der anderen Schlampe aufgetaucht ist. Dann ist er ihnen bis zu einer Wohnung an der Friedrichstraße gefolgt.

Sehr gut. Wenigstens auf Momo ist Verlass. Was umso nötiger ist, nachdem Laurenz heute Morgen angerufen und ihm schlechte Nachrichten wegen Tarik mitgeteilt hatte: Der zuständige Staatsanwalt will auf jeden Fall Anklage erheben.

Das wollte Arslan nicht hören.

»Auch, wenn die Mädchen ihre Aussage zurückziehen?«, hatte er gefragt.

»Wenn sie ihre Aussage zurückziehen, gibt es immer noch das Protokoll und die Vermutung, dass sie eingeschüchtert werden. Eine Tresenkraft im Matrix hat ausgesagt, dass es heftigen Streit zwischen Tarik und Ekrem gegeben hat, Augenzeugen haben gesehen, wie er mit seinen Leuten abgehauen ist, es gibt Spuren am Tatort.«

»Was willst du mir damit sagen?«

»Dass es im Ermessen des zuständigen Richters liegt, das Hauptverfahren zu eröffnen oder die ganze Sache einzustellen. Und eine Einstellung würde vielen Leuten nur schwer vermittelbar sein.«

Okay, denkt Arslan. Dann wird er wohl noch mal mit Schmitti reden müssen, um seinen Standpunkt klarzumachen, als er Tumult draußen vor der Tür hört, die jetzt aufgerissen wird.

Bosman marschiert mit einem anderen Bullen rein, den er sofort erkennt. Es ist der korrupte Typ von dem Video, der das Heroin und das Geld im Dreamland eingesackt hat. Köpfe drehen sich zu ihnen um. Sie gehen direkt auf Arslan zu, und während Bosman die Handschellen aus dem Gürtel hakt, sagt er: »Herr Aziz, ich verhafte Sie wegen des Verdachts, Robert ›Skinny‹ Hofmann ermordet zu haben.«

Arslan starrt ihn ungläubig an. »Sie ticken ja wohl nicht mehr richtig.«

»Das klären wir auf dem Präsidium.«

Das kann nicht sein, fegt es Arslan durch den Kopf. Er versucht, so gut es geht, die Contenance zu wahren, steht lächelnd auf und knöpft sein Jackett zu. Zanetti, der Anwalt und die anderen schauen ihn irritiert an, während er in Handschellen aus dem Raum geführt wird – wegen *Mordes?!*

Was für eine Demütigung.

Arslan ist kein rachsüchtiger Mensch, aber das geht zu weit. Er wird Bosman und seine Leute vernichten, wird ihnen alles nehmen, sie zu Staub zertreten. Sobald er dieses Theater hier hinter sich hat, wird er das Video mit einem Mausklick an die Öffentlichkeit schicken. Während er durch die Flure seiner Firma geführt wird und ihm zahlreiche Blicke aus offenen Türen folgen, wird ihm klar, dass er seinen Traum begraben kann, in diesem Land von jemand anderem als seinen eigenen Leuten geachtet und respektiert zu werden. Wie hat er sich nur solchen Illusionen hingeben können?

Er war vierzehn Jahre alt, als Baba ihn zum ersten Mal in die alte Heimat mitnahm. Als Erstes war ihm der ganze Dreck aufgefallen, der überall rumlag, auch am Strand. Alles voll mit Plastikflaschen, Autoreifen, zerrissenen Netzen und rostigen Kühlschränken. Mann, konnten die hier nicht mal ein bisschen aufräumen? Bei einer Arbeitslosigkeit von vierzig Prozent oder so? Wie konnte man sich zwischen all dem Müll so wohlfühlen? Aber offenbar merkten sie das gar nicht, schienen sich nicht daran zu stören, und zum ersten Mal fühlte Arslan sich deutsch.

Dann führte Baba ihn durch die engen Gassen der Altstadt zu einem Haus, das zwischen anderen Häusern voller Satellitenschüsseln und herumhängender Kabel eingeklemmt war. Eigentlich eher eine Ruine. Unten wohnte eine Palästinenser-Familie mit einem halben Dutzend Kindern. Statt einer Tür hatten sie einen Vorhang vor dem Eingang befestigt. Das obere Stockwerk war ausgebrannt, und die Treppe, die hochführte, war zerbombt. Betonstücke hingen am ausgefransten Ende der rostigen Bewehrungseisen, und man musste sich ganz dicht an die Wand drücken, um nicht abzustürzen. Oben stand eine Ziege neben einem schrottigen Kinderwagen mit zerfetztem Verdeck und mümmelte die Grasbüschel ab, die aus den Ritzen im harten Beton wuchsen.

»Das war unser Schlafzimmer«, sagte Baba. Er schaute auf die Ziege, und Arslan sah, dass er mit den Tränen kämpfte. Über ihnen spannte sich ein blauer Himmel, und durch das leere Fenster hinter seinem Vater konnte Arslan das Meer sehen, das in der Sonne schimmerte, Schiffe auf Reede, irgendwo tutete ein Horn. *Dem Meer ist es egal, was hier geschieht,* dachte er, *es schaut gleichgültig zu, wie wir uns gegenseitig fertigmachen.* Er blickte seinen Vater an, der gebückt neben der Ziege stand und ihr den Rücken streichelte, und dann stellte er sich vor, wie er mit zwei Plastiktüten in Berlin angekommen war und nicht wusste, wo er schlafen sollte. Die Deutschen waren großzügig, aber kaltherzig. Sie zahlten anstandslos Sozialhilfe, aber sie ließen Baba nicht arbeiten. Ein Mann, der sein Leben lang seine Familie ernährt hatte, wurde der Möglichkeit beraubt, für sie sorgen zu können. Das fraß am Fundament jeder Autorität. Aus stolzen Männern wurden Sozialhilfeempfänger, die traurig im kalten Neonlicht verrauchter Männerkneipen hockten und sinnlos Domino spielten.

Klar, so wollte man selber nicht werden.

Aber wie dann? Wesentlich simpler gestrickte Zeitgenossen wie Tarik oder Momo stellten sich solche Fragen vermutlich nie, und manchmal bewunderte Arslan sie insgeheim dafür. Sie hatten ihren Ort zugewiesen bekommen und waren offensichtlich zufrieden damit.

Er nicht.

Er wusste, dass es noch eine Welt da draußen jenseits ihres Tellerrandes gab, und war begierig, sie kennenzulernen. Mit dem, was Baba noch immer Heimat nannte, hatte er nichts zu tun. Das war ihm klar geworden, als er mit vierzehn Jahren auf den Trümmern ihres alten Hauses in Beirut stand und sah, wie Baba der Ziege über den Rücken strich.

Er folgt Bosman und Schuster durch das Polizeirevier, die Hände noch immer mit Handschellen vor dem Bauch gefesselt. Bosman stößt eine Tür auf, und sie gehen rein. Ein Tisch, drei Stühle, Kamera in der Ecke. Das übliche Set-up. Schuster öffnet Arslans Handschellen, und er setzt sich hin.

»Sie haben am 23.8. gegen Mitternacht im Verlauf einer Party in einer dafür angemieteten illegalen Wohnung das Opfer Skinny Hofmann mehrfach anal vergewaltigt und anschließend im Zuge eines sadomasochistischen Spieles zur Befriedigung Ihres Geschlechtstriebes erwürgt.«

Arslan fällt die Kinnlade runter.

»Dafür gibt es fünfzehn Jahre, die Sie dann mit Ihrem Bruder in Moabit absitzen können«, fügt Schuster hinzu und grinst.

Arslan sagt: »Ich bin gerade ein bisschen verwirrt. Ist das hier ein lustiges Spiel, oder sollte ich besser meinen Anwalt anrufen?«

Bosman trommelt mit seinen Fingern auf die Akte, die vor ihm liegt, und schiebt sie langsam über den Tisch. Arslan schlägt sie auf, blättert sie durch und legt sie dann wieder zurück. Sein rechtes Augenlid zuckt. Er schaut Bosman an, und Bosman sieht blanken Hass in seinem Blick.

Arslan sagt: »Sie sind ein Schwein.«

»Sie auch«, sagt Bosman.

»Wir wissen beide, dass ich es nicht war.«

»Das spielt keine Rolle. Wenn ich diese Akte an die Staatsanwaltschaft weiterreiche, sind Sie erledigt. Dann wandern Sie wegen Mordes ab, und ich weiß nicht, wie Sie Ihrer Frau und Ihrem Bruder und all den anderen verklickern wollen, dass Sie Stricher in den Arsch ficken.«

»Ich bezweifle, dass diese Ansammlung von Lügen vor Gericht Bestand hat.«

»Dann lassen Sie's doch drauf ankommen.«

Arslan starrt ihn an.

»Hier ist der Deal«, sagt Bosman. »Diese Akte lege ich ganz hinten in meinen Schrank. Dafür garantieren Sie mir, dass niemand das Video vom Dreamland zu Gesicht bekommt und dass ich weiter meine Arbeit machen kann.«

Was bedeutet: Rüdiger grillen, bis er einknickt.

Es ist Arslan klar, dass der Schlappschwanz alles preisgeben wird. Er ist seit Jahren sein Banker, weiß alles über seine illegalen Konten, sein Schwarzgeld, die Summen – Gold in den Händen der Ermittler. Um das zu verhindern, gibt es nur eine Lösung, auch wenn sie ihm nicht gefällt.

»Okay«, sagt er. »Deal.«

Bosman steht mit einem Router unter dem Arm im Media Markt in der Schlange vor der Kasse. Das mit Arslan ist gut gelaufen, er hat wieder freie Fahrt, auch wenn der Burgfrieden brüchig ist. Sorgen macht ihm Thiel. Er hatte weder auf seine Anrufe noch auf seine Textnachrichten reagiert, sodass Bosman beschloss, in die Redaktion zu fahren. Dort erfuhr er, dass Thiel sich krankgemeldet hatte. Er ahnte Schlimmes, als er zu ihm nach Hause fuhr, und tatsächlich traf er Thiel in einem bedenklichen Zustand an. Er wollte von seiner Reportage über den Aziz-Clan nichts mehr wissen, schob fadenscheinige Gründe vor, und Bosman wusste, dass Arslan die Angst tief in ihn eingepflanzt hatte. Thiel war fertig.

Als er in der Friedrichstraße ankommt, parkt er in der zweiten Reihe, pflanzt sein mobiles Blaulicht aufs Dach, um den ganzen Ärger mit den entnervten Autofahrern zu vermeiden, und steuert mit seinem Router unter dem Arm auf den Hauseingang zwischen dem Juwelier und einem Café zu. Die Tür summt auf, als er *Concierge* drückt. Er durchquert ein kleines Foyer und fährt im Fahrstuhl hoch ins Dachgeschoss. Die Fahrstuhltür rollt leise klappernd zur Seite, und Bosman sieht, dass die Wohnungstür aufgebrochen wurde.

Fuck!

Er geht rein.

Der Salon ist verwüstet. Denise liegt auf dem Boden in ihrer Kotze, die offenen Augen nach oben gedreht. Yvette sitzt auf dem Sofa. Ihr Oberkörper pendelt apathisch hin und her.

Fünfundzwanzig Minuten später sitzt Bosman im Warteraum der Notaufnahme des Bundeswehrkrankenhauses an der Scharnhorststraße und schaut auf die Pendeltür, durch die Denise und Yvette gerade geschoben wurden, Sauerstoffmasken auf dem Gesicht. Er weiß auch ohne Bestätigung durch den Toxikologen, dass die beiden eine Überdosis Heroin gespritzt haben. Er hat die

Einstiche in den Unterarmen gesehen und ist lange genug Cop, um die Symptome zu erkennen. Klar ist aber auch, dass sie es nicht freiwillig getan haben. Sie haben sich gewehrt, davon zeugt das Chaos im Zimmer. Außerdem, warum hätten sie freiwillig fixen sollen? Sie sind keine Junkies, haben nie konsumiert.

Er hat die Handys der beiden Mädchen in seinen Händen und browst durch die Nachrichten. Ein Raffael hat sich offenbar mit Denise getroffen, im Sunderland am Winterfeldtplatz. Doch wer zum Teufel ist Raffael? Ihr Bruder, von dem sie gesprochen hat und der zu Besuch kommen wollte? Bosman drückt auf »Antworten«, sieht auf dem Display, wie die Verbindung aufgebaut wird, doch Raffaels Telefon ist ausgeschaltet. Also fährt er zu Denise' Wohnung. Die Hoftür ist offen. Er geht die Treppe hoch und klingelt.

Schritte, eine zaghafte Stimme. »Ja?«

»Polizei«, sagt Bosman und hält seinen Ausweis vor den Spion.

Raffael macht auf.

Er ist nicht nach Salzgitter zurückgefahren, sondern in das nächste Polizeirevier, wo er alles erzählt hat. Dann ist die Kripo zur Wohnung seiner Schwester mitgekommen, um Spuren aufzunehmen. Hat überall an den glatten Oberflächen mit ihrem Grafit rumgepinselt, um vielleicht Fingerabdrücke zu kriegen. Sie waren nett zu ihm, sagt Raffael, und haben dann am Ende sogar noch dafür gesorgt, dass ein neues Schloss eingebaut wurde. Dennoch fühlt er sich ziemlich mulmig. Bevor er die Wohnung verlässt, schaut er immer erst mal aus dem Fenster auf die Straße, und wenn er zurückkommt, bleibt er an der Ecke immer einen Moment lang stehen und beobachtet die Leute und die parkenden Autos, um zu checken, ob dieser Gorilla vielleicht in einem davon sitzt.

Als Bosman ihm Fotos zeigt, erkennt Raffael den Gorilla wieder. Es ist Momo. Bosman denkt an Denise und Yvette und was er ihnen angetan hat. Er ruft Arslan an und sagt: »Diesmal bist du zu weit gegangen.«

Momo ist auf Inspektionsgang in seiner Spielhalle an der Skalitzer, als die Handschellen klicken. Er sieht noch, wie Bosman und Schuster an den glitzernden Spielautomaten entlang auf ihn zukommen, dann drehen sie ihm auch schon die Hände auf den Rücken, bis es in den Schultern knackt.

»Hey, was soll das? Ich habe meine Rechte. Was werft ihr mir vor, ihr Schwanzlutscher?«

Bosman stößt ihn gegen die Wand. »Was hast du mit den Mädchen gemacht?«

Momo grinst breit. »Was für Mädchen?«

Und Bosman schlägt ihm ins Gesicht.

»Ich zeig dich an«, sagt Momo. »Hier sind lauter Zeugen, die bekunden …«

»Das reicht«, sagt Schuster, packt Momo im Transportgriff, sodass Momo sich mit Gesicht und Rücken tief runterbeugen muss, um dem schmerzhaften Schulterhebel zu entkommen. Augen nach unten, in den Dreck.

Wo du hingehörst, du Arschloch!

Später sitzt er im Vernehmungsraum und schweigt. Dann kommt Laurenz und holt ihn raus. Er sagt Bosman und Schuster, dass sie ihre Ermittlungen gerne fortsetzen können, aber Momo hat einen festen Wohnsitz und eine Anstellung als Koch im Dönerladen seines Cousins Ibrahim. Fluchtgefahr besteht nicht, also müssen sie ihn laufen lassen. Laurenz hat seinen Vortrag mit der gewohnten Souveränität abgespult, und doch ist es Bosman nicht entgangen, wie unwohl er sich dabei gefühlt hat.

Du mieses Schwein, denkt er, *du hast es gewusst. Du steckst mit drin, hast Arslan ihre Namen gegeben.*

Sie lassen Momo laufen.

Es bleibt ihnen nichts als blanke Wut.

Nach zwei schweigsamen Pils im Anker klopft Schuster frustriert auf den Tresen und empfiehlt sich. Bosman bestellt einen Wodka und ruft Nikki an.

Diesmal fickt er sie mit Handschellen.

Sie reckt ihm ihren Arsch entgegen, Brüste auf dem Laken, die Handgelenke an den Bettrahmen gefesselt, und er klatscht ihr rechts und links auf die schwingenden Backen, bis sie glühen und Nikki aufschreit und er in ihre Möse spritzt. Als er Stunden später zu seiner schlafenden Frau unter die Bettdecke kriecht, fragt er sich, was ihn eigentlich noch von Rüdiger unterscheidet.

39

Sie debattieren in Uwes Küche über Harrys Vorschlag, und es geht wie üblich drunter und drüber. Sie sind wütend, weil bei Harry nichts zu holen ist und sie jetzt wie die Deppen dastehen. Dann fällt Uwe über Luis her, dessen Schuld das alles ist. Hier auf dicke Hose machen und dann einen Bettler entführen, Mann, *hombre!* Bobo versucht zu beschwichtigen, und Luis sagt schließlich: »Was machen wir jetzt mit diesem Banker?«

»Schlage vor, wir spähen ihn aus«, sagt Uwe. »Und wenn er fette Beute verspricht, schnappen wir ihn uns. Wenn nicht, schneiden wir Harry ein Ohr ab und schicken es seiner Frau. Was meinst du, Bobo?«

»Yo, Mann.«

Bobo rollt einen Joint, leckt über das Blättchen und zündet ihn an.

»Ihr wollt noch jemanden entführen?«, fragt Jeanette. »Sag mal, habt ihr sie noch alle? Wo wollt ihr denn hin mit dem? Noch einer hier in der Wohnung?«

Betretene Gesichter.

»Ich will mit dem Scheiß nichts zu tun haben«, sagt Jeanette. »Nehmt Harry und verschwindet, macht, was ihr wollt, aber raus aus meiner Wohnung. Ich gehe wegen so einem Scheiß doch nicht in den Knast.«

»Und wo sollen wir bitte schön hin?«, schnappt Uwe.

»Dahin, wo ihr hergekommen seid.«

»Zu Luis? Spinnst du?«

»Nein«, sagt Luis, und alle schauen ihn verwundert an. »Die Spurensicherung ist da durch, wir können wieder rein.«

Uwe und Bobo glotzen dämlich.

Jeanette sagt: »Er hat recht. Die Bullen werden doch nie auf die Idee kommen, dass ihr Harry da versteckt.«

Wie in Der entwendete Brief, *einer Erzählung von Edgar Allan Poe,* denkt Luis, die er letztes Jahr von einer Yogaschülerin geschenkt bekommen hat und in der es um das perfekte Versteck geht: da, wo es keiner vermutet, direkt vor aller Augen. In der Geschichte hatten sie den Brief, den die Polizei suchte, offen auf das Kaminsims gelegt, und niemand hatte ihn da gesehen, weil niemand ihn dort vermutete. *Anders als Uwe und Bobo hat Jeanette das sofort erkannt,* denkt Luis. Sie hat definitiv Verstand im Kopf. Er hätte am besten gleich mit ihr arbeiten sollen statt mit diesem Vollpfosten. Sie bestätigt die populäre These, dass Frauen die Zukunft gehört.

Doch Uwe ist nicht überzeugt. »Die Bullen haben uns auf dem Schirm. Meinst du, für die sind wir erledigt? Was ist, wenn sie das Haus beobachten, weil sie immer noch glauben, dass wir was damit zu tun haben?«

»Umso besser«, sagt Luis. »Wenn wir Harry sozusagen vor ihren Augen in das Haus schaffen, dann kommen die da nie drauf, *entiende*?«

Also fährt er mit Bobo und Uwe zurück zu Trautweins Haus. Sie halten in der Parallelstraße und checken erst mal, ob die Luft rein ist.

Ist sie nicht. Wie es aussieht, hocken die Bullen in einem schwarzen Polo und observieren.

»Fuck«, sagt Uwe.

»Nichts fuck«, sagt Luis. »Das ist super. Das ist unsere Generalprobe. Mal schauen, ob sie mich anhalten und in den Kofferraum gucken.«

Uwe und Bobo gehen zu Fuß hintenrum in Trautweins Garten. Luis fährt in seinem Daimler langsam in die Straße, dann an dem schwarzen Polo vorbei und schaut rüber. Der Typ hinter dem Steuer scheint zu pennen, sein Kopf ist nach hinten gekippt, sein Mund steht offen. Etwas enttäuscht fährt Luis vor Trautweins Haus, öffnet die Garage und bringt seine Karre rein. Er schaut noch mal zum Polo und sieht, dass der Mann aufgewacht ist und zu ihm rüber schaut.

Buenas noches, denkt er, zieht das Garagentor von innen zu und lässt Uwe und Bobo hinten rein. Sie richten den Keller wieder her, dämmen das kleine Fenster mit der alten Matratze aus dem Gerümpelkeller nebenan und rollen den Futon aus, den sie auf dem Dachboden gefunden haben. Mittlerweile ist es Mitternacht geworden. Sie fahren zurück zu Uwes Wohnung und führen Harry mit einer Pudelmütze über den Augen die Treppe runter zum Daimler, wo Luis die Heckklappe schon aufgemacht hat und Schmiere steht. Sie helfen Harry in den Kofferraum. Das muss leider sein, damit sie an dem Bullen vorbeikommen, der vor Trautweins Haus postiert ist. Doch als sie wieder da sind, ist der schwarze Polo verschwunden.

Am nächsten Morgen fahren sie los zur *surveillance tour*, wie Uwe das nennt. Sie haben Rüdiger gegoogelt, und Harry hat nicht gelogen. Im Organigramm der Berliner Kreditbank stand er ziemlich weit oben und lächelte sie von seinem Foto staatsmännisch an.

Keine Frage, der Typ hat Kohle.

Jetzt hocken sie in Luis' Daimler und schauen zu dem Bungalow rüber, der sich unter Bäumen und violetten Bougainvillea-Blüten erstreckt. Uwe hat einen Feldstecher dabei, durch den er ständig glotzt. Es ist Samstag, Rüdiger müsste zu Hause sein. Aber nichts tut sich, nicht mal ein Rascheln der Gardinen.

»Vielleicht ist er verreist«, sagt Bobo.

In diesem Moment öffnet sich das Garagentor, und das weiße Gitter zur Einfahrt schwingt auf. Ein dunkler Mazda-Sportwagen kommt raus, biegt in die Straße ein und fährt an ihnen vorbei. Am Steuer sitzt eine elegante Frau um die fünfzig, neben ihr ein Junge.

»Seine Braut«, sagt Uwe. »Das ist seine Braut mit Kind.«

»Ja, vermutlich«, sagt Bobo.

Luis sagt nichts.

Nach einer Weile sagt Uwe: »Lasst uns doch mal nachsehen, ob er da ist.«

Sie steigen aus, gehen durch die Gartenpforte und schauen durch die Fenster. Schließlich sehen sie Rüdiger. Er liegt im Bademantel auf dem Sofa eines Arbeitszimmers mit Bücherregalen und einem Globus auf dem Schreibtisch und scheint zu schlafen.

»Ich glaub, mich juckt der Affe«, sagt Uwe.

Rüdiger wird durch ungestümes Klingeln an seiner Haustür geweckt. Benommen richtet er sich auf und rückt seinen Bademantel über dem Bauch zurecht.

»Ja doch, ich komme!«

Ist Ines nicht da?

Liegt wahrscheinlich wieder auf der Terrasse in der Sonne und hört ein Audiobook, irgend so einen Krimi. Gestern Abend hatte sie die Günthers eingeladen, in der Hoffnung, dass Jürgen ihn mal zur Seite nehmen und nachfragen würde, was denn eigentlich mit ihm los ist, das war von Anfang an durchschaubar. Dann kam Jens angequengelt, weil er nicht schlafen konnte, und beanspruchte die Aufmerksamkeit der Anwesenden für eine Weile, Gott sei Dank. Doch Jürgen ließ nicht locker, folgte ihm in die Küche, als er Wein holen ging, und sagte: »Ines macht sich Sorgen.«

»Ich mir auch«, sagte Rüdiger.

»Worüber?«

»Die Umweltverschmutzung.«

»Du weißt, was ich meine.«

»Nein.«

Er öffnete den Kühlschrank und holte eine neue Flasche Weißwein raus.

»Mensch, Hans«, sagte Jürgen. »Was ist los? Du bist nicht mehr der Alte, hast dich beurlauben lassen, kommst nicht mehr in den Club.«

»Weißt du, was los ist?«, sagte Rüdiger nach einer Weile, in der nur das Geschwätz der Frauen aus dem Wohnzimmer rüberschwappte. »Die simple Wahrheit ist, ich habe einen Burn-out. Ich bin fertig, durch, überarbeitet. Wir Banker sind Verbrecher. Wir bescheißen den Staat, den Steuerzahler und uns selber. Das ist bei uns wie in einem Haifischbecken, kaum drehst du dich um, beißt dir einer die Flossen ab. Ehrlich gesagt, ich finde, ich habe verdammt nochmal ein gutes Recht auf einen beschissenen Burnout!«

Jürgen war ein Stück zurückgeprallt und hatte die Hände gehoben, um sich vor Rüdigers wütendem Speichelgewitter zu schützen. »Sorry, ich wollte dich nicht reizen.«

Der verdammte Heuchler.

Aus jedem seiner Worte tropfte Herablassung. Ärger kam in Rüdiger hoch. Als die Günthers endlich weg waren, schaute Ines ihn mit einem wissenden Blick an und sagte: »Hans, du solltest wirklich einen Arzt aufsuchen.«

Er öffnet die Haustür.

Ein Blitz trifft seine Augen und fräst eine lodernde Schmerzbahn in sein Hirn. Er kann nichts sehen, wird brutal in den Flur gestoßen, hört, wie die Tür zugeschmissen wird. Dann drückt sich etwas Kaltes und Rundes in seinen Nacken, ein Klicken, eine

Stimme sagt: »Los, zur Garage. Von innen. Und wenn du schreist, dann knall ich dich ab.«

Rüdigers Gehirn schaltet auf Autopilot. Er hört blecherne Geräusche, das Garagentor, wird in etwas Enges gestoßen. Es stinkt nach Benzin, Panik flammt auf. Rüdiger strampelt mit den Beinen. Sehen kann er nichts. Die Tränengasladung hat ihm die Augen verätzt, und er hat höllische Schmerzen. Er stößt sich Kopf und Knie, dann knallt etwas über ihm zu. Ein Motor heult auf, es rumpelt, er fährt, und dann ist es ihm klar.

Er liegt in einem Kofferraum.

Nach einer Ewigkeit und jeder Menge Kurven, die ihm den Magen umdrehen, hält der Wagen an. Er hört Türen schlagen und Schritte, dann wird der Kofferraum geöffnet. Rüdiger zwinkert, kann nur Schemen in dem brennenden Licht ausmachen.

»Meine Augen«, sagt er. »Meine Augen …«

Jemand zerrt ihn am Arm aus dem Kofferraum und bugsiert ihn in ein Bad. »Spül dir die Augen aus. Danach setzt du die Binde auf.«

Die Tür fällt hinter Rüdiger ins Schloss.

Er stolpert zum Waschbecken, dreht den Hahn auf und hält seine geöffneten Augen darunter. Dann richtet er sich auf, trocknet sein Gesicht mit dem Handtuch ab, das er vom Halter fingert, und öffnet vorsichtig die Augen. Noch ist sein Blick verschleiert, aber der Schmerz ist weg, ein leichtes Brennen nur noch. Er materialisiert sich langsam im Spiegel und erschrickt. Seine Augen sind dick angeschwollen und schimmern in ungesunden Farben. Rüdiger braucht einen Moment, um zu sich zu kommen und zu rekapitulieren, was hier los ist. Die Wahrheit ist ernüchternd. Er wurde entführt.

»Fertig?«, ruft jemand von draußen.

Rüdiger erinnert sich an die Binde, von der der Mann gesprochen hat. Sie liegt auf der Ablage neben dem Waschbecken. Er setzt sie auf und ruft: »Fertig.«

Die Tür wird geöffnet. Der Mann packt ihn wieder am Arm und führt ihn eine Treppe hinab in einen Keller. Eine weitere Tür wird geöffnet, der Mann stößt ihn grob über die Schwelle, die Tür fällt hinter ihm zu. Rüdiger versucht, seinen fliegenden Atem zu beruhigen und die Panik in den Griff zu kriegen. Nach einer Weile schalten sich seine Sinne der Reihe nach wieder ein, und er spürt mit eisigem Schrecken, dass er nicht alleine ist. Da atmet noch jemand, direkt vor ihm.

»Hallo?«

»Die Binde kannst du absetzen. Wir müssen sie nur tragen, wenn sie reinkommen.«

Rüdiger reißt sich die Binde ab und starrt Harry mit seinen triefenden Augen an. »Du?!«

»Hallo, Hans«, sagt Harry.

»Was machst du denn hier?«

»Dasselbe könnte ich dich auch fragen.«

40

Bosman hat sich im Bad für die Nacht fertig gemacht und kommt, nur mit einem Handtuch bekleidet, ins Schlafzimmer, als Britta sagt: »Wer ist Nikki?«

Bang!

»Was meinst du?«

»Na, sie schickt dir nachts noch schöne Grüße.«

»Was?«

Britta reicht ihm sein Handy und sagt mit kalter Unschuld: »Hat gerade geklingelt.«

Bosman glotzt auf das Display, während es ihm heiß in den Schläfen pocht. »*Gute Nacht, Nikki – Emoji Kiss.*«

Fuck!

»Oh nee …«, sagt Bosman, um genervte Neutralität bemüht.

»Schlechte Nachricht?«, sagt Britta spöttisch.

»Sie ist eine Informantin.«

»Ach ja? In knappem Bikini am See?«

Sie hat den ganzen Chatverlauf gelesen. Die Wut des Ertappten steigt in ihm auf. »Du liest meine Nachrichten?«

»Wenn sie neben mir aufpoppen? Kann ich doch nichts für.«

Nee, natürlich nicht, denkt Bosman, *wer sonst?* Wie kommt er da wieder raus? Alles abstreiten ist absurd, also muss er die

Geschichte einigermaßen plausibel hinbiegen. »Ich glaube, sie hat sich ein bisschen in mich verguckt.«

»Sieht so aus, oder? Hast du was mit ihr?«

»Nein«, sagt Bosman und fürchtet, eine Spur zu empört geklungen zu haben.

»Und wie war's auf der Vernissage?«

»Bin nicht da gewesen.«

»Warum nicht? Ihr müsst euch doch bestimmt mal irgendwo treffen, um geheime Informationen auszutauschen, oder?«

Triefend vor Sarkasmus.

Bosman schaut sie ärgerlich an. »Was soll das?«

»Das frage ich dich.«

»Bist du etwa eifersüchtig?«

»Auf wen?«, fragt Britta. »Sie ist doch nur eine Informantin.«

Am nächsten Morgen tun sie so, als wäre nichts gewesen, aber Bosman spürt die üblen Vibes. Sophie geht es genauso.

Sie fragt: »Alles okay?«

»Alles bestens, Schatz«, sagt Britta und lächelt wie eine amerikanische Schauspielerin, die auf der Pressekonferenz allen erzählt, wie toll und großartig alles ist. Die Verabschiedung fällt kühl aus, und Bosman fühlt sich scheiße. Dann ruft Schuster an und teilt ihm mit, dass Denise und Yvette ihre Aussage zurückziehen und behaupten, das Heroin selber gekauft zu haben. Angeblich war die Tür schon aufgebrochen, als sie nach Hause kamen. Warum sie dann nicht gleich angerufen haben, können sie nicht sagen. Wie es aussieht, sind sie bei der Vorstellung, das nächste Mal zu Tode gedröhnt zu werden, definitiv raus.

War ja klar, denkt Bosman und hofft, dass sie sich nach dem ersten Schrecken vielleicht doch wieder berappeln. Das sagt er auch Schmitti, den er eine halbe Stunde später in seinem Büro im Amtsgericht trifft, der aber heute seltsam defensiv wirkt.

»Das ist natürlich ganz schlecht«, sagt er.

»Wir haben ihre Aussagen, und wir wissen, dass es Momo war, der sie so zugerichtet hat.«

»Sagen die Mädchen das?«

»Nein, natürlich nicht, die schieben voll den Horror.«

»Gibt es Beweise?«

Bosman schaut ihn ungläubig an. Wo ist Richter Gnadenlos? Im Urlaub? »Die KTU ist noch im Apartment.«

»Dann warten wir erst mal ab, ob sie da was finden. Pass auf, Frank, ich habe jetzt eine Verhandlung, halt mich auf dem Laufenden, okay?«

Was ist los mit ihm? Prostatabeschwerden oder Angst?

Bosman tippt auf Angst.

Und damit hat er recht.

Als Schmitt in seine Robe steigt, denkt er an das Foto, das ihm vorhin von einem unbekannten Absender geschickt wurde: die halb tote Denise auf dem Boden vor dem Sofa, mitten in ihrer eigenen Kotze.

Die Botschaft ist klar: Schau her, das machen wir mit deiner Tochter, wenn du nicht spurst. Wir machen sie zu einer Crackhure, die an der Autobahn steht und fetten Truckern die haarigen Schwänze lutscht. Schmitt rutschte der Boden unter den Füßen weg. Seine Tochter Amelie lebt bei ihrer Mutter in Charlottenburg, und auch wenn sie sich nur selten sehen und dann meist streiten, weil sie ihn für ein erzkonservatives Arschloch hält, ist der Gedanke, dass ihr ein Haar gekrümmt werden könnte, unerträglich. Welche Optionen hat er? Die Warnung – es ist schon die zweite – einfach ignorieren? Dann spielt er mit dem Leben seiner Tochter und möglicherweise auch mit seinem eigenen. Polizeischutz anfordern? Wo das hinführt, konnte man gerade wieder sehen.

Oder mitspielen.

Was ist eigentlich gewonnen, wenn Tarik für fünfzehn Jahre abwandert? Man hat für einen kurzen Moment die Gemüter auf seiner Seite, und dann redet keiner mehr davon. Tarik einzusperren bringt so viel, wie der Medusa einen Kopf abzuschlagen. Da wachsen gleich zwei neue nach. Außer einer gewissen persönlichen Genugtuung und dem Beifall des Boulevards bringt es also wenig. Ist es das wert, dafür das persönliche Wohlergehen und das der Familie aufs Spiel zu setzen?

Schmitt denkt an den legendären Giovanni Falcone, sein großes Vorbild, der am 23. Mai 1992 von der sizilianischen Mafia ermordet wurde – trotz schweren Polizeischutzes. Er hatte sein Leben dem Kampf gegen das organisierte Verbrechen geopfert. Schmitt muss zugeben, dass er nicht bereit ist, so weit zu gehen.

Ist er deswegen feige?

Mit diesem unerfreulichen Gefühl betritt er den Gerichtssaal und eröffnet das Verfahren wegen schwerer Körperverletzung gegen Mahmud Yildis, einen alten Bekannten mit einem ellenlangen Vorstrafenregister. Ihn wird heute der Zorn des Richters treffen, der erkennen muss, nicht aus dem Stoff zu sein, der Helden formt.

Harry hockt auf dem Futon und mümmelt sein Müsli, das man ihm vorhin mit einer Kanne Tee reingebracht hat.

Rüdiger schaut hungrig zu.

»Das ist ihre Masche«, sagt Harry kauend. »Sie hungern die Leute aus, bis sie nicht mehr können, und dann überweisen sie alles, was sie haben, froh, hier endlich rauszukommen.«

»Was? Sie wollen, dass ich ihnen mein eigenes Lösegeld zahle?«

»Wart's ab. Die schieben dir nachher einen Zettel durch die Tür, wo alles draufsteht.«

»Und wenn ich nicht bleche, verhungere ich?«

»Genauso ist es.«

»Wie viele haben sie denn schon verhungern lassen?«

»Keine Ahnung, woher soll ich das wissen?«

Rüdiger denkt einen Moment nach. »Und wieso kriegst du eigentlich was zu essen?«

Harry lässt den Löffel sinken. »Weil ich es mir hart erarbeitet habe. Weißt du, was die mit mir gemacht haben? Waterboarding, stell dir das mal vor, so wie die Amis im Irak und in Guantanamo.«

Rüdiger schaut ihn erschrocken an. »Was?«

»Ja, so ist es.«

Er isst weiter, Rüdiger sagt: »Und jetzt schaust du zu, wie ich neben dir verhungere, während du dein scheiß Müsli kaust?«

»Beruhige dich«, sagt Harry. »Ich lass dir ja was übrig.«

Sie schweigen einen Moment.

Rüdiger zieht sich den Bademantel über dem Bauch zurecht und sagt: »Ich dachte schon, die Mafia hätte mich entführt.«

»Das dachte ich auch mal«, sagt Harry. »Stimmt aber nicht. Einer von denen ist Spanier oder Italiener, und einer heißt Uwe, der Typ, der mich fast umgebracht hätte.«

»Was hast du mit der Mafia zu tun?«

»Ach«, sagt Harry. »Ein Missverständnis. Sie glauben, ich schulde ihnen Kohle, obwohl das vertraglich ganz klar geregelt war.«

Und dann erzählt er Rüdiger die Geschichte mit Bruce Russo und seinem Flop mit *Nighthawks*, der ihn in Aziz' Arme getrieben hat.

»Du wolltest mir damals keinen Kredit geben, weißt du noch?«

»Ich erinnere mich«, sagt Rüdiger. »Die Voraussetzungen waren leider nicht gegeben.«

»Ja, das hast du mir damals auch schon erzählt«, sagt Harry und reicht ihm die fast leere Müslischale, in der ein paar breiige Körner in lauwarmer Milch schwimmen und am angeleckten Löffel kleben.

Rüdiger schaut angewidert in die Schale.

»Jetzt stellt dich nicht so an«, sagt Harry. »Mit so einer Haltung wirst du hier nicht überleben. Denk an die Sandneger in der Sahelzone, die würden sich gegenseitig umbringen für einen Löffel Müsli.«

Luis liegt auf dem Sofa und schaut zu Uwe und Bobo rüber, die am Tisch sitzen und Memory spielen. Die Vorhänge haben sie zugezogen, auf der Terrasse lassen sie sich vorerst nicht mehr blicken.

Sie warten.

Aber worauf eigentlich? Dass Rüdiger vor Hunger einknickt und ihnen eine Million überweist, während Harry neben ihm rund und feist wird? Das Handy in der Hosentasche dudelt »Macarena«, eine Erinnerung an bessere Zeiten.

Es ist Helen.

Sie will ihn sehen.

Als er ankommt, summt die Tür wie von Geisterhand auf, und Luis tritt ein.

»*Hola, guapa*!«

Er hört chillige Elektrobeats aus dem Wohnzimmer und geht rüber. Die Terrassentüren sind geöffnet, warmer Wind bauscht die weißen Leinenvorhänge auf, und im Gegenlicht der hellen Nachmittagssonne steht Helen am Küchentresen und mixt Drinks in einem Shaker. Das weite Hemd hängt über ihren weißen Tennisshorts, und als sie sich zur Begrüßung vorbeugt, kann Luis ihre weichen Brüste sehen.

»Hey, Luis, wie geht's?«

»*Bueno*«, sagt Luis. »Alles gut.«

»Hab dich schon länger nicht mehr beim Yoga gesehen.«

»*Si*, ich habe die Kurse erst mal auf Eis gelegt. Viel zu tun, viel Stress, weißt du?«

»Klar. Was machst du denn?«

Sie gießt die Drinks aus dem Shaker in zwei Gläser.

»Viel zu viel, wie immer. Claudio will ein Lokal mit mir aufmachen, und ich sage ihm, das ist die falsche Zeit. Dann habe ich ein Projekt mit ein paar alten Freunden, na ja, überall ist was zu tun.«

»Whiskey Sour?«

Helen reicht ihm lächelnd ein gefrostetes Glas, an dem seine Finger im ersten Moment kleben bleiben.

»Cheers.«

Sie trinken einen Schluck, Luis setzt das Glas ab und sagt: »Wow, das ist ein verdammt guter Whiskey Sour. Wo hast du mixen gelernt?«

»Ich hab den alten Reserve Single Malt aus Japan aus dem Medizinschrank geholt, wo Harry ihn immer versteckt, wenn Gäste kommen.«

Sie lachen.

»*Oie*«, sagt Luis. »Was gibt es? Wir haben uns länger nicht gesehen, du siehst toll aus.«

»Die Wahrheit?«, sagt Helen. »Ich habe über das nachgedacht, was du gesagt hast, in Bezug auf Harry. Was ich eigentlich noch von ihm habe, warum ich seinen ganzen Scheiß mitmachen muss. Das klang im ersten Moment so hartherzig, so kalt. Aber dann fiel mir wieder ein, was für ein Nichtsnutz er ist. Vögelt rum, landet einen Flop nach dem anderen und tut immer so, als hätte er mal die Palme in Cannes gewonnen, aber soll ich dir mal sagen, wie es wirklich war? Er hatte gar nichts mit dem Film zu tun, hat *stupid german money* bei der Filmförderung eingesammelt, das war alles.«

»Ähm ...«, macht Luis. »Worauf willst du hinaus?«

»Dass Harry mich eigentlich mein Leben lang betrogen hat.«

»*Mira*«, sagt Luis, »er ist kein schlechter Mann, er ...«

Helen dreht sich zu ihm und küsst ihn auf den Mund. Er kann das Aroma auf ihren weichen Lippen schmecken, Limone, Zucker und der gute japanische Single Malt.

»Du und ich«, sagt sie, »wir sind ein gutes Team. Nicht nur im Bett.«

»Willst du ihn verlassen?«

»Ich will dabei sein.«

»Wobei?«

Helen kommt ein wenig näher und schaut ihn mit einem Blick an, den sie auf der Schauspielschule gelernt haben muss: *Don't fuck with me!*

»Luis«, sagt sie, »mich kannst du nicht verarschen. Ich weiß, dass du Harry entführt hast.«

Luis pocht es heiß in den Schläfen. Er weicht ihren Augen aus, die ihm folgen wie Hyänen. »Wie viel wollt ihr von ihm haben?«

»*Mira, chica* ...«, sagt Luis. »Du bist verrückt, total verrückt.«

»Nein«, sagt Helen, packt ihn an seinem Gürtel, greift vorne hinter die Schnalle und zieht ihn zu sich ran. »Ich will die Hälfte.«

Eine Stunde später trifft sie Bosman im Café M in der Goltzstraße. Als sie kommt, sitzt er schon an einem Tisch unter der Markise und fragt als Erstes: »Wie hat er reagiert?«

»Mit einem erigierten Penis«, sagt Helen und bestellt einen doppelten Espresso bei der jungen Asiatin mit den blauen Haaren und dem zerschlitzten Rock über der zerschlitzten Strumpfhose.

»Ich habe nicht verlangt, dass du ihn vögelst.«

»Ich habe ihn nicht gevögelt. Ich habe ihn abblitzen lassen.«

Bosman grinst. »Wie auch immer.«

»Er hat nichts zugegeben, aber ich bin sicher, dass er lügt. Er ist meinem Blick ausgewichen, als ich ihn direkt konfrontiert habe. Ich habe es gemacht wie Emma Preston in *Cold Steel* ... als sie den Mörder ihres Mannes stellt, in der Szene im Gerichtssaal?«

»Ah ...«, sagt Bosman.

»Ist ja auch egal, aber ich bin mir *absolut* sicher, er hat Harry entführt, diese miese kleine Ratte.«

Ihr Espresso kommt. Sie reißt das Zuckerpäckchen auf, rührt in ihrer Tasse herum, und Bosman sieht die Sorge in ihrem Gesicht.

»Die gute Nachricht ist«, sagt er, »wenn Luis wirklich dahintersteckt, ist Harry *safe*.«

»Meinst du?«

»Glaubst du, der bringt einen um?«

Nein, eher nicht.

Helen lächelt und sagt: »Du bist süß, Frank.«

»Nein, im Ernst, ich meine das ehrlich. Luis ist vielleicht ein Abzocker, aber ganz sicher kein Mörder.«

Helen nickt. »Ja, vermutlich hast du recht.«

Sie schweigen einen Moment, dann sagt Helen: »Wie läuft's eigentlich bei dir?«

»Bei mir? Gut, wieso?«

»Britta hat mir alles erzählt.«

»Was hat sie dir erzählt?«

»Dass du eine Geliebte hast, die deine Tochter sein könnte. Respekt, hätte ich dir gar nicht zugetraut.«

Sie grinst.

»Kannst du mal sehen«, sagt Bosman ein wenig hilflos und schaut auf seine Uhr. »Ich muss dann mal los.«

»Aber dass ihr heiße Nachrichten auf dem Diensthandy austauscht, Mann, wie bescheuert kann man sein? Machst du das zum ersten Mal?«

Genauso kommt Bosman sich vor.

»Ich empfehle für solche Zwecke den Einsatz eines *dirty mobile*, kostet zwanzig Euro als Prepaid im Media Markt.«

»Ich werde das nächste Mal dran denken.«

»Komm, ärgere dich nicht. So was passiert.«

Bosman lächelt säuerlich, holt seine Rolle raus und blättert einen Zehner auf den Tisch. »Ich melde mich.«

»Weißt du, dass Britta dich rausschmeißen wollte?«

Nein, wusste er nicht.

Helen grinst. »Ich konnte sie gerade noch so davon abbringen, aber ich fürchte, das wird dich was kosten.«

Als Bosman nach Hause kommt, wird ihm klar, was Helen meinte. Er steht mit Britta in der Küche. Aus Sophies Zimmer dröhnt Hip-Hop von Rambam One, die Hasstiraden auf die Gegner, die Bitches und den ganzen Scheiß, und von draußen durch die geöffneten Fenster rauscht der Feierabendverkehr rein.

»Wieso müssen wir zum Therapeuten?«, sagt er. »Wir sind erwachsene Menschen. Ich sehe sie nicht mehr, aus und vorbei.«

»So einfach?«

»Ja, so einfach.«

»Mach doch keine Versprechen, die du nicht halten kannst.«

»Wieso kann ich sie nicht halten?«

»Kannst du?«

Bosman zögert, und Britta sagt: »Siehst du?«

»Hey, es tut mir echt leid, okay? Ich weiß, ich hätte mich da nicht drauf einlassen sollen, aber es ist nun mal geschehen. Ich verstehe ja, dass du sauer bist. Zu Recht.«

»Ich bin nicht sauer«, sagt Britta leise. »Ich bin traurig.«

Bosman beißt sich auf die Lippen. Wenn sie ihn schlagen würde, okay, das wäre in Ordnung. Ihre stille Enttäuschung aber ist schwer zu ertragen.

»Ich frage mich, wie es so weit kommen konnte. Nicht, dass du Sex mit einer jungen Frau hattest, mein Gott. Aber dass du so weit von mir weg bist.«

Ja, ja …, denkt Bosman und spürt, wie der Ärger in ihm hochkommt. Der ganze Frust liegt ihm auf der Zunge, die Arbeit, der Stress mit Arslan, sein Kampf an allen Fronten. Er will alles rausschreien und Verständnis fordern, erkennt aber im selben Moment, dass er sich damit zu einem kleinen Jungen macht, der mit den Füßen auf dem Boden strampelt.

»Ich habe gerade 'ne Menge um die Ohren«, sagt er matt.

»Ich auch.«

Was die Frage aufwirft, warum er nichts davon weiß. Die Antwort ist ebenso ernüchternd wie eindeutig: weil er nicht nachfragt. Weil es ihn am Ende nicht interessiert.

»Es tut mir leid«, sagt er.

»Ich weiß, dass es dir leidtut. Das hast du jetzt schon oft gesagt, aber das bringt leider nichts. Wir brauchen Hilfe, Frank, sonst verlieren wir uns.«

41

»Und dann?«, fragt Arslan ungeduldig und schaut zu Momo rüber, der an dem wackeligen Tisch im Café Urfa sitzt und in aller Seelenruhe seine Pistazien mit den Zähnen knackt.

»Dann sind die Bullen wieder rausgekommen«, sagt Momo und spuckt eine Schale aus. »Vielleicht eine halbe Stunde später.«

»Ohne Rüdiger?«

»Ohne Rüdiger.«

Arslan hatte ihn heute Morgen losgeschickt, um Rüdigers Haus auszuspähen. Er hatte sich den Kopf zerbrochen, wie er seinen Banker aus dem Spiel nehmen kann, ohne ihn zu liquidieren, aber leider fiel ihm dazu nichts ein, und am Ende hatte Rüdiger sich das alles selber zuzuschreiben. Jedenfalls wird Arslan nicht seinetwegen in den Knast gehen und sein Projekt am Osthafen abschreiben, nicht nach all der Arbeit, die er da bereits investiert hat.

Aber warum sind die Bullen wieder gegangen, ohne den Kerl in Handschellen mitzunehmen? Das kann nur heißen, dass sie bislang keine Beweise gegen ihn haben, aber Arslan kennt Bosman gut genug, um zu wissen, dass er ihn so lange bearbeiten wird, bis er einknickt.

Die Zeit läuft ihm davon.

»Okay«, sagt er. »Fahr noch mal hin und häng dich an ihn ran, wenn er das Haus verlässt. Warte bei seinem Wagen und sag ihm dann, ich will ihn sprechen.«

»Er wird das Haus nicht verlassen«, sagt Momo.

Arslan schaut ihn überrascht an. »Wieso nicht?«

»Weil er gar nicht da ist.«

Was?

Momo erzählt, wie er das Haus von außen inspizierte, nachdem die Bullen wieder weg waren, und Rüdigers Frau kurz darauf mit ihrem kleinen Sohn und einem Koffer in der Hand in ihren Mazda gestiegen und abgefahren war. Er schaute überall durch die Fenster des Bungalows, konnte aber niemanden mehr sehen. Arslan wundert sich, während ihm klar wird, warum die Bullen ihn nicht verhaftet haben.

Offenbar ist Rüdiger getürmt. Nur wohin?

Tatsächlich waren Bosman und Schuster gekommen, um Rüdiger zu verhaften. Nachdem sie Arslans Drohung neutralisiert hatten, setzten sie ihre Ermittlungen mit doppeltem Eifer fort. Befragungen unter Hamedis Kollegen im Tiergarten hatten ergeben, dass Rüdiger da oft die Dienste der kleinen Stricher in Anspruch genommen hatte, und sie alle sagten, dass er es immer verdammt eilig hatte, seine Hose nach dem Abspritzen wieder über den Hintern zu kriegen. Dem saß das schlechte Gewissen im Nacken, und es sah schlecht für ihn aus. Er hatte zu Bosman gesagt, er wisse nicht, wer Skinny auf der Party bei Butt *erwürgt* habe. Das hatte Bosman gleich stutzig gemacht, denn das war Täterwissen. Rüdiger wusste, dass Skinny ermordet worden war, aber er konnte nicht wissen, *wie* er gestorben war. Auch wenn er versucht hatte, sich rauszureden. Und jetzt war klar, er hatte diesen Hang zu jungen, schmächtigen Männern. Bosman malte sich aus, wie das war, wenn man Bedürfnisse hatte und keine Chance, sie zu Hause auszuleben. Da half im Grunde nur eins: drüber reden und hoffen, dass es irgendwie gut ausging. *Aber zeig mir die Frau,* dachte er, *die es okay findet, wenn ihr Mann einem Stricher in den Arsch fickt und dann womöglich zu Hause keinen Bock mehr hat.*

Als sie dann bei Rüdiger klingelten, machte nur eine völlig übernächtigte Frau auf, die Erschöpfung notdürftig überschminkt. Ines hatte die ganze Nacht nicht schlafen können, weil ihr Mann spurlos verschwunden war, seit dem vorigen Nachmittag. Sie hatte schon die Polizei angerufen, aber die hatten ihr gesagt, dass sie erst mal vierundzwanzig Stunden abwarten, bevor sie aktiv werden. Das Seltsame war, dass Rüdiger offenbar keine Klamotten mitgenommen hatte, und auch der Wagen stand noch vor der Tür.

»Hat er Geld abgehoben?«, fragte Bosman. Das würde Rüdiger brauchen, wenn er getürmt war, aber als Ines dann ihr Online-Konto aufrief, stellten sie fest, dass nichts abgebucht wurde. Auch nicht mit seiner Karte, die sie dann fanden, in seinem Portemonnaie, das im Flur auf der Ablage lag. Bosman sah, was in Ines vorging, und sagte: »Ich glaube nicht, dass er sich umgebracht hat.«

»Weil es keinen Abschiedsbrief gibt?«, sagte sie bitter und schaute durch die offene Terrassentür in den Garten, wo Schuster mit dem Jungen Fußball spielte, damit sie hier in Ruhe reden konnten. »Vielleicht können Sie mir erklären, was hier vorgeht. Ich habe nämlich keine Ahnung.«

Bosman zögerte.

Die Frau tat ihm leid, und er hatte keine Lust, ihr auch noch reinzudrücken, dass ihr Mann es mit Strichern trieb und einen davon vermutlich umgebracht hatte. Doch er hatte sie unterschätzt.

Sie sagte: »Ich bin keine Frau, die sich mit Halbwahrheiten abspeisen lässt, und dass etwas mit meinem Mann nicht stimmt, ist mir auch nicht erst gestern aufgegangen. Ich erwarte von Ihnen, dass Sie mir die Wahrheit sagen.«

Und Bosman sagte sie ihr.

Auf dem Rückweg ins Präsidium schweigen sie. Irgendwann murmelt Schuster: »Ist 'n netter Junge, der Kleine.«

»Ja«, sagt Bosman und fragt sich, wie Rüdiger das alles hinschmeißen konnte. Tolle Frau, tolles Haus, toller Sohn, toller Job. Dieses Leben hatte offenbar weder zu ihm noch zu seiner Frau gepasst. Trotz des Schocks schien sie fast froh gewesen zu sein, endlich eine Antwort auf ihre bohrenden Fragen bekommen zu haben, die in ihrem epischen Ausmaß den Weg in ein neues Leben eröffneten.

Ein Leben ohne Rüdiger.

Als sie in die schattige Empfangshalle des Präsidium kommen, läuft ihnen Nina über den Weg und erzählt, dass sie vorhin mit einem Dr. Lautenschläger von der Compliance-Abteilung der Berliner Bank telefoniert hat. Nina ist Hinweisen nachgegangen, nach denen Arslan illegale Konten dort unterhält, doch Lautenschläger bedauerte, keine Auskunft darüber geben zu können. Der zuständige Kollege Rüdiger sei leider krankgeschrieben.

Von wegen krankgeschrieben, denkt Bosma. Wenn Rüdiger auspackt, packt Arslan ein. Vermutlich hat er ihn entführt und umgelegt. Er wird die Spurensicherung in Rüdigers Haus beordern, sie werden nach Spuren suchen und vielleicht auch finden, alle Beteiligten werden lügen. Es ist immer dieselbe Routine, er hat es so satt. Dann ruft Emrah an und will ihn und Schuster sehen, sofort.

Emrah steht hinter seinem Schreibtisch wie Omar Sharif und sagt: »Ich erfahre soeben, dass der Haftbefehl gegen Tarik Aziz aufgehoben wurde.«

»Wie bitte?«

»Aus den Medien.«

Emrah dreht ihnen den Bildschirm seines Computers zu, und Bosman sieht einen Bericht von *Spiegel Online*. Tariks grinsende Visage, die Nase immer noch dick von den Prügeln, die er bezogen hat, der linke Arm bandagiert, leicht hinkend, und das Victory-Zeichen, als er mit Laurenz und von Reportern umringt die Haftanstalt Moabit verlässt, in die er vom Bundeswehrkrankenhaus verlegt wurde. Autor Oliver Thiel spricht von fadenscheinigen Beweisen gegen Tarik, die der Anwalt »in der Luft zerrissen« habe, und falschen Zeugen, die jetzt behaupten, die Polizei habe sie zu ihren Aussagen gedrängt.

Bosman sagt: »Scheiße.«

»Wie konnte das passieren?«

»Die Mädchen haben sich nicht an die Regeln gehalten.«

»Seit wann halten sich Mädchen an die Regeln?«, sagt Emrah. »Ihr hattet die Verantwortung für ihre Sicherheit, verdammt nochmal, und ihr habt jämmerlich versagt!«

»Wenn Sie uns die Nanny bezahlen, können wir auch rund um die Uhr da sein«, sagt Schuster.

»Das war unverantwortlich.«

»Ach ja? Dann übernimm doch mal Verantwortung. Bring doch mal zwei Zeugen unter, wenn der Staat dir sagt: ›Wir haben frühestens in sechs Wochen ein sicheres Haus frei, aber rufen Sie in drei Wochen doch noch mal an.‹ Und lass dich dafür anscheißen, dass du nur vierzehn und keine vierundzwanzig Stunden arbeitest und deswegen nicht die Vollzeit-Nanny spielen kannst, und dass es die Dienstpläne nicht erlauben, eine lückenlose Betreuung sicherzustellen, weil solche Sesselfurzer wie du in den Urlaub fahren und es sowieso viel zu wenige gibt, die überhaupt noch Bock auf diesen unterbezahlten Drecksjob haben!«

Ein Moment Stille.

Dann lächelt Emrah ihn von oben herab an und fragt: »Fertig?«

»Fertig«, sagt Schuster.

»Gut. Wie geht es den Mädchen?«

»Scheiße geht es ihnen.«

»Besteht die Chance, dass sie doch noch aussagen, wenn der erste Schreck vorbei ist?«

»Ich glaube nicht.«

Emrah hängt die Daumen in seine Hosentaschen und trommelt sich mit den Fingern auf die Leisten. »Seht zu, dass ihr Momo festnagelt, und grillt ihn, bis er gesteht, die Mädchen für Arslan eingeschüchtert zu haben.«

»Er wird seinen Boss nicht verraten.«

»Sicher?«, fragt Emrah. »Ist doch bekanntlich alles nur eine Frage des Preises.«

Das stimmt.

Da wird ständig von der unverbrüchlichen Loyalität der verschiedenen Mafiagruppen erzählt, von geschlossenen Familien, die sich immer schön Feuerschutz geben, egal ob Camorra, Yakuza, Araber oder Tschetschenen – aber am Ende fliegen sie alle auf, weil sie von Leuten aus ihrer engsten Umgebung verraten werden. Jeder ist käuflich. Emrah hat recht, es ist alles nur eine Frage des Preises.

Bosman fängt Schmitti ab, als er gegen 17 Uhr das Amtsgericht Neukölln verlässt, und fragt: »Wieso hast du Tarik laufen lassen?«

Schmitti bleibt stehen und schaut ihn an, Brust rausgedrückt, verspannt und eine Spur zu gerade. »Es gibt keinen hinreichenden Tatverdacht.«

»Willst du mich verarschen?«

»Die Zeuginnen sind eingeknickt.«

»Und du?«

Schmitti räuspert sich und sagt: »Pass auf, Frank, ohne die Augenzeuginnen sind mir die Hände gebunden, die Beweise sind dürftig.«

Bosman schüttelt den Kopf und schaut ihn ungläubig an. »Du also auch, ich glaube es nicht, ausgerechnet du.«

»Ich bin an Gesetze gebunden, Frank, und auch wenn es dir oder mir nicht in den Kram passt, kann ich nicht dagegen verstoßen. Immerhin leben wir in einem Rechtsstaat.«

Bosman sagt: »Warum bewirbst du dich nicht in Nordkorea? Da können sie Leute wie dich gebrauchen.«

42

Die 40-Watt-Birne funzelt gelblich von der Kellerdecke wie eine sterbende Sonne, und Harry sagt zu Rüdiger: »Weißt du, dass ich dich doch nie leiden konnte?«

»Ich dich auch nicht«, erwidert Rüdiger, der in seinem Bademantel auf dem Futon liegt, Kissen unter dem Arm. »Du warst immer ein Großkotz.«

»Und du ein Spießer.«

Sie haben das Zeitgefühl längst verloren, sehen rund um die Uhr nur diese scheiß Funzel. Neuerdings wird Harry zum Essen rausgeholt, sodass er Rüdiger nichts zustecken kann. Es sei denn, sie machen es wie die Spatzen, aber so weit sind sie noch nicht. Harry muss sich nach rechts wenden, wenn er aus dem Keller rauskommt, die Tür hinter sich schließen, und dann kann er die Binde abnehmen. Vor ihm auf der umgedrehten Kiste am Ende des Gangs steht dann das Essen. Heute war es Chicken Curry, das sie offenbar beim Vietnamesen bestellt haben. *Sie werden unvorsichtig*, dachte Harry, *wenn sie draußen Essen ordern, hinterlassen sie Spuren.* Nach der Mahlzeit muss er die Binde wieder anlegen und zurück in seine Zelle. Auf Umdrehen steht die Todesstrafe, hat Uwe gesagt und zur Bekräftigung den Schlitten seiner Pistole zurückschnappen lassen, wie im Film.

Denkt, er ist 'ne ganz coole Sau.

Rüdiger richtet sich ein Stück weit auf und sagt zu Harry: »Hast du eigentlich jemals was in deinem Leben bereut?«

Harry denkt kurz nach. »Nein, eigentlich nicht. Ich meine, die Sache mit Bruce Russo und *Nighthawks*, das würde ich heute nicht mehr so machen, natürlich nicht. Aber das war damals noch nicht absehbar, hinterher ist man immer schlauer.«

»Das stimmt.«

Rüdiger schweigt einen Moment. Dann sagt er: »Warum bist du eigentlich überhaupt noch hier? Ich meine, sie geben dir was zu essen, das ist ja wohl offensichtlich nicht ihr Geschäftsmodell. Also, was ist dein Deal?«

»Ich habe keinen Deal«, sagt Harry. »Sie wollen zu einer klassischen Entführung übergehen und mir ein Ohr abschneiden, wenn Helen nicht zahlt. Das Problem ist nur, Helen kann gar nicht zahlen. Sie verlangen eine Million, so viel haben wir nicht.«

»Ich glaube, in solchen Fällen springt der Staat ein.«

»Die Frage ist«, sagt Harry, »wieso die geglaubt haben, ich hätte so viel. Sie wussten auch von einem Konto auf den Bermudas, von dem ich nur Helen erzählt habe.«

»Du glaubst, sie steckt mit denen unter einer Decke?«

Harry schweigt.

Er hat in den letzten Tagen wieder und wieder darüber nachgedacht. Alles deutet darauf hin, dass Helen ihn verraten hat, dass sie tatsächlich mit den Entführern gemeinsame Sache macht.

»Ich glaube, ich weiß, wer der Latino ist«, sagt Harry. »Wir hatten vor Jahren mal einen Gärtner, und ich bin mir sicher, dass Helen ihn gevögelt hat. Der Typ kam angeblich aus Argentinien und hieß Molino, Luis Molino, sah aber eher aus wie ein Zigeuner. Ich kann mich an den Namen erinnern, weil *el molino* ›die Mühle‹ heißt, und das ist irgendwie hängen geblieben. Ich glaube, Helen hat ihn auf einem ihrer Yogaseminare wiedergetroffen, jedenfalls habe ich seinen Namen auf einem Flyer gelesen, der bei uns rumlag.«

»Warum sollte sie so was tun?«

»Keine Ahnung«, sagt Harry.

»Du hast sie vermutlich mies behandelt.«

Hat er das?

Eigentlich nicht. Okay, er ist zu Hause ein bisschen bequem geworden, und er hat gelegentlich was nebenbei laufen, aber das macht Helen auch. Wenn er es recht bedenkt, hat er ihr immer eine lange Leine gelassen. Böse Zungen könnten das natürlich als Desinteresse deuten, aber warum muss man immer alles negativ sehen? Jedenfalls kann Harry beim besten Willen keinen Grund erkennen, den er Helen gegeben haben könnte, um sie zu einem solchen Schritt zu bewegen.

»Ich habe meine Frau die ganzen Jahre immer anständig behandelt«, sagt er.

»Ich nicht«, sagt Rüdiger. »Ich habe Ines um ihre besten Jahre betrogen.«

»Jetzt gräm dich mal nicht so. Wenn du hier wieder raus bist, geläutert und voller guter Vorsätze, kannst du die Geschichte wieder geradebiegen.«

»Nein«, sagt Rüdiger. »Und ich komme auch hier nicht mehr raus.«

»Erzähl doch keinen Blödsinn. Die lassen dich ein bisschen zappeln, du zahlst und gehst nach Hause, mit zehn Kilo weniger auf der Waage. Ines wird's gefallen.«

»Ich habe mich entschieden, nicht zu zahlen.«

»Wieso das denn?«

Rüdiger lehnt sich mit dem Rücken an die kalte Kellerwand und streckt die Beine aus. Dann sagt er: »Ich habe es nicht besser verdient.«

Harry schaut ihn erstaunt an.

Was ist denn mit dem los? Rüdiger ist ihm die ganze Zeit schon ein bisschen lasch erschienen, aber er hat das auf die Umstände zurückgeführt. *Im Bademantel aus dem Haus gezerrt und in einen Kofferraum gefaltet zu werden, das steckt nicht jeder so weg wie er selbst,* denkt Harry. Der Schock sitzt erst mal tief. Natürlich ist er davon ausgegangen, dass Rüdiger sofort blechen würde – und nicht davon, hier auf einen suizidalen Typen zu treffen, den der Tod nicht zu schrecken scheint.

Warum?

»Ich habe jemanden umgebracht«, sagt Rüdiger.

Harry glaubt, sich verhört zu haben.

»Einen jungen Mann.«

»Wieso hast du ihn umgebracht?«

»Ich hatte Sex mit ihm.«

Was?

»Ich bin ein Schwein«, sagt Rüdiger. »Ich ekle mich vor mir selbst.«

»Du bist kein Schwein, du bist schwul.«

»Es war ein Unfall.«

Harry kapiert, warum er nicht zahlen will. Der Hungertod scheint ein einfacher Ausweg aus der Misere zu sein. Er würde seiner Frau nicht unter die Augen treten müssen, seinem Sohn nicht, seinen Freunden nicht, dem Richter nicht und so weiter bis zu Tante Lolo in Stuttgart.

»Hey«, sagt Harry. »Wenn das ein Unfall war ... so was kommt vor.«

»Ja, ich weiß.«

»Das ist kein Grund, hier zu verhungern.«

»Ich bin ohnehin erledigt«, sagt Rüdiger und erzählt Harry, dass er jahrelang für Arslan Aziz die Konten frisiert hat. Nicht ohne Stolz berichtet er, wie einfach es war, die internen Sicherungssysteme der Bank zu überlisten, wie er die Idee dazu bekam, als er auf Netflix *Dirty Money* gesehen hatte.

Rüdiger erzählt ihm alles.

Er redet wie ein Mann, der nichts mehr zu verlieren hat. Als er fertig ist, sagt Harry: »Hör mal, das ist eine Hammergeschichte. Banker führt ein Doppelleben, verliert den Boden unter den Füßen, arbeitet für die Mafia und stolpert über einen blöden Sexualmord, der streng genommen nichts weiter als ein blöder Unfall war. Mensch, Hans, da können wir vielleicht was draus machen, das ist richtig geil. Das Drama eines Mannes, den seine Triebe ins Verderben führen, die Welt als Lüge und Fassade. Ich könnte mir Sebastian Koch in deiner Rolle vorstellen. Er sieht zwar besser aus und müsste ein paar Kilo zunehmen, je nachdem, wie lange das hier noch dauert, aber denk an Robert De Niro in *Raging Bull.* Für seine Rolle als Jake LaMotta hat er sich zwanzig Kilo draufgefressen. Und was hat's ihm gebracht? Den Oscar.«

»Und Jake LaMotta?«

»Ist am Suff gestorben.«

Ein Stockwerk höher lümmeln Uwe und Bobo auf dem Sofa herum, futtern Chips und glotzen irgendeinen Actionfilm auf Trautweins riesiger Glotze.

Luis wundert sich, wie die beiden da chillen, als wäre die Welt in Ordnung. Mann, sie haben zwei Geiseln im Keller und nichts als einen Plan, der schon mal schiefgegangen ist. Außerdem haben sie die Bullen im Nacken. Luis steht jede halbe Stunde auf und schaut durch das Küchenfenster auf die Straße, um zu checken, ob der Polo da wieder steht, oder ein anderes verdächtiges Auto. Sieht aber nicht so aus. Haben sie die Observierung aufgegeben, oder ist das eher ein taktischer Rückzug?

Luis befürchtet Letzteres.

Vielleicht ist es an der Zeit, die Koffer zu packen und zu verschwinden. Er glaubt ohnehin nicht mehr daran, dass das hier irgendwie gut ausgeht. Also, was hält ihn noch? Nur Idioten verlassen als Letzte das sinkende Schiff.

Er kommt zurück ins Wohnzimmer und lässt sich neben Bobo auf das Sofa fallen, der seinen fetten Arsch ein Stückchen zur Seite schiebt. Wie hat das alles so fürchterlich schiefgehen können? Klar, es fing damit an, dass Harry in einem Rollstuhl und mit einer Braut am Flughafen aufkreuzte, damit hatten sie nicht gerechnet. Sie hätten ihn ziehen lassen sollen, aber nein, der Nazi war nicht zu bremsen. Hat aber eine nette Freundin. Luis fragt sich, was sie an dem Typen wohl findet. Er kann sich nicht mal vorstellen, dass Uwe ein guter Ficker ist, mit dem Weltbild, das er hat. Aber da kann man sich auch täuschen. Jedenfalls ist er froh, wenn er seine Visage nicht mehr sehen muss. Und Bobo? Hängt da stoned neben ihm auf dem Sofa, die kreisrunden Negeraugen noch runder als sonst, *compadre!*

Luis angelt nach dem Tabak und dem Dope, das auf dem Sofatischchen liegt, um sich einen Joint zu bauen und die Nerven zu beruhigen, als er aus dem Augenwinkel einen Mann in der Tür zur Diele stehen sieht.

Moment mal, hat er Halluzinationen?

Nein, der Mann schaut sie an und sagt: »Was zum Teufel ist denn hier los?«

Sechs Augen glotzen ihn an.

»Ähm …«

Luis erhebt sich etwas unsicher. »Ich wohne hier. Wie sind Sie überhaupt reingekommen?«

»Das ist mein Haus!«

Der Typ trägt einen hellen Sommeranzug, blaues Hemd, gut gebräunt, markantes Gesicht. Ein Mann, der es gewohnt ist, Anweisungen zu erteilen. Und Luis ahnt es.

»Okay, äh … Sie sind Trautwein, nehme ich an?«

Frisch aus Kapstadt, wenn auch etwas früher als erwartet.

»Und Sie?«

»Luis, hallo.«

Er hält ihm die Hand hin, die Trautwein anschaut wie eine Mülltonne.

»Von der Mitwohnzentrale?«

»Raus«, zischt Trautwein. »Verschwinden Sie mit Ihrem Pack, aber sofort, sonst hole ich die Polizei.«

Uwe steht auf und sagt: »Pack, ja?«

»Raus hier!«

»Pack«, sagt Uwe und schaut Luis und Bobo an. »Er hat uns Pack genannt.«

Und?, denkt Luis.

Uwe dreht sich wieder zu Trautwein um und sagt: »Das ist der Grund, warum ihr alle aussterben werdet. Weil ihr denkt, dass ihr was Besseres seid. Aber weißt du was? Ihr irrt euch. Die, die ihr Pack nennt, sind das Volk. Und das Volk wird euch eines Tages alle zur Rechenschaft ziehen.«

Luis reißt die Augen auf, Trautwein auch. »Was reden Sie da für einen Schwachsinn? Wollen Sie mit mir diskutieren?«

»Nein«, sagt Uwe. »Die Zeit der schwulen Schwatzbuden ist abgelaufen, es wird nicht mehr diskutiert.«

Er zieht seine Pistole und hält sie Trautwein an den Kopf.

43

Es ist früher Morgen.

Die Straße vor Uwes Wohnblock in Lichtenberg wird in beide Richtungen von zwei Polizeiwagen abgeriegelt, die sich mit Blaulicht querstellen und nur noch zwei Mannschaftswagen, gefolgt von einem BMW, durchlassen. Der BMW hält. Bosman, Schuster und Nina steigen aus und schauen zu, wie die beiden Trupps aus den Transportern springen und in die beiden Hauseingänge eindringen.

Sie haben Gas gegeben.

Sie haben Luis nicht vom Haken gelassen, natürlich nicht, sie haben sich an ihn drangehängt. Sind ihm gefolgt und haben sein Telefon die ganze Zeit überwacht. Sie haben die wechselnden Funkzellen lokalisiert, um ein Bewegungsmuster zu erstellen. So konnten sie rauskriegen, ob er regelmäßig irgendwohin fuhr, um nach der Geisel zu schauen.

Das tat er.

In eine Wohnanlage in Lichtenberg.

Jeanette steht in ihrem Pyjama am Küchenfenster und schaut runter auf die Polizeiwagen, aus denen die Bullen strömen. Überall Blaulicht. Ein Schreck fährt ihr durch die Glieder, dann hört sie, wie es im Treppenhaus mehrfach klingelt und Türen geschlagen werden. Gut, dass sie Harry hier rausgeschafft haben. Auf den letzten Drücker. Wissen die Bullen, dass sie ihn hier hatten? *Nein*, schießt es ihr durch den Kopf. Sie wissen nichts, sonst hätten sie nur bei ihr geklingelt und nicht überall. Aber sie wissen, dass er hier im Haus war, woher auch immer.

In diesem Augenblick schellt es auch schon bei ihr.

Sie geht zur Tür und öffnet. Der Bulle im Darth-Vader-Outfit sagt: »Hallo, können wir uns umsehen?«

»Kann ich Sie daran hindern?«

»Nein.«

»Also los, dann hopp, hopp, tun Sie Ihre Pflicht.«

Sie tritt beiseite und lächelt spöttisch. Sie bleibt im Flur stehen, bis die Bullen wieder aus den Zimmern rauskommen und gehen. Dann ruft sie Uwe an.

Uwe tunkt sein Hörnchen in den Kaffee, Handy am Ohr, und sagt: »Was gibt's, Schatz?«

Er hockt noch ziemlich verpennt auf seinem Barstuhl am frei stehenden Küchentresen und hört sich an, was Jeanette ihm da atemlos berichtet, als Bobo reinkommt und etwas sagen will. Uwe signalisiert ihm mit der Hand zu schweigen und telefoniert weiter: »Okay, ich komme später, Bussi.«

Dann legt er auf und schaut Bobo an. »Was ist?«

»Luis ist verschwunden.«

»Wie, verschwunden?«

»Er ist nicht in seinem Zimmer, und seine Klamotten sind auch weg.«

»Steht seine Karre noch in der Garage?«

»Nee.«

Uwe kratzt sich am Sack und sagt: »Der ist stiften gegangen. Den sehen wir nicht wieder.«

»Wer war das am Telefon?«

»Jeanette. Die Bullen waren bei uns im Haus.«

Bobo erschrickt. »Shit.«

»Beruhig dich, sie waren ja nicht hier.«

»Noch nicht.«

Er schlurft zum Kühlschrank, holt eine Packung Milch raus und schüttet Müsli in seine Schale. Dann setzt er sich neben Uwe. »Was machen wir jetzt? Ich meine, mit den Geiseln?«

Uwe klaubt eine Packung Zigaretten aus der Tasche, zündet sich eine an und sagt beim Ausatmen: »Uns läuft die Zeit davon. Wir müssen aktiv werden.«

Bobo nickt.

In diesem Moment hören sie, wie das Türschloss geöffnet wird, Kinderstimmen, und dann eine Frau, die sagt: »Langsam, jetzt drängelt doch nicht so.«

Uwe und Bobo schauen sich entgeistert an.

Dann sehen sie durch die geöffnete Küchentür, wie zwei Kinder durch die Diele ins Wohnzimmer huschen, und hören die Frau rufen: »Gerhard?«

Und dann: »Was stinkt denn hier? Raucht der etwa?«

Die Frau taucht in der Küchentür auf und bleibt erschrocken stehen, das rote Sommerkleid raschelt einen Moment nach, Sonnenlicht spielt in ihren schulterlangen Haaren. Sie öffnet ihre rot geschminkten Lippen, als wolle sie schreien, aber dann sagt sie: »Wer sind Sie? Was machen Sie hier?«

Einen kurzen Moment lang ist es still, man hört nur das Kindergekeife irgendwo im Haus. Uwe schaut Bobo an, killt die Kippe in seiner Kaffeetasse, rutscht vom Hocker und sagt: »Komm, wir gehen.«

Als sich herausstellt, dass die Razzia in Lichtenberg ein Reinfall ist und sie Harry nicht finden können, nicht in einer der Wohnungen, nicht im Keller und nicht auf dem Dachboden, sagt Nina zu Bosman und Schuster: »Kennt ihr *Der entwendete Brief*, die Erzählung von Edgar Allan Poe?«

Kennen sie natürlich nicht.

»Erstes Semester Kriminalpsychologie. Das beste Versteck? Da, wo es keiner vermutet.«

»Im Haus von Trautwein? Aber da waren wir doch schon«, sagt Schuster.

»Das ist der einzige Ort außer diesem hier, den Luis die ganze Zeit über regelmäßig aufgesucht hat.«

Also fahren sie los.

Eine halbe Stunde später klingeln sie bei Trautwein. Eine Frau macht auf. »Sie sind von der Polizei? Gut, dass Sie da sind.«

Bosman schaut sie überrascht an. »Und wer sind Sie?«

»Ines Trautwein. Kommen Sie rein.«

Sie folgen ihr ins Wohnzimmer, und Bosman traut seinen Augen nicht: Harry hockt neben Rüdiger auf dem Sofa. Neben ihm im Sessel ein Mann mit dunklem Teint. Vor ihnen eine Kanne Tee und Gebäck auf Tellern. Zwei Kinder, etwa zehn und sechs Jahre alt, toben draußen im Garten.

Harry grinst Bosman an und sagt: »Hallo, Frank.«

»Da hat er aber Augen gemacht, der Schwager«, sagt Harry zu Helen und trinkt einen Schluck gut gekühlten Grauburgunder. »Das kannst du mir glauben.«

Sie sitzen im Schatten der Markise auf der Terrasse. Nach der Vernehmung im Präsidium war er ruckzuck nach Hause gekommen, hatte sich erst mal in seine Muschelwanne gelegt und die Augen geschlossen.

Es ist vorbei.

Helen hat die Sonnenbrille ins Haar geschoben und streckt die Beine aus: »Haben sie die Entführer erwischt?«

»Nein, die sind alle abgehauen, als die Familie heimkam. Trautwein ist schon einen Tag früher gekommen, um zu schauen, ob alles okay ist. Die waren ein halbes Jahr in Kapstadt.«

Sie schweigen einen Moment.

Dann sagt Harry: »Erinnerst du dich an den Argentinier, der bei uns die Rosen geschnitten hat?«

»Du meinst Luis?«

»Ja, genau den. Hast du ihn mal wieder gesehen?«

Helen zögert einen Moment, dann sagt sie: »Harry, ich muss dir was beichten.«

Und sie erzählt ihm von der Geschichte mit Luis, wie er sie hinters Licht geführt hat und wie sehr sie sich für alles schämt. »Ich fühle mich wie ein dummes Huhn. Wie konnte ich nur auf so ein Riesenarschloch reinfallen?«

»Na ja«, sagt Harry großzügig, »diese Typen gehen raffiniert vor. Erinnerst du dich an Susanne Klatten? Eine attraktive, intelligente Frau, die diesem Gigolo, wie hieß er noch mal ... Garbi, Skalk Garbi oder so, Millionen hinterhergeworfen hat? Hatte er ihr nicht erzählt, dass er die Kohle braucht, weil ein Cousin von ihm in Amerika einen Mafiosi mit dem Auto angefahren hat? Was für ein Bullshit, aber du hast recht, es ist immer wieder erstaunlich, wie viele damit Erfolg haben.«

Helen schweigt.

Harry sagt: »Wie ist er denn auf die Idee gekommen, dass da eine Million auf dem Konto liegt?«

»Ich habe mit dir angegeben.«

»Wie bitte?«

»Na ja, ich wollte nicht, dass Luis denkt, dass ich keinen Respekt vor dir habe und eine dieser armen, ungefickten Ehefrauen bin, die leicht zu kriegen sind.«

»Und deswegen hast du erzählt, ich hätte eine Million?«

»Ja.«

Harry schüttelt den Kopf. »Weißt du eigentlich, dass sie mich deswegen gefoltert haben?«

Helen erschrickt. »Was?«

»Waterboarding«, sagt Harry. »So wie es die Amis in Guantanamo und im Irak gemacht haben.«

Helen reißt die Augen auf. »Sie haben dich gefoltert, weil du nicht zahlen konntest?«

»Sie haben mich gefoltert, weil sie mir nicht glauben wollten, dass ich nicht zahlen kann. Und als ich dann aufs Konto geschaut habe, stand da eine schwarze Null.«

»Das war ich«, sagt Helen kleinlaut. »Ich habe das Konto leergeräumt, weil ich dachte, sie hätten dann keinen Grund mehr, dich weiter festzuhalten.«

»Interessante Perspektive, aber weißt du, dass sie mir ein Ohr abschneiden wollten?«

Helen schaut ihn völlig entsetzt an. »Um Himmels willen, Harry!«

»Ja, so sieht's aus. Aber Schwamm drüber, Ohr ist ja noch dran. Woher hattest du eigentlich die Kontodaten?«

»Von dir.«

»Von mir?«

»Weißt du nicht mehr? Als wir geheiratet haben, hast du mir die Chipkarte gegeben und gesagt, damit würde es mir an nichts fehlen, wenn du mal vor den Lastwagen rennst. Ich fand das damals sehr rührend.«

Daran kann sich Harry überhaupt nicht mehr erinnern, ist ja auch schon eine Ewigkeit her.

»Aber ich muss dir auch was gestehen«, sagt er. »Als du nicht mitwolltest auf die Bermudas, da war ich so sauer, dass ich eine andere Frau gefragt habe.«

»Ich weiß, Pam.«

»Du kennst sie?«

»Ja, sie hat mich besucht. Sie hat sich ernsthaft Sorgen um dich gemacht.«

»Ähm … tatsächlich?«

Harry kratzt sich am stoppeligen Kinn, als es an der Haustür klingelt.

»Ich geh schon«, sagt er und steht auf.

Er geht durch das sommerkühle Haus in die Diele und öffnet.

Tarik steht vor ihm.

Harry weicht ein wenig zurück, und Tarik sagt: »Hallo, Harry.«

Harry hebt abwehrend die Hände. »Hey, ich war in Geiselhaft, ich wurde gefoltert, die haben Waterboarding mit mir gemacht, wie die scheiß Amis im Irak und in Guantanamo. Gib mir fünf Minuten, okay?«

»Kein Stress, Bruder, alles gut. Willst du mich nicht in dein Haus bitten?«

Harry schaut über Tariks Schulter auf die Straße, kann aber niemanden sehen. Offenbar ist der Kerl alleine gekommen.

»Also schön«, sagt er und tritt beiseite.

Tarik folgt ihm durch das Wohnzimmer auf die Terrasse, wo Helen misstrauisch aufschaut.

»Hallo«, sagt Tarik und reicht ihr die Hand. »Tarik Aziz. Ich bin Geschäftspartner Ihres Mannes.«

Helen blinzelt einen Moment. »Ich weiß, Sie haben ihm mit dem Messer in die Beine gestochen.«

»Ist gut, Helen«, sagt Harry und deutet auf einen Stuhl. Tarik setzt sich, legt seine Autoschlüssel, zwei Handys und seine Kippen auf den Tisch und schaut sich anerkennend um. »Schön habt ihr's hier.«

»Was gibt es?«

Tarik steckt sich eine an, nimmt sich Zeit. »Ich habe nachgedacht, Bruder.«

Aha, denkt Harry, *nach mir die Sintflut.*

»Mein Vater«, sagt Tarik, »kam mit zwei Plastiktüten hier an. Wir sind Kurden und stammen ursprünglich aus der Türkei, aus Mardin. Dann waren wir im Libanon. Wir waren immer Vertriebene, und auch hier ist es nicht anders, weil wir anders sind als alle anderen, verstehst du?«

Harry nickt.

»Das ist die Geschichte unseres Volkes.«

Harry nickt.

Tarik sagt: »Darüber will ich eine Serie machen, fett, mit Netflix, verstehst du?«

»Ähm, worüber genau willst du eine Serie machen?«, fragt Harry vorsichtig.

»Über mich«, sagt Tarik. »Wo ich herkomme, was ich bin und wo ich hinwill.«

Helen schaut ihn an. »Und wer soll den Scheiß sehen?«

»Helen ...«, sagt Harry.

»Dieselben Leute, die so Scheiß wie *4 Blocks* sehen.«

Tarik dreht sich zu Harry. »Die 200 000, die du mir schuldest, sind mein Anteil. Ich stelle mir vor, dass wir eine gemeinsame Firma gründen, was meinst du?«

»Na ja«, sagt Harry, »das könnte man schon machen. Aber ich glaube, du weißt nicht, worauf du dich da einlässt. Man muss erst mal die Drehbücher entwickeln ...«

»Ich kann den Spackos sagen, was sie aufschreiben sollen«, sagt Tarik.

»So einfach ist das nicht, aber okay. Das dauert *roundabout* ein Jahr, wenn wir von acht oder zehn Folgen sprechen, und kostet einen Haufen Geld. Dafür müssten wir erst mal mit einem Pitch losgehen und nach Partnern suchen.«

»Und was spricht dagegen?«

»Erst mal gar nichts.«

»Na los dann, worauf wartest du?«

»Okay«, sagt Harry. »Lass uns nächste Woche telefonieren.«

Als Tarik wieder weg ist und Harry zurück auf die Terrasse kommt, sagt Helen: »Bist du wahnsinnig?«

»Was soll ich denn tun?«, sagt Harry. »Mir noch mal in die Beine stechen lassen?«

Rüdiger sitzt Bosman am Tisch im Vernehmungsraum gegenüber. Er hat einen Sweater an und eine Hose, die Füße stecken in Turnschuhen, ohne Socken. Bosman war von Trautwein aus direkt mit ihm nach Hause gefahren, damit er sich was überziehen konnte. Zu seiner Überraschung fing Rüdiger an, sorgfältig einen kleinen Boardcase zu packen, Unterwäsche, T-Shirts, Jogginghose, Zahnbürste und Rasierapparat. Dann ging er noch mal traurig durch das Haus, um Abschied zu nehmen von einem Leben, das nun hinter ihm lag.

»Wie geht es meiner Frau?«, fragt er.

»Schlecht«, sagt Bosman. »Sie ist mit Ihrem Sohn bei ihrer Schwester.«

Rüdiger nickt.

Dann sagt er: »Es war keine Absicht.«

»Ich weiß.«

»Ich kann mir nicht erklären, wie das passieren konnte. Ich habe gar keine Erinnerung mehr daran.«

Bosman schweigt.

Rüdiger schaut auf den Boardcase, der neben seinem Stuhl steht, als ginge er gleich auf Reisen – was er ja auch tut.

»Ich habe alles verloren«, sagt er, »und wenn ich aus dem Gefängnis komme, fange ich wieder bei null an. Das mag bitter klingen, aber wissen Sie, so seltsam das auch scheinen mag, ich fühle mich mit einem Mal unendlich frei.«

Bosman lächelt und sagt: »Wenn Sie mir alles über Arslan Aziz erzählen, bin ich zuversichtlich, dass wir Ihre Zeit der Einkehr substanziell verkürzen können.«

Arslan floatet im Liquidrom, der Körper schwerelos, die soften Beats chillig, doch sein Geist kommt nicht zur Ruhe. Rüdigers Verschwinden bereitet ihm Sorgen. Ob der Typ sich umgebracht hat?

Hoffentlich.

Er ist vorhin bei den Mädchen gewesen, den beiden Zeuginnen, denen die Panik aus den Augen sprang, als sie Momo sahen. Aber Arslan sagte, sie sollten sich entspannen. Niemand wird ihnen ein Haar krümmen, wenn sie den Mund halten. Dann gab er ihnen je 10 000 Euro in einem Umschlag – *plata or plomo.* Thiel konnte er auch für sich gewinnen, und selbst Richter Gnadenlos musste erkennen, dass es keine gute Idee ist, sich mit ihm anzulegen. Das lief eigentlich so weit ganz gut, wenn nur Tarik nach seiner Entlassung aus der U-Haft nicht gleich wieder Stress gemacht hätte. Er war gestern im Görli mit den Kosovo-Albanern aneinandergeraten, die sich da breitmachten. Abends beim Essen verkündete er, wieder ins Filmbusiness zurückkehren zu wollen, voller Tatendrang, mit einer Serie, die sich – wenn Arslan es recht verstand – im Wesentlichen um Tarik selbst drehen soll.

»Das wird der Hammer, die Geschichte unseres Volkes. Ich schwör's euch, die Zukunft liegt im Filmgeschäft.«

»Hast du da nicht gerade erst 200 000 versenkt?«, ätzte Arslan.

»Schau nach Hollywood, Bruder, da heißt es *one out of ten,* verstehst du? Zehn Versuche und nur einer klappt!«

»Wir sind aber nicht Hollywood«, sagte Arslan und dachte: *Mann, zieh in den Krieg mit den scheiß Albanern, lass dir eine Kugel verpassen, und alle sind froh.*

Arslan klettert aus dem lauwarmen Becken und duscht sich ab. Am Tresen trinkt er einen Joghurt-Erdbeer-Shake und geht dann in die Massagekabine, wo er sich auf die Liege legt, den Orangenduft der Ölschale einatmet, die in der Ecke bläulich glimmt, und auf die junge Frau wartet, die ihn gleich massieren wird. Er muss einen Moment weggedämmert sein, denn als er die Augen wieder öffnet und seinen Blick hebt, sieht er als Erstes eine massive silberne Gürtelschnalle, die eine schwarze Jeans zusammenhält und definitiv nicht zu der grazilen Lady gehört, die ihm den Rücken kraulen sollte.

Bosman sagt: »Stehen Sie auf und ziehen Sie sich was an. Ich verhafte Sie wegen Geldwäsche und Steuerhinterziehung in besonders schweren Fällen.«

Arslan richtet sich auf, und dann wird es ihm schlagartig klar: »Haben Sie Rüdiger?«

»Ihn drückt dermaßen das Gewissen, dass er freiwillig alles erzählt hat. Das sieht schlecht für Sie aus.«

»Wir haben einen Deal.«

»Ja, aber die Bedingungen haben sich geändert.«

»Für mich nicht«, sagt Arslan. »Wenn Sie es wirklich ernst meinen, sind Sie erledigt. Dann leite ich das Video umgehend an die Staatsanwaltschaft und meinen neuen Freund Oliver Thiel weiter.«

»Das würde ich an Ihrer Stelle nicht tun.«

»Was sollte mich davon abhalten?«

»Ihr Verstand«, sagt Bosman.

»Wenn Rüdiger alles gestanden hat, können Sie mich nicht mehr damit erpressen, Skinny umgebracht zu haben.«

»Warum nicht? Ich glaube, Rüdiger würde liebend gerne als freier Mann aus dem Knast spazieren, wenn Sie an seiner Stelle wegen Mordes einfahren.«

Arslan starrt ihn an und sagt: »Was sind Sie doch für ein durchtriebenes, kleines Arschloch.«

Tarik erreicht die Nachricht von Arslans Verhaftung, als er im Gym unter der Langhantel liegt und neunzig Kilo stemmt. Das ist nicht viel, früher hat er hundertzwanzig geschafft, und das ärgert ihn.

Aber er ist noch nicht wieder so richtig fit, seit er wegen dieser scheiß Braut, die ihn Kanakensau genannt hatte, Prügel von diesem Nazi bezogen hat.

Dumme Fotze!

Das Handy neben ihm summt. Er setzt das Eisen ab und schaut auf das Display: Es ist Baba.

Als er nach Hause kommt, steht die ganze Familie kopf. Arslan verhaftet ... *Inschallah* ... Arslan verhaftet, ganz große Aufregung, doch Tarik fragt sich: warum eigentlich? Verhaftet wofür? Steuerhinterziehung und Geldwäsche, das ist doch lächerlich. Dafür sitzt doch keiner in diesem Land länger als ein paar Monate, also was regen die sich alle so auf? Selbst dem Hoeneß haben sie nur drei Jahre aufgebrummt und ihn nach einem Jahr schon wieder rausgelassen, obwohl es da um dreißig Millionen ging. Der war allerdings auch kein Mafiaboss, sondern Weltmeister, und er wollte auch keine Shopping Mall am Osthafen bauen. Was schwierig wird, wenn man im Knast sitzt.

Die Männer versammeln sich im Wohnzimmer, die Glotze wird leiser gestellt, und die Frauen ziehen sich zurück. Cousins, Onkel und Neffen haben sich zum großen Familienrat eingefunden, darunter natürlich auch Momo und der Hulk, der eine Riesennarbe rechts auf der Glatze hat.

»Wie ihr alle wisst, ist Arslan verhaftet worden«, sagt Baba. »Wie es aussieht, werfen sie ihm Steuerbetrug vor. Das klingt erst mal nicht so gewichtig, aber es handelt sich um viel Geld. Es sind viele Geschäftspartner beteiligt, und Arslans Respekt steht auf dem Spiel.«

Gemurre der Männer.

»Was sagt der Anwalt?«, fragt Onkel Karim.

»Dass es schlecht aussieht, weil sie Rüdiger als Kronzeugen haben.«

»Diese Ratte«, sagt Hulk.

Daraufhin wird aufgeregt debattiert, alle reden durcheinander und gestikulieren wie auf dem Basar. Am Ende sagt Momo: »Er muss weg.«

Die Runde wird still.

Der Vorschlag war in allen Köpfen, jetzt liegt er auf dem Tisch.

»Er hat nur Unglück über die Familie gebracht«, sagt Momo. »Er hat den Jungen erwürgt und den ganzen Ärger mit der Polizei verursacht, sodass Arslan immer mehr in Schwierigkeiten geraten ist. Ich sage, das Schwein muss weg.«

Zustimmendes Gemurmel.

Tarik steht auf. »Ich kümmere mich darum.«

Momo schaut zweifelnd rüber. »Wie willst du das machen?«

»Ich kenne Leute im Knast«, sagt Tarik und lächelt wie ein Champion. »War ja erst vor Kurzem da.«

Er schaut zu Baba.

Der nickt und sagt: »Du bist sein Bruder.«

Tarik macht einen Besuchstermin in Moabit klar, wo er eine Reihe von alten Bekannten begrüßt und einem Wärter ein Päckchen Gras zusteckt. Er muss durch die Sicherheitsschleusen, all seine Sachen abgeben, dann kann er in das Besuchszimmer, wo Arslan an einem Tisch sitzt und ihn anschaut.

Deutlich kleinlauter heute.

Tarik sagt: »Schau, Bruder. Jetzt sitzt du hier drin, und ich bin draußen. Ich schwör's dir, ist das jetzt verkehrte Welt, oder was?«

Arslan sagt nichts.

»Jetzt frage ich dich, wer ist der Schlauere von uns beiden?«

»Leck mich am Arsch«, sagt Arslan. »Sag, was du zu sagen hast, und dann verschwinde.«

»Du hast ein Problem, und das heißt Rüdiger.«

»Erzähl mir was Neues.«

»Ich kann dir helfen.«

»Wie kannst du mir helfen?«

Tarik grinst und sagt: »Die Familie hat entschieden, dass Rüdiger wegmuss, verstehst du?«

Als er aus dem Besucherraum rauskommt, sagt Tarik zum Wärter: »Ich will noch mit Ibrahim reden.«

Dem Mann, der hier im Knast das Sagen hat. Sitzt fünfzehn Jahre wegen Mordes, hat seinerzeit in einer spektakulären Aktion drei Leute mit einer automatischen Waffe niedergemäht, die er glaubte, niedermähen zu müssen. Tarik verstand sich damals gut mit ihm, als er selbst wegen schwerer Körperverletzung zwei Jahre absitzen musste. Ibrahim hockt in seiner Zelle, als der Wärter Tarik einlässt und sagt: »Fünf Minuten.«

Tarik nickt und schlägt mit Ibrahim ab. »Was geht draußen, Alter, was machen die Muschis?«

»Sind feucht wie immer.«

Ibrahim lacht. »Das letzte Mal, dass ich 'ne Muschi geleckt habe, gab's noch die D-Mark.«

»Scheiße, Alter, echt krass.«

»Man gewöhnt sich dran. Sag, Bruder, was willst du?«

»Ihr habt einen Neuen, einen Banker. Rüdiger?«

»Was ist mit ihm?«

»Er braucht Schutz«, sagt Tarik. »Es kann sein, dass es Leute gibt, die ihm hier ans Leder wollen. Es wäre nicht gut, wenn das passieren würde, verstehst du?«

»Er ist Kronzeuge gegen Arslan.«

Tarik nickt.

»Eben.«

Ibrahim schaut ihn an, die Augen glänzend schwarz im Licht, das durch die Gitterstäbe Muster auf seine Glatze wirft. Dann sagt er: »Ich konnte ihn nie leiden. Ich hatte auch einen großen Bruder.«

»Was ist mit ihm geschehen?«

»Er ist tot.«

Tarik kommt zufrieden aus dem Knast. Er hat alles richtig gemacht. Rüdiger wird nichts passieren, und Arslan wird sitzen. Und wer ist jetzt die Nummer eins? Richtig. Er, Tarik Aziz. Jetzt wird er den Laden mal ordentlich aufräumen. Hulk und Momo sollen sich um die scheiß Zigeuner im Görli kümmern. Er wird mit Ron reden, um Stoff von ihm zu kaufen, damit das Geschäft wieder anrollt. Bobo und seine Leute warten dringend auf Nachschub. Dann wird er Harry treffen und das weitere Vorgehen mit ihrem Filmprojekt besprechen. Schließlich steht noch ein Besuch bei Laurenz auf der Liste, wegen seines Plattenlabels, damit das auch endlich mal weitergeht. Mentale Notiz: Rambam One treffen. In der Sache mit der Shopping Mall will er Laurenz Prokura anbieten. Soll der sich doch drum kümmern, schließlich hat er die meiste Ahnung davon und kann sich mit Arslan im Knast absprechen. Kurzum, es ist viel zu tun und Tarik voller Tatendrang.

Ein paar Tage später trifft Bosman im Görli auf Bobo. Calypso-Musik engagierter Frauen ab vierzig konkurriert mit dröhnendem Hip-Hop und Bob-Marley-Klassikern. Man ist schon stoned, wenn man nur einmal durch den Park spaziert. An jeder Ecke wird gekifft, Kinderwagen werden herumgeschoben, auf der Wiese wird gechillt, manche spielen Ball oder machen Tai-Chi.

Bobo hockt auf dem Mäuerchen am Ausgang zur Falckensteinstraße, sein altes Revier. Er ist umringt von seinen schwarzen Dealern, die misstrauisch zu Bosman rüberschauen, der jetzt auf sie zukommt.

»Hallo, Bobo. Lange nicht gesehen.«

»Ja, *bro,* ist viel passiert.«

»Ich weiß.«

Bosman setzt sich neben ihn und sagt: »Du hast nicht zufällig eine Ahnung, wo Luis und Uwe stecken?«

»Luis? Was für ein Luis?«

»Bobo«, sagt Bosman. »Du weißt doch, dass du mir keinen Bullshit verkaufen kannst. Wir haben Uwes Wohnung auf den Kopf gestellt und jede Menge Spuren von euch gefunden. Luis ist abgetaucht, und auch von Uwe und seiner Freundin keine Spur.«

Bobo kratzt sich seine Bartzotteln am Kinn. »Wie bist du auf mich gekommen?«

»Der Nachbar hat von einem Farbigen erzählt, und da du und Uwe Kumpels seid, lag der Verdacht nahe. Die Frau von Trautwein hat dich gestern identifiziert.«

Bobo rollt einen Joint und sagt: »Das war die größte Scheiße in meinem ganzen Leben.«

»Soll ich jetzt Mitleid mit dir haben?«

»Nein, aber ich wollte es nur mal gesagt haben. Ich war ja erst skeptisch, aber dann dachte ich, okay, mit der Kohle kann ich neu anfangen, ein Franchise eröffnen.«

Er zündet seinen Joint an.

»Ein Franchise?«

»Ja, Somalian Cuisine.«

»Mensch, Bobo, an jeder Ecke hast du hier so einen scheiß Falafelladen. Wenn du mit so 'ner Idee um die Ecke kommst, wirst du immer nur Zweiter bleiben.«

»Hat sich eh erledigt. Und jetzt? Verhaftest du mich?«

»Nicht, wenn du mir sagst, wo Uwe und Luis stecken.«

»Ich weiß es nicht, ohne Scheiß. Wir haben verabredet, dass wir null Kontakt haben.«

Bosman schaut rüber zu einer üppigen Schwarzen, die mit wiegenden Hüften einen Kinderwagen von einer Dealergruppe zur nächsten schiebt und in Alu gewickeltes Essen verkauft. *All die Menschen, die hier rumstehen und Drogen verticken oder Hühnerschenkel in Alufolie, haben sich das auch mal anders vorgestellt,* denkt Bosman. Jeder kämpft für sein bisschen Glück, jeder mit seinen Mitteln, und wenn man von einem Franchise träumt, warum nicht? Soll man die Leute deswegen etwa wegsperren? Und was die Geschichte mit Harry betrifft, da ist ja am Ende nichts passiert. Vielleicht wird er jetzt für eine Weile eine weniger große Klappe haben, aber Bosman bezweifelt das.

Er sagt: »Du solltest abhauen. Wir haben einen Haftbefehl gegen dich beantragt.«

Bobo schaut in den Himmel, wo sich Vögel spielend tummeln. Blau, hell und grenzenlos.

»Okay, dann gehe ich wohl mal wieder auf Reisen.«

»Es tut mir leid.«

Bobo steht auf und schlägt mit Bosman ab. »Danke, *bro.*«

Dann sagt er: »Ich hab noch was für dich.«

44

Bosman sitzt mit Schuster in seinem schrottigen Passat und schaut durch die Windschutzscheibe rüber zu dem kleinen Parkplatz Puschkinallee, Ecke Bouchéstraße. Es ist Nacht, reger Verkehr, von den Bars am Kanal schallen entfernt die Elektrobeats des Partyvolks rüber. Sie haben die Fenster runtergekurbelt, Schuster raucht, wie immer vor einem haarigen Einsatz. Er braucht den Nikotinflash, seit sie unten in Prizren waren. Es knackt im Funkgerät, das SEK steht bereit, doch im Ernstfall nehmen sie ohnehin lieber ihr Handy.

Bobo hat ihm verraten, dass Tarik eine Lieferung Heroin und Gras von Ron erwartet, um den Markt wieder zu füttern und die Kosovo-Albaner rauszudrängen. Ron kommt meist in einer ganz normalen Karre aus Amsterdam an, manchmal aber auch mit einem Transporter voller Tulpen. Bislang sind keine normalen Karren zu sehen, nur ein paar Hipster mit einem car2go. Von einem Transporter auch keine Spur. Hat sich Bobo getäuscht, und die Übergabe findet woanders statt?

Bosman schaut auf die Uhr: 22.27.

Er denkt an Nikki.

Er hat sie noch ein paarmal getroffen, fiebrig, gierig, nass. Jedes Mal überschritt er Grenzen, von denen er gar nicht wusste, dass es sie gab. Und dann war sie eines Tages verschwunden. Sie rief nicht mehr an, beantwortete keine SMS, nichts. Bosman war natürlich in Sorge und fuhr zu ihr. Dort traf er auf eine Traube junger Menschen und einen Hausverwalter, der sie zur Besichtigung in die leere Wohnung einließ, die ihm vorkam wie ein gebrochenes Versprechen. Er hatte keine Nummer von Laura oder Tim. In den Polizeiakten tauchte sie nicht auf, in einen Unfall war sie auch nicht verwickelt.

Er hatte keine Ahnung, was mit Nikki geschehen war.

Dafür war sie Thema seiner ersten Therapiestunde mit Britta bei einer älteren Therapeutin in der Crellestraße. Der Seitensprung als solcher war zu seiner Überraschung gar nicht das große Thema. Die Therapeutin schien sich eher dafür zu interessieren, *warum* er das Bedürfnis verspürt hatte.

Was sollte er dazu sagen?

Dass es vielleicht gar nicht so ungewöhnlich ist, gelegentlich den betörenden Duft fremder Haut genießen zu wollen? Dass die Monogamie ein Irrweg der Kulturgeschichte ist, wie er neulich in der *Brigitte* beim Zahnarzt gelesen hatte? Oder dass er wie die meisten Männer einfach nur eine geile Sau ist? Ganz abgesehen davon, dass das Bett nach zehn Jahren Ehe auch nicht mehr in Flammen steht und dass die Dinge, die er mit Nikki gemacht hatte, zu Hause nicht einmal ansatzweise im Bereich des Möglichen sind. Aber das sagte er natürlich nicht, sondern druckste nur ein wenig herum. Dafür hörte er von Britta, wie sehr es sie verletzt, zumal sie ohnehin das Gefühl hat, dass er ihr entgleitet. Als sie dann später noch erwähnte, dass er nach seiner Rückkehr aus dem Kosovo anfing, sich zu verändern, kriegte die Therapeutin natürlich spitze Ohren: unverarbeitete Erlebnisse. Das Dumme war, dass sie auch noch recht hatte. Aber das gab Bosman natürlich nicht zu, schon gar nicht in der ersten Stunde.

»Ich war gestern bei Jackie«, sagt Schuster.

Bosman dreht sich zu ihm um. »Wie geht's ihm?«

»Er kommt nächste Woche zurück.«

»Wie läuft es mit seinem Auge?«

»Na ja, beim Pissen geht wohl noch manchmal was daneben, aber er arbeitet dran«, sagt Schuster und grinst.

»Dann sollte man ihm vielleicht erst mal keine Pistole geben.«

»Hey … da tut sich was.«

Bosman schaut zum Parkplatz rüber. Ein schwarzer Lexus mit gelbem Kennzeichen fährt langsam ein, hält und schaltet die Lichter aus.

»Das ist kein Touri.«

»Nee.«

Er nimmt das Fernglas mit Nachtsichtfunktion, das neben ihm in der Türablage steckt, und schaut rüber zu dem Lexus, in dem zwei Typen sitzen. Sie scheinen zu warten. Dann steigt der Fahrer aus und drückt seinen Rücken durch.

»Ist er das?«, fragt Schuster.

Bosman wischt über das Display seines Handys, bis er das Foto sieht, das die Kollegen aus Amsterdam geschickt haben: Ron Felsgaard, siebenunddreißig, blonde zottelige Haare, blaue Augen, Ringe an den Fingern.

»Ja«, sagt er.

»Schau mal, wer da kommt.«

Ein tiefergelegter A8. Die schicken Alufelgen funkeln im Licht eines vorbeifahrenden Autos, als er auf den Parkplatz schnurrt und neben Ron hält. Tarik steigt auf der Beifahrerseite aus, schlägt mit Ron ab und wechselt ein paar Worte.

»Auf geht's«, sagt Schuster und schnipst seine Kippe aus dem Fenster.

Bosman greift sich das Mikrofon der Funkanlage. »Zugriff.«

Er startet den Passat, blendet die Scheinwerfer auf und gibt Gas. Auf der gegenüberliegenden Seite starten zeitgleich zwei weitere Wagen. Hochdrehende Motoren, gleißendes Licht, rauchende Reifen, als sie sich vor der Ausfahrt querstellen. Die Türen schwingen auf, die schwer bewaffneten Männer springen raus. Bosman blockiert die andere Ausfahrt, reißt die Tür auf. Schuster läuft seitlich auf Tarik und Ron zu, sodass er sie immer in der Schusslinie seiner Waffe hat.

Riesengeschrei.

»Arme hoch, runter auf den Boden, runter!«

Ron reißt die Arme hoch und flucht.

Fuck!

Tarik springt in den Lexus, der Motor heult auf, er bricht über die Seite aus. Der Audi gibt ebenfalls Gas, Schuster hechtet beiseite, um nicht über den Haufen gefahren zu werden.

Bosman springt in den Passat und rast hinter Tarik her, raus auf die Puschkinallee Richtung Schlesische. Er sieht im Rückspiegel, wie die Kollegen hinter dem Audi her sind, mit einigem Abstand folgt ihm der zweite Polizeiwagen, Blaulicht und Sirene.

Die hat Bosman nicht. Keine Zeit, sie aufs Dach zu pflanzen. Das macht die Sache heikel bei dem Verkehr, zumal Tarik fährt, als gebe es außer ihm niemanden auf der Straße. Bosman fingert seine Earplugs rein, um mit den Kollegen in Kontakt zu bleiben. »Verfolge Zielperson Schlesische Straße Richtung Skalitzer.«

Er sieht, wie die Ampel an der Kreuzung Falckensteinstraße vor ihm auf Rot springt. Der Lexus beschleunigt, zieht rechts um die Ecke, links bremst ein Lieferwagen, Hupen, schimpfende Fahrradfahrer. Bosman steigt in die Eisen, reißt das Steuer rum, rein in die Sackgasse und drüben raus auf die Skalitzer. Sein Herz pumpt, seine Handflächen sind schweißnass, als er ein Auto zum Ausweichmanöver drängt. Der Lexus vor ihm wechselt die Spuren wie ein Hund, der mit dem Schwanz wedelt, wütendes Hupen, rote Bremslichter. Dann biegt er rechts in die Stralauer Allee, Bosman hinterher, als er Sirenengeheul hört und Blaulicht sieht.

Die Kollegen kommen von der anderen Seite und schneiden Tarik den Weg ab. Das kriegt auch der mit, schwingt das Heck des Lexus schlitternd um die Ecke rein auf das Hafengelände. Bosman folgt ihm über das Kopfsteinpflaster vorbei an den TV-Studios, über die Gleise auf das Ende des Kais zu, wo das Grundstück steht, auf dem niemals eine Shopping Mall stehen wird. Andere Leute werden sie woanders bauen.

Und hier ist Schluss.

Ein Bauzaun umschließt das Gelände. Bosman sieht, wie Tarik weiter beschleunigt, statt abzubremsen. Er rast auf das wackelige Maschendrahttor zu und *bang!* Das Tor fliegt auf, federt zurück und kracht gegen seine Fahrertür, als er die Baugrube vor sich sieht. Er springt auf die Bremse, reißt das Steuer rum, der Wagen dreht sich und bleibt stehen, während der Lexus in die Baugrube rauscht und im spritzenden Schlamm stecken bleibt.

Bosman steigt pumpend aus, muss den Puls runterkriegen. Er zieht seine SIG Sauer P225 und geht auf den Lexus zu, bei dem sich die Fahrertür öffnet. Tarik stolpert raus, Blut läuft ihm über die Stirn. Er dreht sich zu Bosman um, eine Pistole in der rechten Hand.

»Lass die Waffe fallen und nimm die Hände hoch.«

Tarik bewegt sich nicht.

Lässt die Waffe nicht fallen und nimmt auch die Hände nicht hoch. Sie hören das näher kommende Sirenengeheul, Blaulicht, das über den Kai zuckt.

Tarik zögert.

Bosman schüttelt den Kopf und sagt: »Tu es nicht.«

Tarik reißt seine Knarre hoch.

Und Bosman feuert.

45

»Diesmal konnte ich wirklich nichts dafür«, sagt Bosman zu Harry. »Er hat seine Waffe hochgezogen und geschossen. Ich könnte schwören, dass ich gehört habe, wie die Kugel an meinem Ohr vorbeigezischt ist.«

»Wow …«, sagt Harry. »Hast du auch den Knall gehört?«

»Was für einen Knall?«

»Den Knall, wenn ein Geschoss die Schallmauer durchbricht?«

»Das war keine Concorde«, sagt Bosman. »Das war eine verdammte Pistolenkugel, da hörst du keinen Knall.«

Sie sitzen in Harrys Büro. Die Strahlen der tief stehenden Sonne blenden ein wenig, der Sommer neigt sich seinem Ende entgegen.

»Wie geht's ihm denn?«

»Okay, vermute ich«, sagt Bosman. »Ich hab ihn nur am Arm erwischt.«

Dann erzählt er von der Pressekonferenz am Morgen, wo Polizeichefin Bäumler von einem »empfindlichen Schlag gegen arabische Großfamilien« gesprochen hat. Die Aziz-Brüder waren beide in Haft, es würde Anklage erhoben. Die Ermittlungen hatten enge Verflechtungen mit der Berliner Kreditbank ergeben. Ein führender Mitarbeiter saß wegen Mordes im Gefängnis und war bereit, als Kronzeuge gegen Aziz auszupacken, für den er jahrelang Gelder in zweistelliger Millionenhöhe gewaschen hatte. Eine Story, wie sie der Boulevard liebt: Sex, Crime, Korruption.

Rechts neben der sichtlich zufriedenen Polizeichefin saß Emrah, tadelloser Anzug, entschlossene Miene. Links von ihm er und Schuster. Sie durften am Ende auch noch was sagen, dann Blitzlichtgewitter und Schluss. Als sie sich erhoben, sagte Bäumler mit kameraerprobtem Lächeln zu Bosman: »Ihre Methoden mögen vielleicht unorthodox sein, aber der Erfolg gibt Ihnen recht. Und ich liebe den Erfolg.«

Ihr Lächeln streifte ihn wie die Scheinwerfer eines vorbeifahrenden Autos, bevor sie ihre Akten zusammenraffte, die sie als Beweis ihres Arbeitseifers stets mit sich herumschleppte, und verschwand.

»Geiler Arsch«, sagte Schuster

Doch Bosmans Blick klebte nicht am Arsch der Chefin, sondern auf Weber, der grimmig hinter den abrückenden Presseleuten stand, Arme vor der Brust verschränkt. Als sie beim Rausgehen an ihm vorbeikamen, sagte er spöttisch: »Glückwunsch, Sie sind der Mann der Stunde.«

»Ruhm, wem Ruhm gebührt.«

»Wir beide und ein Haufen anderer Leute wissen, was für ein korruptes Arschloch Sie sind, und ich garantiere Ihnen, es ist nur eine Frage der Zeit, bis Sie über Ihre eigene Arroganz stolpern.«

»Mag sein«, sagte Bosman und ließ ihn stehen. Draußen schien die Sonne. Er kniff einen Moment lang die Augen zusammen und spürte, wie eine Last von ihm abfiel.

Es war vorbei.

Anschließend fuhr er mit Schuster in den Anker, wo Nina und andere Kollegen schon auf sie warteten, um den Erfolg zu feiern. Später stieß sogar noch Emrah dazu, was ungewöhnlich war. Er zog es vor, Distanz zu seinen Leuten zu halten. Alkohol, Verbrüderungen und Schulterklopfen waren ihm ein Gräuel. Doch jetzt kam er mit seinem Mädchenbier in der Hand auf Bosman zu und sagte: »Übrigens, du kannst deinem Schwager erzählen, dass die Ermittlungen der Finanzbehörden gegen ihn eingestellt werden. Es war ja schließlich eine verdeckte OP, um Aziz Geldwäsche nachzuweisen.«

Bosman stieß mit ihm an und sagte: »Danke.«

Doch wenn er dafür Dankbarkeit von Harry erwartet haben sollte, muss er jetzt einsehen, dass das zu viel verlangt ist. Harry schaut ihn über seinen Schreibtisch an und sagt nur: »Schön, dass der Staat anerkennt, wenn man sich den Arsch für ihn aufreißt. Aber sag mal, was ich mich die ganze Zeit frage: Warum hat das eigentlich so lange gedauert, bis ihr mich gefunden habt? Ist dir eigentlich klar, was ich da durchmachen musste?«

»Harry, ganz im Ernst, du stehst nicht immer ganz oben auf der Prioritätenliste.«

»Die haben mich einem Waterboarding unterzogen, so wie es die Amis in Guantanamo und im Irak gemacht haben!«

»Ich weiß, das hast du schon hundertmal erzählt.«

»Was ist denn jetzt mit den Entführern? Gibt es schon eine heiße Spur?«

»Die sind alle verschwunden.«

»Und ihr habt keine Ahnung, wo sie sind. Mann, wofür bezahle ich eigentlich Steuern?«

Bosman grinst und steht auf. »Ich muss dann mal los, Britta und Sophie warten.«

»Bestell schöne Grüße.«

»Mach ich.«

Bosman dreht sich um und geht zur Tür, als Harry sagt: »Das Neueste habe ich dir noch gar nicht erzählt. Es gibt eine Bloggerin, die über ihre Ausschweifungen mit einem älteren Mann schreibt.

Der Typ ist ein Bulle und offenbar nicht die hellste Kerze auf der Geburtstagstorte.«

Bosman glotzt ihn an.

»Sie hat schon über 100 000 Follower und will da einen Roman draus machen. Es gibt einen Riesenhype in den einschlägigen Foren, die Frau ist auf dem besten Weg, ein Star zu werden.«

Bosman räuspert sich. »Wie, ähm ... wie heißt sie denn?«

»Nikki«, sagt Harry. »Nikki Gerken.«

Er hat es geahnt.

Fuck!

»Und das Beste?«, sagt Harry zufrieden. »Ich habe mir die Filmrechte gesichert.«

Bosman fällt die Klappe runter.

Detective Harry McCoy auf einem einzigartigen Trip durch die kriminelle Glasgower Unterwelt der Siebzigerjahre

ISBN 978-3-453-27188-3

ISBN 978-3-453-27198-2

»Auf den Punkt geschrieben, packend und knallhart, düster und zutiefst befriedigend. Echte Pageturner!«
Bret Easton Ellis

HEYNE HARD CORE

Leseproben unter heyne-hardcore.de

Die Hackberry-Holland-Trilogie

Band 1
ISBN 978-3-453-27101-2

Band 2
ISBN 978-3-453-67681-7

Band 3
ISBN 978-3-453-67680-0

HEYNE HARD CORE

Leseproben unter heyne-hardcore.de